시간의 보복

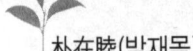

朴在睦(박재목)

1960년 경북 의성 출생
대구고, 경북대학교 동 대학 행정대학원 및
국민대학교 정치대학원 졸업
대구매일신문 신춘문예 당선
외무부, 총무처, 국무총리실 근무
시집「생명의 환상」「결국 사랑인 것을」「숯쟁이 움막에서의 좌망(座忘)」출간
현재 관세청 기획관리관실 근무, 공인동인

時間의 報復

2004년 6월 4일 발행
2004년 6월 14일 1쇄

지 은 이 /**박 재 목**
펴 낸 이 /**윤 현 호**
펴 낸 곳 /**뿌리출판사**
홈페이지/**www.rootgo.com** / E-mail : rootgo@dreamwiz.com
주   소 /서울시 성동구 성수 2가 3동 317-10 2층 우편번호/133-835
전   화 /(代)2247-1115, 466-4516, 팩 스/ 466-4517
출판등록/서울시 등록(카) 제 1-551호 1987.11.23

값 / 17,000원
ISBN 89-85622-43-9

시간의 보복

박 재 목 지음

뿌리출판사

회상(독단적 자유주의자)

나의 성장기는 시간의 고독이었다. 시골의 자연적 기다림과 가난하나 삶의 집착으로 슬픔을 이겨내신 어머니의 헌신적 사랑 속에서 나는 항상 시간의 고독과 싸웠다. 지금 생각해 보면, 나는 고독과 맞설 용기가 없어 고독을 스스로 받아들였는지도 모른다. 그래서 나는 항상 혼자였으며, 밀려오는 명상과 책과 함께 차라리 고독을 사랑했던 것 같다. 가난이 싫었고 시골 그 자체의 분위기가 싫었다. 따라서 학교에서 돌아오면 늘 고독의 시간이 나를 반겼고 나는 그 속으로 명상을 몰고 다녔다.

나는 한번도 아버지께서 돈버는 것을 보지 못했다. 일찍이 공무원으로 재직하시다가 그 조직과 사회의 굴레를 이기지 못하고, 읍 소재지의 가난한 농가의 가장으로 눌러앉으신 분이었다. 그러나 나에게만은 항상 따뜻한 마음과 꿈을 주셨다. 그러나 그 따뜻함과 꿈은 언제나 가난한 어머니의 얼굴과 교차하여 나에게는 고독의 성벽처럼 서늘함으로 다가왔다.

지금 생각하면 아버지는 진정한 자유주의자(自由主義者)였던 것 같다. 아버지는 그 자유주의를 하나의 신조(信條)라기보다는 정신(精神) 또는 생활(生活)로 받아들였다. 아버지는 생활의 다양한 활동과 지적 · 종교적 · 도덕적 · 사회적 인간관계의 제반 설정을 개인주의적 관점으로 분석하였으며, 이러한 독단적 관계에 대처하기보다는 오히려 방관으로 일관하셨다. 그래서 아버지는 자신에게 누군가가 인위적인 압력이나 규제나 간섭을 가한다는 것은,

바로 자신의 인격과 자발성과 의지를 부당하게 침해하는 것으로 간주하셨다. 그만큼 아버지는 독단적 · 의지적이었으며, 그로 인하여 나처럼 고독하셨던 아버지를 나는 진정으로 사랑하지는 못했다. 그러나 지금 생각해 보면 아버지는 나를 온유한 가슴으로 정말 사랑해 주신 것 같다.

아버지는 친구도 없었고, 어떠한 모임도 거부했으며 언제나 혼자였다. 적은 농사일에만 충실하면서 아버지에게 다가오는 외로움과 시간의 고독을 아마 노동과 명상으로 타협했던 것 같다. 그 당시 어린 나의 눈에 비친 아버지는 항상 조용히 명상에 잠겼으며, 외로웠으나 자유스러웠고 정직했으며, 또한 당당했으나 가난을 벗어나지는 못했다. 따라서 어머니만 항상 바쁘고, 슬프고, 가난한 여자로 남아야 했다.

내가 대학(70년대 말과 80년대 초)에 들어가고 한창 사회문제에 빠져들어 이념적 갈등으로 고뇌하고 있을 때, 그때까지도 나의 시야에는 언제나 조용하고 고독한 가장(家長)으로 다가오시던 아버지께서, 어느 날 작은 메모첩을 나에게 주셨다. 그리고 〈時間은 사람을 아름답게 장식하기도 하고, 무서운 보복의 칼날로 인간의 등을 후려치는 변덕스러운 관념의 요물이다〉라고 말씀하셨다.

나는 그때 순간적으로 다분히 자유주의자다우신 아버지의 의식적 판단이라고 단순하게 받아들였다. 그리고 돌아가실 때까지 아버지와 나와의 사이에는 진정한 새로운 관계 설정이나 특별한 교감은 별로 없었던 것 같다. 같이 보낸 시간이 거의 없었던 관계로 부자간의 정리보다는 언제나 성벽 같은 무채색의 색조가 우리를 감싸고 있었다.

얼마 전 서울에서 대구로 이사를 하게 되면서 책장을 정리하던 중, 그때 아버지의 메모첩을 다시 볼 수 있었다. 사실 그 당시 나는 메모첩을 읽어보지도 않았다. 그만큼 그 당시에 아버지에 대한 인식이 너무 건조했던 것이다.

지금 생각해 보면 〈부모가 죽어야 효자가 된다〉라는 말이 나에게도 예외는 아니었다. 메모첩을 보는 순간 갑자기 아버지의 회상이 형상처럼 나의 가슴에 부풀어올랐다. 나는 조용히 거실에 앉아 아버지의 체향으로 아롱진 메모첩을 당장에 한장 한장 읽어 내려가기 시작했다.

메모첩의 내용은 아버지께서 가난하게 빈농의 가장으로 숙명적 삶을 선택했던 사정과 옛날 부산과 일본에서의 직장 생활과 공무원 시절 등의 거북스러웠던 회한과 당시의 상황 등을 개략적으로 기재한 내용들이었다. 그리고 일본에서의 한국인의 참상, 한국의 독립방안, 친일파 숙청, 6 · 25 사변, 자유당 시절의 정치자금(잠시 아버지는 의성군 자유당 사무국장으로도 재직)과 좋았던 권력의 속성, 4 · 19 의거, 5 · 16 혁명, 10월 유신 등등에 대하여 아버지의 느낌을 소회 방식으로 간략히 적어놓았다. 그리고 마지막에 어디서 보셨는지 나폴레옹의 격언이 붉은 글씨로 조그맣게 적혀 있었다.

우리가 어느날엔가 마주칠 불행은, 과거에 우리가 소홀히 보낸
어느 시간의 보복이다 [나폴레옹]

그날 이후 이 말은 내 머릿속의 모든 판단과 사고의 중심이 되어갔다. 〈시간의 보복〉이 나에게도 닥쳐오는 것 같은 두려움에 밤잠을 설칠 때도 있었다. 그때(70년대 말) 아버지의 메모첩을 좀더 이해하고 실천했더라면, 그때부터 시간을 소홀히 보내지 않았다면, 오늘 아버지께 조금은 더 떳떳한 아들이 될 수 있었을 것 같은 회한이 나를 엄습해 왔던 것이다.

지금 나는 사랑하는 두 딸의 아버지가 되었다. 이제부터 나 자신의 잠재력을 실현시키는 데 방해되는 외부의 독단적 제재로부터 자신을 보호하기 위하여, 나는 아버지와 같이 내재적 자유주의자가 되고자 한다. 나는 아버지께서 그토록 고뇌하고 일생을 통하여 느끼셨고 분노하면서 스스로 체득하셨던 삶과 회한의 화두인 〈시간의 보복〉을 온 몸으로 느껴보고 싶어졌던 것이다.

하나의 생각을 포괄적으로 기술하기는 어렵다. 또한 이론과 실제에 있어서 하나의 사고나 관념이 항상 실제적으로 현실에 맞아떨어지는 것도 아니다.

그리고 자유주의적 독단의 사고는 각 지역과 시대와 상황과 가치관에 따라 다르게 전개되기 마련이다.

이제 나는 〈시간의 보복〉이라는 의식적 명제를 가지고 나의 공복(公僕)이라는 직업적 관점에서, 역사적으로 나타난 사회적, 정치적, 경제적, 인간적 개념들과 자유주의적인 여러 가지 관념들을 역사적인 발전의 단락으로 엮어 〈시간의 소풍〉을 출발하고자 한다. 그리고 지금 우리가 안고 있는 다양한 역사적 고뇌와 갈등과 열망과 노력들이 〈시간의 보복〉을 〈시간의 열망〉으로 승화시켜, 내 조국과 내 민족의 용틀임으로 웅비하기를 진정으로 바라는 꿈을 가져보고자 한다.

마지막으로 그 옛날 언제인가 소홀히 보낸 〈나의 시간〉에게 이해와 용서를 구하며, 〈영원한 자유주의자〉로 정직하고 단아하게 인생을 마감하신 아버지께 존경을 드리고자 한다.

대강의 뜻(시간의 소풍)

이 책은 묵직한 울림이 있는 〈시간의 소풍〉이다. 역사의 미덕처럼 소풍을 떠나다 보면 자연스럽게 자신과 대한민국이라는 국가(國家)와 한민족(韓民族)을 만나게 될 것이다. 그리고 이 소풍에서 왜 우리가 이제 이 소풍을 떠나야 하는지를 스스로 자문하게 될 것이다. 또한 이 소풍에서 시간은 거역할 수 없는 힘으로 자꾸 앞으로 떠밀어, 안락과 오만과 정신적 사치의 잠을 깨워서, 열망(꿈 · 희망 · 비전)이라는 목표점을 향해 멈출 수 없도록 우리를 재촉할 것이다.

이 시간의 소풍에서 우리는 그동안 가끔은 길을 잃었던, 도둑이나 사나운 개의 습격을 받았던, 안락과 오만과 정신적 사치에 안주했던 역사적 오류들을 경험하게 될 것이다. 그러나 또한 이 소풍은 우리의 목표점인 웅비의 열망(꿈 · 희망 · 비전)으로의 여정을 멈추지 않도록 하고, 예정된 노선을 벗어나지 않도록 우리의 눈빛이 늘 긴장하도록 강건하게 유지시켜줄 것이다.

이 책을 통한 우리의 소풍은 우리 삶의 겸손과 포용과 열망의 길을 걸어서 통과해야 하는 자신과의 약속이 될 것이다. 따라서 우리는 이 소풍을 그동안 잊고 있었던 우리 자신을 겸손과 포용으로 만나는 과정으로 인식하여야 할 것이다. 홀로 외로이 걷는 이 시간의 소풍은 우리 자신을 직면하게 만들고, 주어진 여건의 역사적 제약과, 안락과 오만과 정신적 사치로 고뇌해야 했던 역사의 오류들로부터, 우리 스스로를 해방시켜줄 것이다. 그리고 우리의 반성과 역사적 교훈의 에너지를 바탕으로 힘에 부칠 때까지 걷다 보면, 충만한 삶의 기운과 웅비의 열망(꿈 · 희망 · 비전)이 점차 선명해짐을 느낄 수 있을 것이다.

이 소풍은 엄청난 역사의 거리와 무게를 한꺼번에 감당하게 하지만, 다행히 우리가 가야 할 길인 소풍의 목표점을 성급하게 한꺼번에 보여주지는 않을 것이다. 이 시간의 머나먼 소풍을 〈역사적 흔적〉으로 미분하고, 〈시간의 보복〉으로 걸어간 거리를 적분해 가다 보면, 드디어 목표점인 〈시간의 열망〉에 반드시 이르게 될 것이다. 그 과정에서 매력적 시간의 역설과 영원한 철학적 테제인 시간의 인식, 대한민국의 웅비와 각성과 그 역사적 오류, 또한 그로 인하여 다가오는 시간의 보복, 그리고 정치철학이 충만한 창조적 리더쉽을 가진 지도자를 선택하여 삶의 향기인 혁신과 개혁을 추진함으로써 부정부패를 척결해야 하는 올곧은 국가적 책무와 민족적 당위, 그리고 마지막에는 〈시간의 용서와 열망〉을 만나게 될 것이다.

이 소풍을 떠나면서 우리는 시간의 매력적인 인식, 삶의 자료, 생각의 노선, 시간의 경유지, 일정, 목표점 등을 세밀하게 기록한 〈준비된 역사의 계획표〉를 만들고, 한시도 손에서 놓지 말아야 할 것이다. 그리고 또한 이 소풍에는 뭔가가 있다는 확신과 자아형 인식을 가져야 할 것이다. 그리하여 목표점에 가까워질 때에는 빛나는 개혁의 청사진인 〈열망〉을 가슴에 가득히 담아야 할 것이다.

그리고 그동안 우리가 겪어야 했던 〈역사의 오류〉인 주체적 역량이 결여된 지도층의 편협한 아류성, 통합을 저해하는 불안감 해소의 실패, 승리자의 오만과 가치충돌의 조장, 해양국가로의 도약적 의지 부족, 자유주의와 시장경제의 자가당착적 무지, 서구문명의 몰이해와 국수주의, 변절자와 간신의 면죄부, 협상능력 미숙 등과, 이로 인한 〈시간의 보복〉을 만나게 될 것이다.

또한 이 소풍에서 안락과 간신과 사치와 내분, 국가 비전과 애국애족의 실종, 나태와 환락과 탐욕, 반유비무환 및 정보 빈곤과 파벌 분쟁, 부정부패와 무능과 개인영달의 암투, 국가와 민족을 망각한 소영웅주의, 빼앗기고 끌려간 식민지의 분통한 참상, 권력욕과 꼭두각시의 혼란, 정치가와 공직자의 오만과 무능 등으로 나타나는 〈시간의 보복〉을 경험하게 될 것이다. 그리고 우리는 이 소풍을 끝냄과 동시에 이러한 수치스러운 역사적 오류들을 휴지통에 미련 없이 버려야 하는 이유를 자각하게 될 것이다.

해방 후 우리는 소풍을 떠나기 전에 무수한 로드맵을 생산했고, 수많은 코드 인사들과 개혁을 외쳐왔고, 헤아릴 수 없을 만큼 부정부패의 척결을 다짐해 왔다. 그러나 우리는 부정부패 척결을 다짐했던 코드 인사들이 만든 로드맵을 들고서, 입으로만, 말로만, 머리로만 서성거리고 말았다. 즐겁고 희망차게 이 〈시간의 소풍〉을 떠났어야 했는데, 우직한 걸음으로 소풍을 떠났어야 했는데도 불구하고, 당장의 힘든 걸음이 싫었고 달콤한 안락과 오만이 너무 좋아서, 부정부패로 오염된 더럽고, 수치스럽고, 냄새나는 개혁의 출발점에서 안주하고 말았다. 다시 말하면, 열망(꿈·희망·비전)이라는 목표점이 그려진 지도(로드맵)만 있었지, 소풍(실천)은 없었던 것이다.

이것이 바로 이 책에서 말하는 〈시간의 보복〉이라는 역사의 신랄한 교훈이다. 따라서 우리는 이 책을 통한 소풍에서 〈시간의 보복〉이라는 준엄한 교훈을 발견할 수 있을 것이다. 개혁과 혁신과 부정부패 척결은 머리와 말과 입으로 하는 것이 아니라, 먼저 발을 힘차게 땅에 내딛고서 느리고 힘들더라도 우직한 걸음으로 한걸음씩 소풍을 떠나는 〈실천〉이라는 미덕을 발견하여야 하고, 또한 그 방법을 생각할 수 있는 고뇌로 압축된 시간을 보내야 할 것이다.

끝으로 조그만 희망이지만, 이 소풍의 목표점을 향해 걸어가다가 역사적 판단과 선택을 해야 하는 〈역사의 갈림길〉을 만난다면, 어떤 방향의 길에 우리가 바라는 열망(꿈·희망·비전)이 있을 것인가를 매력적인 대한민국의 국민 모두가 이 책을 통하여 한번 판단해 보았으면 하는 것이다. 그리하여 소풍의 목표점에서 우리 모두 열망(꿈·희망·비전)의 축배를 들고서, 한민족의 원대한 웅비의 용틀임을 오래도록 경험해 보았으면 하는 것이다.

존경하는 당신에게

....

....

....

....

....

....

....

....

....

....

이 책과 함께 사랑을 전해드립니다.

테마 I

매력적 시간의 역설

제 1절 영원한 철학적 테제 : 시간(時間)

chapter 1

세월은 흔적 없이 잠들고

등불을 관조(觀照)하면
통한의 외로움처럼
세월은 흔적 없이 잠들고

산기슭 창살에 숨는
역사의 향기
의식의 불꽃으로 타 올라

기다림 없는
투명한 형상

죽어도 잊을 수 없는
입김처럼 피어나는
하얀 열망들…

— 박재목 시집(2집)〈결국 사랑인 것을〉: (1992) 중에서 —

시간은 어떻게 오고 가는 것일까? 왜 항상 정확하게 일정한 간격으로 오고 가는 것일까? 누가 시간을 처음 생각하였고 발견하였나? 시간은 빛이라고 정의내릴 수는 없을까? 우리는 영원한 철학적 테제인 시간에 대한 이러한 수많은 생각을 다양하게 해 보았을 것이다.

확정된 학문적 논리는 아니지만 태초에(우주가 탄생하기 전) 허수의 시간이 있었고, 시간은 허수의 시간에서 갑자기 실시간으로 변하면서 엄청난 양의 에너지가 한 점에서 폭발하였다. 이것이 빅뱅이고, 이때 그 한 점에서는 11차원의 세계가 있었다고 한다. 폭발과 동시에 한 점에 구속되었던 11차원 중 4개의 차원이 한 점의 구속력을 벗어났고 그 4개의 차원이 X, Y, Z, Time 이었다고 한다. 한 점의 구속력을 벗어난 4개의 차원은 폭발과 함께 사방으로 뻗어갔으며, 이와 동시에 빛도 뻗어가면서 우주는 탄생하였다고 한다.

공간(X, Y, Z)과 시간은 서로 독립적이다. 빛의 속도는 공간/시간이다. 따라서 시간 = 공간/빛의 속도가 된다. 빛의 속도는(진공상태의 속도) 임의의 관찰자에게 동일한 값으로 인식되므로 시간 = 공간×상수가 된다. 따라서 시간은 빛이 이동한 공간에 일정한 상수값을 곱한 값과 같으므로 〈시간은 곧 빛이 이동한 거리다.〉라고 말할 수 있게 되는 것이다. 이는 곧 아인슈타인의 $E = MC^2$과 비슷한 식이 된다(질량은 곧 에너지).

이상의 이야기는 빅뱅이론과 초끈이론(Superstring)에서 언급하는 내용을 개략적으로 언급해 본 것이다. 아인슈타인은 시간은 빛의 속도로 흐른다고 말했는데, 우리가 눈을 깜빡깜빡 거릴 때 시간은 엄청난 속도로 흐르고 있음을 알 수 있다. 신이 우리에게 할당하여준 시간이 눈물겹도록 아쉽게 흘러가고 있음을 의미하고 있는 것이다.

〈가장 짧은 시간과 영원한 시간은 소름끼치도록 잔인하고도 지독한 극(極)과 극이다〉라는 말이 있다. 어린 시절 시골의 5일 장날에 어머니를 따라 시장에 가는 시간은 아주 행복한 순간이었고 매력적이었다. 거기에는 재미나는 구경과 호기심, 멋진 약장수의 앰프소리에 현혹된 매력적 열망들이 살아숨쉬고, 운이 좋으면 맛있는 사탕과 감칠맛 나는 따끈한 시루떡이 나를 기다리고 있었기 때문이다. 그러나 어느 때 어머니를 따라가지 못하고 동네어귀에 서서 어머니를 기다리는 시간이 오면, 그 한두 시간의 기다림은 너무나 지루하게 느껴져 나를 슬프고 지치게 하였다.

또한 집 뒤 언덕 산에 소 먹이러 가는 날이면, 어설픈 산그림자는 늘어나지 않고, 서녘의 태양은 얄밉게도 나를 잡고 늘어져, 온몸 저리게 기다림의 묘약을 싫증나게 하였다. 왜냐하면, 해가 서산에 모습을 감추어야 집으로 올 수 있었기 때문이다.

그러나 초등학교 2학년 때 첫사랑을 발견하여 예쁜 크레용을 선물로 사서 시냇가 그녀의 집 앞에서 무작정 기다리던 시간은 또 얼마나 즐겁고 빨리 흘러갔던 시간이었던가! 그것은 차라리 시간이 아니라 순간이었고 행복이었다.

영원한 시간을 〈겁(劫)〉이라고 한다. 하늘에 사는 천인(天人)이 길이가 사방 40리(약 16km)나 되는 바위를 100년에 한 번씩 얇은 옷자락으로 스쳐 그 바위가 모두 닳아 없어지는 시간이 〈겁〉이다. 그리고 사방 40리 되는 크나큰 성에 겨자 알을 가득 채워두고 100년에 한 알씩 모두 집어내도 끝나지 않는 시간이 영겁이라고 할 때의 그 〈겁〉이다. 또한 〈겁〉의 100배가 백겁, 1,000배가 천겁이고 세상의 시작~끝의 시간이 〈대겁(大劫)〉이라고 한다.

반대로 가장 짧은 시간은 〈찰나(刹那)〉라고 한다. 손끝 한 번 퉁기는 시간(彈指頃)이 찰나다. 눈 한 번 깜빡할 시간은 잠깐(暫間), 잠시, 순간, 순각(瞬刻), 전순(轉瞬), 순식간, 별안간, 삽시간, 돌차간, 호홀지간(毫忽之間)이다. 올림픽 100m 결승 때, 켜 드는 그 스톱워치로 잴 수 있는 100분의 1초가 그런 시간이다. 그러나 가장 짧은 시간은 상상으로나 가능할 10억 분의 1초인 나노(Nano)와 1조 분의 1초인 피코(Pico)이다.

〈시간은 이것이다〉라고 명확하게 말하기는 정말 어렵다고 한다. 유명한 수사철학자인 아우구스티누스조차도 절망적인 탄식으로 시간을 설명하고자 했다. 〈시간은 정말로 무엇인가? 나에게 아무도 묻지 않을지라도 나는 안다.

내가 질문한 사람에게 설명하고자 한다면, 나는 알지 못한다〉

　이러한 시간을 정의하는 어려움은 어디에서 오는 것일까? Rudolf Bernet 는 아우구스티누스의 시간의 정의가 어렵다는 것을 다음과 같이 설명하였다. 〈내 시간과 타인의 시간(My Time and Time of the Other)〉에서 첫째, 아 우구스티누스가 시간에 대해서 말하는 것에 대하여 어렵다고 한 것은, 시간 을 말하는 것 그 자체가 바로 시간적이기 때문이라고 지적했다. 즉 시간을 전 제하고 필요로 하기 때문이라는 것이다. 우리는 시간을 추상적인 연구대상으 로만 삼을 수는 없다. 왜냐하면 우리는 시간을 초월하여 문제를 제기할 수 없 고, 영원성이라는 관점에서 시간을 관찰할 수 있었던 곳으로부터 시작할 수 없기 때문이다.

　아우구스티누스가 말하는 두 번째 어려움은 시간과 망각 사이의 필연적인 연관성과 관계가 있다고 하였다. 시간은 지나가고 사라지며 결코 되돌아오지 않는 것에 비하여 안다는 것은 기억력과 인지를 전제로 하는 것이다. 정말로 시간의 경과는 우리의 이전의 경험을 망각하게 할 뿐만 아니라, 시간이 또한 우리에게 시간 자체를 망각하게 한다. 우리가 과거로부터 어떤 것을 기억하 는 것을 성공할 때에도, 우리는 시간을 지속적으로 망각도 하고 있는 것이다. 우리가 시간을 파악하여 시간을 우리 행동과 인생의 목표에 관계시키며, 그 래서 시간을 인간적인 이야기가 되게 할 때조차도, 시간은 우리로부터 사라 진다는 사실로 인하여 시간의 정의는 어렵다고 하였다.

　해가 지고 달이 뜬다. 이것을 가지고 인간은 기본적으로 시간을 측정하여 왔다. 이 시간은 어느 누구에게도 예외 없이 일률적으로 흐른다. 이것이 우리 의 주관적 경험과는 관계없이 외부에서 무차별적으로 흐르는 뉴턴의 〈절대시 간〉이다. 아인슈타인의 시간도 그 시간 자체가 의식적 경험과 연관된 것이 아니라는 점에서, 철학적 관점에서 보면 뉴턴에서 크게 벗어나 있지 않다는 것이 일반적 인식이다.

　그러나 시간이라는 말에는 세 가지의 개념이 포함되어 있다. 첫째는 달력

과 같은 의미로서의 시간(data)이다. 즉 〈지금 시각은 몇 시 몇 분이다〉 라고 말할 때의 시간이다. 둘째는 시간 간격(time interval)의 의미를 가지는 것으로서 〈대구에서 서울까지 자동차로 3시간이 소요된다〉 라고 말할 때의 시간이다. 세째는 똑같은 순간에 동시에 발생한다는 의미를 갖는 동기(synchronization)의 개념이다.

따라서 앞에서 언급했듯이 우리가 느끼는 일반적 시간의 개념은 이것과는 사뭇 다르다. 우리의 느낌으로는 어떤 때는 시간이 빨리 지나가고 어떤 때는 느릿느릿하게 기어간다. 과학의 논의와는 별도로 아우구스티누스에서 칸트 그리고 베르그송까지의 철학자들은, 시간이라는 것은 객관적 실재가 아니고 주관적 현상임을 강조해 왔다. 그것은 우리의 의식 경험과도 연관되어 있는 것이다.

그러나 시간에 관한 철학자들의 이러한 관점도 철학자들에 따라 크게 다르며, 객관적 현상에 가까운 쪽에서 주관적 현상에 가까운 쪽으로까지 걸친, 폭넓은 스펙트럼을 형성하고 있다. 전자에 칸트가 있다면 후자에 베르그송이 있다고 할 수 있을 것이다. 전자의 경우 시간은 우리의 선천적 직관형식이기 때문에 객관적 실재는 아니라 하더라도 우리의 의식경험 안에서는 보편적이다. 후자의 경우는 단적으로 그것은 지속(持續)이며, 그것은 우리 경험의 충실 정도에 따라 달라진다고 말할 수 있을 것이다.

제야(除夜)의 종소리가 울리면 우리는 빠르게 흐르는 시간 속에서 그동안 아무 생각 없이 보낸 시간들을 바쁜 삶을 포장하듯이 뚫어져라 생각해 보는 습성이 있다. 따라서 인간에게는 영겁에 비하면 찰나도 못되는 인생이 빠르기는 또 왜 이렇게 빠른가? 와, 저지하고 억제할 수 없는 인생의 시간적 가속도를 어떻게 컨트롤할 수 있는가? 가, 바로 철학적 사유이고 삶에 있어인식의 원천이 될 수도 있을 것이다.

그리하여 우리는 보다 압축되고 정제된 고밀도의 상황적, 공간적 시간인 이른바 카이로스(kairos)의 한정된 시간을 가지고, 보람차고 위대한 가치를 창조하는 그런 시간으로 인생을 살아야 하고, 또한 그렇게 살 수밖에 없지 않는가? 하는 것이 바로 영원한 철학적 테제인 시간의 실존에 관한 문제가 될 수 있을 것이다.

chapter 2

제 2절 시간의 희생 : 역사의 실패들

chapter 1

시간은 한정되어 있다. 인간은 결코 스스로 자의적으로 선택된 시간을 소유할 수는 없는 것이다. 따라서 그저 저절로 다가오는 시간 속에서 살아가야 하는 것이다. 이것은 숙명이며 굴레이다. 어떻게 보면 시간의 흐름은 개념적으로는 연속적이지만, 사실 경험과 연관되어지면 단속적이 되는 것이다. 인간사회의 시간이란 경험과 행위와 관념의 시간들이 마디마디 연결되어진 〈시간 토막〉으로 이루어진 집적의 피상물이라 할 수도 있을 것이다.

한정된 시간에 특정한 행위를 해 보라. 시간을 영원이라 생각하고 절대적이고 제어할 수 없는 것으로만 본다면, 시간은 한없이 영속적으로 흐르는 것으로 보일 것이다. 반면에 개개인의 한정된 입장에서 보면, 더없이 단편적이고 한정적이 될 것이다. 따라서 우리는 주관적인 심리적 시간이 계속 이어진다고 볼 때에도, 간격 또는 어떤 소외의 형태를 배제하지 않는다는 사실을 알게 되는 것이다.

미래의 시간이 현재의 시간이 되고 현재의 시간은 과거의 시간이 되지만, 한 시간으로부터 다른 시간으로 흘러가면서 전환되는 것은 회복될 수 없는 변화를 함축하고 있는 것이다. 그렇다고 해서 내 시간이 타인의 시간이 되는 것은 아니다. 반대로 시간의 희생으로 나타나는 흔적인 역사라는 실체는, 내 삶의 시간이 타인의 시간 속에 끌려들어감을 전제하고 있는 것이다.

역사는 기본적으로 제한된 시간의 관념 속에서 한정된 시간의 표현물이라 할 수도 있을 것이다. 수많은 인간행동은 각기 다른 시간 속에서 이루어지고 서로 다른 결정을 하며, 그러한 많은 결정들이 계속 집적되어 나타난 형상이 역사의 실체일 것이다. 역사를 평가하고 역사의 실체를 규명하는 작업에서 시간성에 대한 고민이 가장 크다고 한다. 따라서 무한한 시간의 모든 상황을 가정한다고 해도, 역시 역사는 그 특정시간의 한정된 행위에서 갖는 선택사항에 불과할 뿐이다.

그리고 역사는 내 삶의 시간이 타인의 시간 속에 끌려들어감을 전제하고 있는 것이다. 이때 그 타인은 반드시 같은 시대 사람이 아닐 수도 있고, 오히려 내 삶의 많은 부분들이 역사적인 배려에서 배제될 수도 있을 것이다.그리고 역사에서 한 사람은 그 이전 세대의 인생과 관련하여 결국에는 나의 미래 또는 미래 세대의 삶과 직접 연결될 수도 있을 것이다. 그래서 지난 과거에 소홀히 보낸 어느 시간이, 지금의 나의 불행인 〈시간의 보복〉으로 되돌아 올 수 있는 것이다.

시간의 한정된 표현물의 형상이 역사의 바탕이라면, 역사가 인간 공동체의 삶에 있어서 시간과 관련해야만 역사적 생명이 있을 수 있을 것이다. 다시 말하면 지금 살고 있는 공동체와 다른 시간에 살았던 공동체들 사이의 지속성과 관련해야만 한다는 것이 역사적 시간의 특성이 될 수 있을 것이다.

따라서 흐르는 시간이 나의 중심적인 독단적 시간의 영속성을 뚫고 들어와 그것을 도덕적 · 가치적 · 인간적 시간으로 만드는 상대방이 나를 상대방으로 (나를 상대방을 위한 주체로) 변화시킬 수도 있다는 것을 느낄 수 있을 것이다. 과거의 실수나 소홀히 보낸 시간으로부터 나를 용서하는 상대방은, 동시에 나에게 더 많은 책임과 의무를 요구하게 될 것이다.

우리는 혼자 살 수 없기 때문에 내 인생의 항해에 끼어들어 새로운 인생을 시작할 가능성을 주는 타인은, 또한 새로운 인생에서 나는 타인에 대해 그리고 그의 욕망에 대해 민감하게 고려해야 한다는 점을, 타인이 먼저 요구하고 있을지도 모른다. 그리고 그가 내게 영향을 주는 방법은 방어 대신에 민감성으로 특정지어지는 새로운 가치관의 판단과 다양한 상호교감적인 탄력성이 될 수도 있을 것이다. 따라서 타인에 대한 감사의 선물을 그 근원으로 하는 희망은, 그것과 더불어 그에 관한 새로운 의미를 지니게 되는 것이다.

사람에 대한 희망의 바탕에는 반드시 시간의 계산이 깔려 있다. 희망은 자기 시간의 희생과 자기 시간의 혁신을 요구하고 있다. 따라서 역사적으로 인간적 희망을 저버리고, 자기희생의 시간을 바치지 않았을 때, 즉 과거에 소홀히 보낸 시간은 역사적 오류로 변모하여, 〈시간의 보복〉이 되어 반드시 나타나는 것이다.

◆**시간의 단위** : 시간의 단위인 "초"의 정의는 역사적으로 다음과 같이 변천되어 왔다.

① 평균태양시(mean solar time) : 1956년 이전 초는 평균 태양일의 86,400 분의1

② 역표시(ephemeris time) : 1956-1967 초는 역표시로 1900년 1월 0일 12시에 대한 태양년의 1/31,556,925,974.7

③ 원자시(atomic time) : 1967-현재 초는 세슘-133 원자(Cs)의 바닥상태에 있는 두 초미세 준위간의 전이에 대응하는 복사선의 9,192,631,770 주기의 지속시간
(제13차 CGPM(1967) 결의사항1)

◆ [설 명]

시간은 7가지의 기본물리량(시간, 길이, 질량, 온도, 전류, 광도, 물질량)중 하나로서 다른 어떠한 물리량보다도 가장 정확하게 측정할 수 있는 양이다. 시간은 우리 인간 생활과 밀접한 관계를 가지고 있으며 첨단산업 및 과학기술에 있어서도 매우 중요하다. 그리고 다른 측정표준(예; 길이, 전압 등)의 기초로 사용되고 있어서 "표준의 표준"이라고 말한다.

초기의 시간표준은 지구의 자전에 의한 태양의 주기적인 운동을 기준으로 정의되었다. 그러나 지구는 자전과 함께 태양을 중심으로 공전을 하고 있으며, 이 공전궤도가 타원이기 때문에 자전주기가 일정치 않아 이를 1년간 평균한 평균태양시(UT0)를 시간의 표준으로 삼아 1956년까지 평균태양일의 1/86,400을 1초로 정의하여 사용해 왔다.

그러나 지구 자전축의 요동 및 계절적인 변동들이 발견되어 필요에 따라 이를 보정한 UT1, UT2 등을 사용하기도 하였다. 이들 UT0, UT1, UT2를 세계시 가족(Universal Time Family)이라 한다. 종전에 시간의 표준으로 사용되었으며 지금까지도 많은 사람들이 시간의 표준으로 알고 있는 그리니치 평균시(Greenwich Mean Time : GMT)은 경도 0°에서 결정된 평균태양시(UT0)를 말한다.

그러나 지구의 자전에 기초한 평균태양시는 지구의 자전속도의 불규칙성으로 인한 여러 가지 오차가 존재하여 1956년에 열린 국제도량형위원회(CIPM)에서 지구의 공전을 기초로 한 역표시(Ephemeris Time : ET)를 시간의 표준으로 사용하기로 결정하였다.

그 후 천체나 지구의 운동을 기준으로 한 시간표준 보다 훨씬 정확하고 안정된 원자시계가 개발됨에 따라 1967년 제13차 국제도량형총회(CGPM)에서 시간의 기본단위인 "초(second)"가 세슘-133(Cs) 원자의 바닥상태에 있는 두 초미세준위 사이의 전이주파수를 기초로 새로이 정의되었다. 이에 따라 세슘원자 주파수 표준기(Cesium Beam Frequency Standard)에서 생성된 원자시(Atomic Time)를 시간의 정의로 결정하여 현재까지 사용하고 있다.

chapter 3

제 3절 시간의 가치 : 양적 시간

chapter 3

속담에 〈비싼 밥 먹고 왜 시간낭비를 하겠는가?〉 라는 말이 있다. 전국책
(戰國策 : 楚策)에 나오는 말이다.

『종횡가로 유명했던 소진은 각 국으로 유세를 다녔다. 그
는 남북의 제, 초, 연, 한, 조, 위 등의 여섯 나라가 연합
하여 서쪽의 진나라에 대항하여야 한다는 이른바 합종책
을 주장하였다. 그가 초나라의 회왕에게 합종책을 실행
하도록 유세하기 위하여 초나라에 갔을 때였다. 그는 사
흘을 기다린 끝에 겨우 초회왕을 알현할 수 있었다. 소진
은 초회왕이 자신을 소홀하게 대한다는 생각이 들어 불
쾌하였다. 초회왕이 나타나자, 소진은 일부러 당장 떠나
겠다고 작별인사를 하였다. 초회왕은 의아하게 생각하여

곧 그에게 물었다. 〈나는 기꺼이 선생의 말씀을 듣고 싶소. 선생은 천리를 멀다않고 나를 만나러 초나라까지 오셨는데, 어찌 이렇게 일찍 가시려는 것이오?〉 소진은 다음과 같이 대답하였다. 〈초나라의 식량은 주옥보다 비싸고, 땔감은 계수나무보다 비쌉니다. 제가 주옥같이 비싼 양식을 먹고, 계수나무처럼 비싼 땔감을 불태우면서, 어찌 오래 머물러 있을 수 있겠습니까?〉 초회왕은 곧 소진의 의도를 깨닫고 그를 여관에 묵게 하고, 그에게 가르침을 청하였다고 한다』

벤저민 프랭클린(미국의 정치가, 과학자, 철학자 : 1706~1790)은 시간 낭비를 아주 경계하였는데, 다음과 같은 말을 자주 하였다. 〈시간 낭비보다 더 큰 낭비는 없다. 흘러간 시간은 두 번 다시 돌아오지 않기 때문이다. 시간은 아무리 많다고 하더라도 충분할 수 없다. 가치 있는 일을 하는 데 시간을 써라. 시간의 낭비를 막는 길은 이것밖에 없다〉 라고 자주 강조하였다고 한다. 현대인에게 시간은 소중한 자원이다. 따라서 시간관리에 따라 경쟁력·생산성·위기관리·인간관계·삶의 질이 결정되는 것이다.

시간은 생산자 측면에서는 제품을 가공하고 생산해 내는 소중한 무형자원이다. 그리고 소비자 측면에서는 화폐·시간·공간의 3대 요소의 하나인 것이다. 따라서 공급자들은 〈더 싸게〉, 〈더 빨리〉, 〈더 가까이〉 라는 기법을 개발하기 위하여 노력하게 되는 것이다. 그리고 우리 모두에게 있어 시간은 생산적 시간과 함께 여유시간의 관리가 모두 중요해졌다. 시간 낭비 없이 또는 보다 적은 시간으로 높은 성과를 올리는 것이 중요해졌는가 하면, 또한 주말 시간이나 휴가를 어떻게 보내야 삶의 질이 향상되는지를 고려하지 않을 수 없는 시대가 되었기 때문이다.

〈시간관리를 위한 계획에 소요되는 시간과 시간의 효율성은 정비례한다〉

라는 말이 있다. 시간은 모자라도 걱정이고 남아도 걱정이다. 그러니까 일하는 시간과 놀고 쉬는 시간이 적절한 균형을 이루는 것이 가장 중요한 것이다. 반면에 우리가 시간관리에 약한 이유는 자발적이고 창의적으로 일하는 것이 아니라, 아무 생각 없이 시키는 것 또는 정해진 것만 꾸준히 해 오는 습성 때문이다. 그러나 이제는 일하는 시간을 잘 관리해서 시간의 가치를 높여야 할 뿐만 아니라, 자유시간에 관한 관리가 더 중요한 시대가 되었다는 것을 인지할 수 있어야 할 것이다.

일하는 시간의 가치를 높이기 위해서는 우선순위의 결정, 집중근무 시간제, 시간의 기회비용 검토, 스피드 역량 강화 등 다양한 방법들이 제기되고 있는데, 그 핵심은 시간의 양적인 절약과 효용성이 강조될 수 있을 것이다. 그리고 자유시간의 활용을 위해서는 재충전에 관한 갈브레이스의 3대 영역을 잘 이해할 필요가 있다.

갈브레이스 교수는 레저시간을 활용하는데 세 가지 차원이 있다고 하였다. 첫째는 몸을 재충전하는 것으로서 힘든 육체노동 후에 잠을 자는 방식을 말한다. 둘째는 재미있는 시간을 보내는 방식인데 TV시청이나 프로야구 관전 등으로 스트레스를 푸는 방식이다. 셋째는 마음을 재충전하는 것으로 악기연주 · 여행 · 자발적 학습 · 봉사활동 등 보람과 가치를 통해 기쁨을 맛보는 방식이다. 이 세 가지 방식 중에 세 번째 것이 가장 고차원의 것이지만, 어떻게 사전에 준비하고 스케줄을 짤 것인가는 더욱 복잡하기 때문에 정밀한 시간관리가 필요하다고 주장하였다.

앞으로 주5일 근무제가 확산되면 자유시간의 관리가 중요한 과제가 될 것이다. 직장인들은 과거에는 똑같이 일하고 똑같이 보상을 받았지만, 이제는 성과에 따라 차등보상을 받고 있다. 그러므로 몸값을 높이려면 자신의 시간 가치부터 높여야 할 것이다. 따라서 시간차원을 창의적 · 생산적으로 쓰는 한편, 시간낭비 요소는 철저히 배제해야 자신의 몸값을 높이는 결과를 가져올 것이다.

직장인들이 시간낭비를 하기 쉬운 요소로 지나친 의욕, 계획성 부족, 불완전한 정보, 전화로 인한 지체, 불시 방문객, 지나친 예비시간(목적 없이 진행되는 회의 등), No를 못하는 태도 등의 요소를 지적할 수 있을 것이다.

일반적으로 지금 우리에게 가장 부족한 것은 우리에게 자연스럽게 주어진 시간일 것이다. 만약 시간이 무궁무진하다면 모든 것을 해볼 수 있을 것이다. 따라서 우리가 받는 대부분의 것은 시간을 파는 대가로 얻어지는 것임을 명심해야 할 것이다. 그런 의미에서 우리는 자신의 시간 내용을 파악하고 낭비 요소를 찾아내어 자신만의 시간을 더 많이 확보하는 것이 가장 우선하고 가장 중요시해야 할 것이다.

이를 위해서는 자신의 시간 사용 내역을 적어보는 것이 중요하다. 도대체 어디에 시간을 사용하고 있는지, 가장 많이 사용하는 부분은 무엇인지를 알아야 하는 것이다. 시간을 기록하면서 얻어지는 가장 큰 소득은 실제 사용내용과 막연히 그럴 것으로 생각하던 것 사이에 큰 차이가 있다는 것을 발견하는 것이다. 이렇게 해서 낭비 부분을 찾아낸다면, 동시에 이를 없애기 위해 노력도 병행해야 하는 것이다.

루즈벨트 대통령의 주요 참모였던 해리 홉킨스는 건강 문제로 격일로 단지 몇 시간만 근무를 했다. 하지만 처칠은 그의 탁월한 일솜씨를 언제나 극찬했다고 한다. 이와 같이 극한 상황을 가정해 놓고 무슨 일을 할 것인가를 생각하면, 불필요한 일과 다른 사람이 해도 무방한 일 등에 대해 다시 한 번 생각해 볼 수 있을 것이다.

이를 위해서는 자신의 목표를 재점검하는 것이 필요하다. 별다른 삶의 목적이 없는 사람에게는 남는 것은 시간밖에 없다. 삶이 지루한 사람에게는 새털같이 많은 시간을 어떻게 죽일지(killing time)가 최대의 관심사일 것이다. 따라서 그런 만큼 목표가 명확해야 시간관리의 필요성이 대두될 수 있을 것이다. 그리하여 목표를 명확히 하고 소중한 것과 그렇지 않은 것을 구분함으로써, 소중한 것에 시간을 많이 투자하는 것이 필요할 것이다.

지식 노동자에게는 잘게 나누어지는 시간은 효과성이 떨어진다. 예를 들어 8시간 걸리는 기획안을 작성하는데 30분마다 다른 일을 보면서 한다면 주어진 시간에 좋은 품질의 기획안 작성은 불가능하게 된다. 이런 경우에는 전화기도 끄고, 사람들의 접근이 불가한 곳에서 일을 할 수 있게끔 〈뭉텅이 시간〉 확보 방안을 강구하는 것이 훨씬 더 효과적이다. 그런 만큼 지식 노동자는 어떤 방법으로든지 부서지는 시간을 최소화하고 가능한 한 뭉텅이로 시간을 확보할 방안을 심각하게 검토해 보아야 할 것이다.

삶의 목표를 만들고 거기에 따른 계획을 세워도 그 계획을 지속적으로 실천하기 위해서는 도구가 필요하다. 잠자기 전에 내일 아침에는 무슨 일이 있어도 새벽 4시에 일어나야지 결심해도 자명종이 없으면 결심은 결심으로 그치는 것과 같은 이치이다. 따라서 시간을 제대로 관리하기 위해서는 자명종처럼 우리에게 주기적으로 경고를 주고 정신이 번쩍 나게 만드는 그런 도구가 필요한 것이다.

그런 의미에서 삶의 목표, 매달 할 일, 매주 할 일, 오늘 할 일 등을 꼼꼼히 기록하고, 우선순위에 의해 이를 실천하고 확인하는 노력이 필요할 것이다. 따라서 시간관리 도구는 자신에게 맞는 적절한 방안과 기법을 스스로 개발하여 활용하면 효과가 극대화될 수 있을 것이다.

시간 관리는 습관의 문제이다. 우리의 삶은 사소한 행동 · 반응 · 태도 · 결정으로 이루어져 있고, 그 대부분은 무의식적 습관에 의해 이루어진다. 매번 약속에 늦는 것도, 늘 약속시간에 임박해서 빠듯이 움직이는 것도 습관이다. 반면에, 시간을 소중하게 생각하고, 자투리 시간도 아끼고, 그것을 소중한 곳에 사용하는 것도 결국은 습관이다. 따라서 자신의 습관을 되돌아보고, 목표를 명확히 함으로써 소중한 것과 그렇지 않은 것을 구분하고, 불필요한 일에 시간을 낭비하지 않아야 할 것이다. 그리하여 뭉텅이 시간을 확보하여 거기에 시간을 집중하는 것이 바람직한 양적인 시간관리가 될 수 있을 것이다.

chapter 4

제 4절 시간의 가치 : 질적 시간

chapter 4

시간과 공간에 관한 새로운 정의가 21세기 인간사회의 중점적 관심사항으로 다가왔다. 시간은 점차 압축적으로 변화한다. 그리고 이러한 변화는 시간뿐만이 아니다. 통신망은 거리를 좁히고, 멀게만 느껴지는 반대편 공간을 가깝게 해준다. 따라서 우리는 시간이 가속화됨을 느끼며, 우리 주변의 세계정세에 대해 반드시 깨어 있어야 한다는 것을 실감하고 있다. 그리고 또 다른 하나는 점차 물리적인 기동성이 가능하며, 점점 커져만 가는 네트워크 안에서 몇몇 고정된 사이트에 고립되는 소위 〈가상의 유목민〉이 생길 수 있다는 불안감도 의식하게 되어지는 것이다.

이제 우리는 질적 시간관념의 변화를 받아들여야 할 시기이다. 시간관념의 변화는 진보된 사회에서 일 · 운동 · 교육과 오락 · 산업과 예술 등의 가치를 변모시키고 있다. 그리고 대중과 개인은 학교와 직장을 더 이상 구분하지 않고, 〈휴식〉의 개념마저 파괴하고 있다. 기업 · 국가 · 사업 · 재무 · 가정 그리고 상업 시스템들은 계속 통합되어가고 있다. 따라서 모든 일은 동시다발적으로 이루어지고 있다. 이제 시간은 더 이상 일과 휴식을 구분하는 기능으로 정의되지 않으며, 사람들은 새로운 특성에 따라 시간을 재구성하고 있다. 그중 하나는 시간이 우리들의 일상에서 의미하는 깊이와 질이 될 수 있을 것이다.

우리는 과거 한때 어느 중소기업의 성공을 접할 수 있었다. 삼원정공이 지난 80년부터 5S(정리, 정돈, 청소, 청결, 마음가짐) 운동을 시작으로 초관리 운동, 사력 0.01운동 등 끊임없는 경영혁신운동을 전개해 성공신화를 이루며 대기업 수준의 회사로 발돋움한 것을 알고 있다. 〈무심코 버리는 시간을 아끼자〉라는 초관리 운동으로 화제로 모았던 삼원정공의 경영철학은 바로 〈1초를 아끼면 성공이 보인다〉이다. 철저한 계획과 실천에 따라 눈에 보이지 않는 시간의 낭비요소를 없애고 한정된 시간을 최대한 효율적으로 활용한다는 것이 그들의 목표였다.

초관리 운동은 철저한 계획과 실천으로 성공적이었다. 우선 생산성 향상이 이를 증명해 주고, 또 대기업 못지않은 임금수준과 94일의 의무 휴일 등이 성공의 확신을 뒷받침해 주었다. 따라서 〈남들 하니까 나도 해야지〉식의 유행 따라잡기로 초관리 운동이 한때 우리나라 대부분의 기업들에게 확산되었으나, 어느 순간부터 흐지부지 사라져갔다. 철저한 계획과 연구, 그리고 실천이 따라주지 못했기 때문이다.

근무시간을 〈초〉와 〈돈〉으로 환산하는 이러한 운동에 대하여 내가 어떤단호한 결론을 내리기에는 아직 확신이 없다. 그러나 직장생활과 인간 활동이 임금과 휴가 등으로만 대변될 수 있을까? 하는 의문을 떨칠 수는 없다. 따라서 이제 우리는 〈삶의 질〉과 〈시간의 질적〉인 개념적 가치를 어떻게 받아들여야 할까? 하는 문제를 생각해 볼 필요가 있게 되었다.

따라서 이러한 시간의 양적 가치는 경영혁신운동을 전개할 수 있는 원동력이란 측면에서는 의미가 있을 수 있다. 즉 시간은 누구에게나 똑같이 주어진다. 그러나 하루를 48시간처럼 사용하는 이가 있는가 하면 10시간으로 쓰는 이도 있다. 모두 제각각으로 1분 1초가 당장은 미미하고 의미가 없을지 몰라도 하루 이틀 몇 년이 지나면 큰 변화를 몰고올 수 있는 귀중한 시간이 된다는 이러한 양적 시간관은 너무 비인간적이지 않은가?

인간이 배제된 물질적 보답만을 우리 인간은 전적으로 기대하지는 않는다. 하루 근무시간을 2만 8,800초로 환산하고 오전 8시부터 오후 5시까지 점심시간을 제외한 8시간의 근무시간을 시간의 가장 최소단위인 〈초〉와 〈돈〉으로 환산해서 생각하는 이러한 경영방안은 언제까지 성공할지는 아직 아무도 모른다고 결론지우고 싶다.

삶의 질적인 측면에서 보면 필요할 경우 공장에서 잡담도 할 수 있고 야근도 할 수 있어야 한다. 하루 동안의 자기시간을 적어보는 〈자기관리체크시드〉로 커피 한 잔을 마시는 시간, 담배 한 대를 피우는 시간 등을 한 달 동안 체크하고, 직원 개개인이 시간을 어떻게 사용했는지 소상히 파악하고, 1년 후에는 직원의 능력과 성실을 파악할 수 있는 중요한 자료로 활용하는 이러한 시스템에 지금 과감히 동의하고 싶지 않다.

이제 우리는 삶의 질 향상을 위하여 일과 휴식간의 균형을 재조율하려는 노력을 하여야 할 시점이 되었다. 과거와 미래의 공간을 연결하려는 개인이나 가정의 이야기에 의미를 부여하기 시작하여야 하는 것이다. 그리고 과거의 뿌리나, 혹은 무언가에 대한 우리의 관심은 불확실한 미래의 어느 곳에선가 실패할 수 있는 경험의 〈질적 가치〉를 찾아내고자 노력하여야 한다. 따라서 우리의 삶은 시간의 질적 가치에 수반되는 공간인식의 변화를 동시에 요구하게 되는 것이다.

사람들은 명쾌하게 정의된 공간을 선호한다. 우리는 경계를 만들어 자신에게 편하고 익숙한 공간을 꾸미고자 한다. 이러한 사람들의 특성은 외부의 세계가 복잡하고 조종이 어려워질 때 하나의 문제로 부상하게 되는데, 이러한 경향은 자기만의 영역에서 편안함을 느낄 때, 〈Cocooning〉이라는 말을 인용한다. 자기만의 공간을 꾸미는 일은 또 다른 나를 소유한다는 인식을 유도한다. 또한 시간과 공간의 한계를 넘어 무경계화 혹은 복합화의 관념이 우리를 지배하고 있다. 통신기술, 전자우편 그리고 무선통신기술의 이기로, 우리는 공간을 초월해 자신을 효과적으로 알릴 수 있다. 우리는 동네의 소규모의 단체에 소속하면서, 동시에 〈가상의 단체〉에도 가입할 수 있다. 결국, 각 개인이 누릴 수 있는 경험의 영역은 세계의 어느 누구와도 대화할 수 있는 범위로 확대되었다. 이것은 시간의 질적 가치가 강조되고 그러한 질적 가치로 삶의 질 향상을 기대하게 되는 것이다.

역사의 수레바퀴는 엄청난 모습으로 변하고 있다. 정치·경제·사회·문화의 모든 분야에서 구조적인 일대 변혁이 세계화와 효과성이라는 미명하에 전 지구의 기초가치로 다가오고 있다. 어떤 이는 21세기야말로 지금까지의 인류 역사와는 전혀 다른 모습으로 변모할 것이라고 우려를 표명하고 있다. 이러한 변화의 축에는 항시 〈시간〉이라는 어휘가 존재하고 있다. 인류 역사는 시간의 흐름 속에서 이루어져왔기 때문이다. 시간을 거듭할수록 역사는 발전되어왔고, 그 속도는 더욱 빨라지고 있다.

지금의 1초 시간은 인류 최초의 100년과 맞먹는다고 해도 지나친 말은 아닐 것이다. 시간을 양적인 개념으로만 보면 그만큼 사회변화가 빨라지고 있어서 시간활용을 자기 몸에 맞게 활용하지 않으면 현재와 더불어 살아갈 수 없을 것이다. 그러므로 우리들은 시간을 보는, 시간을 활용하는 방법을 바꾸어야 하는 것이다. 따라서 시간을 양적으로 보는 시각에서 질적인 활용을 통해 새로운 창조적 영역으로까지 확대하여, 역사의 흐름을 자신에게 맞출 필요가 있게 되는 것이다. 시간을 〈어떻게〉 활용하느냐에 따라 1분, 2분의 가치에 해당하는 시간의 효과를 측정할 수 있다. 이 〈어떻게〉라는 말이 질적 의미인 시간 창조가 아닌가 한다. 이처럼 시간을 창조하는 데는 과감한 발상의 전환이 필요한 것이다.

시간의 진정한 의미는 단순히 알고 이해하는 지식적 차원이 아니라, 지혜를 통해서 어떻게 활용하느냐? 하는 깨달음과 실천이 있어야 한다. 시간을 양적으로 쓰는 사람과 시간을 질적으로 쓰는 사람의 차이는 그만큼 현대를 어떻게 보람 있게 잘 사느냐? 하는 문제와 일맥상통한다고 볼 수 있다. 절박한 심정을 갖고 1초라도 보람 있게 뜻있게 시간을 활용하는 자세를 가지는 것이 중요하다. 한마디로 긴 여행을 떠나는 자세로 준비하면서 살아가야 한다는 것이다.

어떤 이는 〈시간의 흐름은 어떤 의미를 가질까?〉 하는 질문을 할 수도 있을 것이다. 그러나 이것은 사람마다 다르고 또 어떤 이는 시간의 질적 관리를 통해서 시간의 중요성을 인식함으로써, 높은 인격체를 가지는 사례를 우리는 주변에서 흔히 볼 수 있는 것이다. 우리가 통상 말하는 성공한 사람들이 이에 해당한다. 그 사람들은 시간당 부가가치를 높여서 필요 없는 시간 낭비를 줄이고, 각 개인에게 돌아가는 이익을 높여서 사회에 환원하는 바람직한 모습을 보여주고 있다. 그들은 현실 문제를 면밀히 검토하고 문제점을 찾아내어 해결하려는 노력과 의지를 가지고 있다.

따라서 우리는 질적 시간 관리의 중요성을 인정할 때, 맑은 인간적 삶의 질이 향상된다는 것을 알아야 하겠다. 그리하여 〈1초를 뜻있게〉 라는 마음 자세로 우리 모두가 시간의 깊이를 더할 때, 사회는 밝고 건강한 모습으로 변모해 간다는 확신을 가질 필요가 있는 것이다.

chapter 5

제 5절 시간의 경영 : 선택과 집중

chapter 5

노동시간은 정보화 · 기계화 · 전문화 등의 개념으로 앞당겨지고 있다. 최근 주 5일 근무제 도입이 추진되는 선진국 형태로의 근무전환은 노동자들의 일상생활에 있어서 단순히 근로형태의 변화만을 의미하는 것이 아니다. 이것은 우리의 주변여건, 일과 생활, 사회경제적 시스템 등에서 전반적인 변화를 한꺼번에 초래할 것이다. 이제 정부와 기업과 가정은 노동시간 단축을 계기로 더 이상 양적 개념으로의 시간이 아닌, 시간의 질적 활용에 초점을 맞추어 나아가야 할 것이다. 과거의 통제적 차원의 〈시간관리〉가 아니라 고부가가치 창출을 위한 〈시간경영〉에 관심을 기울여야 한다는 것이다. 선진기업들은 이미 노동 · 자본 · 기술 · 정보에 이어 시간을 제 5의 경영요소로 인식하고, 시간의 전략적 활용을 강조해 왔다. 한마디로 말해 이제는 시간경영의 시대로 접어들고 있다고 말할 수 있는 것이다.

시간 경영의 핵심은 바로 시간의 질적 활용에 초점을 두고 있다. 시간경영은 시간당 부가가치를 극대화하기 위한 업무 및 프로세스 혁신활동을 행정과 경영과 가정생활에 이르기까지 제대로 생활화할 때 실현될 수 있을 것이다. 이러한 시간경영은 공익의 창출, 제품의 개발, 생산, 영업, 가정활동 등에서 뿐만 아니라, 개인의 삶에서도 다양한 형태로 구현될 수 있는 것이다.

옛날 사람들은 태양의 출몰에 따라 일찍 자고 일찍 일어날 수밖에 없었다. 하지만 조명에 길들여진 밤 문화가 낮같이 활발한 현대는 이런 형태의 지배를 덜 받게 되었다. 그래서 태양의 운행과 리듬을 같이하는 〈아침형 인간〉이 있는가 하면, 저녁 생활을 즐기고 저녁시간을 유용하게 사용하는 〈저녁형 인간〉이 생기게 되었던 것이다.

아침형 인간은 이성적이고 일을 좋아하며 일반적인 직장인들이 많고, 저녁형 인간은 감성적이고 탐미적이어서 화가, 음악가 등 창작자들이 많다고 한다. 결국 여기에는 시간 리듬의 개념이 도입되어지는데, 즉 시간 리듬은 인간을 지배하고 인간은 자신의 지적 능력을 지배하고 있다. 그러므로 평소에 인간이 자기 몸을 잘 지배하는 생활을 하는 것이 바로 〈시간경영〉이 될 것이다. 따라서 자신이 〈아침형 인간〉인지 〈저녁형 인간〉인지를 잘 판단하여, 이성과 감성으로 선택과 집중을 거듭하다 보면, 시간경영에 있어 성공을 확보할 수 있을 것이다.

이러한 사실로 미루어볼 때, 시간경영은 단순히 시간 활용을 극대화하는 차원을 넘어 시간의 가치를 재창조하는 것을 지향하고 있는 것이다. 시간의 가치를 재창조하는 것은 과거와 다른 방식의 사고와 행동을 통해, 시간당 부가가치나 새로운 아이디어를 창출하는 것을 의미한다. 따라서 시간경영의 가치를 높이기 위해서는 경영자원의 활용을 극대화하기 위한 〈선택과 집중〉 전략이 무엇보다 필요한 것이다. 선택은 꼭 해야 될 것과 하지 않아도 되는 것, 시급한 것과 시급하지 않은 것, 효과가 큰 것과 효과가 크지 않은 것 등을 구분한 후, 허비되는 시간과 비효율적인 시간을 최소화하는 것을 의미한다.

집중이란 제한된 시간 동안에 제한된 자원을 최대로 활용하여 최고의 부가 가치와 성과를 창출하는 것을 의미한다. 이러한 〈선택과 집중〉 전략이 성공하기 위해서는 우리의 기본적 사고와 행동과 인프라의 변화가 필요하다. 기본적 사고는 시간의 가치와 의미를 재인식하고, 그 가치를 높이기 위해 자신의 역량을 지속적으로 높이고, 자신의 시간을 주체적으로 활용하며, 재창조하는 자세를 의미한다.

시간경영은 자신의 생활에 대한 보람을 스스로 창조함과 동시에, 스스로가 자신의 행동을 통제할 수 있어야 한다. 또한 이제는 시(時)테크의 개념에서 벗어나 실제 자신의 경쟁력 제고와 결합시켜 시간을 경영하는 자세로의 전환이 필요한 것이다. 따라서 〈제때에, 일찍, 자주, 빨리, 합리적, 생산성〉 등에 초점을 맞추고, 조직의 취향이나 근무상황에 적절히 응용할 수 있는 자세가 필요한 것이다.

이러한 시간경영의 성공을 위해서는 각종 인프라의 개선도 시급하다. 조직 내에 지식경영시스템을 구축하여 업무시간의 효율화를 도모할 수 있도록 해야 하며, 신속한 의사결정 체계의 구축으로 의사결정의 지체로 발생하는 시간의 허비를 최소화하여야 할 것이다. 따라서 불필요하고 중복되며, 가치가 낮은 업무를 폐지하고 근무환경 또한 기능에 따라 시간효율형으로 재구축해야 할 것이다.

흔히 누구나 〈시간이 없다〉라고 말하지만, 조금만 더 냉정하게 생각해 보면 누구에게나 똑같은 시간이 주어져 있고, 그 시간을 어떻게 활용하느냐? 가 결국 결정적 차이를 만드는 이유임을 알 수 있는 것이다. 따라서 시간경영이란 얼마나 효율적인 일에, 얼마나 중요도가 높은 일에 자신의 시간을 우선적으로 투여하느냐의 여부에 성공이 좌우된다는 것임을 알아야 할 것이다.

이제 시간의 〈양적 가치〉와 〈질적 가치〉를 넘어 효율적 〈시간경영〉을 위해서는 모든 일을 처음에 제대로 해야 한다는 명제가 떠오른다. 세계적인 시간경영 전문가들은 한결같이 시간부족은 〈부족〉 그 자체가 아니라 〈관리〉의 문제라는 점을 강조한다. 시간경영 전문가들은 공통적으로 ① 삶에서 중요한 다른 일들과 조화로운 균형을 이룰 수 있도록 할 것 ② 생활 속에서 빠름과 느림을 적절히 조화시킬 것 ③ 모든 인간들은 기성복이 아닌 맞춤 의상처럼 자신에게만 맞는 개별적인 시간경영을 채택할 것 등을 강조한다. 시간에 쫓기는 사람들은 단지 시간을 아끼는 데만 그치지 않고, 시간경영을 통해 나름의 의미를 추구하는 인간성을 확보하는 차원으로 탈바꿈하는 계기를 마련해야 할 것이다.

스티븐 코비(Stephen Covey)는 그의 저서 「소중한 것을 먼저 하라」에서 시간경영의 성공과 관련해 몇 가지 조언을 하고 있다. ① 더 빨리 더 많은 일을 하는 방법을 강구하라 ② 사람 때문에 일할 시간을 낭비하지 말라 ③ 한번 세운 목표를 반드시 지켜라 ④ 긴급한 일을 우선적으로 하라 ⑤ 다른 사람과의 의견 차이를 없애라 등이 그것이다. 따라서 시간경영은 자신과 조직의 시간의 효율적 활용이 동시에 이루어지는 것을 의미한다고 할 때, 스티븐 코비의 조언은 시사하는 바가 크다고 할 수 있을 것이다.

또한 그는 시간경영을 추구하면서 신속성을 강조한다. 〈모든 일은 처음에 제대로 해야 한다 (Do things right for the first time)〉라는 기본을 절대 잊어서는 안 된다고 강조한다. 시간경영은 자신과 조직의 시간이 동시에 효율적으로 이루어지는 것을 의미하기 때문이다.

제 6절 시간의 자연 : 빠름과 느림

chapter 6

　시간은 인류의 문명사에 어떤 영향을 끼쳤을까? 시간은 늘 우리에게 모호하고 혼란스러우며 불가항력적인 모습으로 다가왔다가 사라져간다. 그런 점에서 우리는 시간에 대하여 사회적이나 자연적으로 재구성된 시간에 관하여 탐구해 보아야 할 것이다. 시간의 역사는 이렇게 탐구에서 시작하고 탐구에서 종결의 의미를 수확하고 있었던 것이다.

　13세기 말에서 14세기 초까지 수도원에서는 일정한 시각에 신에게 기도를 드렸다. 따라서 제 시간에 종소리를 자동적으로 알려주는 기계시계가 수도원에 있으면 매우 편리했을 것이었다. 그런 필요 때문에 자명종이 붙은 알람 기계시계가 탄생하였다. 종교적 이유로 제작하였던 수도원의 시계가 14세기쯤에는 도시 시민을 위해 광장이나 시장에 시계탑으로 서게 되었다.

　종소리 역시 15분씩 울릴 때마다 음색(音色)이 달라서 조금만 주의를 기울이기만 하면 누구든지 11시 30분인가 11시 45분인가를 구분할 수 있었다.

따라서 기계시계가 출현하면서 사람들의 시간의식도 바뀌었다.

옛날에는 아침에 해가 뜨면 일어나 밭에서 일하고 저녁에 별을 벗삼아 집으로 돌아오는 자연의 시간이 일상을 지배하고 있었다. 그런데 인류역사의 발전과 더불어 〈자연의 시간〉은 인공적으로 잘게 쪼개졌으며, 사람들의 생활을 다른 방식으로 제도화하기 시작하였다. 중세의 수공업자들은 주문받은 가죽 신발 한 켤레를 언제까지 마치겠다는 약속을 하지 않았다. 철저한 장인정신으로 땀과 노력을 다해서 신발을 만들었고 마음에 들어야 끝났다. 좀바르트(W. Sombart)의 말대로 중세의 수공업 제품은 하나의 영(靈)을 가지고 세상에 나오게 되었으며, 제작자의 기쁨과 슬픔도 수공업자의 일에 흔적을 남기지 않고서는 장인의 정신이 없다고 생각하였던 것이다.

그런데 시간의식이 변함에 따라 제품 생산도 시간에 따라 이루어졌다. 수공업자와 고객 사이에 제작을 언제까지 끝내겠다는 시간 약속이 정해졌던 것이다. 시간은 원래 기독교가 지배했던 당시에는 하나님의 것이었다. 시간은 신의 소유였기에 아무도 시간에 따른 이득을 얻을 수 없었다. 그러나 당시에 금융업자와 상인들은 돈을 빌려주고 일정한 기간이 지나면 원금과 함께 이자를 받았다. 그러나 이자는 시간의 흐름에 따라 발생하는 것이었기에, 인간이 그것을 소유하면 안 되는 것이었다. 이자는 하나님의 시간을 훔친 결과물이었기에 중세 교회의 법학자들은 그것을 범죄행위로 간주하였다. 범죄는 처벌되어 마땅하였고 교회는 상인의 이자 취득을 금지하는 이자금지법을 제정하기에 이르렀다.

그렇지만 시간이 이자를 낳는다는 사고가 새롭게 주목받았다. 상인들은 시간의 논리를 자신들의 돈벌이에 응용하였으며 점점 시간은 돈(Time is Money)이라는 논리를 갖게 되었다. 따라서 〈신의 시간〉이 〈상인의 시간〉으로 전환되었던 것이다. 결국 상인과 부르주아들이 지배한 시간이 인간의 삶과 노동을 규제하고 경제활동을 이루어나갔다. 1563년 영국의 도제법(徒弟法)에서도 노동시간이 규정되었다. 3월부터 9월까지는 새벽 5시 또는 5시

이전에 작업을 해서 저녁 7시와 8시 사이에 마치는 것으로 정해졌고, 이를 어기거나 태만하면 임금을 대폭 깎았다. 오로지 임금으로 생계를 유지하는 노동자는 철저하게 시간의 규칙에 순응해야 했다.

자본주의라고 하는 새로운 사회는 신의 시간을 상인 부르주아가 지배하면서 탄생하였던 것으로 볼 수도 있다. 시간은 금전이기 때문에 돈처럼 아끼고 저축해야 하며 이를 위해 근면 성실하게 사는 것이 최선의 덕목으로 자리잡았다. 노동자들은 시간에 늦으면 임금을 삭감당하거나 해고되는 비정한 현실을 맞게 되었던 것이다.

역사가 흐르는 과정에서 인간은 가끔 정신없이 일하다가 문득 무엇인가를 깨닫는 순간이 있을 수도 있을 것이다. 지나친 노력이 실제로는 일을 비생산적으로 만든다는 것을, 바쁜 생활은 단지 지혜와 이해력이라는 물을 흙탕물로 만들 뿐이라는 것을, 반대로 고요하게 휴식을 취하면 에너지가 재충전되고 지각력이 점차로 영민해진다는 것을, 우리는 가끔 깨닫게 되는 수가 있는 것이다.

고대의 경전들을 보면, 안식일에는 촛불을 켜고, 노래를 부르고, 기도하고, 이야기를 나누고, 경배하고, 먹고, 낮잠을 자고, 사랑하라고 권하고 있다. 안식일은 기쁨의 하루요, 시간의 보호구역이요, 고요와 여유가 있을 때만 솟아나는 통찰력과 축복을 일깨우는 시간이므로, 새로운 날, 새로운 주, 새로운 삶의 시작을 기약하는 가능성의 씨앗은 고요한 안식의 땅에만 심을 수 있다고 생각하였다. 다시 또 다시, 언제나 생기 넘치는 눈으로, 휴식과 재충전을 통해, 그 어떤 조건도 없는 안식일의 성소 속에서 거듭 태어나는 것이라고 생각하면서, 시간의 자연성에 의존하게 되었다.

우리에게는 우리가 어디에 있으며 어디로 가고 있는지를 알려주는 내면의 리듬이라는 생명의 선물이 있어왔다. 50에서 60시간의 주간 업무 시간에 쫓겨 점심 식사도 거르고, 잠도 자지 않고 밤늦도록 일만 할지라도, 이런 재충전의 리듬이 영원히 파괴되지는 않는다는 것을 경험하여왔던 것이다.

따라서 이것은 멈추어 다시 휴식을 취하면 다시 자연적인 상태를 회복하게 된다는 것을 의미하는 것이다. 그리하여 우리는 자연적인 지혜와 균형을 회복하면 아름답고 필요하고 진실한 것에 이르는 길을 다시 찾을 수 있는 것이다. 따라서 인간은 자연적인 리듬과 영원히 결별하는 일은 결코 있을 수 없게 되어진다. 그러나 그동안 현대생활의 분주함과 스트레스에 짓눌려 살아온 사람들은 재충전의 내면적 회복의 리듬을 고집스럽게 거부한 오류를 간직하여 왔던 것이다.

우리는 바로 지금, 바로 이 순간, 바로 오늘이 사랑하고 감사하며 휴식 속에서 기쁨을 누리는 순간이라고 생각되어질 때가 있을 것이다. 그 순간은 바로 지금 여기에서, 천국의 모습을 느끼고, 영원의 맛을 음미하는 것으로 생각되기 때문이다. 경제적인 자본이 적어도 풍부한 시간자본을 신중하게 결합하면, 가족과 공동체를 위해 진정한 부를 창출해낼 수 있다는 생각도 할 수 있을 것이다. 이처럼 돈과 시간의 참된 결합은 둘 모두의 가치를 증대시킬 수도 있을 것이다. 시간과 돈 모두는 올바르고 건전한 세상을 만드는 데 필수적인 상품이기 때문이다.

여기에서 자연의 시간은 느긋하고 편안한 시간의 수확 속에서만 우리 노동의 결실을 발견할 수 있다는 점을 다시금 생각하게 만드는 혁신적인 가치로 다가온다. 이런 자연의 시간 속에서 우리는 평화와 고요·행복·기쁨의 달콤함을 맛볼 수 있는 것이다. 따라서 세상의 모든 돈을 다 갖고도 정작 이러한 자연의 시간이 없다면 아무것도 없는 거나 마찬가지인 것이다.

행복은 시간의 자연이라는 비옥한 토양 속에서만 자란다. 속도와 과중한 업무가 우리의 시간을 먹어치워버린다면, 즐거운 일이나 일출, 친절한 말 한마디, 아이들과의 술래잡기 놀이, 오븐 속에서 익어가는 따스한 빵에 즐거운 비명을 지르는 일은 없을 것이다. 따라서 욕망으로부터 벗어나지 못한다면, 욕망의 굴레 속에 계속 머문다면, 잠시 멈추어 명상을 하거나 노래를 부르거나 산책을 하지 않는다면, 집요한 욕망의 패턴은 그칠 줄 모르고 점점 속도를 높여갈 것이다. 따라서 자연성이 없는 시간은 우리 자신과 우리가 사랑하는 이들에게 끔찍하고 고통스러운 삶이 될 때까지 그칠 줄 모르고 다가오게 되는 것이다.

현대사회에 내재하는 폭력의 저변을 형성하고 있는 두 가지 요소는 행동주의와 과로이다. 바쁘게 몰아치는 현대생활의 중압감은 필연적으로 폭력을 유발하는데, 이는 현대생활의 가장 보편적인 양식이 되어버렸다. 즉, 자신을 수많은 갈등 요소에 휘둘리도록 내맡기고, 너무나 많은 요구들에 부응하려고애쓰며, 엄청난 양의 업무를 수행하도록 강요받고 있는 것이다. 모든 곳에서 모든 사람들을 도우라고 자신에게 강요하는 것은, 결국 폭력에 굴복하는 것이나 다름없는 것이다.

도교에서는 〈고요한 마음에는 세상도 감복한다〉라고 했다. 이것은 자연의 시간에서 오는 인내심과 기다림은 우리의 영혼을 맑게 해주는 원천이라는 것을 의미하는 것이다. 우리가 사업에서 성공하려면 무언가는 포기해야 한다. 모든 걸 할 만큼 시간이 충분한 것이 아니기 때문이다. 조용한 시간과 느림의 시간을 거의 갖지 못함으로써, 시민의 권리와 친구들을 포기해야 하는 것이다. 사업과 관련이 없는 것이면 무엇이든 시간을 내지 않고, 이익이 안 되는 관계에는 신경쓸 시간이 없기 때문이다.

따라서 시간의 자연은 지금 있는 것에 만족하며, 그것들의 이치를 즐겁게 받아들여, 아무것도 부족한 것이 없음을 깨달았을 때, 온 세계가 우리의 것이 된다는 것을 일깨워주는 것이다. 그리고 지금까지 존재했던 것들은 앞으로도 존재할 것이며, 지금 행해진 것들은 앞으로도 행해질 것이고, 태양 아래 새로운 것은 아무것도 없다는 것이 〈느림의 시간〉, 즉 〈시간의 자연성〉이 되는 것이다.

시간의 자연은 우리 인간에게 청소라는 과정을 통해서도 느낄 수 있다. 청소는 인간의 인식과 행태 자체를 깨끗이 한다는 의미도 중요하지만, 더 큰 의미는 청소라는 과정을 통해서 더 큰 고장의 원인을 발견한다는 의미를 강하게 부여하고 있는 것이다. 그래서 보통 〈청소는 점검이다〉라는 차원에서, 느림과 시간의 자연성에 의미를 둘 수가 있는 것이다. 시간의 자연성이 배제된 빠름의 시간은 우리에게 청소하는 것이 귀찮아져서 설비 주변을 페인트만 덕지덕지 바를 가능성을 있게 한다. 이 때 만약 페인트를 칠하지 않았다면, 설비 벽면에 금이 가서 잘못하면 폭발할 것이라는 것을 예측할 수 있는 기회가 페인트칠로 가려져서 더 큰 사고를 일으킬 수도 있다는 것에 우리는 주목할 필요가 있는 것이다. 이렇게 될 경우 시간의 자연성을 배제한 빠름의 시간은, 페인트칠로 하는 청소와 같이 무서운 재앙을 불러올 수도 있다는 것을 지적하고 있다.

또한 빠름에서의 시간은 또 다른 사례로서 정리 · 정돈이 있는데, 정리 · 정돈은 깔끔하게 정리함으로써 미관을 좋게 한다는 측면이 강한 반면, 자연의 시간에서의 정리 · 정돈은 양수 발전의 의미가 내포되어 있는 것이다. 양수 발전의 의미란 같은 〈1시간이라고 해서 시간의 가치가 다 같은 것이 아니다〉와 같은 의미가 있는 것이다. 그러므로 양수 발전이란 가치가 적은 시간으로부터 가치가 높은 시간으로 가치를 이동시키는 것을 의미한다.

양수 발전이란 심야의 비수요 타임에 전기를 비축하기 위해서, 댐의 아래 부분에서 물을 댐의 상류로 퍼올리고, 낮의 피크 타임에는 수력발전소를 돌려서 전기를 생산하는 방식을 말한다. 따라서 시간의 자연성에서 정리 · 정돈은 이러한 시간의 양수 발전의 의미가 강한 것이다. 따라서 자연의 시간은 항상 Know-Why를 생각하면서 일을 진행시켜야 할 당위성을 갖게 해주는 특성이 있는 것이다.

인류가 디지털 문명에 종속되어가는 이 때, 우리는 자연과 인간과 시간의 공존을 모색해 보아야 할 것이다. 우리가 일상을 보내는 시간에 대해서 생각하게 하는 〈자연의 시간〉과 〈인간의 시간〉을 탐색해 보아야 한다는 것이다. 불과 100년 전만 하더라도 밤을 밝혀주는 등불은 매우 귀한 존재였다. 사람들은 새벽 일출 이전에 일어나, 그래서 해가 뜨면 아침을 먹고 하루 일을 시작했다. 그리고 해가 지기 직전의 아름다운 빛깔을 〈이내〉라는 단어로 표현하면서 집으로 돌아와 저녁을 먹고, 해가 짐과 동시에 사람들은 잠자리에 들었다. 이렇듯 해가 뜨고 짐에 따라 과거 사람들의 생활이 결정되었던 것이다.

하지만 지금 우리는 전기 조명에 길들여져, 심지어는 밤낮이 뒤바뀐 생활을 하고 있다. 그만큼 〈인간의 시간〉과 〈자연의 시간〉이 점점 동떨어져가고 있는 것이다. 따라서 우리는 점차 자연에서 멀어지는 인간의 시간을 살아가게 되었던 것이다. 그리하여 지금 우리는 휴식과 여유 대신에 끝없이 시간을 쪼개 쓸 것을 강요받고 있는 시대에 살고 있는 것이다.

이제 우리는 자연의 시간, 인간의 시간에 대한 의문을 먼저 던져보아야 한다. 자연과 인간의 변화된 모습에 발맞추어 인간의 시간을 만들어보아야 한다는 것이다. 거기에는 반드시 〈빠름의 시간〉으로 인한 〈인간의 시간〉의 황폐함을 엿볼 수도 있을 것이다. 여기에서 우리는 자연적인 것과 인위적인 것어느 양쪽에도 머무르지 못하고 주저하는 우리의 모습을 발견하게 된다. 자연의 시간에서의 고요한 무채, 인간의 시간에서의 화려한 유채 사이에서 인간은 결국 어두워질 수밖에 없다는 사실을 자연의 시간에서 발견할 수 있을 것이다.

여기에서의 무채색이란 고요·안정·침잠 등의 자연적인 관념들이다. 반면 유려한 색채란 혼란과 빠름과 정신없는 생활들을 의미하게 되는 것이다. 따라서 앞으로 우리는 어두워진 인간의 그늘 속에서 자연도 또한 서서히 황폐해져 가는 모습을 발견할지도 모른다. 그래서 우리는 이기적인 인간의 현재를 자연의 시간으로 강하게 비판하여야 하는 것이다.

이제부터라도 우리는 자연과 인간의 시간 사이에서 그 조화를 만들어가야 할 것이다. 자연의 시간과 인간의 시간의 경계가 무엇인가에 대한 궁극적 의문으로, 자연의 시간에서 인간의 시간으로, 그리고 이 두 시간 사이에서 방황하는 우리의 현실과 미래에 대하여 고민해 보아야 한다는 것이다.

우주의 창조적 과정과 그것을 담아내는 존재라는 두 개의 축은, 한편으로는 우주의 연대성을 구현하는 생성으로서의 존재를, 또 한편으로는 시간적 소멸에도 불구하고 존속하는 존재의 문제를 해명하는 시간을 요청하고 있다. 화이트헤드는 인간 실존의 비극은 유동하는 시간성이라는 숙명에서 비롯된다고 보았다. 그러나 그는 〈사물은 흐른다〉라는 엄연한 숙명적 현실 위에서 철학이 기초해야 한다는 점을 강조하였다.

따라서 철학의 과제는 〈시간〉과 〈영원〉사이의 조화를 이루어내는 것이라고 하였다. 세계는 끊임없이 소멸하는 성격의 시간으로부터 탈출하려고 한다고 보았다. 그리고 화이트헤드는 새로움이 상실을 의미하지 않는, 그런 질서를 가진 시간을 철학의 목표로 하였던 것이다. 따라서 구체적인 사건에서 그 객체성은 우주의 연대성을 표현하고 있는 것이며, 관계 속의 사건은 개체성을 위하여 정신적 주체성을 도입하는 시간이 요청되는데, 이점에서 시간은 자연을 넘어선다고 보았다.

〈느림의 시간〉이라는 것이 있다. 속도와의 전쟁을 말하는 지금 이 시대에서, 왜 새삼스럽게 느림을 생각하는가? 하는 자기 부정에 빠져보는 것도 좋을 것이다. 빌 게이츠는 〈오늘날 사업의 성공은 생각의 속도이다〉라고 강조한 바 있다. 이렇듯이 다른 사람보다 빨리 생각하고 행동하여야만 살아남을 수 있는 세상에서, 느림의 미학이 대두되는 것은 분명히 재미있는 현상이 아닐 수 없다.

몇 해 전 밀란 쿤데라의 「느림」이라는 책이 나와서 화제가 되었던 적이 있었다. 요즘은 TV의 상품광고에서도 〈느린 것이 아름답다〉라고 하는 메시지를 보내고 있다. 이것은 너무도 빠르게 흘러가는 시간 속에서 정신을 차리기 힘든 우리들에게 이 시점에서 자신들을 돌아보라고 하는 경고로 해석될 수도 있을 것이다.

최근 유럽에서는 돈과 명예도 싫다는 〈느림보 족〉이 늘어가고 있다고 한

다. 현재 유럽인들 사이에서는 치열한 생존 경쟁을 자진하여 이탈하려는 경향이 나타나고 있다는 말이다. 즉 금전적 수입과 사회적 지위에 연연하지 않고 느긋하게 삶을 즐기고 싶어하는 사람들이 늘어가고 있다는 말이다. 이들이 소망하는 바는 삶의 속도를 늦추려는 것으로 요약되어진다. 그들은 급여를 삭감하는 대신 적은 근로시간을 택했던 것이다.

알렉산더 대왕과 그리스 철학자 디오게네스의 만남은 널리 알려져 있는 사건이다. 알렉산더는 승승장구의 정복자요, 당시에 세계 제 1의 권력자였다. 디오게네스는 돈도 권력도 없는 초라한 모습이었지만 당당했다. 알렉산더는 일광욕을 하고 있는 디오게네스를 찾아가 소원이 무엇인지 물었다. 디오게네스는 다만 햇빛을 가리지 말아달라고 했다는 것이다. 한 사람은 온 세상을 열망했고 다른 한 사람은 햇빛이면 족했다고 했다. 바로 느림의 철학을 강조한 내용인 것이다.

모든 인간이 알렉산더처럼 부귀영화를 누리고 싶은 것이 인지상정일 것이다. 하지만 인간에게는 속세의 명리에 얽매이지 않는 또 다른 삶을 추구하는 특성도 있다는 것을 알아야 할 것이다.

세계화와 디지털로 상징되는 현대의 코드는 스피드이다. 하지만 빠름의 철학에 매몰되지 않고, 느림과 여유를 추구하는 반작용도 지금 강하게 대두되고 있는 것이다. 날로 확산되는 〈슬로 푸드(slow food) 운동〉이나 〈느림의 미학〉을 다룬 책들이 베스트셀러가 되는 것이 이를 반증해 주고 있다. 밀란 쿤데라는 〈기술혁명이 인간에게 선사한 엑스터시가 속도라면, 느림은 감속의 기법을 다룰 줄 아는 지혜〉라고 말했다.

〈느림보 족〉이란 바로 〈다운시프트 족(族)〉을 말한다. 다운시프트(downshift)는 자동차를 저속기어로 변환한다는 뜻이다. 경쟁과 속도에서 벗어나 여유 있는 자기만족적 삶을 추구하고자 하는 것이다.

우리나라도 예외는 아니다. 〈빨리빨리〉로 대변되는 획일적인 삶의 패턴에서 벗어나, 자신의 삶을 찾고자 하는 움직임이 확산되고 있는 분위기가 퍼지고 있다. 최근에는 몸과 마음의 건강을 중시하는 웰빙(well-being) 바람이 거세지고 있다. 어떻게 사는 것이 과연 잘 사는 것인지? 가 시대의 화두가 되고 있는 것을 다양하게 나타내주는 하나의 경향인 것이다.

이제까지는 빠름이 젊음과 발전의 상징이었는데, 반면에 이것은 허상일 것이라는 메시지를 전할 수도 있을 것이다. 인간의 문명이 정신없이 변화·발전하는 속에서 생활의 리듬감을 잃어버린 우리들에게 시간이라는 개념을 다시 한번 생각할 수 있도록 하는 기회를 주는 것이 〈느림의 시간〉인 것이다. 느림의 시간은 시간의 흐름을 인식하는 것은 자신이 살아가는 생활 속에서 저마다 짊어져야 하는 책임감에 대해서도 다시금 생각해 보는 계기를 가지게 한다. 느림의 시간은 천천히 현재의 삶을 음미할 수 있는 미덕이 될 수도 있다. 천천히 그러나 꾸준히(slow but steady) 자신이 할 수 있는 만큼만을 추구하다 보면, 속도는 느려도 오히려 나은 결과를 가져오게 해준다는 것이 바로 〈느림의 시간〉에 대한 확신이다.

느림의 미학을 추구하는 것은 자신에게 보다 충실해지려는 노력의 일환이며, 또한 그렇게 함으로 해서 삶의 기쁨을 더 누려보고, 책임에 대해서도 더 깊이 생각해 보려는 의지의 표현이기도 하다. 우리는 현재 우리가 가지고 있는 시간의 개념이 불변하는 것이라고 생각하고 있다. 그러나 사실은 그렇지 않은 것이다. 시간의 개념은 나라마다 다르며 같은 나라 안에서도 시대와 상황과 개인에 따라 다를 수 있는 것이다.

고대 그리스의 경우 모든 시간이 같은 레벨에서 측정·인지되는 것은 아니었다고 한다. 옛날 그리스에서는 기회와 행운의 순간을 말하는 〈카이로스〉와 영원과 지속의 순간을 의미하는 〈크로노스〉라고 하는 서로 다른 시간의 개념이 있었다. 이와 같이 우리의 조상들도 시간의 흐름을 인위적으로 만들어놓기보다는 자연의 변화에 자연스럽게 순응하면서 시간을 바라보도록 하는 지혜가 있었으며, 시대와 문화에 따라서 사람들이 살아가는 방식에 맞추어서 시간을 이해하였던 것이다. 따라서 이러한 시간은 보다 자연의 이치에

맞도록 궁리되었을 것이다. 그런데 언제부터인가 인간은 자연에 순응하여 살기보다는 자연을 지배하며 살기 시작하였다. 또 그것을 인간과 과학의 승리라고 칭송하면서 당연하다고까지 생각하였던 것이다.

그러나 후기 산업사회에 오면서 인간의 이러한 오만에 경종을 울리는 일들이 거듭 일어났다. 이것은 자연의 이치를 지나치게 거스른 탓인지도 모른다. 시간에 대한 것도 마찬가지가 아닐까 한다. 자연의 시간과 인간의 시간이 충돌하면서 사람들은 자연의 시간에 대해서 많이 생각하기 시작하였다. 그 사이에서 나온 것이 느림을 추구하는 현상이었다.

지나치게 빠른 것을 요구하는 세상에서 사람들은 지금 지쳐가고 있다. 그래서 지금 우리는 이것을 회복하는 방법으로 느림의 미학을 추구하면서 반성하게 되었던 것이다. 따라서 인간이 만들어놓은 시간에 얽매여서 앞으로만 달려가기보다는, 가끔 뒤를 돌아보아가면서 자연이 주는 시간의 흐름을 느끼면서 살아가는 것이 바로 삶의 지혜가 아닐까 하는 것이다.

시간이란 무엇인가? 〈만일 아무것도 흘러 지나가지 않으면 과거의 시간이란 없을 것이요, 만일 아무것도 흘러오지 않으면 미래의 시간이란 없을 것이며, 만일 아무것도 현존하지 않는다면, 현재라는 시간이 없을 것이다〉 라는 것을 알고 있다는 사실밖에 답할 수 없다고 어거스틴은 말하였다. 그러면 과거는 이미 지나가서 지금 존재하지 않고, 미래는 아직 오지 않아서 지금 존재하지 않는데 이 두 가지 시간, 즉 과거와 미래가 어떻게 하여 있게 되는 것이며, 반면에 현재라는 시간이 항상 현재로 남아 있어 과거의 시간으로 흘러 지나지 않는다면 그것은 분명히 시간이 아니고 영원일 수밖에 없는 것이다.

그러므로 만일 현재가 — 시간이 되기 위해서 — 반드시 과거로 지나가는 것으로만 존재하게 된다면, 우리는 어떻게 그것이 현재에 〈있다〉 라고 말할 수가 있으며, 그것은 현재 시간의 존재 이유가 지나가 없어져버리는 데 있다는 말이 되므로, 우리는 시간이란 비존재로 흘러 지나가는 것으로만 〈있다〉

라고 말할 수 있게 되는 것이다.

〈시간이란 비존재로 흘러가는 것으로만 있다〉라는 발견은, 시간과 관련된 모든 문제의 출발점이요 본질이다. 그 이유는 그것은 〈시간이란 비존재로 흘러가는 것으로만 있는데, 어째서 이 세상은 존재하지 않기보다는 존재하는가?〉 하는 질문을 던지기 때문이며, 〈비존재로 끊임없이 흘러가는 시간 속에서 그 비존재성으로부터 모든 존재를 구원하여 존재하게 하는 것은 무엇인가?〉 하는 철학을 던지기 때문이다.

이러한 어거스틴의 접근에서 보는 바와 같이, 시간의 개념은 죽음의 운명과 불멸성, 영속성과 변화에 관한 인간의 관념에 항상 개입함으로써, 종교 · 문학 · 역사 · 철학의 연구에서 근본적으로 중요한 요인이 되어왔다.

따라서 시간은 인간의 모든 경험과 지식과 표현양식의 구성요소인 것처럼 보이며, 정신의 기능과 밀접하게 연관되어 있는 존재이며, 우주의 근본적인 특성인 것처럼 보인다. 그러므로 우리는 시간의 속성인 빠름에 관점을 두지 말고 시간의 인류 문명사적 영향과 모호하고 혼란스러우며 불가항력적인 모습으로 다가오는 시간의 자연성에 대하여 근본적인 탐색을 집중해야 하는 필요가 있는 것이다.

chapter 7

제 7절 시간의 윤리 : 역사적 책임

chapter 7

시간이 흐르면서 수많은 역사의 흔적이 나타났다. 원시의 작은 동굴벽화에서부터 최근의 아프가니스탄과 이라크 침공 같은 전쟁과 평화의 반복적 순환들이 인간의 변모와 더불어 나타났다. 시간은 인간 행태에서부터 종교적 신념까지도 그냥 몰고 다녔다. 따라서 〈선과 악은 인간 개개인의 상황적 판단이지 절대적 기준이 아니다〉 라는 것을 우리는 알고 살아가는 것이다.

그러나 근본적으로 인간이 영원한 시간 속에 살아가면서 어떻게 살아야 한다는 최소한의 관념적 기준은 지금까지도 절대적으로 존재해 왔었다. 역사의 흐름 속에서 수많은 성인들과 철학자와 정치지도자들이 그렇게 주장했었고 과시했던 기준이 일관성 있게 계승되어왔던 것이다. 이것이 바로 시간의 윤리성이고 인간 행위의 도덕인 것이다.

윤리(倫理)의 사전적 의미는 〈인류의 대도, 사람으로서 마땅히 지켜야 할 도리 및 그것을 자각하여 실천하는 행위의 총체〉 라고 되어 있다. 우리는 도덕을 배우고 지키기 위하여 공부도 하고 국가도 세우고 법도 만들었다. 우리는 도덕을 자각하기 위하여 수많은 종교도 만들었고 철학 이론도 만들었다. 인류 문명사에서 역사적 흔적이 가장 큰 3명의 위대한 정복자인 아시아의 칭기스칸, 유럽의 알렉산더 대왕, 아프리카의 샤카줄루 이들도 종국에는 윤리적 지배를 갈망하였다.

그러나 지금까지 인간의 역사를 윤리적이라고 말할 수 있을까? 시간의 희생으로 그려진 역사 앞에 도덕적으로 자유로운 자가 얼마나 있을까? 하는 인간 자체의 회한과 반성으로 인류는 시간과 역사 앞에 부끄러움을 느끼고 있는 것이다. 이 부끄러움을 스스로 찾아내고 그 반성 앞에 눈물을 흘리는 것이 바로 신앙이며 종교이다.

윤리성이 결여된 시간은 언제나 우리에게 고통과 보복으로 되돌아왔다는 사실을 우리는 알고 있다. 그러나 우리는 시간의 윤리적 의무를 실천하지 못하는 이유를 아직 명확하게 알지 못한다. 따라서 우리는 역사의 흔적에서 그 이유를 규명해 보아야 하는 막중한 책무를 느끼지 않을 수 없는 것이다. 그 이유는 〈시간의 보복〉이 언제나 비윤리적 시간 속에서 다가오기 때문이다.

시간의 윤리성에 있어서, 국가와 개인만이 윤리적인 시간을 요구받고 있는 것은 아니다. 윤리적 경영 없이는 기업성장도 없다는 윤리경영의 준칙은, 지금 지구촌 기업의 경영의 화두로 떠올랐다. 특히 회계부정으로 얼룩진 〈엔론 사태〉를 겪으면서, 윤리경영의 필요성을 절감한 미국이, 윤리규정을 모든 국제상거래에 확대·적용할 조짐을 보이고 있는 상황이다.

그러나 윤리경영은 당장엔 기업에 부담을 주는 것처럼 보이지만 장기적으로는 기업에 더 많은 이익을 안겨다준다는 것이 정설이다. 1930년대부터 윤리경영을 실천해온 미국 존슨앤존슨은 지난 82년 타이레놀 독극물 투입사건이 일어났을 때, 모든 사건경위를 언론에 공개하고 2억 4000만 달러라는 천문학적인 자금을 들여 관련 약을 모두 수거했다. 이후 존슨앤존슨은 타이레놀을 재출시했고, 회사의 윤리경영을 믿은 소비자들의 폭발적 호응에 힘입어 화려하게 재기에 성공했다. 100년 역사의 세계 최대의 펄프·제지업체인 인터내셔널 페이퍼(IP), 군수업체인 노드롭 그루먼, 일본 화섬업체 데이진(帝人) 등도 윤리경영을 선도하면서, 각각 해당업계에서 두각을 나타내는 사례로 꼽힌다. 따라서 윤리경영은 일시적 유행이 아닌 시대적 요구사항이므로, 윤리경영을 실천하는 기업이 불이익을 받지 않도록 게임의 규칙을 정비할 시점이 된 것으로 보인다.

〈한국의 경제는 2류, 행정은 3류, 정치는 4류이다〉이 말은 이건희 삼성회장이 지난 95년 4월 10일 중국 출장길에서 가진 기자회견의 발언 내용이다. 이른바 〈베이징(北京) 발언〉으로 불리는 이 말 때문에 삼성은 국세청으로부터 부동산 투기혐의로 조사받는 등 곤욕을 치러야 했다. 정치권의 불만이 거셌음은 두말할 필요도 없었다. 그로부터 8년여가 흐른 지금 한국사회의 현주소는 불행히도 그 당시 상황과 큰 차이가 없는 것 같다는 인식이 지배적이다. 그나마 가장 선진수준에 올랐다고 평가받던 기업들도 분식회계를 통한 비자금 조성과 〈차떼기〉, 〈주택채권〉 등 기상천외한 방식으로 정치자금을 제공한 혐의로 검찰 수사에 시달리고 있다. 연일 터져나오고 있는 검찰 수사대상의 명단에는 〈굵직한〉 기업이라면 어김없이 이름이 올라있는 것이다.

우리나라 재벌들이 그동안의 한국경제의 원동력 구실을 한 업적을 인정받지 못한 채, 국민들로부터 곱지 않은 시선을 받는 것은 이 같은 이중성과 기부나 기업의 사회 환원 문화에 인색했기 때문이다. 물론 재계도 할 말은 있을 것이다. 즉, 정치자금은 정치인이 내라고 해서 내는 돈이라며 정치권의 요구가 불법 비자금 조성의 근본 원인임을 강조하면서 반발하고 있는 실정이다.

그러나 따지고 보면 재계의 이 같은 주장을 단순한 〈변명〉으로 치부할 수는 없을 것이다. 세계 각국에서 〈윤리경영 전도사〉를 자처하며 영업을 벌이고 있는 대표적 다국적기업 IBM이 유독 한국에서만은 고질적 로비 관행에서 벗어나지 못한 것이 단적인 예이다. 한국 IBM은 로비와 담합입찰 등 납품비리 혐의로 올 연초부터 공공기관 사업본부장이 검찰에 구속되는 불명예를 겪어야 했었다. 그리고 재계 일각에서는, 남방의 귤도 북쪽지역에 심으면 탱자가 된다는 고사처럼, 아무리 윤리경영을 내세우는 글로벌 기업이라도 한국 풍토에서 생존하려면 어쩔 수 없는 것 아니냐는 항변도 흘러나오는 것이다.

따라서 이것은 기업들이 아무리 윤리경영을 하고 싶어도 정치권과 관(官)의 관행이 바뀌지 않으면 상대적 약자인 기업으로서는 환경에 적응할 수밖에 없지 않느냐는 얘기이다. 이런 의미에서 전경련이 정치자금에 대한 근본적인 개혁이 이뤄지지 않으면 합법·불법 여부를 떠나, 일체의 정치자금을 제공하지 않을 것이라고 선언한 점은 지금 다시 곰곰이 생각해 볼 필요가 있을 것이다. 이러한 관점에서 개인과 국가도 마찬가지겠지만 기업도 윤리적 시간으로, 윤리적 경영을 함으로써, 윤리적 기업성장을 도모해야 한다는 당위가 나타나는 것이다.

개인이 보낸 시간의 흔적(기억)들이 방해받지 않는 시간의 이동을 통하여 자신의 정체성을 더욱 확고히 하듯이, 역사적인 사실들도 역시 세대간 이동을 통하여 더욱 더 윤리적 의무를 요구하게 된다. 미래 세대들과 더불어 앞선 세대들에 대한 충실한 규명과 검증은 더욱 도덕적인 관심을 나타내게 되는 것이다. 우리가 지금까지 말한 역사적 시간에 대한 이 모든 특징들에서 시간의 윤리성이 가장 부각되는 듯하고, 역사가 흔히 공동의 혹은 집단적인 기억의 형식으로 제시되어 시간의 윤리성을 강조하고 있다는 사실은 놀랄 일이 아니다.

따라서 이러한 시간의 윤리성을 자각하는 것은 개인과 공동체의 조화가 무너지는 것으로 극복될 수 있을 것이다. 또한 공공의 것으로부터 우리 자신이 소외되는 것도 극복될 수 있을 것이다.

그러나 윤리성을 자각하는 것만으로 역사가 기억처럼 우리 자신의 것에, 그리고 시간에 견디는 것에 호소한다는 사실에서 도망치지는 못할 것이다. 시간과 역사는 미래를 위해 과거를 보존하는 목적이 있으며 문제 그대로의 그리고 비유적인 의미에서 〈전통과 보수적인〉 특징이 있는 것이다. 이 보수적인 특징은 망각에 대한 방어일 뿐만 아니라 새롭고 예기치 않은, 그리고 기본적으로 새로운 것에 대한 방어이기도 한 것이다. 따라서 나의 개인적인 삶과 우리의 전통적인 공동체의 지속성을 위협하는 모든 것은, 시간과 역사적인 윤리성에 의해 극복될 수 있을 것이다.

역사는 과거의 지속으로서 그리고 역사적인 공동체의 견고함으로 다가온다. 따라서 현재로서는 역사 외에는 달리 미래를 볼 수 있는 수단이 없는 것

이다. 그래서 역사적인 반성 속에는 시간에서의 윤리성만이 우리와 완전히 다른 미래 세대들에게 책임감을 요구할 수 있다는 것을 내포하고 있는 것이다. 역사는 미래에 대한 가족주의적인 관점을 갖는다. 그것은 미래 세대들을 아들과 상속자들로 여기게 할 수도 있다. 역사는 미래 세대들의 이질성을 보지 못하고, 예기치 않은 욕구들에 무심하며, 그들의 새로운 생활방식들을 두려워한다. 따라서 미래에 대한 통찰과 역사적 발전을 위해서는 시간의 윤리성으로 무장한 오늘의 시간이 중요한 것이다. 따라서 이러한 시간의 윤리성이 결여된 역사 앞에는 반드시 〈시간의 보복〉이 도사리고 있는 것이다.

철학자 레비나스가 이해하는 바에 의하면 시간의 윤리적 책임은 기억과 역사의 시간으로 환원될 수 없는 새로운 시간의 개념을 의미한다. 윤리의 시간은 내 시간도 우리의 시간도 아닌 타인의 시간이다. 다른 것으로서의 타인의 시간, 이것은 우리가 타인과의 관계에서 타인에게 나의 시간의식을 강요하지 않는다는 것을 말할 뿐만 아니라, 타인이 나의 시간의 의식에 들어와 그것을 변화시키고 다른 의식으로 만들어간다는 것을 말한다. 이끌림에 의한 반응으로서 윤리적 책임감은 나로부터가 아닌 타인으로부터 진행된다. 타인이 내게 요구하는 것은 나 자신을 희생하거나 그의 고통과 필요를 충족시키기 위해서 나의 시간을 윤리적으로 희생시키는 것이다.

윤리적 시간은 언제나 용서와 희망과 행복과 건강과 안락과 확실과 밝음과 신뢰와 약속과 새로움과 변화와 기쁨을 준다. 반면에 비윤리적 시간을 보냄으로써 〈시간의 보복〉이 시작되면, 언제나 고독과 죄의식과 실수와 고통과 불확실과 두려움과 의심과 절망과 불신과 배반과 변절과 외로움이 다가오는 것이다.

타인에 의한 내 과거 시간의 윤리적 개입은 바로 용서가 될 수 있을 것이다. 용서는 내 과거에 새로운 의미를 부여한다. 그것은 고독과 때로는 견딜 수 없는 죄의식과 실수라는 무거운 짐으로부터 나를 해방시킬 수도 있을 것이다. 이런 죄의식에 대한 개입은 내 자신의 밖에서 올 뿐만 아니라, 타인, 즉 아마도 내가 죄를 짓게 한 사람에 관한 타인으로부터 올 수도 있을 것이다. 용서는 내가 기대할 수도 없는 신의 은총이며 선물이며 은혜이다. 용서는 전적으로 타인에게 속하는 것이지만, 내 인생의 전체를 변화시킬 수도 있다.

따라서 나는 과거를 다르게 볼 수 있게 되는 것이다. 내 견해는 나를 용서한 타인의 견해가 되며, 내가 보는 것은 내가 원래 내 인생으로 경험했던 인생과는 서로 다른 인생이 될 수도 있기에, 윤리의 시간에서 용서는 중요한 삶의 철학적 관점이 되어지는 것이다.

용서

영원한 죽음을
초래하는 순간에
그의 흐름을 용서해야 한다
오래 전
간직된 마음의 나래 펴고
노래하는 꽃구름 위에서
아쉬웠던 옛 동무를 노래하자

Lethe의 강물에서 고기 잡고
물장구치며
시원한 폭포수에서
마지막 물을 마시고

이제는 이제는
그리워하지 못할
망각의 물보라에 잠들어야 한다

- 박재목 시집(1집) 〈생명의 환상〉 (1989)중에서 -

타인 역시 내가 내 미래의 삶을 바라보고 그럼으로써 내 인생에 다른 윤리적인 시간을 보낼 수 있는 방식을 변화시킬 수 있다. 예를 들면 희망의 경우가 그렇다. 희망은 낙천적인 기대 이상의 다른 어떤 것이다. 기대란 미래에서 과거와 현재의 지속성을 전제하는 반면, 이 시간의 지속성에 대한 간섭은 전제하지 않는 것이다. 따라서 기대란 어떤 의미에서 불확정한 미래와 관련이 있지만, 주관적 시간 혹은 역사적 시간과 관계되어지기도 하는 것이다.

이와는 달리 희망은 윤리적 개념의 시간과 관계된다. 희망은 내 인생을 변화시키고 이런 변화는 오직 타인으로부터 오게 되기 때문이다. 나 자신으로부터는 혼자서 절대 희망을 갖지 못하고 의심과 절망할 이유만 있게 되는 것이다. 그러나 나에게 희망을 품게 하는 타인은 내가 불확실한 미래를 치유하기 위해 의지하려고만 하는 사람은 아니다. 따라서 희망은 용서처럼 내 미래의 삶에 대한 불안으로부터 나를 자유롭게 해주는 타인으로부터 오는 감사의 선물이다. 희망은 무슨 일이 있어도 타인은 나를 실망시키지 않으리라는 타인에 대한 분명한 혹은 함축적인 약속을 전제하고 있다. 타인에 대한 신뢰가 없는 곳에는 희망도 없는 것이다. 왜냐하면 나의 신뢰는 타인에 대한 약속에 근거하고 있기 때문이다.

타인의 개입이 현재의 시간을 윤리적 의미를 지닌 새로운 시간으로 만든다. 내 인생의 현재의 시간은 특히 주관적인 자기중심적인 시간이다. 내 현재의 시간은 집과 같은 항구가 된다. 그곳으로부터 나는 시간의 흐름 속에서 과거와 미래의 방향으로 과감하게 나아갈 수 있는 것이다. 나는 현재의 이전으로서 과거를 기억하고 이 시점에서 미래의 현재를 기대한다. 내가 지금 경험하는 것은 내가 전에 바라왔던 것을 성취하는 일이며, 내가 과거에 해왔던 것의 지속성을 의미하는 것이다.

이 외로운 현재에서 변화를 위한, 즉 새롭고 기대하지 않았고 기억도 없고 낯선 어떤 일에 대한 작은 공간이 있을 수 있다. 오직 타인과의 만남을 통하여, 이 상황에서 무언가 변화될 수 있다는 것이다. 타인은 나에게 이전의 생활과 전적으로 다른 새로운 생활을 시작하도록 허락하고, 심지어 강요하기도 한다. 현재의 생활에서 타인의 이런 개입은 그에 대한 새로운 책임감을 일으키는 선물이며 이끌림이다. 일단 타인이 내 생활에 들어오면 내가 하는 모든 일에 타인을 고려하지 않고는 살아갈 수 없게 되어지는 것이다.

따라서 우리는 나의 자기중심적인 시간의 지속성을 뚫고 들어와, 그것을 윤리적 시간으로 만드는 타인이 나를 타인으로 더 정확히 말하면 타인을 위한 주체로 변화시킨다는 것에 주목할 필요가 있을 것이다. 과거의 실수로부터 나를 용서하는 타인은, 동시에 나에게 미래에 더욱 더 많은 책임을 요구하게 되는 것이다.

지금 현재의 우리 삶의 전환점은 21세기가 역사적 시간으로 고려되느냐? 혹은 윤리적 시간으로 고려되느냐? 에 따라 다른 의미를 지닐 수 있을 것이다. 이 두 가지는 결코 서로를 배타할 수는 없지만, 역사는 21세기를 20세기의 연장이 아닌, 이외의 다른 것으로 볼 수도 있다는 것을 말해 주고 있는 것이다.

이런 태도로 역사는 새로운 도전을 예측한다. 그리고 그 도전들은 분명 역사적인 사회의 확장과 관계가 있게 되는 것이다. 따라서 오늘날에도 존재하는 민족주의와 국수주의 같은 전통적 형태들은 캐나다와 같은 문화다원적인 사회의 형태들에게 자리를 내어주고 또 그러한 방향으로 나아갈 수밖에 없을 것이다.

역사적인 공동체의 구성원들을 함께 묶는 공동성은 더 이상 명백하고 자연스럽게 주어진 것이 아니라, 윤리적 시간에 의해 확립되어야 할 어떤 목적이며 당위로 자리잡을 것이다. 만약 역사가 이런 식으로 진행되지 않는다면, 우리는 어떤 사상가들이 예언한 대로 역사의 종말을 경험할 가능성을 배제할 수 없을지도 모른다.

21세기의 미래에 대한 윤리적 비전은 미래의 세대를 덜 요구하고 우리 자

신들을 더 요구하는 특성이 있다. 그것은 미래의 세대가 어떻게 행동해야 하는가를 예측하지 않고, 우리는 미래 세대의 다른 삶을 불가능하게 만들지 않게 하기 위해서, 이제는 다르게 살아야 한다는 것을 요구하고 있는 것이다. 따라서 미래에 대한 윤리적 태도가 희망으로 이끌어져야 하고, 이런 희망은 미래 세대에 대한 절대적인 신념을 가져오게 하는 동시에, 우리의 즉각적인 쾌락을 희생시키는 것을 가정하는 것이다.

우리는 21세기의 미래 세대가 어떻게 살아가게 될 것인가? 혹은 그들의 요구가 무엇인가? 를 알지 못하고, 다만 예측만 할 뿐이다. 따라서 우리는 그들에게 단지 어떤 것이 아니라, 모든 것, 우리의 전 관심과 전체의 삶을 윤리적 시간 속으로 돌려야 하는 것이다.

지금 우리의 삶이 결코 윤리적이거나 자연스럽지 않다면, 타인을 위한 시간으로서의 윤리적 시간은 우리 자신이 자연스럽게 후손에게 몰두하고 있는 것을 끝내는 곳에서 시작될 수 있을 것이다. 즉 단절의 시간을 맞게 될지도 모른다는 의미이다. 윤리적인 시간과 비윤리적인 시간 그 둘 사이의 움직임이 바로 우리 삶의 시간이므로, 우리는 〈시간의 보복〉이 오지 않는 윤리적 시간, 단절되지 않는 시간, 자연적인 시간, 우리의 전 관심과 전체의 삶이 깃든 시간, 희망의 시간, 용서의 시간으로 찬란한 미래의 통로를 만들어가야 한다는 것이다.

인류 역사에서 동·서양을 막론하고 이러한 다양한 시간의 윤리가 다각적으로 탐구되고 발전되어 왔으나, 아직도 우리사회에는 도덕적 해이(Moral Hazard)가 일반화되어 있다. 정부의 다양한 정책 실패나 예산낭비 등이 밝혀지고, 사회전반의 부패의 고리가 만연해도 누구 하나 책임지는 사람이 없는 실정이다.

새 천년을 출발하면서 변혁의 소리가 차원을 높여 전문화되어가고 있음에도 불구하고, 도덕적 해이(Moral Hazard)는 더욱 더 기승을 부리고 있다. 정권이 바뀌고 대통령이 참여적 개혁을 주장하지만, 문제는 아직도 마음의 기계가 새로운 의식으로 바뀌어지지 않고, 구태가 여전하게 부패는 민속화 되어 있는 것 같은 사회적 분위기이다.

지금 반만년 역사에서 철통같은 신화가 대한민국에서 계속 무너지고 있다. 은행은 망하지 않는다는 신화가 무너졌고 또한 계속 무너지고 있다. 대마불 사 라는 신화가 무너지면서 재벌들이 무너지고 있다. 한번 들어가면 영원한 직장으로 실직은 없다는 신화가 무너지고 있다. 즉 연공서열 능력주의 인사 제도의 신화가 깨지면서 학벌·경력·연령·성별보다는 성과만 올리면 누구 든지 스톡옵션(Stock Option)으로 파격적인 대우가 보장되는 〈능위공록〉의 시대가 온 것이다.

이 시대의 지식이란 학벌·지위·소양·교양 등 잘난 체의 상징인 피상적 인 것이 아니라, 하는 일에 부가가치(VA)를 높이는 전문적 지식을 말한다. 이러한 시대에는 과거의 경영논리에서 디지털 경제논리, 수요자 중심, 유연 한 조직구조 등 새로운 패러다임의 정립이 절실하다고 보는 것이다. 시간의 개념도 24시간 밤과 낮의 개념 파괴로 Time Loss, Time Lag 등의 Time technology 체제로 과학화·합리화·세계화 수준의 눈높이에서 평가하자는 것으로 변모되었다.

지난 묵은 천년의 시대에선 산업사회 체질에서 사람 중심 즉 인심·인정 중심으로 〈좋은 것이 좋은 것이다〉, 〈찰나주의〉, 〈기회주의〉, 〈요행주의〉 등 등으로 〈손바닥만 잘 비벼대는 자(Snobbery)〉 가 앞서가고 성공할 수도 있 었다. 그러나 정직성·투명성·공정성이 최고 가치가 되는 21세기에서는 도 덕적 해이(Moral Hazard)에 관한 것을 우선 깨우쳐야 하는 것이다. 그러기 위해서는 우선 〈도덕적 해이〉에 관한 교육이 근본적으로 이루어져야 하며, 사회 각층의 지도자들이 선도적으로 실천하여야 할 것이다.

남이 보지 않더라도 해서는 안될 짓을 스스로 하지 말아야 하고, 자기의 비 도덕적 행위가 다른 사람에게 어떻게 누를 끼치는가를 자기 부담으로 이해하 도록 인식시키는 교육이 실행되어야 할 것이다. 그러면 투명성·정직성·공정성을 바탕으로 한 Global Minding이 우리에게도 다가올 것이라고 확신해 보는 것이다.

〈불행은 언젠가 잘못 보낸 시간의 보복이다〉 지금 우리들의 모습은 지난 세월 자신이 사용한 시간내역의 결과물이다. 자신은 열심히 살았는데 세상이 나를 몰라준다고 불평하는 사람이 있지만, 그것은 흔치 않은 경우이다. 사람들은 미래를 알고 싶어하고 두려워하기도 한다. 미래는 불확실한 것이기는 하지만, 지금 자신이 사용하고 있는 시간의 내용을 보면 쉽게 어느 정도 예측할 수도 있을 것이다.

따라서 윤리성이 결여된 시간관리와 경영은 시간의 보복만 불러올 뿐이다. 시간의 중요성을 새삼 강조하는 것은 지루한 일인지도 모른다. 하지만 누구나 시간관리의 중요성을 알고는 있지만, 정작 모르고 있는 것은 시간의 윤리성일지도 모르는 일이다.

chapter 8

제 8절 보복의 미학

chapter 8

보복(報復 : retorsion)은 앙갚음이다. 앙갚음은 어떤 해를 입은 원한을 풀기 위하여 상대편에게 그만한 해악을 입힘을 뜻한다. 해악(害惡)은 남에게 나쁜 영향과 나쁜 결과를 미친다. 바로 그 남이 나일 수도 있고, 우리일 수도 있고, 대한민국일 수도 있고, 우리 민족일 수도 있다. 시간은 오고 또 간다. 그렇게 흐르는 시간을 우리가 소홀히 보내면 그 시간은 흔적을 남기게 되고, 그 소홀한 흔적이 압축된 역사로 응집되어 되돌아와서 〈시간의 보복〉을 몰고 오는 것이다.

원입골수(怨入骨髓)란 말이 있다. 원한이 뼈에 사무친다는 뜻이다. 그러나 〈오히려 원한이 마음속 깊이 맺혀지면 잊을 수도 있다〉라는 역설적 미학으로 다가올 수도 있는 것이다.

『춘추시대 오패(五霸)의 한 사람인 진(秦)나라의 목공(穆公)은 정(鄭)나라를 급습하여 치기로 했다. 승산이 없는 전쟁이니 하지 말라는 조정의 중신 백리해(百里奚)와 건숙(蹇叔)의 반대에도 불구하고 백리해의 아들 맹명시(孟明視)와 건숙의 아들 서걸술(西乞術) 및 백을병(白乙丙) 세 사람을 장수로 삼아 출병을 감행했다. 이들이 동쪽으로 나아가 진(晉)나라를 거쳐 주(周)의 도성인 북문(北門)을 지나갈 때 정나라의 소장수인 현고(弦高)를 만났다. 그는 소 열두 마리를 끌고 주나라로 팔러가는 길이었으나 군대를 만나 포로가 될까 두려워서 소를 바치면서 이렇게 말했다. 〈귀국에서 정나라를 정벌한다는 말이 있던데 우리 임금께서 진의 장병들에게 위로하라고 소 12마리를 보내셨습니다〉 이 말을 듣고 기밀이 누설되어 승패 없는 전쟁이라고 생각한 세 장수는 공격 목표를 정에서 진(晉)의 속령(屬領)인 활(滑)로 바꾸어버렸다.

이때 진(晉)은 황제였던 문공(文公)이 죽어서 국상(國喪) 중이었는데 활의 점령소식을 듣고 태자(후에 양공이 됨)는 상복을 검게 물들이고 전쟁을 나가 침략자를 응징했다. 포로가 된 세 장군이 태자 앞에 끌려나오자 태자의 어머니인 문공의 처가 말했다. 그는 진(秦) 목공의 딸이었다. 〈목공은 이 세 사람에 대한 원한이 사무쳐 있을 것입니다(怨入骨髓). 그러므로 이들을 돌려보내 저희 아버님이 통쾌하게 삶아죽이도록 해주십시오(願令此三人歸令我君得自快烹之)〉 태자는 이 말을 듣고 세 사람을 돌려보냈는데 진의 목공은 오히려 이들을 멀리까지 마중나와 울면서 말했다. 〈내가 백리해와 건숙의 말을 듣지 않아 그대들을 욕보였소. 그대들이 무슨 죄가 있겠소. 그대들은 이 치욕을 씻기 위해 힘과 성을 다해주시오〉 그리고 이들에게 관직과 봉록까지 후히 주었다』

- 「사기(史記)」 진본기(秦本記) 중에서 -

우리의 사상 능력 중에 예지력이란 것이 있다. 탄허 스님이 65년 미국의 패배를 공개적으로 거론하자 미국에서 포교를 하던 종단의 한 중진스님이 항의성 질문을 보내온 적이 있었다고 한다. 미국이 막 확전 정책을 펴던 시점이었기 때문에 포교에 막대한 지장을 초래할 것을 우려하여 강하게 반발했다고 한다. 그러나 탄허는 역학원리를 토대로 예언을 강행하였다고 한다.

베트남은 이방(離方), 곧 남쪽인데 이는 불(火)이고, 미국은 태방(兌方)으로 쇠(金)로서, 쇠가 불속에 들어갔으니 녹을 수밖에 없다고 예언하였다. 화극금(火克金)에 해당하는 주역의 원리였다.

또한 탄허의 예지력은 탁월했다. 탄허는 60년대 지구온난화와 일본열도의 침강을 말했다. 지구에 잠재하는 화질(火質)이 북극의 빙산을 녹이기 시작한 것을 지구의 규문(閨門)이 열려 성숙한 처녀가 되는 과정이라고 비유했다. 그리고 지구의 초조(初潮) 현상은 소멸이 아니라 성숙의 모습이라고 설명했다. 학계는 당시에 〈허튼소리〉라고 무시했었다. 그러나 대학총장을 지낸 한 학자는 일본 방문길에 그 예언이 실현되는 사실을 직접 목격하고 탄허 앞에서 참회했다고 한다. 한국전쟁 직전 탄허는 월정사에서 통도사로 피란을 떠났는가 하면, 60년대 후반 울진·삼척 지구에 무장공비가 침투하기 한 달 전에는 〈신화엄경〉의 번역원고와 장서를 월정사의 한 암자에서 은영사로 옮기기도 했다. 탄허는 23도 7분가량 기울어진 지구축이 바로잡히는 날이 올 것을 예언하기도 했었다.

『그날이 오면 기울어진 윤도수(閏度數)로 말미암아 빚어진 인간사회의 부정부패와 각종 비리가 없어진다. 윤달과 윤일이 생기는 이치를 윤도수라 한다. 이는 중간매체, 즉 과도기로 이 중간매체야말로 부정부패의 원인이자 부조리의 근원이다』

개미가 높은 곳으로 올라가면 장마를, 낮은 곳으로 가면 심한 가뭄을 알려주고, 까치가 집을 지을 때 남쪽으로 입구를 내면 북풍이 강하게 불고 북쪽으로 입구를 내면 남풍이 강하게 불 것을 예지한다. 따라서 탄허는 인간이 자신의 예지본능을 계발하기만 하면 무한대의 능력을 발휘할 수 있다고 말했다.

그러나 우리는 예지력으로 미래를 예측할 수는 있지만, 그 예측은 항상 불안하고 불확실하다. 그러고 한 가지 분명한 것은 보복을 당하고 거기에서 오는 교훈에서 느끼는 예지력(?)은 항상 정확하다는 것이다. 이제까지 이러한 교훈도 깨치지 못하는 개인과 국가도 있지만, 여기서 우리는 〈보복의 미학〉을 음미해 볼 수 있을 것이다.

보복의 속성인 원(怨)과 한(恨)은 무엇인가? 모든 생명의 본성은 지속적으로 건강하고 행복하게 영원히 살고자 한다. 당장 죽고 싶다고 하는 이들도, 폭탄이 떨어진다고 할 때 가만히 앉아 참혹한 죽음을 기꺼이 맞겠노라고 만용을 부리는 자는 없을 것이다. 인간 생명의 꿈인 행복과 건강이 뜻대로 이루어지지 않을 때, 인간에게는 원과 한이 맺히게 되는 것이다. 특히 외부의 억압이나 폭력 · 전쟁과 같은 극히 강력한 파괴적인 수단에 의해 생명을 그르치게 되면, 결국 인간은 원통함을 느끼게 된다고 한다.

원한은 남에게 일방적으로 당해서 가슴 아픈 것을 말한다. 또 세월이 흐르면서 그것이 가슴에 깊이 맺힐 때, 한이 남았다고 한다. 한은 가슴과 마음에 깊이 맺힌 덩어리, 즉 병증(病症)이다. 원통한 것은 개별적이고 개인의 삶과 역사적 환경에 따라, 자연 환경에 따라 다를 수도 있지만, 한(恨)이라는 것은 언제나 보편적으로 존재하게 되는 것이다.

민족이나 국가, 동 · 서양을 떠나 인류 역사에는 정말로 잊혀질 수도 없고 용서될 수도 없는 충격적인 원한을 깊이 맺고 죽어간 비극의 주인공들과 그 고통의 역사적 흔적을 수없이 많이 보아왔다. 예를 들어, 지난 400년 동안 유럽에서 노동력 차출이라는 미명으로, 아프리카 흑인을 잡아다가 노예로 만들고 잡아죽인 숫자가 6,000만이 넘었다고 한다. 이 흑인들의 하늘을 찢는 절규와 죽음의 순간에 외치는 처절한 외마디의 비명소리가 지금 이 순간에도 역사를 통하여 들리는 듯하다. 그런데 이렇게 처절하게 죽어간 인간의 원한의 고통은, 시간이 지남에 따라 점점 더 증폭된다. 여기에 인간의 증오의 문제가 개입되고 무서운 보복의 문제가 발생하게 되는 것이다. 따라서 언제인가는 역사의 보복이 있을 것이라는 확정된 예지의 확신 때문에, 우리 인간은 이러한 원죄로 인하여 공포와 두려움을 안고 살아가는 것이다.

〈눈에는 눈, 이에는 이〉라는 말이 있다. 이 말은 〈손에는 손, 발에는 발, 화상(火傷)에는 화상, 타박상에는 타박상으로서 보상되지 않으면 안 된다〉라고 하는 당연이 개입된다. 〈구약성서〉중 〈출애굽기〉에 인용되어 유명해진 말이지만, 본래는 기원전 약 1600년경 바빌로니아의 함무라비 법전에서 비롯되었다. 동해복수법(同害復讐法)으로 일컫는 원시 형벌법으로, 그 이후 상당기간 동·서양에서 법규로서 용인되어왔다.

오늘날 항간에서는 〈눈에는 눈〉의 부분만을 따서 〈유사시에는 응분의 보복〉의 동치반보(同値返報)의 논리로서 쓰이고 있지만, 그러나 마태복음에서는 〈복수 따위는 하지 말 것이며, 오른쪽 뺨을 맞으면 왼쪽 뺨도 내라〉라는 그 유명한 〈산상수훈〉으로써, 관용이야말로 미덕이라고 훈계하며 그 법규를 부정하게 되었다. 관용을 미덕으로 삼는 것은 유교나 그리스도에 한하지 않는다. 그리고 모든 신앙은 그것을 일관되게 주장하고 있는 것이다.

팔조금법(八條禁法)이라는 것이 있는데 고조선의 8개 조항으로 된 법률로서 범금팔조(犯禁八條)라고도 하며 「삼국지위지동이전」의 기록에 나온다. 8조 중 3조의 내용만이 〈한서지리지(漢書地理志) 연조(燕條)〉에 전하며 그 내용은 ① 살인자는 즉시 사형에 처한다(相殺, 以當時償殺) ② 남의 신체를 상해한 자는 곡물로써 보상한다(相傷, 以穀償) ③ 남의 물건을 도둑질한 자는 소유주의 집에 잡혀 들어가 노예가 됨이 원칙이나, 자속(自贖 : 배상)하려는 자는 50만 전을 내놓아야 한다(相盜, 男沒入爲其家奴, 女子爲婢, 欲自贖者人五十萬)라고 전해져오고 있다.

누구나 신체적인 상해나 명예, 또는 금전적인 피해를 입을 경우, 본능적으로 과도하게 보복하려는 심리적 경향이 있다. 또한 힘이 있는 사람이 연약한 자에게 피해를 입힌 경우에 약한 사람은 그들에게 복수할 수 없어서 울분을 토할 수밖에 없는 것이다. 이렇게 되면 사회는 무질서해지고, 억울한 일을 당하는 경우가 많이 발생할 수 있다. 그러므로 이러한 문제를 질서 있고 공의롭게 해결하기 위하여 신앙이 발생했다.

종교는 개인적인 보복을 금하고, 이러한 문제를 법적인 절차를 통해서 공정하게 처리하게 했다. 신앙은 피해를 입힌 만큼 가해자에게 형벌을 부과하는 〈동해보상법〉의 역설적 원리로 〈이웃을 자기 몸과 같이 사랑하라고〉 가르치도록 했다. 그리고 우리는 인식의 오류로 인하여 〈잘 사는 것이 복수다〉 〈억울하면 잘 살아라〉 라고 복수의 미학을 자학해 왔던 것이다.

항상 시간은 우리에게 마음의 응어리를 쌓게 만든다. 그러나 역사는 세상에 대하여, 혹은 어떤 구체적인 사람에 대하여 분노와 억울함이 쌓여가더라도 그것에 대하여 바로 관찰하지 말고, 가능하면 그 내면을 들여다볼 것을 예지하여 왔다. 역사는 내 안에 어떤 힘이 있는지, 내 속의 힘의 정체가 무엇인지를 파악하라고 가르쳐왔다. 또한 역사는 그 힘을 최대한 분출시킬 것을 요구하였다. 그리하여 스스로 근사한 사람이 되어 밝게 웃을 것을 가르쳐왔다. 그리고 그것이 나를 해치려고 했던 사람들에 대한 〈화려한 복수〉라고 가르쳤던 것이다. 이것이 바로 〈보복의 미학〉으로 출발하는 것이다. 왜냐하면 〈보복의 미학〉은 반성과 교훈이기 때문이다.

역사와 종교는 죄지은 놈은 잘 사는데 난 억울해서 못산다고 생각하지 말라고 가르쳤다. 역사의 시간의 그물이 아무리 성글어 보이나 절대 빠져나가지 못한다는 확신을 가지라고 가르쳤다. 역사는 우리에게 소홀히 보낸 시간에 대한 아무런 죄가 없는가를 가르쳤다. 역사는 우리에게 우리가 지은 모든 죄에 대하여 우리가 응분의 처벌을 받았는가를 생각하라고 가르쳤다. 역사는 시간의 보복에서 오는 인간의 폭력을 닮아가지 않도록 조심하라고 가르쳤다.

그래서 역사는 우리에게 닥친 보복을 잊으라고 가르쳤다. 우리에게 행해진 폭력을 잊지 않으면, 우리의 마음도 그 보복의 폭력을 닮아갈 가능성이 크다고 가르쳤다. 그리고 마지막으로 역사와 신앙은 보복의 존재를 우리가 스스로 망각하는 것이, 그것이 바로 〈최대의 보복〉이라고 가르쳤던 것이다.

『2001년 9월 11일 미국은 사상 최대의 테러에 자존심을 구기는 날이었다. 우연이라고 말하기는 너무 신기한 것이 있다. 9월 11일을 숫자를 합하면 9+1+1은 11이다. 9월 11일은 2001년의 254번째 날인데 2+5+4는 11이고, 9월 11일이 지나고 나면 2001년의 남는 날은 111일이다. 뉴욕 주는 미합중국의 11번째 주다. 그 날 완전히 파괴된 자본주의의 상징이라고 말하는 세계무역센터는 11자형의 쌍둥이 110층이다. 처음 빌딩을 덮친 비행기는 AA 11편이었고 영어로 뉴욕시티(NewYork City)는 11자이고, 아프가니스탄(Afghanistan)도 11자이고, 미국 국방성(The Pentagon)도 11자이다. AA 11편의 승무원을 포함한 탑승자는 92명이었는데 9+2는 11이다. AA 77편의 탑승자는 65명이었는데 6+5도 11이다. UA 93편의 승무원을 뺀 승객은 38명이었는데 3+8도 11이고, UA 175편의 승객은 56명이었는데 5+6도 11이었다』

이러한 우연의 11의 빛나는(?) 보복이 아프가니스탄과 이라크 두 곳에서 일어났다. 역사와 신앙이 그렇게도 보복을 잊으라고 당부했는데도 지금 피비린내 나는 보복이 자행되고 있다. 여기서 우리는 알 수 있을 것이다. 종교는 잊을 수 있지만 역사는 반드시 시간의 보복으로 더 큰 보복이 자행된다는 것을 알려주고 있음을 우리는 알 수 있을 것이다. 여기서 〈소홀히 보낸 시간〉

은 바로 알 카에다의 무고한 뉴욕 시민에 대한 〈피의 테러〉이다. 역사와 종교가 그렇게 강조한 〈신성한 생명에 대한 테러〉이기 때문에, 시간의 보복을 자초한 것이다.

미학은 아름다움과 관계하는 인간의 감정상태에 대한 탐구, 또는 감정상태(산출하고 즐기는 것으로서의)와 관련한 아름다움(예술)의 탐구이다. 우리는 항상 미학을 대할 때, 미학은 어디서 또한 아름다움의 본질적인 것은 어떤 곳에서 시작되는가? 하는 의문에 봉착하게 된다. 또한 여전히 아름다움이 어떻게 파악되는가? 하는 의문을 배제하지 못한다. 근원적인 의미에서의 아름다움은 진리의 한 형태로 파악될 수도 있을 것이다. 따라서 아름다움은 법칙·정확성·언명 그리고 논리적으로 사유된 것이라는 의미에서의 진리보다 더 근원적인 것으로, 존재와 존재의 구분을 나타내주는 형상이라고 말할 수 있을 것이다.

플라톤은 아름다움을 황홀하고 매혹적인 것으로 파악하였다. 아름다움은 상태적인 것과 관계되고, 상태적인 것은 체험을 통하여 〈미학적인 것〉으로 시작된다고 보았다. 미학(美學, Aesthetics)은 가치로서의 미, 현상으로서의 미, 미의 체험 등을 대상으로 하는 학문이다. 여러 학문의 상위에 있는 미(美) 그 자체의 학문을 제창한 플라톤을 대표로 하는 서양의 전통적 미학은 초월적 가치로서의 미를 고찰하여 왔던 것이다.

미학이라는 말을 오늘날과 같은 의미로 처음 사용한 사람은 라이프니츠 볼프학파(Leibniz Wolffische Schule)의 A.G.바움가르텐이었다. 그는 그때까지 이성적 인식에 비해 한 단계 낮게 평가되고 있던 감성적 인식에 독자적인 의의를 부여했다. 그리고 이성적 인식의 학문인 논리학과 함께 감성적 인식의 학문도 철학의 한 부문으로 수립하였고, 그것에 에스테티카(Aesthetica)라는 명칭을 부여하였다. 즉, 미(美)란 곧 감성적 인식의 완전한 것을 의미하므로 감성적 인식의 학문은 동시에 미의 학문이라고 생각하였던 것이다.

여기에서 근대 미학의 방향이 개척된 것이다. 고전 미학은 어디까지나 미의 본질을 묻는 형이상학이어서 플라톤과 마찬가지로 영원히 변하지 않는 초감각적 존재로서의 미의 이념을 추구하였다. 이에 반해서 근대 미학에서는 감성적 인식에 의하여 포착된 현상으로서의 미, 즉〈미적인 것(das sthetische)〉을 대상으로 하였다. 이 미적인 것은 이념으로서 추구되는 미가 아니라 어디까지나 우리들의 의식에 비쳐지는 미(美)이다. 그러므로 미적인 것을 추구하는 근대미학은 자연히 미 의식론을 중심으로 전개되었던 것이다. 칸트는 감성적 현상으로서의 미 의식의 기초를 선험적(先驗的)인 것에 두었지만, 의식에 비쳐지는 단순한 현상으로서의 미적인 것을 탐구하는 방향은 당연히 경험주의와 결부되었다.

그러나 미학은 언제나 즐기고 극복하고자 존재하는 것이다. 미학의 극복은 창조와 향유의 주관적인〈상태들〉이며, 대신에〈근원 자체〉에 대해 묻는 질문 그 자체만으로는 절대 성취되지 않는 것이다. 오히려 그것에 대한 질문 다음이 결정적으로 작용하게 되는 것이다.

따라서 근원에 대해 적합하게 물어지는가? 와 상태에 대하여 어떻게 물어지는가? 의 근원적 일반논리가 진리와 존재의 본질로부터 파악되고, 여기에 체험이 동반될 때, 미학은 인간의 의식적 접근에 의해 수용되고 극복될 수 있을 것이다.

미학은〈예술〉과〈아름다움〉에 대한 숙고이다. 미학은 어떤 작품 자체의 존재가 아니라, 창조하고 향유하는 인간형상의 결과이고 목적이어야 한다. 모든 미학은 겉으로는 주체에 대해 도외시하지만 예술작품을 객체로 하여 즉, 주체와의 관계 속에서 받아들여지고 있는 것이다.

보복은 알다시피 원한에서 시작된다. 모든 보복은 겉으로는 폭력과 고통을 도외시하고 또한 그것이 없다고 한다. 그러나 보복은 역사를 통하여, 시간을 객체로 하여 폭력과 고통과 후회를 반드시 동반하게 되는 것이다. 우리가 미학을 즐기고 극복하고자 하는 것과 같이, 역사는 시간의 보복으로 폭력과 고통을 즐기고자 기다리고 있는 것이다.

그 기다림의 공간에 우리가 지금 서 있는 것이다. 따라서 역사적 현실에서 〈보복의 미학〉을 음미해 보는 가치를 우리가 느낄 수 있도록 항상 역사의 교훈으로 무장하고 있어야 하는 것이다. ❷

테마 II

위대한 각성과 웅비

chapter 1

제 1절 대한민국의 용틀임

chapter 1

우리가 역사를 공부하는 이유는 다양하다. 〈시간(時間)은 지나가는 인간의 끝없는 지평(地平)의 한복판에 흐르는 열망이며, 역사(歷史)는 강력한 시간의 경험적 탑(塔)이다〉라고 한다. 거기에는 결코 엘리베이터같이 움직임이 없다면 활용 가치가 없듯이, 역사에는 튼튼한 용기와 움직임의 도전적 발자취만이 시간의 흔적을 열망의 역사로 성취해낼 수 있다는 강력한 메시지가 있는 것이다.

우리가 역사를 공부하는 이유는 한낱 사건과 숫자를 암기하는 것이 아니다. 역사는 문명사적으로 종교사적으로 또 정치경제사적으로 그때그때마다의 사회생태적 환경과 그 안에 담긴 인간과 자연의 이야기들을 차분히 들려주고 있다. 역사는 때로는 따스한 휴머니즘과 같고, 때로는 호된 질책 같기도 한 역사의 에피소드와 어우러지면서, 더욱 더 희망찬 세상을 희구하는 에너지를 계속 후대들에게 당부하고 있는 것처럼 보인다.

특히 역사 중에서 어떤 민족이나 국가에 한정된 국사(國史)는 단순히 역사적 사실만이 아니라 바로 자신들의 뿌리에 대한 자부심을 심어줌으로써, 하나라는 공동체 의식과 현 사회를 유지시켜주는 정신적 지주를 갖게 하는 것이다. 그래서 자신의 역사를 새롭게 받아들이고 새롭게 인식해야 하는 당위를 갖게 되는 것이다.

이제 우리는 한민족 우리의 역사가 단순히 수난의 역사만이 아닌, 위대한 각성과 웅비의 용틀임으로 도전적 역동의 역사로 새롭게 인식해 보아야 할 필요성이 대두되고 있는 시점을 맞이하고 있다. 비록 한때 역사적 오류로 침탈과 침략의 수난이 있었지만 우리 한민족 5000년의 자긍심 있는 빛나는 발자취로 인식해야 할 것이다. 설사 나라를 빼앗기고 육체를 유린당하였다고할지라도 한민족 웅비의 정신만은 우리의 자긍심으로 남아 있을 수 있도록, 뿌리와 전통에 대한 긍지를 만들어주는 역사라고 인식해야 하고, 또한 그런 뿌리가 많아지도록 노력해야 할 것이다.

이러한 인식들이 우리 후손들의 책무로 함양되어야 할 것이다. 그것은 또한 실제로 어렵고 힘든 시대에 난관을 헤쳐갈 단결의 의지를 부여할 수 있을 것이다. 따라서 다 빼앗겨도 자신을 받쳐주는 정신적 지주가 있는 한 결코 무너지지 않는다는 역사적 신념에 대한 확신을 우리가 가져야 하는 것이다.

다양한 이유로 대한민국을 떠나고 싶다고 말하는 사람들이 요즈음 많다. 그러나 나는 내 조국 대한민국을 소중하게 사랑하고 있다. 21세기 초반에 한국경제는 지난 40여 년간의 압축성장을 통하여 급속한 발전을 거듭하여 왔다. 그 결과로 GDP 기준 세계 13위의 위상을 확보하였다. 그리고 세계수준의 제조·생산기반을 보유하고 조선(세계 1위), 반도체(세계 3위, D램 1위), 자동차(세계 5위), 철강(세계 6위), 석유화학(세계 4위)의 기간산업도 가지고 있다.

정보인프라는 선진국 최고 수준으로 초고속 인터넷 가입률(세계 1위), 온

라인 주식거래율(세계 1위)을 기록하고 있다. 또한 약간의 오차는 있을 수 있지만 현재 우리가 세계 1위인 것들은 반도체 생산량, 스타크래프트 상위 랭킹점유율, 초고속 인터넷 사용률, 컴퓨터 보급률, 인터넷 이용시간, TFD-LCD 점유율, 제철 조강 생산량, 단일 원자력 발전소 이용률, 휴대폰 보급 성장율, 의약 캡슐, 전자레인지용 고압콘덴서, 단일 에어컨 점유율, 자기테이프, 스키장갑, 오토바이 헬멧, 네티즌 참여도, 손톱깎기, 텐트, 낚싯대, 냉동 컨테이너, 쇼트트랙, 태권도, 양궁, 학위취득 비율, 교육열 등이다.

반면에 어두운 그늘의 1위도 있다. 해외입양, 청소년 흡연율, 여성 하루흡연량(남자는 2위), 주당 노동시간, 술 소비량(40도 이상), 간암, 사이버 폭력 빈도 등이다. 그리고 또 세계 5위 안에 드는 것들은 닷컴 도메인 보유율(2위), 전자저울(5위), 지하철 총길이(4위), 합성섬유 수출량(2위), 단일회사 항공화물 수송률(2위), 전자악기(2위), 곡면 절단기(2위), 자동차 생산율(5위), 피혁 수출(2위), 양식 수산물 생산량(5위), 인터넷뱅킹 이용률(3위), 도시별 컨테이너 처리량(부산 4위) 등이 있고, 뇌물 공여지수(2위), 교통사고 사망률(25세 미만 3위) 등 부끄럽거나 숨기고 싶은 순위도 있는 것이다.

우리 사회는 아직까지 글로벌 경쟁 우위를 확보할 수 있을 만큼 정부나 기업의 투명성과 윤리성, 그리고 내실경영이 완전하게 정착되지 못한 상황이며, 지속적인 구조조정과 효율성 추구의 노력이 필요한 상황 등의 어두운 그림자가 깔려 있기는 하다.

그러나 자세히 살펴보면 우리나라만큼 전반적으로 치안이 잘 되어 있고, 우리나라만큼 맛있는 음식이 많고, 좋은 옷을 입을 수 있고, 우리나라만큼 인정 많고, 성실하며, 열심히 공부하고, 우리나라만큼 단결력이 있고, 단일 민족국가와 문화적 자긍심이 넘치는 나라가 지구상에 어디 있었던가?

모든 종교가 서로 융화되어 조화로움을 추구하고, 적절한 긴장으로 가족주의가 개인과 사회와 국가를 지탱하고(여기에 가족주의를 비판하는 사람도 있지만), 또한 국가와 민족을 향한 공동체적 애국심이 우리나라만큼 강한 국가가 또 어디 있다는 말인가? 여기서 나는 우리의 인식이 항상 긍정적이고 전향적으로 바뀌어야 한다는 말을 강조하고 싶은 것이다.

지금 우리는 지난 시대에 소홀히 보낸 〈시간의 보복〉을 기다리지 말고 깨끗한 청준(淸俊)의 역사를 만들어가야 할 역사적 소명을 실천해야 할 시기에 살고 있다. 따라서 지난 바르지 못한 역사적 교훈과 IMF 등의 가혹한 시련과 도전을 슬기롭게 극복하고, 5,000년 민족사를 면면히 이어온 우리 민족의 끈질긴 저력과 발랄한 생명력을 바탕으로, 내일을 향한 겨레의 위대한 이상을 실현하려는 새 시대의 공동번영을 추구하는 웅비의 장을 활짝 펼쳐나아가야 하겠다.

『우리는 이제 한반도라는 틀에만 머무르지 않고 시야를 넓혀 보다 큰 세계, 동북아시아 차원에서 번영을 지향해 나가는 것이 중요합니다. 역사적·지정학적으로 볼 때 한반도는 정치·경제 등 모든 측면에서 대륙과 해양을 연결하는 교량역할을 수행할 수 있으며, 아시아와 세계의 중추국가(Hub State)로서 도약할 수 있는 무한한 가능성을 지니고 있습니다. 따라서 평화번영정책은 남과 북을 포함하는 한반도의 번영을 실현시켜나갈 뿐만 아니라 동북아시아 지역 이웃 국가들의 공동번영도 함께 추구해 나갈 것입니다』

- 2003. 2. 25. 제16대 노무현 대통령 취임사 중에서 -

chapter 2

제 2절 평화와 번영 : 동북아의 중심국가

chapter 2

　대통령 자문 정책기획위원회에서는 2003년도 6월 하나의 시안으로 노무현(盧武鉉) 대통령의 동북아시대 비전 내용을 처음 구체적으로 제시한 바 있었다. 내용의 요체는 동북아개발은행과 동북아철도공사, 동북아 자유무역협정(FTA) 체결 등을 통해 경제협력의 틀을 구축하고, 동북아의 유교문화 공유에 바탕한 문화정체성을 확립해 가면서 북핵 문제의 평화적 해결을 위한 다자회담 틀을 동북아평화안보협의체로 발전시켜 〈평화와 번영의 동북아공동체〉를 만들고, 특히 지역내 안보에 위협으로 인식되는 북핵 문제의 해결 틀과 과정을 지렛대 삼아 동북아의 새로운 안보협력 질서를 구축하는 계기로 활용하자는 내용이었다. 이 내용은 안보와 평화의 관심에서 출발하여 대화·협력·신뢰의 선순환을 통해 공동체를 진전시키고, 자원분야에서 실질적인 경제협력 사업을 추진했던 유럽연합(EU) 모델의 전략을 벤치마킹한 접근인 것으로 보였다.

EU의 성공적인 국제안보틀은 EU 역내 국가들의 국방정책을 공격적 방위에서 방어적 방위로 전환시켰다. 따라서 참여정부의 동북아 시안은 동북아평화안보협의체를 통한 역내 공동안보 실현 가능성을 강조하였다. EU에 대해서는 노 대통령도 평소 각별하게 부러움을 표시하며 동북아신질서가 지향해야 할 모델로 제시한 바 있었다. 여기에는 경제 외의 다양한 영역을 포괄하여 동북아의 틀 속에서 한반도 문제를 접근하며, 국민국가 단위의 인식 탈피를 통하여 결국 한국·중국·일본·북한·러시아·몽골을 포괄하는 동북아를 제2의 〈EU〉로 만들어보자는 것이다.

우리나라를 거대한 경제대국 일본·중국과 어깨를 겨루는 동북아의 중심국가로 만들겠다는 야심찬 이 청사진은 국민들을 정치적으로 매료하기에는 충분하였다. 그러나 동북아 허브의 방법론에는 빛과 그림자가 분명하게 교차하고 있다는 현실도 주시해야 할 것이다. 이 같은 꿈(?)은 정책슬로건만으로 이루어지는 것이 아니며, 지금쯤 과연 이 같은 구상이 실현 가능한지를 냉정하게 좀 더 검토해 볼 필요성이 있을 것이다.

실현가능성의 문제로 세계지도를 거꾸로 보면 한반도가 중국과 일본 사이에 있으니 로테르담 같은 물류 중심지가 될 수 있다고 하는데, 동북아 물류중심지가 된다는 것은 북중국행 화물이 우리 손을 거쳐간다는 것을 의미한다. 하지만 이는 남북철길이 열리고, 중국이 항만개발을 소홀히 하여 계속 한국 항만에 의존할 것이라는 비현실적 가정 하에서만 가능한 것은 아닌지? 라고 하는 회의적 시각을 가지고 있는 전문가들도 있다는 사실에도 주목할 필요가 있을 것이다. 또한 시베리아에서 천연가스를 가져와 북한도 주고 국내에 공급하자는 이야기도 나오지만, 한반도의 몇 배 거리에 가스관을 깔아야 하는 이 사업은 중국이나 일본이 동참하지 않으면 경제성을 맞추기가 어렵다. 그리고 누군가가 건설비를 공동부담하고 가스를 같이 소비해 주어야 하는데, 몇 년 전 타클라마칸 사막에서 대규모 가스전을 개발한 중국은 파이프라인 건설을 자체적으로 추진하고 있다는 사실에도 주목해야 할 것이다.

이러한 점에서 동북아 중심 국가는 바깥세상을 고려하지 않은 다분히 자기중심적인 발상이 될 수도 있다. 핵으로 무장하려는 북한을 통과하는 가스관에 우리의 에너지공급을 의존하려고 하는가? 하는 문제와 더구나 이라크 전쟁에서 보듯이 에너지를 대외정책의 골격으로 하는 미국의 입장도 살펴야 하는 어려움도 상존하고 있다. 즉 과거 유럽에서 소련의 가스관 건설을 그렇게 반대하던 미국이, 자신의 동맹국들이(한국 등) 러시아와 북한에 에너지안보를 의존하는 것을 어떻게 볼까? 하는 문제 등 장기적 과제가 산적하다는 냉철한 국제 현실적 상황인식이 필요하다는 지적이다.

그렇다면 우리나라는 동북아 중심 국가가 될 수 없는가? 아니다. 지금이라도 늦지 않았다. 우리가 생각과 방법만 바꾸면 얼마든지 가능할 수 있을 것이다. 우선 정부와 기업 그리고 노조가 합심하여 기업하기 좋은 분위기부터 만들어야 한다. 지금 우리 중소기업들은 외환위기 때 이상으로 기업을 경영하기 어렵다고 한다. 땅값 40배, 임금 10배, 세금 2배. 이는 한국의 대표적 중소기업 공단인 반월공단과 중국 칭다오(靑島)공단을 비교한 수치이다. 게다가 중소기업의 65%는 3년을 버티기 힘들다는 중소기업협동조합중앙회 회장의 자조적인 푸념이다. 바로 하루빨리 이러한 상황을 극복해야 한다는 것이다.

그리고 나서 동북아 아젠다는 세계경제 속에서 우리가 지금 경쟁력을 갖고 있는 분야에서부터 시작하는 것이 좋을 것이다. 우리의 확고한 비교우위는 금융이나 물류보다는 반도체·통신·자동차로 이어지는 제조업과 IT산업 등을 우선시해야 한다. 따라서 다국적기업이 우리나라를 동북아 생산거점(HUB)으로 만들도록 해야 한다. 세계의 기업들이 몰려와 생산 활동을 하다 보면 자연히 물류와 금융이 뒤따라 들어와서 동북아 물류·금융 중심지가 될 수 있을 것이다. 결론적으로 우리나라를 일본과 중국 사이의 〈동북아 중심 국가〉가 아니라 글로벌 경제 속에서 〈동북아의 허브〉로 만드는 것이 기본적 비전으로 제시되어야 한다는 점을 강조하고 있는 것이다.

동북아 지역협력질서 구축을 위한 우리의 역할로 먼저 동북아 국제정치의 역사적 유산을 살펴볼 필요가 전제되어진다. 역사적으로 19세기 중엽 이후 동북아 지역사(地域史)는 갈등과 반목으로 점철되어왔다고 해도 과언이 아니었다. 따라서 현재 우리에게는 그러한 역사적 유산이 21세기에도 변함없이 되풀이될 것인가? 하는 문제가 중요한 이슈로 떠오른다. 사실 근대 국제 정치의 역사는 협력의 역사라기보다는 갈등의 역사였던 것이다. 이러한 흔적으로 동북아 지역사에도 〈지역갈등구도〉가 〈국제협력구도〉를 늘 압도해 왔다는 사실이다. 그 이유는 여러 가지로 추정할 수 있는데, 동북아의 근대 지역사는 서구 근대성의 부정적 이미지가 투사되면서 조형되기 시작했다는 것이 일반적 추론이다.

동북아 지역은 서구 제국주의의 강압적 흡인력에 의해 세계 자본주의의 네트워크로 편입되었고, 이에 따라 동북아에서 근대성의 태동은 상당부분이 타율적이고 강압적 환경 속에서 이루어지기 시작했다. 국가간 관계의 관념과 담론의 세계에서도 사회진화론에 근거한 현실주의 인식이 주류로 등장하여 자리잡아 나갔다. 이러한 현실주의의 인식은 국가간 갈등의 존재를 필연적 현상으로 전제하였던 것이다. 그 같은 인식론적 그늘 속에서 동북아 지역사가 진행되었고, 19세기 동북아 3국이 추구했던 근대 국가가 강병론(強兵論)에 입각한 근대국가였다는 사실이, 동북아 갈등구도의 유산의 원형을 상징하였다고 할 수 있을 것이다.

서구적 근대성이 동북아에 배태시킨 또 하나의 역사적 유산은 개별 국가 이익의 가치 우위와 국익 추구행위의 〈절대선〉이라고 할 수 있을 것이다. 따라서 주권의 존엄성이라는 만국공법적 기반은 국제관계에 있어 개체의 존립보다 우월한 어떤 가치도 존재할 수 없게 하였다. 또한 지역공동체의 공통의 이익 모색과 개별 국가간 이익의 조화는 부차적 장식품 정도로 여기게 되었다. 그러한 〈인식 세계〉와 〈역사적 유산〉을 배경으로 하면서 동북아 국제정치에는 결과적으로 갈등구도가 끊임없이 전승되어왔던 것이다.

아마도 이제까지 동북아 갈등구조의 역사적 계승이 만들어낸 가장 큰 피해자는 한국이며, 동북아 국제정치의 첨예한 갈등구도가 물상화되어 나타났던 지역이 바로 한반도였다. 한국은 개항 이래 세계적 갈등구도의 지역적 재생산이라는 틀과 지역 세력간의 첨예한 대립구도에 의해 줄곧 지배되어왔다고 할 수 있을 것이다.

그 역사의 탁류 속에서 한반도는 20세기 초반을 채 지나기도 전에, 이미 두 차례나 열강들간 무력충돌의 무대가 되었고(청일전쟁, 러일전쟁), 그것의 결과로서 우리는 식민지를 경험하게 되었다. 1945년 이후 미 · 소라는 두 역외 세력의 대립에서 전화(轉化)되었던 지역적 갈등구도는 한반도를 분단과 전쟁과 대립으로 몰아갔으며, 냉전체제의 세계적 갈등구도가 해체된 지금도 여전히 한반도는 그 대립적 유산의 망령들이 지배하고 있는 실정이다.

이러한 역사적 현실 속에서 21세기 동북아는 국제정치에 관하여는 낙관론과 비관론이 교차하고 있다. 낙관론의 견해는 세계정치의 시대적 흐름이 협력지향적 추세로 바뀌고 있다는 사실에 근거하고 있다. 이른바 자유주의적 담론의 시대적 부각이요, 세계적 확산이며, 민주화가 세계적 현상으로 관찰되는 것도 같은 맥락이라고 보는 것이다. 국제관계의 주요 아젠다도 이제는 개별 국가의 독자적 해결능력의 범위를 넘어섰고 국가간 공동의 노력이 필요한 시점이라는 시각이다. 오늘날 국제관계를 지배하고 있는 것은 비군사적인 저위 정치적 영역이라는 지적도 같은 논조를 담고 있다. 따라서 안보문제 또한 개별 국가들의 배타적 태도보다는 다자간 노력이 요구되는 협력 지향적 지역안보협의체를 필요로 하는 시대라는 입장이 낙관론의 요체이다.

반면, 탈냉전의 세계질서는 19세기형 국제질서의 부활이 될 것이라는 지적이 있다. 이것은 미래에 대한 비관론적 견해를 대표하고 있는 것이다. 국가간 갈등이 만연하는 질서가 정상적 국제관계이며, 따라서 21세기 국제관계는 정상상태(갈등상태)로 회귀하게 될 것이라는 설명이다. 민족주의가 탈냉전기 국제관계의 무대에 전면 재등장하고 있다는 사실은 이러한 견해를 뒷받침하는 우울한 징조이다.

따라서 동북아 지역은 특히 그러할 가능성이 높다는 조망도 제기되고 있는 것이다. 21세기 동북아 국제정치 무대에서 중국의 국력이 미국을 능가할 것으로 예상되는 가운데, 중·미간 피할 수 없는 한판의 결전이 있을 것이라는 예측도 시사적 관점, 또는 학문적 논의에서 빠짐없이 제기되고 있음은 이를 반증하고 있다. 그런가 하면 21세기 어느 시점에 미국의 개입 강도가 약해질 것으로 전제하여, 미국의 힘을 메우기 위한 일본의 군사대국화와 이에 따른 중·일간 전통적 경쟁관계의 부활을 예견하는 논점도 비관적 미래상의 단면을 보여주고 있는 한 부분이다.

낙관론적 견해는 지역협력 가능성을 열어두고 있는 반면, 비관적 견해는 지역갈등구도의 등장을 염두에 두고, 현실적으로는 이 두 가지 가능성이 모두 열려 있으나 동시에 어떤 것이건 역내 행위자들의 선택의 결과로서 나타날 것이라는 사실에 우리가 특히 직시할 필요성이 있다.

결국 우리의 판단은 어떻게 동북아에서 지역협력질서를 창출할 것인가? 와 그리고 만약 갈등구도의 등장이 피할 수 없는 수순이라 하더라도 어떠한 노력을 통해 협력지향적 질서로 전환시키느냐? 에 두어져야 할 것이다. 왜냐하면 갈등구조의 유지나 확대가 야기할 비용이 주요 강대국뿐 아니라 우리 한국에게는 사활적으로 작용할 수 있기 때문이다.

이제 우리는 21세기 동북아 국제정치 무대에서 두 가지 전략을 동시에 고려해야 할 것이다. 하나는 〈생존을 위한 전략〉이요, 다른 하나는 〈지역안정을 위한 전략〉이다. 중요도나 우선순위의 측면에서 볼 때 당연히 한국이 더 중시해야 하는 것은 생존 전략이다. 지역안정화를 위한 전략은 생존전략보다 당연히 덜 치열하며, 생존전략의 실패는 더 이상의 출구가 없기 때문이다. 지역 내 상대적 약소국인 한국으로서 생존을 위한 최적의 전략은 안전을 보장해 줄 수 있는 강대국과의 동맹에서 찾을 수 있을 것이다. 그러나 한국으로서 당장 염두에 두어야 하는 점은 동북아 국제질서에서 갈등적 요소가 강화될수록 생존전략이 더욱 절실하게 요구된다는 점이다.

한국이 생존을 위한 동맹전략 자체에 경직된 자세로 전력투구하면 할수록, 그 행위 자체가 동북아 국제질서를 갈등적 환경으로 전환시킬 가능성이 높아질 것이다. 즉 한국에게 주어질 수 있는 딜레마는 생존전략으로서 동맹추구의 필요성이 제기되지만, 한국의 동맹추구전략이 한국의 안전에 위협을 가중시키는 환경으로 변화될 가능성을 배제하지 못할 것이라는 점에 주목해야 할 것이다. 따라서 이것은 동맹전략에 대한 집착은 근본 해결책이 될 수 없으며, 지극히 신중한 접근이 필요하다는 점을 나타내어주는 것이다.

예컨대 21세기 동북아 국제질서에서 중ㆍ일간 갈등구도를 상정할 때, 한국은 지정학적 특수성을 고려하여 중ㆍ일 어느 일국과의 동맹체결이 현명한 판단인지를 심사숙고해야 할 것이다. 따라서 유연한 대응전략이 요구되는 것이다. 한국은 생존을 위해 동맹이 필요한 시기라 하더라도 역내 강국과의 협력적 관계의 유지를 위한 창구는 항상 열어두어야 할 것이다. 바로 동맹론과 균형외교론의 적절한 결합전략이 필요할 것이다. 한국으로서는 결국 생존을 보장받기 위해서라도 동북아 협력적 질서 창출에 치중해야 할 필요가 생기며, 그것이 비용을 줄일 수 있는 방법이기도 할 것이다. 따라서 안정적 질서가 유지되는 환경 속에서 한국은 지역적 협력질서의 순기능적 확대를 다자안보론ㆍ균형외교론ㆍ중립론 등의 다양한 전략을 통해 추구할 수 있을 것으로 판단되어지는 것이다.

지역협력질서와 한국의 역할에 있어서, 한국으로서는 어떠한 방법을 통해 협력적 질서의 구축을 선도하며 유지시킬 것인가에 외교적 목표가 두어져야 할 것이다. 이는 갈등구도가 어떤 방식으로 형성되느냐에 따라 한국의 역할과 선택도 달라질 수 있음을 보여주고 있다. 아울러 상대적 약소국으로서 선도(先導)가 가능한 부분도 있고, 한국의 역량으로 한계가 있는 영역도 있을 것이다. 예컨대 역내 권력구도의 변경은 한국으로서 영향력이 미치지 못하는 부분이 되며, 그럼에도 불구하고 동북아 협력질서의 창출에 있어 한국의 역할이 중심이 될 수밖에 없는 이유는 우선 한국이 동북아 갈등 질서의 일차적 피해자가 될 가능성이 높기 때문이다.

지금까지 동북아 지역사의 흐름에서 한반도가 역내 갈등구도의 직접적 피해자였기 때문에, 또 여전히 갈등의 유산과 전흔들이 이 땅에 남겨져 있기 때문에 21세기 동북아 평화와 협력질서의 구축은 한반도에서 시작되어야 하는 필연성을 지니고 있다. 필연성은 역사적 유산의 정리라는 차원에서뿐 아니라, 동북아 지역의 지정학적 조건에서 비롯되는 필연성이다.

지역열강들의 이해관계가 교차되는 지점에 위치하고 있는 한반도는 동북아 갈등구조가 표면화되는 현장이 되어왔다. 이에 따라 한반도 상황의 안정이 동북아 지역안정의 시금석이 되어왔다. 그리고 지금까지 열강들이 추구해왔던 한반도 안정화의 해법이 분단을 통한 적대적 대립관계의 유지였다면, 남북한 통합 이후에는 새로운 인식과 접근이 필요하다는 점이 강조되어야 할 것이다.

따라서 한반도를 긴장과 대립의 현장으로 간주할 것이 아니라 협력창출의 리트머스 시험지로 인식해야 하며, 이를 위하여 한국이 목표로 삼아야 하는 것은 통일한국의 외교적 목표가 주변 열강들의 그것과 결코 상충하지 않으며, 오히려 통일한국과 주변열강은 한반도의 안정화를 통해 공통의 이익을 확보할 수 있음을 강조하는 것에 두어져야 할 것이다

동북아 협력질서의 구축을 위해 한국이 할 수 있는 역할은 다양하다. 먼저 관념적 영역에서 한국은 협력위주의 국제적 담론 창출에 선도적 역할을 맡아야 하며, 자유민주주의 가치를 내부적으로 공고화하는 가운데 그것의 지역적 확대에 노력을 경주해야 할 것이다. 한국이 선도적으로 실천할 수 있는 분야는 지역 공동체 정신을 함양하기 위한 〈열린 민족주의의 표명〉이다.

역사 속의 민족주의가 타민족에 대한 배타성과 우월적 의식의 표상이었다면, 미래 역사 속의 민족주의는 다른 모습이어야 한다. 협력의 정신에 바탕하면서 지역적 문제 해결을 위한 공생, 공존 의식에 기반하고 있는 민족주의,

그리고 민족적 차이나 문화적 상이점이 이해의 기반 위에 수용될 수 있는 열린 민족주의여야 하고 그것이 동북아 공영의 첫걸음이 될 수 있어야 할 것이다.

국가간 행위의 측면에서 한국의 역할은 어떠해야 하는가? 한국은 대외적 이미지를 창출함에 있어 평화외교를 위한 협상의 국가, 조정과 중재의 나라라는 이미지를 갖도록 노력해야 하며, 역내세력과 역외세력간 긴장의 파열음이 이 한반도 땅에서 조정될 때, 평화와 협력을 위한 화합의 목소리로 바뀌게 된다는 이미지를 만들어내야 한다. 그것이 한국의 생존을 보장받는 방도도 될 수 있을 것이다.

다른 한편, 국가행위의 긴장도를 상승시키는 요인의 하나로 군비경쟁을 든다면, 한국의 국제적 역할의 하나는 역내 군축과 군비통제의 선도적 주창자 역할을 수행하는 것에 있어야 할 것이다. 그리고 국제제도의 영역에서 동북아 협력체제 구축을 위한 한국의 역할도 중요한 위상을 가져야 하며, 또한 동북아 다자간 안보협의체의 구성을 위하여 한국은 선도적 역할을 수행하여야 할 것이다.

지역내 분쟁 요인의 다각화로 인하여 21세기는 어느 때보다도 예방외교와 국가간 대화의 장이 절실한 시기가 될 것으로 예상되어진다. 따라서 국제적 분쟁 조정을 위한 국제적 논의의 무게가 동북아의 중심인 한국으로 이동되어야 우리의 〈생존을 위한 전략 : 동맹론〉과 〈지역안정을 위한 전략 : 자주론〉 모두를 실현시킬 수 있을 것이다.

chapter 3

제 3절 역사의 양대산맥 : 실력과 운명

chapter 3

1. 차원 높은 동양문화의 자긍심

1-1. 일본 문화의 대부

일본의 유서 깊은 역사적 흔적에는 아직도 우리 선조들의 따스한 온기가 살아 있다. 그 중에서 우리가 지나칠 수 없는 것이 일본 국보 제 1호인 〈미륵반가사유상〉이다. 아케이크 스마일(古拙의 微笑) 또는 적미(寂美)의 미소라고 불리는 독특한 미소는 1977년 찌바(千葉)대학 교수 오히라(小原二郞)가 일본 고대 불상을 연구하면서 일본 국보 제 1호인 미륵반가사유상은 〈그 재료가 한국에서 많이 쓰는 소나무〉이며, 그 〈조각 기법도 일본에 없는 것〉임을 밝혀냄으로써, 이 불상이 신라에서 만든 것임이 자명해졌다.

일본이 세계 최고(最古)의 목조 건물로 자랑하는 호류사의 금당에 안치되었던 〈백제관음〉은 세계의 찬사를 받았다. 이는 베를린 인종(人種)박물관에

〈백제관음〉이란 이름으로 그 실물 모조품이 전시되어 있는데, 그 이름으로 이 불상이 백제에서 전래된 것임을 시사해 주고 있다. 또한 이러한 문화의 영향은 말(言)이나 생활양식에서도 뚜렷한 자취를 남기고 있다. 고조선 이후 고구려와 부여국의 지배계층은 〈싸울아비 : 上戶, 戰士〉였는데, 이 싸울아비들의 일부가 일본으로 건너가 원주민들을 정복·지배하여 〈사무라이〉 전통을 낳았다는 연구 결과도 있다.

서기 875년에 편찬된 일본의 「신찬성씨록(新撰姓氏錄)」에 당시의 중앙 귀족 3분의 1 이상이 한반도에서 건너온 이주민 계통의 성을 가졌다고 기록되어 있다.

이러한 역사적 사실이 반증하고 있음에도 불구하고, 오늘날 일본인들은 고대 한·일간의 관계를 언급할 때 〈대륙문화의 영향〉이라는 막연한 통설로 한반도로부터의 영향을 애써 외면하고 있다. 일본인들은 임나경영설(任那 經營說), 기마민족 정복설(騎馬民族 征服說), 분국설(分國說) 등의 다양한 자기 정체성을 이야기하고 있지만, 대체로 각종 발굴과 새로운 역사 연구로 우리 선조들이 일본에 진출하여 일본 국가를 건설했다는 점이 분명해지고 있다.

일본 고대문화는 한반도에서 전혀 다른 금속기를 사용하는 문화가 일본에 들어감으로써 개화되기 시작하였다. 금속기술·농사·주거형태·무덤·통일왕조 성립 등등 모든 분야가 우리 선조들에 의하여 새로이 성립되었다. 문명의 시작이라고 해도 과언이 아니라고 할 수 있을 것이다. 당시에 우리는 진보된 기술을, 일본은 노동력을 제공하였던 것이다.

따라서 삼국 중 일본과 가장 가까운 백제는 지도자적 역할을 수행하였고, 그들은 그것에 따라 아스카 문화를 낳았다. 이것은 백제인의 은혜의 산물이었다. 유교 경전, 논어·효경 등의 경서와 교육, 불상, 미술, 건축, 공예, 의복, 음악 등 모든 분야가 백제인에 의하여 결정지어졌다. 한반도에서 건너 간

역서, 천문지리서, 의술 등도 일본인들이 대대로 정신적 지주로 여겨온 산물이었다. 고구려나 신라도 의복, 회화기법, 종이, 먹, 무기, 조선술, 저수지 건설법, 도자기 및 불상 제조술 등을 전해 주었다.

일본의 고대문화기반이 한국의 영향이며, 특히 한국 문화의 전수로 이루어진 아스카 문화는 한민족의 진취적 기상과 독특한 창조성을 보여주는 세계적 걸작품이다. 일본은 7세기까지 우리로 인하여 문화다운 문화를 알게 되었고, 그 문화를 바탕으로 오늘의 일본이 있었음을 우리는 자랑스럽게 생각하여야 할 것이다.

이제 더 이상 지난 35년간 일제치욕을 우리는 부끄럽게 여기지 말자. 그들의 침략성과 야만성을 우리는 알고 있으며, 그들의 문화의 뿌리는 자랑스러운 우리 선조들이란 점을 명심하여야 할 것이다. 지난 일제치욕은 그 전에 소홀히 보낸 〈시간의 보복〉으로 영원히 인식은 하되, 계속 부끄럽게 여기거나 스스로의 취약성을 자인하지는 말아야 할 것이다. 왜냐하면 우리는 그들의 문화적·정신적 대부(代父)이고, 그러한 차원 높은 동양문화의 자긍심으로 21세기에 웅비할 수 있기 때문이다.

1-2. 원효의 화쟁(和諍)논리

우리문화의 특징 중에 우리 고유의 것도 많지만 여러 계통의 문화를 수용·종합·조화하는 과정에서 우리 특유의 확대된 문화적 개성이 일관되게 추구되어온 것이 많이 있어 왔다. 그 중에서 원효의 대승불교 철학의 정수도 이러한 맥락 중의 하나이다. 원효의 속명은 설서당(薛誓幢)으로 어릴 때는 화랑이었으며 전형적인 신라인이었으나, 후에는 불교가 공인된 지 100년 만에 나타난 민족사상 최대의 불교사상가로 거듭났다.

〈모든 것이 마음으로부터 비롯된다(諸法一切唯心造)〉를 터득한 이 일심사상론(一心思想論)은 지금까지도 다양한 종교적 이해를 넘어서 우리 사상에 많은 영향을 끼치고 있다. 그는 긍정과 부정의 두 가지 논리를 융합해서 보다

높은 차원의 새로운 가치를 찾아내었다. 모순과 대립을 하나의 체계 속에 묶어 담는 화쟁(和諍) 논리는 그의 일관된 정신이었다. 우리의 일심(一心)에도 깨달음의 경지인 진여(眞如)와 그렇지 못한 무명(無明)이 분열되고는 있지만 그 진여와 무명이 둘이 아니라 하여 화쟁 논리를 제시하였다. 원효는 통일·화합·평화·조화·이해·용서·사랑은 이와 같은 정리(整理)와 종합(綜合)에서 온다고 보았다.

원효에 의하여 수립된 신라 불교 철학은 통일신라를 거쳐 지금까지도 우리의 사상적 능력과 가치를 발전시키는 정신적 기반이 되고 있다. 원효의 철학은 불교 각파의 학설을 종합적으로 정리하여 체계화하였으며, 불교 철학에 대한 이해의 기준을 처음으로 제시하고 집대성되었다. 원효의 화쟁 사상은 화합과 이해와 평화사상의 정신적 토대가 되었으며, 우리의 문화발전과 역량 증대를 도모할 수 있는 이론적 바탕이 되어왔다.

원효의 사상은 〈화엄경소(華嚴經疏)〉와 〈대승기신론소(大乘起信論疏)〉에 집약되어 이후 중국·일본에 지대한 영향을 미쳤다. 중국의 고승 법장(法藏), 징관(澄觀) 등에게 지대한 영향을 주어 중국 불교 중흥에 기여하였으며, 일본의 서적에는 인용한 대목이 너무 많이 나타난다. 고려의 의통·체관·의천에게 영향을 주어, 고려 광종 때의 의통은 중국에 건너가 중국 천태종의 제 13대 교조가 되어 제 14대 교조 지례(知禮)와 자운(慈雲)을 길러내면서 쇠퇴해 가던 중국의 천태종을 부활시켰다. 체관은 없어진 〈천태교전〉을 중국에 역전(逆傳)시켜 중국 천태종 부활의 기반을 마련해 주었고, 〈체태사교의〉는 중국·일본에서 현재까지 천태종 교리로 가장 중요시되고 있다.

의천은 원효의 위대한 사상을 재발견하였는데, 원효의 글들을 송·요·일본 등에 보내어 고려 불교를 국제적인 위치로 높이는 데 이바지했다. 이러한 창조적 변용의 문화적 능력은 보조국사 지눌에 의한 조계종 창립으로 이어지면서 계속된 우리 민족의 정신세계를 보다 높은 경지로 이끌어갔다.

원효의 불교사상의 통합과 발전은 우리 민족의 위대한 문화 창조력을 만천하에 실증한 것으로, 동양 정신문화의 큰 지주의 하나인 불교사상의 정수가 바로 우리나라에서 만개(滿開)되었다는 사실을 볼 때, 우리 민족의 우수성과 자긍심을 재인식할 수 있는 것이다.

『불교의 진생명(眞生命)을 투철히 발양하며, 불교의 구조적 기능을 충분히 발휘하여 이론과 실행이 원만히 융화된 한국 불교의 독특한 건립을 성취하였다. 우리 불교가 이때 인도의 서론적(序論的) 불교와 중국의 각론적(各論的) 불교에 대하여 최후의 결론적 불교를 건립하였다』

- 육당 최남선의 원효 불교 평가 -

원효는 또한 불교의 궁극적인 목표는 깊은 철학과 아울러 항상 중생을 구제하는 데 있다고 외치며, 평등 가운데 차별이 있으며 차별 가운데 평등이 있다는 화엄의 사상을 쉽게 풀은 〈무애가〉를 지어 뭇사람의 관심을 끄는 가운데, 때와 장소를 가리지 않고 큰 표주박을 두드리면서 노래하며 이 거리 저 마을에 바람타듯 나타남으로써 불교를 생활화하는 데 힘썼다. 이러한 그의 삶 자체가 이론과 실천을 일치시키는 진정한 철학함의 자세를 보여준 것인 동시에, 불교의 대중화를 몸소 실천한 것이었다.

이러한 원효의 사상과 생애는 오늘날의 현대 종교계에 많은 교훈을 주고 있다. 신앙이 민생을 구제하는 것을 목표로 삼지 않고 물질적인 부의 축적에 집착하는 경우가 허다하고, 종교의 근본원리를 설법 · 전파하여 사람들이 진정한 깨달음의 길로 나아가도록 이끄는 것이 아니라, 단순한 구복신앙 정도로 머무르고 있는 것이 현실이기 때문이다. 현대에 진정한 종교 및 철학으로서 자리잡기 위해서는 모든 종교를 비롯하여 신앙인들의 각고의 노력이 필요한 시점이 아닌가 싶다.

따라서 우리는 참다운 불교인 원효와 고려 불교의 기둥 의천의 남다른 예지력과 창출력에 감복할 수밖에 없다. 그 무엇보다도 아시아의 정신적 지도자로 각광받은 원효와 의천의 종교적 경륜에 찬탄을 금치 못하는 것이다. 우리는 선조들의 그 놀라운 사상과 문화 창조력을 접할 때마다 문화민족으로서의 긍지와 자긍심을 만끽하게 되는 것이다.

1-3. 목판 인쇄술의 발달과 금속활자의 발명

『역사를 통한 모든 발명 가운데 인류 발전을 위하여 가장 크게 기여한 발명은 ① 금속 ② 전기 ③ 활자 3가지인데 그 가운데서도 한 가지를 뽑으라면 주저하지 않고 〈금속 활자의 발명〉을 들 것이다』

- Marshall McLuhan : 캐나다 영문학자, 문명비평가 -

인류문명이 오늘날과 같이 놀라운 발전을 거듭한 연유 중의 중요한 하나가 〈금속 활자의 발명〉이라는 사실에 대해서는 이론의 여지가 없는 것 같다. 우리 민족은 일찍부터 목판 인쇄술을 발전시켰고, 금속활자를 발명하여 민족문화 발전에 찬란한 금자탑을 이룩하였을 뿐만 아니라, 중국과 일본에 지대한 영향을 미친 사실은 이미 다 아는 바이다. 중·근세에 일반 백성들까지도 쉽게 책을 접할 수 있었던 것은, 세계적으로 유례가 없던 일로서, 이는 전적으로 인쇄술의 발달에 기인한 것이다. 1866년 병인양요 때 강화도에 온 프랑스 군사가 일반 백성들 집에서 다량의 서적이 발견된 것을 보고, 문화적 충격을 받았다고 기술하고 있다. 프랑스에서는 일반가정에 책이 있다는 것은 당시로서는 상상도 못할 상황이었다. 결국 프랑스군은 강화도 철수시 고도서(古圖

書) 345권과 은괴 19상자 등 많은 문화재를 약탈해 갔다.

목판 인쇄술이 발명된 곳은 중국 당나라 현종(玄宗 : 712~756) 연간으로 704년 중국에서 다라니경이 한역(漢譯) 되어 나온 것으로 보아, 이의 대량 보급을 위해 목판 인쇄술이 발명되었을 것으로 추정되고 있다. 우리나라에서도 1966년 불국사 석가탑에서 다라니경이 발견되었는데, 그 종이가 우리나라 닥종이로 704~751년 사이에 제작된 것으로 판명되었다. 당시 동양에서는 불교문화의 심도에 따라 국제적 지위가 결정되었으므로, 신라는 강력한 목적의식으로 목판 인쇄술을 창안하였던 것으로 보인다.

고려 문화는 출판문화의 발달이 핵심이다. 고려인의 구서욕(求書慾)과 학문에 대한 정열은 수많은 불경과 역사서, 유교경전을 필요로 하게 되었는데, 이를 계기로 목판 인쇄술이 비약적으로 발전하게 된 것이다. 목판 인쇄로 이루어진 대장경 출판과 수많은 서적 간행은 우리나라를 〈문화의 나라〉라고 불리게 할 만큼 전반적인 문화와 지식수준을 올려놓았다. 11세기에는 송·요·고려 3국간에 대장경 인쇄를 둘러싸고 치열한 경쟁을 벌였는데, 당시에는 대장경 조판이 그 나라 문화수준을 대변하였다. 요즘의 첨단항공우주기술에 버금가는 것으로 11~12세기에는 송의 인쇄문화를 우리 고려가 압도하게 되었다.

고려에는 희귀서가 많았는데, 이는 고려인의 구서욕과 맞물려 세계 최초의 금속활자를 발명하는 기반이 되었다. 고려의 금속활자는 대량출판에서는 목판 인쇄에 불리하나, 소량출판에서는 경제적이라는 점에 착안하여 특수 분야의 서적도 간행할 수 있는 수준까지 발전하였음을 증명하는 것이다.

금속활자는 강화천도 중 1234년에 상정고금예문(詳正古今禮文)이 가장 오랜 금속활자 인쇄본이지만 당시에 이러한 금속활자 인쇄를 새로운 발명으로 여기지 않은 점으로 보아, 이미 오래전에 발명되었음을 추정할 수 있을 것이다. 고려와 원(元)의 국교가 성립된 후에는, 주자법(鑄字法)과 주조판의 제

조법이 중국을 거쳐 아라비아 지역까지 퍼지게 되었다.

어느 민족이나 역사에는 제각각의 빛깔이 있다. 목판 인쇄술 발달과 금속활자 발명은 우리 민족사의 밝은 빛깔에 더욱 빛을 발하고 있다. 한번 생각해 보라. 우리 선조들이 발명한 금속활자가 전 세계의 지식과 문명을 주도했음을….

1-4. 도자기

〈섬세함, 소박함, 호탕함, 그윽함, 단아함, 대범함, 자연스러움, 단단하고 파란이 없는 것, 꾸밈이 없는 것, 사심이 없는 것, 솔직한 것, 자연스러운 것, 뽐내지 않은 것, 그것이 어여쁘지 아니하고 무엇이 어여쁠까 하는 것〉 외국인들이 우리나라 도자기를 평가하는 감탄사 들이다. 우리 전통 예술품 중에서 세계 어디에도 손색이 없는 것 중의 으뜸이 바로 우리 도자기이다.

우리 민족은 선사시대부터 토기를 구워 사용해 왔고, 그러한 전통과 기술은 계속 발전되어왔다. 신라 토기는 소박한 아름다움을 지닌 예술품이다. 그것은 기교가 없는 건강한 아름다움으로 우리에게 다가온다. 고려청자는 세계 도자기의 대명사가 되었다. 중국의 비색(秘色)과 다른 자부심의 비색(翡色)을 창조하여 독특한 형태와 기술을 발전시켰다. 고려자기는 백자와 청자가 있고 청자에는 상감청자·순청자·화금청자 등의 종류가 있는데, 상감청자는 세계가 절대로 모방을 할 수 없는 천하에서 제일품이다.

조선 백자는 고려의 청자와 같이 화려한 분식은 가하여지지 않았지만, 태연히 자리잡고 앉아 있는 백자의 정신적 여유는 실로 대범하고 든든하다. 조선 도자기는 분청사기와 백자인데 백자는 순백자·청화백자·철화백자·철사백자·진사백자 등으로 나누어지고, 하나같이 실용적이며, 서민적이고 소박하며, 순진하고 세련되었으며, 순수하면서 화려의 절묘한 멋을 만들어내었다.

우리의 도자기가 얼마나 소중하고 그 우수성이 입증되었으면 일본은 임진

왜란 당시 우리 도공들을 강제로 납치하여 그들의 도자기 문화의 기반으로 삼았다. 지금도 미야미(美山)라는 곳에는 임진왜란 당시 끌려간 사람들의 후손들의 마을이 있는데, 지금도 여전히 일본에서 제일가는 도예가들로 평가를 받고 있다.

1-5. 성리학(性理學)의 만개(滿開)

우리나라에는 일찍부터 세계적으로 차원 높은 사상가들이 많았다. 그 사상의 중심에는 항상 요즘말로 인권이 자리잡고 있었다. 서양의 귀족 중심의 민주가 아니라, 진실로 하늘과 가슴에서 우러나는 민본·인본·백성 중심의 사상이 자리잡고 있었다. 이러한 사상은 허울 좋은 가식의 민주주의가 아니라, 모든 인간 존엄성에 겸손해지는 살아있는 인간의 사상이었다. 이것이 바로 조선의 성리학이라는 이름으로 이 땅에 만개하였던 것이다. 성리학은 유학의 한 학파로 송의 유학자 주돈이 (1017~1073)를 그 시조로 한다. 성리학은 우주의 근원을 형이상학적으로 해명하려는 철학적인 유학으로 원(元)에서 성행하였다. 충렬왕 때 안향이 도입한 후 성리학은 백이정, 이제현, 이숭인, 이색, 정몽주, 정도전, 길제, 권근 등 쟁쟁한 성리학자에 의해 연구되고 발전되었다.

성리학의 중요한 이론은 우주·자연의 법칙과 인간의 도덕적 규명이 합일(合一)되어 있다는 천인합일설(天人合一說)과 도의(道義)정신을 바탕으로 한다. 또한 성리학은 충효의 중시, 현실적 인간질서는 명분에 따라 조화를 이루어야 한다는 명분론(名分論) 등이 중요한 가치로 자리잡고 있다. 명분론은 정통을 수호하고 이단을 배격하는 벽위론(闢衛論)으로서 당시 몽고 지배를 배격하는 당위를 추구하였고, 이후 민족의 절실한 필요에 부응할 만큼 학문적으로 창의적인 발전을 이루게 되었다. 조선 전기의 정도전을 필두로 김종직, 조광조를 거쳐 서경덕, 이황, 기대승, 이이, 조식, 허목 등에 이르러서는 그 이론을 심화시켜 동양 정신문화의 정수를 보여주었다. 성리학은 지식보다도 마음의 순수성이 중시되었으며, 도덕적 순결과 절의(節義)가 강조되었다. 도덕적 규범은 외부로부터의 강요가 아닌 내면의 가장 깨끗한 마음의 욕구로 인간의 사명이라고 보았다. 자발적으로 도덕적 실천을 강조한 성리학은 의리, 충, 효, 신의, 절의 등을 바탕으로 절대 불변의 가치 기준으로 작용하였다.

조선의 성리학은 중국과 일본에 대단한 영향을 미쳤다. 일본 근대국가 형성력은 퇴계학에서 나왔고 명치유신은 그렇게 수용되었던 것이다.

1-6. 한글

훈민정음이란 백성을 가르치는 올바른 소리란 뜻이다. 조선 제 4대 임금인 세종은 그때까지 사용되던 한자가 우리말과 구조가 다른 중국어의 표기를 위한 문자체계였기 때문에, 많은 백성들이 배워 사용할 수 없는 사실을 안타까워하여 세종 25년(1443)에 우리말의 표기에 적합한 문자체계를 완성하고 〈훈민정음〉이라 명명하였다.

세계의 많은 민족들이 자기의 언어를 표기하기 위하여 문자를 만들려고 노력하였으나, 한글과 같이 일정한 시기에 특정한 사람이 이미 존재한 문자에서 직접으로 영향받지 않고 독창적으로 새 문자를 만들고 한 국가의 공용문자로 사용하게 한 일은 세계적으로 유례가 없는 일이다. 더욱이 새 문자에 대한 해설을 책으로 출판한 일은 정말 유례가 없었던 역사적인 일이었다. 특히, 훈민정음은 문자를 만든 원리와 문자사용에 대한 설명에 나타나는 이론의 정연함과 엄정함에 대해서는 세계의 언어학자들이 매우 높게 평가하고 있다. 훈민정음은 국보 제 70호로 지정되어 있으며 1997년 10월 유네스코 세계기록유산으로 등록되었다.

훈민정음, 곧 한글은 28자로 된 알파벳으로, 오늘날에는 24자만 사용되는데, 한국어를 완벽하게 표기할 수 있을 뿐아니라 배우기와 사용하기에도 편리한 문자체계이다. 문자체계 자체로도 독창적이며 과학적이라고 인정되고 있어 그 의의가 너무 크다고 할 수 있다.

한글은 소리글자(phonetic symbol)이다. 아무리 어려운 발음일지라도 한글로 거의 완벽하게 표현할 수 있다. 한글은 세계적으로 음성학자(phonetician)들에게 최고의 효율적인 언어로 잘 알려져 있다. 미국의 과학잡지 「Discovery」 94년 6월호에 한글에 대해 나온 적이 있는데, 언어학자인 제어드 다이어먼드는 〈한글은 세계에서 가장 과학적인 문자〉 라며 극찬을 했다. 따라서 우리 겨레의 가장 큰 자랑거리로 나는 주저없이 한글을 꼽는다. 한글은 우리 민족이 한시라도 멀리하고 살 수 없는 언어생활의 도구일 뿐 아니라 고귀한 문화유산이요, 국제적으로 한민족의 자랑스러운 표상이 되어 있다.

한글의 위대함은 ① 민본주의의 산물 ② 뛰어난 소리글자(표음문자) ③ 발음기관을 상형한 세계 유일의 문자 ④ 조직적이고 체계적인 구조 ⑤ 만국 공통의 국제적인 문자에서 나오므로 진정한 의미의 만국 문자이다. 따라서 이를 기념하기 위하여 현재 유네스코에서는 세종대왕상을 제정하여, 문맹퇴치에 공이 큰 사람에게 시상하고 있다.

1-7. 「조선왕조실록」과 「승정원일기」

「조선왕조실록」은 조선왕조의 시조인 태조로부터 철종까지 25대 472년간 (1392~1803)의 역사를 연월일 순서에 따라 편년체로 기록한 책이며, 총 1,893권 888책으로 되어 있어 가장 오랜 기간 기록된 방대한 양의 역사서이다. 「조선왕조실록」은 조선시대의 정치, 외교, 군사, 제도, 법률, 경제, 산업, 교통, 통신, 사회, 풍속, 미술, 공예, 종교 등 각 방면의 역사적 사실을 망라하고 있어 세계적으로 그 유례가 없는 귀중한 역사 기록물이다. 또한 「조선왕조실록」은 그 역사기술에 있어 매우 진실성과 신빙성이 높은 역사기록이라는 점에서 의의가 크다

고 할 수 있겠다.

「조선왕조실록」의 기초자료 작성에서 실제 편술까지의 편수 간행작업을 직접 하였던 사관은, 관직으로서의 독립성과 기술에 대한 비밀성을 제도적으로 보장받았다. 실록의 편찬은 다음 국왕이 즉위한 후, 실록청을 개설하고 관계관을 배치하여 편찬하였으며, 사초는 군주라 해도 함부로 열람할 수 없도록 비밀을 보장함으로써, 이 실록의 진실성과 신빙성을 확보하였다. 실록이 완성된 후에는 특별히 설치한 사고(史庫)에 각각 1부씩 보관하였는데, 임진왜란과 병자호란을 거치면서 사고의 실록들이 병화에 소실되기도 하였으나, 그때마다 재출간하거나 보수하여 20세기 초까지 정족산, 태백산, 적상산, 오대산의 4대 사고에 각각 1부씩 전하여 내려왔다.

정족산·태백산 사고의 실록은 1910년 일제가 당시 경성제국대학으로 이관하였다가, 광복 후 서울대학교 규장각에 그대로 소장되어 현재에 이르고 있다. 오대산 사고의 실록은 일본으로 반출하여 갔다가 관동대지진으로 소실되어 현재 27책만 남아 있다. 적상산본은 구황궁 장서각에 소장되어 있다가 1950년 한국전쟁 당시 북한이 가져가 현재 김일성종합대학에 소장되어 있다.

「조선왕조실록」은 정족산본 1,181책, 태백산본 848책, 오대산본 27책, 기타 산엽본 21책을 포함해서 총 2,077책이 일괄적으로 국보 제151호로 지정되어 있으며, 1997년 10월에 유네스코 세계기록유산으로 등록되었다.

「조선왕조실록」의 세계적 기록유산으로서의 의의는 ① 25대 472년간의 군주의 실록(세계 최대) ② 가장 풍부한 내용을 담은 세계적인 역사서 ③ 내용이 다양하여 가히 백과전서적 실록 ④ 역사기술에 있어 매우 진실성과 신빙성이 높은 역사기록물 ⑤ 활자로 인쇄 간행된 「조선왕조실록」은 한국 인쇄문화의 전통과 높은 문화수준을 보여주는 역사서 ⑥ 조선 말기까지 이들 실록이 완전하게 보존 ⑦ 일본·중국·몽고 등 동아시아 제국의 역사연구 및 관계사 연구에도 귀중한 기본자료이기도 하다.

「조선왕조실록」은 단순한 역사기록이 아니라, 그 속에는 우리 조상들이 역사를 바로세우고 사실대로 전해 주려는 노고와 지혜가 살아숨쉬는 책이며, 그 책을 통해 지난 시대의 정치, 경제, 생활 모습 등 모든 분야를 알 수 있는 역사의 살아 있는 보고(寶庫)이다.

「승정원일기」는 조선시대 왕명을 출납하던 국왕 비서실의 일기로 1623년(인조 1)부터 1910년(융희 4)까지의 왕명 출납, 제반 행정사무, 의례적 사항을 기록한 일기로, 현존하는 우리나라 최대의 역사기록물이다. 총 3,243책. 필사본으로 크기는 일정하지 않으나 대개 41.2cm 9.4cm이다. 국보 제 303호로 원본은 서울대학교 규장각에 소장되어 있으며, 2001년도에 유네스코 세계기록유산 (Memory of the World)으로 지정되었다.

「승정원일기」는 원래 조선 초부터 기록되었으나, 인조 이전의 것은 임진왜란과 이괄(李适)의 난 등으로 모두 소실되어 남아 있지 않다. 1623년부터 승정원이 폐지되는 1894년 갑오개혁 때까지의 「승정원일기(承政院日記)」 3,045책과 갑오개혁 이후의 「승선원일기(承宣院日記)」 4책, 「궁내부일기(宮內府日記)」 5책, 「비서감일기(秘書監日記)」 41책, 「비서원일기(秘書院日記)」 115책, 「규장각일기(奎章閣日記)」 33책으로 구성되어 있다. 「승정원일기」의 작성은 7품관인 주서에 의해 이루어졌다. 주서는 매일 국왕이 정사를 보는 앞에서 사관(史官)과 함께 신하들과 국정을 논의하는 과정을 기록하여 메모한 초책(草冊 : 속기록)을 하루 치씩 하번주서(下番注書)에게 정서하게 하고, 상소(上疏)나 서계(書啓)와 같은 문자로 된 문건은 서리에게 베끼게 했다. 이 두 가지를 합쳐서 그 날의 일기가 만들어지고 한달, 또는 반달 치씩 묶어 표지에 연월일을 적어 승지에게 제출하여 승정원에 보관하게 했다.

「승정원일기」의 사료적 가치는 국정 전반에 걸친 매일 매일의 일기를 날짜 순으로 망라한 것이기 때문에 가장 자세한 기본사료이며, 일차사료이다. 따라서 당시에도 정책에 참고할 일이 있으면 반드시 「승정원일기」에서 그 전

사례를 찾아보았다. 기본적인 정책수립의 기본 자료라 할 수 있다. 더구나 실록은 여러 기록들을 선별하여 편찬된 자료이다.

「조선왕조실록」은 그나마 인조 이후에는 부실하여 「승정원일기」가 없다면 그 시대의 상황을 자세히 알 수 없다. 뿐만 아니라 고종 이후에는 「승정원일기」가 우리 근대사 분야의 공식기록이었으므로 자료적 가치는 더욱 높다. 그리고 여기에는 정치, 경제, 외교, 문화, 법제, 사회, 자연 현상, 인사, 국왕과 관료의 동정, 국정 논의가 광범위하게 기록되어 있어서 한국학 연구의 보고라 할 수 있다. 이러한 역사적 사료는 세계 어디에도 유례를 찾아볼 수 없는 소중한 우리의 문화자산이다.

1-8. 혜강 최한기

우리 역사상 가장 많이 책을 쓴 사람은 누구일까? 육당 최남선(1890~1957)은 저서 「조선상식문답」을 통해 혜강(惠岡) 최한기(崔漢綺 : 1803~1877) 선생이 제일이라고 했다. 천문ㆍ지리ㆍ농학ㆍ의학ㆍ수학 등 학문 전반에 박식해 1,000여 권을 저술했으나 현재는 20여 종 120여 권만 전한다. 다산 정약용 이후 최대의 학문적 거인으로까지 평가받는 혜강이지만, 그의 사상을 본격적으로 살펴보기 시작한 것은 최근의 일로 실로 안타깝다.

그러나 실학사상과 개화사상의 다리를 놓은 인물로 우리의 정신적 문화자산 중 보배는 조선 말의 사상가 〈혜강 최한기〉를 결코 빼놓을 수 없다고 생각한다. 최한기는 동아시아 유교문명권의 최대 거목이라 할 수 있는 다산 정약용과 동시대를 살았던 위대한 사상가이자 철학가이지만, 아쉽게도 일반적으로 잘 알려져 있지 않은 사람이다. 정약용이나 퇴계 이황 같은 분들이 조선 문명을 지배했던 경학(經學)의 고전주석의 틀에서 벗어나지 못한 데 반해서, 혜강 최한기는 인간인식의 〈형식〉과 〈내용〉을 테마로 하여, 우리나라 최초의 체계적인 인식론적 논술저서인 〈기측체의(氣測體義)〉를 저술하였으며,

고전주해 위주의 〈경학〉을 가득 메우고 있는 〈성인(聖人)〉이라는 의식의 틀을 〈기화지리(氣化之理)〉라는 〈물리(物理)〉로 전환시킴으로써, 우리 고유의 〈객관적 물리의 법칙〉을 확립시키고자 시도한, 가히 서양의 칸트에 비견될 수 있는 자랑스럽고 위대한 우리의 사상가이다.

혜강 최한기(1803~1877)는 기철학에서 기(氣)의 본성은 원래 활동 운화하는 데 있다고 보았다. 그리하여 우주 안에 가득 차서 터럭 끝만큼의 빈틈도 허용함이 없다고 하였다. 이러한 기(氣)가 뭇별들을 밀어 돌려서 조물의 무궁함을 드러내지만, 그 맑고 투명한 평질을 보지 못하는 자는 공허(空虛)하다고 하였고, 오직 그 생성의 변함없는 법칙을 깨달은 자만이 도(道)라 하고 성(性)이라 하였다. 그리고 이러한 기의 근본원인을 추구하고자 하는 자는 이(理)라 하고 신(神)이라 하였다. 대개 기의 밝은 것을 영(靈)이라 하고, 기의 능한 것을 신(神)이라 표현하였고, 기의 조리를 이(理)라 하고, 기를 경험할 때 생기는 것을 지(知)라 하고, 기의 순환활동을 변화(變化)라 하였다.

혜강 최한기는 한국사상사의 조류에 있어서 후기 실학파의 마지막 인물이다. 그가 생존했던 조선 후기사회는 내적으로 세도정치와 삼정의 문란이 극심하여 민란이 그치질 않았고, 외적으로는 이양선이 출몰하여 무력통상을 요구함으로써 서구 침략세력의 위협이 팽배되어가던 위기의 상황이었다. 이와 같은 시대적 상황 속에서 혜강은 그 이전의 다른 실학자들과는 달리 자신의 독창적인 운화기(運化氣)의 이론을 총화한 실학적 학문관을 완성하였다.

또 그는 전통적 성리학의 이론과는 달리 이를 기의 조리(條理)로 파악하는 기일원론의 입장에서 인간관과 세계관을 해명하고, 이를 토대로 정치·사회 및 교육론을 전개하였다. 혜강은 기를 신기(神氣)로 표현하고, 이 신기는 인식작용으로서 추측(推測)의 기능과 실현능력으로서 운화의 기능을 갖고 있다고 보았으며, 이러한 기의 개념으로 인성론을 재조명하였다.

그의 기(氣)학적 인간학에 의하면 인간은 누구나 하늘의 신기를 품수(稟受)하였고, 또 통할 수 있기 때문에 인간은 모두 평등하다는 것이다. 그리고 지각(知覺)과 추측 기능으로 자신과 타인을 인식할 수 있으며, 경험에 의한 후천적인 노력으로 인간은 무한히 발전할 수 있는 가능성 있는 존재로 인식함으로써, 당시의 선험론적(先驗論的) 인간관에서 탈피하여 경험론적 인간관을 수립하였다. 심성론과 선악에 있어서도 경험론적 사상을 그대로 적용하여 도덕성이 성(性)에 선험적으로 주어졌다는 성리학적 인성론에서 탈피하여, 인간사회의 도덕규범인 논리·도덕도 다수의 좋고 나쁨(好惡)과 이득과 해악(利害)에 의해 구분되어지며, 사회의 공통규범인 공리성에 기초를 두고 있다고 보았다. 이와 같이 혜강의 심성과 선악의 문제는 선험적이고 절대적인 논리성 대신에 현실적이고 상대적인 사회전체의 공공성, 즉 실학정신인 실용적 가치에 기초를 두었다는 것이 중요한 가치를 지니고 있는 것이다.

혜강의 정치와 사회사상에 있어서 유교의 전통적인 정치이념을 기본으로 하여 군주는 빈부귀천이나 문벌(門閥)을 배격하고, 공론에 의한 관사의 선임과 백성들의 바람인 공의에 따라 위민적 왕도정치를 주장하면서도 위정자들이 만약 민중을 아끼고 두려워할 줄 모르면서 태만한 정치를 할 경우에는, 민중들이 저항할 수 있다는 〈민중저항권 사상〉을 인정함으로써, 초보적이기는 하지만 민권사상을 수용한 근대민주주의사상을 보여주었다. 그의 사상 중 특히 상업의 발전을 통해 외국과의 활발한 교류와 통상으로 국가 발전을 도모하려는 문화개발론은 훗날 개화사상으로 발전하여 그를 실학사상과 개화사상의 가교적 역할을 한 인물로 평가되게 하였다. 이상과 같이 혜강은 그의 독특한 기학을 바탕으로 성리학이 지닌 선험적이고 사변적인 유교철학을 극복하고 변통(變通)을 통한 진취적이고 실용적이며 경험적인 교육사상을 확립하였던 것이다.

조선 후기 유학 전통에서 가장 파격적이고 독창적인 사상가로 평가받는 혜강은, 실학과 개화사상의 다리를 놓으며, 19세기 격변기에 실증적 태도로 동·서양 사상을 아우르려고 노력했다. 지금 그의 독특한 학문 세계는 국내는 물론 중국·대만·일본 학자들 모두로부터 찬사를 받고 있다. 동과 서가 각각 장점을 살리자는 그의 논리는 부국강병적 근대화론과 거리가 먼, 평화롭고 우호적인 세계 구상이었으며, 기학에서 도출해낸 문화상대주의를 통해 〈문명 대 야만〉이란 차등적 대립의 도식을 원천적으로 차단했다.

또한 혜강의 기학은 오늘날 생리학·생화학 혹은 분자생물학이 도달하고자 하는 통합적 이론의 미래의 틀을 제시하였다. 따라서 혜강은 동양에서 가장 높은 수준의 기철학과 근대원자론, 화학적 원자론을 연계하여 다리 놓은 근대지향적 철학자로 추앙받아야 할 것이다.

최한기는 생애를 통하여 번역하거나 지은 책이 무려 1,000여 권이라고 기록되어 전해지고 있으나, 현재 남아있는 책은 20여종 120여 권으로 이들은 〈명남루전집(明南樓全集)〉 3책에 모아져 있다.

1857년에 쓴 〈지구전요(地球典要)〉에서 세계 각국의 지리·역사·학문 등을 비롯하여, 지구의 자전과 공전을 내세운 코페르니쿠스의 지동설, 근대 원소의 개념 등 많은 서양과학의 내용을 소개하였고, 1866년에 지은 〈신기천험(身機踐驗)〉에서는 당시 서양의 의학지식과 약학내용을 우리나라에 처음 소개하였으며, 1867년에 쓴 〈성기운화(星氣運化)〉에서는 영국의 유명한 천문학자 허셸(Herschel, W.)의 책을 번역본으로부터 번안하여 서양의 천문학을 소개하였다. 그외에도 서양의 양력과 중국의 역법을 소개한 〈추측록(推測錄)〉을 비롯하여 종합농업기술서인 〈농정회요(農政會要)〉, 농업기계에 관한 도해서인 〈심기도설(心器圖說)〉 등 과학 분야의 방대한 책들을 저술한 학문적 업적을 남겼다.

당시 쇄국정책의 어려운 여건 속에서 이와 같이 서양과학을 소개한 혜강은 독창적인 학자, 뛰어난 선각자라고 불리어져야 할 것이다. 저술자료 중 현재 남아있는 과학 기술서는 우리나라 과학사 연구에 귀중한 자료로 활용되고 있다.

1-9. 팔만대장경

마을 어귀 당산나무 아래에는 많은 사람들이 모여들었다. 산사에서 내려온 스님의 설법을 듣기 위해서였다. 보안보살(普眼菩薩)과 불타(佛陀)의 대화 내용을 소재로 설법을 마친 스님은 갑자기 상기된 표정과 격앙된 어조로 다음과 같은 요지를 강조했다.

『아시다시피 외적(外敵)들의 행패가 날로 우심(尤甚)해 져 가고 있어, 나라의 장래를 염려하지 않을 수 없는 형 편입니다. 불력(佛力)으로 국기(國基)를 바로잡고 창생의 안녕을 도모해야 할 때입니다. 따라서 나라에서는 대장 경 간행에 착수하고자 은밀히 필생(筆生)과 목공을 모집 중입니다. 여러분 중에 지원자가 있습니까? 비록 경험이 없어도 좋습니다. 수련을 거쳐 일을 하면 됩니다. 국가와 민족을 위해 일할 기회가 자주 있는 것은 아닙니다. 무릎 꿇고 사느니 서서 죽을 각오로 나서야 합니다. 특히 청년 들을 환영합니다. 대장경 간행에 참여할 지원자는 앞으 로 나오시오』

스님의 일갈 호소가 떨어지자마자 〈제가 하겠습니다. 스님〉, 〈저도요, 저는 원래 자치통감을 뗐으니까 장경(藏經) 원문을 써갈 수 있을 것입니다〉, 〈저 도 참여하게 해 주십시오. 한쪽 다리를 잃었지만 버틸 자신이 있습니다.〉

이렇게 하여 대장경 간행 사업에 지원하고 나선 사람이 헤아릴 수 없이 많 아지고, 삽시간에 전국에 알려져 눈물겨운 지원 행렬이 이어져 오히려 사람 이 남아돌 지경이 되었다.

『달단(撻㦲 : 몽고)의 환란은 몹시 가혹하오이다. 그들의

잔인하고 흉악한 존성은 말할 것도 없거니와 그 어리석

고 몽매한 짐승보다 더 심하오니 천하에 가장 소중한 불

법(佛法)이 있는 줄을 어떻게 알리일까』

- 이규보, 대장경판 군신기고문(大藏經版 君臣祈告文) 중에서 -

이 얼마나 애절한 기원인가? 750여 년 전, 당시 세계를 제패했던 몽고족의 침략으로 전대미문의 국난을 겪은 고려민들이 국운을 걸고 16년간 온갖 힘을 기울여 다듬어 새긴 팔만대장경(국보 32호)이었다. 〈대장경도 한가지요, 발원도 한가지며, 고금이 같을진대 어찌 그때의 거란병만 물러가고, 지금의 몽고병은 안 물러가리이까?〉 팔만대장경은 이와 같은 당시의 왕후장상들의 애끓는 호소와 백성들의 합심 협력의 산물이었다.

팔만대장경을 탄생케 한 13세기 전반, 지금의 몽고평원에 자리잡고 유목 생활을 해오던 몽고족이 칭기즈칸이라는 영웅을 만나 급속히 그 세력을 확대하여 주변의 국가들을 복속하기 시작하였다. 정복의 야욕에 불탄 몽고는 고려에 압력을 가하다가 마침내 침략의 마수를 뻗쳐 막강한 군사력으로 밀어닥쳤다. 고려는 몽고의 약점이 해전임을 간파하고 개경에서 강화로 천도하여 끝까지 항전을 결의하였다.

몽고는 재물을 약탈하고 부녀자를 겁탈하는 등 야만성을 드러내는가 하면, 우리의 많은 문화재를 소각하였다. 신라가 외적의 퇴치를 기원하며 건립한 황룡사가 불탔고, 또 불력에 의지하여 거란의 침입을 퇴치하려고 60여 년간의 각고로 완성한 속장경(續藏經)도 함께 한 줌의 잿더미로 화해 버렸다. 몽고와의 전쟁이 장기화되면서 일반 백성의 생활은 점점 궁핍해 갔으나, 몽고군의 횡포가 심하면 심할수록 고려민의 마음속에는 대몽항쟁의 의기(義氣)가 높아갔다.

강화에 피난가 있던 고종은 몽고군을 물리치려고 노심초사 하던 중, 불력(佛力)에 의지하여 외적을 퇴치하려고 다시 한번 대장경 간행의 뜻을 비쳤

다. 불력으로 나라를 구하겠다는 일에 불심이 강한 고려민들은 적극적인 지지를 보내면서 대장경 간행을 위해 강화로 모여들어 대장경 간행에 착수하였다(고종 23년, 1236). 판각에 이용될 자재는 각 산지에서 바닷물에 수개월간 담갔다가 그늘에 말리고 소금물에 쪄서 진을 뺀 것이어야 했다. 이러한 작업이 계속되기를 6년, 산지의 백성들이 완전한 자재를 만들기 위해 세월을 보내고 있을 동안 강화에 모인 목공과 필생은 수련을 쌓아가면서 좋은 자재가 강화에 도착하기를 기다렸다.

해인사 팔만대장경판(일명 고려대장경판)은 고려 고종 23년인 1236년부터 38년인 1251년까지 16년간에 걸쳐 제작된 81,258여 장의 목판으로서 상하 두 채의 목조건물인 수다라장과 법보전의 판가(板架)에 칸당 2층씩 5층으로 경판을 세워서 이중으로 포개어놓았다. 이를 정장이라 하고 동·서 양쪽에 있는 사간장(寺刊藏)에는 새긴 연대가 명확하지 않은 잡판(雜板)이라고 부르는 경판과 함께 고려각판 2,835장의 경판이 보관되어 있다.

경판에는 새겨진 글자 수가 23행 14자이므로, 한면에는 322자이고 양면을 합치면 644자가 새겨져 있는 셈이다. 따라서 대장경판 전체로 볼 때는 5,200여 만 자가 되며, 글자는 구양순체로서 한 사람이 쓴 것처럼 거의 동일한 필치로 오자나 탈자가 거의 없다. 경판의 보존상태는 750여 년이 지난 목판이라고는 믿기지 않을 정도로 완벽하다.

대장경이란 불교교리를 종합편찬한 성서로서 일체경·삼장경 또는 장경등으로 부르기도 하며 경장(經藏)·율장(律藏)·논장(論藏)의 삼장으로 구성된다. 대장경판을 판각하기 이전에는 우리나라와 중국 및 거란에 있었던 북송칙판대장경(北宋勅板大藏經), 초조고려대장경, 거란대장경, 의천의 고려속장경, 고려재조대장경판 등의 대장경판의 종류와 동국이상국집에 실려 있는 이규보의 대장각판군신기고문(大藏刻板君臣祈告文) 등이 있다.

고려 고종 34년(1247)까지 대체적인 판각작업을 마무리하고 마지막 정리를 한 후, 고종 38년(1251) 드디어 고려국의 오랜 염원이었던 고려재조대장경은 햇빛을 보게 되었다. 위로는 임금과 문무백관, 아래로는 일반서민에 이르기까지 불심으로 뭉쳐진 고려 국민들이 장장 16년간에 걸친 고난과 희생의 결정체인 팔만장이 넘은 대장경판을 완성하고 얼마나 기뻐하고 가슴 뿌듯해 하였는지는 짐작하고도 남음이 있을 것이다. 조정에서는 전쟁이 채 끝나지 않은 어려운 시기였지만 축하행사가 당연히 있었을 것이다. 고려사에 보이는 다음과 같은 기록이 이를 증명하고 있다.

『幸城西門外 大藏經板當 率百官行香 顯宗時板本 燃壬辰
蒙兵王與君臣 更願立都監 十六年而功畢, 즉 고종은 문무
백관의 신하를 이끌고 성의 서문 밖 대장경판당에 가서
임진년 몽고침략으로 불타버린 초조대장경을 대신하여
16년에 걸쳐 도감을 세우고 대장경을 다시 만드는 대역
사가 끝나고 임금과 신하가 모두 참여한 가운데 성대한
축하행사를 하였다는 내용이다』

고려 팔만대장경! 그 앞에 서노라면 겨레의 무한한 정신의 깊이를 느끼게 된다. 무명의 풀포기에서 소나무에 이르기까지 그 뿌리가 땅 속에 얽히듯 그렇게 겨레의 마음이 대장경 속에서 합장하여 만나고 있음을 알 수 있다. 한민족의 영혼, 그 맑은 향기가 아로새겨져 있음에서이다. 한(恨)도 슬픔도 불타(佛陀) 앞에 두 손 모아 빌면 어느덧 입가에 미소 띠는 마음이 된다. 그 지극한 마음이 모여 피운 꽃봉오리가 바로 팔만대장경이다.

실로 겨레의 숭고한 정신이 빚어낸 결정체요, 신앙의 꽃이다. 시공을 초월하여 일심으로 만나는 조상의 얼, 불심을 모아 국난을 이겨보자는 지극한 염원이 깃들어 있는 것이다.

요컨대 팔만대장경은 고려인들의 호국의 결정체이다. 고려인의 구국열이 호흡하는 산 역사이다. 그러기에 우리는 팔만대장경 자체의 역사적 의의와

함께 그것에 깃든 그 정신 그 의지를 높이 평가하는 것이며, 그 각고의 정성 그 멸사보국의 정신에 찬탄을 금치 못하는 것이다.

2. 국제정치 무대의 요충지 : 한반도

2-1. 대륙과 해양세력의 충돌

요충지(要衝地)란 교통 · 상업 면에서 매우 중요한 곳, 지세가 아군에게 유리하고 적군에게는 불리한 곳이라 한다. 지정학적인 관점에서 볼 때, 한 국가의 역사적 흔적은 그 국가가 차지하고 있는 지리적 위치에 따라 상당한 영향을 받는다는 것이 통설이다.

『국가는 사회를 매개로 하여 영토와 결부되고, 사회와 영토와의 관계는 각각 그 발전단계에서 국가에 영향을 준다』

- Friedrich Ratzel(1844~1904) -

아시아 극동부의 중앙에 위치한 한반도는 중국 · 러시아 · 일본 등의 강대국들과 통하는 교통의 요충지를 차지하고 있으며, 중앙적 위치에 의해 결합과 분리의 기능을 갖게 되므로 외부로 팽창하는 세력들에게는 선점의 대상이 되어왔다. 또 주변국들에게는 한반도가 완충지 역할을 하므로 자국의 안보에 절대적으로 필요한 지역이다. 특히 한반도는 두 개의 배후지(背後地)를 가지고 있어서 대륙세력에게는 무한히 확장할 수 있는 해양으로의 진출 가능성을 제공하고, 해양세력에게는 대륙이라는 광대한 배후지를 제시한다.

이러한 전략적 가치 때문에 관심을 끌 만한 자원이 없음에도 불구하고, 고대로부터 열강의 각축장(角逐場)이 되어왔다. 일반적으로 반도는 ① 중앙적 성격 ② 부수적(부속적) 성격 ③ 관문적 성격이 있다. 반도의 제반 성격은 개별적으로 작용하는 것이 아니라, 복합적으로 작용하기 때문에 한반도에서 일어나는 국제정치 문제는 항상 복잡 미묘한 것이었다.

대륙과 해양의 어느 쪽으로도 진출이 양호하기 때문에 한반도는 자연히 국제정치의 관심의 초점이 될 수밖에 없는 것이다. 따라서 이 경우 양대 세력의 진출의지가 발산하는 충격을 흡수해낼 만한 힘을 반도 세력이 갖지 못하면, 반도는 대륙과 해양 양대 세력의 대결장으로 변모되어지는 것이다.

『한반도는 내륙국가의 해양진출 의지와 해양국가의 대륙 진출 의지의 충돌점이 되고 양 세력간의 대립과 갈등이 수많은 분쟁을 낳게 된다』

— H. Mackinder, N.J.Spykamn의 양대 이론(兩大理論) —

한(漢)나라의 고조선 침략, 수·당이 정권기반까지 걸고서 고구려를 침범한 사실, 거란의 침략, 몽고의 일본정복, 임진왜란과 명의 파병, 정묘호란과 북벌계획, 청·일전쟁과 러·일전쟁, 서세동점의 파고로 한·미통상조약과 서구열강의 각축장(병인·신미 양요), 영국의 거문도 사건, 일제 식민지, 3·8선과 미·소의 군사통치, 6·25 전쟁, 155마일 휴전선, 남·북분단, 현재의 북핵문제와 6자회담 진행 등의 역사적 사실로, 한반도에서는 언제나 대륙 세력과 해양세력이 서로 관심을 집중시켜 양측의 충돌이 일어나게 될 수 있는 환경이 조성되어 있다고 볼 수 있다. 따라서 이와 같은 중앙적·관문적 위치는 주변 세력간에 세력균형을 위한 완충지로서의 전략적 가치도 갖는 까닭에, 한반도는 열강 세력들의 국제적 요충지가 되어왔던 것이다.

다시 말하면, 우리 한반도는 역사가 증명하듯이 지극히 중요한 위치에 있으며, 대륙과 해양 사이를 차지하는 이 요충지는 반드시 주변국가의 관심을 끌게 되어 있다. 따라서 우리는 한반도의 주체가 자주적 역량이 부족할 때에는 외부세력이 밀려온다는 사실을 알아야 할 것이다. 반면에 반도를 기반으로 충분한 실력을 축적하고 발휘할 수 있다면, 도리어 주변 세력을 압도하고 중심세력으로서의 진가를 유감없이 발휘할 수 있다는 결론에 도달할 수 있는 것이다. 과거 고구려와 백제가 대륙과 해양을 주름잡았고, 신라의 높은 세계사적 문명이 이를 증명해 주고 있다.

우리는 우리 조상들이 소중히 지켜온 이 땅을 전략적 요충지로 삼아 우리의 주체적 역량을 결집할 때, 대륙과 해양으로 우리의 국력이 무한히 뻗어나갈 수 있음에 주목할 필요가 있을 것이다.

2-2. 3·8선

〈비극의 3·8선〉, 〈통한의 3·8선〉이라고 부르는 3·8선은 광복과 더불어 우리에게 안겨진 〈시간의 보복〉이요 필연적 〈멍에〉이다. 3·8선은 일본군 무장해제를 위하여 그어진 선인데 그 목적이 소멸된 후에도 미·소가 대치하여 결국 민족 최대의 동족상잔인 6·25 전쟁을 낳았다. 지금 우리는 우리민족의 비련의 십자가인 3·8선을 단순히 운명으로 돌리기에는, 너무 안타까움을 금할 수 없는 것이다. 따라서 문제는 우리가 3·8선의 교훈과 경험을 세계사적 차원에서 주체적으로 소화할 수 있는 지혜를 이제부터 발휘해 보아야 할 것이다.

3·8선이 등장하게 된 연유를 살펴보면 1592년 임진왜란시 왜군이 명과의 협상에서 강화의 조건으로 서울 이남의 4개도를 일본에 할양할 것을 요구하였다. 그리고 19세기 말 러시아는 영토확장을 위하여 북위 38도선을 아시아에서의 확대 최소한의 경계선으로 책정했으며, 러시아의 니콜라이 2세는 시베리아 횡단철도 완성 후 조선에서 부동항을 구하라고 명령하기도 하였다.

근세의 한반도 분단 시도는 영국 외무장관 킴벌리(Kimberley)에 의해서 제기되었는데, 한반도 북부는 청국이, 남부는 일본이 차지하게 하여 청·일 분쟁을 해결하려고 하였다. 러시아·독일·프랑스의 이른바 〈삼국 간섭〉으로 난관에 봉착한 일본은 1896년 6월 러시아 니콜라이 2세 대관식에 참가한 야마가타(山縣有朋)가 먼저 러시아 외무대신 로마노프에게 38도선을 경계로 조선을 양분하자고 제의하였다.

그 후 러·일간에 일본의 주도로 39도선 분할 안이 흥정되었고 러·일전쟁 후 이번에는 러시아에 의해 38도선 분할이 주도되어, 협상차 러시아를 방문하러 가던 이토오(二藤博文)가 안중근 의사에게 암살되었던 것이다. 결국 제2차 영·일 동맹(1905)으로 영국의 인도 지배권을, 태프트·가즈라 밀약(1905)으로 미국의 필리핀 지배권을 나누어먹고 일본은 한반도를 삼켰다. 이와 같은 역사적 연유를 가진 3·8선의 망령은 제2차 세계대전으로의 종결과 함께 다시 〈시간의 보복〉으로 나타나 현실이 되어갔다.

카이로·테헤란 회담 : 1943년 11월 20일, 카이로에서 루즈벨트·처칠·장개석 등 3명이 만나 전후의 평화 및 세계질서 재편성에 관한 회담이 열렸다. 이 회담은 카이로 공동 선언을 통해 〈일본은 1914년 이후 태평양지역에서 탈취한 모든 지역을 반환해야 하며, 만주·대만·팽호(澎湖)군도를 중국에 돌려주어야 한다〉라고 못박았으나, 한국에 대해서만 적당한 시기에 독립이 허용될 것이라는 단서를 붙여 자주독립을 잠정적으로 유보하겠다는 뜻을 나타내었다. 이 유보는 루즈벨트·처칠·스탈린의 테헤란 회담에서 재론되었으며, 여기서 루즈벨트는 〈한국인이 완전한 독립을 얻기 전에 상당기간의 수습기간(apprenticeship)을 필요로 한다〉라고 하였고 스탈린도 이에 동의했다.

얄타·포츠담 회담 : 1945년 2월 8일 미·영·소의 얄타회담에서 스탈린은 전시중에 미·소의 군사 점령을 위하여 북위 38도선 분할을 제의했다. 과거 부동항 획득을 위한 러시아 외교정책의 저의를 간파하지 못한 미국은 이에 동의했으며, 결국 소련은 목적을 달성하였고, 반면에 한반도는 비극이 시작되었던 것이다.

한반도 분할은 강대국 정치권력의 부산물로 미·영·소 수뇌들의 포츠담 회담은 대전 중 마지막 연합국 회의로 7월에 열렸는데, 여기서 한국문제는 논의되지 않았으나, 카이로 선언을 재확인하여 한국이 〈적당한 시기〉에 독립되어야 한다고 명백히 했을 뿐이다.

종전이 임박하자 한국 분할의 결정적 순간은 바쁘게 움직였다. 미국은 일본이 1945년 8월 10일 항복의사를 밝히자(8월 14일 무조건 항복조칙 발표) 한반도에 진공하려던 계획을 변경하여 〈군사적 점령과 무장 해제〉로 변경하고 한반도를 38도선에서 분단키로 했다.

> 『소련군이 북위 38도선 이북을 점령한 것이 사실임이 분명하다. 어쩌면 이와 같은 속도로 자유로이 군사행동을 취한다면 누구에게도 방해받지 않고 단시일 내에 그들이 전 한국을 점령할 수 있을 것이다』

- 에치슨 회고록 -

이에 트루먼 대통령은 〈일반명령 제1호〉 즉 한국의 북위 38도선을 미·소 양군의 군사행동지역의 경계선으로 한다는 공문을 스탈린에게 보냈고, 영국과 중국도 이에 동조하였다.

이러한 통한의 3·8선으로 우리는 본의 아니게 해방되면서 남북으로 갈라졌고, 한때는 치열한 동족상잔의 피비린내 나는 전쟁의 소용돌이에 휩쓸리기도 하였다. 독일이 2차대전 이후 국토가 분단된 것에는 전쟁을 일으킨 당사자로서의 충분한 이유가 있었다. 그러나 한국은 전쟁을 일으킨 자도 아니고,

전쟁에 어느 정도의 책임이 있는 것도 아니었다. 한국은 일본의 침략으로 이미 국토를 잃어버린 상태였기 때문에 그때까지만 해도 피해자의 하나였다. 그런데도 스탈린의 집요한 고집(음모)과 미국의 무능에 의해 국토가 분단된 것은 너무나도 억울한 일이 아닐 수 없는 것이다.

처음에는 얄타회담에서 스탈린은 전쟁책임을 물어 일본을 분단하려고 했으나 루즈벨트의 반대로 무산되었다. 루즈벨트가 반대한 것은 일본을 분단시키면 일본 전체가 공산화될 수도 있고, 그렇게 되면 태평양이 무방비상태가 될 수도 있다는 우려 때문이었다. 그러자 스탈린은 죄 없는 한반도의 분단을 다시 요구했다. 스탈린은 그런 정도로 양보해 두면 기회를 봐서 한반도 전체를 적화시키는 것은 어렵지 않을 것이라고 판단했다. 그러나 루즈벨트의 생각은 다소 소극적이었다. 한반도를 분단했다고 해서 반드시 적화된다는 보장도 없었고, 설령 적화된다고 해도 일본열도를 가지고 대륙세력의 방파제로 삼으면 된다고 생각했다. 따라서 이것은 바보스런 양보였고 우리에게는 약소국이 된 〈시간의 보복〉이 찾아왔던 것이다.

2-3. 19세기 한반도 중립화론(中立化論)

지금 북핵(北核) 문제로 6자회담이 진행되고 있다. 19세기 우리 집권층의 외세의존으로 인해 정세분석의 초점이 흔들리고 있던 중, 한반도 중립화라는 새로운 논의가 대두되었다. 조선은 문호개방 직후 청·일 두 나라의 각축장이었으나, 10여 년 뒤에는 미·영·독·프·러까지 합세한 당시 세계강대국들이 모두가 끼어들었다. 따라서 한반도를 둘러싼 국제적 이해관계가 복잡하게 변모하자 한반도 중립화 방안이 대두되게 된 것이다.

이러한 관점에서 100여 년 전과 100여 년이 지난 오늘날을 비교해 보면, 너무도 흡사하고 오히려 더욱 불리하게 비쳐진다. 러시아는 소련으로 갔다가 다시 러시아로 환원되었고, 일본은 패전 후 경제와 군사 대국화로 살아났고, 청은 중국의 거대세력으로 다가왔다. 달라진 것은 미국이 초강대국으로 우리의 후원자(?)로 있고, 반면에 우리는 둘로 갈라져 남·북으로 대치하고 있다는 점이다. 19세기에는 3국(청·일·러)의 각축장이었으나, 지금은 4국(미·일·중·러)의 각축장이 되었다. 그러므로 이 시점에서 19세기 중립화론을 다시 한번 살펴보는 것도 의미가 있을 것이다.

Budler의 『영세국외중립론』: 주한독일부영사 버들러가 제기한 대한국의 〈영세국외중립론〉은 독일이 아시아 정책 내지는 극동정책을 영국과 경쟁하면서 러시아 남하를 견제하고 청나라의 비위를 건드리지 않으려는 술책이었다. 청의 월권행위를 묵인하는 대신 일본의 대청 감정을 부채질하고, 우리나라에게는 동정하는 공동보호론을 제기하는 등의 조선에서의 입지 확대를 획책한 독일 외교술책의 하나였다.

이와 같은 버들러의 영세국외중립론은 천진에서 조선문제로 청·일회담이 개막되기 직전에 외무독변 김윤식을 거쳐 조선정부에 전달되었고 정부는 이를 거부하여 김윤식으로 하여금 그 원본을 반환시키고 사본을 이홍장에게 송부하였다. 따라서 이홍장이 회담 초에 이등박문이 제기한 양국공동철병안을 수용한 것은 버들러의 중립화론에 영향을 받은 것처럼 보인다.

Von Brant의 『중립론』: 갑신정변으로 한반도에서 일본의 의도가 좌절되고 그 세력이 후퇴하게 되어 청나라와의 균형이 기울어짐에 따라, 이등박문이 천진으로 가서 일본의 침략의도가 없음을 설명하고 양국 군대 공동 철병안을 관철시켰다. 천진조약에 의해 1885년 대한정책 8개조(井上八條)를 수교하였는데, 이는 청·일 양국이 러시아에 대응하여 공동으로 조선에 내정간섭하자는 내용이었다.

이때에 청·일 양국의 대립을 방지하고 조선의 안전을 보장하며 독립과 영토를 보전하기 위해서는 청·일·러 3국이 조약을 맺어 조선을 영세중립국으로 해야 한다는 것이 양책(良策)이라는 것을 건의한 사람이 있었는데, 그가 주한독일대리공사 Von Brant 였다. 이 중립론에 대하여 일본은 찬성하였고 조선과 중국은 반대하여 무산되었다

Isvolosky의 『중립론』 : 일본은 한반도에서의 우월권을 확보하기 위하여 러시아의 만주경영의 자유를 인정하려는 소위 〈조·만교환주의〉를 주장하는 세력이 있었는데, 1896년 부터 의정서를 맺고 조선문제를 러시아와 협의하여 오던 중, 1899년 러시아는 마산 부근의 토지를 매수하여 군항을 건설하고 블라디보스톡의 여순·대련간 중계소를 만들려고 기도하였다.

1900년 10월에 주일러시아공사관의 참사관인 Poklevski는 조선을 러·일 공동보호하에 영세중립국으로 하려고 일본에 제의하였고, 1901년 주일러시아공사 Isvolosky도 권유하였다. 일본은 러시아의 의도를 간파하고 그 제안을 거절하였으며 만주의 원상회복을 요구하였으나, 러시아는 청나라와 교섭하고 일본의 참여를 저지했다.

유길준의 『중립론』 : 한반도를 둘러싼 분쟁의 열기가 고조되자 1885년부터 버들러 등이 중립화론을 제기했고, 조선 정부는 당시에 〈청이 이유 없이 군대를 증원하거나 새로운 분쟁을 일으키지 않을 것이며 일본도 평화정책을 추구하므로 중립화론은 필요 없다〉 라고 하여, 국제관계에 무능과 무지를 그대로 드러내었다. 이에 유길준이 미국유학을 중단하고 유럽을 거쳐 귀국(1885) 후 〈중립론〉 논문을 발표하였다. 그 내용은 당시의 강대국들의 침략 저의를 간파하였는데, 일본의 침략의도를 명확히 알고 있었다. 유길준은 영국의 거문도 사건, 러시아의 남하정책, 미국의 입장, 중국의 보장, 일본의 침략의도 등을 종합하여 강대국들의 보장하에 중립화하는 것이 필요하다고 판단하였다.

요컨대 유길준의 한반도 중립론은 조선에 대한 러시아와 일본, 특히 러시아의 침략을 예상하고 그것에 대한 중국의 군사적 능력과 미국의 관여도가

가지는 한계성을 충분히 인식하고 구상되었다. 그러나 유길준의 중립론은 조선 정부에 의해 묵살되었는데, 이는 당시 집권자들이 국제정치 상황에 대한 안목이 전혀 없었던 것을 반증해 주고 있는 것이다.

19세기 말과 같이 열강의 틈바구니에서 국제분쟁의 요충지대에 위치하면서 군사적·경제적으로 주변 국가들을 앞서지 못했던 우리가, 국권을 유지하기 위해서는 완충국으로서 강대국들의 협약이 보장되는 중립국이 되는 방안이 검토될 가치는 있었다. 그러나 당시의 위정자들은 국제정치 안목이 부족하여 중립화론에 대한 어떠한 입장이나 대책도 마련하지 못하였고, 결국 역사의 물결에 떠밀려 〈시간의 보복〉을 마련하고 있었다.

지금 우리는 북핵을 둘러싼 6자회담에 참여하고 있다. 중국·러시아·일본·미국 사이에 끼어 있으며, 북한과 이념 및 국가 이익으로 민족의 장래를 위하여 대치하고 있는 것이 현실이다. 지금 우리는 100여 년 전에 역사적으로 제기되었던 중립화론을 참조하여 과거의 역사적 교훈을 거울삼아, 앞으로 자주역량을 결집시킴으로써, 민족자존의 웅비의 길을 탄탄히 마련해야 하는 역사적 책무를 지고 있다는 사실에 주목할 필요가 있을 것이다.

3. 세계사의 주도권과 지리적 상황 : 지리적 결정론 비판

세계 문화사를 살펴보면 상당수가 반도에서 기원하고 있다. 그리스가 에게해의 작은 반도에서 출발하여 고대문명을 꽃피워 지중해·소아시아·아프리카 일대까지 식민지로 삼았으며, 로마도 지중해의 작은 반도에서 출발하였다. 15~16세기에 3대양을 누빈 스페인과 포르투갈도 마찬가지이다.

일부이지만 반도국가이기 때문에 위난이 많고 발전에 애로를 겪는다는 지리적 결정론은 일본의 식민사관의 조작에서 비롯되었다. 그동안 이러한 지리적 결정론은 한민족의 주체성과 자발적 생존의지를 어느 정도 뒤흔들어놓았던 것이다.

한반도의 위치가 대륙의 ① 주변적 성격 ② 대치적(對峙的) 성격 ③ 근거적 성격을 지니고 있다는 이론은 어느 정도 타당성이 있을 수 있다. 역사적으로 한반도는 병참적 위치(청·일, 러·일 전쟁시) 혹은 기지적 성격(2차대전시 일본의 병참기지화, 종전 후 미·일의 전초기지화)이나 교두보적 위치(미·일의 대공산권 진출의 교두보) 그리고 완충적 위치(러·중·일·미의 완충역)가 되어왔던 것이 사실이다.

한 국가의 지리적 조건은 역사발전의 한 조건임에는 틀림없다. 그렇다고 직접적인 운명론과 연결하는 것은 좋지 않다. 지리적 조건은 인간사회의 내적 발전과 의식 활동과 연관되어 고려되어야 한다. 따라서 한 국가나 민족의 역사에 있어 중요한 것은 지리적 환경이나 외세의 압력이 아니라, 그러한 도전에 대응하는 민족적 응전이 더 중요한 것이다.

『문명은 결코 우수한 두뇌나 유리한 생활환경에서 생성되는 것이 아니라 도리어 가혹한 생활환경 조건, 즉 사회의 내적인 창조력을 발휘하지 않으면 생존할 수 없는 상태에 처했을 때 효과적으로 응전해 나가는 과정에서 생성·성장된다』

- Arnold Joseph Toynbee : 1889~1975, 영국의 역사가·문명평론가 -

우리는 바다로 둘러싸인 반도국가가 역사적으로 귀중한 문명을 꽃피웠음을 알고 있다. 다시 말하지만, 위대한 종교 이념과 사상들이 반도국가에서 많이 발생하여 인류의 정신세계를 지도해 왔던 것이다. 발칸 반도에서 시발된 그리스 철학, 이탈리아 반도에서 꽃핀 기독교 문화, 인도의 힌두교 문화와 고대철학, 아라비아 반도의 회교문화, 동남아 반도들에서 결실된 남방 불교문화, 이베리아 반도에서의 항해술, 스칸디나비아 반도에서의 게르만 문화 등이 그것을 입증해 주고 있는 것이다.

인류역사에 있어서 문명 발전의 흐름을 보면, 큰 강의 하천 유역에서 발생한 고대 대륙문명은 그리스·로마·이베리아 등의 반도문명으로 이동해 왔다. 이 반도문명은 영국을 중심으로 한 도서문명으로 옮겨졌으며, 이 도서문명은 다시 미국을 중심한 대륙문명을 꽃피웠다. 이제 우리는 이 문명의 순례를 한반도에서 다시 반도문명으로 결실을 보아야 한다는 의지의 압축된 노력을 기울여볼 때가 된 것이다.

다시 말하면 나일 강, 티그리스 강, 황하 및 양자 강 등 하천 연안의 고대문명이 그리스·로마·스페인 등의 지중해를 중심한 문명으로 옮겨졌고, 이 문명은 다시 영국·미국으로 이어지는 대서양 문명으로 옮겨졌으며, 이 문명은 또 미국·일본·중국·한국을 잇는 태평양 문명으로 빛날 수 있을 것이라는 역사적 순환에 따른 소명의식을 가져보아야 할 것이다.

우리는 대륙과 해양의 다양한 변화 속에서 생긴 강인함과 용맹스러움이 있고, 개척하고 탐험하는 진취적인 기상으로 찬란한 한민족의 문화를 꽃피워왔다는 것을 앞에서도 살펴보았다. 새롭게 1,000년을 시작하는 시점에서, 반도 국가인 우리는 지리적 결정론을 배격하면서, 또한 우리의 행복·평화·이상을 실현하는 데 방해되는 장애들인 정치적·경제적 이해관계의 상충들을 비롯하여, 사회의 여러 가지 부정적인 요인들을 먼저 제거하여야 할 것이다.

결론적으로 지금 세계사의 중심은 에게 해에서 지중해로, 다시 대서양으로, 다시 태평양으로 와서 우리 앞에 서 있는 것이다. 바로 우리 동북아의 한반도 주변에 와 있는 것이다. 따라서 이러한 시점에서 우리가 주지하여야 할 자세는, 그 반도국가에 어떤 민족이 있고 어떻게 자기발전을 창조하며, 나아가 어떻게 자기 민족의 의지를 결집하여, 얼마만큼 웅비할 수 있느냐? 하는 총화의 저력을 승화하는 것에 있어야 한다는 것을 먼저 알아야 하고, 또한 그런 기회를 맞이할 사전 준비에 만전을 기해야 할 것이다. 🌱

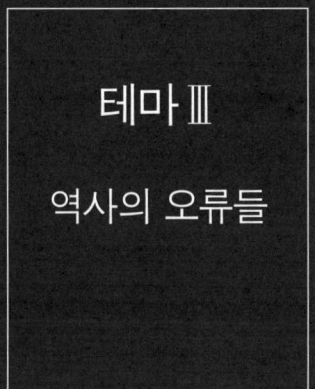

테마 Ⅲ

역사의 오류들

chapter 1

제 1절 역사의 오류와 가정

chapter 1

오류(誤謬, Error)는 사고(思考)의 내용과 대상(對象)이 일치하지 않는 사유(思惟) 판단이라고 한다. 오류의 원인으로는 선입관, 판단력의 부족, 사고력의 부족, 집중도(集中度)나 항상성(恒常性)의 부족, 인식자료의 부족 등이 있다. 플라톤에 의하면 오류(l'erreur)는 이중 무지이다. 즉 모르는 것의 무지와 모르는 것을 안다고 믿는다는 것의 무지이다. 결국 〈무지한 자는 그가 모른다는 것을 모르는 것이다〉(En somme, on ignore qu'on ignore) 라고 플라톤은 말했다.

한 국가나 민족의 역사에는 밝은 면과 어두운 면이 반드시 있게 마련이다. 역사란 인간이 경험한 과거 전체, 또는 그러한 인간의 제반행위를 탐구하고 구성하는 것이다. 여기서 어두운 면이 통상적으로 〈역사의 오류〉이며, 이러한 오류에 대한 연구와 서술과 반성으로 우리는 〈역사의 교훈〉을 얻는 것이다.

역사는 인간의 자기인식을 목적으로 하고 있다. 인간에게 있어 가장 중요한 것은 자기 자신을 정확하게 아는 일일 것이며, 이 말은 자기의 개인적인 특수성을 아는 일이 아니라, 인간으로서의 자기의 본질을 안다는 의미일 것이다. 자기 자신을 안다는 것은 무엇을 할 수 있겠는가를 아는 것이다. 그러나 무엇을 할 수 있겠는가? 하는 것은 이를 시도(試圖)해 보지 않고서는 알 수 없는 것이겠지만, 그 가능성을 아는 유일한 안내서는 과거에 있어서 인간이 무엇을 해왔는가? 하는 역사의 가치를 인식하는 데 있는 것이다. 따라서 역사의 가치는 인간이 무엇을 해왔는가? 그리하여 인간이란 무엇인가? 를, 또한 어떻게? 를 우리에게 가르쳐주는 데 있다고 할 수 있을 것이다.

〈혁명 시기의 20일은 평상시의 20년과 맞먹는다〉 라고 러시아 사회주의 혁명을 성공으로 이끈 레닌이 말한 적이 있었다. 이 말은 소비에트와 임시정부의 이중권력 아래서 혁명의 불꽃이 아슬아슬하던 다급한 자신의 심정을 토로한 것이겠지만, 동시에 역사의 시간이 균일하게 흐르지 않는다는 것을 분명하게 지적하고 있는 것이다. 이렇듯 역사의 흐름이 균일하지 않다면, 어딘가에 그 흐름이 뭉쳐지거나 갈라지는 곳들이 있다는 얘기다. 그런 역사의 파격점 혹은 분기점이 바로 레닌이 말한 〈역사의 갈림목〉 이다.

역사의 갈림목에서 무엇보다 중요한 것은 〈역사적 인물〉 이다. 역사는 인간이 만들어가는 것이면서도 인간의 의지와는 무관한 무생물적이고 무의식적인 측면이 많을 수 있다. 그러나 우리는 무심코 길을 걷다가도 갈림목에 서게 되면 누구나 자신의 위치와 목적과 방향을 새삼 확인하게 된다. 역사의 갈림길에서도 인간, 특히 역사의 큰 줄기를 결정할 위치에 있는 개인들의 판단과 선택이 역사적 결과로 보면 중요한 역할을 하게 된다. 그래서 우리는 역사는 역사적 인물의 객관적 개인의 전기라고도 하는 것이다.

비록 역사에는 가정이 없다지만, 우리 역사를 돌이켜보면 그런 가정을 하고 싶은 순간들이 너무나 많이 존재한다. 그만큼 아쉬운 것이 많은, 차라리 되돌리고 싶은 질곡의 시간을 살아온 것이다.

만약 고조선이 한반도에 집착하지 않고 대륙과 중원으로 달려갔으면 우리 역사는 어떻게 되었을까? 7세기 중반에 연개소문이 김춘추와 의자왕과 협력하여 당의 간섭을 배제하고 한반도 연방국가로 통일했더라면 이후 역사는 어떻게 되었을까? 17세기 초 명과 청이라는 두 강국 사이에서 탁월한 줄타기 외교를 선보였던 조선 광해군의 대외정책이 결실을 보았더라면, 이후 역사는 어떻게 되었을까? 1945년 가을 긴박하게 돌아가는 해방정국에서 우익세력 및 미군정과 효과적인 타협을 이루어 좌우합작 정부가 들어섰더라면, 이후 역사는 어떻게 되었을까? 등등….

역사의 필연성이라는 관점에서 보면 이런 가정들은 무의미할지도 모른다. 그러나 달리 생각하면 역사의 필연성이란 사실 결과론이며 상황론일 뿐이다. 결과를 필연적인 것으로 보면, 그 상황에서는 모든 것이 그럴 수밖에 없었다는 운명론적 이야기가 된다. 그렇다면 역사에서 인간의 역할은 사라지고 운명적 상황만이 남게 될 뿐이다. 그러나 우리가 역사를 배우는 가장 중요한 목적은 바로 〈역사의 교훈〉이고, 어떤 가정하에서 역사적 오류에 대한 〈자기반성〉이 역사를 배우는 목적이 될 것이다.

여기서 역사적 필연성을 부인한다거나 역사적 가정을 전적으로 주장하려는 것은 아니다. 대신에 우리 역사의 중요한 갈림목들로부터 당시의 주도적 인물들을 통하여 역사를 배우는 목적인 〈역사의 교훈〉을 도출하고 싶은 것이다. 〈역사의 갈림목〉은 과거에도 있었고 지금도 있으며 앞으로도 있을 것이다. 또한 그때마다 선택의 무게를 어깨로 짊어진 채, 고뇌해야 하는 우리들과 우리 후손들이 있을 것이다. 우리 모두가 그런 역사적 주체인물이 될 수는 없겠지만, 우리 모두가 그런 고뇌와 선택을 알아야 할 필요성은 있다고 보아진다. 이러한 역사적 오류들은 다양한 지난 역사적 사실들로부터 당시의 특수성과 어우러진 시대적인 보편성을 지닌 〈교훈적 인간〉과 〈시간의 흔적〉들이다.

chapter 2

제 2절 주체적 역량이 결여된 지도층의
편협한 아류성

chapter 2

우리 민족의 수난사는 민족이 민족으로서 존재하고 발전하려면, 자주와 주체의 국시(國是)를 일관되게 견지하여야 한다는 심각한 교훈을 남기고 있다. 원래 민족사는 주체성을 유지하기 위한 민족의 투쟁의 역사이다. 민족이 자기의 운명을 자주적 · 창조적으로 개척해 나가는 역사가 곧 민족사이다. 물론 민족의 정상적인 발전은 타민족의 지배나 간섭을 받음이 없이 독자적으로 이루어지는 것이라 할 수 있을 것이다. 그러나 모든 민족들이 다 독자성과 자립성을 가지고 정상적인 발전을 도모해 나간 것은 아니었다. 역사적으로 볼 때, 세계의 많은 나라와 민족들이 순탄하게 정상적인 발전의 길을 걸어온 것이 아니라, 오히려 강대국들에 의하여 침략과 지배와 억압을 강요당한 역사가 많았다는 것을 우리는 알 수 있는 것이다.

이러한 사실로부터 모든 국가들은 민족을 중심으로 오래전부터 자주권과 주체성을 확보하는 문제와 민족의 독자적인 발전을 추구하는 문제에 깊은 관심을 돌렸고, 또한 그 진로를 모색해 왔던 것이다. 우리 역사도 타민족에 의하여 독자적이고 자립적인 발전을 억제당하였던 민족의 교훈을 여러 곳에서 보여주고 있다. 이것은 융성하고 활력이 넘친 시기에 독자적인 자기 역량을 축적하지 못하였던 것을 보여주는 것이다.

이러한 역사적 오류의 원인은 지도층의 편향된 선입관, 판단력의 부족, 사고력의 부족, 집중도(集中度)나 항상성(恒常性)의 부족, 인식자료의 부족 등이 있었으며, 이로 인하여 침략과 지배와 억압을 당하여왔다. 그것은 국가나 민족이 독자적으로 존재하고 계속적으로 발전해 나가려면 자주성과 창조성을 발휘하여야 한다는 것을 단적으로 보여주고 있는 것이다.

원래 우리 민족은 반만년의 유구한 역사를 가진 배달민족이라고 한다. 단군이 평양성에 자리를 잡은 그때로부터 우리 민족은 배달민족으로서의 존엄과 우수성을 가지고 자기의 역사를 보듬어왔다. 고조선 (고조선과 관련된 고조선의 기원, 환단고기, 단군신화, 단기고사, 위만조선, 한사군, 고조선의 위치와 이동설 등에 관하여는 다양한 설이 존재함) 시기에 우리 민족의 위상은 대단하여 주변 국가들로부터 존대를 받았고, 그 누구도 건드릴 수 없는 부국강병을 떨쳐왔다. 때문에 고조선은 고구려와 같이 설사 외적의 침입이 있었다 하더라도 그것을 허용하지 않고 민족적 자주권을 지켜왔던 것이다.

약 1년간의 치열한 격전을 벌여온 동북 아시아의 강자 고조선과 중국대륙의 강력한 통일제국 한(漢)나라 사이의 〈조 · 한 전쟁〉은 결국 고조선의 패배로 막을 내렸다. 고조선은 한의 공격을 잘 막아내 초기 전황을 유리하게 이끌어 나갔으나, 이후 한의 분열책에 고조선의 지배층이 매수되어 고조선 내에 심각한 내부 분열이 일어남에 따라, 결국 왕검성이 함락되고 고조선은 멸망하고 말았다. 이들은 서로 모의하여 우거왕에게 〈우리는 이 전쟁에서 승리할 수 없으니 항복할 것〉을 청하였으나 거절당하였다. 그러자 노인, 한음, 왕협은 한에 투항하는 한편, 드디어 기원전 108년 봄에 음모에 가담했던 주모자 중의 한 사람인 참이 자객을 보내어 우거왕을 살해하였다. 그리하여 고조선 군사력은 연맹체를 구성하고 있던 지배층의 이탈로 급격히 약화되었다.

따라서 이러한 한(漢)의 고조선 분열 전술이 성공할 수 있었던 것은 한이 우수하였다기보다는 당시 우거왕을 비롯한 지배층의 국제 감각과 지도력의 결여와 내부 단결력의 부족 때문이었다. 당시는 진·한 교체기로 아직 한이 완전히 국가체제를 정립하지 못했던 시기였다. 그러나 고조선은 중국의 진·한교체기의 대륙 혼란기를 유리하게 이용하지 못하고, 오히려 혼란한 대륙의 바람에 스스로 넘어졌다. 여기에다가 혼란기에 서로 자신의 이익만을 추구하던 국가 연맹체의 지도자들의 내분과 배신과 반란으로 고조선은 막을 내려야 했다.

따라서 당시에 고조선은 대륙의 혼란한 시기에 중앙집권적인 정치형태의 지배력을 확대하고 독자적으로 군사력을 증강하면서 민족적 리더쉽을 발휘했더라면, 한을 능가하는 강대국을 건설할 수 있었을 것이다. 반면 한나라는 한의 분열책에 허점을 드러낸 고조선의 지도층을 이용하여 약점을 알아내었고, 군사상의 패배에도 불구하고 전쟁을 승리로 이끌어낼 수 있었던 것이다.

다양한 주장이 있지만 민족사적 입장에서 보면 고조선 멸망은 최초의 남국사와 북국사의 분리로 민족자존의 역사가 질곡으로 나아가는 패배와 분단의 갈림길이었다. 또한 고조선 멸망은 후대에 계속하여 중국에 종속되는 하나의 관념적 단서를 제공하게 되었다. 그러한 역사의 오류는 근시안적인 국제 감각의 미비와 내부의 배신과 분열, 지도자의 무능 등으로 인한 복합적인 한계로 발생되었다고 할 수 있을 것이다.

고조선의 뒤를 이은 고구려도 역시 자주성이 강하고 국력이 막강한 강대국이었다. 고구려 사람들의 드높은 자주정신과 상무정신은 세상에 이름 높았고 광역 또한 대단하였다. 500년 이상이나 강대국을 떨쳐왔던 고구려의 위용은 동아시아에 드높았다. 고구려는 수와의 전쟁에서 승리하고 당나라의 100만 대군도 물리쳤다. 고구려에 패하여 망한 수(水)에 이어 중원을 재통일한 당

은 고구려와 화친을 도모하는 척하며 고구려에 대한 복수의 일념을 키우고 있었다.

642년 연개소문이 살수대첩을 승리로 이끈 주역이었던 영류왕 고건무를 죽이고 정권을 장악하면서부터 동아시아의 정세는 급변하기 시작했다. 영류왕 고건무는 〈서수남진〉을 주장하였지만, 연개소문은 신라나 백제 중 한 나라와 동맹을 맺어 남쪽을 지키고, 당을 치는 〈남수서진〉을 주장했다. 「조선상고사」에서 단재 신채호는 〈당에 대하여 이를 쳐 없애고, 지나(中原)를 고구려의 속국으로 삼는 것이 연개소문의 필생의 목적이었다〉라고 했다.

백제 의자왕(641~660)은 무왕의 뒤를 이어 해동증자라고 불리었을 만큼 영명한 임금이었다. 백제는 신라의 김유신이 3만의 군사를 이끌고 가잠성으로 쳐들어오자, 계백이 수개월 동안 잘 방어를 하며 시일을 끌면서 의자왕은 계백을 돕는 척하면서 친히 군사를 뽑아 거느리고 북으로 향하다가, 성충의 아우인 윤충으로 하여금 군사를 돌려 대야성(오늘의 합천)을 공격하였다.

대야성은 신라의 서쪽 군사 요지로 김춘추의 사위인 김품석이 지키고 있었다. 윤충은 항복한 품석 부부를 죽이고 신라의 40여 개 성을 함락시켰다. 또한 백제의 상좌평 부여 성충은 〈고구려가 백제나 신라 중 한 나라와 화친하여 당과의 전쟁을 대비할 것이므로, 고구려와 화친하여 동맹을 맺을 것〉을 진언하였다. 이에 의자왕은 성충의 말을 옳다고 여기고 그를 고구려에 사신으로 보내 고구려와 동맹을 맺었다.

한편 백제의 침략에 딸과 사위를 잃은 신라의 김춘추는 백제의 원한을 뼛속에 새기고 백제의 원수를 갚기 위해 고구려에 원병을 청하러 가니, 연개소문은 신라가 빼앗은 죽령 이북의 땅을 내놓으라며 김춘추를 옥에 가두었으나, 기지를 발휘하여 간신히 사지를 빠져나올 수 있었다.

끊임없는 백제의 공격에 국가 존망의 위협을 느낀 신라는 이제 당에 의지하는 수밖에 없었다. 644년에 구원병을 청하는 조공을 당에 바치자, 당태종

이세민은 사농승(司農丞) 상리현장에게 국서를 주어 고구려에 사신으로 보냈다. 현장은 연개소문에게 말했다. 〈신라는 우리나라에 의지하는 나라로서 조공을 게을리 하지 않는 터이니, 그대 나라는 백제와 함께 곧 군사를 거두고 싸움을 그만두라. 그리고 만약 다시 신라를 공격하면 명년에는 반드시 군사를 내어 그대 나라를 칠 것이다〉

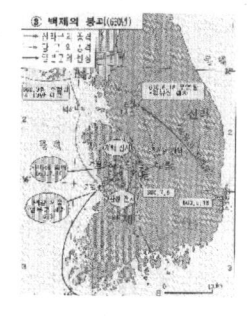

이에 연개소문은 현장에게 〈고구려는 신라와 원한으로 틈이 생긴 지 오래되었다. 지난날에 수나라가 우리나라에 침입하였을 때에는 이 틈을 타서 고구려 땅 500리를 침략하여 그 성읍을 점거하고 있는 것이니, 이 땅을 돌려주지 않으면 우리는 싸움을 그만두지 않을 것이다〉 라고 말했다. 645년 3월 당태종 이세민이 마침내 직접 군사를 거느리고 요동정벌에 나섰다. 고구려가 당의 대병을 맞아 사투를 벌이는 동안 신라는 3만의 군사를 내어 당을 도우려 하였다. 이에 백제는 신라를 공격하여 7개의 성을 빼앗아 신라가 움직일 수 없도록 하여 고구려를 도왔다. 더 나아가 성충의 동생 윤충으로 하여금 당의 남쪽 지방인 월주를 공격토록 하여 이를 식민지로 삼았다.

당의 출병이 실패로 돌아간 후로 고구려와 백제의 신라에 대한 압박은 더욱 강해졌다. 648년 김춘추는 마침내 청병을 위해 당에 들어갔다. 당태종을 만난 김춘추는 〈우리나라는 한쪽 바다 곁에 있으나 대국을 섬겨온 지가 오래되었는데, 백제가 굳세고 교활하며 번번이 국토를 침략하고, 황차 지난해에는 대군을 이끌고 깊이 쳐들어와서 수십 성을 함락시킴으로써, 조회할 길이 막혔으니, 만약 폐하께서 군사를 빌려주어 흉악한 적의 피해를 없애주지 않으면 우리나라 백성들은 모두 그들에게 사로잡히게 될 것이므로, 앞으로 바다를 건너 조공할 수 없을 것 같다〉 라면서, 당의 출병을 거듭 요청하였다.

이상과 같이 500년 이상의 전통을 가지며 숱한 난관을 극복하면서 성장해온 백제(660)와 고구려(668)는 결국 나당연합군에 멸망하고 말았다. 모든 왕조는 언젠가 멸망하게 마련이지만, 이 두 나라의 멸망은 너무 급작스러웠다. 백제는 6세기 중엽 이후 중흥의 깃발을 높이 들었으며, 고구려는 멸망 직전까지 중국의 강력한 통일제국인 수와 당의 잇따른 침략을 물리쳤기 때문이다. 그런데 이런 백제와 고구려는 왜 허무하게 무너졌을까?

백제의 마지막 왕인 의자왕은 원한을 갚는 일에 너무나 몰두하여, 신라에 대한 공격을 지나칠 만큼 감행했기 때문에 국력소모가 너무 심하였다. 게다가 차츰 의자왕 자신의 주장만을 내세우다 보니 지배층 사이에 분열이 심화되었다. 즉, 의자왕의 독주를 막으려한 세력과 의자왕에게 적당히 아부하여 일신의 영달을 꾀하려는 세력이 나뉘어 서로간에 반목·질시하게 되었던 것이다.

그리하여 나당연합군의 공격을 받았을 때, 앞장서서 침략을 막을 만한 용장들은 대부분 감옥에 갇힌 상태였고, 백성들 또한 의자왕의 사치와 독선 등 실정에 등을 돌려 열심히 싸우려 하지 않았다. 그리고 당시 기습적으로 쳐들어온 나당연합군의 군세가 당시 백제의 즉시 동원 가능한 군세에 비해 압도적으로 많았었다는 것도 큰 이유였다. 결국 백제는 의자왕의 독재정치와 실정, 잦은 군사동원에 의한 국력소모, 지배층간의 분열과 군세의 심한 차이, 국제적 정치안목 결여 등으로 찬란한 백제문화와 강력한 정치력이 무력화되어 멸망을 당했다고 볼 수 있을 것이다.

한편 고구려가 나당연합군의 침략을 받았을 때는 독재자였던 연개소문이 죽은 지 얼마 안 된 무렵이었다. 이미 이전에 수·당의 막강한 침략군을 막아내는 것에 심각한 국력소모가 있었고, 또한 이 당시의 고구려는 연개소문의 독재정치가 남긴 심한 후유증을 앓고 있었다. 즉 그의 후계자리를 놓고 치열한 내분이 빚어진 것이다. 결국 이러한 지배층의 내분과 그 이전의 연이은 국력소모(수·당 전쟁), 독재정치 때문에 고구려 또한 힘없이 나당연합군에 의해 멸망하고 말았다. 게다가 고구려의 동맹국인 백제가 무너져 국제적으로 고립된 점도 고구려에게는 불행한 일이었다.

나당 연합군의 공격을 받은 고구려는 평양성을 굳게 지키면서 1년간이나 항거하였지만, 끝내 성이 함락되어 668년에 고구려는 멸망하였다. 669년 평양성이 함락된 후 당나라는 고구려의 옛 땅에 안동도호부를 설치하고 2만 명의 군대를 주둔시켰다. 그리고 669년에는 고구려인의 저항을 원천적으로 봉쇄하기 위하여 고구려인 약 2만 8,000여 호를 당나라로 강제 이주시켰다.

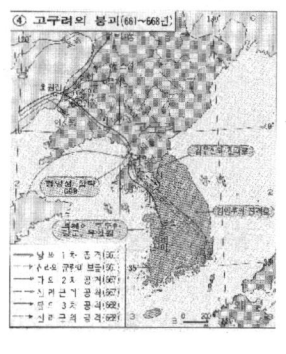

따라서 그렇게 찬란했던 삼국시대의 우리 민족은 이때부터 사대주의자들에 의하여 수난을 겪는 비극을 당하였다. 우리 민족사에서 사대망국의 시작은 신라 때부터라고 할 수 있겠다. 7세기 신라 사대주의는 외세를 끌어들이고 동족의 나라들을 멸망시키는 행위로 민족을 예속시키고 국력을 쇠진시켰다. 김유신·김춘추 등에 의하여 대표되는 신라 사대층은 저들의 집권과 개인적 영달을 추구하면서 외세인 타민족에 나라와 민족의 운명을 떠맡기고 동족의 나라들인 고구려와 백제를 멸망시키는 역사적 대죄(?)를 저질렀다고 주장하는 민족주의 사학자도 나타나게 되었다.

이때에도 고구려, 백제, 신라는 중국의 위·진 남북조시대의 혼란기를 잘 활용하지 못하고 자체의 분열과 독선적 독재정치, 개인의 영달 등으로 민족사의 영광을 마련하지 못하였으며, 이로 인하여 중원의 사대주의를 낳았던 것이다.

결국 계속된 중원의 혼란기를 이용할 줄 아는 국제적 정치 감각을 갖추지 못하고 주저앉고 말았다. 따라서 대륙적 혼란에 편승하여 자체적으로 멸망과 굴욕의 역사를 자초한 셈이 되었던 것이다.

발해가 926년에 멸망한 후 발해의 유민들은 본격적으로 독립운동에 들어갔다. 발해가 멸망의 징조를 보이자, 대진국 발해의 문무신료 중 상당수는 고구려의 후신으로 왕건의 고려도 동족이라는 의식을 가지고 있다가 멸망 직후 고려로 대거 망명하여 고려의 북방한계선의 국방을 튼튼하게 하는 데 일조하였다.

사실 아골타의 금나라가 중국을 통일하여 송나라를 양자강 이남으로 몰아넣고 사직을 보장하는 대가로 조공을 바치도록 하였으나, 고려만큼은 손을 쓰지 못한 이유는, 모두가 대진국 발해의 문무신료들이 대거 고려에 포진해 북방을 지켜주었기 때문이었다. 이러한 발해가 멸망하게 된 직접적인 동기는 발해 황제 대인선의 폭정과 여색을 밝힌 데 있었다.

야율아보기의 아우인 야율할저가 자신의 애첩 임소홍을 데리고 발해로 거짓 망명하여 미인계로써 발해정부를 수렁에 빠뜨렸다고 할 수 있다. 야율할저는 망명하자마자 자기의 애첩 임소홍을 당시 상당한 권력을 지닌 고관에게 상납하고, 황제 대인선에게는 고관이 황제에게 헌납할 미인을 고관이 탐내어 가로챘다고 거짓으로 고하였다. 결국 황제 대인선은 고관에게 역모죄를 덮어씌워 고관을 제거한 후, 임소홍을 후궁으로 맞아 주색잡기에 열중했다.

발해의 충신들은 고관의 억울한 죽음을 상소문을 통해 올리고 항의하자, 황제 대인선측 측근인 무신들이 상소문 관련 문신들을 모조리 살해 제거함으로써, 결국 발해가 멸망의 길을 걷는 결정적 원인이 되었다. 이렇게 되자 서경압록부에서 큰 무력을 지닌 장군 대원방이 이에 반발하여 반란을 일으켜 발해의 대인선을 몰아내고 새 왕조를 창업할 계획을 세우게 된다. 그러나 그의 반란도 대인선이 보낸 정부군 이도종 장군이 난을 진압했으나, 이미 발해 황실은 거의 회복불능의 권위가 실추된 후였다. 장군 이도종도 난 진압 후 그의 부각을 두려워한 간신들이 보낸 자객에게 의문의 피살을 당하였고, 발해 황실은 권력암투와 불신의 벽만 높아지게 되었다. 이 틈을 타서 야율할저는 소기의 목적을 달성하자 자신의 애첩 임소홍과 그를 따라 망명한 거란 문무신료들과 거란인들을 데리고 거란으로 탈출하였다. 따라서 대진국 발해 황실의 피나는 권력투쟁과 황제의 방탕에 대진국의 문무신료들이 고려에 망명함

으로써 대진은 유명무실해졌고, 이 틈을 타서 거란은 대진국에 대한 총공세에 들어가 결국 멸망하게 된 것이다.

이상에서 살펴본 바와 같이 대진국(발해)의 멸망은 황제의 통치력 부재가 낳은 내부 붕괴에 더 큰 원인이 있었다. 결국 강한 상대를 놓고 내부결속이 이루어지지 않아 멸망한 것이다. 따라서 발해 멸망은 우리가 삶을 살아갈 때, 내부의 적이 외부의 적보다 더 무섭다고 하는 것을 단적으로 보여주는 역사적 단서가 되었던 것이다.

이러한 시대적 모순과 안타까움은 후삼국의 고려통일과 그 이후 고려에서도 일어났다. 우리는 중국의 5대10국의 혼란과 약화를 이용하지 못하였고 자체의 한계를 스스로 인정함으로써, 한반도 남부에 주저앉고 말았던 것이다. 고려와 후백제는 권력을 위한 내부 투쟁에만 몰두했다.

고려 멸망도 후기에 내부적으로 권문세족과 신흥사대부 사이의 대립이 격화되고 있을 무렵, 밖으로부터의 압력도 가중되고 있었는데, 그것은 왜구 및 홍건적의 침입과 원·명 교체에 따른 대외관계의 변동에 따른 것이었다. 이러한 국제적 압력과 외세의 동태를 파악하거나 활용할 외교적 능력을 겸비하지 못한 고려의 집권층은 왜구의 창궐에 적절히 대비하지 못하였으며, 심지어 강화도까지 약탈을 당하여 개경에 계엄령이 내리는 등 국가적 권능을 상실해 가고 있었다.

1170년 무신정변이 일어났다. 당시 고려는 중국에서의 금과 송의 분쟁, 요의 멸망, 일본의 헤이안 시대의 혼란, 서하의 요동, 몽골의 등장 등 엄청난 혼란기였음에도 불구하고, 국제적 안목을 가지지 못하여 이를 국력신장에 이용하지 못하였다. 또한 무신에 대한 차별 대우로 국방력의 소진과 문신과 환관들의 부정부패, 왕들의 계속된 향락과 무능 등으로 무신반란이 일어나, 근 60여년 동안 혼란만 자초함으로써, 고려의 북진 기상은 사라지고, 쇠망의 터전을 닦는 결과를 초래했던 것이다. 결국 이러한 정치적 오류들로 인하여

100여년 동안 원의 지배를 받는 참극을 빚고 말았다.

고려 말에는 해상의 조운이 끊겨 중앙정부의 재정이 곤란하게 되었을 뿐 아니라 연해의 농민들이 약탈을 계속 당하여 큰 피해를 입게 되었다. 이에 고려는 국방력을 강화하고 적극적인 왜구토벌에 나섰다. 이 때 최무선은 중국 상인에게서 화약제조방법을 배워서 1377년에 화통도감을 설치하고 화포를 만들어 우왕 6년 진포에 침입한 왜선 500여 척을 불태웠다. 또한 이 해에 이성계는 황산에서 왜구의 주력부대를 크게 무찔렀고, 1389년에는 박위가 전함 100척을 이끌고 왜구의 소굴인 대마도를 정벌하니 이에 그 기세가 꺾이게 되었으나, 결국 지속적이지 못하여 실효를 거두지 못했다.

공민왕 때는 또한 대륙으로부터 홍건적의 침입을 받았다. 공민왕이 즉위할 무렵 대륙정세는 크게 변동하여 오랫동안 세계제국을 형성하였던 원이 쇠퇴하고 각지에서 한족의 봉기가 일어나고 있었다. 홍건적은 그러한 한인(漢人) 반란군의 하나로 한산동·유복통 등이 하북성 영평에서 일어나 북중국의 원 세력을 축출하고 그 기세가 강성하였는데, 이들이 원군의 반격을 받아 그 중 한 무리가 요동으로 쫓기면서 고려를 침범하였다. 1361년에 홍건적은 재차 침입하여 개경이 함락되고 왕은 복주로 피난을 하기에 이르렀으나, 정세운·안우·김득배·이방실 등이 크게 무찔러 내쫓았다. 이와 같이 고려는 밖으로부터 왜구와 홍건적의 침입을 받아 큰 고통을 겪었는데, 이 때 대륙정세도 크게 변천하여 고려에 많은 영향을 끼친 결과를 초래했다.

이 때 한인 반란군의 한 사람인 주원장이 남경에서 명(明)을 세우고 원의 대도를 함락시켜 원이 멀리 달아나 원·명의 교체가 이루어진 것이다. 이에 반원정책을 추구하던 공민왕은 명에 사신을 보내고 명의 연호를 사용하여 친명정책을 쓰게 되었다. 그러나 국내에는 아직도 친원세력이 잔존하고 있었으므로 외교정책을 둘러싼 대립이 나타나게 되었다. 이 때 친명파가 공민왕을 정점으로 신진사대부로 구성되었는데 반하여, 친원파는 이전부터 원과 연결되고 있었던 권문세족들이 주류를 이루고 있었다. 이러한 친원·친명의 대립

속에서 공민왕이 반대파에 의하여 시해되고 중립파인 이인임의 추대로 우왕이 즉위하자, 고려는 원과 명에 두 다리를 걸치는 양면외교를 추구하였다. 즉, 이인임 등은 우왕이 즉위하자 곧 명에 사신을 보내 그 왕위의 승인을 요청하는 한편 북원에 대하여도 사신을 파견하여 국교를 회복하였던 것이다.

그러나 우왕 때의 친원·친명 양 세력의 대립관계에 커다란 변화를 초래한 사건이 일어났으니 그것은 바로 명(明)의 철령위 설치문제였다. 그렇지 않아도 명은 고려가 북원과 내통하는 것을 힐책하고 무리한 공물을 요구하며 고려사신을 유배하는 등 고압적인 태도를 취하여 고려조정을 분개하게 하였는데, 1388년에는 원의 쌍성총관부 관할하에 있던 철령 이북의 땅을 명의 직속령으로 삼겠다고 통고하여 왔던 것이다. 이 때 정권을 잡고 있던 최영은 크게 분개하여 도리어 이 기회에 명이 차지한 요동지방까지 회복하려 하였다. 마침내 고려는 우왕 14년 최영이 8도도통사가 되고 조민수를 좌군도통사, 이성계를 우군도통사로 삼아 요동정벌에 나서게 되었다.

그러나 처음부터 국내외의 정세로 보아 요동정벌이 현실적으로 불가능하다고 판단하여 출병을 반대하였던 이성계는, 이른바 〈사불가론〉으로 위화도에서 회군하여 개경에 돌아왔다. 이리하여 이성계 일파는 반대파인 최영 등을 제거하고 우왕을 축출하여 정치적 실권을 장악하였으니, 이것이 이성계가 고려를 넘어뜨리고 조선을 건국하는 결정적인 계기가 되었던 것이다.

결론적으로 고려는 이러한 다양한 내부적 갈등요인과 국제적 혼란을 활용할 수 있는 능력 미비로 멸망의 길을 걷게 되었다.

조선의 건국도 초기에는 많은 개혁의지를 보였으나, 결국 집권층의 무능, 부정부패, 알력과 배신과 갈등, 국제적 감각 부족, 개인의 영달과 집권욕, 중국에 대한 굴종과 사대정신, 왕권수호에만 급급한 편협한 아류성으로 처음부터 민족의 번영에는 한계를 드러냈다. 정도전 등의 북진 세력과 민족 웅비의 기상이 그들의 몰락과 더불어 사라지자, 왕권의 안위와 집권수호에만 개혁의 마인드가 한정되었다.

임진왜란과 정묘호란도 사실은 이러한 지도층의 무능과 부패로 일어났다.1584년 일본은 이에야스와 히데요시와의 싸움으로 혼란의 전쟁시기였으며, 중국의 명은 장거정의 토지개혁 실패와 여진의 누루하치 등장과 후금 건국(후에 청), 몽고의 반란, 1597년 명의 양응룡의 난 등으로 몰락의 길을 걷고 있었는데, 조선은 16세기 말 양반 사회의 분열로 사회적 혼란이 심화되어 국력이 약화되었고, 왕과 집권층의 무능과 배타적 집권욕 등으로 도요토미 히데요시의 전국시대 통일을 계기로의 대륙 침략의 야망을 간파하지 못하였으며, 전쟁 계획 수립조차 의견일치를 보지 못함으로써, 우리 민족 역사상 초유의 침탈과 피폐를 겪었다. 결국 정묘호란과 병자호란도 청의 팽창정책을 사전에 파악하지 못했다가 굴욕을 당하였던 것이다.

임진왜란이 가져온 피해는 엄청났다. 먼저 인명 피해가 가장 심각했는데, 전사자도 많았지만 기근이나 전염병으로 죽은 자도 속출했다. 전쟁 직후 〈동의보감〉 같은 의학서가 많이 출간된 것은 이러한 배경에서 비롯되었다. 또한 포로로 끌려간 사람도 많았다. 왜군은 인쇄 기술자나 도공뿐 아니라 남녀노소를 막론하고 마구잡이로 끌고 갔는데, 그 중 상당수는 왜군에게 조총 등을 공급하던 포르투갈 상인들에게 노예로 팔려갔다.

경제 피해도 매우 컸다. 농토가 대부분 황폐해져서 곡물 생산이 크게 줄었다. 토지대장이 없어져서 국가는 토지 결수조차 제대로 파악할 수 없었다. 전쟁 직후의 토지결수는 50만 결 정도로, 조선 초에 비하면 3분의 1에 불과했다. 따라서 재정을 정상적으로 확보할 수 없어 국가 경제 전반이 흔들렸다. 국가에서는 임시방편으로 납속책을 실시하여 곡식이나 재물을 받고 관직을 팔거나 천인 신분을 면해 주기도 했다. 전쟁 동안에 백성들은 강제로 징집되고 군량과 군수물자 운반에도 대거 동원되는 등 큰 고통을 겪었다. 명군의 군수품을 조달하는 일도 쉽지 않았다.

더구나 명군은 군기가 해이해져서 사람을 죽이고 약탈을 일삼는 등 민폐가 극심했다. 이 때문에 〈왜군은 얼레빗, 명군은 참빗〉이라는 말이 유행할 정도였다. 이런 상황은 백성들을 분노하게 했다. 이미 전쟁 초반에 나타난 지배층의 무능과 무책임한 대처는 백성들을 크게 자극하여 선조가 피난길에 오르자 한양의 백성들은 형조와 장예원에 불을 질렀다. 평양에서는 백성들을 버리고 북쪽으로 피난하려던 왕비 일행을 성난 백성들이 막아서고 신하들을 구타했다. 또 평안도 숙천에서는 왕이 계속 도망가는 것에 불만을 품은 백성이 관아의 기둥에다 낙서를 하여 왕이 가는 곳을 왜군에게 알리려고 했으며, 함경도에서는 백성들이 임해군 등을 사로잡아 왜군에게 넘기기도 했다. 이러한 반감과 분노는 〈이몽학의 난〉 같은 반란으로 이어져 지배층에게 위기의식을 심어주었다.

1636년(인조 14) 12월~1637년 1월에 청(淸)나라의 제2차 침구(侵寇)인 병자호란이 일어났다. 1627년 후금의 조선에 대한 제1차 침입(정묘호란) 때, 조선과 후금은 형제지국의 맹약을 하고 양국관계는 일단락되었다. 그러나 1632년 후금은 만주 전역을 석권하고 명나라 북경을 공격하면서, 양국관계를 형제지국에서 군신지의(君臣之義)로 고칠 것과 황금·백금 1만 냥, 은 1,000냥, 각종 직물 1만 2,000필, 전마(戰馬) 3,000필 등 세폐(歲幣)와 정병(精兵) 3만 등 당시로서는 감당하기 힘든 조공을 요구하였다. 1636년 2월 용골대(龍骨大)·마부대(馬夫大) 등을 보내어 조선의 신사(臣事)를 강요하였으나, 인조는 후금사신의 접견마저 거절하고 8도에 선전유문(宣戰諭文)을 내려, 후금과 결전의 의사를 굳혔다.

즉, 1636년 2월 용골대(龍骨大)·마부대(馬夫大) 등이 인조비 한씨(韓氏)의 조문(弔問)을 왔을 때, 후금 태종의 존호(尊號)를 알리면서 군신의 의(義)를 강요했다. 그러자 조정 신하들은 부당함을 상소하며 후금의 사신을 죽이고 척화할 것을 주장했고, 인조도 후금의 국서를 받지 않고 그들을 감시하게 했다. 그러자 후금의 사신들은 사태가 심상치 않음을 깨닫고 도망갔다. 또한 정부에서는 의병을 모집하는 한편, 의주를 비롯한 서도(西道)에 병기를 보내고 절화방비(絶和防備)의 유서(諭書)를 평안감사에게 내렸는데, 도망하던 후금의 사신이 그 유서를 빼앗아 보고 조선의 굳은 결의를 알게 되었다.

한편, 1636년 4월 후금의 태종은 황제를 칭하고 국호를 청(淸)이라고 고쳤으며, 조선이 강경한 자세를 보이자 왕자·대신·척화론자(斥和論者)를 인질로 보내 사죄하지 않으면 공격하겠다고 위협하였다. 그러나 조선은 주화론자(主和論者)보다는 척화론자가 강하여 청나라의 요구를 계속 묵살하였다. 즉, 청태종은 연호를 숭덕(崇德)으로 개원하고, 관온인성황제(寬溫仁聖皇帝)라는 존호를 받았는데, 이 때 즉위식에 참가한 조선 사신인 나덕헌(羅德憲)과 이곽(李廓)이 신하국으로서 갖추어야 할 배신(陪臣)의 예를 거부했다.

이에 청태종은 귀국하는 조선 사신들을 통해 조선에 국서를 보냈는데, 자신을 〈대청황제(大淸皇帝)〉라고 하고 조선을 〈이국(爾國)〉이라고 하면서 조선이 왕자를 보내어 사죄하지 않으면 대군(大軍)으로 침략하겠다고 협박했다. 이 국서에 접한 조정은 격분하여 나덕헌 등을 유배시키고, 척화론자들은 주화론자인 최명길(崔鳴吉)·이민구(李敏求) 등을 탄핵했다. 이러한 정세를 살펴보던 청태종은 그해 11월 조선의 사신에게 왕자와 척화론자들을 압송하지 않으면 침략하겠다고 거듭 위협했다.

① 청나라에게 군신(君臣)의 예(禮)를 지킬 것

② 명나라의 연호를 폐하고 관계를 끊으며, 명나라에서 받은 고명(誥命)·책인(冊印)을 내놓을 것

③ 조선 왕의 장자·제 2자 및 여러 대신의 자제를 선양에 인질로 보낼 것

④ 성절(聖節 : 중국황제의 생일)·정조(正朝)·동지(東至)·천추(千秋 : 중국 황후·황태자의 생일)·경조(慶弔) 등의 사절(使節)은 명나라 예에 따를 것

⑤ 명나라를 칠 때 출병(出兵)을 요구하면 어기지 말 것

⑥ 청나라 군이 돌아갈 때 병선(兵船) 50척을 보낼 것

⑦ 내외 제신(諸臣)과 혼연을 맺어 화호(和好)를 굳게
할 것

⑧ 성(城)을 신축하거나 성벽을 수축하지 말 것

⑨ 기묘년(己卯年 : 1639)부터 일정한 세폐(歲幣)를 보낼
것 등이다.

1월 30일 인조는 세자 등 호행(扈行) 500명을 거느리고 성문을 나와, 삼전도(三田渡)에 설치된 수항단(受降壇)에서 태종에게 굴욕적인 항례(降禮)를 한 뒤, 한강을 건너 환도하였다. 청나라는 맹약(盟約)에 따라 소현세자·빈궁(嬪宮)·봉림대군 등을 인질로 하고, 척화의 주모자 홍익한(洪翼漢)·윤집(尹集)·오달제(吳達濟) 등 3학사를 잡아 2월 15일 철군하기 시작하였다. 청군은 돌아가던 중 가도의 동강진(東江鎭)을 공격했고, 조선은 평안병사 유림과 의주부윤 임경업으로 하여금 병선을 거느리고 청군을 돕게 하여 동강진의 명나라 군대는 괴멸되었다. 이로써 조선은 완전히 명나라와의 관계를 끊고 청나라에 복속하게 되었다. 이와 같은 관계는 1895년 〈청·일전쟁〉에서 청나라가 일본에 패할 때까지 계속되었다.

전후에는 많은 고아들의 수양(收養)문제와, 수만에 이르는(어느 기록에는 50만) 납치당한 이들의 속환(贖還)문제가 대두되었다. 특히 청나라 군은 납치한 양민을 전리품으로 보고, 속가(贖價)를 많이 받을 수 있는 종실·양반의 부녀를 되도록 많이 잡아가려 하였으나, 대부분 잡혀간 이들은 속가를 마련할 수 없는 가난한 사람들이었다. 속가는 싼 경우 1인당 25~30냥이고 대개 150~250냥이었고, 신분에 따라서 비싼 경우 1,500냥에 이르렀다. 속환은 개인·국가 모두 그 재원을 마련하는 것이 큰일이었다. 여기에 순절(殉節)하지 못하고 살아돌아온 것은 조상에 대해 죄가 된다 하여, 속환 사녀(士女)의 이혼문제가 사회·정치문제로 대두하였다.

한편, 병자호란의 강화조건에 포함되어 있는 청나라의 출병요구에 대해서 조선은 1639년에 거절한 바 있으며, 이듬해 청나라가 명나라를 공격할 때 임경업에게 전선 120척과 병사 6,000명을 주어 출전하게 하고 군량미 1만 포를 조운하게 했는데, 임경업이 중도에서 일부러 30여 척을 파괴하고 풍운을 만나 표류한 틈을 타서 명나라에게 청나라의 사정을 알렸다. 1643년에는 조선이 명나라와 통교한 사실이 드러나 최명길과 임경업이 선양에 붙잡혀갔다.

이듬해 청은 베이징(北京)으로 천도하고 1645년에 선양에 잡혀갔던 소현세자와 봉림대군, 최명길, 척화론자인 김상헌을 돌려보냈지만, 세자는 2개월 만에 죽었다. 이것은 소현세자의 거취문제 때문이었다. 즉, 9년간 선양에 머무르는 동안 현실적으로 청의 존재를 인정하면서, 양국간에 발생한 문제를 해결하는 조정자로서 상당한 재량권을 행사했었다.

1644년 9월에는 명나라를 정벌하는 청나라 군사를 따라 베이징(北京)에 가서 70여 일을 머물면서 독일인 신부 J. 아담 샬(일명 湯若望)에게 천주교와 서구 과학문명에 대한 여러 지식을 배워, 천문·수학·천주교 서적과 여지구(輿地球)·천주상(天主像) 등을 가지고 왔다. 1645년 2월 18일 서울로 돌아왔으나, 조정은 서인들이 반청친명정책(反淸親明政策)을 고수하여 세자의 태도에 부정적이었고, 인조도 세자의 선양에서의 행동을 못마땅해하고 있었다. 또한 세자빈과 관계가 좋지 않던 인조의 총비 조소용(趙昭容)이 여러 가지로 세자를 모함했다. 세자가 귀국한 지 2개월 만에 원인 모를 병으로 급사(急死)하자 세자빈과 여러 대신들이 사인을 규명하고자 했으나, 인조는 이를 무시하고 서둘러 입관을 마쳤다. 〈인조실록〉에 따르면 시신은 9혈에서 출혈하고 있었으며 진흑(盡黑)으로 변해 있었다고 한다. 그 뒤 세자빈은 역모를 꾸몄다 하여 그의 가족들과 함께 죽임을 당했다. 인조의 뒤를 이은 효종(봉림대군)은 볼모생활의 굴욕을 되새기며, 북벌(北伐)계획을 추진하였으나 뜻을 이루지 못했다.

이러한 조선의 안일한 국가의식과 지도층의 무능, 부정부패, 개혁적 마인드가 없는 국정운영은 결국 사대주의와 더불어 명나라·청나라의 끊임없는 간섭과 압력을 받아야 했다. 특히 청과의 관계는 국제정치 역량을 견지한 광해군을 반정으로 몰아내었고, 소현세자는 의문사 하는 등 당시 집권층의 명분에 없는 아집과 편집병으로 일반백성들만 고난과 질곡의 시간을 보내게 되었다.

우리는 최근에 자주파니 동맹파니 하는 외교적 갈등, 북핵의 6자회담, 중국의 군사·경제적 대국으로의 대두, 러시아의 동북아 관심, 일본의 군국주의 부활 및 경제회복에 따른 국제정치적 위상확보 등의 한반도 주변 정세에 직면하고 있다.

다 아는 역사적 사실이지만 당파적 분쟁, 자가당착적 사실 왜곡, 국제정치적 안목 부족과 무능, 지나친 국수주의 등은 엄청난 역사적 오류를 몰고와서 질곡의 역사를 실제로 경험하게 했다. 이이의 10만양병설을 뒤로하고 임란 2년 전인 1590년 선조는 서인인 황윤길을 정사(正使)로 동인인 김성일을 부사(副使)로 일본에 통신사로 보냈다. 결과는 황윤길은 일본이 반드시 침범할 것이라고 보고했고, 김성일은 왜가 침범할 낌새가 없다고 보고했다. 따라서 선조와 조정은 쉬운 길인 무방비로 치달았다.

그로부터 300년 후 1881년 똑같이 고종은 어윤중, 박정양 등 12명을 신사유람단으로 일본에 보냈다. 돌아온 어윤중은 〈일본이 먼저 개화하여 그 허세로 조선을 공격할 것〉이라고 했고, 박정양은 〈일본은 서양과 개항 후 부강하여 왜국에 진 빚이 많아서 공갈하지 않을 것〉이라고 보고했다.

따라서 이러한 국제적 현실을 바로 보지 못하고 당파적·자가당착적 판단으로 인하여 결국에는 일본의 침탈도 감당하지 못하고 1875년부터 일본 등 열강으로부터 불평등조약을 강요당했다. 그리고 1896년에는 프랑스 제국주의자들에게 경의선 철도부설권을 빼앗기는 등 우리의 국토와 주권이 강제로 외세에 빼앗기는 비운을 눈을 뜨고 보고 있어야만 하는 참담한 실정을 맞이하다가, 끝내는 일본에 의하여 가장 수치스러운 35년간 국권을 침탈당하는 식민지로 전락하였다.

우리나라를 강점한 일제의 행위는 민족학살과 민족약탈에서 역사에 유례를 찾아볼 수 없는 야만적이고 파렴치한 것이었으며, 그 시작부터 전대미문의 악랄한 만행이었다. 일본침략자들은 1905년 11월 17일 조선왕궁을 무력으로 포위하고 대다수 대신들이 조약체결을 반대했음에도 불구하고, 박제순·이완용 등 을사오적들을 사촉하여 황제 고종의 수결, 국새(國璽) 날인도 받지 않은 채, 〈조약〉이 체결된 것처럼 일방적으로 선포하고 노골적인 식민지통치를 감행하기 시작했다. 일본침략자들은 총독부를 설치하고 입법·행정·사법·군사 등 일체의 권력을 탈취했으며 우리나라 국민의 정치적 자유를 억압·말살하는 헌병·경찰 무단통치를 실시했다.

일제는 우선 조선농촌을 약탈하기 위해 1912년에 〈토지조사령〉을 조작하여 공유지와 사유지 100만 정보를 약탈하여 〈동척〉을 비롯한 일본토지회사들과 일제 자본가들에게 넘겨주었다. 1910년에는 〈회사령〉을 공포하여 우리나라를 저들의 경제적 식민지로 만들었다. 일제는 또한 우리나라에서 수백만 명의 무고한 사람들을 야수적으로 학살했으며, 600만 명의 청장년들을 전쟁과 군사시설 건설·탄광·광산 등지에 강제 연행해 갔다. 또한 20여만 명의 여성들을 〈종군위안부〉로 끌어가 성노예 생활을 강요했다.

18세기부터 아편전쟁을 시작으로 중국에서는 태평천국의 난(1850~1894), 영·미·프와의 천진조약, 청·일전쟁, 무술정변, 의화단 사건, 청조몰락과 중화민국 성립 등 혼란의 시기였으며, 일본도 1868년의 메이지유신, 청·일전쟁과 러·일전쟁, 제1차 세계대전 준비 등 격동의 시기였고, 서구도 신성로마제국 멸망(1806), 프랑스 혁명, 차티스트 운동, 크림전쟁, 애로호 사건, 세포이 항쟁과 무굴제국 멸망, 베이징 조약, 미국 남북전쟁, 양무운동, 독일제국 성립, 프랑스 동남아 진출, 파쇼다 사건, 영·일 동맹 등 제1차 세계대전등의 혼란의 기운이 움트고 있었다.

그리고 또한 서구 열강의 식민지 쟁탈전이 극에 달해 있었는데도, 조선은 왕권의 무능과 세도정치와 파벌로 인한 일신의 영달 추구 등 국제 감각이 전혀 없었거나 관심이 없었던 관계로, 무고한 백성들만 가난·전쟁·강제노역·성노리개로 전락하여 참담한 생명을 빼앗겼다. 이러한 역사적 오류는 진정한 〈시간의 보복〉을 불러오고야 말았다.

8·15 후의 우리 민족사는 미군에 의한 이남의 군사적 강점이 허용되었고, 국토분단이 합리화됨으로써, 더욱 더 엄청난 수난을 당하지 않으면 안 되었다. 미·소 한국 분리강점과 식민지적 지배는 우리 민족을 벌써 반세기 이상이나 둘로 갈라지게 하였고, 냉전이 종식된 오늘날까지 한반도에는 냉전의 유물인 불안정한 정세가 그대로 지속되게 하였다. 그리하여 우리 민족이 겪는 수난과 고통은 이루 헤아릴 수 없게 만들었던 것이다.

우리 민족이 겪어온 이러한 수난은 자주적 판단과 이를 극복하려는 국제적 안목과 이를 지키려는 부단한 노력과 투쟁 없이는, 존엄하고 강성한 민족으로 살아나갈 수 없다는 것을 알게 해주었다. 따라서 우리는 이러한 귀중한 역사의 교훈과 진리로 〈시간의 보복〉을 사전에 차단하여야 할 것이다.

지금 우리가 이러한 지배와 피지배의 역사적 사실들을 통해서 민족수난사를 다시 한번 알아본 교훈은 무엇일까? 그것은 첫째로 민족이 독자적인 국가적 집단으로 존재하고 발전하기 위해서는 외세의 침략과 지배를 절대로 허용해서는 안 된다는 것이다. 따라서 제국주의·침략주의에 의하여 강요되는 일체의 지배와 간섭을 배격하고 자주적인 국력을 견지해 나갈 때, 민족은 명실공히 자기 스스로 운명의 주인이 될 수 있는 것이다.

민족수난사가 가르쳐주는 교훈은 둘째로 민족이 독자적인 주체로서 존립하려면 민족내부에서 일체의 외세의존적인 세력과 경향들을 허용하지 말아야 한다는 것이다. 외세는 결코 우방이 될 수 없으며, 외세의존 그 자체가 민족의 자주적 본성에 위배되고 민족주체성을 약화시키는 요인으로 작용한다는 것이다.

그러므로 민족이 치욕의 수난을 당하지 않기 위해서는 국가내부에서 발생하는 외세의존적인 세력과 경향을 배격하여야 할 것이다. 이를 극복하기 위해서는, 북한과 같이 사이비 종교 집단적 교주처럼 독재적 주체와 자주가 아닌, 국제정치의 탁월한 능력을 가진 올곧은 지도자를 민주적으로 선출할 수 있는 국민적 안목과 식견이 전제되어야 할 것이다. 또한 이러한 민주적 지도자는 협상과 타협의 매력과 국민을 총화할 수 있는 창조적 리더쉽을 발휘해야 할 것이다.

자주적이고 민족의 존엄을 지키려는 의지가 충만한 민족은 강성할 수 있지만, 국제적 감각이 부족한 독재와 아집의 지도층, 주변 혼란기를 이용하지 못하는 무지, 부정부패, 배신과 파벌주의, 내분과 알력, 일신영달, 편협한 국수주의, 독단주의, 일방적 외세 의존적 행태 등은 민족의 쇠진과 멸망과 굴욕과 가난과 고통과 질곡의 시간을 보내게 한다는 것을, 역사는 진실되게 영원한 교훈으로 우리에게 보여주고 있는 것이다.

부언적으로, 역사적 사실에서 국가 멸망 원인은 침략국의 대규모 기습에 의한 왕조 단절뿐 아니라, 내부적인 정치 모순이나 방어 체제의 문제, 민족 모순의 내분설로 그 원인을 한정할 수 있을 것이다. 그러나 여기에도 문제가 있을 수 있다는 점을 간과해서는 안 된다. 왜냐하면 국가의 멸망 원인은 복잡다기하고, 또한 후대 왕조는 전 왕조의 모순을 부각하는 역사적 침탈도 병행한다는 점을 알아야 하기 때문이다. 일제의 식민사관 조작과 이를 수용하는 우리의 어용학자들처럼….

chapter 3

제 3절 통합을 저해하는 불안감 해소의 실패

chapter 3

1. 우리에게 국시(國是)는 있는가?

국시(國是)란 〈국민 전체의 의사로 결정된 국정(國政)의 근본 방침〉이다.
국정(國政)은 나라의 정사(政事)이다. 정사(政事)는 〈1. 정치에 관한 일, 행
정에 관한 일 2. 벼슬아치의 임면(任免)·출척(黜陟)에 관한 일〉이라고 사
전에 나와 있다. 그만큼 국시는 포괄적이며 단적으로 정의 내리기가 어렵다.
정사(政事)를 하는 것, 즉 정치와 행정과 벼슬아치들에 관한 근본방침이 국
민전체의 의사로 결정된 것이 국시(國是)인데 그동안 우리는 이러한 결정을
해본 적이 있는지? 를 21세기의 새벽에 다시 한번 생각해 볼 가치가 있을 것
같다.

《 사 대사간 겸 진 세척동서 소 (謝大司諫兼陳洗滌東西疏) 》

『인심이 함께 옳다고 하는 것을 공론이라고 하고, 공론이
선 것을 국시(國是)라고 한다. 국시란 한 나라의 사람들
이 꾀하지 아니하고도 다 함께 옳다고 하는 것이니, 이로
움으로 해서 유혹하는 것도 아니며 위세로써 두렵게 하
는 것도 아니면서, 삼척 동자도 알 만한 것이 국시다』

— 이 글은 율곡이 44세 되던 해인 1579년(선조 12) 기
묘(己卯) 5월에 대사간의 직을 사양하고 겸하여 동서(東
西)를 타파하기를 진달하는 상소이다. 당시 이수(李銖)의
옥사로 윤두수(尹斗壽)·윤근수(尹根壽)·윤현(尹晛) 3
숙질이 축출을 당하고 당론(黨論)이 극렬해지자, 율곡이
사직소를 올리면서 동서를 타파하고 현인을 등용하여야
함을 아울러 주장한 내용중의 일부이다 —

〈대한민국의 국시는 반공이 아니라 통일이다〉라는 발
언을 했다가 빨갱이로 몰려 사법처리를 받아야 했던 시
대가 80년대 중반까지 계속되었다. 이러한 상황의 연장선상에서 1986년 10
월 당시 야당 유성환 국회의원이 대정부 질문시 제기한〈이 나라의 국시는 반
공보다 통일이어야 한다〉라는 이 말은, 당시로서는 충격적인 이슈가 되었던
것이다.

이 때 여당인 민정당은 성명을 통하여〈유 의원의 발언이 우리의 국시와
자유민주주의 체제를 근본적으로 부정하고, 반 국가단체의 노선과 주장에
전적으로 동조하고 있다〉라고 단정하였고, 국회의원의 면책특권 조항에도
불구하고 그가 원고 초고를 사전에 보도진에 배부했다는 이유로 그를 구속

케 했다.

그러나 대법원은 6년 뒤, 유 의원의 면책특권을 인정하는 판결을 내렸다. 당시의 국시 논쟁으로 표출된 이 같은 갈등은 한국사회가 가진 이념적 · 정치적 딜레마를 극명하게 드러내준 사건이었다. 그리고 동시에 이 사건은 지금까지도 분명하게 추구해야 하는, 대한민국의 국시를 우리가 명확하게 가지고 있는가? 에 대하여 자기반성을 느끼게 하는 단면들이었다. 왜냐하면 국시는 국가의 이념적 요체요 영원한 국가 발전적 지향의 화두이기 때문이다.

『혁명(革命) 공약(公約)! 반공(反共)을 국시(國是) 제일로 삼고… 구악(舊惡)을 일소하고… 시급한 민생고(民生苦)를 해결하고… 원대(原隊) 복귀(復歸)한다』

- 1961.5.16.계엄사령관 육군 참모총장 중장 장도영 -

여기서 5 · 16 이전의 자유당과 민주당 정권의 국시는 무엇이었을까? 또한 그 이전에는 역사적으로 우리나라에 국시가 있었을까? 고조선의 국시는 한민족이 하늘 · 땅 · 인간의 삼위일체사상을 가지고 하늘을 숭배한 〈천손족〉으로 종교사상 · 정치사상 · 사회사상을 압축하면, 그것은 〈사람을 귀하게 여기고 널리 이롭게 해야 한다〉라는 〈홍익인간〉의 정신이 바로 고조선의 국시였다.

고대의 삼국 및 통일신라나 발해는 강력한 중앙왕권을 구축하고 영토를 확장하며, 귀족들의 합의제로 불교 및 유교로 국민사상을 통합하여 왕의 도덕정치를 국시로 삼았던 것 같다.

고려는 귀족문화를 바탕으로 불교를 국교로 삼아 고구려 고토 회복(따므르다)이라는 북진정책을 일관되게 국시로 추진해 왔었다.

조선은 사대교린으로 중국으로부터 경제적 · 문화적 실리를 추구하면서,

일본·여진 등과는 우호관계를 유지하려고 했으며, 숭유배불(崇儒排佛) 정책으로 유교를 통치의 지도이념으로 삼았고, 경제정책으로 농본민생(農本民生)을 근본으로 농업의 진흥에 앞서 토지개간·농업기술개발에 중점을 둔 국시를 가지고 있었다.

아는 바와 같이 우리 헌법의 제 1조 1항의 민주공화국의 개념에서 우리의 국체는 공화국이고, 정체는 민주주의라는 것이다. 이러한 국체와 정체는 상해임시정부에서부터 제헌헌법과 87년 9차 개정까지 계속하여 헌법 제1조에 일관되게 유지되어왔다. 국민주권의 원리가 같은 조 제 2항에 규정되어 있는 것은, 그 점을 다시 확인하는 의미가 있다고 볼 수 있을 것이다.

第 1條 ① 大韓民國은 民主共和國이다.
② 大韓民國의 主權은 國民에게 있고, 모든 權力은 國民
으로부터 나온다.

우리는 이것이 현재 우리의 국시일까? 아니면 그동안 이제까지 우리 스스로 우리의 좌우명인 국시를 외면하고 홀대한 적은 없는가? 하는 의문과 반성을 이 시점에서 가져보아야 할 것이다. 국시는 국가의 영원한 꿈이다. 꿈은 의지이고 목표이며 열망이고 통합의 기초이다. 따라서 꿈은 우리가 나아갈 길이고 국가 미래의 안식의 터전이 되는 것이다.

참여민주주의의 꿈인 2만 달러 소득의 꿈, 통일의 꿈은 모두가 신선하고 희망적이다. 모두 좋다. 하지만 이것들이 뿌리내리고 성장해 나갈 토양은 다름 아닌 우리의 〈대한민국 헌법〉이고, 〈철저한 시장경제원리〉이며, 〈대한민국의 정통성이 긍정되는 자유민주 체제〉이다. 이런 대한민국의 핵심적 가치 위에서 그 모든 꿈(국시)들이 뿌리내려야 하고, 국시(꿈)가 바로서야 할 것이다.

어떤 상황과 입장에서든 대한민국의 핵심가치를 외면하는 것은 그 스스로 자기존재의 근거를 부정하는 결과를 가져올 것이다. 우리는 언제부터인가 대한민국의 핵심가치를 너무 소홀히 다루어왔다. 시대와 정권이 그 핵심가치인 국시를 자의로 판단하여 훼손해 왔던 것이다. 〈국민 전체의 의사로 결정된 국정(國政)의 근본 방침〉인 국시를 정권 담당자들의 의사로 훼손해 왔다고 보여지는 것이다. 국정지표는 그 정권의 정치의 목표이다. 그러나 그동안 국정목표 · 국정비전이라는 미명 아래 우리민족의 핵심적 가치를 일관되게 지켜나가지 못하고 혼돈만 거듭했던 것이다.

승공통일, 반공, 한국적민주주의, 제 5공의 민주주의의 토착화, 복지사회의 건설, 정의사회의 구현, 교육혁신과 문화창달, 제 6공의 보통사람들의 시대, 문민정부의 신한국 창조, 국민의 정부의 제 2건국운동, 〈참여정부〉의 국민과 함께하는 민주주의, 더불어 사는 균형발전 사회, 평화와 번영의 동북아 시대와 같은 국정목표가 우리의 국시를 대신하여 왔던 것이 사실이다.

다시 말하면 우리는 그동안 국시(國是) 없이 살아왔는지도 모른다. 우리의 헌법에서, 우리의 사회가치에서, 우리의 통합적 국민의식에서, 우리는 국시를 스스로 외면하고 홀대해 왔을지도 모른다. 여기에는 이 땅의 지식인과 집권층과 공직자 모두가 책임지고 사죄해야 할 것이다.

따라서 지금부터라도 대한민국의 핵심가치를 근본적으로 찾아내어, 전체 국민적 의사를 반영하여, 하나의 일관된 국시를 마련하여야 하며, 이를 정권의 변동에 상관없이 국가의 장기 목표로 추진해야 할 것이다. 대한민국의 핵심가치 위에 미래를 향한 다양한 꿈들이 뿌리내리게 해야 할 것이다. 그것만이 대한민국의 보다 나은 미래를 보장할 수 있는 최상의 국정운영의 전략이 될 수 있기 때문이다.

2. 국시(國是)는 국가 · 민족적 신앙이어야 한다.

여기서 대한민국 헌법에서 규정한 철저한 시장경제원리와 대한민국의 정통성이 긍정되는 자유민주체제가 우리의 국시인가? 하는 문제에 봉착하게 된다. 이 말은 사람은 산소를 마셔야 생명을 유지한다는 말과 같다. 따라서 자유민주주의와 시장경제는 우리의 체제이자 바탕이지 국시는 될 수 없다. 왜냐하면 조금은 극단적일 수는 있지만, 자유민주주의와 시장경제만 유지되면 우리나라와 우리의 미래에 어떠한 상황이 닥쳐도 상관없다는 말과 같은 의미가 될 수 있기 때문이다.

그러나 대한민국은 발전되어야 하고 우리의 후손들은 더 행복해져야 한다. 국시는 반공이나 통일이나 해양국가 건설이나 북진정책 등과 같은 동적이며 활동적 전략의 국가 · 민족적 신앙이어야 한다. 따라서 국시는 구체적으로 일관성 있게 국가가 지향해야 할 삶의 가치가 되어야 할 것이다. 자유민주주의, 시장경제원리, 광복 후 각 정권들이 마련한 국정지표들은 국시를 이행해 나가는 단지 효율적 수단과 전략에 불과하다는 것을 알아야 할 것이다. 그리고 국시는 바로 우리 모두가 대한민국이라는 국가 · 민족적 체제 안에서 호흡해야 하는 생존과 발전의 핵심가치이며 삶의 웅비인 것이다.

앞에서 얘기한 바와 같이, 각 나라의 헌법 제 1조는 국가의 정체성을 많이 표기한다. 때문에 어떤 나라의 국시를 알고자 할 때에는 그 나라의 국호가 뜻하는 것을 정확히 이해할 필요가 있다. 중국의 정식 명칭은 〈중화인민공화국〉이다. 중화(中華)란 국시를 가지고 인민공화국이란 사회주의 체제를 유지하고 있는 나라가 중국이란 말로 표현이 가능하다. 중화란 〈세상의 중심〉이란 말이고, 다른 말로 표현한다면 〈가장 큰 가치를 가진 나라〉라는 의미도 된다. 중국이 일관되게 표방하는 가장 중요한 정책은 〈민족주의〉란 말로 소수민족들을 한(漢)족 영향력 아래 통합하여 세계의 중심국가가 되려고 하는 것, 중화가 바로 〈중국의 국시〉인 것이다.

여기서 세계 대부분의 국가는 헌법 제 1조에 국체와 정체 및 주권재민의 규정만을 열거하고 있다. 다만 중국만 예외로 중화를 분명히 하고 있는 것이 특색이다. 미국 연방헌법도 〈제 1조 : ① 모든 입법 권한은 미국 연방 의회에 속하며, 연방 의회는 상원과 하원으로 구성한다. ② 하원은 각 주의 주민이 2년마다 선출하는 의원으로 구성된다. 제 2조 : ① 행정권은 미국 대통령에 속한다. 제 3조 : ① 미국의 사법권은 1개의 연방 대법원과 연방 의회가 수시로 만들어 설치하는 하급 법원들에 속한다〉라고 하면서, 처음에 권력분립을 열거하고 있을 뿐이다. 그러나 1787년 제정된 이래 미 헌법의 본체는 오늘날까지 전혀 수정되지 않았다. 그리고 노예법 · 여성법 · 금주법 등 시대에 따라 추가적 수정 조항이 덧붙여졌으며, 그중 수정 헌법 1~10조는 미국의 〈권리 장전〉이라고 불리고 있다. 여기서 우리는 미국 헌법의 전문에서 미국이 일관되게 견지하고 있는 그들의 국시(國是)를 간파할 수 있을 것이다.

미국의 국시 : 미국의 국시는 수정 헌법 1~10조를 근간으로 전문의 〈국민의 복지를 증진하고, 우리들과 우리들의 후손에게 자유와 축복을 확보할 목적〉이라고 분명히 나와 있다. 바로 〈과실송금〉의 자유로운 확보에 미국의 국시가 있는 것이다. 과실송금은 궁극적으로 외국투자목적이 될 수도 있는 이윤회수를 말한다. 즉 투자가들이 외국에 투자하여 얻은 이익(배당)금을 본국에 송금하는 것을 말한다.

『우리들 연합주(the United States)의 인민은 더욱 완벽한 연방(Union)을 형성하고, 정의를 확립하고, 국내의 안녕을 보장하고, 공동의 방위를 도모하고, 국민의 복지를 증진하고, 우리들과 우리들의 후손에게 자유와 축복을 확보할 목적으로 미국(the United States of America)을 위하여 이 헌법을 제정한다』

미국은 자국의 자본과 인력을 외국에 투자하여 나오는 과실에 대하여 안전하고도 자유로운 본국 송금을 제 1의 가치로 삼고 있다. 군주국가이든, 공화국가이든, 독재국가이든, 공산국가이든, 회교국가이든 간에, 이 과실송금만 보장되면 원칙적으로 우호적이다. 지금까지의 미국의 외교나 국방정책은 이 원칙을 고수하고 있다. 표면적으로는 세계 경찰이니 인권이니 하는 평화론을 내세우지만, 내면적으로는 확고한 과실송금의 자유로운 안전망 구축에 있는 것이다. 반부패세계포럼을 자기 돈으로 추진한다던가, 기후변화협약의 파기, 세계 각처에 미군을 주둔시키는 것, 이라크 및 아프가니스탄 사태를 보더라도 더 극명히 이러한 원칙을 발견할 수 있을 것이다.

과실송금은 연도말 자산부채표와 이윤표, 그 해의 세금 전 이익규모, 기업소득세, 세금 후 이익의 산출, 전년도 손실 보전, 미지급된 법정 납부금, 벌금, 위약금, 이사회의 이윤분배결의, 유동성부채와 비용, 추가투자자금 등과 관련이 있다. 따라서 미국은 지금도 해당국들에게 정치 · 경제 · 군사적 압력을 행사하여, 안전한 그들의 〈과실송금망〉을 확장해 가고 있는 것이다. 이것은 바로 자신들의 국시를 향해 모든 국력을 기울이는 노력이다. 그들과 그들의 후손에게 자유와 축복을 확보할 목적을 영원히 달성하기 위하여….

이러한 국시의 일관된 추진으로 미국 노동자들은 후진국 노동자의 20~30배의 일당을 받고 있다. 국시의 일관된 추진으로 적은 노동력으로도 엄청난 부를 확보하는 것이다. 물론 생산성이란 명분으로 포장하여 외국의 노동자의 몫을 착취함으로써 그들은 잘 살고 있다. 그들의 부는 당연히 외국에서의 투자나 원조에 의한 과실의 안전한 송금망 구축에서 오는 것이다. 이제까지 미국은 한번도 이 원칙을 포기한 적이 없었다.

영국의 국시 : 영국연방(Commonwealth of Nations)은 일곱 바다에 군림한 대영제국(大英帝國)의 재건에 그들의 국시가 도사리고 있다. 그것이 마치 과거와 같이 전세계 식민지를 구축하는 것은 아니지만, 그들의 체제와 이념

과 정책의 기본정신은 과거 대영제국 건설에 희망을 두고 있는 것이다.

영국은 1990년대 들어 영연방국가, 미국 및 유럽 국가와의 유대강화와 동구권과의 관계 개선을 대외정책의 기조로 삼고 있다. 전임 총리 대처는 90년 10월 로마에서 열린 EC 정상회담에서, 다른 11개 회원국이 합의한 94년 1월 1일의 유럽중앙은행 창설에 반대하는 등 유럽통합에 대해 반대 입장을 고수해 왔다. 대처는 독자노선의 대영제국 건설을 위하여 아르헨티나와 포클랜드 전쟁도 불사하였다.

그러나 총리 메이저는 이러한 독자 노선을 포기하고, 93년 유럽통합조약 비준법안을 통과시켰다. 1997년 발족한 토니 블레어 정권은 EU(European Union : 유럽연합)의 확대·심화와 세계 지역분쟁에 관해서도 적극적으로 대응하고 있다. 또한 2001년 9월의 미국의 대폭발테러사건 이후 미국과 함께 군사행동·외교활동·인도지원 분야에서, 국제 테러와의 전쟁 및 아프가니스탄과 이라크 사태에도 적극적으로 참여하고 있다. 영국은 이에 따라, 최근까지 미국과 함께 이라크 침공과 재건사업에 주도권을 가지고, 과거 대영제국의 역할을 자임하고자 노력하고 있는 것이다.

프랑스·독일의 국시 : 양국은 91년 소련이 붕괴되고 세계가 탈냉전시대에 들어가면서 미국이 유일한 초강대국으로 남게 되자, 경제력으로 미국을 추격할 수 있다는 생각을 하면서부터 〈유럽의 맹주〉 자리를 굳히고 있다. 89년 통일이 된 독일은 안보상의 걱정거리가 사라졌고, 자국을 위협할 수 있는 구소련이 와해되자 중·동유럽을 차지해 유럽의 맹주가 된다는 꿈에 부풀어 왔다.

식민지 보유 측면에서 영국에 이어 세계 2위를 자랑했던 프랑스는 아직도 외교적 차원에서 강한 힘을 발휘하고 있고, 프랑스의 문화나 언어는 세계 각지에서 광범위한 영향력을 행사하고 있다. 현재에는 세계 제 2위의 농산물 수출국이고, 3차 산업은 국민 총생산의 60%를 차지할 정도로 비중이 높다.

현재 유럽헌법초안을 두고 신경전을 벌이고 있는 것도 모두가 프랑스와 독일의 주도권 싸움에서 기인된 것이 많다고 한다. 하나의 유럽(united Europe)의 맹주(盟主) 자리를 꿈꾸고 있는 것이다.

그러나 이라크 전쟁을 둘러싸고 스페인 · 포르투갈 · 이탈리아 · 덴마크 · 영국 등은 미국 편을 들고 있으며 과거 공산주의였던 동유럽 13개 국가들(이 중 8개국은 2004년 유럽 연합에 가입)도 미국의 입장을 지지하고 있다. 독일이 이라크 전쟁에 대해 미국에 반대하는 것 역시, 독일의 되찾은 자존심, 혹은 슈뢰더 총리의 국내 정치적 이유 때문이라고 판단된다. 그러나 그동안 미국의 적극적 지지자인 독일의 반미주의 역시, 미국으로부터 불어오는 전혀 예기치 않았던 역풍을 맞고 있다. 사실 독일의 통일에 대해 영국 · 프랑스 · 러시아 모두가 반대했었다. 강력한 독일의 출현을 우려했기 때문이다.

그러나 미국이 독일을 컨트롤한다는 보장 아래 유럽 국가들이 독일의 통일을 허락한 것이다. 그런데 미국이 주독 미군을 철수하려는 움직임을 보이고 있다. 미군이 빠져나간 독일은 프랑스의 군사력을 우려하지 않을 수 없을 것이다. 즉 독자적으로 무장하려 할 것이다.

독일의 독자적 군사력 강화는 프랑스와 러시아의 역사적 악몽(惡夢)이다. 현재 프랑스와 독일은 미국의 대 이라크 전쟁 정책에 끝까지 반대할 가능성을 보이다가 찬성 쪽으로 돌아섰다. 결국 프랑스와 독일은 〈후세인의 무장해제〉라는 미국의 전략에 전적으로 동의하게 되었다. 다만 어떻게 무장해제할 것이냐? 의 전술적 측면에서 차이를 보였던 것이다. 프랑스와 독일이 원하는 것은 양국이 국제체제에서 무엇인가 영향력을 행사하고 인정받는 데 있었던 것이다. 지난번에 야기되었던 프랑스 · 독일의 태도는 역시 국제체제가 변했어도 국가들의 행동을 결정하는 궁극적인 요인은 각 국가들이 보유한 〈국력〉이라는 사실을, 다시 한번 느끼게 해주었다. 여기에서 한 국가의 국시가 돋보이는 것이다.

일본의 국시 : 일본 정부는 자위대 파병 기본계획이 확정됨에 따라 구체적인 파병 절차 밟기에 들어갔다. 일본 정부는 이라크에 파견될 육·해·공 자위대의 부대 운용을 상세하게 명시하는 〈실시요령〉을 작성하고, 〈파견명령〉을 내렸다. 이러한 사실로 미루어 일본의 대외정책은 앞으로 더욱 그들의 국시가 명확해질 가능성이 높다고 보여진다.

과거 일본은 동양에서는 해양세력의 본산이라고 판단하였고, 두 번의 대륙 진출을 시도하여, 한번은 좌절되고 한번은 상당기간은 성공하였으나, 결국에 패전한 경험을 가지고 있다. 종전 후 일본은 평화헌법으로 군사대국화를 포기하고 경제대국화를 꿈꾸어왔다. 〈평화입국〉을 지침으로 정한 일본은 외국에서 전쟁을 하지 않는 것을 국시(國是)로 삼고, 외국에 무기를 파는 것을 금지해 왔다. 이제까지 세계의 어느 국가와도 싸운 적이 없었고, 경제적인 기여로 그동안 환대를 받아왔는데, 그런 자랑스러운 역할을 버리면서까지 이라크 파병을 결행하는 근본 이유는 무엇일까?

일본은 지난번 〈주변사태법〉을 통과시켜 필리핀이나 인도네시아 등 동남아시아는 물론, 중동의 이라크나 페르시아 만까지 포함하여, 말하자면 미군이 가는 곳은 모두 〈주변사태〉라는 개념을 달아, 일본 국민을 후방지원한다는 명분으로 전쟁협력에 가담하려고 하고 있는 것이다.

주변상황의 변화와 더불어 가속화된 자위대법의 개정과 PKO 활동의 확대, 〈미일방위협력지침〉(신 가이드라인)의 확정과 이의 실효성을 확보키 위한 〈주변사태법〉을 비롯한 관계법의 정비, 그리고 최근에는 TMD 계획의 참여 등을 통해, 실질적인 군사력 증강과 대내외적인 무력 활동 등의 장애를 없애가면서, 일본은 어느새 〈헌법의 굴레〉를 훌쩍 뛰어넘어버렸다. 막강한 자위대를 구축했고, 평화유지 명분이기는 하나 해외파병의 실험도 마쳤다.

일본은 이번 이라크 파병결정을 일본의 국제협력에 새로운 전개를 가져온 역사적 결단이며, 자위대 파견은 일본이 국제사회의 일원으로서 이행해야 할 당연한 책무라고 주장하고 있다. 국제사회의 안정은 일본의 국익이며, 이라크가 파탄국가가 되고 테러리스트의 온상이 되면, 중동 전역이 불안정화되어, 중동에 원유수입의 90% 가까이를 의존하고 있는 일본의 경제에 치명상이 될 수 있다고 주장했다. 여기에 바로 일본의 〈국시〉가 도사리고 있는 것이다.

따지고 보면, 과거 만주사변이나 대만·중국 및 동남아 침공이나, 대동아전쟁 등도 일본의 안전한 원료 수입망 확보에 있었다. 자원빈국의 폐쇄된 해양국가의 열등감으로부터 탈피하는 것이 바로 일본의 국시이다. 현재 중국·대만과 조어도 문제, 남동해 도서 분쟁, 우리와의 독도 분쟁, 남사군도 문제 등 모두가 원료 확보선과 관계가 있는 것이다. 그래서 일본 자위대는 해군에 많은 역점을 두고 있는 것이다.

일본 역시 가상적국인 구소련이 무너져 안보에 상당한 도움이 됐을 뿐 아니라, 그동안 활발하게 진출해 터를 닦아놓은 동남아시아에 이어 중국의 거대한 시장을 석권함으로써, 아시아의 패권을 거머쥔다는 생각을 해왔다. 이같은 구상은 제2차 세계대전을 일으켜 패배했던 과거의 치욕(?)을 씻을 수 있다는 점에서 일종의 명예회복이 될 수도 있고, 21세기를 주도한다는 면에서 정치지도자들은 물론 상당수 국민들까지도 어느 정도의 컨센서스를 이루고 있었다.

지난 10년간 일본은 경제력이 급속히 하강국면에 접어들었고, 경제적 위상에 걸맞는 국제 정치력마저도 확보하지 못하였다. 일본은 과소비와 과투자로 경제에 거품현상이 심화한데다, 주가하락과 엔화가치하락으로 엄청난 타격을 입었으며, 설상가상으로 실업률마저 치솟은 경제 불황을 겪어왔다. 이를 극복하고자 유엔평화유지군으로서 캄보디아에 파병을 하는 등, 정치·군사력을 강화하려고 애쓰고 있으나, 중국 등 주변국들의 강력한 제동을 감당하지 못하고 있는 형편이다.

결국 일본은 21세기의 새로운 전략을 추진하면서 경제 안정 등 내치에 주력하며, 주변국들의 우려와 의심을 해소하는 점진적인 외교력을 구사할 수밖

에 없을 것이다. 따라서 이러한 관계로, 앞으로는 국제사회에 보다 이바지할 수 있는 새로운 방안을 모색하면서, 경제문제 특히 원료선의 안전한 확보정책인 국시에 일본의 국력이 더욱 모아질 것으로 예상되고 있다.

러시아의 국시 : 러시아의 국시는 부동항의 확보를 위한 남진정책에 있다. 20세기는 대부분의 시간이 미국과 소련의 양극체제에서 북대서양조약기구와 바르샤바조약기구 간의 대립 구조하에 놓여 있었다. 그동안 이러한 세력구조를 독특하게 이용하여 공산국가들과 비동맹국가들이 소련(러시아)의 사회주의 협력체제로 남진정책의 국시의 상당부분을 채워나갈 수 있었다.

그러나 기본적으로 나토와 러시아는 소련 해체 후 동남유럽 지역의 범슬라브주의와 범유럽주의의 충돌을 대표하고 있으며, 탈냉전에도 불구하고 이 지역의 분쟁과정에 있어 일정한 대립관계를 형성해 왔다. 특히 터키와 발칸지역으로 나토세력권이 확장함에 따라, 러시아는 아랍세력과 함께 이 지역에 대한 영향력을 상실할 것을 우려하고 있는 것이다.

부동항을 얻기 위한 18세기 이후 러시아의 세력확대는 전통적인 영국 - 프랑스를 중심으로 하는 국제관계를 점차 영국과 러시아 간의 세력으로 대체시켰고, 중국과 일본과의 관계도 악화시켰다. 19세기 초 나폴레옹시대에 러시아는 오스트리아 - 합스부르크제국과 더불어 뫼테르니히가 주도하는 비인체제를 구축하는 중심세력을 형성함으로써, 점차 유럽동부지역에 강력한 영향력을 행사하기 시작했다.

러시아의 남하정책은 1820년대 이후 본격화되었으나, 프랑스 · 오스트리아 · 프로이센 · 영국에 의한 견제로 직접적으로 중유럽까지 확대하는 것에는 실패하였다. 이에 따라 러시아의 남하정책의 전략적 지대는 이슬람지역의 북부지역인 터키와 발칸반도로의 진출로 전환되었다. 러시아는 터키의 북부지역에 대한 대대적인 공세를 전개하여, 영국과 프랑스가 지원하는 터키제국과 전쟁을 벌이게 되었다. 〈터키 - 러시아〉 전쟁은 러시아의 남하정책을 막는 데 중요한 역할을 했지만 오스만터키제국의 몰락을 촉진하였고, 발칸반도 동부 지역의 슬라브 민족들을 자극시켰다.

따라서 러시아의 남하정책 추진은 범슬라브주의 운동을 발생시켜, 발칸반도의 슬라브 민족 통일 운동을 촉진시켰다. 러시아 - 터키 전쟁(1877)은 범슬라브주의 운동을 러시아가 남하 정책에 이용하여, 산스테파노 조약으로 발칸 국가의 독립과 러시아 세력을 확장시킨 결과를 낳게 되었다. 베를린 회의(1878)에서 영국과 오스트리아의 반발로 비스마르크는 러시아의 남하를 어느 정도 견제할 수 있었지만, 러시아의 남하정책은 일관되게 추진되었다.

이에 러시아는 극동 아시아 쪽으로 눈을 돌려 남하정책을 추진하는 전략을 강구하였다. 블라디보스토크에 군항을 건설하고 조선과 수교(1884)하여, 베베르 공사의 활약으로 조선에 친러정부를 수립하기도 하였다. 결국 이것은 영국의 거문도 사건(1885)을 유발하였으며, 연이어 러 · 일전쟁도 러시아의 남하정책과 이를 봉쇄할 수밖에 없었던 일본의 최후수단으로 발발하였던 것이다.

이러한 남하정책은 스탈린에 와서 우리의 3 · 8선을 가져왔으며, 남북 분단의 고통으로 이어졌다. 결국 6 · 25 전쟁을 발발하여 지금의 북핵문제도 어느 정도는 러시아의 남하정책의 소산물이라고 할 수 있을 것이다.

러시아의 국시(國是)인 남하정책은 아직도 최근의 90년대 코소보 사태 등과 여러 분쟁들을 야기시키고 있으며, 러시아의 이러한 부동항 개척의 일관된 국시는 지금도 변하지 않고 있는 것이다.

캐나다의 국시 : 캐나다의 국시는 다문화주의(Multiculturalism)이다. 다문화주의는 여성문화, 소수파문화 등 여러 유형의 이질적인 문화의 주변문화를 제도권 안으로 수용하자는 입장을 이르는 말이다. 이것은 어떤 공통의 이데올로기적 입장을 말하는 것이 아니라, 어느 한편에는 단순히 자유주의적다원주의이나 세계주의의 연장이라고도 할 수 있을 것이다. 다른 한편으로는

인종·성별·성적·취향에 따르는 급진적 분리주의의 한 형태라고 말할 수도 있다. 이러한 다문화주의에는 소수파 또는 주변화된 집단을 위한 정치적 변호라는 강력한 성향이 내재해 있으므로 보수주의자들의 반발을 사기도 한다.

캐나다 정부는 각국으로부터 밀려드는 수십 종류의 문화를, 단 하나의 문화로 통합하기보다는 각 민족 고유의 문화를 인정하고 계승 발전시켜, 캐나다 문화의 한 부분으로 만들기 위해서, 1971년 세계최초로 〈Multiculturalism (다문화주의)〉를 캐나다의 국시로 정한다는 취지를 발표했다. 이에 따른 정부의 다문화주의 정책은 여러 가지 방면으로 전개되었고, 특히 대학 및 여러 기관에서 세계 각국의 문화를 연구 및 자료 수집을 통해, 여러 민족의 고유문화를 유지 발전시켜 나가고 있다. 그 한 가지 예로 인디언과 에스키모들을 위한 학교가 설립되었고, 소수민족에 대한 자국 언어를 장려하고 있는 것이다.

캐나다는 지리적으로, 동일한 언어를 사용하고 있는 미국과 인접하여 영향력이 강한 미국문화에 아무런 장애 없이 노출되어 있지만, 캐나다 고유의 〈Multiculturalism〉을 통해 캐나다만의 문화를 지켜나가고 있는 것이 그들의 국시이며, 그것으로 그들의 발전과 행복을 추구해 가고 있는 것이다.

이러한 세계 강대국들은 모두가 변하지 않는 국가의 최고 가치를 국시로 삼고 번영을 추구하고 있다. 따라서 국정운영의 최고이념으로 여겨야 할 국시(國是)를 이쯤 해서 우리도 정치권력의 변화에 상관없이 논의해 볼 필요가 있을 것이다. 그리고 현재 우리의 위치도, 즉 〈우리는 지금 어디로 가고 있는가?〉를 주시하면서, 향후 우리의 번영을 위한 대응추세를 일관되게 진단해 볼 필요가 있을 것이다.

〈홍익인간〉이라는 인간의 보편성에 근거한 개방적 봉사와 인류애 정신을 전통적 국시로 삼아온 한민족이, 1948년 대한민국의 수립에 즈음하여 승공통일이라는 협소하고 한시적인 이념을 국시로 삼게 되었다는 점에서 다소 의

미심장한 역사적 아이러니를 우리는 겪어야 했었다.

국가 재건이 본격적으로 시작되었던 60년대 초, 당시의 국가적 정책결정과 의사결정의 주도권을 장악한 세대들은 식민지 교육과 대동아 전쟁, 그리고 일본 군국주의의 패망과 친일파의 여전한 득세, 그로 인한 이념들의 첨예한 갈등, 미군정으로의 정치·문화적 혼란, 그리고 북한의 어리석은 오판에 따른 비극적인 전쟁과 피비린내 나는 동족상잔으로, 국가 기간산업 기반의 초토화를 체험한 그들에게 있어서, 〈승공 통일〉의 문제는 자기 정체성의 확립과 생존 유지의 문제로 다가섰다.

그 결과 한국에서는 자유로운 국시의 논의가 있을 수 없었다. 언제나 국시는 유보적으로 처리되었으며, 극우적인 전체주의적 논의마저도 북한이라는 호전적 괴뢰집단과 맞서기 위한 차선으로서 용인될 수밖에 없었던, 어떤 공감대가 형성되어왔던 것이 사실이다. 그것은 56년이 흐르도록 한국적 정치 상황에서의 불변적 상수였었고, 어두운 그림자였으며, 지금도 역시 그러하다는 시각이 주류의 자리를 차지하고 있는 것이다.

그러나 아마도 지난 미국의 클린턴 정부의 대북정책의 일괄적 타결과 북방정책·햇볕정책·평양 방문의 6·15 남북선언 등과 함께 이 우파적 시각의 상수는 이제 그 종결점의 시한부 상수로 잔존하게 된 느낌을 몰고왔다. 승공통일이라는 국시에 대해 호전적 감정을 동반한 사명감을 느끼며 살았던 세대는, 이제 거의 모든 분야에서 점차 사라지고 있는 시대에 우리는 살고 있는 것이다. 그렇게 우리는 그동안 국시 없는 안타까운 시대를 역사적 소명이라는 착시로 인식하며 살아올 수밖에 없었던 것이다.

《 어느 선생님의 자조의 호소 》

어느 교장선생님이 학생에게 우리나라 〈국시〉가 뭐냐고,
아니면 〈교육이념〉이 뭐냐고 물으면 모른다고 대답한다.

교장이 국시 또는 교육이념 없는 교육을 받았는데, 그 교장에게 배운 우리는 알 까닭이 없다고 한다. 우리는 그렇게 광복 후 자주성 없는 교육을 받아왔다. 그러니 국회는 그 모양이고 정치는 난장판 5분 전이고 교육은 항상 문제덩어리고 경쟁력을 상실하는 것이다.

권력가나 부자들은 자식이 국내 대학에 떨어지면, 대학을 떨어졌다고 하면 창피하니 모두 미국 유학을 보냈다. 모두는 아니지만 그들이 엉터리 박사학위를 따고 꼬부랑말을 배워가지고 와서 국가의 모든 기관 윗자리에 앉았다. 국내에 있던 수재들은 그 밑에 눈치를 보며 밥 빌어먹기가 바쁘다.

교사들 모임 자리에서 〈너 같은 선생만 있다면 내 자식은 학교 교육 안 시키겠다〉라는 말을 숱하게 듣는다. 창의성 교육이 없는 것이다. 우리는 상품교육을 한다. 지식과 물신(物神)주의 교육은 있어도 인간교육은 없다. 인간교육은 고사하고라도 그런 상품교육을 할 만한 스승 자격도 못 갖추고 있다는 얘기다.

초등학생이 소풍간 자리에서 휴지조각 한 개를 안 줍고 일어선다. 선생님이 왜 안 줍느냐고 묻자 〈그 휴지는 친구가 흘린 것이지 내가 버린 게 아니어요〉라고 한다. 여고생들이 팬티를 다 드러내고 앉은 자세를 본 선생님이 〈여자의 앉음새가 그래서는 안 된다〉라고 타이르자, 〈선생님이 안 보면 되잖아요〉라고 한다. 인터넷 채팅으로 원조교제 하는 여학생을 불러 선생님이 큰 걱정을 하자, 〈내가 남에게 피해주는 것은 없잖아요〉라고 한다. 성현의 말씀은 〈교육이 없으면 금수와 같다〉라고 했다. 아아, 이 땅의 자라나는 꽃들을 누가 이렇게 만들었을까?

한 교사의 양심이 〈국록만 축내지 말고 사직을 했으면 좋겠다고 고민한다〉 초등학교의 운동장에 제멋대로 선 아이들은 교장선생님의 훈화를 한마디도 안 듣고, 중등에서는 1년에 한 트럭분의 책걸상이 부서져 나가고, 고등학교는 등교시간에 나가는 놈, 수업시간에 책상은 반은 비었는데 반은 자고 반은 아직 술이 덜 깨 장난치고, 삼분의 일만 수업을 받는다는 소리에 모골이 송연해진다. 오늘의 학생이 내일의 스승이 되는 것인데, 뒷일이 어떻게 된다는 것은 불을 보듯 뻔하다. 부모는 그런 귀한 자식 하나 낳아 기르는 시대이고, 스승의 사랑의 매는 이미 사라진 지 오래다. 모두가 국시 또는 교육이념이 없기 때문이다.

온통 영어 세상이다. 영어발음이 정확해야 행세한다. 발음의 정확성을 위해 어린 자식의 혓바닥 밑을 자르고, 미국에 가서 자식을 낳아 미국국적을 가지는 등 이중국적을 가지려고 설쳐댄다. 영어만 하면 취직은 문제없으며, 출세가도를 달릴 수 있기 때문이다.

서울법대를 나온 친구와 국어교사를 하던 고향친구를 서울에서 만났다. 그들은 서울에 산다. 자식들의 직장을 묻자 그들은 자조적으로 대답한다. 우리가 할아버지에게서 배운 대로 유교 교육을 잘못해서, 서울에서 살려면 서울 깍쟁이 교육을 해야 하는데 도덕심이 너무 강한 가정교육으로 인하여 출세는 고사하고 제 밥그릇도 제대로 못 챙겨먹는다는 것이다. 양심과 법을 지키면 등신이 되는 세상이란 것이다. 나는 오랜만에 만난 친구들과 함께 고

소(苦笑)를 날렸다.

　내 형편도 꼭 같다. 자식 교육을 잘못했다는 말이다. 불의와 타협을 할 줄 몰라 요직에서 좌천되고, 친구 보증을 섰다가 월급 차압당하고, 막내 놈은 아직 장가도 못 가고, 모두 제 집 한 칸 없이 산다. 새가 잠시 나무에 앉아도 보호받을 가지를 골라 앉을 줄 알고, 새들도 모두 제 집이 있는데, 내 자식놈들은 손자 손녀가 저렇게 다 커가는데 집 한 칸 없다. 다른 친구들은 자식 자랑을 한다. 연봉이 1억입네, 과장 승진을 했네, 글쎄 강남에 8억 아파트를 샀다니까! 라고 자랑한다. 나는 항상 괴롭다. 〈도대체 내 자식들은 뭐 하는 인간들일까?〉 막내가 대든다. 〈아버지가 그렇게 가르쳤잖아요〉 나는 할 말이 없다. 잘못된 것은 조상 탓인데 그 잘못된 조상이 바로 나인 것이다.

　40~50대라는 새로운 세대들이 90년대 이후 속속 등장하였다. 이들은 6·25나 5·16에 대해 어렴풋한 기억만을 갖고 있는 냉전체제의 세대들이다. 이들은 다소 전체주의적인 교육으로 조직적으로 길들여져 있기는 하지만, 60년대 중반(이때부터 우리는 북한을 경제적으로 앞서기 시작했음)부터 시작한 한국의 기적적인 경제성장에 그들의 젊음을 바친 세대들이기도 하다. 그들은 이제 한편으로는 그 성장의 결실을 향유하면서, 다른 한편으로는 다양화된 가치 세계에서 방향을 상실한 내면적 공허로 인해 다소 당황하고 있는 세대들이기도 하다.

　이제까지 한국의 정치권을 형성하고 있는 인물들은 자신들은 부정할지 모르지만 ① 자유당·민주당과 과거의 군사정권과 협력·참여 또는 경쟁했던 기회주의적 엘리트들이거나, ② 그들과 대항해서 투쟁하였던 투사형 정치결

사거나 혹은 ③ 단세포적인 권력지향형 줄타기의 명인들이라고 보여진다. 현재 386세대들이 〈코드〉와 〈로드맵〉이라는 기치로 개혁의 선봉장이라고 다수가 주장하고 있기는 하지만, 이들도 결국 그 명인(?)들에게서 직·간접으로 그러한 정치를 답습한 아류에 불과할 뿐이다. 국내의 정치권은 아직도 박정희라는 거대 화두와 3김의 모순에 가득 찬 영결의 카리스마를, 한편으로는 부러워하고, 다른 한편으로는 분노하는 작용과 반작용으로 형성된 세력들의 애증으로 모여진 뜨거운 덩어리들이다.

그러나 21세기는 그 〈뜨거운〉 정치 덩어리의 시대가 이제는 〈차가워〉져야 할 새로운 시대로 접어들고 있는 것이다. 우리는 현대사회의 복잡다단한 변혁과, 그와 연결된 국내외적 상황을 두루 이해할 수 있는 전문가들과, 민족과 국가를 인도하기 위한 통찰력과 경륜을 갖춘 정치 지도자들의 총합으로 압축된 국시를 제시하고, 그 길로 나아가야 할 시대가 온 것이다. 차가워진 정치 덩어리가 냉철한 판단과 분석과 열망으로 뜨거운 국시를 논의해야 하는 시대가 온 것이다.

이제부터라도 여러 가지 다양한 정치적 이념들이 논의되고 또한 추구될수 있어야 할 것이다. 하나의 대안이 될 수도 있겠지만, 통일까지는 일단 통일을 국시로 정하고, 그 방법과 수단과 전술들을 다양하게 모색해 볼 수도 있을 것이다. 아니면 통일보다는 동북아, 나아가 세계 경제 또는 군사 대국이 된다거나, 문화강국, 첨단기술 강국, 아니면 해양 대국 등이 된다던가 하는 등의 압축된 국시를 마련해 볼 수 있는 시점이 도래한 것이다.

지루한 말장난과 나열식 국정비전에 관한 토론은 혼란만 초래하거나 고밀도의 국력을 저밀도로 만들 위험성을 내포할 수 있다. 독재와 부패와 가난과 혼란으로 멸망한 국가치고 그들의 구호가 아름답지 않은 나라는 이제까지 지구상에서 존재하지 않았던 역사적 교훈도 있는 것이다.

정치 인류사를 통하여 이런 사실은 입증되고 있다. 때문에 우리는 다시는 그러한 역사의 전철을 밟을 수 없는 것이다. 이 문제는, 즉 국시(國是)의 바람직한 논의를 위한 국민적 통합은 이제부터 모든 국가경영에 앞서 선행되어야 할 필요가 있다고 보여진다.

참고로 정부의 모든 정책위원회를 통합하든지 아니면 위원회를 하나 신설하여, 가칭 〈국시 추진 또는 검토위원회〉를 만들어보는 것은 어떨까? 한다. 〈참여정부〉가 고민하고 국민이 동참하여 노력하다 보면, 아마 4년 후에는 이제까지 소홀히 보낸 〈시간의 보복〉을 우리 후손들에게 영원히 멀리할 수 있는 어떤 핵심적인 방책이 나오지 않을까? 하는 희망을 가져보는 것이다. 그리고 〈참여 정부〉에 거는 거시적이고 열망적인 기대의 극치를 가져보는 것이다.

chapter 4

제 4절 승리자의 오만

chapter 4

『종교로부터 신앙으로, 시골의 오솔길로부터 도시의 뒷
골목으로, 지혜로부터 이론으로 떠나가는 민족은 슬플지
어다. 그들이 입을 옷은 짜지 않고, 그들이 먹는 것을 재
배하지 않고, 그들이 마시는 포도주를 담그지 않는 민족
은 슬플지어다. 승리자의 오만을 완벽한 미덕이라고 생
각하며, 정복자의 추악함을 아름다움이라고 보는 시각을
지닌 정복된 민족은 슬플지어다. 꿈속에서는 다치지 않
으려고 싸우지만, 깨어 있을 때는 못된 자들에게 굴복하
는 민족은 슬플지어다. 장례식에서 이외에는 목소리를
높이지 않고, 무덤에서 이외에는 존경심을 보이지 않고,
칼날이 목에 닿기 전에는 반항하지 않고 기다리는 민족
은 슬플지어다. 그들의 정치는 교활하고, 그들의 철학은
사기꾼의 거짓이고, 그들의 근면성이 일시적일 따름인
민족은 슬플지어다. 공물을 바치고 북을 울리며 한 정복
자를 맞아주고, 그리고는 나팔과 노래로 또 다른 정복자
를 맞기 위해 첫 번째 정복자를 야유하는 민족은 슬플지
어다. 그들의 현인이 말을 못하고, 헛소리를 잘 하는 사
람이 그들의 대변자 노릇을 하는 민족은 슬플지어다. 하
나하나의 부족을 저마다 민족이라고 자처하는 민족은 슬
플지어다』

- 칼릴 지브란 -

승리는 동반자가 있어야 존재한다. 혼자만의 승리는 독선이다. 동반자를 배려하지 않는 승리는 오만이다. 패배자, 이름 없이 사라진 자, 함께 노력한 자, 이름이 가려진 동반자들의 노력을 소중히 여길 줄 아는 지혜를 갖춘 자가 진정한 승리자일 것이다. 〈모든 길은 로마로 통한다〉라는 오만한 말이 있었다. 이 말은 〈모든 역사는 오만으로부터 오는 보복을 경계하고 있다〉라는 것을 의미한다. 역사를 통하여 우리는 무수한 승리자의 실패를 보아왔다. 거기에는 반드시 승리자의 오만이 날카롭게 도사리고 있었다. 실패와 고통의 먹구름을 몰고….

시간은 모든 빛들과 모순들을 가지고 역사를 불러온다. 역사의 승리자들은 승리에서 오는 오만을 경계할 때, 이러한 모순들이 희망의 전조가 되는 것이다.

『고대의 믹쓰테코족은 세계가, 아취우틀 강 동굴 아래 적막한 아포알라에 있는 두 거대한 나무들로부터 나왔다고 이야기한다. 뿌리가 연결된 이 두 최초의 나무들이 최초의 믹쓰텍 연인을 만들었다. 그리고 그들의 아이들의 아이들로부터 태양의 궁수인 야코 오이가 태어났다. 이들 고대인들은 야코 오이가 비록 작지만, 아무리 크고 강력하게 보이는 것이든 조금도 두려워하지 않는 용감하고 대담한 게레로(전사)라고 말한다. 이는, 현명한 원주민들이 말하기를, 키는 마음에 있는 것이고, 또 외관은 작은 듯 보이는 이들이 마음이 큰 까닭에 위대한 일이 종종 일어나기 때문이라는 것이다. 그리고 외관이 강건하고 힘이 넘치는 듯 보이는 이들은 사실, 마음은 작고 약하다고 말하기 때문이다. 그리고 그들은 또한 세계가 크고,

무한한 경이로움으로 충만해 있다고 말한다. 키가 작은 사람들은 지구를 커지도록 만들기 위해 그들 자신의 내면에서 강함을 찾는 방법을 알았기 때문이다. 그리고 나서 그들은 시간이 인류 달력의 첫 달들을 걸어가고 있었으며, 야코 오이는 일과 말로써 크게 만들 새로운 땅들을 찾으러 떠난다고 이야기했다. 야코 오이는 그 땅들을 찾았고, 그는 태양이 모든 것을 그 빛으로 비춘 유일하면서도 강력한 소유자인 듯하다는 것을 보았다. 그 때, 태양은 다양한 것의 생명을 빼앗았으며, 또 자신을 닮아있고, 그의 원대한 위대함에 공물을 바치는 것들만을 받아들일 뿐이었다. 이것을 보자마자 야코 오이가 태양에게 다음과 같이 말했다. 〈가장 위대한 이가 누군지를 보기 위해, 따라서 누가 이 땅에 위대함을 가져올 수 있는지를 보기 위해, 힘으로 이 땅을 지배하는 그대에게 나는 도전하노라!〉태양은 그의 힘과 강함에 자신만만하게 웃으면서, 땅에서 그에게 도전하는 작은 존재를 무시했다. 야코 오이는 그에게 다시 이렇게 말했다. 〈그대의 빛의 강함은 나를 두렵게 하지 못한다. 나는 내 마음에서 자라는 시간을 무기로 가지고 있다〉그리고 그는 그 거만한 태양의 한가운데로 활을 겨누면서, 그의 활을 팽팽하게 당겼다. 태양은 다시 웃었다. 그리고는 그 작은 야코 오이를 더 작게 만들기 위해, 그 반란자의 둘레에 자신의 열기에서 나오는 눈부신 불의 띠를 바짝 조였다. 그러나 야코 오이는 그의 방패로 자신을 보호하면서 정오가 오후가 될 동안 저항했다. 그는 태양이 시간이 지남에 따라 그 힘이 소멸됨으로써 무기력해지는 것을 보았다. 그리고 그 작은 반란자는 활과 화살을 사용할 시간을 기다리면서 그의 방패 아래에서 끊임없이 자신을 보호하며 저항을 지속했다. 시간의 경과로 어두워짐에 따라 태양이 약해지는 것을 본 야코 오이는 방패를 치우고, 활을 쏴 그 거대한 태양에 일곱 번 관통시켰다. 땅거미가 질 무렵, 하늘 전체가 붉게 물들었으며, 태양은 치명적인 상처를 입은 채, 마침내 밤의 땅으로 떨어졌다. 야코 오이는 잠시 기다렸다. 그리고 밤이 태양을 계속해서 전투를 하지 못하게 막는 것을 보면서 다음과 같이 말했다. 〈나는 승리했다. 나는 나의 방패로 그대의 공격을 막았다. 나는 시간과 그대의 오만을 나의 동맹자로 만들었다. 나는 필요한 순간을 위해 나의 힘을 비축했다. 나는 승리했다. 이제 대지는 우리들 마음이 그 대지의 가슴에 씨 뿌린 위대함을 갖게 될 것이다〉 그리고 그들은 다음날 태양이 그 땅을 재정복하기 위해, 힘을 회복하고 돌아왔다고 말했다. 그러나 태양은 이미 너무 늦었다. 야코 오이의 사람들은 밤에 씨 뿌렸던 것을 벌써 수확했기 때문이었다. 이것이 바로 하늘의 승리자가 된 야코 오이가 〈태양의 사수〉라고 불린 이유인 것이다』

오만(傲慢)은 〈젠체하며 남을 업신여기는 태도가 있음〉을 말한다. 나는 멕시코의 이러한 전설에서 얻은 것 중 가장 큰 것은 바로 스스로의 능력에 대한 자만심과 오만에 대하여 자문해 볼 수 있는 것이라고 생각되어진다. 따라서 인간의 오만은 편협을 몰고오고, 허영에 휩싸이게 하는 것을 알 수 있는 것이다. 그리고 오만은 겸손을 멀리하고 아부와 배신을 잉태한다는 것을 또한 알 수 있는 것이다.

고려 공민왕(1330~1374)을 생각하면 신돈(?~1371)이 떠오른다. 그리고 공민왕은 사랑과 권력, 음모와 배신, 희망과 절망이라는 이름으로, 촘촘하게 얽히고설킨 역사의 망(網)에서 한 치도 벗어나지 못한 채, 우리 역사상 가장 드라마틱하고 파란만장한 삶을 살다갔다. 여기서 역사란 끊임없이 되풀이되는 인간사의 기록인 만큼, 과거를 통해 미래로의 전망을 밝혀볼 수 있을 것이다.

『공주, 나요, 나외다. 공주는 살아서 잠이 든 듯 아름다운 모습인데, 나는 왜 이다지 눈물이 쏟아진다는 말이요. 이렇게 우리가 다시 만나지 못한다면…, 나만 여기에 남아 공주의 빈자리를 바라볼 수밖에 없다면…, 내가 살아야 하는 까닭은 무엇이란 말이오. 공주…』

애절하게도 사랑한 노국공주의 죽음 앞에 선 고려 제 31대 공민왕(恭愍王)의 넋두리다. 그는 충숙왕의 둘째 아들로 태어나 열한 살의 어린 나이로 원나라에 볼모로 잡혀가, 그곳에서 위왕(魏王)의 딸 노국대장공주(魯國大長公主)를 만나 혼인하여 삶의 유일한 행복과 기쁨을 누린다. 이후 노국공주와 함께 고려로 돌아온 공민왕은, 원나라 배척운동을 펼치며 고려만의 자주정치를 실현하고자 하였다. 그러나 1365년 공민왕 14년, 사랑하던 노국공주가 난산(難産)으로 죽자, 이 때부터 공민왕은 불당을 짓고 공주의 초상화를 그리며 시름에 젖었다. 그때 신돈은 노국공주와 닮은 자신의 시비 반야를 공주의 환생이라 속이고 왕에게 접근했다. 비록 환생일지라도 그 사랑을 포기하지 못하고 반야에게 빠져드는 공민왕, 이토록 절실한 사랑은 이제까지 그 어떤 역사책에도 기록되지 않았다. 공주를 사랑하고 서화(書畵)와 거문고에 능했던 예인으로서의 공민왕은, 최후로 만주에 있던 요동성을 정복할 줄도 알았고, 신돈을 이용하고 제거할 줄도 알았던, 냉정하고 참혹한 군주이기도 했었다.

그러나 그도 역사라는 거대한 바람 앞에 한없이 부대끼며 살았던 한 사람에 불과했던 것이다.

권력과 야망, 공주의 환영에서 벗어나지 못한 공민왕은 신돈에게 무려 마흔 여덟 자에 달하는 긴 벼슬을 하사하며 섭정을 내린다. 〈고려사열전〉에서는 왕을 현혹해 나라를 어지럽힌 요승(妖僧)으로 신돈을 묘사하고 있지만, 신돈은 벼슬을 등에 업고 본격적인 개혁정치에 돌입하였다.

그러나 고려시대 훈구세력에 대한 대대적인 토지개혁(전민병정도감 설치)의 성공은 신돈이라는 새로운 개혁가의 힘이 있었기에 가능했을지도 모른다. 역사란 어차피 되돌릴 수 없는 것이지만, 또한 역사는 어차피 되풀이되기 마련이다. 특히 보수와 신진 세력, 개혁과 그것에 대한 저항의 역사는 오늘날까지 인간사와 함께 이어지고 있는 것이다.

음모와 배신으로 가득 찬 신돈의 섭정에 따른 귀족들의 반란, 신돈의 반역과 참형, 미소년들로 이루어진 자제위 설치, 자제위에 의한 왕비의 임신과 제거, 음모, 살해에 이르기까지 고려 말의 역사는 숨가쁘게 소용돌이치며 파국으로 치달았다. 음모가 있으면 거기에는 반드시 배신이 따르기 마련이다. 결국 얽히고설켜 끝내는 멸망으로서야 끝이 나고 말았다. 이러한 공민왕의 역사에서 과감한 개혁정치는 〈신돈의 오만〉으로 실패했다는 것이 이제까지의 정설이다. 신돈은 정권을 잡자 오직 자기의 논리만으로 개혁을 추진했다. 겸손과 포용이 배제된 이러한 신돈의 승리자의 오만의 개혁은 결국 성공할 수 없었던 것이다.

역사란 승리자에 의해 바뀌어질 수 있다. 실패자들이 만들고자 한 꿈에 대해서 승리자는 그 꿈을 완성한다. 역사적으로 새 왕조를 설립한 승리자는 자신들의 합리성을 위해 실패자의 꿈을 모두 개인의 영달과 치부로 표현하였다. 따라서 실패자의 모든 꿈은 음모와 모략으로 일관된 것으로 표현하는 것이다. 〈시간의 보복〉으로 실패자가 된 그들의 영광은 소심함과 변태적인 행동과 부패와 무능과 나태로 승리자에 의해 기술되었던 것이다. 즉 패배자이기 때문에 실패자로 표현되어지고 있는 것이다. 그러나 실패자도 고난과 좌절이 있었던 과거를 떠올리며, 그들의 꿈을 위해 노력한 과거 역사의 인물이었다. 승리자도 그 실패자의 망령이 사라지면, 다시 오만으로 가득 찬 얼굴로 그가 뺏은 실패자의 길로 다시 들어서게 된다는 것이 역사의 교훈인 것이다.

남아프리카의 만델라 대통령의 고별식에서 모든 남아프리카인들은 만델라에 대한 감사를 표하며 그의 헌신에 열광적인 환호를 보냈다. 퇴진을 아쉬워하며 재임 중의 노력에 대해 마음에서 우러나오는 고마움을 표현할 수 있는 지도자를 가진 나라는, 현재의 상태가 어떤 고난에 처해 있든 간에 관계없이, 행복하고 희망이 있어 보인다. 27년간의 투옥생활에서 풀려났던 그가 세상에 모습을 드러내자 세계는 그의 존엄하고 품격 있는 모습을 목격했으며, 남아프리카의 인종차별체제가 곧 종식될 것으로 기대하게 되었다. 이러한 세계인들의 기대를 저버리지 않고, 그는 남아프리카의 지도자로서 인종차별정책을 철폐하는 데 성공했고, 흑백 인종갈등을 평화적으로 해결하고 과거를 화해적으로 수습하는 데 일정한 성과를 거두었다.

1960년대에 남아프리카의 인종차별정책을 극복하기 위해서는 무력항쟁 외에는 다른 방법이 없다고 주장했던 그는, 무려 30년에 가까운 투옥생활을 지낸 이후에는 모두가 평화적으로 공존할 수 있는 길이 무엇인지를, 새로운 비전과 가치로 제시했고, 그로써 남아프리카는 더 이상의 인종갈등으로 인한 혼란을 겪지 않을 수 있게 되었다. 과거의 폭력과 고문, 그리고 학살의 문제도 〈진실화해위원회〉를 만들어, 과거를 정직하게 고백하고 증언하며 이를 기록하는 차원으로 사태수습을 승화시켰다.

그로써 남아프리카의 역사를 바로 쓸 수 있도록 하였다. 그의 지도력과 그의 국제적 명망으로 남아프리카는 힘들고 고단했던 인종차별의 벽을 넘어, 새로운 아프리카의 미래를 향해 나아갈 수 있게 되었던 것이다. 뿐만 아니라 더 이상의 장기집권을 시도하지 않고 결단한 그의 퇴진은, 아름다운 사건으로 남아프리카인들의 마음에 남게 되었다고 하겠다. 그는 진정한 지도자였다. 진정하게 오만을 배격한 겸손과 포용의 지도자였던 것이다.

퇴임시 80의 나이인 만델라는 여전히 건강하고 정력적으로 정치무대에서 활동할 수 있었음에도 불구하고, 퇴진을 결심했다. 그는 인종차별의 장벽은 무너뜨렸지만 남아프리카인들이 아직도 가난과 문맹과 낙후한 삶에 처해 있다고 가슴아파하면서 여전히 할 일이 산더미처럼 남아 있다고 말했다.역사적으로 자신에게 할 일이 계속 남아 있다면서 집권연장을 기도하는 노추(老醜)한 지도자들이 역사 속에 명멸했지만, 만델라는 그러한 자멸의 길을 가지 않고 남아프리카의 민주주의와 새로운 미래의 건설을 위해, 자리에서 물러나는 〈마음 비우기〉를 그대로 보여준 것이다. 종신토록 권좌에 머물러 독재자가 되고 그래서 무수한 민생들에게 고통을 주는 타락한 혁명가가 아니라, 있을 때와 떠날 때를 분명히 가려낸 지혜로운 지도자라고 할 수 있을 것이다.

그와 함께 또 하나 중요한 것은 만델라가 최고 권력자의 지위에 오르고 난 이후에도, 밑바닥의 아픔에 대하여 언제나 깊이 마음을 쏟았고, 그로써 그가 민생들의 아우성과 호소에 귀와 눈 멀지 않았다는 점이다. 권력을 잡기 전에는 그랬던 사람들도 권력을 잡고 나면 밑바닥의 아픔에 대하여 귀와 눈 멀기 쉬운데 만델라는 그렇지 않았고, 그것이 그를 계속적으로 훌륭한 지도자로 만들어간 힘이라고 할 수 있을 것이다. 오만한 승리자의 최후를 그는 미리 알고 있었던 것 같았다.

우리의 대통령들은 어떠한가? 모두가 집권 전에는 어려운 현실에 처한 호소할 데 없는 민생들의 형편에 귀를 기울이는 〈따뜻한 마음을 가진 지도자〉가 될 것이라고 장담했다. 그러나 퇴임이 가까워오면 그런 자세를 보기가 날이 갈수록 어려워졌다. 그 사회의 밑바닥이 겪고 있는 아픔을 외면하는 순간, 정치는 권력을 유지하기 위한 정략이 되고 마는 것을 우리는 계속 보아왔던 것이다. 따라서 민생들의 고난과 눈물에 마음을 기울이는 권력이 될 때, 그 권력을 감당하는 지도자는 위대해질 수 있는 것이다.

그러나 우리의 대통령들의 현실은 대부분 집권이 시작되면 권력의 오만에 도취해 버린 것이 아닌가? 하는 깊은 우려를 낳게 했다. 한국사회 밑바닥의 생생한 아우성과 억울해하는 호소에 둔감해져 가는, 아니 그로 인한 쓴 소리를 듣기 싫어하는 권위주의적인 존재가 되어가고 있는 것은 아닌가? 하는 의문을 들게 했었다.

대통령이 된 이후 민생들의 삶의 현장을 방문하고, 그들을 위로하고 격려하면서 하나의 마음이 되도록 노력하는 것을 많이 보지 못했다. 그들의 정치현장은 날이 갈수록 서민들의 고난에서 멀어지고 있다는 느낌이 들었다. 그렇게 별 수 없이 〈인(人)의 장막〉에 둘러싸이게 되었고, 판단력은 시간이 지날수록 흐려져갔었다. 오늘날 한국정치의 난맥상은 고난에 처한 민생들의 삶과 깊숙이 맞닿아 있지 못한 대통령들의 자세에 상당부분 책임이 있다고 보아야 할 것이다.

만델라의 퇴진이 보여주는 감격이 또한 자신의 것이 되고자 원했다면, 한국의 대통령들은 가난한 자들의 고난을 향해 발길을 돌려야 했었다. 겸손하게 민생들의 고난과 눈물에 마음을 기울이는 권력이 될 때, 그 권력을 감당하는 지도자는 위대해질 수 있는 것이다. 지금 우리의 대통령의 미래가 바로 그러한 것이 되기를 기원하는 마음이 간절하다. 때가 이르러 아름답게 퇴진하는 그의 모습에 감격하고, 그의 재임 중에 바친 국가적 헌신에 감사의 마음으로 환호하는 대한민국의 자랑스러움을 느끼고 싶은 것이다.

궁예는 버림받은 상처, 상실감 등을 안고 정권을 잡았다. 그 상처를 끌어안고 철저하게 홀로된 궁예는 점차 자신의 기득권과 위치에 대한 불안감이 더해지면서 주변 사람들을 경계하고 의심하면서 오만해져 갔다. 궁예는 처음에는 용맹스러운 장수로 삼국통일을 꿈꾸며 강력한 후고구려의 왕으로 군림하였으나, 자신의 권좌에 점점 불안감을 느껴 신하들을 의심하게 되었다. 또한 자신을 미륵보살의 환생이라고 신격화시키며 복종을 강요하고 반대하는 사람들을 잔인하게 죽이다가, 결국 그의 오만함으로 신하들이나 백성들에게 철저히 외면당하여, 마침내 왕건에 의해 쫓겨가 비참한 최후를 맞았다.

지금 이 땅에서 벌어지는 오만하고 무례한 정치지도자들의 정치행태 속에서, 민생들을 우습게 아는 오만함으로 표면화된 정치권력의 횡포 속에서 궁예와 같은 불행한 지도자의 종말을 예견할 수 있을지도 모른다. 이러한 모습은 특정한 권력집단이 아니라고 할지라도, 우리의 개개인 속에 이미 들어와 있을 수도 있을 것이다. 자신이 지금 쥐고 있는 작은 기득권과 소유에 대한 지나친 욕심과 집착, 거만함과 과대망상은 자신뿐 아니라 주위사람들까지 고통스럽게 하고 돌이킬 수 없는 〈시간의 보복〉으로 몰고갈 수 있다는 것이다.

역사적으로나 현실에서 우리는 개인의 우수성이나 능력을 갖춘 지도자보다는 국가를 부강하게 하고 국민을 평안케 하는 지도자를 원하고 있다. 우리의 역사에서 개인적으로 매우 뛰어난 인물도, 오만함으로 국민으로부터 배척당하여 물러난 지도자를 많이 보아왔다. 국민의 희망과 오만이 깃든 개인의 우수성은 별개인 것이 바로 국가지도자의 자질이기 때문이다.

따라서 정치지도자는 국민을 평안케 하는 일을 최우선적으로 처리하지 못하면, 이미 지도자로서의 가치가 끝이 난 셈이 되는 것이다.

『〈노벨상〉이 모두가 비판의 대상이 아니라 평가받아야 할 분야다. 그러나 문제는 개인적 일과 대통령의 직무가 구분되어야 하고 또 정책은 명분과 현실에 맞게 움직여져야 한다는 사실이다. 국민은 아우성인데 자신만 영광스런 상 받으려 국민 세금으로 전세기 타고 간다면 이게 어디 대통령이 할 짓인가? 이는 개인의 일이지…. 이러니 나라 꼴이 이 모양 될 수밖에…. 한심해….』

- 자유기고가 -

〈스톡데일의 역설(Stockdale Paradox)〉 이라는 것이 있다. 짐 스톡데일 제독은 월남전 때 월맹군의 포로가 된 최고위 미군 장성이었다. 8년 동안 월맹군 수용소에 수감되었던 그는, 수없는 고문을 당하면서도, 다른 많은 포로들을 격려하며 불굴의 의지로 살아남았던 전설적인 인물이다. 석방되어 고국에 돌아온 그에게 누가 생존의 비결을 묻자, 〈언젠가는 반드시 자유의 몸이 될 것이라는 희망을 버리지 않은 때문〉 이라고 대답했다. 그렇다면 수용소의 고통을 견디지 못하고 죽은 사람들은 대개 어떤 사람들이었느냐고 묻자, 스톡데일은 뜻밖에도 〈비현실적 낙천주의자들〉 이라고 했다.

그들은 〈이번 성탄에는 꼭 나갈 것이다〉 혹은 〈이번 부활절까진 꼭 나갈 것이다〉 라는 전혀 근거 없는 기대를 품었다가, 막상 그때 가서도 아무 일이 없으면 그만 절망해 버렸다고 한다. 그러니까 역설적이지만, 반드시 나간다는 소망은 간직하되, 당장은 그 일이 일어날 수 없다는 냉정한 현실을 받아들이는 의지가 있어야 한다고 그는 강조했다.

지금 우리에게는 바로 이 역설의 교훈이 필요할 것이다. 새로운 대통령이나 국회의원이 들어서면 뭔가 나아질 것이라는 소망은 간직하되, 당장의 비현실적인 지나친 기대는 하지 않는 것이 좋다는 것이다. 불완전한 인간들에 의해 만들어진 정치는 불완전할 수밖에 없다. 임시로 세워진 텐트에 들어가서 완벽한 집의 구비조건을 기대하지 않듯이, 불완전한 이 땅의 대통령 또는 국회의원 후보로 나선 사람들은 어쩌면 이 세상의 법칙에 철저하게 적응하여 생존 게임에서 살아남은, 그러니까 가장 세상적인 사람들일 것이다.

그러나 우리는 어쨌든 선택을 해야 하는 순간을 맞아야 한다. 따라서 최고의 사람을 뽑는다기보다는 최악의 사람을 피한다는 표현이 더 정확할 것일지도 모른다. 이런 맥락에서 보면, 굳이 진정한 지도자감의 자질을 꼽으라면 나는 인격·실력·융화력·비전 같은 것도 다 중요하지만, 무엇보다도 자신의 한계를 아는 겸허함을 들고 싶은 것이다.

인류 역사를 되돌아보면 절대 권력자들의 파멸은 항상 자신을 신격화하려는 오만에서부터 비롯됐음을 발견할 수 있다. 따라서 자신의 부족함과 한계를 깊이 인정하는 사람만이 주위에 탁월한 사람들을 가질 수 있는 것이다.사실 대통령이나 국회의원 개인의 자질 이상으로 중요한 것은, 그 사람이 대통령 또는 국회의원이 되었을 때, 그를 도와 실제 이 나라를 운영해 갈 참모들의 인격과 실력일 것이다. 겸허하고 지혜로운 사람만이 탁월한 팀의 구심점이 될 수 있기 때문이다. 진정 자신의 한계를 아는 사람이라면, 권력의 소유자인 국민들에게 늘 엎드려 봉사할 것이다.

윈스턴 처칠은 〈국민은 꼭 자기 수준에 맞는 지도자를 갖게 되어 있다〉라고 말했다. 우리는 정치권의 아집과 부패는 바로 그들의 〈승리의 오만〉에서 온다는 사실을 알아야 하겠다. 따라서 이번 17대 국회의원들은 오만을 가지지 않아야 할 것이다. 히틀러도 독일 국민들이 민주투표로 선출한 인물이었다. 히틀러의 승리의 오만함으로 수천만의 생명이 죽거나 고통을 당했다는 〈시간의 보복〉을 우리가 기억함으로써, 지혜로운 선택의 길을 가야 하는 당위를 깨달아야 할 것이다.

〈이웃사촌〉이란 이웃끼리 언제나 사이좋게 지내고 있는 현실을 말하는 것이 아니다. 오히려 이웃일수록 서로 미워하고 싸우기가 쉽기 때문에, 서로 협조하고 화기애애하게 살도록 노력하라는 이상을 제시하는 말이다. 우리는 가까운 이웃끼리 싸우고 약탈하고 죽이는 현실을 역사적으로나 실제 생활에서 많이 보아왔다. 카인이 아벨을 죽이는 최초의 살인이 형제 사이에 벌어졌으니, 이웃끼리 죽이는 것은 역설적으로 말하면 약과라고나 할까? 또한 인류의 역사는 얼마나 많은 전쟁이 인류의 역사를 피로 물들였던가? 그리고 21세기의 지금도 지구상에서 얼마나 많은 사람이 전쟁과 무력 충돌, 테러와 인종 청소, 종교 대립 등으로 죽어가고 있는가?

전쟁이 없으면 문명의 발전도 없다고 한다. 이 말은 승리자나 살아남은 자들이 오만하게 내뱉는 말이지, 무수한 희생자에게는 분명 모욕적인 것이다. 역사에서는 승리자도 패배자도 없다. 먼저 가느냐? 나중에 가느냐? 의 차이만 있을 뿐, 누구나 모두 시간의 지평선 너머로 사라지는 것이 인간의 역사이고, 시간의 역사인 것이다.

증오, 남을 해치고 죽이려는 마음, 그리고 살해와 약탈의 결과로 생기는 뿌리 깊은 원한과 그 악순환의 질긴 고리가 현실에 엄연히 존재하고 있다. 지금 우리는 인류 전체의 자멸마저도 가능하게 만드는 대량살상 무기가 너무나 발달해서, 약소국뿐 아니라 강대국들도 그 위협과 공포 앞에 이미 떨고 있는 것이다. 아프리카에서는 종족간의 갈등과 내전으로 수백만 명이 굶어죽었다. 왜 인간은 이토록 어리석게 자기 손으로 자기 목을 졸라가면서 살 수밖에 없도록 창조되었는가? 이 문제를 해결하기 위해서 우리 인류는 화해와 용서라는 마음의 향기를 발산해야 한다는 것을 모든 역사와 신앙을 통하여 이미 알고 있는 것이다. 따라서 우리 인류는 화해와 용서로 증오와 보복의 악순환, 피로 피를 씻는 학대와 학살의 쇠고리를 끊어버리자고 소리쳐야 할 것이다.

그러면 어떻게 용서하고, 어떻게 화해할 것인가? 가 가장 중요한 핵심이 되는데, 여기서 무조건 용서부터 하고 화해의 손길을 내밀자고 하는 사람도 있을 수 있게 된다. 그러나 그렇게 해서 진정한 용서와 화해가 이루어진다면 얼마나 좋겠는가? 또한 눈에 보이는 현실은, 무엇보다도 인간의 본질은 그렇게 단순하고 순진한 것이 결코 아닌 것도 우리는 이미 알고 있는 것이다.

용서와 화해를 누구나 마음만 먹으면 다 할 수 있다고 생각한다면, 그처럼 어리석고 오만한 것도 없다. 누구나 하는 것이 아니다. 따라서 용서하는 사람과 용서받는 사람이 모두가 오만에서 벗어나야 할 것이다. 전쟁 · 내전 · 기아 · 학살 등의 비참함은 무기에서 나오는 것이 아니라, 바로 그런 무기를 사용하려고 하는 인간의 오만에서 나온다는 사실을 우리는 알아야 할 것이다. 그리고 특히 정치지도자들의 오만에서 그러한 비참함이 만들어진다는 것도 우리는 알고 있는 것이다.

이라크 전쟁의 공식적인 개전은 첫날 하루 동안 300~400발의 크루즈 미

사일을 이라크 국토에 퍼붓는 것으로 시작되었다. 이만한 분량은 1991년 걸프전쟁 때 미군이 40일 동안 사용한 크루즈 미사일 총량보다 많은 것이다. 상상을 허락하지 않는 이런 초대형 공격은 개전 이튿날도 똑같은 양의 크루즈 미사일 공격으로 계속되었다. 작전의 기본 개념이 아예 〈충격과 공포〉그리고 〈신속 지배〉이다.

무지막지하고도 정교한 무차별 대량 공격으로, 이라크의 전의를 초반 몇 시간 내에 완전히 꺾어버린다는 의도였다. 더 무시무시한 공격은 B-61로 알려진 〈벙커버스터〉의 투하가 될 것이다. 지하 깊숙이 매설된 군사 시설을 파괴하기 위해 개발한 최신의 초강력 폭탄인 이것은, 바로 핵무기의 실전 사용을 뜻한다. 핵무기가 사용된다면 비록 전술적인 축소형 폭발 수준이라 하더라도, 2차 대전을 종식시킨 일본 땅 첫 원폭투하 이후 60년 가까이 억제해 온 핵무기 실전 사용의 물꼬를 트는 일이 되는 것이다. 한번 터진 금기(禁忌)는 쉽게 다시 터진다. 마침내 큰 둑을 무너뜨리는 일도 한번 터진 작은 물꼬가 만들어내는 불행한 결과이기 쉬운 것이다.

미국이 말하는 이라크 전쟁은 〈이라크에서 대량살상 무기의 위협을 제거하고 이라크의 민주회복을 이룩하는 것〉이 목적이었다. 이것은 대테러 전쟁을 선포한 이래 부시 대통령 등 미국측 인사들이 되풀이 강조해 온 이라크 전쟁의 대의명분이었다. 이런 명분에 동의하지 않는 반전 여론이 미국에도 없지는 않다고 한다. 그러나 또한 미국인들의 다수는 이라크의 독재자 사담 후세인에게 9·11 테러의 책임이 있다고 굳게 믿고 있으며, 따라서 그를 응징하는 전쟁은 필요한 것이라고 이해하고 있다고도 한다.

여기서 이라크와 알 카에다는 과거에 언젠가 소홀히 보낸 시간이 있게 된다. 〈언젠가〉는 9·11 테러이며, 〈소홀히 보낸 시간〉은 대책 없이 뉴욕시민을 향한 무고한 살육테러였다. 따라서 전쟁을 이해하는 미국인들은 분명한 〈시간의 보복〉을 가하고 있는 것이다.

동서고금의 모든 전쟁에서 전쟁 수행자들이 전쟁의 명분을 세우는 일은 전쟁 자체보다도 힘든 일이었다는 말이 있다. 속임수와 궤변이 그래서 동원되는 것이다. 이라크 전쟁이 대테러 전쟁이기에 앞서, 미국의 석유 자원 확보를 위한 〈석유 전쟁〉이라는 사실은 더 이상 비밀도, 소수만이 알고 있는 정보도 아니다. 미국은 20세기에 일어난 두 차례의 세계대전을 승리로 이끌었고, 전후의 냉전에서도 최후의 승자가 된, 지구상 유일 초강대국이다.

사회주의권이 붕괴한 이후로는 더욱, 미국은 그 말이 듣기 싫든 좋든 〈제국〉이 되었다. 21세기는 〈제국인 미국〉이 지배하는 시대로 시작했다는 표현에 잘못이 없을 것이다. 그러나 문제는 부시가 이끄는 미국이다. 9·11 테러는 부시로 하여금 미국 이외의 세계에 대해 우(友)와 적(敵)으로 편가를 것을 강요하고, 미국의 국익만이 우선인 국제질서를 일방적으로 밀어붙이는 〈우격다짐 외교〉로 내닫게 했다. 이것은 어느 정도는 분명히 제국의 오만이다. 지도자의 오만이 가세한 형국이라는 견해가 있는 것이다. 미국의 오만 또는 과잉반응은 실제로는 열등감 또는 위선의 반면(反面)일 가능성이 있다는 견해에도 주목할 필요가 있을 것이다.

제국은 지도자가 오만에 빠졌을 때 쇠퇴를 부른다는 것이, 역사상 최대의 제국이었던 로마가 보여준 교훈이었다. 로마 제국의 황제는 제국의 판도와 영향력에 대한 과도한 맹신과, 세계를 발 아래 두었다는 환상에 젖었으므로 턱없이 오만할 수밖에 없었다. 9·11 테러에서 미국이 배워야 했던 교훈은 보복과 응징에 앞서 성찰과 겸손이었다. 그러나 미국은 아프간에서의 초토화 전쟁에 이어 명분과 실제 목적이 괴리된 또 하나의 전쟁을 수행하고 있다. 이 오만한 행태가 어디로, 또 어디까지, 언제까지 갈 것인지를, 우리는 두려움과 우려 속에서 또한 알기 어렵다는 것을 자각하고 있을 뿐이다.

한국전쟁 때의 삽화가 하나 있다. 낙동강까지 밀렸던 전선을 인천 상륙작전으로 일거에 반전시킨 맥아더 장군은 일사천리로 압록강까지 치고 올라갔다가 중공군의 참전과 역공에 부딪쳤다. 맥아더는 중공군의 배후인 만주 땅을 핵 공격해야 한다고 주장하였다. 이때 워싱턴에서 브래들리 장군이 던진 유명한 말이 〈잘못된 전쟁〉이다. 잘못된 장소에서, 잘못된 시간에, 그리고 잘못된 적과의, 잘못된 전쟁….

〈전쟁이란 본래 잘못된 것이다. 전쟁은 부도덕하다. 부도덕한 것보다 더 형편없는 무엇이다. 분명 잘못된 것이다〉 미국의 베트남 전쟁을 두고 딘 애치슨이 했던 말이다. 그 중에도 핵무기는 인류가 문명이라는 이름으로 저지른 죄악의 하나라는 것이 많은 생각 있는 사람들이 내리는 정의다. 지금 문제가 되고 있는 북한 핵 사태는, 북한이 외부의 공격위협으로부터 스스로를 지키는 유일한 자위 수단이라고 확신하는 핵무기를 개발하겠다고 나선 데서 비롯된 것이다.

그러나 핵무기가 한 나라의 평화를 보장하는 안보 수단이 된다는 생각은 냉전과 독재적 사고의 반시대적 발상이다. 소위 공포의 핵 균형, 다른 말로 확실한 상호소멸(相互消滅)이 만들어주는 억지 평화를 가리켜 평화라고 말할 뿐이다. 핵에 의한 평화 보장이라는 논리는 따라서 허구이자 반사실(反事實)이다. 이제까지 핵무기로 담보되는 진정한 평화는 없었다. 파키스탄은 핵무장을 하는 데 성공했지만, 재래식 전쟁에 끊임없이 시달리고 있다. 이스라엘도 핵으로 중무장했으나, 그 땅에서는 피의 보복이 악순환할 뿐이다. 옛 소비에트 연방은 미국과 대칭되는 엄청난 핵을 보유했으나, 연방으로서의 체제 유지조차 불가능한 나라였음이 드러났다. 핵무기로는 평화도 체제 유지도 보장되지 않는 것을 보여주는 것이다.

냉전 시대의 핵 균형만 해도 두 강대국 사이의 전쟁은 피할 수 있었으나, 전쟁이 일어나지 않았다고 해서 그 상황을 곧 평화였다고 말하기는 어렵다. 오히려 그 당시에 6·25와 같은 열전(熱戰)이 계속됐다. 핵 무장한 두 강대국은 자신들의 영토 안에서는 전쟁을 하지 않았으나, 주변의 작은 나라들을 무대로 해서는 끊임없이 힘겨루기 전쟁으로 맞섰던 것이다. 따라서 북한의 핵무장은 정체성이 없는 독재자의 우둔한 오만에서 출발했다고 보아야 할 것이다. 북한이 핵개발을 강행한다면 반드시 오만의 파멸에서 오는 〈시간의 보복〉

을 맛보게 될 것이다.

수십 년 동안 내전으로 피폐한 세계 최빈국 아프간은 다시 폭탄과 미사일 세례가 빗발치는 비극의 땅으로 변했다. 군사목표물만 공격할 것이라는 미국의 공언에도 불구하고, 무고한 민간인들의 피해가 속출하였다. 뉴욕이 도대체 어디에 붙어 있는지도 모르는 이 순진무구하고 가난한 사람들은 영문도 모른 채, 하루아침에 날벼락을 맞아야 했다. 무고한 민간인들을 대상으로 무차별적으로 자행된 9 · 11 테러는 반인륜적 범죄이다. 테러는 결코 용납될 수 없는 반문명적인 행위이다. 그러나 왜 테러가 일어났는지에 대한 성찰과 근본원인에 대한 자성이 없다면, 테러는 근절되지 않는다는 것을 간과해서는 안 되겠다.

따라서 우리는 생존과 권리를 철저히 유린당해 온, 제 3세계 민족들의 절망과 좌절을 이해해야 한다. 그들이 왜 소중한 목숨까지 버리면서 과격한 테러리스트가 되었는지 깊이 생각해 봐야 할 것이다. 세계가 경악에 휩싸이고 뉴욕에서 무고한 희생자들에 대한 애도의 분위기가 물결칠 때, 지구의 다른 쪽에서는 〈신은 위대하다〉 라고 외치며 환호했다. 이 극단적인 상황을 어떻게 이해해야 할까? 에 대한 근본적인 원인을 먼저 이해하여야 할 것이다.

9 · 11 테러사건은 어떤 면에서 미국의 업보이고, 미국의 오만과 편견이 불러온 화라고 말하는 사람이 많다. 일방적인 〈힘의 외교〉 가 불러온 반발이라는 얘기다. 미국은 우방국들을 비롯해 전세계의 반대에도 불구하고, MD(미사일 방어) 계획의 강행을 발표했다. NPT(핵확산방지조약)와 START(전략 핵무기 제한협정) 같은 핵군축조약의 전략적 기반이 되는 ABM(요격 미사일 제한) 협정을 일방적으로 파기하겠다고 선언하고 나섰다.

이에 따라 핵 확산 방지와 핵무기 군축을 위한 인류의 노력이 수포로 돌아갈 위기에 처해 있다. 뿐만 아니라 자국의 에너지업체들의 이익을 위해, 전세계가 수십 년간에 걸쳐 공들여 합의한 〈기후변화협약 교토의정서〉 를 하루아침에 휴지조각으로 만들여버렸다. 또한 전세계를 핵무기 등 대량파괴무기의 공포로부터 벗어나게 할 CTBT(포괄적핵실험금지조약)와 BWC(생물무기금지협약) 강화의정서의 비준을 거부했다. 미군만을 대상에서 제외할 것을 요구하면서, 전쟁범죄를 근절하기 위한 국제형사재판소 설립에 제동을 걸고 나섰다. 〈유엔 인종차별철폐회의〉에서도 도중에 철수해 버렸다.

특히 최근 들어 미국이 친이스라엘 정책을 더욱 노골화한 결과, 이슬람권에서 미국에 대한 불만이 고조돼왔다. 미국의 부시 대통령 등장과 〈중동의 도살자〉라는 닉네임이 붙어있는 이스라엘 샤론 총리 집권 이후, 이스라엘과 팔레스타인 간의 평화협상이 난관에 봉착하고, 중동은 다시 화약고로 변했다.

팔레스타인 독립국가 수립을 약속한 1993년 〈오슬로협정〉은 백지화될 위기에 처해 있다. 이제 미국은 세계 지도국의 모습을 도덕적 측면에서는 그 어디에도 찾아볼 수 없다는 것이 비판의 핵심이 되었다. 자국의 이익에만 급급한 추악한 강대국의 모습뿐이라고 성토되고 있는 것이다.

그러나 미국은 〈21세기의 첫 전쟁〉을 선포하고 나섰다. 이것이 무슨 전쟁인가? 상대가 되어야 전쟁도 되는 것이다. 이것은 문명의 충돌도 아니고, 종교전쟁도 아니다. 그들은 그럴 만한 힘도 없다. 어쩌면 보복의 대상조차 되지 못한다. 파괴할 것조차 없는 세계 최빈국에 600억 달러 이상의 전비를 쏟아부으며 전쟁을 감행하겠다는 미국의 발상은 그 자체가 정상이 아닌 것이다. 비록 미국의 군사행동이 성공한다 하더라도 미국은 진정한 승리자가 될 수 없을 것이다. 보복은 또 다른 보복을 낳고, 피는 피를 부를 뿐이다. 이슬람국가들의 미국에 대한 증오는 더욱 불타오르고, 반미주의는 더욱 확산될 것이다. 오사마 빈 라덴으로 그치지 않을 것이다. 자살테러를 자원하는 젊은 모슬렘들이 줄지어 나설 것이다.

평화와 공존의 시대가 될 것으로 기대했던 21세기도, 처음부터 테러와 전쟁으로 얼룩져가고 있다. 인류역사상 가장 피비린내 나는 참혹한 전쟁으로 점철되었던 20세기를 뒤로한 지가 불과 얼마 전의 일이다. 지난 세기 백년동안 지구상에서는 250여 차례의 크고 작은 전쟁이 벌어졌고, 1억 1,000만여

명이 전쟁으로 죽어갔다. 그 가운데 무고한 민간인 희생만 6,300만 명에 달했다. 우리는 새로운 세기를 맞았지만 인류는 전쟁과 대량학살, 종교간 갈등과 인종간 반목의 망령에서 여전히 벗어나지 못하고 있다. 전쟁과 갈등, 반목과 대립, 그것은 이기주의와 일방주의, 탐욕과 오만이 가져온 업보이다. 힘을 통한 일방주의와 우월주의는 결국 다른 한쪽에 절망과 분노를 가져다주었다. 경제적 불평등은 부와 번영의 다른 한편에, 빈곤과 절망의 그늘을 만들어놓았다. 강대국들이 약소국들에게 강요와 착취로 자신들의 번영과 행복을 구가할 때, 지구의 반대편에서는 젊은이들이 절망감 속에서 소중한 목숨까지 내놓으면서 테러리스트를 꿈꾸고 있는 것이다.

한 쪽에서 인간들이 무절제한 욕망과 낭비와 오만에 젖어 있을 때, 지구의 다른 한 쪽에서는 굶주림과 질병으로 죽어가고 있다. 이에 따라 모든 종교는 대립과 갈등으로 얼룩진 인류역사에 상당한 책임이 있음을 반성해야 할 것이다. 왜냐하면 신앙은 겸손과 친절과 포용으로 욕망과 낭비와 오만을 제거하고, 굶주림과 질병을 다스려야 하는 책임과 신의 소명을 담당해야 하기 때문이다.

평화와 질서는 힘만으로 유지되지 않는다. 함께 더불어 사는 상생(相生)의 정신만이 세계평화와 인류의 번영을 가져다줄 수 있을 것이다. 일방주의가 아니라 상생의 정신으로 돌아가야 한다는 말이다. 힘과 강압이 아니라 화해와 화합의 정신을 회복해야 할 것이다. 9·11 테러사건과 미국의 군사보복 행동은 인류에게 상생의 정신을 다시 한 번 일깨워주는 중요한 계기가 되고 있는 것이다.

김영삼 전 대통령은 〈역사는 승리자만을 기억한다〉라고 했다. 그런데 그는 무엇이 진정한 역사이고, 무엇이 진정한 승리인가를 알지 못한 것 같다. 그의 〈역사 바로세우기〉는 역사의 기본적인 정의를 내리는 데 실패하였다. 김영삼 정부의 문제는 단순히 개혁의 성공여부와 IMF 환란 책임의 것이 아니라, 그 이상의 것이라는 얘기로 귀착될 수도 있을 것이다.

YS에 얽힌 여러 일화와 정치적 궤적을 분석하면서, 그의 정치적 결정을 좌우해 온 것은 특유의 〈승리 이데올로기〉라고 말하는 학자가 있다. 이것은 정치철학이나 역사의식에 근거하기보다는, 단지 승리를 위한 정치를 하는 탓에, 중요한 국가정책이 정국전환·선거승리용으로 전격 결정되는 경우가 많았다는 지적이 있었다. 이러한 대단한 오만의 극치를 달린 〈승리 이데올로기〉는 결국 한국 경제와 민생들의 마음속에 무거운 상처만 남겼다.

역사의 전환기에 개혁에 대한 의지와 열망은 항상 높아진다. 정권 초기에는 열정 또한 크다. 정권 초기에는 개혁과 안정 또는 개혁과 통합의 균형 감각을 잃지 않으려는 의지가 높아지는 것이다. 이와 같이 중대한 전환점에서 개혁에의 의지와 결의가 높은 지도자에게 요망되는 것은, 무엇보다 소박한 지도력일 것이다. 누구에게나 힘이 실리고 권력이 집중되면, 지나치게 강성을 띠게 될 우려도 있고 유혹도 따른다. 따라서 아량이 크고 관용할 수 있는 지도자는 무엇보다 뜨거운 동정심을 먼저 가져야 하는 것이다. 이것은 오만이 차단된 소박한 지도자에게는 필수조건이 될 것이다.

특히 개혁을 강력히 추진하려는 지도자에게 이런 덕목이 결여되거나 약화되면, 자신도 걷잡기 어려운 독선적 분노에 사로잡히게 되고, 어느덧 편 가르기의 함정에 빠지게 될 것이다. 이것은 개혁 동지와 반개혁 세력으로 분류하는 기류가 형성되기 쉽다는 것을 말해 준다. 따라서 우리는 개혁의 성패는 어느 때를 봐도 개혁의 동반자가 얼마나 큰 테두리 안에 가득한 수로 힘을 모았느냐에 좌우되었다는 사실에 주목해야 할 것이다.

이러한 점에서 정치 지도자가 개혁을 주창하고 이끌고자 할 때, 공무원들의 향배가 늘 중요했다는 점을 간과할 수 없다. 개혁을 주창할 때마다 공무원들의 〈복지부동〉이란 듣기 거북한 말이 나온다. 그러나 그들은 공익에 충실히 복무한 〈공복〉들이 더 많다는 현실을 간과했었다. 개혁은 참여와 신뢰가 주 동력인데 그들은 불신과 배제를 원칙으로 삼았다. 개혁은 바로 그런 공복들의 마음을 먼저 사로잡아야 했었다. 우리의 전직 대통령들은 이런 점에서 실패하였다. 성공 이데올로기의 오만 때문에….

베트남의 지도자 호치민(1890~1969)은 혁명의 시대였던 지난 세기에 가장 소박하고 지혜로운 혁명가로 꼽힌 사람이다. 그는 2차대전 종전 뒤에도 인도차이나를 식민지로 지배하려고 한 프랑스 제국주의에 맞서 9년간의 항전을 이끌었다. 그리고 1966년 미국의 침략에 맞서 10년 전쟁을 승리로 이끌었다. 그를 생각하면 오만한 제국주의와 정면으로 맞서다 간, 강인한 의지의 인간이 떠오른다. 그리고 패기 넘치는 젊은이가 포부를 키워가는 과정도 그려진다. 한 나라의 지도자가 된 뒤에도 〈아저씨〉라 불릴 정도로 검소한 옷차림과 소박한 말투와 따뜻한 미소를 잃지 않았을 뿐 아니라, 지나친 낙관론이나 성급한 태도를 경계하였다. 또한 예측할 수 있는 모든 상황을 신중히 검토하고 대비하였던 〈현자〉의 한 사람의 모습도 떠오른다.

1890년 반프랑스 저항운동의 핵심지역인 응에안 성 킴리엔 마을에서 태어난 응우옌신쿵(호의 어릴 때 이름)은 프랑스식 국립학교에 재학 중이던 18세 때, 조세 반대 시위에 가담해 퇴학당함으로써 기나긴 항쟁의 삶을 시작한다. 프랑스어로 〈자유〉·〈평등〉·〈우애〉란 말을 듣고 가슴이 설렌 청년은 〈그 말이 내포하고 있는 의미가 무엇인지 알기 위해〉 여객선 주방 보조로 일하며 프랑스로 건너갔다. 1911년부터 호는 2년 동안 유럽·아시아·아프리카·남아메리카 등 세계 곳곳을 여행하였다. 그는 전형적으로 〈경험 대학〉을 나온 혁명가였다. 〈나는 대학에서 공부를 하는 행운을 누리지 못했습니다. 그러나 삶은 나에게 역사·사회과학·심지어 군사과학을 공부할 기회를 주었습니다. 무엇을 사랑할 것인가? 무엇을 경멸할 것인가? 우리 베트남인에겐 독립·노동·조국애가 필요합니다〉라고 그는 역설하였다.

1차대전이 끝날 즈음 〈응우옌아이쿠옥 (나라사랑)〉이란 이름으로 불린 호치민은 프랑스에서 〈안남애국자연합〉이란 조직을 결성하고, 연합국 지도자들에게 〈안남 민족의 요구〉라는 독립청원서를 제출하였다. 이 때부터 프랑스 식민당국의 〈감시보고〉에 기록을 남기기 시작한 호치민은 점점 깊이 사회주의 사상에 빠져들었다. 1925년 베트남혁명청년회 결성, 1930년 베트남 공산당 창당을 거쳐 1940년 베트남독립동맹(베트민)의 결성으로 독립운동에 전기를 마련한 호는 1945년 9월 베트남민주공화국의 선포에 이르렀으나 베트남의 자주독립은 이후 30년 전쟁을 치른 뒤에야 이루어졌다.

〈민족주의자의 의자와 국제주의자의 의자 어느 곳에 앉겠느냐?〉라는 스탈린의 질문에 〈두 곳에 함께 앉겠다〉라고 대답한 지혜로운 혁명가 호치민은, 평생 공자를 존경했고, 정약용의 「목민심서」를 애독했으며, 유언장엔 〈마르크스와 레닌 등 존경하는 혁명가들을 만나러 갈 것〉이라고 적은 복합적인 인물이었다. 따라서 그는 진정한 민족주의자이면서도 오만을 경계한 소박한 지도자였던 것이다.

과거 동아일보의 내용이다. 2000년 경기도 의정부에서 몇몇 사기꾼이 〈그린벨트 지정을 해제해 전매차익을 얻게 해주겠다〉라며 7억 원을 가로챈 사건이 일어났다. 당시 사기꾼 가운데 한 명은 〈하의건설 대표〉라고 찍힌 명함을 갖고 〈대통령의 8촌 동생으로 대통령과 같은 전남 신안군 하의면 출신〉이라고 자신을 소개하고 다녔다. 딱히 기억할 만한 가치도 없지만, 한 가지 특기할 만한 사실은 〈하의건설〉이라는 회사명이 사기 과정에서 가공할 위력을 발휘했다는 사실이다.

『대통령의 아들은 휴가도 가지 말고, 비행기 탈 때는 의
혹 살 만한 사람은 타지 말라고 광고 내고, 공항에는 인
사 나오지 말라고 4,500만 국민에게 알려야 합니까』

당시에 대통령 아들의 이 말은 일단 연민의 감정을 일으키게 만들었다. 그

가 그 전에 낸 자전적 에세이집에서 한 말은 더욱 그렇다. 〈우리나라에서 대통령의 아들은 당사자 입장에선 명예라기보다는 멍에요, 행복 쪽이라기보다는 불행 쪽이지 않았나 싶다〉 그러나 이런 항변은 정권의 임기 말만 되었다하면 고질병처럼 반복되는 스캔들 의혹 앞에서 너무나 무력하였다.

당시 여당 사람들은 〈억울하다〉라고 분노했다. 그러나 이들의 울분은 순서가 틀렸다. 애당초부터 야당 공세의 빌미가 될 일을 하지 않았더라면, 당시와 같은 참담한 사태는 벌어지지 않았을 것이다. 물론 ○○○ 의원은 이렇게 항변하였다. 〈바보처럼 실업자라도 좋다는 배필을 만나 아버지가 건네주는 생활비로 살다 죽으란 말인가?〉

그러나 정약용의 「목민심서」에 나오는 〈제가(齊家)〉편은 목민관의 도리에 대해 이렇게 말하고 있다. 〈위로 조상의 신주(神主)를 모시고, 아래로 빈종(貧從)을 거느리고 또 노비까지 데리고서 온 집안이 이사해 간다면, 모든 일이 얽히고 꼬여 사사로운 일 때문에 공무가 가려지고 정사가 문란해질 것이다. 그래서 옛사람이 말하기를 고을살이를 나가는 사람은 세 가지를 버리게 된다 하였으니, 첫째는 가옥을 버리는 것이요, 둘째는 노복을 버리는 것이요, 셋째는 아이들을 버렸으니, 참으로 옳은 말이다〉

이 말은 그동안 우리나라에서 국민이 원하는 〈절제된 권력〉이 왜 실천되지 못하였는지를 보여주는 중요한 사례가 될 수 있을 것이다. DJ는 바로 이 점에서 실패했다. 그래서 최초의 정권교체를 이룩했으며, IMF 경제신탁통치 시대를 극복했고, 남북정상회담을 성사시켜 노벨평화상까지 탄 〈위대한 지도자〉가 참으로 쓸쓸한 퇴임을 맞아야 했으며, 동교동의 도서관에서 국민들 눈치를 보면서 말년을 보내야 하는 것이다. 즉 〈국민의 정부〉의 총체적 위기는 집권 세력의 무능함이나 경제의 어려움 때문이라기보다는, 가신(家臣)들의 발호(跋扈)에 의한 사사로움의 극대화가 민생의 눈살을 찌푸리게 만든 데서 기인한 것인지도 모르는 일이다.

〈수신제가치국평천하(修身齊家治國平天下)〉에서 〈제가(齊家)〉를 모른체 하여, 혹은 참으로 사사롭게도 〈아비 된 심정〉 만 강조하다 보니, 힘없고 〈빽〉 없는 〈민생〉 아비들의 심정이 억하심정으로 변하게 되었다는 것을 그들은 간과하고 있었다고 보아야 할 것이다.

이러한 점에서 베트남 통일의 영웅 호치민은 친인척의 비리 가능성을 철저하게 차단한 〈절제된 권력〉 으로 국민에 대한 지배력을 행사했다. 대통령이 된 지 한참 지나도록, 그의 형과 누나는 그들이 존경하는 지도자 호치민이 동생인 〈구엔신쿵〉 인지 몰랐다고 한다. 뒤에 그들의 해후는 단 한 차례에 그치고 말았다. 절제된 권력의 진수였던 것이다.

그는 평생 독신으로 낡은 인민복과 폐타이어를 잘라 만든 샌들을 신고 지냈지만, 인민들은 그를 〈호 아저씨〉 라 부르며 절대적인 신뢰를 보냈다. 바로 그런 호치민은 〈세상을 정화하기 위해서는 조선 정약용의 「목민심서」 가 필독 서〉 라고 꼽았다고 한다. 이 땅의 지도자나 정치인들도 애독서를 꼽으라면 으레 「목민심서」 를 들었다. 그러나 「목민심서」 의 가르침은 지금 어디에도 없는 듯하다.

가끔 현재 우리가 알고 있는 역사는 사실일까? 하는 의문을 갖게 된다. 신채호는 자신의 저서 「조선상고사」를 통하여 중국의 우리에 대한 역사는 대부분 왜곡되었다고 주장하였다. 현재 중국의 고조선 · 부여 · 발해 등 고대사 전체, 나아가 조선후기 중국과 국경 설정이나 간도 문제까지 역사를 조작하고 있는 것처럼, 승리자는 항상 역사 문제를 정치적으로 이용하였다고 신채호 선생은 일관되게 주장하였다.

我와 非我의 슬픔

☆ 단재 선생님께 올립니다 ☆

I
유구한 전통을 가진
민족의 명맥이 가냘파져 감에
복받쳐 오르는 울분과 정열
조국산천에 가득하였네

웅장한 민족의 전통은 유린되어
외세의 침노할 발길에 뒹굴다가
민족정기 맥없이 통탄의 길에 넘어지고
몽고, 시베리아, 만주, 중원의 들판에 말 달리던
호기찬 선열의 눈빛 찾을 수 없었네

하늘의 북을 가슴으로 때려
삼천리 방방곡곡에 자주의지 울렸지만
이기와 파벌과 소심은
강인한 민족혼을 흩트려
옥중 순국으로 홀연히 떠나시고 말았는데

II
무엇이 〈我〉 이고
무엇이 〈非我〉 인가

무엇이 시간의 〈相續性〉이고
무엇이 공간의 〈普遍性〉인가

Ⅲ
〈아리라〉에 분포하여
〈신두수〉를 흥포하였고
신조선·말조선·불조선 모두가 우리였는데
역사가 도망 갔어요
인력과 물력이 없으면
재료가 있어도 소유할 수 없음을
스스로 통찰하였고
소중한 우리 역사 왜곡되어 칼질당해도
중국·일본의 거짓을 그대로 답습하여
큰소리치던 똑똑한 학자들
무릎 꿇게 했지요

민족주의자요, 역사가요, 사업가요, 독립운동가요
언론인이요, 소설가요, 사회운동가요, 정치인이요
사상가요, 철학자요, 행정가요, 문필가요, 한학자요
사회지도자요, 교육자요, 유학자요
몸소 실천한 종교인으로
온 대륙을 밟았으며

독사신론, 조선상고사, 조선상고문화사, 조선사연구초
육가라고, 을지문덕전, 이순신전, 정인홍공략전
조선사론, 이태리건국삼걸전, 동국거걸, 최도통전

조선혁명선언, 대한의희망, 낭객의신년만필
조선역사상일천년제일대사건 등이
수려한 손길이었고

성균관, 황성신문, 대한매일신보, 신민회, 신간회
국채보상운동, 가정잡지, 기호학회, 신한청년회
해조신문, 청구신문, 권업신문, 박달학원
동천, 임시정부, 신대한, 삼일운동, 대동청년단
천고, 관음사, 동아일보, 탈환, 한성임정정통론
다물단, 동방, 북경학회, 10년실형, 여순감옥
옥중순국 등이 미려한 자취로 남겨졌다

IV
올바른 역사관
자주적 민족혼
강직한 사회정신
투철한 애국애족

삼가 부끄러운 정성으로
살아있는 역사를 고이 올립니다

- 박재목 시집(3집) 〈숯쟁이 움막에서의 좌망(座忘)〉 (1997) 중에서 -

　알고 보면 우리가 고대사를 잃어버린 것은 그리 오래된 일이 아니었다. 삼
국시대에는 당연히 단일민족이란 개념이 있었고, 조선 초까지도 한국 고대
국사에 대한 기록이 아주 많았으며, 한국 고대사에 대한 인식도 분명했다고

한다. 즉 삼국시대에는 물론 우리민족이 단일민족이었고 단일국가였던 고조선이나 그 이전 배달국 또 그 이전 환국에 대한 사서들이 많이 있었던 것이다.

삼국유사에 〈석유환국〉이라고 나오는데, 일제시대에 조선사편수회장인 이마니시 류가 〈석유환인〉으로 조작했다. 그런데 다른 책은 다 조작했지만 삼국유사 규장각 정덕본은 유일하게 조작을 못해서 거기에만은 지금도 〈석유환국〉이라고 나온다. 석유환국이나 석유환인이나 무슨 차이가 있느냐 하면 〈석유환국… 옛날에 환국이란 나라가 있었다〉와 〈석유환인… 옛날에 환인이란 사람이 있었다〉의 모순을 유발하기 위해서였다.

환인·환웅·단군은 위에서도 언급했지만 고유명사가 아니라 보통명사로 최고통치자를 부르는 명칭이었다. 그런 것을 일제는 환인이 환웅을 낳고 환웅이 단군을 낳은 것으로 조작했다. 해방 후에도 우리의 국사교과서는 일제시대의 조선사편수회가 쓴 것과 거의 비슷한 내용을 가르쳐왔고, 대한민국의 국사편찬위원회는 조선사편수회의 후신이라고 해도 과언이 아닐 정도라고 재야 사학계는 비판하고 있는 실정이다.

왜 고대사를 말하는가? 하면, 현재의 친미파와 일제시대의 친일파와 이들의 뿌리가 바로 우리 민족의 역사를 축소·조작한 사대주의 정신에 있기 때문이라고 재야 사학자들은 주장하고 있기 때문이다. 단재 신채호 선생이 묘청의 난을 지난 1,000년 역사의 가장 큰 사건이라고 본 것도, 〈묘청의 난〉이야말로, 이 땅에서 민족주의자와 사대주의자와의 마지막 싸움이었던 것이며, 이 싸움에서 민족주의자들이 몰락하고 사대주의자들이 득세하면서부터 우리는 9,000년 역사에서 사대주의 매국노들이 득세한 오만한 역사로 접어들게 된 것이라고 그들은 분노하고 있는 것이다.

물론 역사상 최초로 외세를 끌어들여 동족상잔을 벌인 매국노는 당연히 김춘추라고 일부 민족주의자들은 주장한다. 그러나 그 후로도 민족주의 세력들은 끊임없이 사대주의자들과 투쟁해 오다가, 마침내 〈묘청의 난〉 이후에는 민족주의자들은 정치의 중앙에서 떨어져나가고, 사대주의 매국노들이 득세하는 역사가 시작되었다는 것이다. 당이 신라와 연합해서 고구려와 백제를 멸망시켰을 때, 가장 먼저 한 일은 역사서를 보관하는 사고에 불을 지르는 일이었다고 한다. 그래서 지금 백제본기나 고구려기 같은 책은 제목만 전해져 오는 것이다. 우리나라 역사를 가장 많이 왜곡한 것은 당태종이었고, 그 다음으로 많이 왜곡한 것은 일제의 만행이었다.

왜 중국은 고대사를 왜곡했던 것일까? 왜냐하면 중국은 단군조선 말기에 나타난 진시황이 세운 진나라 이전에는 단 한번도 양쯔 강 이북으로 넘어오지 못하고 양쯔 강 이남에서만 살던 족속이었다는 열등감 때문이었다는 주장이 있다. 물론 진시황이 세운 진나라 이전의 중국은 단 한번도 통일왕조조차 없던 민족이었고, 그래서 공자도 논어에서 〈나는 차라리 구이의 나라에 가서 살고 싶다〉라고 말했는데, 거기서 말하는 〈구이〉가 바로 동이의 다른 이름이며 바로 고조선을 가리키는 말이라는 얘기다. 공자 당시에만 해도 고조선은 70여 개의 대소 분봉제후국을 거느렸던 대제국이었다고 한다. 중국인들은 공자 이전 시대부터 우리 동이족을 가리켜 〈동방예의지국〉, 〈군자불사지국〉 등으로 불러왔으며, 동이라는 말도 원래는 배달국 제 14대 천황이었던 자오지 천황이 지금으로부터 4700여 년 전에 큰 활을 만들어 쏘면서 큰 활의 위엄을 몹시 두렵고도 존경스런 의미에서 〈동이〉라고 불렀던 것이다. 그렇게 존경의 대상이었던 〈동이〉를 훗날 공자가 〈춘추〉를 쓰면서 동이는 오랑캐의 칭호라 기록하면서부터 〈동이〉의 의미가 왜곡되었다고 한다.

원래 중원은 우리민족인 동이족의 땅이었고 환국과 배달국 고조선 시기까지 우리민족이 중원대륙 거의 대부분을 차지하고 있었다. 그리고 고조선 다음의 북부여, 고구려로 우리민족의 정통성이 이어졌으며, 흔히 우리 역사상 가장 넓은 영토를 고구려 시대라고 하는 것은 고대사를 모르고 하는 이야기라 한다. 고구려 초대 동명성왕의 연호가 〈다물〉이었는데, 다물이란 〈따무르다〉라는 말로 〈따무르다〉라는 말은 원래 자기 것을 남에게 빼앗겨서 다시 찾는다는 의미라고 한다. 고구려는 개국할 때부터 국시(國是)가 잃어버린 〈민족의 고토 따무르기〉였다. 그 결과 광개토왕·장수왕·문자대왕이 괄목할 만한 영토회복을 가져왔지만 그것이 완전한 고토 회복은 아니었다.

일제시대 조선사편수회장이었던 이마니시 류 같은 일제는 우리 고대사의 중요한 사서들 약 30만 권 정도를 불살랐고, 주요 문서는 약탈해 갔다. 그리고 이성계가 쿠데타로 조선을 세우면서 중국에게 그 지위를 인정받기 위해 하늘에 제사를 지내는 권리를 스스로 포기했으며, 쿠데타를 해서 조선을 세운 이성계의 아들 이방원이 또 한번의 쿠데타를 일으키면서 중국에 자기의 지위를 인정받기 위해서 30만권 정도의 한국고대사 서적을 불살랐다고 한다.「조선왕조실록」에 보면 그때 〈수서목록〉도 나오고, 전국적으로 한국고대사 서적들을 거두어들였다는 이야기도 나온다. 조선의 세조·예종·성종 등이 모두 8도 관찰사에게 명하여 전래의 희귀서적을 거두어들이라고 명령한 사살이 왕조실록에 기록되어 있는 것이다.

김유신 묘에서

I

정사(正史)에

장군은 미증유의 태대각간이었네

지략과 담력은 중원을 덮고

일통삼한(一統三韓)은 탁월한 전공이었네

자연의 이치를 형세와 조화시켜

백전백승의 위업을 평생에 이루었고

한결같은 의리로 기개는 출중하며

충절로 종사를 굳히어

대국(大國)의 위협에도 흔들림이 없었네
천신(天神)의 칼을 받아 백성을 위무하니
명신의 으뜸이요 문무의 걸출이었네

II
야사(野史)에
장군은 뛰어난 음모가였다네
음험하고 사나운 정치가요
외교에는 신뢰가 안보였으며
큰 공은 싸움터가 아니라
뒷방에서 술수로
이웃을 먼저 어지럽혀 얻었다는데
충신을 참소하고
대국(大國)에 아부하였으며
패전을 가려 숨기고
조그만 승리는 과장하여 크게 썼다는데

III
장군은 분명 역사에서
변혁의 웅대한 분수령이었습니다
정사(正史)든지 야사(野史)든지
역사 재료를 귀중하게 아끼고 싶습니다
다만 승리자의 오만으로
말살한 수많은 자료(역사) 무척 아쉽습니다
그 시대에 내가 살지 않았으므로
지금 할 말은 없지만은

사기 열전에 장군의 전기가
을지문덕 연개소문 계백 이하
수십 명의 전기보다 많고
부여 성충 같은 충절은
열전에도 끼지 못함을
무엇으로 설명 하겠습니까?

IV
망국(亡國)의 어진 재상과
이름난 장수들은
죽어 말이 없는데…

- 박재목 시집(3집) 〈숯쟁이 움막에서의 좌망(座忘)〉 (1997) 중에서 -

　이때 규장각 검서관을 지냈던 일십당 이맥이란 분이 거두어들인 책 가운데 일부를 필사했던 덕분에, 나중에 우리민족의 구약성서라고 할 「한단고기」 같은 책이 나올 수 있었다고 한다.

　고구려 연개소문은 삼한일통이란 표현을 쓰면서 삼국이 원래 한민족이니 백제의 성충, 신라의 김춘추와 연합해서 당나라와 싸우자고 제안하기도 했다고 하는 내용이 「한단고기」 에 나오기도 한다.

『연개소문은 항상 자기 겨레를 해치는 자를 소인이라 하고, 능히 당나라 사람에게 적대하는 자를 영웅이라고 하였다고 한다. 연개소문은 먼저 백제의 상좌평이었던 성충과 함께 당나라를 토벌하기로 의를 세웠으며, 또 신라의 사신이었던 김춘추를 자기 집으로 청하여 머물게 하

며 말하기를, 〈나라 사람들은 패역하기를 짐승에 가깝습니다. 청컨대 우리나 그대들은 반드시 사사로운 원한을 잊고 지금부터 삼국의 백성의 뜻을 모으고 힘을 합쳐 곧바로 당나라 서울 장안으로 쳐들어가 도륙한다면 당나라 괴수를 사로잡을 수 있을 것이오! 전승의 뒤에 옛 영토에 따라서 연정을 실시하고 인의로써 함께 다스려 약속하여 서로 침범하는 일이 없도록 할 것을 영구준수의 계획으로 함이 어떻겠소?〉라고 하며 재삼 이를 권하였으나, 김춘추는 종내 듣지 않았으니 애석하고 가석한 일이었다』

- 「한단고기」 중에서 -

역사는 언제나 승리자의 몫이었다. 조선시대에 아홉 번이나 다시 고쳐 쓴 「고려사」와 「고려사절요」는 진정한 정사(正史)일까? 하는 의문을 들게 하는 것이다. 따라서 우리는 오만한 승리자의 역사조작과 왜곡과 말살을 역사 앞에서 반성하여야 할 것이다. 왜냐하면 역사는 잠시 가릴 수는 있어도, 역사의 진실을 왜곡할 수는 없기 때문이다.

단군조선을 비롯한 우리 역사가 왜곡·말살된 이유는, 많은 전란을 겪으면서 사료들의 소실과, 새 왕조가 역사에 등장할 때마다 전(前)왕조의 업적을 강등하고 파괴시킨 파괴행위, 중국을 위하는 사대사관이 낳은 역사왜곡 등이 주 이유라 할 수 있을 것이다. 그러나 특히 일제강점기 때 우리 역사를 왜곡·말살하여 교육하는, 즉 우리민족의 말살정책사관인 〈식민사관〉에 의한 철저한 역사왜곡이 그 근본 이유라 아니 할 수 없을 것이다.

또한 중국은 우리 민족의 찬란했던 역사와 자기들의 진정한 역사를 감추기 위해 우리의 역사를 말살·왜곡하였는데, 이는 진시황은 B.C. 221년에 천하를 통일하고 나서 중국 역사의 뿌리가 바로 동이족의 역사라는 사실을 알게 된 열등감의 발로였다는 주장이 있기도 한 것이다. 그래서 진시황은 우리 동이족의 역사가 담긴 모든 서적을 불태우게 했던 것이다. 그리고 그 후에도 중국은 우리 역사를 말살·왜곡하기 위하여 갖은 노력을 다하게 되었다고 한다.

『선의 근심 가운데 나라의 역사가 없는 것보다 더 큰 것은 없다. 무릇 〈춘추(春秋)〉가 저작되자 명분이 바로 서게 되고, 〈강목(綱目)〉이 이뤄지니 바른 계통과 가외의 계통이 나누어지게 되었으나, 〈춘추〉나 〈강목〉 같은 것은 한(漢)나라 선비들이 자기들의 사상에 의거하여 정리한 생각일 뿐이다』

- 「규원사화 (揆園史話)서문(序文)」-

또한 조선시대에는 중국의 압력에 의해 「고조선비사」, 「천부경」, 「대변설」, 「도징기」, 「삼성밀기」, 「옥추경」, 「조대기」, 「지공기」, 「통천록」, 「표훈천사」 등 동이족의 역사와 사상을 기록하고 있는 책들을 금서(禁書)로 지정하여 거두어들였다. 근간에 도굴범에 의해 사도세자의 무덤 속에서 「천부경」과 「옥추경」이 나왔다. 그런데 이 책들은 우리 민족의 근원을 밝히는 책이다. 그 당시 명(明)의 첩자가 조선에 상주하고 있었으며, 금서(禁書)를 읽은 자는 사형에 처한다는 보이지 않는 통제가 있었던 것으로 짐작되므로, 사도세자의 죽음과도 무관한 것이라고 보기 어렵다는 설도 있다는 사실에 주목할 필요가 있을 것이다.

언제나 성공한 자의 타락이 문제이다. 날마다 보도되는 SK 비자금 수수 비

리에서 출발한 대선자금의 부정 등으로 가뜩이나 희망을 잃고 방황하는 민생들의 가슴에 황량함만 더해가고 있는 현실이다. 검찰 수사에 줄줄이 소환되는 이들은 모두 나름대로 성공의 정점에 서 있는 출세한 사람들이다. 자유세계의 장점은 무한 성공에의 가능성일 것이다. 자유로운 창의력으로 자신의 삶을 감동적으로 펼칠 수 있다는 것은 얼마나 바람직한 일인지도 모를 일이다.

그런데 우리의 문제는 바로 소위 출세한 사람들의 도덕적 불감증에 있다. 그들이 가지고 있는 지식·권력·재산이 그들을 오만 방자하게 하여 분별력을 마비시키고, 부정한 거래를 즐기게 했다. 최근 보도에 의하면 정상인으로는 상상할 수도 없는 스와핑의 주인공들도 한결같이 외국유학을 했거나, 최고의 교육을 받은 소위 엘리트 지도층이었다. 지금 우리 사회를 타락시키는 주범은 사회에 적응하지 못하는 불량 청소년이나 조폭이 아니라, 모두가 선택된 사람들이고 성공하고 잘난 사람들이다. 그들의 부정부패는 단가가 다르다. 화폐단위의 크기만큼 양심은 무디어졌고, 언제나 한 푼도 안 받았다고 잡아뗄 만큼 거짓말에 잘 다듬어져 있다. 그러나 지금 이 땅에 누가 있어서 이들에게 돌을 던질 수 있겠는가? 지금 부패는 우리 생활에서 행위와 의식이 아니라 민속이 되어버린 지 오래되었다.

그러나 만일 우리가 이 문제를 해결하지 않으면 더 이상의 발전과 비전과 희망은 없다는 것에는 공감하고 있을 것이다. 선거를 위하여 조직이 필요하고, 조직 관리를 위하여 자금이 필요하고, 표를 모으기 위하여 최소한의 비용이 든다고 한다. 그래서 필요악으로서 선거비용이 천문학적 수치로 나온다고 한다. 그러므로 먼저 제도를 바꾸어야 한다고 한다. 그러면 적어도 돈 안 쓰고 선거 할 수 있는 가장 유용한 방법을 찾을 수 있다고 말한다.

그러나 여기서 우리는 당장에 최선이 없으면, 차선이라도 취하는 것이 옳을 것이다. 정치가 빛을 발하지 못하는데 세상이 어찌 바르게 되기를 원하겠는가? 대통령이 국민에게 자신 있게 국정을 이야기하지 못하는 국가는 발전의 동력이 없는 것이다. 이것은 민생을 무력감에 빠지게 하여 거의 희망을 가지지 못하게 만든다. 바로 지도자의 타락은 민생들에게 절망을 안겨준다는 것을 가르치고 있는 것이다.

이제부터라도 정치지도자들은 잃어버린 권위를 회복하기 위해, 선거제도를 개선하고 부패를 제거하여야 할 것이다. 청빈과 겸손과 포용으로, 오만을 제거한 겸손한 승리자의 고뇌로 민생들 앞에 당당히 서야 할 것이다.

지금 우리 사회에서 일부 재벌들, 졸부들의 세습이 타도 혹은 혐오의 대상이 된 이유는 도대체 무엇일까? 그것은 단순히 물질적 유복함 때문이 아니고 자기보다 못한 사람들을 경멸하며 그들 위에 군림하려는 오만함 때문이다. 그들은 남보다 돈이 많아서 오만하고, 남보다 지식이 많아서 오만한 것이다. 그들의 부(富)나 지식은 가족을 통해 확대·재생산된다. 따라서 그들의 모든 자부심은 가문에 대한 자부심이다. 당연히 남을 경멸하는 그들의 오만의 원천은 겸손의 부족에서 오게 되는 것이다.

인간 존재는 근본적으로 부조리(absurde)한 것이기 때문에, 그 누구의 삶도 타인에 의해 소유되지 않는다. 그 누구도 이 세상을 소유할 권리는 없다는 것이다. 그런데 유일하게 그들은 마치 자신들이 소유할 권리가 있다는 듯이 생각하고 행동한다. 사르트르가 부르주아를 혐오하는 철학적·사회학적 이유가 여기에 있는 것이다.

『단편소설「지도자의 어린시절」(L'Enfance d'un chef)에서 우리는 〈지도자(chef)〉가 무엇을 의미하는지를 알 수 있다. 4대째 기업을 경영하고 있는 플뢰리에가의 어린 외아들 뤼시앵은 어려서부터 아버지 앞에서 굽신거리는 어른들의 모습을 보며 chef가 무엇인지를 배운다. 그것은 한마디로 남을 지배하는 권리이다. 그런데 문제는 이 권리가 세습적이라는 점이다. 나도 어른이 되면 사장(chef)이

될까요? 물론이지. 내가 너를 낳은 것은 바로 그것 때문
이란다』

권리의 세습은 출발부터 불평등이라는 점에서 사회 정의에 어긋나는 것이
다. 또한 존재론적으로도 문제가 된다. 매 순간 직전의 자기 존재를 무화(無
化)해 가며 새로운 기획을 앞으로 투사함으로써, 자기 인생을 형성하는 것이
인간의 존재인 데 반하여, 태어나기도 전에 또는 어떤 출발점부터 타인과 다
른 인생의 종착역이 정해진 이런 인생이, 진정한 실존일 수는 없는 것이다.권
리의 불평등 세습은 타인을 지배적 개체로서 인식함을 몰고 오고, 오만함을
잉태하게 한다. 그들은 굴욕을 강요하고, 마치 자기들의 권리를 신으로부터
받은 것으로 착각한다. 그들은 어린 시절부터 자기가 남을 지배하기 위해 이
세상에 나왔다는 생각을 주입받는다. 그들은 자신들이 온갖 권리를 다 갖고
있으며, 특히 남의 윗사람이 될 권리와 남을 지배할 권리를 갖고 있다고 착각
하고 있는 것이다.

그러나 남을 지배할 권리를 믿는 뻔뻔스러운 사람들에게, 과연 누가 이런
권리를 주었는가? 그들의 권리는 정당한 것인가? 따라서 이러한 오만한 승
리자의 착각은 언제나 역사가 심판할 것이라는 것을 우리는 인지함으로써,
오만을 경계해야 할 것이다.

『너희는 갓난아기가 포대기에 싸여, 구유에 뉘어 있는 것
을 볼 터인데, 이것이 너희에게 주는 표적이다. 갑자기 그
천사와 더불어 많은 하늘 군대가 나타나서, 하나님을 찬양
하여 말하였다. 가장 높은 곳에서는 하나님께 영광이요,
땅에서는 주께서 기뻐하시는 사람들에게 평화로다』

- 누가복음 2장 12~14절 -

미국인들은 〈공룡〉에 대해서 유난히 많은 관심을 가지고 있다. 〈쥬라기공원〉이라는 영화까지 만들어져 나와서 열광한다. 이미 오랜 세월 전에 지구상에서 사라진 공룡을 되살리는 상상력을 기르는 일에 열중하는 사람들이 한편에 있는가 하면, 다른 한편에서는 왜 이 공룡들이 갑자기 사라졌을까? 하는 질문에 매달려 평생을 보내는 사람들도 있을 것이다. 지금까지 나온 공룡 소멸의 원인에 대한 여러 가설들의 대체적인 공통점은 그것이 운석의 충돌이든, 빙하기의 도래이든 간에, 좌우지간 변화한 기후나 환경에 적응하지 못하여, 그 큰 몸집을 더 이상 버티기 어려운 상황에서 기인했다는 점에 주목하고 있다. 이러한 사실로 보아도 강한 힘과 큰 몸집과 그 수의 강성함이 그 존재의 존속을 영원히 보존하는 것은 아니라는 점을 알게 해주는 것이다. 〈강하다〉·〈크다〉·〈많다〉를 추구하는 삶이, 그래서 반드시 지혜로운 것은 아닌 것이다.

그것은 반드시 강하기 때문에, 크기 때문에, 많기 때문에 오만을 불러오는 것이다. 요즈음 인간이면서 공룡을 지향하는 삶이 허다한 것을 볼 때, 우리는 반드시 오만을 떠올리게 되는 것이다. 국가나 지도자나 재벌과 졸부도 이와 같아서, 오늘날 역사 속에 명멸했던 거대한 공룡과 다를 바 없었다는 것을 항상 깨달아야 할 것이다.

존 캐롤(John Carroll)이라는 한 언론인은 최근 「샌 프란시스코 크로니클」에 기고한 〈제국의 사망(The Death of Empires)〉이라는 글에서, 역사는 제국과 관련해서 적어도 세 가지 교훈을 알려주고 있다고 갈파했다. 〈첫째, 모든 제국은 결국 사멸하고 말았다. 둘째, 그렇게 사멸하는 과정은 긴 시간을 필요로 한다. 셋째, 제국의 시민들은 제국의 사망과정에서 나타나는 각종 신호를 잘 알아보지 못한다〉 그러면서, 그는 역사 속에 등장했던 제국들이 자신들의 거대한 국가의 규모와 막강한 군사력, 그리고 위대한 카리스마를 지닌 지도자가 제국의 안전을 지켜줄 것이라고 믿지만, 이 중 어느 하나도 제국의 영원한 생존을 보장해준 것은 없었다는 것을 지적했다.

그는 오늘날 미국이 바로 그렇게 제국으로서의 자신의 운명이 끝나가고 있음을 알아차리지 못하고 있다고 지적하고 있다. 미국이라는 거대한 제국의 운명에 대한 이러한 암울한 진단은, 〈미국이 자신 외에는 다른 국가의 의견이나 감정 등은 전혀 필요 없다는 식의 오만한 생각에 빠져들고 있다〉라는 점을 주시한 결과라고 그는 지적하고 있는 것이다. 자신의 필요를 위해서라면 지구상의 인류가 어떤 처지에 처해도 상관이 없다는 자세로 일관하는 한, 미국은 실패의 위기에 처했던 공룡과 다를 바 없는 상황을 자초하게 된다는 것이다.

환경이 변화하고 있는 것을 알아차리지 못하고 자신의 삶의 방식을 고수하던 공룡이, 더 이상 생존할 수 없게 된 것처럼, 오늘날 세계가 여러 가지로 변화하고 있는데, 그 변화를 이해하고 그에 따라 새로운 삶의 방식을 창조하기보다는, 자기만의 유익을 고집하는 오만으로, 미국은 세계 인류에게 고립과 증오의 대상으로 점점 전락하게 되지 않을 수 없다는 것이 그의 논지이다.

다른 사례들도 많다. 개인이든 기업이든 꿈이 있고, 원칙이 있으면 반드시 성공한다. 그러나 확고한 꿈과 원칙이 있음에도 불구하고, 때때로 하나를 잃어버려 절망으로 빠지는 경우가 있을 수 있다. 바로 시대의 흐름을 읽지 못하는 경우다. 도도한 역사의 강물 속에서 그 물줄기가 어디로 가는지를 파악하지 못하고 역행하는 경우를 우리는 종종 확인할 수 있는 것이다. 따라서 그 결과는 반드시 비참하게 끝나게 되는 것이다.

미국 남북전쟁 당시 흑인 노예제 유지를 주장한 남부의 정치인들은 농장 경영에 흑인노예가 매우 중요했기에 당연히 노예제 제도를 유지하고자 하였으나, 이미 시대의 흐름은 북부를 중심으로 한 산업화 사회로 흘러가고 있었다. 시대의 흐름은 그런 산업화라는 물적 기반의 변화와 함께 인간 존중이라는 고귀한 가치를 가지고 있던 링컨의 북부군에게 승리를 안겨다주었던 것이다. 이러한 시대의 흐름을 놓친 것은 바로 승리자의 오만 때문이었다.

피라미드의 영광을 구가하던 애굽 제국도 사라졌고, 바벨탑의 위용을 자랑하던 바빌론 문명도 고대의 유적이 되어버렸으며, 천하를 통일했다며 기세를 떨치던 진시황의 제국도 역사의 진토 속에 묻혀버렸다. 지구 도처에 식민지가 있어서 유니온 잭이 휘날리는 곳에 태양이 지지 않는다며, 인도와 셰익스피어를 바꿀 수 없다면서 기염을 토하던 대영제국도 노쇠하여 지금은 유럽에서 겨우 살아야 한다고 개혁을 외치고 있다.

만주를 진격하면서 우리를 그토록 고통에 몰아넣었던 일본제국도 패망했고, 지금은 10년이 넘는 경제 불황으로 시달리고 있다. 한때 그 기적적 경제 성장으로 전세계를 열광시켰던 일본신화는 서서히 그 힘을 상실해 가고 있으며, 일본의 미래를 구할 정신적 깃발은 보이지 않고 있기에, 우파적 민족주의에 호소하는 오만을 다시 부리고 있는 것이다.

약소민족에게 고난을 강요했던 자신의 과거를 반성하고, 인류를 위해 자신의 국가적 역량을 사용해야 한다는 도덕적 각성을 하는 것을 아직 일본에게서는 발견하지 못하고 있다. 이는 분명히 선진국이지 못한 나라의 현실을 보여주는, 도덕적 오만의 피폐함의 결과라고 나는 판단해 보고 싶은 것이다.

『먼저, 조선 사람들이 자신의 일, 역사, 전통을 알지 못하게 하라. 그럼으로써 민족혼, 민족문화를 상실하게 하고 그들의 조상과 선인들의 무위, 무능, 악행을 들추어내, 그것을 과장하여 조선인 후손들에게 가르쳐라. 조선인 청소년들이 그들의 조상들을 경시하고 멸시하는 감정을 일으키게 하여, 하나의 기풍으로 만들라. 그러면 조선인 청소년들이 자국의 모든 인물과 사적에 대하여 부정적인 지식을 얻게 될 것이며 반드시 실망과 허무감에 빠지게 될 것이다. 그 때 일본의 사적, 일본의 문화, 일본의 위대한 인물들을 소개하면 동화의 효과가 지대할 것이다. 이것이 제국일본이 조선인을 반일본인으로 만드는 요결인 것이다』

– 사이토 마코토(제3대총독) 조선사편수사업, 교육시책 –

1 총독부 우리 사서 20만 권 소각

2 역사 왜곡편찬 진용확대 개편

3 사료 선별수집 · 복본 행방불명

4 「삼국유사」, 단군신화설도 조작

5 단군, 기자도 '신화'로 조작

6 '영원한 屬國' 기도, 역사 날조

7 秘傳돼온 마곡사 古書도 방화

8 개국 기록한 正史는 모두 인멸

9 「규원사화」도 탈취 소각

10 역대 임금을 신화적 인물로 날조

우리 역사는 재야 사학계의 연구 결과이지만, 단군 47世 1,195년간의 기록이 있었고, 공자도 〈동이국〉의 실존 기록을 인정했으며, 우리가 고대에 중국을 위협하고 왜를 쳤고, 「삼국유사」가 단군 최고서(最古書)가 아니며, 「규원사화」 단군 세계(世系)는 합리적이며, 중국사서와 사실이 일치하고, 구석기 유물 발견 사실도 은폐되었고, 한반도에 청동기 유물조차 부인했으며, 고고학 조사도 총독부가 통제했고, 〈실증〉을 가장하여 역사 편년도 내려잡았고, 고인돌 축조 연대도 크게 낮추었으며, 「〈삼국사기〉」 초기 기록도 부정했고, 등등이 일본의 오만한 자태를 보여주는 역사적 왜곡의 단서들이다.

역사에서의 기록은 잠시 왜곡할 수는 있어도, 역사적 진실(實事)은 못 감춘다는 말이 있다. 우리는 아직도 〈식민악령〉이 살아 있음에 분노할 줄 알아야 하고, 그들의 만행과 역사적 왜곡에 역사 앞에 다시 겸손할 줄 알아야 할 것이다. 이제까지 왜 국내 학자들은 패전 이후에도 침략사관을 버리지 못한 채, 일본에 침묵만 지키고 있었는가? 그 학자들과 그 학자들의 스승이 일제에 의해 길러졌고, 그들의 박사논문을 일제가 심사해서인가?

역사는 정신이라 한다. 오만한 일제의 역사조작으로부터 한국사는 다시 정리되어야 할 것이다. 1920년대 일제의 정책은 수탈에만 그치는 것이 아니라, 본격적으로 우리민족을 분열시키고, 〈역사〉를 단절시키는 수준에까지 나갔으며, 우리의 정신을 고갈시켰다.

일본은 〈자생왕조〉라는 허구의 합리화 이외에도, 당시 3·1 항쟁으로 고조된 한국인의 독립의식을 희석시킬 고차원의 식민지 문화정책의 일환으로, 더욱이 〈역사〉 왜곡을 자행했다. 한국의 역사의식을 흐리게 하여 장기적인 식민지화의 포석을 굳히는 데 있어서, 무력으로 한국을 병탄한 일제는 군사적·경제적인 측면만이 아니라, 역사적·문화적·정신적 측면에 있어서도 일본이 한반도 지역보다 우위에 있었음을 조작·교육하는 일이 필요했던 것이다.

이런 이유들로 인해, 일제는 그 시책의 하나로서 1922년 12월 훈령(訓令) 제 64호 〈조선사편찬위원회〉 규정을 제정·공포하여 새롭게 〈조선사편찬위원회〉를 설치하고, 조선총독부 정무총감을 위원장으로 주요인물을 중심으로 한 15명의 위원회를 조직하였다. 그러나 이완용·권중현 등 부일역적들과 일본인 어용학자들이 합작한 〈조선사편찬사업〉이 정인보(鄭寅普) 선생 등 한국인 학자들의 외면으로 순조롭게 진행되지 않자, 조선총독부 총독인 사이토는 〈조선사편찬위원회〉를 확대·개편하였다.

명칭을 〈조선사편수회〉로 바꾸고, 일왕(日王)의 칙령으로 설치근거의 격을 높였다. 1925년 6월에는 〈일왕칙령〉 제 218호로 〈조선사편수회〉 관제를 제정·공포하였고 조선총독부 총독이 직할하는 독립관청으로 승격시켰다. 관제(官制)를 새로 제정한 다음달인 1925년 7월, 개편한 조선사편수회의 참여인물들을 보면, 일제가 얼마나 단군조선 등 한국사 왜곡편찬에 심혈을 기울였는가를 알 수 있을 것이다.

조선사편수회 고문에 부일역적들인 이완용·권중현을 다시 앉히고 박영효·이윤용·일본인 거물들·어용학자들을 위촉하였다. 또한 이 편수회의 위원장급 회장들로는 현직 정무총감들이 맡아 권력을 휘두를 수 있는 일본인들을 참여시켰다. 1910년 11월부터 1937년까지 무려 27년간의 사료수집 기간을 제외한 35권의 「조선사」 편찬 기간만도, 1922년 12월 〈조선사편찬위원회〉 설치 때부터 1938년 3월 완료되기까지 만 16년이 걸렸다. 이 사업을 위해 일제가 쓴 예산만도 엄청났다.

일제가 본격적으로 그들의 역사보다 2,000년이나 앞서있는 〈단군조선〉 등 우리의 역사를 왜곡·말살시키기 위해 일왕칙령으로 설치근거의 격을 높이고, 조선총독부 총독이 직할하는 독립관청으로 승격시킨 〈조선사편수회〉에서 〈단군조선〉을 〈신화〉로 왜곡하고 말살하는 데 주도적인 역할을 한 장본인이 바로, 일본인 이마니시(今西龍)였다. 이마니시는 「조선사」 편찬의 주역으로 〈단군조선〉 등 한국사 왜곡 업무에 조선사 편찬 초기부터 16년 2개월 동안 앞장서 관여해 왔다. 그는 1921년 〈단군고(檀君考)〉라는 단군신화설을 만들어 그의 모교인 경도제국대학에서 〈조선고사의 연구(朝鮮古史の研究)〉라는 논문을 제출 박사학위를 받기도 했다.

주목해야 할 것은, 1916년 1월 조선반도사편찬위원회 때는 새로 편찬할 한국사의 시대구분을 〈상고·삼한(上古·三韓)〉, 즉 단군조선을 집어넣기로 결의했으나, 7년 후인 1923년 1월 8일 조선사편찬위원회 제1차 위원회에서는 〈상고·삼한(上古·三韓)〉을 단순히 〈삼국이전〉이라는 한 편으로 축소하여 놓고, 1925년 10월 8일 조선사편수회 제1차 위원회에서는 〈삼국이전〉과 〈삼국시대〉를 줄여 〈신라통일 이전〉이란 한 편으로 하였다. 이처럼 일제는 단군조선을 없애려고 편찬기구의 개편 때마다 상한선을 아래로만 끌어내렸다.

일제는 「조선사」가 공명정대한 학술적 사서(史書)라는 것을 강조하였는데, 이것을 가시적으로 보장해 주는 편찬체제가 바로 〈편년체〉이다. 당시 사학계에 풍미되었던 실증사학을 보장해 주는 듯이 간주되었던 것이 편년체였는데, 이것의 근본목적은 연도가 정확하지 않다는 이유로 단군조선을 사서에서 제외시켜버리려는 데 있었다. 또한 이 연장선에서 단군조선을 계승한 부여 등 열국시대를 말살시키려 했던 것에도 그 일단의 목적을 두었다.

단군조선의 왜곡과 말살을 위해 특히 한민족의 기원과 관련되는 사서들을 수집했던 일제는, 단지 고려시대 중엽과 말엽의 사서인 「삼국사기(三國史記)」(1145) 와 「삼국유사(三國遺事)」(1285) 등 취사선택하여, 이와 같은 사서들만 남겨놓고, 그 이전의 사서들은 불태우거나 빼돌림으로써 그 의도를 분명히 드러내었다. 그러나 무엇보다 단군조선 등 삼국이전을 제대로 기록하지 않은 「삼국사기」 와 단군조선을 불교신화로 각색한 「삼국유사」 는 이유야 어찌되었던 간에, 결국 이 두 사서는 일제가 단군조선을 부정, 4332년 우리 역사 중 2300년 역사를 말살시키는 데 활용할 수 있는 근거를 일제에 제시해 주는 결과를 초래한 셈이다.

일제는 취사선택하여 남긴, 즉 단군조선을 제대로 언급하지 않은 「삼국사기」 를 한국 상고사의 기본사료로 못박아 단군조선을 말살하였고, 〈한국사〉 를 2,000년 역사로 축소시키는 데 성공하였다. 또한 단군조선을 불교신화로 각색한 「삼국유사」의 기록은 사설(史設)로 규제해 버림으로써, 단군조선을 신화로 왜곡 처리하는 데 성공하였다. 엄청난 오만의 극치였고 역사적 만용이었다고 할 수 있을 것이다.

이러한 엄청난 오만과 역사적 자만으로 이루어진 역사적 왜곡과 오류로 인하여, 우리는 그 후 참을 수 없는 수치와 고통과 굴욕과 침탈의 〈시간의 보복〉 을 당하였던 것이다.

chapter 5

제 5절 가치 충돌 조장

chapter 5

지금 우리가 좋던 싫던 간에 이끌려가는 세계화 시대가 그 방향감각을 올바로 세우고 있는지에 대한 의문은 많을 수 있을 것이다. 그리고 21세기의 출발은 문명의 충돌을 넘어 문명의 화합을 이루어내야 하는 당위가 우리의 가치관을 엄습하고 있는 실정이다. 아울러 갈등과 투쟁으로 점철된 20세기를 보내고 21세기의 새로운 균형과 조화의 문화시대를 열어가면서, 존엄한 인간생명의 가치와 물질적 가치를 함께 아울러 실현할 수 있도록 지혜를 모아야 하는 책임이, 이 시대를 살고 있는 우리에게 있는 것이다.

우리가 속해 있는 아시아적 사유와 가치의 입장에서 보면, 인류와 자연은 우리가 서로 보듬어안으면서 공존하고 협력하고 조화를 이루어야 하는 상생의 관계일 것이다. 그리고 오늘의 세계화 시대를 일관하며 뒷받침하고 있는 정체성(正體性)이 과연 무엇이며, 지금 우리 인류가 어디를 향해 치달아가고 있는가에 대한 불확실성과 불안감을 우리는 함께 가지고 있는 것도 사실일 것이다.

1970년대를 지나 동아시아 경제가 고도성장을 이룩하게 되면서, 공동체의식·검약정신·높은 교육열·가족주의 등으로 요약되는 〈아시아적 가치〉가 많은 긍정적 또는 부정적 관심을 가지면서, 연구의 대상이 되어온 것이 주지의 사실이다. 그러나 지금은 그것이 패거리주의(Cronyism)·족벌경영·가부장적 권위주의 등으로 비판이 집중되고 있는 현실을 우리는 또한 감안하지 않을 수 없는 형편이 되어버린 것이다.

인권과 정의는 현대사회에서 겪는 사회적 불의·폭력·갈등 등의 본질과 원인 및 해결책을 논의하고 모색하는 데서 찾아야 할 것이다. 인권을 보편적인 가치로서 이해할 문제인지? 아니면 각 사회의 문화라는 고유한 틀 안에서 관대해야 하는 것인지? 를 먼저 생각해 보아야 할 것이다. 인권 문제는 개인의 사생활과 관련된 것에서부터 국가 권력과 개인 및 국제적인 갈등과 협력 체계 안에서도 등장하는 문제이기 때문이다.

또한 인권은 때로는 지배집단의 오만과 편견으로 일관성을 둘러싼 논쟁을 불러일으키기도 한다. 인권의 모색은 교도소 인권 유린, 개인 정보 유출, 아동 학대, 매춘, 환경, 기아, 현대판 노예, 탈북 주민, 전쟁 지역의 여성 인권, 북한의 독재 등 다양한 사례로 다루어질 수 있을 것이다.

원칙적인 것의 이해와 실질적인 인식의 전환 사이의 간격은 정치적 결정 과정을 좌우하는 중요한 문제임을 확인하여야 하고, 따라서 정치지도자로서, 유권자로서, 지역사회 구성원으로서의 참여 형태를 다루고, 한국 정치 현실에서의 여성의 정치적 위상과 참여의 확대를 논의하여야 할 것으로 보인다.

엘리트와 일반국민 사이의 권력관계는 사회적 보상과 처벌의 기준을 정하는데 있어서, 누가 어떤 과정을 통해 영향력을 발휘하는가에 따라 다르게 나타난다. 권력 관계는 정책 결정 과정에 직접 참여하는 집단과 그 과정에서의 참여는 그렇게 직접적이지 않지만, 결정의 결과에 따라 삶의 질과 형태에 영향을 받는 집단으로 이루어지는 것이다. 누군가 장난으로 호수에 돌을 던지며 즐거워하는 동안, 호수의 어떤 재수 없는 개구리는 생사의 기로에 허덕이고 있어야 하는 것이다.

따라서 이 권력관계의 정당성은 이 관계의 당사자들의 동의와 인정을 근거로 하여야 할 것이다. 소수의 엘리트와 다수의 국민들의 협력과 갈등은 민주주의의 본질이라고 할 수 있으나, 민주주의는 이러한 권력관계의 변화의 역사와 함께 그 모습과 내용이 달라져왔다고 볼 수 있을 것이다. 그리고 시대와 사회마다 권력의 정의로운 분배와 실천에 대해 다른 기준이 적용되어온 것이, 바로 정의와 최선이라는 것의 차이에서 비롯된다는 것을 먼저 이해하여야 할 것이다.

2003년 들어 반미 · 민족자존 · 개혁 · 진보 · 평화통일 · 동맹파 · 자주파 · 균형안보론 등의 구호들이 자주 등장하고 있다. 따라서 우리는 분별력과 균형적인 사고감각으로 이 문제를 심각히 생각해 볼 필요가 있을 것이다. 우리는 우선 무엇이 선이고 무엇이 악인지, 아니면 적어도 무엇이 더 사악한 것이고 무엇이 그보다 덜 사악한 것인지를 구분해 볼 필요가 있다는 말이다. 여기에 북한의 북핵 문제와 북한 인권 문제도 포함하여 논의해 볼 필요가 있을 것이다.

북한의 김정일 정권이 미국의 부시정부에 비하여 얼마나 더 사악하고 또한 덜 사악한가에 대한 존재적 인지의 척도를 우리는 알아야 할 필요가 있을 것이다. 여기에는 물론 북한이 〈우리 민족〉이라는 것을 염두에 두어야 한다는 관점도 있다. 그러나 〈북한 독재자〉들과 〈북한 동포〉들을 구별해야 하는 당위도 또한 염두에 두어야 할 것이다. 따라서 그 사악한, 극히 소수의 북한정권과 우리의 불쌍한 2,500만 북녘 동포들과도 제대로 구분하지 못하는 것조차 신기할 정도의 인식적 과오와 민족적 실수를 지금 이 시점에서 심각하게 생각해 보아야 할 것이다.

지금 우리는 미군 장갑차에 치여 죽은 두 명의 여학생들에 대한 미국의 태도에 대한 시청 앞 광장에서의 촛불시위, 북한정권이 저지른 이루 헤아릴 수

없는 반인류적·반민족적인 범죄에 대한 평가, 북한 독재자들의 치기 어린 오만함에 대한 관용, 그동안 굶어죽은 수백만 명의 북한동포들과 강제수용소에서 짐승보다 못한 삶을 살아가는 수십만 명의 북한 정치범들(이들 대부분은 남한사람들이 흔히 말하는 양심수들이다)에 대한 대처, 아무런 잘못도 없이 유괴범에 의하여 납치된 것과 똑같은 운명으로 전락한 수만 명의 납북자들과 그 가족들에 대한 인식, 남한으로 탈출하려고 대사관 철문을 부여잡고 절규하는 북한여인의 처절한 몸부림을 보는 시각, 2002년 6월 꽃다운 나이에 나라를 지키다가 〈서해대전〉에서 아무런 잘못도 없이 무참히 죽어간 수십 명의 젊은 군인들에 대한 연민 등에 대하여 우리는 엄청난 가치충돌을 경험하고 있는 것이다.

이러한 관점에서 보면 핵무기를 갖고 정말 한반도를 불바다로 만들지도 모를 도박을 벌이고 있는 북한정권의 무모함에 전율을 느껴야 함에도 불구하고, 오히려 북한이 그 핵무기를 설마 실제로 사용하려고 만들었겠느냐? 하는 순진한 사람들, 한술 더 떠서 우리민족(북한)이 핵폭탄 몇 개쯤 갖고 있는 것이 우리 민족의 자존심을 지키는 일이어서 속이 후련하다는 사람들이 있을 수 있다는 것이다. 더구나 북한의 핵무기가 남한의 안보를 튼튼히 해준다고 믿는 부류도 있을 것이다. 서울의 코앞에 남한을 향하여 배치된 북한의 가공할 만한 그 엄청난 화력을 과연 우리 남한에 대고 사용하겠느냐? 하고 반문하는 사람들인 소위 진보적인 학자들과 우국충정이 넘치는 관련 시민단체들을 우리의 안보에 과도하게 집착하는 보수주의자들이 어떻게 보느냐 하는 가치 충돌이 심각하다는 것이다.

지난 반세기 이상 우리의 국토를 지켜왔던 미국은 분명 지금은 우리의 우방이다. 여기서 동맹파 또는 자주파 하는 단세포적인 주장과 판단으로 미국을 판단하기 전에 우리는 균형외교로 우리의 생존을 일차적으로 확보하는 것이 가장 시급하다는 인식을 가져야 한다는 것을 왜 모르는지 답답하다고 우리의 보수주의자들은 주장하고 있다.

물론 미국은 한국만 유독 예뻐서 그랬던 것은 분명 아니다. 다만 미국은 그들의 국익(과실송금)을 지키는 데에 최선을 다해 왔을 뿐이다. 역설이지만 미국의 부시는 언제나 한 나라의 지도자로서 갖추어야 할 최고의 덕목(?) 중의 하나인 자국의 이익을 극대화시키는 일을 추구하여 왔고, 자국민들을 가장 안전하게 보호하는 일에 최선을 다했다고 할 수 있을 것이다.

그러나 우리는 이제까지 그렇게 미국의 대통령처럼 하지 못하였다. 아무리 많은 무고한 남한 사람들이 수도 없이 북한에 의해 납치를 당해 왔어도, 김일성·김정일에게 일본의 수상처럼 준엄하게 따져물은 적도 없었고, 우리 동포인 북한의 탈북자들이 남한으로 필사적으로 들어오고 싶어해도, 우리 정부는 별로 달가워하지 않았다는 것이 탈북자들의 얘기이고 민생들의 느낌인 것이다.

자기네 인민들 천오백만 명이 먹을 것이 없어 초근목피를 찾아 들판을 헤매고 인육을 먹기까지 하면서 지옥보다 못한 삶을 연명해 가고 있을 때, 꽃제비라는 아이들이 중국연변지역을 굶주리며 들짐승들처럼 방황하고 있을 때, 중국으로 탈출한 가족들이 체포되어 할아버지·며느리·손자 할 것 없이 가축들처럼 철사로 코가 꿰어 북한으로 잡혀가고 있을 때에도, 자본주의의 상징인 최고급 외제양주를 마시며 북한 최고의 미녀들인 기쁨조들에 둘러싸여 최고급 만찬을 즐기고, 수억 원짜리 외제 차 백여 대를 애들 장난감 모으듯 하고 있는 짓거리가 저들의 현실인 것을, 우리 친북 진보파들도 좀 알아주었으면 좋겠다는 것이다.

얻어먹는 주제에 핵무기를 가지고 남한을 불바다로 만들 수도 있다고 위협하는 북한정권, 남한에서 〈햇볕정책〉을 성공한 치적으로 남기기 위하여 무조건 그렇게 엄청난 돈을 퍼부어주고 있는데도, 남의 잔칫날(월드컵) 우리 군인 수십 명을 아무런 이유 없이 총질하여 죽이는 것을 예사롭게 생각하는 북한정권, 그런 북한정권이 〈이러한 불행한 사태가 야기되어 유감스럽다〉라고 했을 뿐인데, 이를 〈북한이 우리에게 사과한 것으로 치고 넘어가자〉라고 한 우리 정부의 끝 모를 관대함. 그리고 몇 달도 채 되지 않아, 갑자기 백년지기라도 된 것처럼 부산 아시안게임에 참석한 북한사람들에게 환호하는 우리의 방송매체들과 북한에서 온 여자들의 팬클럽 만들고 이들과 사귀어 보고 싶다고 떠드는 넋 나간 수많은 시민들, 그들은 통일과 민족이라는 미명하에 자신과 자신의 동포의 인간적 정의와 인권과 민주와 평등과 자유를 매혈했다고 나는 판단하고 싶은 것이다.

집 지을 때 동전 한 푼 보태지 않았던 북한에게 공짜로 〈평화를 사랑하는 국가집단〉이라는 홍보를 세계만방에 할 수 있도록 갖은 편의를 다 제공하고도, 호텔시설이 어떠니 하며 항의를 하는 북한임원들의 오만 방자함에도, 한마디 말도 제대로 하지 못한 우리의 책임자들도 있었다.

저들은 매일 수십 개의 태극기를 불사르고 남한을 개·돼지처럼 욕하면서도 어쩌다가 우리가 인공기 하나 불태웠다고 2003년 대구 유니버시아드 대회에 못 간다 하니까, 바로 우리 대통령이 사과했다. 사과를 받고서도 대구에 봐준다는 식으로 와서는 생떼와 행패를 부리는 북한 집단에게 체육지원금을 부어주고, 거기에 호의를 베푸는 언론과 시민들은 또한 무엇을 생각하고 있는지?

남북통일을 위해서인가? 아니면 북한의 무력시위가 그렇게 무서워 알아서 기는 것인가? 통일도 좋고 민족 공동의 번영도 좋다. 그러나 세계 역사상 주권국가를 지키는 것을, 국가간에 평화를 유지하는 것을, 현금을 주고 산 적은 역사적으로 없었다. 돈을 퍼부어주고 얻을 수 있는 것은 종주국과 속국의 조공 관계요, 무엇을 사고 팔 때뿐이었다.

인도적 지원과 민족공영은 현금이 아니라, 그들을 자유와 인권으로 이끌 수 있는 사탕이어야 하고, 그들의 민생(동포)들이 필요로 하는 물자여야 했었다. 여기서 이씨 조선을 500여 년의 긴 명맥의 국가였다고 자랑하는 식민사관의 학자가 있는데, 그것이 어디 솔직히 국가였단 말인가? 1년에 수도 없이 민생들을 착취하여 입을 것과 먹을 것을 다 갖다 바친 속국이었지, 독자적인 국가는 아니었던 것이다. 바로 왕과 왕실만을 보전·유지할 수 있었던 가장 중요한 이유는 중국의 명나라·청나라 등에 대한 조선시대의 위정자들의 사대주의 정책, 그리고 그들에게 무수히 갖다 바친 조공(당시의 현물) 때문이라고 생각하는 것이다.

누구나 이야기하듯이 국가간에는 영원한 적도 영원한 우방도 없다. 단지 이해관계에 따라 국가간의 역학관계는 언제나 변화할 수 있는 것이다. 역사적으로 볼 때, 여기에서 작동하는 것은 단지 국가의 힘의 우월성이라고 생각한다. 여기에는 언제나 겉으로는 〈선린외교〉이니 〈영원한 혈맹〉따위의 단어들로 포장되어 있는 것이다.

그러므로 보다 우월한 국력과 경제력 그리고 그 국가의 지도체제의 자유민주적 정당성만이 한 주권국가의 체제를 담보하고, 국가간의 평화를 유지하는 유일한 요소라고 나는 생각한다. 나는 지금도 계속 우리나라 역사상 그들이 의도했던 의도하지 않았던 간에, 그들의 목적을 위해서였지만 우리나라를 가장 많이 도와주었던 미국이라는 나라에 대비하여, 동맹파와 자주파의 기본적 인식과는 별개로, 북한정권의 오만함에 대해서만 그토록 관대한 남한의 소위 진보적 개혁집단들이 들이대는 이중적인 잣대에 대하여, 그들의 오만함을 지적하고 싶을 뿐이다. 나는 여전히 국가공무원이고 지독한 자주파이기 때문에 역설적으로 이러한 이중 잣대를 질타하고 싶은 것이다.

일반사람들이 사이비 종교를 분별할 수 있는 기본적인 기준은 첫째로 해당 종교의 근본도리를 믿는가? 이다. 이것의 의미는 부처의 탄생과 예수의 부활을 믿느냐? 와 같은 의미일 것이다. 둘째로 기본교리서로 무엇을 믿는가? 이다. 셋째는 교주를 신격화 또는 우상화하지 않는가? 이다. 넷째로는 택한 자(신도)를 미혹한다는 것이다. 초신자를 대상으로 난해한 질문들을 던짐으로써 궁금증을 유발시켜 조금씩 이단단체에 발을 들여놓게 하는 것이다. 다섯째로 불건전한 신비주의를 가지고 있느냐? 하는 것이다. 마지막으로는 교리 해석의 오류로 인해 교리를 문자적·자의적으로 해석하는가? 하는 것이다.

사이비 종교의 피해는 어느 나라에서나 항상 주변에서 호시탐탐 미혹의 손길을 뻗치고 있다. 이러한 이단·사이비종교에 대한 최상의 대응은 바로 예방인 것이 전문가들의 지적이다. 그리고 그들은 최고의 예방책으로 사회적·국가적 관심과 교육을 강조하고 있는 것이다.

여기서 내가 사이비 종교를 언급한 것은 북한 때문이다. 이제까지 건국 후 우리 정부는 좋든 싫든 간에 통일과 대북정책에 휩싸여 왔었다. 이론(異論)이 있겠지만, 이제까지 대북협상에서 우리가 북한에게 끌려다닌 인상을 지울 수 없다는 것이 다수의 생각이다. 통일부나 북한을 연구하는 학자나 정책입안자들은 이 문제를 어떻게 생각하고 있는지 모르지만, 이제까지 북한을 하나의 정상적인 국가나 집단으로 보았기 때문에, 항상 참패했다고 나는 말하고 싶다. 미친 사람을 정상으로 보고 정상적인 대화를 한다면, 절대로 기본적인 원칙이나 관계설정의 전략이 들어먹히지가 않게 되는 것이다.

북한이 정상적인 정치집단이나 국가가 아니라는 점은, 사이비 종교의 기준을 살펴보면 알 수 있을 것이다. 보통 일반사람들이 사이비 종교를 분별할 수 있는 기본적인 판단기준이 있다. 이러한 판단기준에 비추어보면 북한이 확실한 사이비 종교집단임을 알 수 있을 것이다.

첫째 북한은 공산주의 1당 독재를 그들의 근본사상으로 믿는다. 그리고 자유와 평등의 바탕 위에서 건전한 경쟁을 유발하는 시장경제체제를 부인한다. 둘째로 북한은 주체사상을 기본교리서로 한다. 주체사상은 김일성·김정일의 생각을 최고의 가치로 하는 편협한 소아적·반인권적 사상이다. 셋째로 북한은 김일성·김정일을 교주로 신격화 또는 우상화한다. 넷째로는 북한은 2,500만 북한 동포를 주체사상과 공산독재로 미혹한다. 어릴 때부터 난해한 질문들을 주입하여 맹신을 유발한다. 다섯째로 날조된 내용으로 김일성과 김정일과 김정숙 및 그들의 조상에 대하여 신비주의를 조장한다. 마지막으로는 국가나 민족의 의미를 자기 멋대로 해석하여 오류를 자아내고 있는 것이다.

자기나라 지도자의 현수막이 비에 젖은 것을 보고, 떼어와 가슴에 안고 울먹이는 자가 어떻게 정상적 인간이며, 정상적인 국민이란 말인가? 따라서 우리는 이제까지 사이비 교주를 상대로 국가적 협상을 하여왔다고 보면 되는 것이다. 당연히 정상적인 협상이 제대로 될 수가 없는 것이다.

따라서 사이비종교 집단을 치유하는 방법은 그들의 약점을 계속 건드리는 것이다. 사이비종교에 대한 최상의 대응은 예방인데 이것은 불가능하다. 북한이라는 울타리로 막고 있기 때문이다. 어느 사이비 교주가 2,500만 신도를 포기하고, 자유와 인권을 부여하면서 자신의 왕국을 포기하겠는가? 그러므로 북한과의 협상이나 대북정책은 그들의 약점을 계속 지적하면서, 사이비교주를 믿는 신도들을 이탈시키는 방법밖에 없는 것이다.

여기서 북한의 사이비 집단의 최대 약점은 바로 〈인권〉이다. 그리고 북한 주민들을 대상으로 직·간접적으로 교육을 시키는 것이다. 바로 인권이라는 그들의 약점에 대하여 깨닫게 하여 이탈을 지속시켜야 할 것이다. 인권을 인식하여 사이비집단에서 이탈하면 우리는 그들을 수용할 정책을 마련해야 할 것이다. 마지막 단 한명의 북한주민이 김정일 교주에게서 벗어나야 북한이라는 사이비종교 집단은 없어지게 될 것이다.

〈참여정부〉의 출범으로 사회 각 분야의 개혁과 변화가 원만하게 추진될 것으로 기대했고, 민생들은 또한 희망을 가졌다. 그러나 지금 우리는 보수와 혁신 세력이 대립 양상을 보이면서, 사회 구석구석을 갈등과 마찰의 연속선상으로 보는 시각이 있어왔다는 것을 부인할 수 없을 것이다. 이라크 추가파병을 둘러싼 논란이 그렇고, 노사분규와 NEIS(교육행정정보시스템) 분쟁, 시위현장에서의 보·혁대결 등은 해를 넘겨 계속적으로 〈풀어야 할 과제〉로 이어져왔던 것이다. 이런 와중에 대북송금특검은 〈햇볕정책〉의 이면을 부분적으로 드러내기도 했었고, 정치적 독립을 표방한 검찰의 성역 없는 수사는 국민에게 신선한 충격을 던져주고 있는 것이다.

진보·보수진영은 이라크 파병과 북한 핵 문제, 주한미군 재배치, 송두율 교수 친북행위 논란 등 민감한 쟁점마다 한 치의 양보 없는 설전을 벌이며 상대를 비난했고, 대규모 집회 등으로 세력을 과시했다. 보·혁 갈등은 진보·보수 양 진영의 위기의식과 정부와의 불화, 경제 불황, 젊은층의 보수화로 더욱 첨예하게 진행되었다. 그러나 이제는 이념논쟁에서 벗어나 대화와 타협으로 갈등을 해결하는 성숙한 자세가 필요함을 보여줄 시기가 된 것처럼 보인다. 그러나 이제까지의 보·혁 갈등은 오직 이념논쟁에만 골몰했었다.

진보적 성향의 참여정부가 출범한 뒤 진보·보수 양 진영은 사회적 이슈마다 격렬하게 대립했고, 인공기·성조기의 소각, 폭력사태 등 극단적 행동까지 서슴지 않은, 정말 한국사회를 시대착오적인 좌·우 이념논쟁으로 몰고 갔다. 북핵문제와 한총련 합법화 문제 등으로 긴장관계를 유지하던 진보·보수 진영의 대립은 2003년 광복절 행사를 앞두고 표면화되었다. 진보·보수 진영 모두가 서울시청 앞 광장에서 동시에 〈8·15 행사〉를 열겠다고 밝혀, 한때 위기가 고조되기도 했으나, 다행히 진보진영 측에서 행사장소를 변경해 8·15 행사는 큰 충돌 없이 마무리됐다.

그러나 8·15 행사 도중 진보·보수 양 진영은 〈반미·반김〉 구호를 경쟁하듯 외쳤고, 일부에서는 반미 퍼포먼스와 인공기 소각 행위에 집중했다. 특히 북한이 보수진영의 인공기 소각을 문제 삼아 대구 유니버시아드대회 불참을 선언하고, 노무현 대통령이 인공기 소각에 대해 유감을 표명해야 했다. 이로써 진보·보수 양 진영의 갈등은 다시 노골화됐다. 북한은 이후 입장을 바꿔 대회에 참여했지만, 유니버시아드 미디어센터 앞에서 발생한 북한기자단과 보수단체 회원 간 폭력사태로 양측의 골은 더욱 깊게 패였다.

이어 재독 사회학자 송두율 교수의 입국과 친북행위 논란은 양측의 소모적인 이념논쟁을 불붙였고, 이라크 추가파병 결정, 주한 미군 재배치 문제 등 국가적 중대사에서도 진보·보수진영은 서로 국익을 주장하면서 상대를 비난했다. 이 같은 첨예한 보·혁 갈등에 대해 시민단체들은 양측이 냉전적 구도의 이념문제에만 집중했으며, 건전한 경쟁구도를 구축하는 것에는 실패했다고 평가했다. 따라서 보수·진보 양 진영은 자신들의 입장만 내세웠고, 타협과 대화가 부족했었다고 보여진다. 건전한 경쟁구도가 아니라 이념적 부분에만 치중했다는 지적이다.

이제 보·혁 갈등은 관용이 해결책이 될 것이다. 일반적으로 〈국민의 정부〉 이후 다시 진보적 성격의 노무현 정부가 들어서면서, 기존의 보수 세력이 자신의 이해관계를 지키기 위해 능동적으로 나서면서 보·혁 갈등이 더욱 부각되었던 것이다. DJ 정부 이후 진보적인 노무현 정부가 들어서자 진보세력은 시민사회에 적극 진출할 필요를 느꼈고, 보수 세력은 스스로를 지키기 위해 지난 1년간 전면적으로 나섰다. 진보·보수단체들은 참여정부와의 불화 및 괴리에 따른 각자의 위기의식을 갈등의 원인으로 들었다고 보여지는 것이다.

참여정부가 개혁세력의 지지를 업고 등장하자 보수진영이 위기의식을 느꼈다. 그러나 취업난으로 고민하는 젊은이들은 한·미동맹 관계와 무역안정 등의 중요성을 알게 됐다. 또한 실업 및 불황, 이에 대한 보수언론의 원인분석에 영향을 받아 젊은층이 보수진영에 엮이게 되었고, 참여정부의 노동과 빈민생존권 탄압 등은 진보진영의 목소리를 더욱 키우게 만들었다.

한편으로 보·혁 갈등은 민주주의 발전과정에서 나타나는 자연스러운 현상으로 이해할 필요가 있을 것이다. 그러나 다만 지나친 갈등은 사회적 비용만을 늘리는 만큼, 관용의 정신으로 해결하는 지혜가 필요하다는 것도 동시에 깨달아야 할 것이다. 우리는 여기서 지나친 보·혁 갈등의 부작용을 인식할 수 있는 명확한 사례가 있음을 알아야 할 것이다.

드디어 2004년 3월 12일 대한민국 헌정사상 처음으로 교과서에나 나오는 것으로 인식되었던 대통령 탄핵소추가 국회에서 가결되었다. 국민과 세계는 엄청난 충격과 우려에 휩싸였고, 탄핵 반대측은 매일 반대시위로 찬성측은 승리자의 축제로 일관했다.

결과적으로 탄핵으로 빚어진 손실은 모두 민생들의 몫이라는 점이다. 민생들은 대통령에게는 자신만이 옳다는 아집에서 벗어나 국민들의 흩어진 역량을 모을 수 있는 양보의 정치를 요구하고, 한나라당과 민주당에는 당리당략에 근거한 정치적 작태를 그만두고 국가의 이익과 국민의 생활이라는 큰 틀에서 깊은 성찰을 해주기를 촉구했다. 그러나 이러한 국민들의 열망이 그들에게 들렸을까? 그럴 가능성이 있었다면 탄핵까지 가지도 않았을 것이다.

여기서 우리는 탄핵을 두고 보았을 때, 양측이 서로의 저항 전략을 구사하고 있는 것으로 볼 수 있을 것이다. 여기서 저항이라 함은 사회에서 약자로 대체적으로 분류되는 것들, 이른바 여성, 서민, 소수, 젊은층, 노동자, 인권, 민족, 미집권 등이다. 여성은 남성에, 서민은 부유층에, 소수는 다수에, 젊은층은 기득권층에, 노동자는 기업가에, 민족은 제국주의에, 야당은 여당에 상대적으로 저항세력이라고 분류되어진다.

정치에서 저항 전략은 자연스럽고 당연한 것인지도 모른다. 지금의 집권세력과 여당은 야당과의 사이에서 서로가 저항 전략을 구사하고 있는 것이다. 그들은 서로가 이미 기득권세력이면서 똑같이 저항 전략을 구사하고 있는 것은 염치없는 무임승차이다. 그들은 서로 핍박받은 적도 없으며, 오히려 핍박할 수 있는 위치에 있으면서도 상대편으로부터 끊임없이 핍박받고 있다고 말한다.

미군탱크에 의한 여중생 압사사건을 제국주의에 저항하는 시민의 촛불시위, 이라크 파병문제, 대통령 탄핵문제, 노사갈등, 여성의 인권신장, 소비자 파산 등의 문제, 부정부패들에 대한 이들의 입장표명에서 극명하게 이들의 전략전술이 드러난다. 이들은 여당과 야당(거대 야당이기 때문)으로서 당연히 주도적으로 정국을 이끌고 나아가야 했으나, 언제나 핍박받는 전략을 구사했다. 참다못한 성급한 측이 먼저 총대를 메면 상대편은 먼저 소위 저항의 편에 섰다가 총대 멘 측 때문에 마지못해 동의하거나, 너 때문에 끌려간다거나, 너 때문에 문제가 발생되었다는 그런 수순이었다. 그러니 당연히 국정이 표류하게 되는 것이다.

역사는 돌이킬 수 없는 것이다. 탄핵이 잘못되었다면 헌법재판소에서 옥석을 가려줄 것이다. 그러나 여기서 우리가 간과해서는 안 될 것은 국회의원이나 대통령 모두 우리의 신성한 주권으로 선택했다는 사실이다. 탄핵이 가결되던지 기각되던지 간에 우리는 헌법과 법률이 보장된 대한민국의 근본 가치인 자유민주주의와 시장경제, 대의민주주의와 국회의 다수결의 원칙은 절대 훼손되어서는 안 된다는 사실을 명심해야 할 것이다.

개혁의 정의가 아무리 지대하다고 하더라도 국민의 주권으로 뽑은 3분의 2의 국회의원 숫자를 우습게 안 오만은 역사적으로 용서가 안 될 것이다. 그러나 3분의 2가 정의롭지 못한 행태로 탄핵을 추진했다는 민심은 17대 총선에서 그들에게 〈시간의 보복〉을 경험하게 했다.

겉으로 보면 우리사회의 시민의식은 대단히 발전되었다고 할 수 있을 것이다. 사상 초유의 의사파업(의사파업이 문제가 있는 것이든 없는 것이든 중요하지 않다)이 있었고, 러브호텔이 많아지자 시민들이 즉각 조직화되어 반대 시위를 했으며, 원전수거물처리장 건설반대 운동도 조직적으로 이루어졌다. 이렇게 시위를 하는 것은 당연하다. 왜냐하면 이해관계가 걸려 있기 때문이다. 법적으로는 전혀 문제가 없다. 이제 시위문화는 지극히 자연스러운 것이며, 70년대나 80년대 초반처럼 시위를 하기 위해 학교 옥상에 올라가 밧줄 타고 내려올 필요는 없다.

오늘날 시위는 누구든지 할 수 있다. 또 예전처럼 정권타도를 위해서만 시위할 필요도 없다. 이리하여 사람들은 어떤 큰 줄기가 없어졌다고 생각하기에 이른 것이다. 추구해야 할 가치·지침으로 삼아야 할 기준이 도대체 어떤 것인가? 가 더 혼란스러워졌다는 말이다. 이 같은 혼란은 일반적으로 사회주의 국가의 몰락으로부터 시작되었다고 주장되고 있다. 사회주의 몰락으로 이념이 퇴색되고 따라서 진보를 주장해 온 좌파진영의 가치가 설자리가 없어졌다는 것이다. 가치의 주요 제공자였던 지식인들에게 더 이상 사회주의는 추구해야 할 가치가 아니다. 이래서 지식인들은 〈생태주의〉에 눈을 돌리기도 하고, 〈제 3의 길〉을 찾기도 한다는 것이다.

〈제 3의 길〉이란 사회주의가 무너졌다고 해서 지식인들이 자본주의의 이윤추구를 철학으로 받아들이는 것은 너무나 황당하다고 할 수 있을 것이다. 예전의 사회주의는 통제라는 미명하에 혹은 인간이 없는 조직이라는 이름하에 더 이상 채택될 수가 없었다. 자본주의는 천박함, 지칠 줄 모르는 이윤추구(수전노와 다를 것이 없다)로 인해 예전부터 받아들일 수 없는 가치였다. 그리하여 인간이 있으면서 천박하지도 않은 가치관이 나와야 한다고 주장하기에 이른 것이다. 이른바 〈제 3의 길〉은 이렇듯 그럴듯한 해석이 되었다.

이 같은 새로운 가치추구는 정말 새로운 것인가? 생태주의 철학자들이 노자와 장자를 중요하게 판단하고 있고, 또 〈제 3의 길〉을 주장하는 서구의 학자들이 대개가 프랑크푸르트학파의 지적(知的) 전통을 따르고 있는 것은 놀라운 일이 아닐 것이다. 어찌 보면 인간에게 새로운 것이란 없을 수 있다. 모든 것은 다 〈아는 만큼 혹은 경험한 만큼〉 나타난다. 새로운 발명이란 것도 따지고 보면 기존의 것을 변형한 것이다. 결국 〈새롭다〉라는 개념은 일정한 질의 변화를 '수반하는 것인데, 사회에서의 질의 변화는 삶의 양식의 변화가 수반되어야 한다. 즉, 사람 사는 것이 변화했는가에 대한 판단을 해야 한다는 것이다. 이런 차원에서 새로운 가치관은 사람 사는 생활양식의 변화를 전제로 하지 않는 한, 새로운 것이라는 수식어를 붙여서는 안 된다는 것을 말한다.

사람들은 자신의 이해관계에 민감하다. 각 직업별로 각 신분별로 여러 가지 이해관계가 얽혀 있다. 상호간의 이해관계를 바탕으로 행동하고 살아간다. 한국사회는 의사의 이해관계, 약사의 이해관계, 노동자의 이해관계, 재벌의 이해관계 등등이 맞물려 있으며, 여기에 외국회사들의 이해관계까지 복잡하게 작용하고 있다. 소비자의 개념, 주권의 개념, 공공이익의 개념 등등이 이러한 이해관계 앞에서는 일단 뒤로 밀리는 실정이다. 어떤 이념도 이해관계와는 일정한 거리가 있다. 이해관계가 보장된다면 어떠한 이념도 받아들일 수 있는 것처럼 보이는 것이 현실이다.

그렇다. 예전에는 무언가 확인하지 않았지만 일정한 선이 있었다. 이념의 선이 그것이었다. 즉 자신의 이해관계가 확인되지 않았다 해도, 이념에 의해 행동할 수 있었고, 공감할 수 있었다. 민주 대 반민주라는 용어는 그렇게 해서 나타난다. 비록 자신의 이해관계는 확인되었을지라도 전체를 위해서 일정한 양보라는 것이 있었다.

그러나 현재는 이념은 퇴색하고 이해관계가 전면에 부각되었다. 이해관계의 부각은 그 어떠한 가치관도 무용지물로 만든다. 그리고 어떠한 이해관계의 행위도 다 용인하게 되었던 것이다. 이것은 두 가지 이유가 있기 때문이다. 첫째, 만일 이해관계가 걸려 있다면 나도 그럴 수 있다고 생각하기 때문이다. 둘째, 만일 이해관계가 없다면 별로 관심 없기 때문이다. 이렇게 해서 이해관계가 있을 때는 살벌하고, 이해관계가 없을 때는 모든 것이 용인된다. 이리하여 이해관계로부터 일정하게 괴리되어 있는 젊은이들에게는 자신만의 가치추구 · 독특함 · 소위 〈튀는 삶〉이 중요하게 다가온다. 그 사람이 혁명가면 어떻고 재벌이면 어떠냐? 중요한 것은 매력적이냐의 문제이고, 튀느냐의 문제이다. 이러한 사람에게 결여된 것은 무엇인가? 바로 〈조직〉이라는 개념인 것이다.

이럴 때 가장 중요하게 다가오는 것은 과연 이해관계와 사회의 발전이 합치될 수 있는가의 문제이다. 사람들이 이해관계에 의해 살아가며, 그것으로부터 벗어나기는 어려울 때, 이해관계와 사회의 발전이 합치된다면 금상첨화가 될 것이다. 그러나 자본주의 사회에서 이해관계와 사회의 발전이 합치되는 세력은 노동자 외에는 없을 것이다. 그렇다면 왜 한국사회는 혼란스러운가? 노동자가 없기 때문인가? 아니면 노동자의 이해관계가 없기 때문인가?

문제가 어려운 것은 한국사회에는 노동자도 있고 노동자의 이해관계도 있는 상황이기 때문이다. 그러면 이들이 소수이기 때문인가? 그렇지도 않다. 그렇다면 이들이 권력을 잡지 못해서 혼란스러운가? 지금 상황에서 노동자가 권력을 잡으면 더 혼란스러울지도 모른다. 핵심은 노동자의 이해관계가 노동자에 의해 구현되지 못하고 있으며, 노동자의 이해관계에 대해 여러 사회세력들이 자신들의 이해관계와 별반 차이가 없다고 생각하기 때문이다. 그러면 노동자의 이해관계와 여러 사회세력의 이해관계가 다른 점은 무엇인가? 그것은 사회의 진보와 연결되어 있기 때문일 것이다.

노동자의 이해관계는 본질상 사회를 진보시키지 않고서는 구현될 수 없다. 그런데 사람들은 노동자의 이해관계는 돈 문제와 더 많은 관련이 있다고 생각하고 있다. 사람들은 노동자의 이해관계와 노동조합의 이해관계를 혼동한다. 사람들은 노동운동가와 노동조합 간부를 혼동한다. 결국 사람들은 노동자의 이해관계가 무엇인지 잘 모르는 것이다.

오늘 한국사회가 혼란스러운 것은 노동자의 이해관계가 무엇인지를 잘 모르는 것과 관련이 있다. 이 말은 노동자의 이해관계가 아직 제대로 드러나지 않았다는 말과도 같을 것이다. 지금 노동자는 모든 세력을 안을 수 있다. 궁극적으로 자신들의 이해관계가 소수의 몇 사람을 제외하고는 다 이익으로 다가설 수 있기 때문이다. 따라서 이제부터는 노동자의 건강함, 노동자의 헌신성 등이 나타나야 할 것이다. 그리고 노동자의 가치가 먼저 인간적 · 상생적 · 인권적 · 경제적으로 다가서야 하는 것이다.

그러기 위해서 우리 노동운동이 극복해야 할 시급한 과제는 조합주의이다. 조합주의는 역사의 중요한 고비마다 노동자를 괴롭히는 암적 존재가 되기도 했었다. 역사를 보면 조합주의는 자본가들의 무지막지한 폭력 테러보다 더 무서울 때도 있었다. 노동자의 지도력은 압도적인 숫자로 가능한 것이 아니다. 또한 노동자의 지도력은 노동조합으로 가능한 것이 아니다. 따라서 노동자의 지도력은 사회의 여러 문제들에 대해 노동자가 앞장설 때, 노동자가 헌신할 때 가능한 것이다. 사회의 여러 문제들에 대해 노동자가 앞장설 수 없다면, 노동자가 헌신할 수 없다면, 그 사회는 아직 변할 수 있는 사회가 아닌 것이라는 지적이다.

민생들의 이해관계에 따라 행동하고 실천하자는 지침이 나왔을 때, 여기에서의 대중(일반국민)이 노동자라는 말과 같게 된다는 사실을 군이 설명할 필요가 없을 것이다. 한국에서 운동한다고 하는 활동가들이 자신이 속한 대중이라는 말과 노동자를 혼동하기 시작한 것은 한국사회 혼동의 첫 출발점이었다.

이렇게 따지면 전경련도 〈재벌〉들의 이해관계에 따라 행동하고 실천한다고 평가해 주어야 할 것이다. 그동안 우리는 가장 중요한 가치기준이라고 할 수 있는 노동자의 이해관계가 과연 무엇인가? 에 대해 고민하지 않은 결과, 대부분의 사람들이 자신이 속해 있는 집단의 이해관계에 충실하게 되었으며, 나아가 노동자 스스로 자신의 이해관계를 혼동하고 특정 집단의 이해관계와 동일시하여 왔던 것이다. 더불어 노동운동에 헌신하고 있는 많은 사람들이 대중조직의 중요성을 깨닫고 이러저러한 대중조직을 건설했지만, 대중조직 건설에서 가장 중요한 이해관계에 대한 교육을 등한시한 결과, 그리고 여러 사회세력들에 대한 지도력과 포용성을 상실한 결과, 오늘의 혼동이 초래된 것이라 할 수 있을 것이다.

사람들은 지금 신자유주의 사회체제가 경쟁을 추구하고 사람들의 이해관계만을 중요한 가치기준으로 삼게 만들었다고 비판하고 있다. 그러나 이와 같은 평가는 일단 객관적 평가는 될 수 있을지언정 주관적 평가는 될 수 없을 것이다. 싸움의 기본은 무엇인가? 우리 편을 많이 만들고, 적을 소수로 고립시키고, 중립이라고 주장하는 사람들을 우리 편으로 끌어들일 수 있도록 하는 과정이다. 사람이 많이 모일 수 있는 조건은 무엇인가? 이해관계에 기초하여 일정한 규율을 통해 가치실현을 위해 노력할 때 가능한 것이다. 따라서 과감하게 연대하고 과감하게 주장해야 하는 것이다.

그러나 또한 때로는 과감하게 겸손할 줄도 알아야 할 것이다. 현재의 노동자 세력은 자신의 이해관계를 주장할 수는 있어도 자신의 이해관계를 여러 사회세력이 동의하게끔 하지 못하고 있는 것이다. 왜냐하면 자신의 이해관계만 일방적으로 주장하기 때문이다. 결국 사람들은 〈믿을 놈 없다〉라는 평가 속에 각자 먹고살 길 찾아야 한다는 냉소만이 팽배함으로써, 신자유주의가 가장 바라고 있는 경쟁과 상생의 환경을 만들어가지 못하고, 단편적인 약육강식의 공포 분위기만 조성하고 있는 것이다.

이제 우리는 부실기업과 관련자들에 대해 원칙과 법을 지키게 하는 종합적인 처방으로 노사문제에 접근해야 할 것이다. 경영에 실패하고 막대한 공적자금이 투입되고도 노사간의 갈등까지 겹쳐 재생의 여지가 없는 기업은, 회사 자체를 과감하게 퇴출시켜야 할 것이다. 이렇게 함으로써 노조의 억지가 발붙일 여지를 없애고, 시장논리에 따라 국내외의 신뢰를 얻게 되며, 다른 경쟁력 있는 회사가 더욱 창의적으로 발전하는 혁신의 기풍을 진작시켜야 할 것이다.

어떤 하나의 기업 퇴출이 몰고올 당면한 부작용이 크겠지만, 그 하나의 기업의 도산을 우리 경제가 감당하지 못할 정도는 아니며, 제2의 그러한 기업이 힘차게 뻗어나갈 기회를 열어줌으로써, 기업의 생성과 소멸, 도전과 발전의 순환에 역동성을 만들어가야 할 것이다. 한 업종에서 선도회사(Leading Company)가 썩어버렸는데도 이것을 감싸고만 있어서는, 후발 회사들이 희망을 가질 수 없을 것이다. 바로 외국에서 우려하는 강시기업을 그대로 방치해서는 안 된다는 말이다.

이제부터는 정부와 여야 정치권이 먼저 부정부패의 악순환의 고리를 끊는 결단에 앞장서야 할 것이다. 사실 지금쯤 우리는 노·사 관계에서 오랜 기간의 혼란을 어느 정도는 수습해서 최소한 법만이라도 지키는 단계로 발전해 있어야 했었다. 그러나 87년 이후 지금까지의 기간은 너무 길었다. 그동안 대기업들의 임금수준은 거의 선진국 수준까지 올랐으며, 더구나 IMF 사태로 빚어진 국가 부도 사태는 노·사 쌍방에게 원칙과 법을 지키도록 강제할 수

있는 여건을 충분히 제공해 주었던 것이다.

그럼에도 불구하고 노태우·YS·DJ 정권은 자기들의 표를 의식하여 노동계에 대해 지나치게 유화적인 태도를 견지해 왔다. 이러한 결과로 인하여 그동안 이 나라의 거대 기업들이 줄줄이 무너지는 상황을 방치함으로써 맞이할 파국적인 미래와 이에 대한 국민적 심판을 깊이 인식할 수 있었다.

마거릿 대처 전 영국 총리는 자서전에 이렇게 썼다. 〈1972년부터 1985년까지는 노조의 동의 없이 영국을 통치할 수 없다는 것이 상식으로 통했다. 어떤 정부도 노조의 파업에 저항조차 못했다. 광산노조의 파업에는 더욱 그랬다〉대처는 85년 자신이 노정(勞政) 관계를 역전시킨 것을 회상하고 있다. 강성으로 이름 높던 광산노조는 강경좌파 아서 스카길 위원장의 주도로 84년 봄부터 85년 봄까지 1년 동안 장기파업을 했다. 정부의 경제성 없는 탄광의 폐쇄에 반대하는 파업이다.

대처 정부는 광산노조의 파업을 불법적인 정치파업으로 규정하고 법과 원칙에서 한 치도 물러서지 않았다. 파업 노조원들은 파업을 거부한 노조원들과 그들의 가족들에게 테러와 위협을 가했다. 사상자도 생겼다. 경찰이 출근하는 광부들의 신변을 보호했다. 대처의 확고한 자세에 고무된 일부 노조원들이 노조의 불법파업을 법정에 제소해 여러 명의 파업주동자들이 구속되고 노조의 기금이 몰수됐다. 대처는 광부들의 파업이 화력발전소와 철강회사의 조업을 중단시키는 사태를 막았다. 광산노조는 파업 1년 만에 손을 들었다. 그것은 영국 노동운동의 성격을 바꾸고 영국병을 치유하는 혁명을 가져왔다.

흔들림 없는 원칙으로 불법파업에 대응하는 데서는 로널드 레이건 전 미국 대통령이 대처에 앞선다. 레이건이 취임한 81년 항공 관제사들의 파업으로 미국의 공항들이 마비될 위기를 맞았다. 연방정부 공무원인 항공 관제사들의 파업은 불법이었다. 공교롭게도 항공관제사 노조는 80년 대선에서 미국 노조로서는 처음이요, 유일하게 레이건을 지지했다. 1930년대 프랭클린 루즈벨트 대통령 이래 미국의 노조는 민주당을 지지해 왔는데 항공관제사 노조가 그 오랜 전통을 깨고 공화당의 레이건을 지지한 것이다.

그러나 레이건은 관제사들이 자신을 지지한 세력이라는 데 구애받지 않았다. 그는 군용비행장의 관제사들을 동원하고, 자가용 비행기의 운항을 제한해 급한 불을 끄면서 48시간 안에 직장에 복귀하지 않는 관제사들은 해고하겠다는 최후통첩을 냈다. 관제사들은 레이건이 자기들을 해고하지 못할 것이라고 자만했다. 레이건은 48시간 뒤 1만 1,500명의 관제사들의 해고를 단행했다.

이와 같이 80년대 미국과 영국이 맞은 신자유주의의 전성기는 레이건과 대처의 용기와 원칙의 산물이었다. 지금 우리는 파업이 허리케인처럼 한국을 휩쓸고 있는데도 〈원칙〉과 〈법대로〉라는 말뿐이다. 노조가 사용자를 제쳐놓고 〈정부 나오라!〉라고 외치면 경제부총리 이하 관계부처의 관리들과 청와대 비서관이 달려간다. 이러고도 한국의 국가 신용등급이 내려가지 않으면 기적일 것이다. 어느 외국기업이 한국에 투자할 마음이 생길 것이며, 어느 국내기업이 해외로 빠져나갈 충동을 느끼지 않을까. 정부가 노동문제를 오히려 악화시키고 있다는 어느 경제학자의 말에 참여정부는 어떤 답변을 갖고 있는가?

한국의 경제·사회 환경은 레이건의 미국이나 대처의 영국과는 다르다. 경쟁에서의 패자들을 배려하겠다는 사회적(Social) 자유주의도 좋다. 그러나 참여정부는 집단의 힘으로 밀어붙이기 정치파업을 하는 세력에 대해서는 지지자와 반대자를 구별하지 않은 레이건의 신념과 용기를 귀감으로 삼아야 할 것이다. 경제활동은 한국 단독으로 하는 것이 아니다. 과도한 친노(親勞)의 인상을 씻지 않으면 외국기업들이 먼저 한국을 외면할 것이다. 노동정책에서 유연성이라는 것도 분명한 노동정책과 확고한 원칙을 전제로 해야 하는 것이다.

따라서 이제부터는 안이한 현실 인식과 인기영합에서 벗어나야 할 것이다. 이에 대해서는 그동안의 야당도 예외일 수는 없을 것이다. 우리는 파행적인 노사 문제를 더 이상 방치할 수 없는 거의 마지막 기회에 들어와 있는데, 이를 혁파하기 위해서는 먼저 정부가 앞장서고 정치권, 기업의 사용자, 그리고 노동조합이 따라서 변혁해야 하며, 아울러 시민의식과 자유민주주의 또는 시장경제 원리의 가치지향이 더욱 성숙해야 할 것이다.

오늘날 한국 사회는 여러 신·구가치가 혼재하는 가운데 가치 갈등이 복잡한 양상으로 나타나고 있다. 미래 사회를 위한 가치관 정립의 문제에 접근하려면 한국 사회가 당면하고 있는 가치의 혼란과 갈등의 양상을 먼저 정리해 볼 필요가 있을 것이다.

첫째, 두드러진 가치 갈등은 개인주의와 집합주의 사이에서 나타난다. 개인의 자유·자율·인권·편익·개성·창의성·자발성을 강조하는 개인주의가 우리 사회에 점차 확산되어가고 있는 것이다. 친족 공동체나 지역 사회, 국가에 대한 의무·헌신·충성·질서·협동 등을 강조하는 전통적인 집합주의가치관 또한 근대 이후에 제도적으로나 이념적으로 더욱 강화되었다. 그러나 전체에 대한 책임과 의무는 소홀히 한 채, 개인의 자유와 권리만을 일방적으로 주장하는 이기적 개인주의가 점차 팽배함으로써, 가치 갈등을 야기시키고 있는 것이다.

둘째, 도덕주의와 물질주의 사이에서 오는 가치 갈등이 있다. 우리나라는 전통적으로 윤리·도덕을 중시하여 왔다. 군자의 나라, 동방예의지국으로 알려진 우리 민족은 유교의 삼강오륜 등의 영향으로 엄격한 정신적 도덕률을 지켜오고 있었다. 그런데 그것이 근대 자본주의의 황금만능주의와 과학 문명이 유입되면서 물질주의로 말미암은 폐단이 만연되고 있는 것이다. 그래서우리 사회에서는 아직도 도덕적 양심을 부르짖는 무리들과 물질주의에 빠진 무리들 사이에 갈등이 빚어지고 있는 실정이다.

셋째, 평등주의와 권위주의 사이의 가치 갈등이 있다. 오늘날 한국 사회에서 평등·정의·참여·기회·복지 등을 추구하는 평등주의 가치관과 권위·복종·위계·충성 등을 강조하는 권위주의 가치관이 서로 마찰을 빚고 있다.

국민의 평등 의식은 고조된 반면, 공업화가 진행되는 과정에서 계층간 지역 간의 격차는 더욱 벌어져 긴장과 갈등이 증폭되고 있고, 사회 경제적으로 열악한 처지에 놓인 집단의 상대적 박탈감도 증대되고 있는 실정이다.

넷째, 가치 갈등은 합리주의와 인정주의 사이에서도 일어나고 있다. 합리주의는 능률·공정·업적·이익·계약·과학 등을 강조하는 데 반해 인정주의는 인정·의리·연고·상부상조 등을 중시한다. 인정주의가 특정 집단이나 연고주의와 연결될 때, 사회생활이나 조직 관리에 있어 능률성·공정성을 제약하는 요인이 되며 가치 갈등을 야기하게 되는 것이다.

이와 같은 가치 갈등이 심화되면 사회적으로는 집단간의 대립과 반목이 야기되고, 개인적으로는 자아 분열과 사고의 경직화 현상이 일어나게 될 것이다. 그러므로 새로운 가치관의 정립에 선행하여 이러한 다양한 가치 갈등은 반드시 극복되어야 할 개인적·사회적·국가적·민족적 과제가 아닐 수 없는 것이다.

유대인들의 수는 전세계적으로 상당히 적지만, 그들이 미치는 영향력은 세계적으로 상당한 수준이라는 것을 누구나 알고 있는 것이 사실이다. 이들의 성공비결에 대해서 많은 논의가 있지만, 이런저런 가능성을 종합해 보면, 가장 큰 비결들 중 하나는 〈교육〉임을 알 수 있다. 본질적으로 유대인들이라고 천재적인 머리만 가지고 태어난 것이 아니라면, 결국 그들의 성공의 배경은 후천적인 것 일 수밖에 없는 것이다. 따라서 후천적인 영향의 핵심은 당연히 교육의 힘이라 할 수 있을 것이다.

유대인들의 교육에는 독특한 특성이 있는데, 이들에게는 연연히 흘러온 하나님 정신, 민족정신에 기초한 〈사교육〉이 존재하고, 이 교육의 힘은 공교육 이상으로 유대민족을 강화시키고 성공시키는 힘임을 누구나 인정하고 있다. 그 사교육에서 강조하는 점은 다양하지만, 특히 〈돈〉에 대한 부분은 지나치다 싶을 정도로 강조되고 있는 것이다.

유대인들의 사교육에서는 돈을 버는 것에 대해 천시하거나 터부시하는 것이 아니라, 하나님이 주신 신성한 의무이자 권리로 생각하고, 이에 대한 합당한 인식들을 자식에게 불어 넣는다. 또한 돈을 합당하게 벌고 합당하게 쓰는 방식에 대해 교육한다.

다행히도 그러한 돈에 대한 사상은, 그들이 가진 하나님에 대한 사상과 결부되어 비도덕적인 상황으로 흐르는 것이 예방되었다. 그러므로 그들은 어렸을 때부터 소위 돈에 눈을 떠 〈비즈니스〉 감각이 자리잡고, 돈을 벌어 스스로 자신의 삶을 개척해야 한다는 독립정신과 개척정신에 무장되는 것이다. 이런 사람들에게 빨리는 삼십대 보통은 사오십의 나이가 되어야 〈비즈니스〉 감각에 눈을 뜨는 우리나라의 사람들이, 상대가 되기 어려울 수밖에 없는 것이다.

우리민족은 예로부터 유교정신과 사농공상의 정신에 입각하여 자식들에게 돈에 대해서는 천시하는 개념을 심어주었다. 돈을 많이 버는 것이 그리 바람직한 것이 아니고, 판검사가 되거나 장·차관 등이 되어 이름과 명예를 떨치는 것이, 핵심임을 은연중 자식들에게 전파했다. 또한 돈은 무언가 더럽고 구린 방법이 연결되어야만 벌 수 있는 것으로 치부했고, 이에 따라 돈을 많이 번 사람은 비도덕적이거나 권력과 야합하거나 사기를 치는 등의 무엇인가문제가 있는 사람으로 인식시키게 하였다.

또한 불행히도 돈을 많이 번 사람들이 실제 그러하였기 때문에, 더더욱 그러한 기존의 관념에 확신을 가져왔다. 그 결과 이 땅의 자식들은 어렸을 적부터 돈에 대한 감각을 익히지 못하고 살아왔다. 더더욱 젊었을 때 돈을 벌고 스스로를 개척하기 위해 독립정신을 가지고 비즈니스를 하는 것보다, 고시원에서 고시공부하거나 기업입사시험 공부를 하는 것이 더 가치 있고 중요한 일인 것으로, 사회는 젊은이들을 몰아쳐왔다. 그 결과 우리나라의 젊은이들은 〈저 시험 공부해요〉 라면 모든 일에서 감면받을 수 있어왔고, 부모들은 다 장성한 그들의 뒷바라지를 위해 늙어서도 허리를 펴지 못하게 되었다.

그러기에 나이가 20이 한참 넘어도 소위 자립정신이나 개척정신이 존재할리 없고, 돈에 대해서도 막연한 배타성을 가지고 있어 비즈니스 감각이 없으므로 똑똑한 젊은이들은 무엇을 추구할지 방향을 잃어가고 있는 것이다. 결국 똑똑한 젊은이들은 시험공부 기계로서의 최상의 코스인 법관이 되거나 의사가 되거나 공무원이 되거나 대기업의 직원이 되는 수밖에 없는 것이다.

그러나 이들이 평생 시험공부 외에는 해본 것이 없기 때문에, 사업의 논리가 지배하는 세계적인 경쟁시장에서 제대로 몫을 다할 리가 없는 것이다. 법조계는 법조계대로, 정치판은 정치판대로, 공무원은 공무원대로, 대기업은 대기업대로 돈에 대해 감각이 있는 똑똑한 인재들을 확보하지 못하여, 국가경쟁력이 강화되기는 만무하고 계속 저하되고 있는 것이다.

또한 시간이 지날수록 자본주의 사회에서 돈의 가치라는 것이 무엇보다도 우선되는 것을 발견하면서, 젊은이들은 자신의 가치에 혼란을 겪을 수밖에 없게 되었다. 실제 사회에서 가장 중요한 가치는 돈인데, 표면적으로는 그렇지 않은 것이다. 그러므로 〈실제 가치기준〉과 〈표면적 가치기준〉 사이에서 고민할 수밖에 없게 되는 것이다. 그러므로 실제 돈은 벌어야겠으나, 명시적으로 돈을 번다는 것이 얼마나 고귀한 것인지에 대한 사상적 가치가 미비하기 때문에, 결국 겉으로는 다른 그럴싸한 가치를 내세우면서, 뒤로는 비도덕적 방법을 사용해서 돈을 챙기는 경우가 많은 것이다.

그러므로 한국에서는 도덕적이면서 뛰어난 〈사업가〉들이 제대로 배출되지 못하는 것이다. 얼마 전부터 벤처열풍이 거세어, 마치 한국에서도 이제 뛰어난 사업가들이 많이 나타난 것으로 착각하지만, 돈에 대한 사상적 기반이 없는 상황에서의 그러한 붐이란, 사상누각의 가능성이 큰 것이고, 실제 많은 벤처들이 비도덕적인 〈돈〉 앞에서 속수무책으로 무너지고 말았다. 따라서 앞으로 이런 식으로 계속 가다가는 우리나라는 쪽박밖에 다른 대안이 없을 것이다.

이제라도 우리는 어지 중간한 배금주의에서 벗어나야 할 것이다. 교육을 통해 자식들에게 돈에 대한 건전한 사상적 기반을 마련해 주고, 합당하고 도

덕적으로 돈버는 법을 가르쳐주어야 할 것이다. 또한 어려서부터 스스로가 돈을 벌어서 독립해야 하는 것의 중요함을 가르쳐주어야 하고, 돈을 벌었을 때 합당하게 쓰는 법을 가르쳐주어야 할 것이다.

이제 더 이상 우리 자식들로 하여금 겉으로는 돈을 배격하지만 뒤로는 돈을 추구하게 하는 이중인간의 가치를 가지게 해서는 안 될 것이다. 또한 더 이상 돈을 중심으로 움직이는 세계화된 사회 가운데, 경쟁력을 잃게 해서는 안 될 것이다.

따라서 이러한 다양한 가치충돌에서 살펴본 바와 같이 우리는 개혁을 많이 이야기하지만 무엇보다도 개혁될 것은 사상적 개혁이고 교육적 개혁인데, 여전히 앞이 보이지 않고 있는 것이다. 내부의 힘이 아닌 외부의 강제적인 환경 변화에 어쩔 수 없이 깨지고 변화되긴 하겠지만, 그 때 그런 고통을 당하는 것은 어렵다. 지금 우리는 이 땅의 많은 젊은이들이 30이 가까워오도록 자신 스스로 인생을 개척할 용기와 지식과 독립심을 체득하지 못하여, 부모의 품 안에서 여전히 백조·백수의 생활로 처박혀서, TOIEC 공부를 하고 있는 것을 보면 당연히 이 사회에 분노를 느낄 것이다.

누가 이들이 자립심이 없다고 돌을 던질 수 있는가! 이들을 이렇게 만든 우리 사회의 교육과 사상적 가치에게 돌을 던져야 하지 않겠는가! 또한 이를 알면서도 쓸데없는 일만 하고 노력하지 않는 관련자와 책임자들과 우리 모두가 이 돌을 맞아야 되지 않겠는가!

말에는 그 나라, 그 시대 사람들의 시대정신이 담겨져 있다고 한다. 예를 들어 〈웃기지 마〉 라는 말에는 상대방을 얕잡아 비웃는 정신이 깃들어 있으므로, 사회가 불안정하여 서로를 신뢰하지 못하는 시대 의식이 반영되어 있다고 할 수 있을 것이다. 〈내 탓이오〉 라는 말 쓰기 운동을 전개하는 것도, 모든 결과를 남에게 떠넘기고 자기는 빠져나가려고 하는, 소신 없는 시대 의식을 극복하려는 정신이 담겨 있다고 할 수 있을 것이다.

그렇다면 21세기 초를 살아가는 현재 우리의 시대정신은 무엇일까? 위에서 말한 빈도수만으로 보자면 오늘의 시대정신은 아직도 통일일 것이다. 그것은 빈도수의 문제이기도 하지만 통일문제가 한국사회 전체, 나아가 동북아의 평화를 구축하는 데 있어서 매듭으로 작용하고 있음을 누구나 인정하고 있는 것이다. 이것은 통일문제가 삶의 방식에 있어서 중요한 비중과 의미를 담고 있다는 사실을 민생들 스스로 깨달아가고 있다는 뜻이 되는 것이다. 이렇게 본다면 시대정신은 단지 계량적 빈도수의 문제가 아니라, 〈삶의 방식〉을 규정하는 기초가 된다는 것을 의미하게 되는 것이다.

그런데 요즈음 새롭게 떠오르는 문제가 있다. 바로 〈갈등과 통합〉이다. 사실 군사정권 시절까지만 하더라도 갈등은 〈적〉이었다. 갈등은 거추장스럽고 있어서는 안 되는 존재였다. 갈등의 발원지이자 해결의 장이기도 한 지방자치제가 군사정권이 거의 끝나가는 시점인 1992년에야 실시되었던 점은, 시기적으로도 중요한 의의를 담고 있는 것이다. 이렇게 갈등은 제도적 민주주의가 뿌리를 내리는 정도에 따라 양상을 달리하여 왔던 것이다.

그런데 참여정부가 들어서면서 〈갈등과 통합〉은 단지 사회적 이슈의 차원을 넘어서, 리더쉽의 가장 핵심적인 요소로 등장하기 시작했다. 최근 김수환 추기경은 〈우리 사회는 지금 화해와 협력 대신 진보와 보수·세대·계층·지역·노사간의 갈등과 분열이 극대화하고 있다〉면서, 대통령의 최대과제는 갈등과 분열을 치유하고 국민의 화해와 통합에 앞장서는 것이라고 말했다.

그런가 하면 어느 교수는, 노 대통령의 8·15 경축사에 대해, 〈각 집단들은 목소리를 높이며 자신의 몫 챙기기에 여념이 없고, 이를 조정해야 할 정치권조차 자신의 정체성을 찾지 못하고 있다. 아무리 당정 분리라지만 누가 집권 여당인지 알 수 없고, 여당 자체가 정치적 혼란과 갈등의 원천이 되고 있다〉라고 꼬집기도 했었다.

그만큼 〈갈등과 통합〉은 사회적 의제로 핵심적인 위치에 자리잡기 시작한 것이다. 빈도수만으로 보자면 환경문제도 주된 사회적 의제임에 틀림이 없으

나, 전체 국정이나 사회적 과제를 해결하는 실마리라는 측면에서 보자면 그 위치와 비중은 사뭇 다르다. 참여정부의 중요한 공약이자 국정지표 중의 하나인, 분권화와 사회적 갈등이 정비례하고 있다는 사실도 눈여겨볼 만한 지표로 자리잡았다.

그렇다면 통일문제와 아울러 〈갈등과 통합〉이라는 화두가 부각되고 있는 배경을 우리는 어떻게 해석해야 되는가? 〈통일문제〉와 〈갈등과 통합〉이 우선순위 경쟁이라도 하고 있는 것일까? 따라서 우리는 이것을 앞에서 말한 바와 같이 4·19혁명 뒤의 통일운동, 6월 항쟁 뒤의 통일의 봇물이 주는 시사점과 연결할 수 있을 것이다.

문제는 이러한 〈갈등과 통합〉이 이루어지기 위해서 갖추어야 할 조건과 과정이다. 적어도 한국사회의 〈갈등과 통합〉은 기교만으로 해결될 수 있는 성격이 아니다. 이 점은 서구의 갈등조정 기법을 그대로 도입하기 어려운 이유이기도 하다. 서구의 갈등조정 능력과 협상문화는 수백 년간에 걸쳐 축적된 개인주의 문화, 계약적 인간관계라고 하는 사회적 인프라가 있었기 때문에 가능했다. 좀더 정확하게 말하자면 같이 성장했다고 할 수 있을 것이다. 그러나 한국사회는 개인과 개인의 관계가 서구와는 전혀 다르다. 개인주의와 이기주의가 잘 구별되지 않을 정도이다. 서구와는 이미 토양이 다른 것이다.

더구나 한국사회에는 6·25의 지난 전쟁이 3년간의 전쟁으로 끝난 것이 아니라, 반세기가 넘는 분단과 냉전권력을 통해서 내면화 되어 왔다. 따라서 우리에게 전쟁은 50년이 넘도록 지속된 셈이다. 게다가 소위 성장 이데올로기라고 하는 욕망의 왜곡을 경험하였다. 그렇다면 〈갈등과 통합〉은 단지 기교가 아니라, 인간에 대한 깊은 이해와 내면에대한 성찰로부터 출발해야 한다는 결론이 나온다. 따라서 이것은 집착과 욕망을 다스리는 사회적 인프라 없이 갈등을 조정할 수 있을까? 하는 문제에 봉착하게 되는 것이다.

우리가 그런 인프라를 구축하려는 주체적인 노력 없이 리더쉽 탓만 하는 것은 또 하나의 이기심의 발로가 아닐 수 없을 것이다. 이 대목에 있어서만큼은 오늘날 정치가 할 수 있는 일이 별로 없어 보임은 슬픈 일이다. 그것은 정치에 별로 기대할 것이 없어서가 아니다. 흔히 정치를 〈자원의 강제적 배분〉기능이라고 말하지만, 그것은 위에서 말한 사회적 인프라가 갖추어져 있을 경우에 한하는 것이다. 말하자면 정치는 게임룰에 관한 책임을 질 뿐이다. 역사적으로 보더라도 새로운 시대정신은 사상가들의 몫이었지 정치가들의 몫은 아니었다. 따라서 오늘날 한국사회의 〈새로운 시대정신 탐색〉과 〈갈등과 통합〉의 인프라 구축은 곧바로 국민 모두의 몫이라고 말하고 싶은 것이다.

인간사회에는 언제나 논쟁이 발생하고 또한 상존하고 있다. 이 논쟁을 잠재우고 하나의 결론을 도출하기 위하여 토론과 협상이 나타난다. 노무현 대통령은 대통령 인수위원회 전체회의시(2003.1.14) 토론문화에 대하여 다음과 같이 말했다

『토론을 국정운영방법으로 정했으면 한다. 더 좋은 결론을 수렴하기 위해서는 토론을 활발히 하고, 모든 결정은 토론으로 검증해야 한다. 가끔 냉소적으로 서울공화국, 공해공화국 등을 말하는데 토론공화국을 만들겠다고 말해 왔다. 토론공화국이라 말할 정도로 토론이 일상화 되었으면 좋겠다. 목표를 놓고 토론을 하기보다는 토론문화 자체를 성숙시키는 것이 중요하다. 잘 발전하면 좋은 결과가 자연스럽게 나올 것이다』

참여와 토론을 통한 민주주의를 공고히 하고 대화와 타협을 통한 사회적 갈등의 해결을 위하여 토론은 중요한 것이다. 즉, 사회적 갈등과 분쟁의 근본적 해결과 결론의 도출을 위하여 더 이상 일방적 · 강제적 · 수직적 조정이 아닌 대화와 타협을 통한 쌍방적 · 민주적 · 수평적 방식을 지향해야 하기 때문에 토론이 필요한 것이다.

우리는 토론과 협상에 임할 때 상대방의 다양성의 존재를 인정하지 않아서 항상 실패하고 극한투쟁의 모습만 보여왔다. 갈등의 당사자를 단순화시킴으로써 무궁무진한 갈등의 원인을 찾기 어렵게 만든 것이다. 항상 협상의 접점에는 역사와 문화와 사상으로 뭉쳐진 원인의 다양성이 나타난다. 이러한 이익집단 또는 개인과의 협상에서 인과관계(Cojation)를 진단하는 것이 사회과학(Social Science)이며, 이러한 사회과학에는 개념·철학·사상·신앙 등이 내포되어 있는 것이다.

이러한 사회과학의 근원에는 가치관이 개입되는데 서구에서는 보편타당한 절대진리(Logos)가 있다고 믿어왔다. 즉, 근 100여 년간 소크라테스·플라톤·아리스토텔레스의 3대 철학자에 의하여 체계화된 이러한 서구사상체계는 하나의 진리(보편성·유일신·신의 섭리)를 구체화하였다. 그러다가 18세기에 와서 니체와 하이데커는 〈신은 죽었다〉라고 하면서 하나의 진리를 부정하였다.

따라서 절대 진리를 부정한 이러한 포스트모더니즘은 논리적으로 합당하지 않으면 다시 생각하여야 한다며 진리와 원인의 다양성을 부각시켰으며, 사회 통치 권력은 점차 이러한 다양성의 원칙을 수용하기 시작하였다. 다르다는 것을 존중하는 포스트모더니즘 사상은 인내를 중요시하게 되었다. 그래서 유일신을 부정하여 다신교를 인정하였으며 인간과 신앙의 욕망에서 비롯된 문명충돌인 8차에 걸친 십자군전쟁을 부정하기도 했다. 포스트모더니즘은 혼돈(Caos)이론을 탄생시키며, 〈산동반도에 나비가 날면 플로리다에 해일이 일어날 수 있다〉라는 원인의 다양성을 인정하면서 사회과학도 여기서 출발해야 한다고 주창하였다. 즉, 갈등의 원인을 단순화시키면 안 되는 것이며, 나아가 모른다는 것도 인정해야 한다고 주장하였던 것이다.

일본속담에 〈봄바람이 불면 뒤주장수가 부자 된다〉라는 말이 있다. 이 속담은 봄바람이 불면 중국의 황사로 눈병이 많이 나고, 그로 인하여 장님이 생기며, 장님은 북을 치며(우리나라의 피리에 해당) 안마를 하러 다녀야 먹고

사는데, 이 북은 고양이 가죽으로 만들어야 하고 따라서 고양이를 많이 잡아야 하니까, 반면에 쥐가 많아지고, 그 쥐들이 곡식이 들어있는 뒤주를 갉아먹어 뒤주가 손상되므로 뒤주가 잘 팔린다는 의미이다. 즉 이 속담은 원인의 다양성을 강조한 말이다.

그러나 우리사회는 항상 이러한 다양성을 부정하고 오히려 단순화시킴으로써 문제 갈등 해결과 협상에 실패하여 왔다. 우리는 〈군·사·부〉 일체라는 유교의 통치철학을 바탕으로 다양성을 부정하였으며, 이러한 유교사상은 사회통치 권력과 문화 권력으로 우리사회의 모든 가치의 중심에 서 있는 것이다.

따라서 우리의 협상과 토론을 어렵게 하는 것은 첫째, 유교적 가치관 즉, 통합의 가치관으로 인하여 서로 다르다는 것을 불인정하고 모두가 같아야 한다는, 또는 단일민족이라는 강박관념에 사로잡혀 있기 때문이며, 둘째 농경사회 문화로 인하여 마을마다의 지역감정이 존재하여 상대방을 인정하지 않으려는 배타성으로 인하여 협상과 토론이 어렵게 되는 것이다.

따라서 앞으로 우리는 서로의 문화적·역사적 차이와 전통과 감정에 맞는 토론과 협상의 모델을 개발하여야 할 것이다. 원인을 다양화하고 사고의 폐쇄에서 오는 명분 싸움인 파벌 투쟁 같은 것을 배격하여야 할 것이다. 다양성을 인정하고 갈등의 근원(인과관계)이 복잡하게 존재하고 있다는 현실적 인식에 익숙해져야 할 것이다. 노·사 갈등에서도 법제도는 대륙법 계통으로 법의식과 준법질서를 강조하고 있는 가운데, 노동자는 미국적 가치로 무장하고, 사용자는 일본과 사회주의 계통의 유교적 일원주의 사상으로 무장하고 있기 때문에 항상 원만한 토론과 협상이 진행되지 못하고 있는 것이다.

최근 우리 사회는 3분의 1 정도의 이혼율을 기록하고 있다고 한다. 여기서 이혼의 장·단점을 이야기하려는 것이 아니라, 우리의 이혼은 서구나 다른 나라와는 달리 엄청난 위험을 내포하고 있는 것을 지적하고 싶다. 서구는 다양성의 가치로 가정이 유지되고 있으며 또한 이혼하더라도 사회적 복지의 안

전망으로 별다른 충격 없이 받아들여진다. 그러나 우리사회는 가족주의에 단단히 물들어 있어 가정이 해체되면 모든 가치가 동시에 무너져버리는 것이다. 또한 사회적 복지의 안전망도 없이 가정 해체의 충격에 흔들리다가 이혼 당사자는 물론 아이들까지 타락과 비윤리적 가치에 물들어가는 것이다. 이러한 우리 사회의 이혼의 문제는 그동안 우리의 부부관계를 너무 단순화시켜온 인식의 가치충돌에서 출발하였다고 보여지는 것이다.

굴레와 섭리

사실은 그 사람 살고 싶었을지도 모릅니다.
죽고 싶다고 비 오는 새벽에 떨리는 목소리는
익숙한 토속적 말씨의 울먹이는 소리에
내가 전화를 받는 동안에
정말로 그 사람이 스스로
생명을 지워 버릴지도 모른다는
두려움과 회한이
그 사람이 죽는 것보다
내가 받을 충격이 더 두려워서
죽을 것 같은 집착과 섭리의 질김에
머리가 주뼛거리고 가슴이 얼음처럼 차가워지고
수화기를 잡은 두 손에 땀이 바작바작 났습니다.
밤이 새벽을 부를 때까지…

그 후로 그 사람 목소리 오지 않습니다.
그 후로 그 사람 향기가 나지 않습니다.

우리는 항상 가까운 사람에게서 상처를 받습니다.
남자와 여자가 만나 하룻밤을 지내면서
그 작고 좁은 문으로
남자를 받아들이고 여자에게 들어서면서
벽이 사라져 허물없는 사이가 되고
막역하여 모든 흉허물 있는 몰골을 감싸안아
그저 함께 살아가는 사이가 된다고 하는
소리를 들었지요.

내가 씨를 뿌리고 또한 배안에 담고서
열 달을 허덕거리면서 씨름하여
나를 닮은 분신이 나왔으므로
죽으나 사나 그에게 책임과 의무를 다하고
애닯아 하는 것이 인생이라면

나와 살을 섞은 내 것이 아니면
나하고 진정 닮지 않았다면
내가 애착을 가지고 있지 않다면
씨름하고 싸우고 사랑하여
애증의 관계도 되지 않을 것이
당연한 이치라고 생각하는 것을
누구나 알고 누구에게든 조언하고
누구나 당연히 말하곤 합니다.

하지만 그렇게 아는 사람들이
진정 소중하게 생각하여 가까운 사람을

마음 가운데 깊이 안고 사랑하는 것을
우리는 잘 잊고 삽니다.

그래서 정말 아름다운 인연으로
맺어진 사람들의 사랑에 목말라
죽고 싶을 만큼
외롭고 힘들고 지치도록 갈망합니다.
소중한 사람에게 인정받고
또 그를 영원히 사랑하기 위하여…

- 비담 박재목, 2003년 6월 -

    인간은 너무나 포괄적이고 가치체계가 무궁무진한데도, 우리사회에서는 결혼만 하면 〈내 남자, 내 여자〉 라는 주관적이고 단순화된 가치관으로 인하여 부부갈등이 해결되지 못하게 되어 결국 이혼에 이르게 되는 것이다. 따라서 이러한 이혼 증가 문제를 해결하기 위하여 부부관계를 다양한 선택사항(Option)으로 해결하여야 하며, 부부갈등의 원인을 다양하게 생각하여야 한다는 것을 사회교육과 학교교육을 통하여 적극화하여야 할 것이다.

    지역갈등 문제도 이러한 다양성의 원칙으로 인식할 수 있을 것이다. 남한에서의 지역갈등은 주로 영남+이북의 실향민 : 호남으로 요약될 수 있을 것이다. 주로 농경문화에 의존하여 지역에 정착하고 이동이 별로 없었던 우리 민족은 역사적으로 두 번의 대대적인 민족대이동이 발생하였다.

    그 하나는 임진왜란으로 영남지역의 사람들이 대대적으로 북한으로 이주한 것이다. 일본군의 노략질이 너무 심하여 어떤 통계에는 영남의 6분의 5 정도가 이주하였다는 기록도 나타난다. 그리고 또 한번은 6·25 전쟁 때로 이번에는 북한에서 대대적으로 영남 쪽으로 이동하였던 것이다.

이러한 주민의 접촉으로 인하여 영남과 이북지역은 상당한 교감을 얻은 반면에 호남은 상당히 안정되어 이동이 없었던 것이다. 따라서 상대적 박탈감을 가지고 있던 영남+이북 출신들이 호남을 싫어하게 되었고, 호남은 방어적 수단으로 영남과 이북 출신에 대하여 호감을 가지지 못한 것이라고 할 수 있을 것이다.

따라서 이러한 역사적 연원에 근거하여 지역갈등의 해법을 찾아가야지 무조건 정치가들만 책임이 있으며, 서로 만나고 화해하자는 구호만으로는 영·호남의 지역갈등은 단기간에 치유하기 어려울 것이다.

반면에 지역갈등을 박정희의 독재 구축과 관련하여, 영남의 성장에 따른 상대적 박탈감을 느낀 호남 출신들의 절망감이 증폭되면서 야기되었다는 주장이 있으나, 일제시대에도 영·호남의 지역갈등이 있었다는 것을 보면 박정희의 지역갈등 유발 주장은 설득력이 떨어진다고 볼 수 있을 것이다.

또한 우리사회의 가치 갈등의 원인을 살펴보면 첫째, 정치적인 분석으로 80년대 중후반에 사회적 갈등이 최고조에 달했다. 그 이전 박정희나 전두환은 강압정치로 그러한 갈등을 강제로 잠재웠고, 외부의 적인 김일성 북한 집단에 대응하기 위하여 내부단결을 요구했기 때문에 국민들은 어느 정도 수긍해 주었다. 그러나 노태우 정부 시절에는 이러한 남침이라는 외부로부터의 적의 위험이 사라졌으며 강압적 정권의 카리스마도 사라지자 그동안 억눌려졌던내재된 갈등이 폭발한 것이었다.

둘째, 인구학적 분석으로 베이비붐 세대의 사회 진출이었다. 즉 57년생 정도부터 62년생들이 80년대 중반 사회에 진출하기 시작하면서 그 이전의 기성세대와 마찰을 일으키기 시작하였던 것이다. 셋째, 역사적인 분석으로 70년대 중반에 사회에 진출한 세대들은 산업화 과정에서 오직 경쟁과 생존의 문제가 갈등의 전부였다. 따라서 그들은 삶의 질이나 통일 등 다른 사회적 인식을 외면하거나 부차적인 정신적 사치로 여기게 되었으며, 다분히 그 다음의 세대들과 가치 판단에서 갈등을 유발할 수밖에 없었던 것이다.

넷째, 앞에서 언급했듯이 지정학적 분석으로 산악지대로 구분된 농경사회 문화로 인하여 배타성과 획일성이 강요되어온 관계로, 가치 판단이 다를 경우 이를 수용하거나 이해하려고 하지 않았던 것이다. 사회의 다양한 방면에서 지금도 논의되고 있는 지역연고제나 지역할당제 등은 이러한 유산의 산물일 것이다.

지금 10년을 넘긴 지방자치제는 상당한 문제점을 노정시키고 있다. 지방공무원들은 단체장(시·도지사, 시장·군수·구청장)에게 바로 줄서기를 해야 하며, 줄선 단체장의 당선을 위하여 돈줄을 마련해야 하는 것이다. 따라서 당연히 공무원 중립은 사치에 불과하고, 줄을 잘 서고 돈줄을 잘 만드는 직원이 능력 있는 공무원이 되고 좋은 보직을 받는다. 이러한 폐단으로 인하여 2004년 1월 현재 전국의 22개 자치단체장이 구속되거나 공석이 되었던 것이다.

그러면 이러한 지방자치의 폐단의 원인은 어디에서 출발했는가? 첫째 우리는 봉건제를 경험하지 못하였다. 봉건제도에서 영주는 봉토를 중심으로 상당한 자치를 이루었으며 책임과 권한을 행사했다. 따라서 지방자치의 근원인 봉건사회가 없었던 우리로서는, 지방자치가 단체장의 만용으로 인식되었고, 따라서 단체장들의 절제된 권한 행사에 미숙하였던 것이다. 둘째, 10~11세기를 거치면서 특히 고려 광종은 모든 호족을 말살하였다. 호족제도는 지금의 지방자치적 성격을 지닌 지방봉건제도로 상당한 자체 해결능력을 가지고 있었으나, 호족이 말살되고 난 후로 이러한 자치능력이 상당히 상실되었던 것이다.

셋째, 우리사회는 사회적 신뢰(Social Trust)가 전무한 문화를 가지고 있는 것이다. 믿을 것은 자기 자신과 가족밖에 없다는 강박관념으로 무장하고 있는 것을 말한다. 이러한 의식은 가족이기주의와 맞물려 더욱 공고히 되고 있는 실정이다. 가족이기주의는 긍정적으로는 가족애를 들 수 있으나, 부정적으로는 사회적 신뢰형성을 방해하고 있다는 것이다.

따라서 지방자치단체는 자기만이 살아야 한다는 생각으로 같은 자치단체들 간에 상생과 공동번영에는 관심이 없는 것이다. 그동안 정치권력도 이러한 가족이기주의를 이용하여 통치에 유리하게 활용하였기 때문에 가족이기주의를 사회적 통치의 기본단위로 단편적으로 인식함으로써, 활성화 또는 확대되었던 것이다.

따라서 우리사회의 가족이기주의는 사회적 신뢰감 결여를 조장함으로써, 사회통합과 갈등 해소를 저해하고 있으며, 이러한 사회적 신뢰감 결여는 〈우리끼리〉, 〈패거리 문화〉, 〈우리가 남이가〉 라는 사적 모임을 활성화시켜왔던 것이다. 결국 이러한 의식은 모임과 회식과 직접 만남을 선호하게 하였으며, 〈내가 없으면 나를 욕할 것〉 이라는 우리사회의 일반적 인식으로 인하여 밤문화(술집 · 식당 · 다방 · 성매매)가 꽃피게 된 것이다.

반면에 서양에서는 다양성의 존중이 보장되는 사회이므로 다원주의(Co-exgistance)는 상생, 공생, Win-win 등의 이념으로 무장하고 있으며, 정의 · 가치관 · 인종 등으로 갈등이 주로 유발하고 있다. 그러나 단일민족을 강조하는 전통 농본사회가 주축이 된 우리나라에서는 〈사회적 카르텔 : 사적 모임〉 으로 인하여 갈등과 가치충돌이 대부분 야기되고 있는 실정이다.

2004년 4월 15일 제 17대 총선의 결과는 주류(主流) 교체의 〈개혁 드라이브〉 를 예고하였다. 즉 주류(主流)가 바뀌고 있다는 것을 말한다. 2002년 대통령선거를 기점으로 거세게 불고 있는 우리사회의 〈주류 교체 열풍〉 은 17대 총선에서 또다시 확인되었다. 열린우리당이 과반 의석에 근접한 총선 결과는 이를 상징적으로 보여준다. 전후(戰後) 50여 년간 우리사회의 이념적 정서적 주체 세력임을 자부했던 전전(戰前)세대가 역사의 무대 뒤편으로 떠나고 전후세대가 그 자리를 메우고 있는 것이다.

전전세대가 전쟁의 폐허 속에서 경제를 일으킨 〈산업화—경제개발 세대〉 라면 전후세대는 비교적 풍요로운 경제여건 속에서 권위주의 체제를 무너뜨리는 데 앞장선〈민주화 세대〉 이다. 2002년 대선은 두 세대간의 치열한 대결이었다. 50대이면서도 〈386〉 의 정신을 갖고 있는 노무현(盧武鉉) 대통령의 승리는 이미 우리사회의 〈파워 시프트(권력이동)〉를 예고한 상징적 사건이었다.

17대 총선은 2002년 대선의 〈연장전〉이나 다름없었다. 노 대통령에 대한 야3당의 탄핵 가결로 총선이 대선과 같은 양상으로 전개되었고 〈찬탄(贊彈)〉과 〈반탄(反彈)〉으로 갈려 세대간 격돌이 다시 벌어졌다. 총선 결과가 열린우리당이 호남—충청 등 서부벨트를, 한나라당이 영남—강원 등 동부벨트를 석권한 것도 같은 맥락이다.

개혁과 보수가 노 대통령을 사이에 두고 갈렸다. 다만 호남과 보수적인 영남의 지역정치 의식이 3김(金)시대의 맹목적인 지역감정과는 달리 친노—반노라는 전선을 따라 대체하는 경향도 나타나고 있는 것이다.

전후세대는 정치적 성향이나 사고의 틀에서 전전세대와는 확연히 다르다. 우선 이들은 지난 50여 년간 기성세대의 사고의 틀을 규정해 온 냉전의식으로부터 자유롭다. 특히 30, 40대의 경우 70년대와 80년대의 정치적 격동기를 거치면서 권위주의체제에 대한 저항의식으로 무장한 채 사회변혁의 주체로 참여했다. 이들은 보수와 우파 일색의 이념적 스펙트럼을 깨고 44년 만에 다시 진보정당인 민주노동당의 원내 진출을 성사시키는 산파역을 맡았다. 정치권 외곽에만 머물렀던 여성들이 총선을 통해 전면에 부상한 것도 유교적 권위주의에 익숙했던 전전세대의 틀 속에서는 어려웠다.

전후세대를 중심으로 한 새로운 정치세력의 등장은 지역주의와 3김식 권위주의에 물들었던 정치판에 새 패러다임을 만들어낼 것으로 보인다. 그러나 〈안티〉와 〈저항의식〉으로 단련된 전후세대 앞에는 바뀐 새 정치문화를 만들어내고 사회통합과 갈등 해소에도 주력해야 하는 까다로운 〈가치 충돌〉의 과제가 놓여 있는 것이다.

제 6절 해양국가로의 도약적 의지부족

chapter 6

『…구법순례(求法巡禮)가 끝나면 다시 적산포(赤山浦)에 돌아와 청해진을 거쳐 귀국하려 하옵니다. 바라옵건대 장 대사(張大使 : 장보고)님께 이러한 사정을 잘 말씀드려 주십시오. 소생의 귀국은 명년 가을쯤으로 예정되오니 그 때 신라인의 선편이 있으면 청하여 소생의 일행이 편승케 하도록 배려해 주시기 전망하옵니다. 소생들의 귀항은 오로지 귀하의 너그러우신 배선(配船) 조처에 달려 있음을 삼가 아뢰옵니다』

이것은 일본의 유명한 입당(入唐) 구법승인 자각대사 엔닌(圓仁)이 당나라에서 구법을 마치고 귀국하기 위해 신라에 선박 편의 제공을 의뢰한 서한문의 한 구절이다. 이 서한문은 신라 신무왕 원년(839)에 쓰여진 것으로, 청해진 대사 장보고의 해상제패권(海上制覇權)이 확고한 기반을 구축하고 있어서, 외국인까지 그의 세력에 힘입고 있었음을 입증하는 자료인 것이다.

미국의 압도적 승리로 〈이라크 전쟁〉이 마무리 되는듯 하다가 다시 혼미해지고 있다. 이것을 계기로 세계의 전략지도가 크게 지각변동을 일으킬 가능성이 생기고 있다. 따라서 반도국가인 우리는 지금 우리가 역사의 큰 전환점에 있는 것은 틀림없음을 예지하여야 할 것이다. 그리고 세계정세와 그 속에서 한국이 해야 할 일은 무엇인지에 대하여, 곰곰이 생각해 볼 필요가 있을 것이다.

또한 앞으로의 세계정세를 전망하기 위해서는 냉전종결 이후의 세계 흐름 위에서 생각할 필요가 있을 것이다. 반세기에 걸쳐 계속된 동·서 냉전은 1991년에 끝나고, 이로 인하여 세계정세는 크게 변화하기 시작했다. 미·소의 핵 억제력으로 고정되었던 국제관계가 미·소의 구속을 벗어나 〈산란(散亂) 상태〉가 되었고, 그것이 10년쯤 계속되었을 때, 〈9·11 테러〉가 일어났다. 그 〈테러와의 싸움〉으로 아프가니스탄 전쟁이 일어났었고, 지금은 이라크 전쟁에 이르게 되었다.

이 일련의 〈테러와의 전쟁〉에서 미국이 승리함으로써, 세계는 산란(散亂) 으로부터 미국을 일강(一强)으로 하는 〈일강다원(一强多元)의 시대〉가 되고 말았다. 지금까지 세계경제나 안보체제는 미국과 유럽의 협조관계로 성립되었지만, 그 균형이 이라크 전쟁을 계기로 프랑스·독일·러시아와의 괴리로 무너지고 있는 것이다.

그러면 초강대국 미국이 걸프 만을 중심으로 앞으로 어떤 정책을 전개해 나가느냐? 하는 것이 현재의 초점이 된 것이다. 따라서 앞으로 미래를 생각할 때 문제가 아주 복잡해지지만, 〈해양국가〉와 〈대륙국가〉의 대립구조로 국제정치 질서가 귀결될 것으로 전문가들은 진단하고 있는 것이다.

미국·영국·일본은 해양국가이고, 독일·프랑스·러시아는 대륙국가이다. 우연처럼 보일지 모르지만, 이것은 필연적이며, 특히 미·영은 앵글로색슨이라는 같은 민족에 의해 서로가 단합할 것이다.

미국의 국시(國是)인 〈과실송금의 안전망 구축〉과 영국의 국시인 〈대영제국의 재건설〉과 일본의 국시인 〈원자재 및 에너지의 지속적인 수송망의 안정적 확보〉라는 목적과, 프랑스·독일의 〈유럽맹주 구축〉과 러시아의 〈남하정책〉이라는 국시가 추진과정에서 필연적으로 충돌을 일으키게 되어 있는 것이다. 따라서 이러한 세계정세 속에서 우리는 앞으로 우리가 해야 할 일은 무엇인지에 대하여 심각하게 고민하지 않으면 안 될 것이다.

반면 중국은 대륙국가와 해양국가를 동시에 희망할 것으로 보인다. 바꾸어 말하면 그야말로 중화(中華)를 도모하기 위하여 비약하고자 할 것이다. 따라서 이러한 국제정세 속에서 우리는 잘못하면 해양국가와 대륙국가의 충돌이 한반도에서 작용할 가능성을 경험할지도 모르는 상황을 맞이할 수도 있을 것이다. 또한 바로 북핵문제에서 표출될 수도 있을 것이다.

따라서 우리는 이러한 혼란을 예방하는 방안 중의 하나로 해양국가로의 비약적 도약을 강구하여 열강의 틈바구니에서 하루빨리 벗어나야 할 것이다. 즉, 일본과 중국을 능가하는 해양국가로의 발전을 도모하여야 한다는 것이다. 대륙·반도·해양 국가로 뭉쳐진 동북아 한·중·일 3국의 오묘한 집합관계를 우리가 먼저 선도하여 해양으로 헤쳐나아가야 한다는 것이다.

그리스·로마는 지중해 시대에 해양국가로의 발전을 달성하였다. 유럽과 아시아·아프리카를 잇는 지중해야말로 당시에는 번영과 진출의 터전이었다. 그리스 본토는 발칸 반도 남단의 산지로, 남으로는 지중해, 동으로는 에게 해로 둘러싸인 서방세계의 최동단(最東端)에 위치한 삭막한 소반도였다. 이러한 악조건을 극복하고 그리스는 에게 해를 건너 크레타 섬을 정복하고 지중해로 나아가 소아시아 일대와 아프리카·스페인 지역에 이르기까지 폭넓은 식민 활동을 전개했었다.

한편 대내적으로도 폴리스를 형성하고 세계 역사상 최초로 민주정치를 구현하였다. 그들은 앞서 언급한 바와 같이 자연조건과 인구증가 그리고 식량

문제 등을 해결하기 위하여 새로운 토지 및 시장개척의 수요를 막강한 해군력을 증강하여 수많은 식민도시를 건설하는 것으로 충당하였던 것이다.

그들의 이와 같은 위업은 오로지 그들의 불굴의 정신적인 힘에 의하여 이루어졌다. 즉, ① 왕성한 탐험 내지 개척정신 ② 불패의 용기와 조국에 대한 투철한 의무감 ③ 동포애에서 비롯된 단결력이 있었기 때문이다. 더구나 그리스인들은 문화민족으로서의 대단한 자부심을 가지고 있었다. 유럽 문화 개척의 선도적 자부심이 다른 민족에 비해 월등했으며, 항상 자신들이 세계를 지도할 위치에 있다는 소명의식을 견지하고 있었던 것이다.

『로마는 무력에 의한 통일과 그리스도교에 의한 지배, 로마법의 계승으로써 세계를 세 번 통일하였다』

- 예링(Rudolf von Jhering) : 1818~1892 -

반도를 기점으로 대륙과 해양을 정복하여 〈세계제국〉을 건설한 로마인들은, 서양문화의 정신적 기반을 구체적 형태로 보급하였고, 〈Pax Romana〉는 세계를 뒤덮고 유럽 · 아시아 · 아프리카 3대륙에 7,500만의 인구를 포용함으로써, 〈모든 길은 로마로 통한다〉라는 말을 만들었다.

처음에 이탈리아 반도의 한 구석, 티베르 강변에 세워진 라틴족의 도시국가가 로마제국의 전진기지였다. 이러한 조그마한 반도국가가 로마제국으로 발전한 원인으로는 로마시민들의 철저한 애국심과 희생을 바탕으로 한 단결과 실력배양에 의해서였다. 특히 그들은 〈우리는 세계를 정복할 수 있다〉라는 가능성의 철학을 가지고 있었다. 그들의 신념의 땀 · 희망 · 투쟁은 모두 궁극적으로 로마를 위한 것이었고, 어느 한 개인이 아니라 위대한 로마건설에 대한 비전이었다. 바로 이 정신이 세계 대제국을 건설한 원동력이 되었고, 로마의 영광을 가져온 활력이 되었던 것이다.

근세초기 대서양 시대의 막을 연 선두주자인 스페인이야말로 5대양 6대주를 누비며, 그 영토에 해질 날이 없었던 나라였다. 또한 스페인과 치열한 선두 경쟁에 나섰던 포르투갈도 그에 못지않은 뛰어난 실력을 과시하였다. 이 두 나라도 그리스·로마와 마찬가지로 이베리아 반도에서 출발한 작은 반도국이었다.

중세까지 유럽 각국의 활동무대는 지중해가 고작이었다. 그러나 근세에 들면서 유럽은 동방에 눈을 돌리게 되었다. 그 이유는 향료·비단·금·은·보석 등의 동방물품에 대한 수요증가와 이슬람세력과의 투쟁을 통한 기독교의 교세확장에 있었다. 이러한 과정에서 스페인과 포르투갈은 이베리아 반도에서 출발하여 대서양으로 나가는 길목에 위치한 반도의 이점을 최대한 활용하였다.

이 두 나라의 발전의 원동력은 바로 ① 사방으로 뻗어나갈 수 있는 반도국가의 지정학적 이점을 잘 이용하였고 ② 공격적·진취적·개척적인 국민정신 ③ 민·군·관을 포함한 모두가 국익 앞에 하나가 될 줄 아는 단결력 ④ 지도자들의 안정의 바탕 위에 탁월한 지도력을 발휘했다는 점이다.

최근 들어 〈21세기는 태평양 시대〉〈동북아 시대〉라는 말이 많이 인구에 회자되고 있으며, 또한 우리나라 참여정부의 국정비전이기도 하다. 인류 역사상 세계사의 중심은 에게 해에서 지중해로, 지중해에서 대서양으로 이동해 왔다. 그러나 세계 제2차대전을 고비로 세계의 중심권은 태평양으로 이동해 왔으며, 태평양 시대는 아시아 세력의 상승 물결에 따라 동북아 시대를 열 것이라는 견해가 지배적으로 부상하였다.

바야흐로 인류 문명에 새로운 전기를 마련할 〈태평양 시대〉를 맞이하여 우리는 무한한 가능성과 미래에 대한 밝은 희망을 갖기에 충분한 반면, 잘못하면 역사의 중심축에서 사라질 수도 있다는 우려도 또한 만만찮다는 사실에 주목해야 할 것이다. 따라서 우리는 태평양 시대의 핵심이 되는 동북아 중심 국가로의 부각을 읽어야 할 것이며, 또한 이러한 부각을 세계 강대국이 그대로 방치하지 않는다는 사실을 우리는 역사를 통하여 알고 있어야 할 것이다.

현재의 국제정치질서 안에서 우리의 대륙 진출은 사실상 어렵다. 따라서 이제 우리는 하나의 선택밖에 없는 듯하다. 바로 해양 진출에 우리의 미래와 희망을 걸어야 하는 것이다.

고조선부터 삼국시대, 고려 및 조선중기까지 사실상 우리는 강력한 해양국가였다. 고조선의 멸망을 몰고온 한의 침입도 사실은 고조선의 해양독점력에 겁을 낸 한(漢) 무제의 사전예방조치였다. 중국의 수·당을 물리친 고구려도 사실은 그들의 수군에 힘입은 바가 컸던 것이다. 고려는 강력한 해양국가로 출발했으나, 광종의 지방세력 숙청으로 해양국가의 면모를 상실해 가기 시작하였다. 그리고 임진왜란 때 우리 수군의 활약상은 이미 다 아는 사실이다. 이순신의 영웅적 전략도 있었지만 우리 해군의 우수한 수준이 없었더라면 어떻게 이순신이 혼자 싸울 수 있었겠는가? 이러한 우리나라의 해양국가 정신이 이조 말에는 군함 한 척 없었다고 하니 왕과 신하들의 옹졸한 정신세계를 엿볼 수 있는 것이다.

역사적으로 해양으로의 진출 의지는 바로 국력신장과 비례하여 왔다. 이러한 사실은 고조선의 동북아 제패, 고구려의 수·당 격퇴, 백제의 산둥반도 점령, 장보고의 청해진, 고려와 조선의 대마도 정벌 등에서 볼 수 있으며, 왕건의 후삼국 통일도 예성강 중심의 해상세력이었다. 반도국가는 그들 특유의 불같은 정열과 강건한 진취력을 가진 민족의 기상이 있는 특질이 있다. 따라서 우리 한국도 태평양 시대에 이러한 정신적 지도력을 가지고 웅대한 결의와 이에 부응할 해양대국으로의 노력을 기울인다면, 우리는 반드시 계속 발전할 수 있을 것이다.

반도 국가란 환경적 요인을 발판으로, 해양국가로의 전략적 마인드를 구축하지 않는다면, 우리는 이제 21세기 세계정세에 살아남기 힘든 상황을 맞을 지도 모른다. 고조선이 해양세력 위력이 위축되었을 때, 한 무제 침략을 받았으며, 고구려 · 백제 · 후백제 · 신라 모두가 해양진출 마인드가 위축되었을 때, 내부적으로 안락에 자족하여 해양국가의 의지가 사라져갈 때 패망이라는 비운을 맞았다. 고려도 말년에 해양세력이 약화되어 홍건적과 왜구의 침입으로 망하였고, 임진왜란도 일본의 해군력을 막지 못하여 발발했던 것이다. 결국 조선 말에는 해군력이 제로일 때 나라를 잃었다고 판단되어진다.

그러나 나는 해양세력을 단순히 해군력 강화에 초점을 맞추기보다는 해양으로의 원대한 웅비의 의지를 강조하고자 하는 것이다. 현재 북핵 문제 등 산적해 있는 난제를 풀고 〈태평양 시대〉를 이끌어갈 우리로서는, 그리스 · 로마 · 스페인 · 포르투갈 · 영국 등의 해양 진출 이력의 역사적 성과가 훌륭한 교훈이 될 수 있을 것이다. 또한 우리의 앞날을 생각할 때, 한반도 내에서 〈해양국가〉와 〈대륙국가〉의 대립구조가 정착되어 충돌이 야기되기 전에, 열린 마인드인 해양진출로의 원대한 열망을 계획하고, 실천하는 진정한 로드맵이 필요한 시기이다.

> 『…이 산들은 금이 많은 Syla(신라)의 나라이다. 이 나라를 찾는 이슬람교도들은 이곳이 대단히 이익이 많은 나라이기에 흔히 정착하게 된다』

> ― 9세기 중엽 예 메디아(사우디아라비아의 古都)의 우체국장을 지낸 이븐 후르다드베의 「道理와 郡縣의 書 중에서」 ―

신라의 해외 진출 활약상을 보여주는 단면이다. 9세기 초엽 동아시아 해상을 주름잡았던 장보고는, 확실히 우리 해상무역의 역사에 홀연히 나타난 혜성이었다. 그러나 이러한 바탕 위에는 그동안 우리 민족의 눈부신 해상진출 활약상의 축적된 역사의 힘이 작용하였다는 것을 알아야 할 것이다.

미국의 시사 월간지 「라이프(LIFE)」지가 〈지난 1000년의 세계사를 만든 100대 인물〉을 1998년에 선정·발표한 적이 있었다. 대부분 서양인들이며, 분야는 정치·탐험·발명·종교·민권·예술·여성운동·과학 등 다양하였다. 물론 100대 인물은 선정 기준과 관점에 따라 달라질 수 있을 것이다. 「라이프」지가 1위로 꼽은 인물은 20세기 미국의 발명왕 〈토마스 에디슨〉이며, 미 신대륙을 발견해 세계사를 넓힌 이탈리아의 〈콜럼버스〉가 2위, 중세 종교 개혁의 시초가 된 독일의 〈마틴 루터〉가 3위에 올랐다.

여기서 동양인 1위는 1405~1433년을 전후해 7차례에 걸쳐 대함대를 이끌고 인도·중근동 등 남해 여러 나라를 원정하여, 그 발자취를 멀리 아프리카 동안까지 이르게 한 중국 명나라 무장(武將) 〈정화(鄭和)〉로 14위에 기록됐다.

따라서 아름다운 미래를 만들어가야 하는 우리와 우리의 후손들은, 전환의 시기인 새천년의 출발점에서 어떠한 위대한 인물이 나와 어떻게 인류 역사에 공헌할까? 하는 것을 다시 한번 곰곰이 생각해 보아야 할 것이다. 우리와 우리 후손들의 삶에 따라, 21세기의 한반도가 〈꿈의 미래〉가 아니면, 〈역사의 황무지〉가 될 수도 있다는 점을 명심하여야 할 것이다.

1. 토마스 에디슨(1847~1931, 미국, 발명, 전기, 축음기 등 발명) 2. 크리스토퍼 콜럼버스(1441~1506, 이탈리아, 탐험, 미 신대륙 발견), 3. 마틴 루터(1483~1546, 독일, 종교, 종교 개혁 운동 - 신교 수립) 4. 갈릴레오 갈릴레이(1564~1642, 이탈리아, 물리학, 진자의 등시성(等時性) 발견) 5. 레오나르도 다빈치(1452~1519, 이탈리아, 미술, 르네상스 화가·시인·발명가) 6. 아이작 뉴턴(1643~1727, 영국, 물리학, 만유인력 법칙 등 발견) 7. 페르디난드 마젤란(1480~1521, 포르투갈, 탐험, 최초의 세계 항해 일주자) 8. 루이 파스퇴르(1822~1895, 프랑스, 화학, 발효학 개척, 백신 발명) 9. 찰스 다윈(1809~1882, 영국, 생물학, 「종의 기원」발표, 진화론 주장)

10. 토마스 제퍼슨(1743~1826, 미국, 정치, 미국 독립선언문 기초) 11. 윌리엄 셰익스피어(1564~1616, 영국, 문학, 4대 비극 지은 대문호) 12. 보나파르트 나폴레옹(1769~1821, 프랑스, 정치, 중부 유럽 지배) 13. 아돌프 히틀러(1889~1945, 독일, 정치, 제2차 세계대전 일으킨 독재자) 14. 정화(鄭和)

『鄭和(1371~1435?), 중국 명나라의 환관·무장(武將), 별칭 : 법명 복선(福善), 삼보태감(三保太監), 출생지 : 중국 윈난성[雲南省] 쿤양[昆陽], 남해(南海) 원정의 총지휘관, 본성 마(馬)씨. 1382년 윈난이 명나라에 정복되자 명나라 군대에 체포되어 연왕(燕王)을 섬겼다. 1399~1402년 정난(靖難)의 변 때에 연왕을 따라 무공을 세웠고, 연왕이 건문제(建文帝)의 뒤를 이어 황제(永樂帝)에 즉위한 뒤 환관의 장관인 태감(太監)에 발탁되었으며, 정(鄭)씨 성을 하사받았다. 1405년부터 1433년까지 영락제의 명을 받아 전후 7회에 걸쳐 대선단(大船團)을 지휘하여 동남아시아에서 서남아시아에 이르는 30여 국에 원정하여 명나라의 국위를 선양하고 무역상의 실리를 획득하였다. 제 1차 원정 때에는 대선 62척에 장병 2만 7800여 명이 분승하였고, 제 7차 원정 때에는 2만 7,550명이 참가하는, 큰 규모의 원정대였다. 이 원정으로 중국인의 남해에 대한 인식을 새롭게 하였으며, 동남아시아 각지에서의 화교(華僑)들의 발전에도 크게 기여하였다. 정화가 지휘한 명나라 세력이 인도양에 진출한 것은 바스코 다가마의 인도양 도달보다 80~90년이나 앞섰다』

chapter 7

제 7절 자유주의와 시장경제의 무지

chapter 7

자유주의란 개인의 여러 가지 자유를 존중하고, 봉건적 공동체의 속박으로부터 벗어나려고 하는 사상 및 운동이라고 한다. 자유주의란 매우 다의적(多義的)인 개념이지만, 최근 4세기 동안 서양문명을 이끌어온 대표적인 사조(思潮)이기도 했다. 즉, 서양의 자유주의는 15세기 말부터 오늘에 이르기까지 사상으로서, 운동으로서, 또한 생활양식으로서, 제도로서 형성·발전되어 온 원리였던 것이다.

자유의 원리의 공통된 내용을 파악해 보면 첫째는 보편적 인권의 원리, 즉 정신적·사회적 활동에 있어서의 온갖 개인의 자유와 이니시어티브의 원리이다. 그것은 개성(個性)과 그 활동의 다양성을 전제로 하며, 이성적(理性的) 커뮤니케이션을 통해서 보다 나은 것이 형성될 것을 믿는 입장이다. 개인의 정신적·사회적 활동의 자유에 대한 비인간적·강제적 구속과 획일화를, 가능한 한 제거하는 것은 그 당연한 결과이다. 예컨대 〈시민적 자유(civil liberties) : 신체의 자유, 거주·이전의 자유, 종교의 자유, 사고(思考)와 표현의 자유, 집회결사의 자유, 직업선택의 자유, 죄형법정주의(罪刑法定主義)〉등을 비롯하여 재판에서의 정당한 절차(due process)의 존중 등은 이 원리의 전형적 표현인 것이다.

둘째는 보편적 시민권의 원리, 즉 이들 시민적 자유를 지킬 수 있도록 정치제도와 정책과 정치기관을 〈비판하고·만들고·고쳐나갈 수 있는 자유〉를 모든 남녀에게 인정하는 원리이다. 정치사회를 구성하고 운영하는 권리로서의 참정권(參政權), 정치에 있어서의 토론과 설득과정의 중시, 정치에 대한 사고와 비판의 자유, 보도에의 권리(알 권리), 정치적 집회와 결사활동의 자유, 소수자의 권리보호 등의 정치적 자유가 여기에 포함되는 것이다. 그 밑바탕을 이루는 것은, 〈제도는 자연이 아니고 인간의 작위(作爲)이며, 자기 목적이 아니고 인간의 생활을 위한 수단〉이라는 원리인 것이다.

역사적으로 자유주의는 중세의 사회원리에 대한 대항원리로서 등장하였다. 중세사회는 영주(領主)의 농노(農奴)에 대한 정치적·경제적·인격적 지배를 바탕으로, 가톨릭교회에 의한 전(全)사회 관리를 이데올로기로 삼아 그 양자의 복합체로 성립되어 있었기 때문에, 중세사회의 붕괴는 한편으로는 영주제를 대신하는 새로운 생산양식의 전개와, 다른 한편으로는 통일교회제를 대신하는 새로운 신앙형식의 전개라는 두 가지 동향(動向)의 복합에 의해서 그 계기가 주어지게 되었다. 전자는 생산력의 향상과 화폐경제의 침투로 말미암아 힘을 얻기 시작한 농노가 점차 영주 권력에 의한 규제를 벗어나, 경제활동에서의 자주성을 획득해 가는 과정, 즉 자본제(資本制)로의 이행과정으로, 전통과 권위와 경제 외적인 강제로부터의 개인을 해방시키는 데에 물질적인 힘이 되었다. 후자는 종교개혁으로서 나타난 동향이다. 신앙의 내면화에 바탕을 둔 새로운 대항교회의 형성은 광범한 민생들의 마음을 사로잡아 통일교회의 권위를 뒤엎는 에너지를 조달하는 결정적인 원동력이 되었던 것이다. 이 두 가지의 동향이 복잡하게 서로 얽혀서 마침내 영국·프랑스에 혁

명이라는 돌파구를 마련함으로써, 중세의 사회원리에 대신하는 새로운 사회원리가 확립되기에 이른 것이다.

이러한 자유주의에 대한 기본원리에 대하여, 우리는 그동안 상당한 오류를 불러온 사실에 주목하여야 할 것이다. 즉 ① 자유주의가 반드시 리버럴한 원리 내지 방법으로서 형성된 것은 아니라는 사실이며 ② 자유주의의 정치적 성격의 양의성(兩義性)과 ③ 자유주의의 정치적 원리의 성립에 결정적인 기여를 한 종교적 역할과 ④ 자유주의는 중세적 원리에 대한 대항원리이면서도 그 모두를 완전히 부정하는 것은 아니었던 사실과 ⑤ 개인의 자유를 중핵(中核)으로 하는 사회구조가 결국 자유방임(自由放任)을 낳게 되었고, 당연히 약육강식의 현상을 낳게 되어 사회적 · 경제적으로 실질적인 평등을 요구하는 광의의 사회주의에 의하여 도전당한 사실 등이 그동안 자유주의에 대한 이해의 오류였던 것이다.

그러나 20세기에 출현한 나치와 공산정권 등의 좌 · 우익의 독재정치에 대한 역사적 경험은 자유주의가 지상의 가치로 삼아온 내면적 자유, 정치적 · 사회적 자유 등이 보편적 가치를 지닌다는 것을 인식하여, 〈한국 사회에 필요한 것은 제대로 된 자유주의〉라는 인식을 자아내게 되었다. 한국에서 이제부터 〈제대로 된 자유주의〉를 하자는 이러한 논의는, 〈타락하지 않은 진정한 자유주의〉라는 초역사적인 이념형을 상정하는 관념적인 논의라고 비판할 수는 있지만, 역사적인 눈으로 1950년대 이후의 세계사적 상황을 살펴본다면 냉전 반공주의로서의 자유주의는 한국에서 20세기 이념 지형도에서 어느 정도 공통된 세계사적 현상으로, 엄청난 폭력성을 가지고 태어나게 했던 것이다.

한국 자유주의의 폭력성도 한국만의 예외가 아니지만, 가장 많은 사실적 흔적을 간직하고 있는 것이다. 근대 서구의 역사에서 자유주의가 형성되는 과정은 교회의 몰수된 재산 분배를 둘러싼 협잡과 사기, 폭력과 갈취 속에서 신흥계급이 형성되는 것이었다는 점에서, 자유주의가 형성된 시간대와 상황이 달랐을 뿐, 한국의 자유주의의 부정적 특성과 같다는 것이다. 자유주의가 비록 자유로운 개인의 권리를 위해 국가권력의 개입을 배제하는 주장이라고 하더라도, 현실적으로 민족국가의 자립이 없이는 자유주의가 정치원리로 확립될 수 없기 때문이라는 사실을 우리는 간과했었던 것이다. 그리고 1870년대 말 세계적 공황과 인플레이션 등으로 엄청난 빈곤계층을 양산하는 상황에서 등장한 영국의 홉하우스와 같은, 국가의 역할을 강조하는 〈사회적 자유주의〉를 우리는 또한 경험했던 것이다.

우리는 개인적 자유 · 자율성을 하나의 이념으로서의 자유주의와 혼동하지 말아야 할 것이다. 하나의 이념으로서의 자유주의는 1789년 프랑스 혁명 발발에 직면해 19세기에 나타난 역사적 현상이며, 20세기에는 대중적으로 확산되었다. 〈자유주의는 민족국가의 자립이 없이는 성립할 수 없다〉라는 일반적 통설을 외면함으로써, 자유주의가 궁극적으로 개인과 사회의 해탈을 가져다 줄 것이라 신봉하고 조선 말 · 임정시기 · 일제강점기 · 광복 후 계속된 사상의 몰이해에서 우리는 반목과 질시를 계속하여 온 것이 주지의 사실인 것이다.

이러한 자유주의에 대한 방황으로 인하여, 현재 우리는 〈친일 반민족행위의 기준〉, 〈한국사회 어디로 가나?〉, 〈중국 조선족은 왜 귀환하지 않았을까?〉, 〈해방정국 좌우합작 지지 많았다〉, 〈아이답게 자유롭게 : 루소 교육의 결정 체〉, 〈총선, 제 2노풍 기대〉, 〈국회의원 체포동의안에 관한 두 가지 생각〉, 〈500억＋알파, 입 뗀 한나라당 대표〉, 〈대통령 측근비리 특검〉, 〈핵폐기장, 부안사태〉, 〈집값 부동산정책〉, 〈금감원, 카드 특감〉, 〈신자유주의〉, 〈농민시위〉, 〈정치개혁〉, 〈의원 밥그릇, 방탄 국회〉, 〈이민열풍, 원정출산〉, 〈병역면제 및 병역비리〉, 〈학력 차별 철폐하자〉, 〈스와핑, 성매매, 공창제〉, 〈통일 · 남북교류〉, 〈빈익빈 부익부〉, 〈청년실업 원인과 해결책〉, 〈다단계판매 문제점〉, 〈사생활 침해, 몰카〉 등의 가치혼란과 비생산적 담론에 직면하게 된 것이다.

또한 우리는 이러한 자유주의의 바람직한 이해 부족으로 〈공직사회개혁〉,

〈국방·무기도입 논란〉, 〈남북공동어로수역〉, 〈대선자금 공개 및 정치권 부정부패〉, 〈보수(保守)를 보수하라〉, 〈주한미군의 득과 실〉, 〈지역감정 및 친일청산〉, 〈역사 바로세우기〉, 〈구조조정 및 각종 연금의 실상〉, 〈벤처기업 빛과 그림자〉, 〈빈익빈 부익부 및 세무조사〉, 〈세제개혁 신용카드 득과 실〉, 〈왜곡된 소비문화〉, 〈재벌소유 구조개선〉, 〈의약 분업〉, 〈송두율 논란〉, 〈병역기피·병역면제 부실공화국〉, 〈연예계 권력과 비리〉, 〈외모·인종 차별〉, 〈의문사 진상 규명〉, 〈이주노동자 문제〉, 〈일그러진 장묘문화〉, 〈유전 무죄 무전 유죄〉 등등에 관하여도 갈등과 비능률을 조장하여 왔던 것이다.

자유주의가 이렇게 개인의 자유를 강조하는 것은, 개인의 자유의 보장을 통한 자유경쟁만이 가장 올바른 결과를 낳을 것이라는 믿음 때문이었다. 하지만 최근에는 공동체주의(Communitarianism)가 자유주의에 대한 유력한 비판자로 등장하고 있다. 공동체주의는 자유주의의 전제인 〈자유로운 개인〉이 〈공동체〉 없이는 상정이 가능하지도 않다면서, 자유경쟁이 초래할 부정적인 결과에 대해서도 날카롭게 비판하고 있는 것이다.

그런데 이러한 〈자유주의〉와 〈공동체주의〉 논쟁이, 한편의 일방적인 승리로 귀결되고 있지는 않다는 것을 알아야 할 것이다. 하지만 우리가 분명히 짚고 가야 할 필요가 있는데, 한국의 자유주의자들이 경제활동의 자유만을 보장하는 것이 가장 바람직한 결과를 낳는다고 과신하고 있는 것이다. 그러나 이 점에 대해서는 실질적 불평등의 문제라든지, 경제학적 오류라는 관점에서는 비판할 수도 있으나, 보다 더 근본적인 문제는 이들의 입장에 일관성이 결여되어 있다는 점이다. 따라서 이들은 경제적 자유에 대해서는 거의 맹목적인 지지를 보내고 있지만, 그 외의 자유에 대해서는 철저하게 무관심으로 일관하고 있었던 것이다. 따라서 이들의 생각은 그 어떠한 사상적 기반에서도 결코 정당화될 수 없다는 것이 일반적인 나의 주장이다.

이들은 일제와 독재정권과의 유착을 통해 철저하게 반자유주의적으로 성장한 재벌에 대해서는 비판을 삼가고 있으며, 한국사회의 대표적인 반자유주의, 친봉건 문화인 성차별·호주제·접대문화, 혈연·지연·학연 주의, 가족주의 등에 대해서는 침묵하고 있는 것이다. 또한 이들은 대부분 기업인이나 학자 및 사회지도층들인 경우가 많은데, 과연 자신의 처지에서 기업문화와 대학사회와 카르텔 문화에 대하여 봉건성을 극복하기 위해서 얼마나 노력하였는지를 반성해 보아야 할 것이다. 과거로 거슬러 올라가면, 도저히 자유주의와는 양립할 수 있는 성격을 가진 것이 아닌, 가장 반자유주의적이었던 〈독재정권〉과 〈군사문화〉에 맞서서, 이들이 과연 어떻게 했는지를 반성해 볼 필요가 있을 것이다.

일반적으로 공동체주의가 자칫 공동체를 위해 개인을 희생시킬 위험이 있다는 점을 고려하면, 개인의 자유를 우선해야 한다고 주장하는 자유주의는 분명 생명력을 가지며, 따라서 우리는 자유주의자들의 주장에 분명 귀를 기울여야 할 것이다. 하지만 한국의 자유주의는 한국의 자유주의의 장점을 잘 살려주기는 고사하고 안 좋은 점만을 부각시켜 국가경쟁력을 저하시키는 결과를 초래하고 있다는 비판도 겸허히 받아들여야 할 것이다.

다음으로 우리는 자유주의 사상의 폭도 넓혀야 할 것이다. 현재 한국 자유주의의 정치적 전통이 너무 취약함으로써, 〈자유주의〉의 의미를 문화적·예술적으로까지 확대 해석해야 겨우 자유주의의 전통이 구성될 수 있을 것이다. 사실 우리 사회에서 자유주의 전통은 사상과 자유에의 이념이 아니라,그동안 운동으로만 존재했었다고 볼 수도 있을 것이다. 우리 사회를 이만큼이나마 자유주의화하는 데 공헌한 것은, 유감스럽게도 자칭 지식층 자유주의자들의 사상가적 노력이 아니라, 좌파의 이념을 표방한 민주화운동이었다는 견해도 참고해야 할 것이다.

흔히 우리는 〈자유=민주〉라고 생각하나, 사실 양자는 서로 대립하는 개념이다. 〈자유〉는 본질적으로 불평등을 함축한다. 예를 들어 시장에서 경쟁의 자유는 필연적으로 사회적 불평등을 낳게 된다. 그리하여 평등 없는 순수한 자유란 현실 속에선 결국 〈다리 밑에서 잠잘 자유〉를 의미하게 되고 마는 것이다. 나아가 평등 없는 자유가 보수주의와 결합하여 정치적 자유마저 포기할 때, 나치즘과 같은 또 하나의 〈멋진 환상세계〉가 펼쳐지고 마는 것이다.

한편, 〈민주〉는 본질적으로 평등의 이념이다. 경제적 평등의 요구가 나아가 자유를 억누르며 관철될 때, 공산주의라는 극단이 성립하게 되는 것이다. 우리가 〈자유민주주의〉라고 자유와 민주를 붙여서 말할 때, 이는 위에서 말한 극단들을 피하기 위해서이다. 따라서 자유와 민주는 서로 보완해야 한다는 당위가 여기서 나올 수 있는 것이다. 그리하여 이 두 요소가 다양한 형태로 결합하여, 다양한 정치적 스펙트럼을 만들어내야 할 것이다.

자유주의는 완전한 평등을 얘기하지 않고, 다만 평등의 이념을 〈정의〉(= 분배정의)라는 개념을 빌려서 제시한다. 가령 70년대에 정치철학의 붐을 일으킨 존 롤스의 〈정의론〉은 자유주의 이념의 틀 안에 평등이라는 이질적인 요소를 받아들이고 싶은 이론적 시도였다고 보여지는 것이다.

자유주의자들 중에는 노직과 같이 부의 재분배 과정에 개입하는 것을 신성한 사유재산을 침해하는 범죄로 규정하는 사람들도 있었다. 뉴욕의 증권가를 열광시켰던 이 논리는 실은 18세기의 자유주의 이념을 단순히 리바이벌한 것에 불과하며, 학문적으로는 그다지 주목받지는 못했다. 이 극단적 입장을 보통 〈자유주의〉와 구별하여 〈자유지상주의〉라고 부르는데, 우리나라에서 〈자유주의의 세일즈맨〉 노릇을 하는 지식층들은 유감스럽게도 대개 이 부류에 속한다는 지적을 어떻게 생각해야 할지? 를 판단해 보면서, 한국의 자유주의는 이 처참한 수준에서 하루빨리 벗어나야 할 것이다.

20세기 중·후반에 다시 대두된 신자유주의와 세계화(Globalization)를 목표로 확산되고 있는 시장경제에 대하여, 이념적으로나 실제적으로 많은 반론이 제기될 수 있을 것이다. 지난 20년간 특히 선진국의 경우에는 시장경제 및 자유무역의 확대가 빈부격차를 심화시키고, 이는 성장잠재력을 잠식할 수 있다는 주장이 경제학계 내에서도 실증적으로나 이론적으로 설득력을 더해

가고 있는 것이다. 그러나 우리의 경우 시장경제에 대한 개념적인 논의도 활발하지 못했을 뿐 아니라, 그동안 정부주도에 의한 왜곡된 경제개발 및 운용으로 인해 시장경제 · 신자유주의 · 개인주의 및 경제적 자유 등에 관하여, 불필요한 오해 및 반발을 불러일으킨 면도 적지 않았던 것이다.

이런 경향은 시장경제를 주축으로 세계화가 진전되었고, 특히 〈국민의 정부〉의 경제논리와 국제통화기금(IMF) 체제를 맞아 시장경제의 정착이 국가적 과제로 떠오른 시점에서, 시장경제의 기본 이념에 대한 이해와 논의를 좀 더 구체화하는 것이 필요하였다는 주장이 당시에 많이 제기되었다.

시장경제라는 말은 경제학상의 용어는 아니지만, 일반적으로 사회주의 경제를 계획경제(計劃經濟)라고 부르는 것에 비하여, 자본주의의 경제를 시장경제라 불러왔다. 자유주의 경제체제에서는 모든 경제주체의 생산 활동은 자유로우며, 시장에서의 물품구입도 자유의지에 의해 이루어진다. 이 같은 흐름은 일견 너무 자유로워 무질서한 경제활동처럼 인식되기 쉬우나, 그것이 자연스럽게 질서를 유지할 수 있는 것은 가격(價格)이라고 하는 메커니즘이, 시장에서의 상품매매를 성사시키고, 또 이것을 근거로 생산과 소비를 조정할 수 있기 때문이다. 이러한 경제의 특징적 장점은 장기적으로 보아 가격의 자유로운 흐름에 따라, 자원의 합리적 분배가 이루어진다는 점에 있는 것이다.

시장경제라는 용어는 제 2차 세계대전 후부터는 사회주의국가에서도 사용되기 시작하였으며, 따라서 시장경제의 메커니즘은 이들의 중앙집권적 계획경제에 부분적으로 적용되어갔다. 그것은 비록 계획경제에 의해 가격과 생산량이 결정되었다 하더라도, 소비자의 기호에 따라 결국 생산량과 수요량은 일치할 수 없게 되었다. 여기에 시장 메커니즘이 개입됨으로써, 가격과 수급(需給)이 조정되고 시장은 원활히 제 기능을 발휘하게 된 것이다.

여기 두 가지 유형의 기업이 있다. 〈실패하지 않는 기업〉과 〈실패에 강한 기업〉이다. 당신이 경영자라면 어떤 기업을 원할까? 대부분의 경영자는 실패하지 않는 기업에 한 표를 던지리라 생각한다. 하지만 실패하지 않는 기업이란 현실 경영에서는 존재하지 않는 이상(fiction)에 불과할지도 모른다.

그동안 이른바 초일류 기업으로 불리는 기업들조차도 숱한 실패를 경험했었다. 특히 경영 환경의 불확실성이 점증하는 요즘, 경영 실패의 가능성은 그 어느 때보다도 커지고 있는 것이다. 따라서 실패의 가능성을 줄이기 위한 노력 못지않게 〈실패를 조기에 탐지해서 극복하는 능력〉을 갖추는 것이 급선무라고 할 수 있을 것이다. 시장경제에의 집착은 바로 이러한 실패를 조기에 탐지해서 극복하는 능력을 담보하지 못한다는 맹점을 가지고 있다는 점을 주지해야 할 것이다.

따라서 앞으로 우리는 시장경제의 질서에 적응하지 못하면 국가경제의 내일은 없다고 생각하여야 할 것이다. 이것이 바로 세계화이다. 초일류가 아니면 존재할 가치가 없는 것이다. 그것은 우리의 의지와 무관하게 세계가 자유민주주의와 시장경제의 원리와 질서에 의해 운용되어갈 것이기 때문이다. 그런 점에서 지금 현재 자유민주주의와 시장경제를 국가경제의 운용원리로 하고 있는 우리나라가 얼마나 다행한 일인지 모르는 일이다.

그리고 우리는 지금부터라도 자유주의와 시장경제의 의미를 바로 이해하여야 할 것이다. 그동안 우리의 보수단체는 오로지 안보에만 관심을 기울여 복잡다기한 현대사회의 다양한 문제를 해결해 나가는 데 기여하지 못하였으며, 이른바 〈진보〉를 자처하는 단체는 국익이나 민족의 앞날에 대한 관심보다는, 〈민생적 관점〉이나 〈오도된 민족주의〉에 사로잡혀, 자유민주주의의 가치와 질서를 무너뜨리기 일쑤였던 것이다.

따라서 앞으로 우리는 안보 이외에도 다양한 부문에서 문제를 제기하여야 할 것이다. 자유민주주의를 지키기 위해 〈안보〉는 우리의 가장 중요한 관심사가 되겠지만, 또한 〈안보〉 외에도 시장경제의 가치질서를 중시하여야 할 것이다. 바로 시장경제의 올곧은 원리 운용만이 우리의 밥줄이 될 수 있기 때문이다.

그리고 시장경제가 할 수 있는 것과 할 수 없는 것을 더 잘 이해함으로써,

시장시스템과는 별도로, 때로는 시장에 대항해서 우리가 무엇을 해야 하는가? 를 확실하게 파악할 수 있어야 할 것이다. 시장이 교환을 위해서만 접촉하는 사회적 원자들로 우리를 몰아가는 데 대응하여, 우리는 하나의 전체로서 공동의 의사결정을 행할 수 있는 메커니즘을 별도로 마련해야 할 것이다.

〈IMF 위기의 씨앗은 바로 개발독재〉 라는 비판이 있어왔다. 박정희 전대통령의 경제개발정책이 우리 국민을 빈곤에서 벗어나게 한 공은 있었지만, 정경유착이라는 역사의 형틀을 만들어 결과적으로 우리 경제를 쓰러뜨린 책임도 있다는 지적이었다. 따라서 박정희 전대통령에 대한 대중의 향수에는 분명 그의 경제개발의 치적이 자리잡고 있는 것은 사실이다. 찬양론자들은 박정희 시대의 경제성장 실적을 들이대며 개발독재론을 옹호하고 정당화해 왔다. 이 것은 한마디로 경제발전을 위해서는 자유와 민주와 시장경제의 유보가 불가피했다는 논리로 받아들여진다.

단기간 초고속성장의 신화를 낳은 개발독재에서 과연 독재는 불가피한 것이었을까? 역사의 저울추는 개발독재의 성과와 폐해 중, 어느 쪽으로 기울고 있는가? 에 대하여, 고려대 이필상 교수는 〈가시적인 실적 위주의 박정희 개발독재야말로 시장 경제를 병들게 한 암세포였으며, 나아가 IMF 금융위기의 뿌리였다〉 라고 강하게 비판하고 나섰다.

즉, 김영삼 정부 말기인 1997년 초부터 박정희 신드롬 또는 박정희 부활 현상이 일어났는데, 찬양론자들이 흔히 내세우는 것이 경제성장의 치적이었다. 이러한 향수에는 다음과 같은 문제를 안고 있다고 이 교수는 강하게 비판하고 있는 것이다.

우리 민족은 6·25를 거치며 엄청난 가난에 시달렸다. 그런데 60년대 군사정권이 들어선 후 그 힘들던 보릿고개를 극복했다. 초가지붕 개량으로 상징되는 새마을운동, 경부고속도로 건설, 수출드라이브 정책, 중화학공업 발전의 기간산업 구축이 우리 경제가 세계적 경제로 도약하는 데 발판이 되었다.

이러한 긍정적인 측면 이면에는 고질적인 부정적 측면이 있었다는 것이 우리 경제의 비극이었다. 가장 큰 문제는 ① 정경유착을 통한 불법지배체제 형성 ② 빈부 격차 ③ 경제력의 재벌집중 ④ 지역 격차 ⑤ 천민자본주의의 만연 ⑥ 관료주의의 확대 ⑦ 빚 경제 ⑧ 부패공화국으로 요약해 볼 수 있을 것이다.

여기서 문제는 이러한 박정희의 개발독재적 패러다임이 지금까지 바뀌지 않고 있다는 데 있는 것이다. 그렇게 된 원인에는 전두환 · 노태우 · 김영삼 · 김대중 등 역대 대통령들의 책임이 크다고 보아야 할 것이다. 79년 박정희 전대통령이 서거한 후 들어선 전두환 체제는 오히려 독재 권력을 강화했다. 시장경제는 더 멀어졌고. 특히 정권이 정통성을 갖지 못했기 때문에, 정경유착이 더욱 악화되었다. 노태우 정권으로 넘어가면서 개발독재의 구조적 문제가 더 심해졌다. 두 사람이 쓰고 남은 돈과, 들킨 돈만 해도 각각 몇천 억이었으며, 이로 인하여 그들은 옥고를 겪어야 했다.

〈문민 정부〉가 들어서서도 개혁의 가장 큰 걸림돌인 정치질서 체제가 바뀌지 않고 관료주의도 여전했다. 김영삼 대통령이 혼자 개혁하려 애썼는지는 모르지만 체질화된 관료주의와 구태에서 벗어나지 못한 정치권이 둘러싼 상태에서 도저히 무엇을 할 수가 없었던 것이다.

금융실명제라는 미증유의 개혁이 변질된 것도 그런 사정 때문이었다. YS는 개혁을 하려면 끝까지 제대로 했어야 했는데, 중도에서 실패하거나 변질되게 하여 경제에 오히려 더 부담을 주고 말았던 것이다. 그래서 문민정부가 경제를 망치고 말았는데, 그 배후에는 박정희 개발독재의 폐단이 있었다는 지적이 많았다는 것을 간과해서는 안 될 것이다.

그런 점에선 〈국민의 정부〉도 크게 다를 바 없었다. 구태의연한 정치체제와 관료주의가 여전히 개혁의 걸림돌이 되어, 결국 개혁을 성공하지 못하게 했던 것이다. 〈IMF 위기의 씨앗은 바로 개발독재이다〉라는 이 말은, 박정희 전대통령의 경제개발 정책이 우리 국민을 빈곤에서 벗어나게 한 공은 있지만, 정경유착이라는 역사의 형틀을 만들어 결과적으로 우리 경제를 쓰러뜨린 책임도 있다는 것을 경계한 말이다.

따라서 안타까운 것은 IMF라는 큰 국난을 극복하고 우리 경제의 틀을 바꿔야 하는 역사적 사명을 짊어졌던 〈국민의 정부〉가 지난 5년 동안 제몫을 다 못했다는 점이다. 정경유착과 관료주의를 타파하는 근본적 개혁을 했어야 했는데, 그것 없이 재벌개혁을 한다고 무작정 나섰다가 저항에 직면하자, 기껏해야 구조조정이라는 명분으로 노동자나 정리하고, 국부유출을 유발했던 것이다.

따라서 우리는 21세기 들어 우리 경제의 가장 큰 과제는 바로 이 잘못된 패러다임에서 빨리 벗어나, 올바른 자유주의와 시장경제의 기본 원리를 바로 체득·실현하는 것이 가장 필요한 것이라 생각되어지는 것이다.

아시아 경제성장의 성공 모델로 〈네 마리 용〉이라는 표현이 얼마 전에 있었다. 이 나라들은 경제발전의 배경이나 시기와 정치적 여건이 비슷하였고 그중에서도 우리나라가 가장 잘 나가는 것처럼 보였다. 그러나 겉으로 보기에는 네 마리 용이었지만 실은 세 마리 용과 한 마리 공룡이었다. 우리는 내부적으로 문제가 너무 많았고 또 몸집이 크니까 그만큼 일어나기도 힘들었고, 결국 그 내면적인 병으로 주저앉은 시련을 우리는 경험해야 했었다.

대만은 중소기업 발전을 기반으로 한 경제구조가 탄탄했다. 결정적 차이는 우리나라처럼 정치지도자가 재벌로부터 천문학적 규모의 정치자금을 받는, 재벌과 정권의 불법공생체제는 없었던 것이다. 좁은 국토에 자원도 없는 싱가포르는 일찍이 시장경제를 지향하면서 개방 정책을 추진했다. 반면 폐쇄성이 강했던 우리 경제는 결국 억지로 개방하게 되었는데, 경쟁력이 약해 맥없이 무너져버렸다.

그동안의 압축경제 성장에 대한 열정과 신념을 다시 한번 높게 평가할 필요가 있다는 것은 중요하다. 정말 그 경제성장이 불공평이던, 빈부격차이던, 정경유착이던 간에 부정부패를 몰고온 역기능이 있었다고 하더라도, 이제 우리는 배고프지는 않으며, 오히려 의·식·주에 대하여 세계 최고 수준이 되었다는 점을 자각할 수 있게 되었다.

그러나 그동안 우리는 결국 그 개발독재의 역기능을 아직까지 치유하지 못하고 그 역기능에 안주함으로써, IMF 환란, 구조조정에서의 국부유출, 중산층 몰락, 공정자금 유실, 도덕적 해이, 청년 실업, 노·사 갈등, 정치·경제의 불신 조장 등의 어두운 그림자를 안게 되었다. 이 점은 바로 이제까지 우리 인류가 발견한 숭고한 인간생활과 의식의 근원인 자유주의와 시장경제에의 몰이해와 오해, 아니면 자의적 해석 및 외면 등에서 오는 〈시간의 보복〉이라는 것을 심각하게 명심하여야 한다는 것을 보여주고 있는 것이다.

따라서 우리는 앞으로 개발독재의 폐단을 자유주의와 시장경제로의 힘으로 극복하지 못하고, 경제논리로도 개선하지 못하거나, 그것이 정치논리에 오염 된다면, 필리핀·아르헨티나 같은 자멸의 길로 들어서게 될 것이다. 지금 우리는 이러한 점을 또한 명심하여야 할 것이다.

지난 〈국민의 정부〉는 외국자본에 대한 의존심이 너무 커서, 그리고 개발독재의 폐단을 정치 논리적 한계로 극복하지 못함으로써, 실패하였다고 보여진다. 따라서 〈참여 정부〉는 서구 선진국들의 경우처럼, 자유주의와 시장경제 원리의 확실한 신념으로 동북아 중심 국가의 근본가치를 삼아야 할 것이다.

마지막으로, 다양한 시각이 있을 수 있지만 한국 경제의 내면적 시각을 우려하는 목소리가 높아가고 있다. 이러한 걱정의 근본적인 원인은 시장경제에 대한 부정적인 인식이 부지불식간에 우리 사회에 팽배해 있다는 것이다.

이러한 현상의 유형으로는 경제문제에 경제논리를 최대한 배제하려는 시도, 비경제 분야에 대해서는 조금의 경제논리도 허용하지 않으려는 인식, 1997년 경제위기 이후 한국 경제가 각고의 노력으로 이룩한 경제개혁의 부분적 성과를 부정하고, 한국 경제의 구조를 다시 과거로 회귀시키며 또한 세계적인 추세에 역행하려는 움직임, 기업가 정신에 대한 정당한 보상을 인정하지 않으려는 인식 등이 시장경제에 대한 부정적 인식들이다.

과연 이러한 사회분위기 아래에서 어느 기업가가 많은 위험부담을 지고 새로운 사업에 자신의 노력과 자본을 투자하려 할지 의문스러울 뿐이다. 세계경제의 회복 분위기에도 불구하고 한국 경제의 투자열기가 아직 살아나지 않는 것은 다분히 이러한 사회적 분위기에 기인한 측면이 어느 정도는 있다는 것이다.

그러면 왜 이와 같은 반세계적, 반경제적, 반시장주의적인 징후들이 우리 사회에 퍼지게 된 것인지를 우리는 지금 현재 되새겨보아야 할 것이다. 일부에서는 97년 경제위기 이후 신자유주의적 정책의 남발 속에서 사회의 불평등도가 심화되자 이에 대한 반발로서 필연적으로 나온 대응이라며 상기한 인식들을 정당화하려는 것이라고 한다. 또한 일부에서는 80년대 운동권 학생들이 사회 각계각층에서 지난 20여 년 동안 각종 비정부단체 활동 및 교육활동 등을 통해 달성한 의식화 사업의 결과라고도 하는 것이다.

이유야 어쨌든 간에 잘못된 정책과 잘못된 경제구조는 단기적으로 조정·개선 노력을 거치면 고칠 수 있으나, 그릇된 의식과 인식은 한 세대 이상의 시간을 들여야만 고칠 수 있다는 점이 경제학계의 정설이다. 따라서 경제논리, 세계화, 시장경제 등에 대한 정확한 인식과 논리를 사회교육과 학교교육을 통하여 전 국민들에게 바르게 전파할 수 있는 사회적·정책적 네트워크를 하루빨리 형성해야 할 것이다. 여기에는 노·사·정, 정치지도자, 경제학자, 사회단체 모두가 책임을 지고 참여하면서 반성하여야 할 것이다.

제 8절 서구문명의 몰이해와 국수주의

chapter 8

『소박한 성품의 한 루마니아 농부 요한 모리츠는 악의에 찬 헌병에 의해서 공문서에 유태인으로 기록되어 유태인 수용소에 보내진다. 그는 거기서 강제노동에 동원된다. 어느 누구에게도 루마니아 인으로 인정받지 못한 모리츠 는 할 수 없이 헝가리로 탈출한다. 그러나 이번에는 적국 루마니아 인이라는 이유로 체포된다. 그는 나치의 노무 자로 제공된다. 거기서 나치 장교의 눈에 들어 노무자의 감시병이 되고 아내도 얻었으나 프랑스 노무자의 탈출을 돕고는 자신도 연합국 점령지역으로 도망친다. 그러나 적성국가의 시민이라는 이유로 다시 독일전범자 포로수 용소에 수감된다. 그는 수용소에서 〈저는 하나의 인간입 니다. 그러므로 제가 아무런 잘못이 없는 이상, 아무도

저를 가둬놓고 괴롭힐 권리는 없다고 생각합니다. 저의 생명과 저의 그림자는 바로 제 것입니다. 여러분이 어떤 사람이든 소유한 탱크와 기관총과 비행기와 수용소와 돈이 얼마나 되든 간에 저의 생명과 저의 그림자에 손을 댈 권리는 조금도 없다고 생각합니다〉라고 절규했다. 그러나 아무 소용도 없었다. 아무리 항의하여도 수용소의 기계적인 관리기구는 그의 호소에 귀를 기울이지 않은 채 2차대전은 끝난다』

- 루마니아 신학자 게오르규 작품 「25시」의 줄거리 -

서구 문명의 위기에 대한 예언으로 신학자들의 이론이 있었다. 지난 이야기지만 70년대와 80년대에 우리는 서구문명을 비관적으로 인식하여 곧 서구가 멸망할 것이라고 굳게 믿은 부끄러운 과거가 있었다. 기계주의, 기술만능주의의 병독에 침윤되어 인간이 인간의 가치를 주장하지 못하는 시대가 됨으로써, 서구문명이 25시를 가리킨다는 주장이었다. 25시란 모든 구제가 끝나버린 시각으로 설령 메시아가 강림한다 하여도 아무 것도 해결할 수 없는절망의 시각으로, 위기로 인식되었다.

현대 기계문명을 극도로 비관한 게오르규를 비롯한 기독교 신학자들은 서구문명을 〈근대인이 봉건사회를 부정하면서 그 사회의 권위까지도 부정한 결과 신(神)마저 상실하게 되고, 인간 영혼은 그 정신적인 근원으로부터 단절됨으로써 사경을 헤매게 되었다〉라고 논고하였다.

이들의 주장은 다음과 같다. 즉, 모든 인간은 우주의 주인으로서 창조된 것으로, 한 개인은 다른 무엇을 주고도 대체할 수 없는 절대적인 존귀한 존재이다. 따라서 인간은 기계제품처럼 물품이 아니며, 하나하나가 특별한 섭리에 의하여 창조된 영혼을 가진 존재인 것이다. 그런데 그러한 〈나〉, 우주의 주인인 〈인간〉이 하찮은 사물의 위치로 전락되었고 그 사물과 같이 취급받게 되었다는 것이다. 즉 서구사회의 모든 국민이 지금과는 다른 새로운 가치 문명을 창조할 만한 생의 욕구와 충돌을 갖고 있느냐? 하는 것이 의심스럽다는 점을 주장할 정도의 극도로 비관적인 우려를 낳았던 시대가 있었다.

철학 및 사회학자들의 견해는, 사람이라면 누구나 조금이라도 더 잘 먹고 더 잘 입고 더 행복하게 살고 싶은 강한 욕망을 갖게 마련이지만, 사람들이 타인에 대하여 무관심해질 수밖에 없다면, 결국 자신의 행복도 〈푸른색 장미〉처럼 영원히 구할 수 없는 것이 아닐까? 하는 회의(懷疑)들이 당시에 등장하였다.

> 『바닷가에는 중류 이상의 가족들이 모여들어 마음껏 휴가를 즐기고 있다. 이들은 매일 저녁 같은 사람들이 모이는 곳에서 전날과 조금도 다를 바 없는 칵테일을 마시며, 아무런 화제도 없으면서 되지도 않은 소리를 지껄인다. 이런 경우에는 무슨 내용의 대화가 이루어지느냐가 중요한 것이 아니라 그저 무슨 소리든 계속 말을 해야 한다는 사실이 중요하다. 이런 곳에서 무엇을 많이 느끼는 것도 금물이고 사람들의 이야기에서 의미를 찾으려고 해서는 안 된다. 상대방의 말이 무슨 뜻인지 알려고 애쓰지 않는 것이 훨씬 더 어울리는 일이다』

- R. May의 「자아를 잃어버린 현대인」 중에서 -

동시에 이들의 주장은 근대 서구 기계문명 속에서 몰락되어가는 인본주의에 대한 깨우침이었고, 과학과 기술에 대한 믿음이 서구 문명의 놀라운 발전을 가져왔으나, 사람들이 그 주체성과 이성을 상실하고 있음을 한탄하는 것이었다.

서구문명의 위기에 대한 예언으로 당시의 미래학자들의 주장은 서구사회의 자연 질서뿐 아니라, 전통적 가치체계까지도 파괴되어가고 있는 것으로 보았다. 인간은 자기가 만든 기계·문명·제도, 그리고 조직의 명령에 복종하고 또 봉사해야 하는, 즉 자기 자신을 상실한 시대에 살게 되었다는 경고가 끊이지 않고 있다고 보았다. 서구의 검은 그림자로는 인구·식량·자원고갈·핵·환경오염 등을 꼽았다.

『1952년 12월의 런던, 불과 5일 만에 4,000여 명이 안개 속에서 죽어갔다. 〈살인적 스모그〉라는 이 안개가 발생했을 때 대부분 신체가 허약한 노약자가 희생되었다. 스모그는 아황산가스와 먼지 그리고 안개가 결합된 것으로 밝혀졌다』

미래학자들은 인류사회, 즉 서구사회는 수많은 시련과 시행착오 끝에 오늘의 발전을 거듭했으나, 인류는 오늘날 풍요한 물질문명에 도취되어 인간 본래의 자기 모습을 잃어간다고 보았다. 그 결과 자기가 창조한 물질문명에 속박되어 거꾸로 지배당하고 있다고 주장했었다.

그러나 오늘날 21세기의 아침은 어떠한가? 우리의 몰이해로 몰락한다던서구문명은 〈세계화〉, 〈신자유주의〉, 〈환경적 생태운동〉, 〈도덕 재무장〉, 〈녹색운동〉, 〈느림의 인식〉, 〈슬로우 푸드 운동〉, 〈겸손과 포용〉, 〈제 3의 길〉 등등의 이름으로 도도히 전 지구를 그들의 가치로 뒤덮고 있는 것이다. 또한 유럽은 EU라는 포용·단합·사랑이라는 덩어리로 뭉쳤으며, 또한 확대되어가고 있는 실정이다. 그들은 스스로 그러한 자신들의 가치들을 선도적으로 실천하고, 〈제 3의 길〉을 모색하였으며, 따라서 또한 번영을 구가하고 있는 것이다.

미국의 헌팅턴(1876~1947)이 쓴 「문명과 기후」와 토인비의 「도전과 응전」에서와 같이, 그들은 위기를 곧 호기로 전환시켜, 지금도 여전히 인류의 문명사적 화두를 가장 먼저 던지고 있는 실정이다. 또한 유럽에서 가장 가난했던 아일랜드까지도 근 10년 연속 현재 지구상에서 최고의 성장을 기록하고 있는 상황이 되었다.

그러나 그동안 우리는 서구문명의 맹점에서 오는 현대의 위기감에 도취되어 〈동양스승, 서양제자〉라는 허구를 남발하면서, 무방향의 동양적 자만에 안주하고 있었다. 엄청난 고독만이 남을 것이라던 서구문명은, 앞에서 언급한 바와 같이 지금도 여전히 급속한 발전을 이룩하고 있으며, 우리들에게 발전의 참모습과 복지의 자화상과 삶의 가치문화를 제시해 주고 있는 것이다. 즉, 그들은 진정한 삶의 가치를 창조하고 향유하고 있는 것이다.

따라서 이제부터 우리는 동양문화를 거대한 정신문화로 보고 서구를 빈곤의 문화로 인식한 이러한 동양의 기형문화를 타산지석으로 삼아, 정신문화와 물질문명의 조화를 이루는 한국의 창조적 문화를 창출해야 하는 것이 오늘의 우리들의 자세가 되어야 할 것이다. 동양의 직관적 · 종합적 사고와 도덕적 · 예술적 가치 숭상의 정신과, 서양의 객관적 · 분석적 사고와 공리적 · 기술적 사상을 융화시키는 노력이 필요하다는 것이 우리의 방향이 될 수 있을 것이다.

서양은 그들이 가지고 있었던 부조리와 맹점에서 오는 과거 서구 문명의 위기를, 〈신에의 귀의〉, 〈사회 개혁〉, 〈도전과 응전〉, 〈겸손과 포용〉, 〈세계사의 주역이라는 확고한 신념〉에서 찾았고, 또한 그것을 성실히 실천함으로써, 서구의 위기를 극복할 수 있었던 것이다.

우리는 지금 세계화의 한가운데 있다는 말을 수도 없이 하기도 하고 듣기도 한다. 세계화가 누구의 주도에 의해 어떤 역학관계에 따라 추진되건 상관없이, 세계화는 우리가 따라가야 하는 다양한 대안들 중 하나가 되었으며, 거

역할 수 없는 숙명이라는 관점이 설득력을 얻게 되었다. 지난 4반세기 동안 포스트모더니즘에 관한 논의가 마치 아시아를 비롯한 비서구적 전통과는 아무런 관계가 없는 것처럼 진행된 것과는 달리, 세계화에 관한 논의는 그야말로 전 지구적 화두가 되었다. 왜냐하면 세계화는 모더니즘과 포스트모더니즘의 구별을 넘어, 이 세계를 실질적으로 하나의 촌락으로 만들어가고 있는 엄연한 현실이 우리 앞에 있기 때문이다.

　세계화도 외관상으로는 서구역사의 이야기로 보일 수 있지만, 그 파급효과는 분명히 세계전체를 포괄하고 있다. 그러나 이와는 반대로 세계화의 조류에 매몰되지 않고 자신의 정체성을 '지켜보려는 몸부림으로 인해, 지역화가 가속화되는 반세계화 운동도 있는 것이 사실이다. 요컨대 세계화와 지역화, 통합과 분열이라는 상반된 추세가 공존하고 있는 것이, 지금의 세계적 상황일 것이다. 세계 역사상 유례없이 전 인류가 공통의 세계를 공유하고 있다는 것을 인식하고 있는 오늘날, 인류의 과제는 어떻게 하면 세계화의 추세가 가져온 공통의 기반 위에서, 서로 분열되어 있는 다양한 사람들간의 상호 이해와 협력을 도출할 수 있는가? 하는 것이 가장 중요한 문제로 대두되었다.

　따라서 우리는 지금 전 지구적 차원의 보편적 가치를 생각하더라도, 자신의 민족, 자신의 국가의 현실을 우선적으로 고려하지 않을 수 없게 되었다. 또한 반세계화의 이런 지역적 의식이 강화되면 자칫 편협한 국수주의에 빠져서, 세계화의 거대한 흐름에 역행하는 우를 범할 수도 있을 것이다. 타자를 관용하지 못하는 국수주의는 가장 전형적인 일원주의로 흐를 것이다.

　그러나 일원주의를 피하기 위해서 다원주의로 가더라도 문제는 남는 것이다. 왜냐하면 다원주의는 자신의 정체성을 모호하게 만드는 〈사해동포주의〉, 또는 무엇이든 좋다는 식의 〈천박한 상대주의〉로 빠질 수 있는 오류가 있기 때문이다. 그러나 이와 같은 오판의 가능성을 경계하면서도, 우리는 언제나 한 가족 내부의 일이, 가족보다 더 큰 사회나 국가의 일과 무관할 수는 없고, 오늘날과 같은 세계화 시대에는 한 국가 내부의 일이, 곧 지구 전체의 일로 파급될 수 있다는 사실을 또한 직시해야 할 것이다.

사실상 오늘날 지구촌을 하나로 묶어주고 있는 세계화의 근본적인 동력은 자본과 정보기술이다. 자본과 정보기술의 힘은 근대민족국가와 정치이념의 한계를 넘어 인적 교류와 물적 교류의 전례 없는 활성화를 가져왔다. 이것이 오늘날 세계화의 실체일 것이다. 물론 과거에도 세계화의 움직임은 있었다. 우리가 역사에서 목격하는 수많은 정복전쟁, 근대 이후의 식민지 확보 경쟁 등은 강자에 의한 보편적 세계화의 강요였다고 보여질 수 있을 것이다.

그러나 오늘날의 세계화는 예전의 그것과는 달리 누구라도 거역하면 생존의 위협을 받을 만큼 강력하며, 상호 교호적이고, 필수적이며, 강제하지 않는 특징이 있는 것이다. 물론 오늘날 세계화를 몰고 있는 저 무자비한 자본과 정보기술의 힘으로부터 누구나 공감할 수 있는 보편적 가치가 도출되리라고기 대하는 것은 어려울 것이라는 반세계화적 시각도 있을 수 있다. 하지만 역설적으로 바로 그러한 힘이 세계를 통합함으로써, 〈인류가 하나의 지구촌에서 공존할 수 있는 기회를 제공하고 있는 것도 틀림없는 사실이다〉라는 긍정적 시각이 강대국들에 의하여 주도되고 있는 실정이다.

개인이 다른 개인과의 관계를 통해서만 그 자신의 정체성을 획득할 수 있는 것과 마찬가지로, 한 국가 역시 다른 국가와의 상호 교류를 통해서만 그 자신의 정체성을 유지할 수 있을 것이다. 그런데 한 개인이 다른 개인과 교류할 때, 이기적으로 행위를 하기도 하고, 이타적으로 행위를 하기도 한다. 한 국가가 다른 국가와 교류를 할 때에도 마찬가지이다. 각각의 국가는 자국의 이익만을 위해 이기적인 행위를 하기도 하고, 다른 국가와의 공생을 위해 이타적인 행위를 하기도 한다. 그래서 국가들간의 관계가 지배와 종속의 관계로 되기도 하고, 상호적인 협력과 교류의 관계로 되기도 하는 것이다.

이러한 개인이나 국가의 뿌리 깊은 자기 중심주의적 성향은, 인간관계나 국제관계에 지배와 종속의 관계를 가져온다. 인간은 타자와 만날 때, 자신이 생각하는 선악을 잣대로 삼아 타자의 선악을 평가하는 경향이 있다. 타인의 타자성(他者性)을 무시하고, 그를 자신에게 일방적으로 동화시키려는 이러한 경향은, 모든 인간들의 무의식에 잠재해 있는 것처럼 보인다. 바로 이러한 경향으로 말미암아, 우리는 자신도 모르게 점차 자기중심주의에 빠져들게 되는 것이다.

인간에게 자기 중심주의적 성향이 있는 것과 마찬가지로, 국가에도 국가중심주의적 성향이 있어 갖가지 제국주의를 낳고, 국가간의 관계를 지배와 종속의 관계로 만든다. 로마 제국은 군사적인 힘을 수단으로 해서 세계의 통일을 꿈꾸었고, 중세 이후 서양은 기독교의 하나님을 매개로 해서 세계의 통일을 꿈꾸었다. 하지만 각 민족이나 국가의 자발적 참여가 없는 이러한 통일의 꿈은, 구체적인 역사적 현실 속에서 20세기 인류가 경험한 두 차례의 세계대전과 같은 참혹한 전쟁만을 불러왔다.

단테나 칸트는 이미 단일한 세계정부 수립에 의한 세계의 조화로운 통치를 이념적으로 개진한 바 있었다. 이런 이념이 국제연합(UN) 창설의 사상적 기초가 되었다. 현재 국제연합은 국경을 넘어 전 지구적 차원에서 다양한 활동을 펼치고 있다. 하지만 각 주권국가들이 극히 제한된 범위 안에서 자신의 주권을 양도함으로써 이루어지고 있는 국제연합의 그런 활동마저 성공적이라고 보기는 어렵다. 이것은 세계의 조화로운 통일이란 고매한 이념이 얼마나 현실적으로 달성되기 어려운 것인가를 단적으로 보여준다.

근대는 개체 개념(자유)이 특히 강조되었던 시대였기 때문에, 각 개인들 사이의, 각 민족이나 국가들 사이의, 그리고 인간과 자연 사이의 친화적인 교류가 더욱 어렵게 되었다. 개인을 주체로 보는 근대적 인간관은 자연과 사회의 객체들을 장악하는 것을 용이하게 했다. 이로 인하여 과학 기술과 경제의 급속한 발전이 이루어졌다. 그러나 근대 물질문명이 야기한 수많은 폐해들로 인하여 근대성에 대한 적극적인 비판과 극복이 요구되고 있는 실정이다. 따라서 근대 물질문명의 폐해를 극복하기 위해서, 우리 자신에 대한 새로운 이해를 정립할 필요가 있는 것이다. 반면에 상호성에 기반을 둔 인간관으로의 변화가 선행되지 않은 상태에서 사회관이나 국가관의 임시방편적인 운용은, 우리가 처한 현실의 개선에 결정적인 도움이 되지 못하는 것이다.

세계화 과정에서 각 국가가 경험하는 마찰과 긴장은 각 개인이 사회화 과정에서 경험하게 되는 그것과 매우 유사한 관계를 보여주고 있다. 개인도 국가도 자체적으로는 존립이 불가능하다. 그렇다고 해서 개인이나 국가가 전적으로 타인이나 타국에 의해서만 존립하는 것도 역시 아니다. 개인이나 국가 모두 타인이나 타국과 원활한 의사소통을 유지하는 가운데, 자신의 정체성을 유지해야 하는 것이다. 개인도 국가도 자신이 아닌 '타자'와의 관계를 맺는 가운데, 항상 각자가 자기 자신의 주인일 수 있을 때, 타인 혹은 다른 국가와의 만남을 대립과 투쟁이 아닌 협동과 우정으로 만들어갈 수 있을 것이다.

이 세계를 보다 나은 곳으로 만드는 절대적인 방법은 없다고 본다. 그런데 이상주의자들은 자신들의 세계관만이 최선이라고 확신하면서, 자신들의 세계관과 다른 세계관을 공격하는 것에 세월을 보냈다. 예를 들어, 레닌이나 히틀러, 폴 포트와 같은 광인들이 그런 이상주의자들의 극단적인 본보기들이다. 편협한 이상주의자들은 자신들의 고집으로 인해 현실을 제대로 보지 못하는 것이다. 따라서 이를 방지하기 위한 우리의 노력은 현실을 직시하는 것 외에 다른 방법은 없을 것이다.

유토피아가 불가능하고 현실주의자의 건전함만이 최선의 희망일 수 있다는 점을 솔직하게 인정할 때, 폭력이 극소화된 그런 세상에 근접할 수 있을 것이다. 또한 우리는 이것을 편협한 국수주의를 경계한 것으로 이해하여야 할 것이다. 국수주의(國粹主義)는 무절제하게 과장된 민족주의 형태를 띤 반동적 부르주아 이데올로기 및 정책이며, 또한 국수주의는 다른 민족에 대한 제재와 착취를 꿈꾸며 자기 민족의 우월함과 타 민족의 열등함을 동시에 주장하는 것이다. 국수주의는 대개 인종주의적 사고방식과 연관되어 있다고 말한다. 국수주의가 가장 극단적인 형태로 드러난 것은 독일 파시즘의 이데올로기와 정책에서였다. 반면에 마르크스 – 레닌주의 정당들은 모든 형태의 국

수주의에 대해 철저한 투쟁을 전개하며 국수주의 대신 프롤레타리아 국제주의의 이데올로기를 내세웠다

2002년 10월, 월드컵 경기에서 우리 한국이 미국과의 축구경기에서 동점골을 넣었을 때, 모든 국민은 한마음이 되어 서로를 축하하며 열광했다. 그런데 골을 넣은 후 한국 축구선수들의 골 세레머니가 특별했다. 미국의 스케이트 선수 오노의 할리우드 액션을 흉내내는 것이었다. 그날 저녁 방송매체에서는 이러한 골 세레머니를 소개하며 〈민족의 맺힌 한과 분노를 씻어내주는 순간이었다〉라는 평이 있었다. 이러한 골 세레머니는 젊은 사람들의 재치 있는 분노의 표현이라고 볼 수도 있었다. 우리의 가슴에는 동계올림픽 금메달을 빼앗기고도 공식적·외교적인 루트를 통하여 승소하지 못했다는 약자로서의 분노가 있었던 것이다.

그러나 한편으로는 〈이것이 국수주의로 발전해서는 안 되겠다〉라는 우려도 많았다. 물론 당시 우려했던 반미시위는 발생하지 않았다. 이것은 세계화 시대에 국수주의는 국가에 이득이 되지 않는다는 것을 보여주었다. 반면에 러시아가 일본에게 패하자 러시아 사람들은 민족의 분노를 폭동으로 표현했다. 이러한 폭력을 통한 분노의 표현은 과거 강대국이었던 러시아 민족의 현재의 애환과 약한 모습을 노출시켰으며, 세계 사회에 오히려 그 국가의 위상을 실추시킨 결과를 가져왔다. 따라서 이러한 광신적 애국주의는 국가 발전에 전혀 도움을 주지 못한다는 사실을 보여주었다.

얼마 전 한국의 큰 재벌회사가 국적과 인종에 관계없이 인재를 뽑아 쓰기 시작했다는 소식은, 한국의 경제계가 이미 세계화의 물결에 동참하고 있다는 모습을 보여준 것이다. 문을 닫고 폐쇄적으로 〈우리끼리만〉 하려는 자세는 발전하지 못한다. 따라서 세계화의 시대에는 내가 먼저 마음을 열고 지연·학연·혈연을 넘어서 채용하고 포용하는 사회가, 그리고 나아가 인종차별과 국수주의의 편협한 벽을 넘어 앞서가는 국가나 기업이 분명 무한경쟁시대인 21세기의 승리자가 될 것이다.

식물이나 동물의 더 나은 새로운 품종을 얻고자 한다면 두 가지, 혹은 세 가지의 우수한 특성을 가진 동식물을 교배시킴으로써 가능하다. 우리나라 맥주보리 품종 중 〈두산 29호〉라고 명명된 품종이 있는데, 이는 전에 두산농산에서 알이 굵고 봄바람에 잘 넘어지지 않는 두 품종을 교배해 만든 신품종이었다. 이와 같은 육종기술을 이용하면 수확도 많고 품질도 우수하면서 병충해에 강한 곡물을 개발할 수 있다고 한다. 또한 젖소에 이 방법을 적용하면 육질이 연하고 우유 생산량이 많으며 질병에도 강한 종으로 태어나게 할 수 있다고 한다. 이러한 신품종을 교잡종이라 하는데, 우리는 흔히 잡종이라면 순종보다 못한 것으로만 생각하는 경향이 있다. 그러나 이와 같은 동식물의 교잡종은 오히려 여러 가지로 유리한 점을 가지고 있다. 즉 각 품종의 장점을 취하여 진수 중의 진수만 모아놓은 것이 되어 여러 가지로 나무랄 것이 없는 장점만 모여진다는 것이다.

요즘의 경제도 동식물의 교잡종과 같이 잡종경제가 되어야 하고, 회사도 잡종회사가 되어야 하지 않는가? 개방의 시대를 맞아 국경·국적이 없어지는 마당에, 굳이 회사의 국적을 따져 무엇을 하며, 제품의 국적을 생각하는 것이 무슨 의미가 있겠는가? 전세계의 모든 나라가 사업 터전이고, 모든 국민이 고객이고, 전세계 어느 민족이든 그 사업에 유능하다고 판정된 사람을 사원으로 맞아들이는 그러한 교잡(잡탕)으로 이루어진 회사가 앞으로 다가올 세계화·개방화된 시대를 이끌어갈 수 있을 것이다.

요즘 우리 사회의 일각에서 제기되고 있는 국수주의적인 사상도 어느 면에서는 어느 정도 일리가 있을 수 있을 것이다. 우리가 민족의 순수성, 종족의 순수성을 지키고 그 안에서 전통문화를 이어나가자는 민족적 국수주의를 탓할 수만은 없는 것이다. 그러나 경제적 국수주의를 부르짖는 시대착오적인 사람이 있을 경우에는 안타까운 것이다. 개방화 시대를 살아가면서 국산품 애용, 우리 상표 애용만 고집한다면, 우리가 과연 다가오는 경쟁의 시대를 헤쳐 나갈 수 있겠는가? 하는 점을 다시 한번 반성해 볼 필요가 있을 것이다.

이러한 단면은 최근의 한 · 칠레 간 FTA 협정의 국회 인준 처리 과정에서 잘 나타나고 있는 것이다.

여기서 북한을 고려하지 않더라도, 그들 나름대로의 정치적인 목적에 따라 대외통상 · 대외개방을 거부하며 살아온 미얀마 · 알바니아 등이 여전히 최빈국의 신세를 아직 면치 못하고 있다는 사실은 우리에게 시사하는 바가 크다. 그리고 국수주의와 종교적 편견에 스스로 자족하여 갈등과 국제적 고립을 자초하여 오던 인도 · 파키스탄이 자발적으로 평화회담을 만들어가는 것도, 그들 스스로 국제적 고립을 자초하기 싫어서 취하는 조치인 것이다.

21세기의 출발점에서 세계경제의 통합에 따른 국경의 소멸(특히 자본 · 상품 · 서비스의 교류 · 정보소통의 측면), 컴퓨터 및 정보통신 혁명의 급진전, 지식 정보문명의 확산 등 과거와는 질적으로 다른 새로운 문명이 등장하여 확산되고 있는 시대를 우리는 지금 살고 있는 것이다. 따라서 이러한 새로운 생존조건이 만들어지고 있는 상황에서는 근본적인 자기변혁을 통해 새로운 전망의 창출이 필적될 수 있을 것이다. 새로운 문명과 새로운 질서의 수립은 다양한 관점에서 이해관계의 상충(시장자유화와 국민복지, 계층간 · 지역간 소득격차, 세계화의 진전과 공동체의 분열, 경제성장과 자연환경의 훼손 등)을 수반하게 될 것이다.

반면에 시장자유화와 시장개방만을 강조하게 되면 실업의 증가, 실질소득의 감소, 불평등의 증가, 사회불안과 범죄의 증가, 공동체의 분열, 환경파괴의 가속화 등과 같은 문제를 더욱 악화시키게 될 것이다. 따라서 세계화 · 정보화 · 분권화 등의 새로운 세기적 조류를 수용하되, 지역주민 · 공동체 · 환경 · 세계시민사회 · 전통과 관습 등의 이익도 고려하면서 보다 균형잡힌 전망을 창출해야 할 것이다.

즉, 중앙주의 · 개입주의 · 국수주의라는 낡은 패러다임에 사로잡힌 채, 경제와 사회발전의 구조적 장애물이 되고 있는 정부부문을, 분권주의 · 자율주의 · 국수주의가 아닌 〈상생적 민족주의〉의 새로운 국가경영 패러다임에 입각하여 전면적으로 개조하여야 할 것이다.
·

〈세계화〉, 〈지역 통합〉, 〈협력과 공동번영〉이 시대적 명제가 된 21세기 아침에, 이와 반대의 조류가 지구상에 나타났다. 이것은 반세계화 운동도 아니고, 신자유주의에 반대하는 운동도 아니다. 이것은 바로 편협한 국수주의의 아류이며, 서구적 관점에서 볼 때는 근대성의 유물인 〈민족주의〉가 대두된 것이다. 이것이 바로 동북아 3국의 〈역사전쟁〉이다.

이것은 저마다 〈민족주의〉로 국민적 에너지를 결집하려는 술수와 음모로 보여진다. 중국은 사회주의 대신 중화(中華)로 소수민족의 이탈을 막고, 일본은 오랜 경기침체를 떨치고 민족 자부심을 알리려 애쓰고, 한국은 동북아 중심 국가로의 부상을 노리고 있는 가운데, 그동안의 중국＋한국 대일본이라는 대립구도를 깨뜨리는 지경에 도달하였다.

이것은 자칫하면 영토분쟁으로 이어질 수도 있을 것이다. 우리는 2004년 1월 16일 독도 우표를 발행하여 일본 정부의 항의를 유발했다. 일본 총리의 야스쿠니 신사 참배에 한·중이 반발하였고, 1월 15일에는 조어도에 상륙하려던 중국어선에 일본 순시선이 물대포로 공격하는 물리적 충돌이 일어났다. 또한 중국은 이른바 〈동북공정〉이라는 미명하에, 우리의 고구려 역사 왜곡에 몰두하여 한국을 긴장시키고 있다.

이러한 〈역사전쟁〉과 〈영토분쟁〉은 아직도 동북아 3국이 서구의 관점에서 보면 근대의 장년기에 머물고 있다는 점을 반증하고 있는 것이다. 즉, 근대성을 아직도 떨쳐버리지 못하였다는 말이다. 이 근대국가의 유물인 민족주의의 격전장에서 한·중·일은 여전히 근대 국민국가의 건설이 최고의 민족적 자부심이라는 주창하에, 이것은 최고의 가치로 여기는 역사적 애증의 복잡한 이해관계의 산물을 먹고사는 것처럼 보여진다.

이들 3국은 이를 위하여 국민적 에너지를 결집하는 동력으로 〈민족주의〉에 호소하고 있는 것이다. 그러나 이러한 민족주의는 국가 권력에 의하여 주

도되는 것이 아니라, 민족의 자발적인 열망으로 펼쳐지고 있다는 점이 더욱
더 문제점으로 다가오는 것이다. 사회가 민주화·지능화·개방화가 되면 될
수록, 개혁·개방이 확산된다는 정치·사회학적 이론은, 대륙·반도·해양
국가로 뭉쳐진 이 지역 동북아 3국에서만은 적용되지 않고 있다는 것이다.

그러면 이들 3국에만 이러한 〈역세계화〉 바람이 왜 불고 있는 것일까?
한·중·일 3국은 대륙국·반도국·해양국의 독특한 구조로 엮어진 역사적
으로 침략과 지배와 저항의 쓰라린 상처와 경험을 공유하였으며, 이로 인한
상호이해와 애증으로 복잡하게 작용하고 있기 때문일 것이다.

중국은 중화의 나라로 한국을 예속하여 왔고, 일본을 주변국·도서국으로
한 단계 아래로 보아오다가, 한국을 일본에 빼앗기고 오히려 일본에게 침략
을 당한 패배와 피지배를 경험했다. 또한 70년대 이후 경제적 선도를 조공국
이던 한국에게 추월당했다는 열등감도 가지고 있었다. 따라서 중국 조선족은
중국을 버리고 한국을 선망하고 있는 실정이다.

한국은 종주국인 중국을 자의든 타의든 벗어나 경제적으로 앞서면서, 그들
의 가상의 적인 미국의 앞잡이(?)로 과거 주·종 관계를 완전히 청산했다. 그
리고 6·25 때의 침략국이라는, 공산국가라는 중공의 붉은 이미지가 모두 지
워진 것은 아니며, 이를 보상하기 위해 웅대한 만주와 중원을 다스렸던 〈환단
고기〉, 〈고구려〉, 〈고조선〉을 최근에 민족적 화두로 내세워 중국의 중화(中
華)적 자존심을 자극하고 있는 것이다.

일본에 대해서는 과거에 은혜국인 문화적 대부 국가를 침략하여 한국을 배
신한 왜국에게 당한 수모와 임진왜란과 식민시대의 분노, 6·25 이후 경제
분야의 무역 침탈과 과거사 반성에 대한 철면피의 행태에서 오는 멸시와 분
노 등의 복잡한 의식이 뒤엉켜 있는 것이다.

일본은 과거에 자기 식민지였던 한국에 대한 우월감과 역사적 문화 대부국
가에 대한 민족적 열등감 및 자존심 손상, 후진타오 등장 이후 무력적 자존심
으로 다가서는 중국의 정치·경제적 힘의 과시에 대한 우려 등의 민족적 감

정이 실타래처럼 복합적으로 작용하고 있는 실정이다.

따라서 이러한 〈역사전쟁〉과 〈영토갈등〉에 따른 동북아 민족주의가, 높아지는 것에 비례하여, 다른 한편으로 우려의 목소리도 또한 높아지고 있는 형편이다. 앞으로 한·중·일 3국의 정치·경제적 필요성에 따라 협력과 개방은 당분간 지속될 것으로 보이지만, 지나친 국수주의적 민족주의의 발흥과 역사 인식의 관리가 뜻하지 않는 방향으로 달린다면, 정말 뜻하지 않는 역사적 폭발이 재현될 가능성을 아무도 배제하지 못할 것이다.

따라서 우리를 포함한 중국과 일본은 하루빨리 서구 문명의 근대성의 유물인 국수적 민족주의를 조기에 해체하고, EU·세계화·생태경제화·인본주의·제3의 길 등으로 번영과 삶의 질을 더해 가는 것에 부단한 노력을 경주하여야 할 것이다. 반면에 이러한 사상의 몰이해로 인하여, 과거의 애증과 자존심과 열등감에 도취되어 자국의 민족주의에 의지하면 할수록, 동북아 3국의 동반적 몰락을 자초할 수도 있을 것이라는 사실을 직시해야 할 것이다. 지금 서구의 정치사회학자의 이러한 경고는 점점 더 커지고 있다.

제 9절 변절자와 간신의 면죄부

chapter 9

카톨릭 신학자 토마스 아크비노(Thomas aqvino)는 면죄부 발행의 신학적 기초를 제공했다. 그는 이것을 고해성사 및 제사장의 대사 교리와 연결시킴으로써 정당화했다. 고해성사는 보통 통회·고백·보상이라는 세 가지 요소가 수행되어야 한다. 아크빈의 신학에 의하면 하나님만이 영원한 형벌에서 우리를 구원하시지만, 죄인인 인간은 이 세상이나 연옥에서 일시적인 죄와 형벌이라는 보상을 면할 수 없는데, 이 형벌은 사제나 교황에 의하여 조절될 수도 있다고 하였다.

대사(代赦, Indulgentia)의 교리는 〈트렌트 공의회〉에서 재가(裁可)되었고, 카톨릭에서 대사는 참회자에게 교회나 자선 목적을 위해 돈을 지불하는 조건으로 죄에 대한 형벌을 일시적으로 사(赦)해 주는 것을 의미하였다. 이후 면죄부는 〈① 모든 죄를 사해 주는 은총 ② 가장 크며, 유용하며, 아직 들어보지 못한 가능성들로 가득 찬 참회서신이며 ③ 보편적인 복에의 참여 ④ 연옥에 있는 영혼들의 죄가 모두 사해짐〉이라는 터무니없는 유혹으로 천국의 사자처럼 영접을 받았다.

면죄부의 허구성은 루터 이전에 영국의 위클리프, 보헤미아의 후스, 독일의 존 폴 베젤, 네덜란드의 존 베젤, 스위스의 토마스 비텐바흐 등에서 제기되어 오다가, 루터에 이르러 1517년 비텐부르크대학 교회 정문에 95개조의 반박문을 내걸게 되었으며, 이것이 점차 발전되어 로마 카톨릭과 분리된 개신교를 탄생시키는 모티프가 되었다.

이와 같이 면죄부는 그 본래의 의미인 대사(大赦, indulgentia)를 뜻하는 라틴어의 원뜻인 〈관용을 베푼다〉라는 뜻에서 멀리 벗어나 있는 것이다. 따라서 면죄부는 가식을 동반하며, 허위를 수반하고, 무엇인지는 모르나 올바르지 못한 행동과 사실에 대하여 벗어나게 해주는 의미를 담고 있다. 결국 면죄부는 역사적 진실을 괴롭힌 가식(假飾, pretense)이란 단어를 결과적으로 긍정하게 하여 가감(加減 : 인위적 · 가식적)이 있는 왜곡을 몰고왔다.

가끔 보이는 역사적 · 사회적 현상 속에 이름 모를 가식들이 보일 때가 있다. 그러한 것은 언제나 면죄부라는 아름다운 역사적 허식을 눌러쓰고, 역사적 미화를 꿈꾸고 있다는 것을 우리는 알고 있다. 그런 면죄부의 역설은 결코 우연이 아니었다. 가식들을 쫓으며 살아온 변절자와 간신들의 숨결에, 위정자의 오만과 편견과 무능과 실패가 깃들어 있음을 우리는 알 수 있기 때문이다.

따라서 역사는 이들 변절자와 간신들의 숨결로 수많은 생명과 진실과 인류의 영광들이, 얼마나 많은 고통을 받았는지를 알고 있는 것이다. 역사는 이들 변절자와 간신들의 영광의 처세술로 인하여 모든 이들의 진실을 향한 통찰력과 식견과 안목 등을 빼앗겼으며, 고통을 받게 했다는 사실을, 우리는 역사를 통하여 알고 있는 것이다.

우리는 언제나 기억하여야 할 것이다. 어느 순간이든 우리 곁에는 변절자와 간신의 가식과 허위와 왜곡이 있을 수 있고, 여기에 위정자의 무능과 오만으로 〈시간의 보복〉을 만들어가고 있음을 우리는 항상 기억하여야 할 것이다

처세술이란 말이 있다. 처세(處世)는 남들과 사귀면서 살아가는 일이다. 조선 후기 고대 수필로 의인체 내간 수필인 「규중칠우쟁론기(閨中七友爭論記)」라는 것이 있다. 이 작품은 규방의 부인이 침선에 사용하는 자·바늘·가위·실·골무·인두·다리미를 의인화하여 인간 세상을 풍자한 것이다. 이 작품의 묘미는 〈자 - 척부인, 가위-교두각시, 바늘 - 세요각시, 실 - 청홍흑백각시, 인두 - 인화부인, 다리미 - 울낭자, 골무 - 감토할미〉로 의인화된 바느질 도구인 바늘, 자, 가위, 인두, 다리미, 실, 골무를 규중 여자의 일곱 벗으로 등장시켜, 인간 세상의 능란한 처세술에 견주어 이를 풍자하고자 한 것이다.

이 작품은, 자신의 처지에 불평불만을 늘어놓기보다 사리에 순응하고 성실해야 한다는 것을 주제로 삼고 있다. 또한 공을 다투는 부분과 원망을 하소연하는 부분이 뚜렷하게 대조되어 인간 심리의 변화와 이해관계에 따라 변하는 세태 등이 의미심장하게 함축되어 있다. 그리고 자신의 공을 내세우느라고 남을 헐뜯고 깎아내리는 것을 통해 인간세태의 한 면을 풍자하고 있기도 하다.

『지조란 것은 순일한(깨끗하고 한결같은) 정신을 지키기 위한 불타는 신념이요, 눈물겨운 정성이며, 냉철한 확집(자기의 주장을 끝까지 지켜나감)이요, 고귀한 투쟁이기까지 하다. 지조가 교양인의 위의를 위하여 얼마나 값지

고, 그것이 국민의 교화에 미치는 힘이 얼마나 크며, 따라서 지조를 지키기 위한 괴로움이 얼마나 가혹한가를 헤아리는 사람들은 한 나라의 지도자를 평가하는 기준으로서 먼저 그 지조의 강도를 살피려 한다. 지조가 없는 지도자는 믿을 수가 없고, 믿을 수 없는 지도자는 따를 수가 없기 때문이다. 자기의 명리만을 위하여 그 동지와 지지자와 추종자를 일조(하루아침)에 함정에 빠뜨리고 달아나는 지조 없는 지도자의 무절제와 배신 앞에 우리는 얼마나 많이 실망하였는가. 지조를 지킨다는 것이 참으로 어려운 일임을 아는 까닭에 우리는 지조 있는 지도자를 존경하고 그 곤고(곤란하고 고통스러움)를 이해할 뿐 아니라 안심하고 그를 믿을 수도 있는 것이다 -중략-』

1960년 종합교양잡지 〈새벽〉 3월호에 발표된 조지훈의 논설문인 〈지조론〉이다. 50년대 자유당 말기의 극도로 부패한 정치현실 속에서 과거의 친일파들이 지난 일에 대한 뉘우침 없이 정치일선에서 활동하고, 사회의 지도층이라고 할 수 있는 정치가들 역시 정치적 신념이나 지조 없이 시대적 상황에 따라 변절을 일삼는 세태를 비판한 교훈적인 글이다. 지조란 역사의 객관적 상황을 냉철히 인식하고 미래를 예측하여 올바른 길을 판단하고 지켜나가는 것이며, 아울러 지사(志士)와 정치가는 엄연히 구분되어야 하고 난국의 지도자는 지사적 품격을 갖추어야 한다고 했다. 한편 변절은 단순히 절개를 바꾸는 것이 아니라 개인의 사적 이익을 위해 올바른 신념을 버리는 것을 뜻한다. 그러나 자신의 신념으로 일관했거나 훗날 자신의 행적을 반성하는 경우에는 변절자로 매도할 수 없으며, 일제 말기의 친일전향(변절)과 광복 후 남조선노동당 탈당(비변절) 등이 그 좋은 예이다.

변절자의 역사는 시대를 통하여 우리에게 도덕적 상처와 손실을 몰고오기에 지조의 변절자는 신념을 바꾸어 자신의 영달이나 이욕을 취한다. 그러나 비록 신념을 바꾸어 국가, 민족, 사회의 공익을 위하는 사람을 우리는 변절자라고는 하지 않는다. 우리는 역사와 정치, 사회적으로 그동안 숱한 변절의 군상을 보아왔다. 그것은 정의와 도덕적 상처와 발전의지의 상실을 가져왔다. 우리의 역사를 통해서만 보더라도 고조선, 삼국과 후삼국, 고려, 조선, 일제시대, 광복 후 너무나 많은 구차한 변명으로 변절의 길로 들어선 변절자들을 우리는 알고 있다.

여기서 우리는 그들의 말로가 어떻게 되었든 간에, 그들의 양심적 가책은 자신뿐만 아니라 그 후손에 이어져 이 사회에서 사라지지 않고 연면히 역사의 치욕으로 살아 있어야 한다는 억지(?)를 당연한 것으로 요구해 보고 싶은 것이다.

변절의 역사를 가까운 역사에서 찾아보자. 민족 분단의 비극을 가져온 내부 원인은 무엇인가? 여러 가지를 지적할 수 있겠지만, 가장 치명적인 것으로 역사 청산을 둘러싼 사상과 노선의 갈등을 들 수 있다. 일제시대를 산 우리는 누구나 피해자라 할 수 있겠지만, 자세히 살펴보면 두 계층으로 구분할 수 있다. 즉 일제의 통치와 정책에 〈순응한 사람들〉과 〈저항한 사람들〉이다. 〈친일파〉로 불리는 순응한 자들은 일제의 통치체제를 지지·옹호·선전하는 일에 적극 나섰다. 반면 일제에 저항했던 민족주의자들은 감시·추방·투옥의 수난을 겪어야 했고 목숨을 잃은 사람들도 상당수였다.

이들 수난자들은 일본인들에게도 당했지만 동족인 〈친일파〉에게도 당했는데 동족에게 당한 고난이 일본인들에게 당한 것보다 정신적으로나 육체적으로 더욱 컸다. 이처럼 해방 전부터 민족 공동체 안에 〈가해자〉와 〈피해자〉가 생긴 것이 조국분단 비극의 원인이 되었던 것이다. 해방 직후 민족 공동체가 하나가 되기 위해서는 이들 가해자와 피해자 사이에 화해가 이루어져야 했었다.

 우리는 남아프리카공화국의 〈진실과화해위원회〉 같은 청산과 진실과 용서의 절차가 필요했으나, 이승만 정권과 친일파 변절자들은 정권의 안위와 개인의 영달을 위해 역사 앞에 부끄럽게도 역사적 청산과 진실을 외면했다. 만델라는 대통령직에 오르자마자 성공회의 투투 주교를 수장으로 하는 〈진실과화해위원회〉를 출범시켰다. 드 클락은 전반적인 사면을 주장했으나 만델라는 이를 거부하고 〈범인이 진실을 밝히고 그들의 행동이 정치적 동기였음을 증명하면 위원회는 개인별로 사면을 행한다〉라고 정리했다. 진실이 밝혀지기 전에는 절대로 사면과 화해는 없다고 주장한 만델라는 〈우리는 용서할 수는 있으나 결코 잊을 수는 없다.〉라고 했다. 이것은 교섭에 의한 혁명이었다. 투투 주교가 이끄는 〈진실과화해위원회〉는 인종차별정책의 최고책임자가 진실을 밝히고 국민 앞에 사과할 것을 요구했다.

위원회는 또 보고서에서 백인들뿐만 아니라 만델라가 이끌던 ANC의 과오도 기록했다. 투투 주교는 집권여당이 된 ANC의 반발에 대해 〈어제의 피압박자가 아주 쉽게 오늘의 압박자로 변신할 수 있다〉라고 경고했다. 그러나 이 논쟁에 말려든 만델라는 위원회의 결정을 받아들였다. 백인들의 악정에 저항했던 동료들의 아픔을 몰라서가 아니었다. 이것은 자신의 살을 도려내면서 절규한 만델라 대통령의 화해의 메시지였던 것이다.

화해는 회개와 용서를 바탕으로 이루어진다. 가해자의 진솔한 〈회개〉와 피해자의 너그러운 〈용서〉가 만나는 데서 갈등이 해소되고 평화가 이루어진다. 그러나 아쉽게도 해방 직후 우리 민족은 이러한 역사적 반성과 화해 작업에 실패하였다. 가해자는 변명하기에 급급했고 피해자는 남을 정죄하는 일에 몰두했다.

강압적인 방법으로라도 가해자들의 반성을 유도하려는 취지에서 1948년 야당이 다수를 점한 국회에서 〈반민족행위자 특별조치법〉을 통과시키고 〈반민족행위특별조사위원회(반민특위)〉를 구성하여 100여 명에 이르는 친일파와 부역인사들을 체포하였으나 이미 친일파와 손을 잡은 이승만 정부는 반민특위를 해산함으로써, 해방 직후 유일했던 역사 청산의 기회마저 날려버렸다. 〈친일파〉 가해자들은 반민특위 조사를 받은 것으로 〈면죄부〉를 얻은 것처럼 행세하였고 피해자의 가슴앓이는 더욱 깊어져 오늘에 이르고 있는 것이다.

> 『삼일운동 때 삼십삼인의 하나로 나라를 위하여 싸우겠다는 나의 정신은 오늘까지 변치 않았다. 그러나 세태의 변함을 따라 전쟁이 점점 심해짐으로 일본 정부와 협력하는 척했고 아홉 교회를 살리기 위하여 한 교회를 희생시키지 않을 수 없었다. 이것이 세인들이 나를 친일파라고 부르는 까닭이다. 나의 밑에서 나의 지도를 받고 지내든 사람들이 나를 친일파라고 교회적으로 사회적으로 정치적으로 가진 방법과 수단을 다해서 나를 중상하며, 전부터 말해 오던 숙청을 하려 하니 나는 숙청을 당하기 전에 먼저 내가 자가 숙청을 한 것이다』

- 「대한감리회보」 1949. 12. 25 -

일제 시대 어느 친일 변절자의 말이다. 반성의 기미라곤 찾아볼 수 없다. 〈세태의 변함에 따라〉 〈일본 정부와 협력하는 척했고〉 〈아홉 교회를 살리기 위해 한 교회를 희생시키지 않을 수 없었다〉 라는 진술은 변절자의 전형적인 변명이다. 〈변치 않은 애국심〉을 말할 때는 차라리 말문이 막힌다. 더욱이 가톨릭교회로 개종한 것을 〈숙청을 당하기 전에 먼저 내가 자가 숙청(自家肅淸)을 한 것〉이라고 한 것은 지지받기 어려운 변절자의 책임 회피일 뿐이다. 반성을 거부한 변절자의 억지 논리의 전형인 것이다.

어디 그뿐이겠는가? 이러한 변절자의 거대한 휘장 뒤에 숨어서 반성하기를 거부한 수많은 〈친일파〉 인사들의 은닉된 범죄 행위가 더 큰 문제였다. 그럴수록 반성을 거부한 가해자들에 대한 피해자의 울분과 비판은 더욱 심화되었다. 불신의 장벽은 높아만 갔다. 해방 후 대한민국이 겪어야 했던 국민 분열의 근본적인 원인이 여기에 있는 것이다.

역사책을 들여다보면 〈태평성대는 난세(亂世)의 바다 위에 떠 있는 섬과 같다〉라는 말이 있다. 그만큼 태평성대가 인류 역사상 적었다는 말이다. 우리 역사도 마찬가지이다. 우리 역사에서 한민족들의 역사적 수난은 대부분 간신(奸臣)들 탓이었다고 역사는 말해주고 있다.

21세기의 새벽에 우리 역사에서 아직까지 가까운 친일인사들의 행적을 명백히 가려내지 못하고 있다는 데 대한 반성으로, 조국의 역사에 엄격한 잣대를 들이대 냉정한 비판을 가하는 역사의식을 다시 한번 실천해 보고 싶은 심정이다. 21세기의 초석을 맞이해야 하는 역사의 전환기를 앞둔 우리들에게 옥석 고르는 법을 환기시킬 수 있는 역사적 정의를 변절자와 간신의 예에서 찾아보았으면 한다.

『송나라 휘종(徽宗) 연간(1100~1125)의 간신 진회는 안록산을 능가했다. 국가·민족의 이익과 자신의 이익이 충돌할 때면 죽을힘을 다해 자신의 이익을 지켰다. 금나라가 쳐들어와 휘종을 잡아가자 자리보전을 위해 금나라와 은밀한 내통을 도모했던 진회는 몇 년 후 자국의 장군 악비가 금나라를 공격해 항복을 받아내기 직전에 이르자 허수아비 황제를 종용, 회군토록 한다. 휘종이 돌아올 경우 악비가 자신의 지위를 뛰어넘을까 겁이 났던 것이다』

『청나라의 재상 화신은 부정축재의 화신(化身)이었다. 집 2,000채, 논밭 1억6,000만 평 등 재상으로 있던 20년간 화신이 긁어모은 8억 냥은 청나라 조정의 10년 수입보다 많았다고 한다. 과연 대륙적인 축재 스케일이다』

『춘추시대 제나라의 역아는 환공이 〈사람고기를 먹어보지 못했다〉고 농담하자 세 살짜리 아들을 요리해 바쳤다』

역사상 간신이 한번도 없었던 시기는 없었다. 오늘날에도 아마 비슷한 상황이 전개되고 있을 것이다. 우리에게 간(奸)은 개인은 물론 국가와 민족의 존망과 생사에 관한 현실적 역사의 중한 부분이다. 인류 역사에서 간(奸)을 제대로 살피고 다스리지 못하거나 통제하지 못한 국가나 민족은 멸망하였다. 간신을 역사적·사회적 현상으로 파악하고 분석해 보아야 하는 것은 오늘을 살고 있는 우리의 역사적 책무이다. 간신은 불평등 착취구조를 기반으로 하는 오만과 독선, 낡고 썩은 도덕의식, 철권을 휘두르는 독재정치, 어지러운 사회정세 등의 〈혼돈과 무의식〉 위에서 싹트고 자라나는 병폐적 인간 현상이다. 따라서 간신들의 병폐를 분석하고 거기서 교훈을 얻어야 할 것이다.

역사의 경험은 주목할 만하다. 그러나 이러한 시도는 쉽지 않음을 우리는 안다. 왜냐하면 간신의 역사는 항상 되풀이되고 있기 때문이다. 간신들은 각종 위장술, 이간질, 중상모략, 약점 들추기 등 다양한 권모술수와 마타도어와 잠용불용(潛龍不用)의 오용으로 무장하고 있어 가려내기 어렵다. 또 생각과 뜻이 깊고 앞날을 내다보는 보통 이상의 능력자들이어서 얕봤다간 오히려 당하게 된다는 것을 알아야 한다.

『정인(正人)은 소인(小人)을 사악하다고 하고, 소인은 역시 정인을 사악하다고 합니다. 이를 어떻게 가려내겠습니까? 사물에 빌려 비유해 보겠습니다. 소나무나 전나무는 그 어떤 것에도 기대지 않고 저 홀로 푸르고 당당하게 자랍니다. 그러나 칡넝쿨은 그렇지 못해 다른 나무에 빌붙지 않으면 살지 못합니다. 정인은 소나무나 전나무처럼 오로지 한마음으로 군주를 섬길 뿐이지, 다른 도움을 바라지 않습니다. 그러나 사악한 자는 칡넝쿨처럼 패거리가 있어 서로 감싸주고 속여야만 합니다. 군주가 이를 가릴 줄 알면 홀리지 않습니다」

「신당서」〈이유덕 傳〉에 나오는 이 구절을 현세의 변절자와 간신들에게 보내면 어떠한 반응을 보일까? 우리의 간신들은 철저하게 눈곱만큼이라도 자기가 간신이라고 말하지 않는다. 오히려 그러한 대답을 기대한 우리가 너무 순진할 뿐이다. 그러나 우리는 너무 방관하거나 비관적이지는 말아야 한다. 왜냐하면 우리가 너무 방치하면 우리가 공범일 수 있기 때문에 절대로 간신을 용서하면 안 되는 당위가 여기서 나오는 것이다.

역사서의 전범으로 꼽히는 사마천의 「사기」에서 단연 압권은 〈열전〉인데, 그 열전 중에는 〈영행열전〉이 있다. 〈영행〉은 아첨이란 뜻으로 임금의 귀여움을 얻는 짓이나 사람을 뜻하는 낱말로 훗날 간신의 특성을 대변하는 말이 되었다. 그런 점에서 〈영행열전〉은 〈간신〉에 관한 최초의 기록인 셈인데, 이후 정사들은 「사기」의 이 체제를 본받아 〈영행전〉이나 〈간신전〉을 실어 이를 미리 방지함은 물론이거니와 그런 인간들에 대한 기록을 남겨 후세의 거울로 삼고자 했다.

정치의 암흑, 도덕성 상실, 사회의 혼란은 간신을 생산하는 중요한 환경 요인적 조건이다. 우리는 사람을 쓸 때 재능과 기교만으로 뽑아서는 안 된다고 한다. 권력은 기회와 지혜와 영예와 양심과 선망을 동시에 체험한다. 권력이

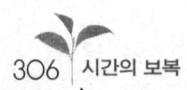

란 힘이 무구한 선량한 국민과 그들의 머리 위에서 춤추면 가볍게는 한 사회가 혼란하고 무겁게는 한 나라가 통곡한다. 따라서 권력은 겸손과 포용과 희망을 가진 자가 재능을 겸비할 때 올바른 빛을 발하게 되는 것이다.

우리는 사람을 쓸 때 잘 따른다고 기용해서는 안 된다고 한다. 또한 가깝다고 뽑아서는 안 된다고 한다. 역사상 간신들은 대개 지도자 또는 지도자의 측근에 접근해서 뜻을 이루었다. 따라서 측근을 어떻게 잘 다스리느냐가 정치의 성공의 지름길이다. 또한 친하다고 기용해서도 안 된다고 한다.

정약용의 「목민심서」〈속리〉편에 나오는 글 중에서 〈흉악하기 그지없는 간신은 모름지기 관청 밖에다 비석을 세우고 이름을 새겨서 다시는 영구히 복직하지 못하게 해야 한다〉라는 이 말을, 우리는 지금 한번 실천해 보고 싶다. 우리는 사실 그동안 너무 변절자와 간신들에게 관대했었다. 너무 일찍 면죄부를 조건 없이 주었던 것이다.

지난 가까운 시대에 우리는 총선출마 부적격자 명단을 발표하고 낙선운동을 전개한 적이 있었다. 17대 총선에서도 이러한 운동이 전개되었다. 당시 출마 부적격자 기준으로 선거법 위반, 부패 – 뇌물수수, 무능, 민주헌정질서 파괴, 반인권 탄핵등을 기준으로 선정했다고 밝혔다. 이에 대해 정치권은 큰 충격에서 벗어나지 못하였고, 국민들은 많은 지지를 보냈다. 지난 수십 년간 정치인들의 행태를 보고 그들의 국가와 민족을 위해 한 일에 실망을 거듭하였기 때문이다. 특히 일부 지지는 민생이 어려워서 대부분 국민들이 고통과 좌절의 늪에 빠져있을 때, 당리당략과 사리사욕만을 일삼았던 정치인들에 대한 실망이었다.

그동안 우리는 정치인 스스로의 자정을 기대했다. 우리는 기회가 있을 때마다 부정부패하고 무능한, 반민주 – 반개혁적 인사의 정치권 퇴출을 요구했고 수십 번 개과천선의 기회를 주었다. 그러나 정치인들의 작태는 여전히 국민들을 실망과 분노의 도가니로 몰아넣고 말았다.

그러나 그러한 낙선운동의 시도는 거의 실패로 끝났다고 나는 판단하고 싶다. 왜냐하면 솔직히 우리는 우리 스스로 엄정하여 변절자와 간신들에 대한 부적격자들의 엄격한 선정기준과 공정성 확보에 완벽하지 못하였다. 그리고 우리의 모든 행동에도 도덕성과 공정성과 투명성이 전제돼야 하는데, 이것도 미흡했다. 또한 사이비 애국자들을 멀리하고 준법정신을 준수하는 데도 실패했다고 생각한다.

분명 21세기는 참여민주주의 시대이다. 지금 분명히 국민 모두가 〈새로운 천년, 새로운 정치〉를 열망하고 있다. 따라서 앞으로는 보잘 것 없는 변절자와 간신들이 더 이상 국정을 좌지우지해서는 안 될 것이다. 그러므로 여기에는 이를 방지하기 위한 우리의 헌신적 노력과 참여가 중요하다는 것을 명심하여야 할 것이다.

chapter 10

제 10절 협상력 미숙

chapter 10

  국제관계에서 정치, 경제, 기타 비즈니스 분야뿐 아니라 개인과 개인, 개인
과 조직 등의 다양한 상관관계를 우리는 항상 직면하게 된다. 협상은 상대방
이 있다는 것을 의미한다. 협상에는 GM-대우자동차, LG-IBM, HP-컴팩
등의 기업간 사례뿐 아니라, 한-미간 자동차협상, 한-중 마늘 협상, 한-
칠레 FTA 협상 등 국가간 양자협상도 있고 북한의 6자회담 등과 같은 다자
간 협상도 있을 수 있다.

  우리가 협상에 직면할 때에는 협상의 목적이 무엇이며, 왜 협상을 해야 하
는가의 문제, 협상까지의 다양한 원인과 과정 등에 대한 기초적 이해와 협상
에 임하는 전략적 방안, 국제협상에서의 정치 · 문화 · 경제적 차이 등에 대한
상세한 정보와 이에 대한 이해가 선행되어야 한다.

  협상이란 문제 해결이나 갈등 해소 또는 상호 이익증진을 위한 협상 당사
자간의 자발적 행위라고 한다. 또한 협상이란 전문가들만의 영역이 아니라

모든 사람들이 알아야 할 실천적이고 실용적인 의사행위이다. 즉 상대방으로부터 우리가 원하는 것을 얻어내는 행위이기 때문에 협상에서 자주 쓰이는 전략 또는 테크닉들을 우리는 항상 숙지하고 있어야 하며, 또한 그러한 방향으로 노력해야 한다. 왜냐하면 협상의 상대방은 항상 어디서나 내 등에 칼을 꽂으려고 어떤 방법을 추출하여 숨기고 있기 때문이다.

그러나 세계적 협상 전문가인 코헨이 궁극적으로 강조하듯이, 협상은 서로가 승리자가 되는 창조적인 협상이 되어야 한다. 이러한 창조적 협상은 행복하고, 성공적인 삶을 살기 위한 필수 요소이며, 우리가 협상하는 능력을 익혀야 할 이유가 되어야 한다. 그는 지금도 〈이 세상의 8할은 협상이다〉 라고 말하고 있다.

우리는 일본과의 어업협상에서 실속을 모두 빼앗기거나, 제일은행 매각과 대우자동차 매각협상에서 보았듯이 겉과 속을 모두 빼앗긴 채, 등에 칼을 맞는 협상의 현실을 경험했다. 바로 소 잃고 외양간 고친 격이 되었던 것이다. 따라서 우리는 하루빨리 협상의 속성과 전략을 전반적으로 아우를 수 있는 우리 실정에 적합한 〈협상의 법칙〉 을 마련하고 준비할 필요가 있는 것이다.

앞에서 얘기했듯이 협상은 국가간의 일인 남북문제, 대우 자동차 매각, 한일 어업협상 등과 같은 굵직굵직한 문제들에만 연관되어 있는 것만은 아니다. 즉 국가나 정당, 항공기를 납치한 테러범, 상대기업을 인수하려는 기업뿐 아니라 부모와 자식, 친구, 회사 동료처럼 가까운 사람들부터 자동차 세일즈맨 · 집주인 · 딱지를 떼려는 경찰에 이르기까지 세상의 8할은 협상의 영역에 속해 있기 때문에 협상을 모르고서는 세상에서 성공할 수도 없고 매번 당하게 되어 있다. 따라서 협상에는 〈모르면 당한다〉 라는 원칙이 있는 것이다.

50억 달러에 이른다던 대우 자동차의 매각대금이 1억 달러 수준으로 떨어졌다. 왜 이렇게 되었을까? 우리는 준비하지 않았고 내부의 적들이 너무 많았기 때문이다. 코헨은 〈당신이 준비되어 있지 않다면, 내가 자비롭고 정직하지 않는 한 당신은 등에 칼을 맞고, 피범벅이 될 수밖에 없다〉 라고 말한다.

그리고 코헨은 협상의 요체를 ① 힘 ② 정보 ③ 시간의 삼박자가 서로 어우러지는 양자 및 다자 게임이라고 말한다.

핵심은 항상 단순하지만, 단순한 핵심의 요체를 제대로 깨닫지 못하면 천의 얼굴로 다가오는 적대적인 협상가들에게 속수무책으로 당할 수밖에 없는 것이다. 결국 포커 판처럼 손을 털고 일어서야 한다. 이것이 우리가 국제사회에서 협상의 능력을 익혀야 할 이유이고 당위이다. 협상은 상대방이 자기만의 정보를 혼자만 알고 있으면서 상대의 등에 칼을 꽂고 싶어하는 적대적인 협상가들을 상대해야 하는 위험한 게임이다. 따라서 당연히 모르면 당하는 것이다.

협상이라는 개념으로 보면, 춘추전국시대 손무(孫武)의 병법서인 「손오병법(孫吳兵法)」의 내용이 새삼스럽다. 그 요체는 바로 적이 오는 길을 알면, 최소한 패배하지는 않기 때문이라는 것을 가르쳐주고 있는 것이다.

강동 6주와 관련된 역사적 인물은 누구였던가? 고려 건국 초기 고려의 영토는 청천강까지로 제한되었고, 이북의 압록강 유역과 지금의 몽골과 만주지방에는 거란족과 여진족들이 유목생활을 하고 있었다. 그러던 중 916년에 거란족이 여러 부족을 통일하여 요(遼) 나라를 건국하고 발해를 멸망시켰다.

당연히 고려의 북진정책 및 친송정책과 적대관계가 될 수밖에 없었다. 따라서 고려의 북진정책에 위협을 느낀 요의 소손녕(蕭遜寧)이 993년(성종 12) 10월에 고려를 침략하게 되었다.

1차 거란침입에서 고려는 거란이 초기에 우위를 보이자 항복할 것을 검토하기도 했으나, 계속 항전을 주장하던 서희가 일단 소손녕을 만나보기로 하였다. 협상 테이블에서 소손녕은 고려를 침략한 이유로 첫째, 고려가 신라 땅에서 일어났는데 자기 땅인 고구려를 침식하고 있으며 둘째, 이웃인 거란을 버리고 송나라와 교류하고 있다는 점을 불만으로 이야기하였다.

이에 대해 서희는 첫째, 고려는 고구려를 계승하여 이름까지 〈고려〉라고 했으므로 요의 동경(東京) 역시 고려의 땅이며, 둘째, 고려는 건국이념인 〈남방통일과 고구려 구토(舊土)의 회복〉을 추진하고 있다는 점과, 셋째, 압록강 유역도 고려 땅인데 고려가 요나라와 교류하고자 해도 여진이 있어 불가능하므로 이 지역을 회복하여 성을 쌓고 도로를 확보하면 교류할 수 있을 것이라고 대응하면서, 강경히 철군을 요청하였다.

 협상의 결과 거란 측은 고려 왕의 입조(入朝)와 거란 연호의 사용을 조건으로 압록강 동쪽 여진의 거주지역 280리를 고려가 점유한다는 화약을 맺고 군대를 철수하였다. 이로써 요는 고려에 대해 형식적이나마 사대의 예를 받아 침략의 목적을 달성했으며, 고려는 여진족의 거주지역을 획득하여 북진정책의 일환으로서 실리를 얻게 되었다. 이에 따라 고려는 994년 압록강 동쪽인 강동(江東)의 여진부락을 소탕하고, 이곳을 통치하기 위하여 장흥·귀화·곽주·구주·안의·흥화·선주 등에 성보를 쌓고 6주를 설치하였다.

그 결과 고려는 후삼국 이후 처음으로 압록강 연안에 진출하게 되었으며, 군사·교통상의 요지를 확보함으로써 압록강을 경계로 하는 국경선 확장의 길을 터놓게 되었다. 이것이 바로 강동 6주이며, 한민족 5,000년 역사 중에 전무후무한 협상의 가장 성공적인 외교적 성과였던 것이다.

그렇지만 막상 강동 6주(州)가 고려의 군사적 거점이 되자 거란은 고려가 입조를 하지 않는다는 구실로 1010년(현종 1)에 제 2차 침략을, 1018년에 소배압(蕭排押)이 10만 대군을 이끌고 제 3차 침략을 감행해 왔다. 이때 등장하는 두 번째 인물이 강감찬이었다. 거란군은 귀주에서 강감찬의 공격으로 대패하였는데, 10만 대군 가운데 살아남은 자가 수천 명에 불과했다. 이것이 유명한 귀주대첩으로, 이로써 요와의 전쟁은 끝나고 1019년 양국 사이에 사신이 왕래하면서 국교가 회복되었다.

그런데 만일 중국의 손자병법을 쓴 〈손무〉가 고려시대 이 두 사람의 위인을 평가한다면 어떻게 하였을까? 손자병법에 나오는 가장 유명한 구절은 모공편의 결말에 나오는 〈상대를 알고 우리를 알면 백 번 싸워도 위태롭지 않다 : 지피지기자 백전불태(知彼知己者 百戰不殆)〉일 것이다. 하지만 가장 의미있는 말은 〈싸울 때마다 이기는 정책은 바람직한 정책이 아니고 싸우지 않고 이기는 것이 최상의 정책이며, 피로 얼룩진 승리는 최하의 수이다(百戰百勝 非善之善者也 不戰而屈人之兵 善之善者也)〉가 될 것으로 보인다.

손자의 이 말은 문과 무가 적절히 조화되어야 하지만, 힘을 바탕으로 하는 협상과 외교의 가치에 더욱 높은 점수를 주고 있다는 지적이다. 또한 무력이나 사기로 얻은 성공은 토대가 취약한 반면, 양측에 상호 이익을 가져다주는 협상의 성공은 그 토대도 튼튼할뿐더러 장차 다른 성공들을 더욱 확실하게약속하는 것임을 의미하고 있는 것이다.

그러므로 전쟁을 통해 서로간의 희생 속에서 승리한 장군들보다 적장 소손녕과 협상을 벌여 전쟁 없이 물리치고, 평북 일대의 국토를 완전히 회복한서희(徐熙) 장군을 더 높이 평가하는 것은 이런 이유가 아닐까? 한다. 특히거란의 3차 침입 때는 서희의 협상결과로 만들어진 강동 6주에 구축된 성진(城鎭)의 전략적 기능에 힘입어 강감찬이 귀주대첩으로 거란군의 고려침략을 종식시킬 수 있었다는 사실은 더욱 힘을 실어준다. 이것이 바로 외교와 협상의 힘인 것이다.

그러나 이러한 역사적 사실에서 서희가 협상에 이길 수 있었던 내면에는 우선 고려 초기의 군사력이 어느 정도 준비되어 있었고, 두 번째는 결사항쟁의 의지, 세 번째는 명분과 명성이 있었기 때문에 가능했다. 소손녕이 바보가 아닌 이상 군사력도 없고 전투 의지도 보이지 않으면서 명분과 명성이 없었다면 그 땅을 절대 공짜로 줄 리가 없다. 그 다음 강감찬의 승리도 이러한 협상력을 바탕으로 시간을 확보한 다음 철저히 군사력 증강에 힘쓰면서 거란군의 정보를 획득한 노력의 결실이라는 점을 우리는 간과해서는 안 되는 것이다.

17세기 프랑스 외교의 승리는 정치 문화사에서 협상의 정석을 보여주고있다. 17세기 프랑스의 루이 14세(Louis XIV, 재위 1643~1715)는 유럽의 열강들을 상대로 플랑드르 전쟁, 네덜란드 전쟁, 아우크스부르크 동맹전쟁(팔츠 계승전쟁), 에스파냐 계승전쟁에서 승리함으로써 유럽의 지도권을 완전히 장악하였다. 그런데 루이 14세의 승리에는 항상 재상 콜베르를 비롯한 많은 명장, 현신들의 도움이 있었다. 그러나 그 중에서 황제의 오른팔이었던 특명전권공사 프랑수아 드 칼리에르(Francois de Calliere)의 외교역량을 무시할 수는 없다.

그는 1716년에 발표한 〈외교담판법(外交談判法)〉에서 국가들 사이에 일어나는 이익과 충돌을 해결할 수 있는 협상과 적응기술을 외교관의 특질로 제시하였다. 그가 말하는 17세기의 협상자와 21세기의 지도자들에게 요구하는 핵심은 무엇일까? 먼저 칼리에르는 협상자 즉, 지금의 CEO에게 일정한 〈자질〉을 요구하고 있다.

먼저 협상가 및 지도자들은 사람들의 생각을 파악하고 조그만 표정 변화로도 어떤 마음을 품고 있는지 알아내는 능력, 의무를 수행하는 과정에서 맞닥뜨리는 어려움을 잘 넘길 수 있을 만큼의 편법과 수완, 항상 열린 자세와 싹싹하고 정중하고 명랑하고 편안하고 친절하며 주변 사람들에게 유쾌한 인상을 주는 태도를 그는 요구하였다.

그리고 품위, 논쟁에서의 단호함, 정직 등을 추가하였다. 또 하나는 신뢰이다. 거짓은 언제나 독약 한 방울을 뒤에 남기게 된다. 그는 지도자라면 정직하고 공정한 일처리로 명성을 쌓아서 다른 사람들이 그를 신뢰하도록 해야 자신에게 이익이 된다는 점을 강조하였다. 두 번째는 외부와 내부의 일을 처리하는 〈능력〉에 관하여, 칼리에르는 외교관의 역할을 크게 두 가지로 나누어 하나는 주인의 일을 처리하는 것이고, 두 번째는 남들의 일을 알아차리는 것이라고 하였다. 즉, 지도자의 임무는 하나는 내부적으로 경영하는 것이며,

외부적으로 경쟁에 이기기 위한 정확한 정보를 파악하는 것이라고 강조하였다.

그리고 그는 다음과 같은 자질을 또한 요구하였다. 〈외교의 커다란 비밀은 사소한 것에서 진정한 것을 찾아내고, 조금씩 상대방의 마음속에 파고들어 자신이 필요로 하는 원인과 논거를 추출해 내는 데 있으며, 이런 방법을 통해 협상자(지도자)의 영향력이 부지불식간에 점점 상대방의 마음속으로 스며들어가는 것이다〉라고 하였다. 그러므로 훌륭한 경영자에게 가장 필요한 능력은 〈남의 말을 잘 듣는 것〉이며, 즉 만나는 사람들의 이야기를 언제나 주의 깊게 들을 수 있는 침착한 자세와 차분한 인내심을 가져야 한다고 하였다.

또 자신에게 제기되는 모든 질문에 대해 교묘하면서도 대수롭지 않게 응답하는 방법, 결코 서둘지 않으면서 자신의 정책을 밝히는 한편, 감정은 잘 드러내지 않는 태도, 상대방의 진의를 파악하기 전에 협상의 서두에서는 자신의 생각을 다 밝히지 않도록 조심하는 자세, 다른 사람들의 표정과 말에 따라 처신을 달리 할 줄 아는 노련함 등이 필요한 것이라고 주장하였다.

그리고 마지막 세 번째는 〈지식경영〉이었다. 칼리에르는 외교관(CEO)에게 중요한 일은 외국 궁정(경쟁자, 산업)을 다루는 기술이지만, 본국의 궁정(지도자, 공무원, 국민)에게 정확하고 믿음직한 보고서를 써서 보내는 일도 그에 못지않게 중요하다고 이야기하였다. 또한 외교관의 공문은 해당국의 국왕과 고관들, 기타 공적 사건들의 방향에 영향을 미칠 수 있는 모든 사람들을 마치 초상화처럼 상세하게 묘사해야 한다고 주장하였다. 이것이 바로 지식의 공유를 통한 경쟁력의 창출인 것이다.

21세기의 세계상황과 현대사회의 경영에 맞는 협상력은 어디서 오는 것일까? 300년 전 칼리에르가 이런 주장을 했을 때, 야망을 지닌 사람들의 주요한 관심사는 바로 국가간에 이루어지는 행위였다. 하지만 오늘날에는 국가관계뿐만 아니라 기업간의 행위도 우리 세계를 지배하며, 심지의 한 기업의 수익과 지출이 한 나라의 그것들보다 큰 경우도 허다하다. 1000년 전 고려, 그리고 300년 전 프랑스의 외교술은 민족과 국왕을 구했다. 따라서 21세기 현대 경영에서도 그와 똑같은 협상술이 국가와 기업의 흥망과 개인의 경쟁력을 좌우할 수 있을 것이다. 그렇다면 우리는 협상의 성공과 실패는 어떻게 결정되어지는가를 알아보아야 할 것이다.

우리는 일반적으로 현대경영에서 성공적인 협상자의 자질로 〈① 다른 사람들의 요구에 민감할 것 ② 인내심이 강할 것 ③ 스트레스를 잘 견딜 것 ④ 잘 경청할 할 것 ⑤ 개인적인 공격이나 조롱에 민감하지 않을 것〉을 꼽는다. 그리고 협상능력으로는 ① 문제 해결에 필요할 경우에는 타협하는 능력 ② 윈 - 윈 원칙을 끝까지 지켜나가는 능력, ③ 의견 대립에 대해서 아주 관용적으로 반응하는 능력 ④ 문제를 철저하게 조사 분석하는 능력 ⑤ 핵심적인 이슈를 신속하게 파악하는 능력을 필요로 한다고 지적하고 있다.

역사적으로 1000년의 지혜는 21세기의 경영자에게 또 다시 가장 기초적인 자질과 능력과 〈지식경영〉을 요구하고 있다. 서희의 협상술, 칼리에르의 협상술에서 우리는 서로 원하는 것이 다른 사람들과의 대화와 협상을 어떻게 끌고 나가야 하는 방법과 또한 같이 살아가는 상생의 지혜를 가져야 하는 당위를 배울 수 있었다.

그동안 우리 지도자들의 협상과 외교술은 준비 소홀, 윈윈(win-win) 법칙의 무시, 위협적인 태도, 성급함, 화를 내는 것, 말을 너무 많이 하고 경청하지 않는 태도, 과격한 논쟁을 거듭했었다. 그러한 결과로 우리는 항상 패배를 경험하고 나서야 후회하였다. 그동안 이것이 협상에서 패배하는 지름길인 줄도 모른 채 변명만 거듭하고 있었다.

지금부터라도 국제사회와 개인이 상생의 전략을 달성하고 협상에서 반드시 이기려는 창조적 끼와 국제 감각과 협상에 필요한 능력을 배양하도록 노력하여야 할 것이다. 즉 국가와 사회가 바라는 인재가 되려면 창조적 끼, 도전정신, 모험심, 국제 감각 등을 두루 갖춰야 한다는 지적이다.

창조적 인재는 항상 비전을 창출하고 기존의 형식주의를 타파하여 발상과 인식을 전환할 수 있는 능력을 가진 사람을 의미한다. 도전적 인재는 용기와 소신과 배짱을 가지고 남들이 꺼리는 분야에 과감히 도전하는 사람이다. 따라서 우리는 협상력을 제고하기 위하여 우선 기본적으로 영어와 제 2외국어 능력을 갖추고 글로벌 문화를 적극 이해하고 적응할 수 있는 글로벌 인재 양성에 주력하여야 할 것이다.

부정할 수도 있겠지만, 지난 20세기는 우리 동양 사람에게 있어서 서양이라는 존재는 분명히 선진의 세계, 배우고 모방해야 할 대상으로만 여겨져왔다. 그런가하면 서양인에게 있어서의 동양은 계몽시켜야 하고, 개방시켜주어야 할 사람들로만 인식되어져왔다. 그러나 이제는 분명히 상황이 달라졌고 지금도 상황은 계속 달라져가고 있다. 이제 우리에게 있어서 서양은 동양과 마찬가지로 세계화 속에서 서로 경쟁해야 하고 추월해야 우리가 살아남는다는 경쟁적 파트너로 인식되고 있다. 이러한 추세에 맞추어 〈참여정부〉도 21세기는 동북아시아가 세계를 지배하는 세기가 될 것이며, 아시아·태평양시대가 도래할 것이라는 국정비전을 제시하고, 이에 대비한 정책을 추진하고 있는 것이다.

오늘날 우리세대는 민족사의 그 어느 때보다 많은 나라와 접촉하고 있는 것은 주지의 사실이다. 과감한 문호 개방정책을 통해 외국문물까지 폭넓게 수용하고 있다. 이제 우리나라는 극동의 한 모퉁이에 자리잡고 있는 〈고요한 은둔의 왕국〉이 아니라, 날로 신장되는 국력과 활기찬 발전 의욕을 과시하는 세계 속의 대한민국으로 부상하였다. 오늘날의 세계화시대에 있어서는 국제정세를 모르거나 고립되어서는 국가의 발전과 존립을 유지하기가 어려운 실정이 되었다. 그러므로 우리는 국제정세의 변화를 예리하게 주시하면서 이에 능동적으로 대처해 나가야 할 것이다.

협상은 경험이고 행동이고 실천이다. 실전에 강해지려면 방법은 하나밖에 없다. 그 방법은 실전을 통해서 자신의 협상 스타일을 축적해 두는 것이다.

자신의 협상 스타일은 바둑이나 장기에서 말하는 기풍(棋風)에 해당된다. 협상력도 가장 쉬운 일부터 착수한다는 생각으로 경험을 쌓아가는 것이 결국은 우수한 협상가가 되는 가장 가까운 지름길이 될 수 있을 것이다.

다시 언급하지만 최근 우리 정부가 국제 협상에 실패하여 국민들로부터 지탄을 받은 사례는 수없이 많았다. 한일 어업 협상을 비롯하여 대 중국 마늘 협상, 그리고 IMF 외환 위기 이후 기업 매각에 대한 국부 유출 논란 등 각종 외교, 경제, 농산물 협상에서 끊임없이 협상의 실패 사례가 나타나고 있었다. 이것은 바로 우리나라의 기업 또는 정부의 국제 협상 능력이 항상 문제가 되어 왔던 것을 보여 준 것이라 할 수 있겠다.

우리는 그동안 협상이라는 단어는 이해 당사자들만이 높은 관심을 보이는 반면, 비당사자들은 나와는 별 관계가 없는 것으로 인식하였던 것도 사실이다. 그러나 협상에서 파생되는 결과나 영향은 모두에게 파급될 수 있음을 알아야 한다. 인간이 사회를 구성하고 살아가는 한, 충돌과 갈등을 포함한 모든 이해관계의 발생은 필연적이다. 즉, 사람이 세상을 살아간다는 것은 곧 남들과 이해관계를 맺는다는 의미로도 받아들일 수 있는 것이다. 만약 그 이해관계가 서로 상충된다면 조정을 해야 되는데, 이때 협상이 필요한 것이다. 따라서 국제 협상뿐만 아니라 생활 협상까지도 늘 우리 인간 사회에서 반드시 필요한 행위인 것이다. 바로 〈협상은 이론이 아니라 생활이자 실천〉으로 다가오게 되는 것이다.

협상의 철학은 궁극적으로 서로의 승리를 추구하는 것이다. 우리는 이를 바탕으로 협상이 필요한 상황, 이질 문화와의 협상에 필요한 정황의 정확한 이해, 일상생활에서의 협상, 협상력을 향상시키는 방법, 협상을 위한 준비, 협상에 관한 정보 수집의 방법, 양보와 수비 및 공격 등 협상에 관한 전략과 전술을 자신의 경험을 통하여 발휘하여야 할 것이다. 즉 협상은 〈싸움이 아니라 충돌을 해결하고 관계를 유지하며 합작에 이르는 방식〉이며, 이는 〈하나의 테크닉이자 사고의 방식〉이다. 따라서 협상의 출발점은 어느 한쪽의 일방적인 승리가 아니다. 서로의 타협점을 찾는 과정을 정확하게 분석하여 정의 하는 것이 협상가의 출발점이라 할 수 있을 것이다. 역사적으로 이것에 대한 무지와 방관이 항상 역사의 오류로 다가와 〈시간의 보복〉을 몰고오게 된다는 것을 우리는 수많은 역사적 사건들로 파악할 수 있는 것이다.

국가간 협상에는 북한식의 〈벼랑 끝 전술〉도 있고 미국식의 〈힘에 의한 압박〉 전술도 있지만, 개인이나 기업들처럼 극단적인 이익이 아니라 상호 윈 - 윈 하는 협상기술을 찾아야 할 때도 있다. 하지만 어느 경우라도 치열한 경합 속에서 치밀한 계산과 치밀한 전술을 효과적으로 구사해야만 성공할 수 있다는 것은 자명한 사실이다.

경제력의 향상과 더불어 국제 사회에서 한국의 역할은 점차 증대되어왔다. 변화된 위상과 환경에 따라 오늘날 한국 기업과 정부는 전세계를 상대로 수많은 국제 협상을 이끌어나가고 또한 이끌어가기도 한다. 그 과정에서 협상력에 대한 관심이 높아졌고 최근에 들어서는 한국의 기업과 정부가 지금 당장 시급히 갖추어야 할 중요한 국제 경쟁력 중의 하나가 바로 협상력이라는 사실을 깊이 인식하게 되었다. 더불어 한국인의 국제 협상 능력에 문제가 있다는 자성과 비판 역시 제기되고 있는 실정이다.

실제로 협상의 전통을 발전시켜온 역사와 협상을 늘 필요로 하는 사회 환경을 가지고 있어 체질적으로 협상 마인드에 익숙해 있는 서구인에 비해 그러한 조건들을 갖추지 못한 한국인의 협상 능력이 아직 부족한 것은 사실이다. 협상 마인드가 체질화되어 있지 못하다면 흔히 협상 자체에 대해 불필요한 부담을 갖게 된다. 따라서 이것은 실제 협상에 임했을 때, 미숙한 전략적 판단과 대응으로 나타날 위험이 있고 또한 그렇게 우리는 경험한 적도 많았다.

1948년에 백범 김구와 우사 김규식 등이 평양에 가서 남북협상을 하였다. 그 후 역사왜곡이라는 이유와 변명도 있지만, 이 남북협상이 가진 민족사적 의미가 무엇인지를 협상력이라는 측면에서 살펴보면, 협상력은 바로 제로에 가깝다는 것을 알 수 있을 것이다. 이후 남한에 들어선 정권들이 흔히 대한민국 임시정부의 법통을 계승한다 하면서도, 그 임시정부 정·부주석이었던 백범과 우사 등이 민족분단을 막으려는 충정으로 고난을 무릅쓰고 참가했던 남북협상의 진의가 왜 빛을 발하지 못하고 있을까? 하는 점도 유의해 볼 필요가 있을 것이다.

미국과 소련이 다 그려놓은 국제 판도와 소련의 꼭두각시였던 김일성의 간계가 뻔한데도 명분하나로 협상에 임했다가, 젊은 놈에게 망신만 당한 꼴이 되었다는 사실을 우리는 잊어서는 안 될 것이다. 나는 단지 우파적 논리로만 생각하는 것은 아니다. 백범과 우사는 한반도 문제를 넘겨받은 유엔이 결국 가능한 남한지역만의 선거를 결정한 것을 부정하였다. 그리고 남한 단독선거가 실시되게 되자, 온갖 반대와 비난과 신변의 위험까지도 무릅쓰고 민족분단을 막으려는 일념하나로 북행길에 올랐던 것이다.

평양의 남북협상에서 백범과 우사는 김두봉·김일성을 비롯한 북쪽 지도자들과 협상에 임했는데, 미·소 양군 즉시 철수, 외국군 철수 후의 민족내전 부인, 〈전조선정치회의〉 구성과 총선거 실시 및 통일정부수립, 남한 단독선거 반대 등에 합의했었다. 그러나 결국 이것은 소련과 김일성이 미리 짜놓은 그들의 명분 축적과 간계와 협상한 것에 불과했던 것이다. 결국 김구와 김규식은 아무런 협상 문서조각 하나 없이 되돌아와야만 했었다.

협상의 외적 요인만으로 판단해 본다면, 분단국가 성립을 저지하고 통일국가를 건설하려던 노력은 역사적으로 2김의 민족적 염원으로 진하게 각인될 만하다. 즉, 해방공간에서 평화적으로 통일민족국가를 건설하는 길이 옳았고, 단독선거와 단독정부 수립이 민족사회 전체와 나아가서 세계평화를 위해 불행한 일이었음은, 백범이 예고한 그대로 6·25 전쟁이 터짐으로써 바로 입증되었다. 그러나 이러한 김구 선생의 지지세력들의 주장을 협상이라는 차원으로 한정해 볼 때 설득력이 있었는지를, 우리는 다시 한번 제고해 볼 필요가

있을 것이다. 따라서 김구의 협상은 허망한 구호에 집착한 것으로 보일 뿐이다. 스탈린과 김일성은 그때 벌써 6·25 전쟁을 생각하고 있었다는 것이 여러 곳에서 발견(기밀문서 해제)되고 있는 것이다.

한반도를 둘러싼 외교 사상 처음으로 남북한과 주변 4강이 북경에서 같은 협상 테이블에 앉았다. 제 2차 세계대전의 막바지에 미·영·중·소 연합국 수뇌들이 상대를 바꿔가면서 카이로와 얄타와 포츠담에서 3자 회담을 열고 한국의 운명을 자기들 마음대로 요리했다. 종전 후에는 미·영·소 외상(外相)들이 모스크바에서 한국의 신탁통치를 논의했다. 카이로 회담에는 소련이, 얄타 회담과 포츠담 회담에는 중국이 빠졌다. 그때의 중국은 장제스(蔣介石)의 국민당 정부였다. 패전국 일본의 불참은 당연했다.

6자회담에 남북한과 4강이 모두 참석하는 것만으로도 일단 역사적이라 평가할 수 있을 것이다. 2+4가 되어버렸다. 통일을 포함한 한반도 문제 해결의 최종 단계에 가면 반드시 통과하지 않을 수 없는 〈한국 문제의 세계화〉가 앞당겨진 것으로 보는 시각도 많다는 견해에 주목해 볼 필요가 있을 것이다.19세기 말 열강의 각축 속에서 조선이 일본의 속국이 된 이래, 처음으로 남북한이 4강과 대등한 자격으로 협상 테이블에 앉아 한국의 운명을 결정하는 역사적 사건임에는 틀림없어 보인다. 그리고 이론적으로만 보면 6분의 2의 역할을 맡게 된 것이다. 물론 6자회담의 의제는 〈북핵〉이다.

그러나 대부분의 전문가가 예상하는 대로 협상의 앞날에는 가시밭길이 놓여 있다. 핵심적 당사국인 북한과 미국의 입장이 날카롭게 대립하고 있기 때문이다. 북한은 미국에 북한 체제를 확실하게 보장하라고 요구하고, 미국은 북한이 먼저 투명하고 검증 가능하고 돌이킬 수 없는 방법으로 핵 포기를 선언하기 전에는 알맹이 있는 양보를 하지 않겠다고 하면서 버티고 있는 것이다.

여기에 리비아가 먼저 미국의 손을 들어주었다. 그래서 요지부동인 북한을 제외하고 한·중·일·러 4개국이 얼마나 미국을 움직일 수 있을지가 협상의 주요 쟁점으로 주목될 수 있을 것이다. 그러나 이들 4개국의 입장에도 서로 차이가 있으며, 따라서 그들간의 일사불란한 공조를 기대할 수 없기 때문에 협상의 앞날에 가시밭길이 놓여 있는 것이다.

한국은 대책 없는 〈주도적 역할〉 만 염불 외듯 하고, 일본은 미국과 밀착하고, 영향력이 적은 러시아가 북한에 대한 고강도의 압력에 동조할지도 의문이다. 중국은 북한에 가장 큰 영향력을 갖고 있지만, 북한이 미국과 중국의 야합을 의심하고 있어 그 영향력의 약효가 반감될지도 모르는 일이다.

이렇게 복잡하고 어려운 조건에서 열리는 6자회담에서 우리가 성공할 수 있는 기준은 서서히 시간을 벌면서 〈6자회담의 논의의 폭과 차원을 북핵에서 북한과 한반도 문제로 넓히고 높이는 것이다〉 라고 전문가들은 지적하고 있다. 여기서 북핵 위기의 원인을 집약하면 두 가지로 나타낼 수 있을 것이다. 하나는 북한이 제네바 합의를 어기고 핵개발 프로그램을 몰래 진행한 것이고, 다른 하나는 부시 정부가 클린턴 정부의 북한 정책을 백지화한 것이다. 무엇이 더 중요한지는 모르지만, 지난 클린턴 정부는 북한의 핵 포기에서 북·미관계 정상화에 이르는 로드맵을 갖고 있었다고 보여진다. 그러나 부시 정부는 대량살상무기 보유와 수출을 차단한다는 불굴의 의지 말고는 북한 정책에 별다른 대안이 없는 것처럼 보인다.

여기서 6자회담에 임하는 우리의 전략은 핵문제를 북한 문제 전체의 틀 안에서 해결되도록 확실한 구속력을 갖도록 해야 한다는 것이다. 북한 문제는 한반도 문제요, 한반도 문제는 동북아시아 전체의 문제이기도 하다. 이것은 핵을 뛰어넘어야 핵문제가 해결된다고 하는 역사적 아이러니이다. 지금 우리는 이러한 중요한 문제에 바로 우리의 협상력을 발휘해야 하는 역사적 책무를 안고 있는 것이다.

대북 협상에는 원칙이 있어야 한다. 앞으로 북핵에 이어 인권 문제가 국제적 이슈로 터지면, 참여정부의 대북정책이 시련을 겪을 것이라는 국제정치 전문가들의 시각(視覺)이 있다는 사실에 우리는 주목할 필요가 있을 것이다.

우리는 북핵 협상에 찬물을 끼얹을 우려(?)가 있다는 이유로 지난 유엔의 북한 인권규탄안 표결에 불참했었다. 국민의 정부의 일방적인 대북정책에 불만을 품었던 많은 사람들은 새 정부 역시 같은 길을 가는 게 아니냐는 의심을 하고 있을 것이다.

햇볕정책은 괄목할 만한 성과를 거두었으나 자만심·집착·조급증 등으로 물의를 빚었고, 탈법사태와 국론분열을 겪어야 했다. 하루빨리 참여정부는 햇볕정책의 무엇을 계승하고 무엇을 버릴 것인지 판단해야 할 것이다. 말썽부리는 자식 싸고돌듯이 무조건 봐주고 달래는 대북정책은 한계를 드러낼 수밖에 없을 것이다. 일일이 상호주의를 적용하기는 어렵더라도 어떤 원칙 안에서 대북정책을 밀고가는 투명하고 일관된 자세가 필요하다는 여론도 많다는 것을 알아야 할 것이다.

우리가 북한과 공존공영하려면 북한을 도와주고 포용할 수밖에 없다는 사실에는 수긍한다. 그러나 우리가 아무리 노력해도 북한에게는 변하는 것과 변하지 않는 것이 있는 것이다. 남북의 정상이 포옹하는 역사적 사건이 일어난 후에도 요지부동 변하지 않는 부분이 있다는 사실이다. 그것이 바로 햇볕정책 5년의 교훈이었다. 여기서 우리는 왜 이러한 변하지 않는 교훈이 나타났는지를 생각해 보아야 할 것이다. 이러한 사실로 미루어볼 때, 정확한 것은 아니지만 왜 북한과의 협상에서 우리는 백전백패(인정하지 않는 대북 정책가들도 많음)할 수밖에 없었던 이유를 밝혀볼 수 있을 것이다.

우리는 지금도 이러한 명백한 교훈을 저버리고 햇볕정책을 계승한다든가, 한국이 북핵 협상의 주된 당사자가 돼야 한다든가, 북미 갈등의 중재자 역할을 하겠다는 등의 환상(?)을 가지고 있는 것이 사실이다.

따라서 이제는 하루빨리 지난 패배(?)를 거울삼아 분명한 방향을 결정해야 하겠다. 북한에 대해 양보할 수 있는 것과 양보할 수 없는 것의 분명한 선을 그어야 한다는 것이다. 그리고 이것은 먼저 북한의 실체를 정확하게 알아야 한다는 사실도 파악해야 할 것이다.

사실 이 부분은 나의 순전한 개인적 생각이다. 우리가 협상이나 외교전술에서 북한에 밀리는 것은(이 부분은 국민의 다수가 얘기하는 부분임) 북한이 실체를 잘못 인식하고 있기 때문이다. 나는 여기서 단언하고 싶다. 북한을 하나의 정상적인 국가집단인가 하는 문제를 먼저 생각해 보아야 한다고 주장하고 싶은 것이다. 바로 우리가 북한을 정상적인 국가로 생각하기에 백전백패하는 아이러니가 문제가 되는 것이다.

　일반적인 가정이지만, 먼저 누군가가 사이비 종교의 교주이고, 2500만의 교도가 있다고 한다면, 그 교주가 어떤 상황에서 자신의 왕국을 스스로 쉽게 포기하고 정통 종교로 나설 수 있는 용기와 올바른 판단을 할 수 있는가? 에 대하여 생각해 볼 수 있을 것이다. 그러나 어지간한 용기와 득도의 경지가 아니라면 인간사회에서는 어려울 것이라 판단되어진다. 따라서 바로 지금 북한이 이러한 상황이라는 점을 나는 강조하고 싶은 것이다.

　다시 한번 더 말하지만 북한은 정상적인 정치집단이나 국가가 아닌 점은 분명하다. 일반사람들이 사이비 종교를 분별할 수 있는 기본적인 판단기준이 있는데, 보통 이 기준을 북한에 대비시켜보면 알 수 있을 것이다.

　바로 얼마 전에 우리는 이러한 오류들을 볼 수 있었다. 지난 대구 하계유니버시아드 대회 때 비정상적이고 비상식적인 북한 주민들의 행동이 사이비 신도들처럼 보였던 것이다. 자기나라 정치지도자의 비에 젖은 현수막 사진을 보고 떼어와서 가슴에 안고 울고불고 하면서 비에 젖게 했다고 불만을 토로하는 인간을, 어느 누가 정상적이라고 할 수 있으며, 또한 이제까지 이러한 행태가 어느 지구상에 있었단 말인가?

　이러한 사실로 미루어볼 때, 여기서 우리는 이제까지 사이비 교주를 상대로 국가적 협상을 하여왔다고 볼 수 있을 것이다. 당연히 정상일 리가 없고 정상으로 본 오류에서 우리는 실패할 수밖에 없었다. 정상적인 개와 미친개가 싸우면 당연히 미친개가 이긴다는 사실과 비슷할지도 모르는 일이다.

　이러한 점에서 우리는 북한을 비정상적인 사이비 집단으로 보아야 하는 당

위가 나오는 것을 알 수 있을 것이다. 전문가들이 말하는 사이비 종교집단을 치유하는 방법은 그들의 약점을 계속 건드리는 것이라고 한다. 사이비 종교에 대한 최상의 대응은 예방인데 이것은 현실적으로 불가능하다. 왜냐하면 북한은 주체사상이라는 국경의 장막으로 그들을 가로막고 있기 때문이다.

어느 사이비 교주가 2,500만 신도를 포기하고 자유와 인권을 부여하고 국제사회에 나오겠는가? 따라서 북한과의 협상이나 대북정책은 그들의 약점을 계속 지적하고 건드려서 사이비 교주를 믿는 신도들을 이탈시키는 방법 밖에는 없는 것이다.

여기서 북한 사이비 집단의 최대 약점은 바로 〈인권〉이 될 것이다. 북한 주민들을 대상으로 직·간접적으로 인권 교육을 지속적으로 시키는 것이다. 바로 인권이라는 그들의 약점에 대하여 북한 주민들을 깨닫게 함으로써, 그들의 지속적 이탈을 유도하여야 할 것이다. 그리고 인권을 인식하게 하여 사이비 교주에게 속지 말고 이탈하면, 자유와 민주와 복지가 보장된다는 평범한 진리를 주입시켜야 할 것이다.

또한 우리는 그들이 탈북하면 무조건 수용할 정책을 마련해야 할 것이다. 그리하여 마지막 북한 주민이 김정일 교주에게서 벗어나게 하여, 김정일이 위기의식을 느끼게 되면, 북한과의 협상이 제대로 진행될 수 있을 것이라고 나는 확신해 보는 것이다.

북한의 인권은 당연히 우리가 짚고 넘어가야 할 문제이다. 인권 문제는 정치적인 문제가 아니고 인간 본연의 문제이다. 따라서 그 어느 것과도 연계할 수 없는 민족적 문제 인식이 필요하다는 명제가 나온다. 그러나 우리는 그동안 북한 인권에 대하여 너무 침묵으로 일관하여 왔다. 결국 북한 인권에 대한 모호성이 대북감정의 산물이었을지도 모른다. 그리고 우리가 북한을 사이비 종교집단으로 보면 북한은 이제 더 이상 〈예측 불가능한〉 집단이 아니게 될 수 있다.

그들이 구사해 온 〈벼랑 끝 외교전술〉이 왜 나왔는지 우리가 알 수 있게 되는 것이다. 그들은 항상 상식에 반하는 전술을 들고 나온다는 점에서 그들은 이미 예측 가능한 집단이 될 수도 있을 것이다. 대북 관계에 너무 욕심을 갖거나 조급해지고, 북한을 정상적인 국가 집단으로 보면 볼수록 많은 전문가들이 지적한 대로 우리는 북한의 실태파악과 협상에서 오류를 범할 수 있다는 점에 주목해야 하는 것이다.

최근 수년간 〈말로 주고 되로 받는 우(愚)〉를 되풀이해 온 우리나라의 국제협상력이 앞으로도 빠르게 개선될 전망이 보이지 않고 있다. 그 이유는 세계 경기침체 등으로 통상·외교 압력이 더욱 거세질 것으로 보이는데도 이에 대비한 협상력 강화를 위한 노력은 보이지 않고 있기 때문이다. 앞으로 남북 정상회담, 세계무역기구(WTO) 뉴라운드(DDA) 협상, 자유무역협정(FTA), 부실 및 공기업 매각 등 국가 장래를 결정할 굵직한 대외협상이 다수 예정되어 있는데도, 우리의 협상력은 예전 수준을 벗어나지 못하고 있는 실정이다.

이러한 문제를 해결하기 위해서 우리는 협상력 강화를 국가적 과제로 삼아 장·단기 국제협상에 대비하는 방안을 마련해야 할 것이다. 특히 미국의 경우 강한 미국 건설과 경기침체의 돌파구로 우리나라를 향해 통상·외교·안보 등 각 분야에 걸쳐 전천후 압력을 가할 것이 예상된다. 즉 미국은 협상을 통해 자국의 이익을 실현시키려고 할 것이다. 따라서 이에 대비하여 우리도 대미 협상력을 강화해 능동적으로 대응해야 할 필요성이 높아졌다는 점을 인식하여야 할 것이다.

세계 각국은 〈국제협상력〉이 곧 〈국가경쟁력〉이라는 자세로 협상력 강화에 총력을 기울이고 있는데 반해, 우리는 여전히 안일한 자세로 일관하고 있다. 따라서 국익을 일관되게 관철할 수 있는 협상전략과 이 같은 협상전략을 추진할 정책지도자는 물론이고 협상전문가와 협상교육, 협상 사후관리 등 협상의 기본 토대를 확보해야 하는 것이 시급한 것이다.

우리는 지난 〈쌍끌이 협상〉의 치욕(통상 그 유명한 99년의 한·일 어업 협

정 실무협상 결과)과 관련하여 〈한국 공무원들이 6개월만 협상교육을 받았다면 그런 실수는 없었을 것〉이라고 지적한 외국의 전문가들의 말에 귀를 기울일 필요가 있을 것이다. 이에 대비한 일본은 200여 명의 전문가가 100일간 합숙까지 하면서 협상을 준비한 반면, 우리는 서너 명의 해양수산부 담당자가 개요 정도만 익힌 상태에서 협상테이블에 앉았다가, 완패가 기다리고 있음을 나중에야 겨우 알 수 있었던 것이다.

따라서 하루빨리 우리의 정책담당자와 협상가들은 국제협상이 말장난이 아니라 테이블 위의 국제전쟁으로 국운을 좌우할 만큼 중요하다는 인식을 가져야 할 필요가 있는 것이다. 국제협상 테이블에서 관료처럼 행동하면 바로 바보 취급을 당하고, 또한 국내에서는 엘리트이면서도 정작 협상에서는 무능한 사람들이란 소리를 듣는 우를 범해서는 안 될 것이다. 대우와 포드 협상시 포드는 2,000만 달러를 투입해 전문가 500명을 동원했고 시간당 500달러를 받는 전문가도 고용했다. 이들은 막후에서 〈이번 협상에는 누구를 내보내라〉 〈약은 올리되 폭발하지 않도록 주의하라〉라는 등의 구체적인 지시를 하기도 하고 경우에 따라서는 직접 나서기도 했다고 한다.

이른바 협상의 원칙에서 세부 지침까지 주도면밀하게 준비했다는 것이다. 이에 비해 우리는 협상을 전문가의 영역이라고 생각하지 않고, 그냥 현업에서 일하던 사람이 나가서 협상을 하면 된다고 안일하게 생각하는 것이 문제였음을 이것도 나중에야 알았다.

과거에는 총칼로 전쟁을 했다면 이제는 비즈니스 협상의 전쟁 시대이다. 비즈니스 전쟁의 승패를 가름하는 승부처가 바로 협상의 현장인 셈이다. 그런데 우리나라는 협상의 중요성에 대한 인식도, 전문가도, 전문가를 양성할 의지도, 전문 기관도 없는 실정이다.

국제협상의 경우 강대국의 프리미엄이 있는 것은 엄연한 사실이다. 그러나 아무리 강대국이라 해도 탄탄한 논리로 상대방을 설득하면 수긍할 수밖에 없을 것이다. 국제협상 테이블에서는 보편적인 합리성이 힘보다 강하다는 사실에 주목해야 할 것이다. 협상에 있어서 〈우리는 강대국이 아니니까 약자일 수밖에 없다〉라는 자조적인 피해의식과 패배주의에서 빨리 벗어나야 할 것이다.

5,000년 한민족 역사에서, 우리는 가장 성공적인 협상 사례로 고려시대 서희의 거란과의 협상을 지적하였다. 즉 상대방의 정확한 실체와 의도를 알고 이해관계에 얽히지 않은 대안 제시로 거란과의 전쟁을 손실 없이 막아내었다. 나아가 강동 6주의 반환이라는 커다란 외교적 성과를 얻었다는 것이 바로 그 성공적 사례였던 것이다. 따라서 이제부터라도 우리는 개인과 개인, 집단과 집단, 국가와 국가 간에 벌어지는 〈협상〉이라는 〈전쟁〉에서 이제까지의 역사적 교훈을 거울삼아, 다시 한번 실패와 오류와 만용에 빠지지 말아야 할 것이다.

chapter 11

제 11절 세계화의 허상들

chapter 11

『자유와 평등의 관점에서 우리는 민주주의를 원했다. 그러나 막상 우리가 얻은 것은, 알고 보니 자본주의였다. 불평등하에서의 자본주의는 자유와 평등을 아무런 의미 없게 만들어버린다는 것이다』

- 폴란드의 한 대자보에서 -

목적으로서의 인간은 수단으로서의 인간에 의하여 어떠한 이유로도 파괴될 수 없다. 존엄성을 가진 인간은 인류 역사를 통하여 자유와 평등의 조화를 동시에 달성하면서 최고의 선과 공익을 달성하려고 노력하여 왔으며, 삶의 질 향상을 위하여 정치·경제·사회·문화 모든 측면에서 인류 모두가 엄청난 희생을 감수하면서 매진하여 왔던 것이다.

그러나 21세기를 출발한 이 시점에서 〈세계화〉라는 명분으로 이러한 인간 존엄성에 필수적으로 수반되는 〈삶의 질〉 향상이라는 명제가 다각도로 위협받고 있으며, 이는 국가의 통제를 벗어난 초국적기업들의 경제논리, 세계금융시장의 환투기꾼들, 여기에 편승한 일부 정치선동가의 야합으로, 〈신자유주의〉라는 명분 아래 인류전체의 생존과 삶에 어두운 미래의 그림자를 예견하고 있는 실정이다.

위대한 제국을 건설한 민족은 역사를 창조하고, 불행한 국가의 민생들은 역사에 끌려다닌다고 한다. 지난 〈문민정부〉는 역사에 끌려다니는 민족이 아니라, 역사를 책임지고 준비하고 창조하는 민족이 되고자 〈세계화〉를 주창하고 나섰다. 그리고 세계화는 지구촌의 공동번영을 위하여 새로운 국제규범의 창출로 세계문화와 인류사회 발전에 기여하는 세계 속의 한국인으로 거듭 태어나는 것이라고 선언하였다.

김영삼 대통령은 94년 11월 APEC 정상회의 참석 후 귀국인사에서, 〈우리가 뛰어넘어야 할 목표는 미래이며 세계〉라고 선언했다. 따라서 세계화는 세계 공동 번영을 위하여 신뢰와 호혜를 바탕으로 인류의 발전적 가치창조에 주안점을 두고 있는 것이다. 세계화는 우리사회의 자율성과 창의력과 경쟁력을 강화하는 것이며, 정부와 국민이 다 함께하는 것이라고 하였다. 세계화는 우리뿐만 아니라 우리 후손들을 위한 미래지향적 방안이며, 변화와 개혁의 이미지를 충만시키는 것이라고 하였다.

따라서 세계화의 추진방안으로는 21세기 선진국 건설을 위한 정부부문의 생산성을 높이고, 경영개념을 도입한 생동력 있는 정부를 만드는 것이었다. 그리고 세계화 시대에 적합한 초일류 세계시민을 양성하는 교육개혁을 실시하고, 국민의식의 올바른 방향을 유도할 수 있는 언론의 창의적인 방안을 마련하며, 초고속정보화 시대를 선도할 국가정보통신 기반을 확충하고, 지역정보망의 재통합을 추진하는 것이었다. 또한 미래 지구촌의 생명력을 영구히 보존할 수 있는 환경개념을 새로운 시각에서 준비해야 하는 생활 철학적 개

념도 도입하는 것이었다.

광화문 네거리에서 가장 일상적인 시민들에게 〈세계화〉가 무엇이냐고 물어보라. 일부는 국제시민으로서 세계의 주인이 될 역사의식 전환과 사고의 영역을 확대하는 것이라고 말할 것이다. 또 일부는 IMF 원흉이라고도 답할 것이다. 또한 일부는 너무 모호해서 잘 모르겠다고 답할 것이다. 그러면 앞에서 언급한 세계화의 개념이 과거에는 없었던가? 하는 문제가 있을 것이다. 그러나 아쉽게도 과거에도 무수히 많은 개혁·개방이 있어왔다는 사실이다.

당시 세계화를 주창하였던 정부·여당 지도자들은 그들의 개념이 옛날에 있었던 세계화의 상위개념이고 전혀 새로운 내용이라고 주장하였지만, 그 기본적 틀은 생산성 있는 행정, 교육개혁, 언론사회발전, 초고속정보화 시대를 대비하고 선진질서를 확립하자는 것으로, 이름만 다르게 과거 역사에도 수없이 많이 등장했었던 단골 메뉴였던 것이다.

따라서 우리는 당시의 세계화를 정치적 국면전환의 한 방편으로 활용하였던 것은 아니었는지를 다시 한번 살펴볼 필요가 있을 것이다. 직접적인 원인은 아니었지만, 세계화를 추진하면서 IMF를 맞았던 것이다. 여기에서 당시에 우리사회가 세계화로 나아갈 충분한 기반과 준비가 되어 있었는지를 다시 한번 생각해 보아야 했던 것이다. 개념정리가 명확하여 국민 모두가 잘 이해하고 수용하고 있었는지를 되돌아보아야 했던 것이다. 〈세계화〉를 정치논리로 이용하고 있었던 것은 아니었는지를 다시 한번 살펴보아야 했던 것이다.

세계 문명역사를 거슬러 올라가면 내부 준비를 충분히 하지 않고 국제화·세계화의 조류에 서둘러 나섰다가, 역사의 거센 소용돌이에 휘말려 자취도 없이 사려져간 국가와 민족이 수없이 많았음을 우리는 알아야 할 것이다. 물론 지금 와서 개방을 반대한다거나 북한 같은 기형적 폐쇄체제를 도모하고자하는 것은 아니다. 따라서 우리내부의 확신과 기반과 의식의 덩어리들을 순수한 우리의 것으로 먼저 만들어놓고 세계화를 추진해야 한다는 것이다.

WTO 체제에서 우리는 자연히 개방과 세계화의 동반자가 될 수밖에 없지만, 겉포장만 요란한 세계화의 구호로 일반국민들을 유혹하고 있었던 것은 아니었는지를 반성해 보고자 하는 것이다. 포장된 세계화의 내면에는 비능률·부정부패·파벌정치·집단이기주의·지역패권·계층간 갈등심화 등이 만연하였는데, 일순간 대통령이 세계화를 외친다고 그 안의 비합리적 요소들이 모두 사라지게 될 수 있었는지를 되씹어보아야 할 것이다.

진정한 세계화는 용어 자체가 중요한 것은 아니었다. 세계화는 구시대의 잔재를 해소하는 방안들을 구체적으로 제시하고, 사회 지도층으로부터 솔선수범해야 하는 당위를 내포하고 있어야 하는 것이다. 그러나 〈국민의 정부〉에서는 세계화와 비슷한 〈제 2건국운동〉으로 세계화를 용도 폐기했다. 지속성이 보장되지 않는 이러한 정책 슬로건은 단순한 선전에 지나지 않았다는 것을 유추해 볼 수 있을 것이다. 국정목표는 지속성·계속성·참여성이 가장 중요한 것이다.

단재 신채호는 「조선상고사」에서 〈我와 상대되는 非我의 我도 역사적 我가 되려면, 반드시 두 개의 속성이 있어야 한다〉라고 책머리에 언급했다. 〈첫째, 相續性이니 시간에 있어서 생명이 끊어지지 아니함이요, 둘째 普遍性이니 공간에 있어서 영향의 파급이다〉라고 갈파했다. 이러한 학설과 주장에서 보면 〈세계화〉는 상속성이나 보편성 모두가 부족하였다고 판단되어지는 것은 무슨 연유일까?

그동안 우리는 세계화라는 개념 속에는 자국이익을 숨기고 겉으로 미소지으며 우리의 등에 비수를 꽂으려고 하는 강대국의 잔인한 생존 논리가 숨어 있음을 간과했었다. 과거 역사를 돌이켜보면 어떤 국가·집단이 어려움에 직면했을 때, 강대국들은 자국 이익과 배치되면 절대로 평화논리나 국제규범을 내세우며 도움을 주려 하지 않는다는 사실을 우리는 지난 IMF 교훈으로 알수 있었던 것이다. 또한 지난번 보스니아나 체첸 사태와 최근의 아프가니스탄과 이라크 전쟁을 보더라도 우리는 금방 알 수 있을 것이다.

따라서 앞으로도 세계화를 개방이니 도덕성이니 인간화니 하는 거창한 포장으로 접목시키지 말고, 세부적인 방안을 마련하고 스스로 실천하는 생활규범으로 세계화를 추진하는 것이 중요할 것이다. 예를 들어 TV 대담프로에서 교육개혁을 주장하다가 바로 대학에 돌아가서는 교수 임용에 객관적 평가를 도외시하는 어떤 교수가 세계화를 이야기하면 국민들은 과연 어떤 심정일까?

또한 세계화를 국가간 경쟁과 지구촌 공동번영을 위한다는 명목 아래 국적도 없고 민족적 개념도 희박해진다고 오해해서는 안 될 것이다. 오히려 국가·민족의 개념은 더 강해질 것이며, 이러한 추세는 미국의 패권주의와 종교적 관념 등에 편승한 종교적 민족주의와 원리주의 등으로 더욱 뚜렷해질 것이다.

종교적 관념과 집단적 개념이 교유되지 않는 우리 사회는 잘못하면 세계화의 추세에 가장 먼저 희생될 가능성이 높았으며, 실제로 그렇게 희생되었다. 결국 WTO 체제는 강대국 몇을 제외한 모두에게 콜라와 오렌지와 비자원적 첨단서비스 산업에 중독되게 할 것이며, 후진국은 그들의 값싼 노동력과 귀중한 자원이 고갈되도록 강요받을 것이며, 종국에는 흔적 없이 사라지게 될 것이다. 따라서 대외적으로 강력한 경쟁력과 생존의식이 투철한 국가와 민족만이 살아남을 수 있다는 결연한 의지를 다져야 하는 것이다.

그리고 세계화의 주체는 집권세력도, 정부도, 여당도, 기업도, 사회단체도 아니다. 세계화의 주체는 국민 개개인 모두의 결집된 총화의 국력이었는데, 당시 우리는 이것을 간과했던 것이다. 정치집단만의 세계화의 주체는 절대로 세계화의 선도세력이 될 수 없는 것이다. 따라서 세계화는 자연스럽게 개인의 가슴 가슴에서 하나의 사회통념으로 집결될 때 가능해지는 것이지, 정부와 정치지도자가 세계화하자고 의도적으로 끌고간다고 해서 달성되는 것은 아닌 것이다.

만약 정치적 계도로 세계화가 유도되어진다면, 한번이라도 방향이 잘못되면 돌이킬 수 없는 엄청난 결과를 초래하게 되는 것이다. 그것이 바로 IMF

환란이었다. 왜냐하면 정치집단은 실체적으로 영구화되지 않기 때문에 상황이 변하면 책임질 당사자가 없어지기 때문이다.

세계화는 분명 우리의 수준을 세계적으로 향상시킬 것이다. 그러므로 반드시 뛰어넘어야 할 숙명의 벽이다. 그리고 나아가는 방안에 자율과 창의가 반드시 있어야 할 것이다. 또한 정권이 하나의 집권방편으로 전체 국민을 이끌려고 해서도 안 될 것이다. 따라서 국민 개개인이 자신의 책임 아래 자신의 정진으로 자신의 의식개혁을 통해 달성해야 할 것이다. 그리고 우리 고유의 소중한 전통과 자산들을 꼭 간직하고 세계화를 추진해야 할 것이다.

또한 세계화의 거창한 장밋빛 기치 아래 번득이는 약육강식의 생존논리가 숨어 있음을 잊어서는 안 될 것이다. 세계화의 거창한 방안들을 열띤 목소리만으로 주장할 것이 아니라, 조그만 시골학교에서 진정한 인간적 참교육을 몸소 실천하는 페스탈로치처럼 세계화로 가는 작은 길목을 손수 모아서 국민 모두가 즐겁게 세계화의 대로를 뛰어갈 수 있도록, 사회 지도층 모두의 뼈를 깎는 자기희생이 먼저 선행되어야 할 것이다.

세계화를 외치고 나서 기업은 거품경제의 포만감에 안주하고, 정부는 OECD 가입 후 세계 10대 교역국이라고 자랑하며 〈세계는 넓고 할 일은 많다〉라며 밖으로 밖으로만 외치고, 가정은 흥청망청 해외여행과 호화사치에 만연되어 있다가 IMF 환란의 〈시간의 보복〉을 만나 죽다가 겨우 살아났다. 〈세계화〉의 허상을 배격할 수 있는 참신한 자기반성이 요구되었던 것이다.

바람이 불어야 배가 가지

툇마루에 걸터앉아 담 너머 설감 떨어지는 소리에 까치 놀라서 달아나는 모양을 물끄러미 바라보다가, 나도 떨어질 수 있다는 막연한 생각으로 달려드는 졸음을 떨치니 마루 밑 찬 기운이 온몸을 엄습한다.

사람이 사는데, 〈돈은 물거품과 같다. 있다가도 없고, 없다가도 있는 것이다〉 라는 일상의 진리를 되살리며 스스로 위로하다가 당장에 담배 한갑 살 돈에 이백 원이 모자라서 감나무 마른 잎 매만져야 하는 지극히 온순한 인생도 곰곰이 생각해 본다.

21세기 희망 찬 길을 밝혀 주는 선인들의 지혜를 밑천 삼아 정치도 하고 사회사업도 열심히 하는 척하는 뛰어난 사람들도 많은데, 밀어 줄 힘이 없으면 방향만 요란하고 추진력이 웅장하면 책임지기 싫어하여 머리 감추는 지도자 선생님들 존경하는 방안도 또한 생각해 본다.

온 종일 길가 구석에서 푸성귀 몇 무더기 놓고 하염없이 외로운 행인 기다리는 주름진 할머니 앞에, 모두 사봐야 몇만 원 안 되는 포만감으로 두툼한 지갑 꺼내 들고 상추 줄기 매만지며 미소 짓는 소위 중산층의 자비와, 전국 어디서나 사방 백 미터 안에서 돈만 있으면 여자를 살 수 있는 정말 살기 좋고 풍요로운 우리 사회의 자랑스러움도 생각해 본다.

절대로 찢어지지 않는 비단 천으로 비전의 돛을 만들고 금빛 휘장으로 뱃머리 장식도 했으며, 바다와 하늘도 조용하여 찬란한 미래를 향한 출항에는 더할 나위 없이 좋았는데, 복지국가 만선의 축가도 부르고 역사를 바로 세우려고 미래를 향해 떠나려 하니, 이 아름다운 배가 밑창에 물이 들어 꼼짝도 않는 민망함도 함께 생각해 본다.

배가 떠나려면 먼저 바람이 불어야지…

바람은 권력과 돈과 지식과 고루한 교양만을 자랑하는 우둔한 소수에게서는 절대 불어오지 않는다. 정직과 성실과 참신한 자기희생을 바탕으로 한 다수의 겸손한 소리 없는 가슴에서만 중단 없는 바람이 불어오는 것이다.

바람이 불어야 배가 가지…

- 박재목 시집(3집) 〈숯쟁이 움막에서의 좌망(座忘)〉(1997) 중에서 -

1999년 10월 13일 미국 민주당 지도자대회에서 당시 클린턴 대통령은〈글로벌 무역은 미국에 유익하다. 그 증거는 바로 오늘날 미국의 번영을 통해 알 수 있다. 21세기에는 더욱 강한 힘으로 무역개방을 실현시켜야 한다〉라고 강도 높게 외쳤다.

〈무한경쟁시대〉라는 말은 세계화·정보화라는 말과 함께 21세기 우리에게 가장 일상적인 화두가 된 지 오래다. 세계화는 국가간 국경 한계나 차이 자체를 뛰어넘어, 처음부터 지구촌 전체를 하나의 경영단위로 삼는, 보다 공세적이고 전략적 활동의 다원적 개념이다. 그러나 일반적인 사람(노동자 또는 영세사업자 등)들의 입장에서 보면 국경과 민족의 개념은 여전히 냉혹한 현실로 다가와 국가간 민족간의 차이를 항상 인식하며 생활하게 하는 현실적 울타리이다.

즉 기업들은 범지구적 범위에서 국경을 초월하고 있지만(민족·국가의 틀을 넘어섬), 일하는 노동자들은 국가와 민족이라는 굴레 속에서 일해야 하는 현실을 수용해야 하는 것이다. 따라서 일하는 사람들은 기업가만큼 국경을 넘나들며 일하러 다닐 수 없는 한계에 봉착하게 되는 것이다.

세계화의 무한경쟁에서 살아남기 위해서 노동자들은 보다 높은 능력과 자질을 함양하고, 보다 더 열심히 일해서 세계적으로 높은 생산성을 달성해야만 세계화의 시대에 살아남을 수 있도록 강요받고 있는 것이다. 이러한 관점에서 미국이나 유럽에서도 ① 노동의 합리화 ② 공공부문 민영화 ③ 정부의 탈규제화 라는 물결이 노동의 세계를 심각하게 변모시키고 있는 실정이다.

무한경쟁의 세계화를 주장하고 있는 초국적기업들은 그들이 살아남기 위해서는 경쟁력을 더욱 강화해야 하고, 이것을 위해서는 국가와 기업, 경영자와 노동자 모두가 합심하여 생산성을 향상해야 하는데, 특히 노동자들은 더욱 더 생산성 향상을 위하여 힘써야 하고, 노동조합이나 노동운동에는 신경을 꺼야 한다고 주장하고 있는 것이다.

그러나 그동안 이러한 기업들의 요구에 부응하여 노동자들은 피나는 노력을 기울였음에도 불구하고, 노동자들의 건강 · 인격 · 공동체나 생태계가 포함된 일반적 복지, 즉 〈삶의 질〉이 심각하게 훼손되어가는 〈3차원의 전도현상〉의 문제를 떠안게 되었던 것이다.

3차원의 전도현상은 수단과 목적의 전도이다. 우리가 날마다 열심히 일하는 이유는 높은 〈삶의 질〉을 추구하기 위해서이다. 그러나 무한경쟁의 논리 속에서 과연 이러한 인간다운 생활을 누릴 수 있겠으며, 나아가 경쟁에서 진 사람들의 삶은 인간답게 살 권리를 주장 · 경험하지 못하고 죽어야만 하는가? 의 문제가 있을 수 있는 것이다. 즉, 원래는 우리 모두가 좀더 잘 살아 보자고 일을 하는 것인데, 이제는 경쟁력 있게 일을 하기 위해서 〈삶의 질〉을 희생하고 있으며, 그 희생을 타인에 의해서 강요받고 있는 실정인 것이다.

3차원의 전도현상은 주체와 객체의 전도이다. 무한경쟁을 강화시키는 과정이 과연 우리가 원하는 〈삶의 질〉을 높이는 과정인가? 하는 것이다. 〈상품경쟁력〉을 높이기 위한 경쟁일 경우에 경쟁력 강화의 과정에서 수많은 노동자들은 창조와 진보의 주체가 아니라, 경영혁신과 생산 합리화를 위한 객체로 전락되고 말았던 것이다. 경쟁력 없는 노동자들은 경쟁 속에 살아남기 위해서는 상사의 눈치를 살펴야 하고, 주어진 틀 속에 순응해야 하는 비인간화를 겪어야 하는 것이다.

그리고 경쟁의 결과 성공의 결실은 노동자들에게 귀속되지 못하고, 반면에 노동자들은 스스로가 원해서 특정 경제활동을 하는 것이 아니라, 외적으로 강된, 그리하여 일개 생산요소화된, 객체화된, 대상화된 삶을 살아가게 되는 것이다.

3차원의 전도현상은 기업의 합리성과 사회적 합리성의 전도이다. 범지구적무한경쟁은 우리를 〈생산적 경쟁〉이 아닌 〈파괴적 경쟁〉으로 유도하고 있으며, 세계화된 시장에서 자본은 값싼 원료와 생산입지를 찾아 범지구적으로 이동하는 과정에서 자연과 환경과 건강한 인간관계를 파괴할 수도 있는 것이다.

즉, 인류는 살아있는 그 자체로 소중하고 존경을 받는 것이 아니라, 일개 생산요소인 〈노동력〉으로 전락하고 만 것이다. 따라서 대자연과 아름다운 인간 본성 등 우리 삶의 모든 토대를 파괴하고 나서 어떻게 모두가 잘 살아 보겠다는 것인가? 에 대한 회의가 먼저 찾아오는 것이다.

이제 우리는 세계화 추진에서 발생할 수 있는 제반 〈문제〉를 〈의제〉로 설정하고 전 지구적으로 심각하게 고민해 보아야 할 것이다. 노동자들이 주장하는 〈삶의 질의 세계화〉와는 달리, 기업가들이 원하는 〈이윤 극대화의 세계화〉는 세계경제에서 무한경쟁에 효과적으로 대비하기 위해 각종 규제나 제한의 철폐(노동 유연성 등)를 핵심 요소로 하고 있기 때문에, 구체적인 현실 속에서 서로 화해하고 상생하기 위한 전제로 필수적으로 충돌이 야기될 수밖에 없을 것이다.

이러한 세계화의 〈의제〉의 쟁점은 다음과 같을 것이다. 첫째 세계시장에서의 치열한 경쟁에서 우위를 차지하기 위해 세계 각 나라의 노동자들이

노·사 합심하여 열심히 일한다면, 과연 모두가 이득이 되는 win-win 게임이 가능할 것인가?

둘째, 세계시장의 경제전쟁에서 모두가 이기기보다는 수많은 사람들이 패배하고 이긴 사람들조차도 또 다른 전쟁에 대비하여 더욱 허리띠를 졸라매야 하며, 결국 참여자 모두가 점점 허리띠를 더 세게 매야 하는 전쟁인 경제전쟁 (자원고갈 등)은 앞으로 어떻게 전개될 것인가?

셋째, 만약win-win 게임이 가능하다면 자유와 평등을 근간으로 하는 조화로운 인간사회의 구축에 더할 나위가 없겠지만은 두 번째의 경제전쟁이 심화되는 결론이 만약에 도출된다면 현재의 반세계화 중심논리인 ① 사회복지 측면 ② 민주주의 측면 ③ 생태계 측면 모두에서 〈20 대 80 사회〉가 다가오게 될 것인가? 의 문제를 넘어선 의제에 대하여 심각하게 판단해 보아야 할 것이다.

즉, 지구촌 전체에서 20%의 사람들만이 좋은 일자리를 가지고 안정된 생활 속에서 자아실현을 할 수 있는 반면에, 80%의 사람들은 실업자 상태 또는 불안정한 일자리와 싸구려 음식, 그리고 매스컴에서 뿜어대는 상업적 대중문화에 오염되어 그럭저럭 살아가야 하는 문제이다. 인간의 다수(80%)는 소수(20%)가 주는 부(富)에 빌붙어 먹고살아가야 하며, 언제까지 이러한 시스템이 지속될 것인가에 대한 우려와 포기 등 상실의 시대를 살아가야 하는 문제인 것이다.

마지막으로 가장 중요한 문제는 중산층은 소멸하고 우익선동가가 등장할 것인가? 의 문제이다. 무한경쟁의 경제 질서 속에서 20 대 80 사회가 지속되어진다면 무한정 다수의 80%가 20%가 제공하는 자존심에 안주하고 그들에게 정치권력을 양보만 하고 있을 것인가? 하는 문제이다. 세계화에서는 경쟁에서 이긴 능력 있는 자만이 살아남는다고 하는데, 그러면 과연 능력이란 무엇이며, 20%가 80%보다 능력이 있다고 누가 단정적으로 판단하고 결정할 수 있느냐? 하는 문제이다.

사회 집단에서 다수가 철저한 불평불만으로 무장하고, 말없이 그 불만을 폭발할 수 있는 어떤 기회를 노리고 있을 때, 이들에게 약간의 명분과 단결의 비합리적 기회를 제공할 수 있는 우익선동가가 출현한다면, 세계화에 반대하여 비합리적 결정으로 20 대 80 사회체제에 대한 지지를 철회하고 80%의 다수가 봉기할 수도 있다는 가정은 과연 무리일까? 하는 문제이다.

　파쇼체제는 특정한 경제적·재정정책적 시대의 풍조, 즉 어려운 경제상황에 처한 민생들이 어떤 새로운 비합리적 사상이 자기들을 해방시켜줄 것이라는 희망이 보이기만 하면, 이 때 어느 정도의 신망이 가는 권위주의적 정치선동가(히틀러 같은)가 등장해서 민생들에게 자주적이고 자존심이 구겨지지 않는 빵을 주겠다고 그럴듯한 공언을 한다면, 그리고 여기에 약간의 인종주의, 민족주의, 국수주의, 종교적 원리주의 등을 가미한다면, 이는 곧 커다란 역사적 소요로 발전하여 정치세력화함으로써, 인류발전에 커다란 오점을 남길 수도 있다는 문제인 것이다. 따라서 우익권위주의는 과도한 신자유주의에 대한 반발로서 세계전체로 확산될 수도 있을 것이다.

　여기서 우리는 앞으로 세계화의 의제가 된 제반 문제점들이 현실화되거나 심각한 우려의 상황이 접근해 올 경우, 현재의 자유민주주의 체제나 시장경제 체제에서 다음 세기(22세기)를 바라볼 수 있는 국가의 새로운 위상정립과 경제에 대한 정치적 우위 확보 등에 대하여 장기적으로 대비해 보아야 할 것이다.

　그리고 지난 〈국민의 정부〉에서 정책 근간으로 삼은 신자유주의에 기초한 〈자유시장경제〉 체제와 〈신지식〉 이론이 정치경제학적 측면에서 자유와 평등의 가치로 판단해 볼 때 과연 타당성은 있었으며, 이에 대응한 정치철학적 대처방안은 바람직했는지에 관하여, 이 시점에서 〈참여정부〉는 다시 한번 검토해 볼 필요가 있을 것이다. ●

테마 Ⅳ

시간의 보복

chapter 1

제 1절 안락과 간신과 사치와 내분 :
고조선과 삼국의 멸망

chapter 1

◆ 『역사란 과거와 현재의 대화이다』라는 말이 있다. 이 말은 오늘날 우리가 역사를 왜 배워야 하는지 그리고 역사가 왜 중요하며, 또 현재와 미래에 있어서 과거의 의미가 도대체 무엇인가를 생각하게 하는 말이다. 역사는 희망의 연속이다. 우리는 역사에서 위기의 확산, 폭력과 테러와 불안정과 전쟁 등 인류의 미래를 위협하는 요인들을 주로 기억한다. 그러나 우리는 이러한 인간의 오류로부터 인류 진보에 대한 신념과 낙관을 결코 포기할 수 없다는 것도 확인할 수 있다. 파괴와 쇠퇴 이외에 아무것도 내다보지 않는 역사적 인식은 결코 미래 희망을 약속할 수 없기 때문이다.

◆ 따라서 우리는 여전히 희망적이어야 한다. 바로 여기에 〈역사란 무엇인가?〉 하는 인간의 흔적을 발견할 수 있는 것이다. 역사에서 절대자는 과거나 현재에 있는 것이 아니라, 우리가 그쪽으로 움직여나가고 있는 미래에 있다고 말한다. 역사에 대한 책임감을 우리가 먼저 잊지 않아야 한다는 것을 일깨워주는 말이다.

> ◆ 역사는 잊혀질 수는 있어도 절대 지워질 수는 없다. 불행했던 역사에 대한 진정한 반성과 이를 극복하려는 의지가 있을 때만이 참된 발전과 이해와 희망이 보일 수 있다. 또한 역사는 살아있는 윤리를 동반한다. 우리는 반성만 하고 아무것도 하지 않으면 역사가 우리를 무시한다는 것을 알고 있다. 따라서 우리가 과거 우리 선조들과 바로 우리들이 소홀하게 보냈던 시간에 대한 역사적 보복으로부터 희망을 발견해 보려는 노력이 우리의 명예요 지식이요 우리의 책무이다.

단군조선이 패망한 원인은 실로 다양할 수 있다. 그러나 그 원인을 집약하여 보면 홍익인간을 바탕으로 한 자주적 인간성의 베풂과 평등한 사회질서의 실천적 의지가 서서히 사라져간 것에 있었다. 고조선은 전쟁과 살인과 배신이라는 사회적 타락이 점차 증가하여 지도자의 존엄과 신망이 사라지게 되었다. 또한 지배층의 분란으로 사회발전을 위한 귀족들의 위계질서가 없어지기 시작하여 사회 통합의 구심점이 없어졌다.

철기문화가 보급되어 이로 인한 생산성 증대에 따른 사유재산제도가 정착되자 토지에 대한 소유쟁탈전이 사회혼란을 더욱 만연하게 하였다. 또한 중국 연나라 등 제후국들과 평화질서를 구축하지 못하여 이로 인한 잦은 전쟁 등으로 국력이 쇠퇴하였다. 즉, 평화질서 구축을 위한 외교 전략이 결여되어 있었다.

여기서 우리가 주목할 것은 고조선 멸망의 원인이 아니라 패망이 몰고온 그 이후의 결과에 더욱 주목하여야 한다. 일부 재야 사학계에서 지적하고 있는 부분이지만 고조선이 멸망함으로써 우리 민족의 긴 분열의 역사가 시작되었다고 볼 수 있다. 그 분열이 긴 여정을 통하여 비록 고려 때 그 목적인 통일을 일부 달성했으나, 압록강과 두만강 이북에 있던 고조선의 고토를 영원히 회복하지 못하여 그 통일의 의미가 반감되었다는 점에 주목하여야 한다.

또한 고조선의 멸망은 우리가 동아시아의 주력세력을 상실하여 중화의 주변국으로 전락함으로써, 결국 이때부터 약간의 변동은 있었지만 천자국의 지위를 영구히 상실한 결과를 초래하였다. 고조선의 멸망은 또한 우리의 강한 민족공동체 의식을 와해시켜, 그 이후 한민족 역사에서 잦은 정치적·정신적 분열을 촉진하는 계기가 되었다는 점에서, 그 멸망의 의의를 찾아보아야 한다. 따라서 고조선은 지도층의 안락과 사회·국가 통합과 발전의 비전이 빈약하였고, 간신들의 득세와 이로 인한 내분으로 역설적이지만 기나긴 우리 민족의 수난의 역사가 미리 준비되고 있었다.

백제는 의자왕이 초기의 소규모 전승에 도취되어 안일과 향락과 간신들의 감언이설에 빠져 있다가 멸망을 자초했다. 나·당 연합군의 공격을 받자 의자왕은 먼저 웅진으로 도망하였다. 사비가 함락되고 무자비한 살육이 자행되자 기어나와 항복하였는데, 31대 678년의 찬란한 민족의 역사가 산산이 부서졌다.

일반적으로 일본은 백제와 주로 통상하였는데, 여러 가지 이유 중에 일본의 지배층 등 제반 상황이 백제와 가까운 점도 있었지만, 가까운 신라와 교역하지 않은 이유가 주로 경제·문화 면에서 신라가 백제보다 너무 질적으로 떨어져서 일본은 신라와의 교역이 가치가 없다고 판단하였다는 견해가 지배적이다. 결국 이러한 신라에게 찬란한 백제강국이 무너지게 된 것이다. 바로 안일과 향락과 간신들의 감언이설에 빠진 오만한 지도층의 분열로 인하여 5部 37郡 200城 76만 호 인구 620만의 백제대국이 패망하게 된 것이다.

소방정과 신라는 의자왕을 비롯한 왕족, 대신, 장군 등 88명과 1만 3,000명에 달하는 포로를 지금의 장안으로 끌고갔으며, 유인원의 1만 군대가 사비에 주둔하면서 찬란하고 웅장한 우리 백제 문화와 그 정신을 모조리 말살하였던 것이다.

고구려의 멸망의 원인은 내분인가 외침인가? 하는 논의가 있어왔다. 665
년에 고구려 말기의 정국과 당에 대한 항전을 주도하던 연개소문(淵蓋蘇文)
이 죽었다. 고구려는 644년부터 시작된 당의 요동 외곽에 대한 빈번한 공략
은 물론 660년 백제가 멸망하고 측천무후가 정권을 장악한 뒤 곧바로 추진된
당의 두 차례의 수도 평양에 대한 직접 공격도 잘 막아내었다. 백제를 멸한
후, 나·당 연합군은 수륙 양면으로 고구려를 공격하였지만, 고구려의 강력
한 저항으로 성공하지 못하였다. 그러나 지배층의 내분이 일어나면서 고구려
의 국력이 약화되자, 나·당 연합군은 이틈을 놓치지 않고 다시 고구려를 공
격하여 마침내 평양성을 함락시켰다.

일반적으로 고구려는 지배층의 내분 때문에 멸망한 것으로 역사는 기술하
고 있다. 그 내분은 일반적으로 연개소문의 독재정치로 말미암아 그의 사후
자제(子弟)간에 일어난 고구려 자체의 갈등에서 연유하는 것으로 알려졌다.
고구려의 멸망 원인으로 내분을 거론하거나 아니면 외침에 주목하는 것은 역
사의 인식에 속하는 문제이다. 그렇지만 내분의 배경이 연개소문의 독재에
연유한다는 주장은 민주사회의 시민으로서 독재의 부정적 의미를 깨닫게 하
는 역사의 교훈도 알아야 한다는 점을 시사해 주는 긍정적 측면도 있다.

당과 고구려 전쟁은 아시아의 삼국에 미친 영향이 너무나 컸다. 중국에서
는 고구려와 당의 전쟁 와중에 측천무후가 정계에 등장했으며, 한반도에서는
신라가 백제를 통합하였고, 고구려 고지에서는 발해가 건국되었다. 한편 일
본의 대화조정에서는 내란이 일어나 율령에 입각한 새로운 국가체제를 지향
하게 되었다. 고구려·당나라의 전쟁으로 인해 동아시아의 7세기 후반은 정
변, 전쟁, 그리고 내란의 소용돌이에 휩싸이게 되었던 것이다.

고구려가 결국 당의 교란정책과 침공으로 멸망했더라도 멸망할 수밖에 없
었던 배경을 연개소문의 사후에 있었던 남생(男生)과 남건(男建)·남산(男
産) 형제간의 내분에서 많이 찾는다. 남건에게 쫓긴 남생이 당으로 망명하여

당나라 군대의 향도가 되어 도리어 본국을 멸망시킨 사실에 주목하는 것이다. 이러한 역사 서술에 일제의 식민사학이 노리는 또 다른 목적의식이 깔려 있는지도 모른다.

즉 일본의 한국 합병을 외침에 의한 강점이 아니라 내분에 의한 요청의 결과로 파악하려는 현실인식이 과거의 역사에 투사되어 나타난 인식일 수도 있었다. 게다가 연개소문이 죽자 그의 독재정치 후유증으로 집권층 내부에서는 심각한 정권쟁탈전이 전개된 사실이었다. 즉 맏아들 남생은 동생인 남건과 남산에게 쫓겨서 옛 서울인 국내성으로 가서 아들 헌성(獻誠)을 적국인 당에 보내어 그 힘을 빌리려고 하였다. 그리고 같은 해에 연개소문의 동생 연정토(淵淨土)는 12성을 들어 신라에 투항하였는데, 이들 성에는 신라군이 배치되었다. 이같이 하여 내부의 결속이 무너지고 있었던 것이다. 이것은 곧 고구려의 운명을 재촉하는 신호와도 같은 것이었다.

고구려의 멸망 원인으로 제기된 자체의 내분론은 독재정치의 부정적 의미를 일깨우는 역사적 교훈에도 불구하고, 그것이 사실이 아닐 경우에 우리 역사에 미칠 영향은 더욱 나쁠 수 있다. 7세기 동아시아의 정세 변화는 고구려와 수·당의 적대관계를 중심축으로 펼쳐졌다. 남북조의 분열기를 극복하고 중국을 통일한 수는 대내적으로 정통성을 확립하는 동시에 대외적으로 중화 질서를 수립하기 위해 여러 차례 고구려를 침공하였다. 그러나 이 원정은 고구려의 효과적인 방어에 막혀 번번이 실패했을 뿐만 아니라, 무리한 외정으로 인해 농민의 봉기가 일어남으로써 수의 멸망을 초래하였다.

수를 이어 건국한 당의 입장도 기본적으로 수와 마찬가지였다. 다만 수의 멸망을 거울삼아 좀더 신중하게 대처했을 따름이었다. 당 태종은 농민 봉기로 흩어진 국내의 민심을 수습하는 한편, 막북의 동돌궐(630), 서역의 토욕혼(635)과 고창(640)을 차례로 복속시킨 다음, 644년부터 마지막으로 남은 고구려에 대한 원정을 개시하였다. 이 전쟁은 668년에 고구려가 멸망할 때까지 부단히 계속되었는데, 당의 전략 변화에 따라 크게 세 단계로 나누어볼 수 있다. 당이 전략을 바꾸지 않을 수 없었던 이유는 바로 고구려의 강력하고도 성공적인 항전이 있었기 때문이다.

먼저 고구려가 당의 요동지방에 대한 공략을 무력화시킨 단계이다. 당 태종은 수의 멸망으로 흩어진 민심을 수습하는 대내적인 선무책과 연개소문이 영류왕을 살해한 대외적인 명분론을 바탕으로 고구려 원정에 나섰다. 이 두 조건은 대규모의 인력 동원이 불가피한 고구려와의 전쟁에 정당성을 부여하기 위한 전제에 지나지 않았다. 당의 대외원정에서 이처럼 치밀한 준비는 일찍이 없었던 것으로서, 모두 수의 패배와 멸망이라는 교훈에서 말미암는 것이었다. 당 태종은 원정에 앞서 장안의 노인들에게 참전하는 자손의 안전을 약속하고, 군사들에게는 이번 원정이 수의 경우와 달리 필승할 수밖에 없는 요건을 제시하기도 했다.

만반의 준비를 갖춘 당 태종은 645년에 비로소 고구려 친정(親征)을 개시하였다. 당군은 수륙의 두 방향에서 편성되었다. 수군은 평양으로 들어가고 육군은 요동으로 나아가 양군이 합세하는 작전이었다. 이 작전으로 현토, 개모, 비사, 요동, 백암 등 여러 성을 격파하는 전과를 올릴 수 있었다. 그러나 전쟁 초기에 상당한 전과를 올리던 당군도 안시성 전투에서는 난관에 부딪쳤다. 안시성을 둘러싸고 치열한 공방전이 전개되었지만, 고구려군의 강력한 저항에 당군은 물러날 수밖에 없었다. 이로써 당이 고구려를 단기에 점령하려는 전략은 실패로 끝나고 말았다. 이 전투에서 한쪽 눈을 잃은 것으로 전하는 당 태종은 출발할 때와는 달리 친정을 매우 후회하면서 돌아갔다고 한다.

당이 철군한 이후에도 양국의 긴장상태는 해소되지 않았다. 보장왕과 연개소문은 사신을 보내 사죄하고 미녀를 바쳤으나, 당 태종은 받아들이지 않았다. 그의 친정이 실패한 이후 당은 고구려의 역량을 소모시키려는 장기 전략으로 전환하였다. 647년에 이적(李勣)은 신성을 거쳐 남소성과 목저성으로 나아가 고구려군과 싸웠으나 이기지 못하였다. 설만철(薛萬徹)은 648년에 압록강 하구의 박작성을 공격하여 상당한 성과를 거두고 돌아갔다. 이처럼 압록강 이북의 요동에 대한 당의 공략은 주민의 약탈을 통한 고구려의 역량 소모와 고구려의 자진 복속에 전략적 목적을 둔 것이었다.

이러한 전략을 구사한 다음 당 태종은 다시 단기에 고구려를 점령하려는 대규모의 원정 준비에 착수했지만, 그의 죽음으로 중단되고 말았다. 태종의 뒤를 이은 당 고종도 요동에 대한 장기적인 소모 전략을 그대로 이어받았다. 655년에 정명진(程名振)과 소정방(蘇定方)이 신성에서 고구려군을 패배시 켰으나, 658년의 적봉진 전투에서 정명진은 고구려군을 이길 수 없었다. 659년에 계필하력(契苾何力)이 요동을 공략했지만, 역시 가시적인 성과가 없이 끝났다. 당은 요동에 대한 소모 전략마저 고구려에 의해 무력화되자 기 존의 전략을 수정하지 않을 수 없었다.

당이 추진한 요동 공략과 평양 직공의 두 전략은 모두 실패했지만, 고구려 를 점령하려는 당의 의지마저 꺾인 것은 아니었다. 662년에 평양을 직접 공 략하는 책동도 무위로 돌아간 뒤, 666년 12월에 당이 고구려 원정을 재개할 때까지 두 나라 사이에는 소강상태가 조성되었다. 이러한 분위기는 기왕의 긴박했던 양국의 전쟁 추이에 비추어 볼때 매우 이례적인 현상이었다. 이 동 안에 당은 백제의 옛 땅을 통합하려는 신라와의 관계 속에서 그곳에 이미 지 배를 완료하고, 마지막 단계로 고구려의 역량을 약화시킬 수 있는 새로운 전 략을 검토하였다. 그것이 고구려에 대한 내분 공작과 원정의 재개로 현실화 되었다.

642년의 정변을 통해 실권을 장악하고 당에 대해 강경노선을 주도하던 신 귀족 세력의 연개소문(淵蓋蘇文)이 665년에 파란만장한 생을 마감하였다. 아버지의 자리를 이어 태막리지(太莫離支)에 취임한 장남 남생은 연개소문 의 사망 후 모처럼 왕권을 회복한 보장왕과 구 귀족세력의 대당 온건노선에 동조하였다. 그러나 차남 남건은 아버지의 정책을 이어 당에 대한 강경노선 을 고수하고 있었다. 결국 연개소문의 사후에 일어난 자제(子弟)간의 내분은 장기간의 여 · 당 전쟁으로 내연하고 있던 정치세력간의 당에 대한 노선 차이가 태산 봉선의 참여를 계기로 표출된 것이었다.

고구려의 멸망 원인으로 거론되는 내분조차 군사적 침략의 연장선상에서 이루어진 외교적 공작의 결과였다. 때마침 백제에 대한 당의 관심을 고구려로 돌림으로써 그곳을 통합하려는 신라의 원정 요청도 있었다. 당의 수륙 양군과 신라의 응원군이 협공하는 상황에서 남생의 사주를 받은 중 신성(信誠)의 내응으로 668년 9월에 수도 평양성은 마침내 함락되고 말았다.

여기에서 우리는 과거에도 변함없는 당의 제국주의적 침략 근성의 참모습을 볼 수 있는 것이다. 현재 북핵 등 6자회담에 참여하고 있는 현재의 우리가 앞으로 복잡하게 전개될 동북아 정세에 어떻게 대처할 것인가에 대한 교훈을 고구려 역사의 멸망에 따른 〈시간의 보복〉에서 찾아볼 수 있을 것이다.

중원고구려비

시대를 먹고 산
사람들을 아시는지요?
돌조각에 걸려 담벼락에 뒤뚱하였으나
역사는 얄밉게도 내 모습에 웃고
접근하여
담벼락을 무리없이 범하더라

내가 뒤뚱하였으되
화는 역사가 발하고
아득한 언덕에 말발굽소리 진동하여도
역사는 곱게 단장하고 자신을 숨기는데
풀뿌리 숨죽여 그 뿌리가 땅을 굳히는
순간

돌조각 붉은 얼굴로

중원을 겨냥하여

그가 시대요, 모습없는 역사의 향기라 하더라

거짓이더라

시대는 단절되지 않으려 해도

역사가 끝까지 방해하고

소백(小白)은 무심하여 침묵으로 일관하였으니

풍상이여!

자취는 긴 먼지로 역사의 뇌리에 앉아

화강암 돌조각에 의미를 새겼으니

그러나

그 의미가 지금 무슨 의미가 있는지

그 의미를 지금의 역사가 알지 못하더라

세월을 먹고 산

돌조각을 아시는지요?

시대와 세월은 막연하여

뇌성을 어루만져 생명을 싣고

그래서

들리는 민초의 호곡소리 처량하여도

그 생명은 거장처럼 우뚝하더라

시대를 먹고 산 사람들을

역사가 요구하면

욕망의 부조화를 돌조각이 변명하고

그 돌조각

중원에 혼자 남아

시대와 역사와 소백산맥을 물끄러미 기억하더라

- 박재목 시집(2집) 〈결국 사랑인 것을〉 (1992) 중에서 -

결국 고구려는 668년(보장왕 27) 나 · 당 연합군과의 싸움에 패함으로써, 주몽 이래 700여 년을 이어온 고구려 왕조는 막을 내렸다. 당시의 내정은 70여 년에 걸친 수 · 당 나라를 비롯한 거란 · 신라와의 투쟁으로, 인적 · 물적 손실은 물론, 많은 국력을 소모시켰다. 그리고 연개소문의 독재는 민심을 혼란시켰고, 666년 연개소문이 병사한 후 남생(男生) · 남건(男建) · 남산(男産) 세 아들의 불화로 지도층이 분열되었다. 또한 연개소문의 아우 연정토(淵淨土)는 12성(城)을 가지고 신라에 투항하였고, 남생은 당나라에 투항하는 등 내분이 심화되었다. 이러한 기회를 이용한 나 · 당 연합군은 668년 김인문(金仁問)이 이끈 27만의 신라군과 이적 · 설인귀(薛仁貴)가 이끈 당나라 군사 50만으로 평양성을 공격 · 함락시켰다. 이때 당나라는 평양에 안동도호부(安東都護府)를 두고 설인귀로 하여금 통치하게 하였고, 고구려의 영토를 9도독부(都督府) 42주(州)로 나누어 지배하였다. 그리고 2만 8200호를 당나라로 강제 이주시켜 영원한 숙적 고구려 말살을 획책하였고 그 근본을 아예 없애버리려고 했다.

즉 고구려 멸망은 오랜 기간 전쟁을 지속한 국제외교의 오만과 동맹국 백제의 멸망, 연개소문의 독재와 사후 그의 아들들간의 권력 투쟁과 내분, 당의 지속적인 교란정책과 첩자와 배신 등으로 이루어진 총체적 부실의 결과였다고 보아진다.

불국사와 석굴암은 모두 경덕왕 대(742~765)에 만들어졌다. 신라가 삼국

을 통일한 이후 갓 50년을 넘긴 경덕왕 대(代)는 귀족들의 힘이 강해지기 시작할 무렵이었다. 신문왕 9년(689)에 귀족들의 경제적 기반을 없애기 위해 폐지된 녹읍제가, 그로부터 70여 년이 지난 경덕왕 16년(757)에 다시 부활되었는데, 이로써 중앙과 지방귀족들은 막대한 부를 쌓아 왕권에 도전해 나갔다. 이후 약 150여 년 동안에 21명의 왕이 평균 7년 동안 재위하는 신라 하대의 혼란상이 전개되었고, 아울러 귀족들의 가혹한 수탈과 호족들의 발호로 이어졌다. 즉, 신라는 경덕왕 시대를 고비로 내리막길로 접어들었던 것이다. 그런데 이즈음에 통일신라시대의 가장 무르익은 기교의 산물인 불국사와 석굴암이 세워졌다는 사실 등 결코 우연으로만 치부할 수 없을 것 같은 정신적 사치에 물들어 갔다.

불국사와 석굴암은, 〈성중(경주)에는 하나의 초가집도 없이 지붕과 담이 연하였으며, 노랫소리가 길에 가득하여 밤낮을 그치지 않았다〉 라는 기록에서 나타난 호사스런 물질적 풍요와 무관하지는 않았을 것이라는 추측을 자아낸다. 당나라의 어떤 황제는 〈신라의 기교는 하늘이 만든 것이지, 사람의 재주가 아니다〉 라고 감탄했다고 한다. 그렇다면 불국사와 석굴암은 삼국통일이 가져다준 물질적 풍요와 하늘이 내려준 기교가 합쳐져 발현된 셈인데, 공교롭게도 이들의 건축과 함께 신라가 패망의 길을 걷게 되었다는 사실이 상당히 시사적이다. 다만 인간이 항상 추구하는 최고의 가치라는 것, 그것이 물질적이든지 혹은 정신적이든지 간에, 오히려 몰락의 단서가 될 수도 있다는 평범한 진리를 알려주는 역사적 귀감이 아닌가 싶다.

신라의 멸망은 골품제도의 모순에서 오는 진골귀족의 동요와 6두품의 도전 등으로 사회의 동요와 혼란이 야기된 때문이었다. 그리고 대토지 겸병과 전장의 확대 및 녹읍과 전장제의 문란, 사원의 전장소유, 호족의 등장, 해상세력가의 성장, 군진세력의 대두, 성주·장군의 자립, 농민의 봉기 등 총체적 패망의 징조로 출발하였다. 그 후 후백제의 유폐되었던 견훤이 3개월 만에 금산사를 탈출하여 고려에 귀부(歸附)하자, 경순왕은 백관을 이끌고 스스로 고려에 항복하니 신라는 56대 992년의 왕조가 막을 내렸다(935).

신라 제 20대 자비왕 22년(469)에 취락상태에 있었던 왕도(경주)를 새롭게 정비하기 시작하여 방리(坊里)들이 형성되기 시작하였고, 통일신라의 전성기에는 17만 8,936호, 1,360방, 35금입택(金入宅)이 있어서 왕도로서의 위용을 나타내었다. 지금 추정으로도 18만 호에 1가구당 5명만 살아도 100만의 국제도시였다는 사실 믿기 어려운 규모였다. 당시 전세계에 100만의 도시는 아마 있기 힘들었을 것이다. 이러한 융성한 신라도 치열하게 전개되던 왕위 쟁탈전이 9세기 후반에 들어 잠시 주춤하자, 이번에는 왕과 귀족들의 사치생활이 극에 달하면서 서서히 몰락의 길을 달리게 되었다.

경주의 귀족들은 금으로 기둥을 장식한 호화주택인 〈금입택(金入宅)〉과 사계절 바뀔 때마다 옮겨다니는 별장주택인 〈사절유택(四節遊宅)〉까지 마련하였다. 그들은 또한 서역의 값비싼 수입품으로 치장하였다. 페르시아 직물인 〈구유〉와 〈답등〉, 수마트라 섬의 향기 나는 목재인 〈자단〉, 타슈켄트 지방의 푸른색 구슬인 〈슬슬〉 등을 사용하여 자신의 몸과 집을 꾸밀 정도였다. 〈처용〉을 둘러싼 퇴폐적인 신라의 성문란의 사회적 모습이 표현되는 헌강왕(재위 875~886) 시대도 이 무렵이었다.

이러한 귀족들의 향락생활은 농민들에 대한 가혹한 수탈이 있어야 가능했다. 통일신라의 민정문서는 서원경(청주) 근처 촌락의 호구, 인구 수, 가축 수, 토지 면적, 과일나무 수까지 그 통계를 꼼꼼하고 정확하게 기록하고 있다. 이러한 민정문서는 농민에게서 얼마나 철저하게 세금을 거두고 있었는가를 잘 보여주고 있는 것이다.

이런 속에서 농민의 생활은 위협받을 수밖에 없었다. 양자강 하류에까지 가서 먹을 것을 구걸하는 신라인이 170명이었고, 자식을 팔아 끼니를 잇는 농민들이 있었다는 〈삼국사기〉의 기록은 이러한 농민들의 몰락을 잘 표현하고 있다. 우리 역사에서 농민의 반란이 본격적으로 나타나는 것은 신라 하대가 처음이었다. 이미 헌덕왕 때 김헌창에 이어 그 아들 범문이 반란을 일으키자, 고달산의 산적 수신이 100여 명과 함께 적극적으로 가담했고, 농민의 반란이 지방에서 확산되고 있었다.

이러한 상황은 신라를 걷잡을 수 없는 혼란으로 몰고갔다. 농민 반란이 전국적으로 확대된 것은 진성여왕(재위 887~897) 때였다. 상류층의 도에 지나친 사치와 진성여왕의 정치적 무능이 겹쳐지면서, 사회 곳곳에서 불만의 목소리가 터져나왔다. 경주 거리에 주문으로 된 글귀가 뿌려질 정도였다. 〈남무 망국 찰니나제〉로 시작되는 주문에서 찰니나제는 여왕을 가리켰다. 곧 진성여왕과 신라가 제발 망하기를 비는 내용을 〈나무 아미타불〉의 형식을 빌어서 표현한 것이다.

chapter 2

제 2절 국가비전 및 애국애족의 실종 : 무신정권과 몽고지배

chapter 2

개국 당시의 건강한 국가이념을 망각한 채, 고려의 문벌귀족들은 서서히 정치적 · 경제적 · 사회적 특권에 몰두하게 되었다. 바로 국민을 무시하고 국가 비전을 잊고 애국애족을 망각해 가고 있었다. 드디어 이자겸의 난이 일어나고, 민족주의자들의 마지막 외침인 묘청의 난이 수포로 돌아가자 바로 무신란이 발생하였다. 바로 경계(庚癸)의 난인 1170년(의종 24) 경인년(庚寅年)과 1173년(명종 3) 계사년(癸巳年)의 2번에 걸친 무신들의 난이 발생하여, 몽고의 치욕적인 점령기를 맞았고 결국 99년의 점령기를 지나자 고려의 몰락이 기다리고 있었다.

귀족사회의 전성기인 문종 이후 의종 대에 이르는 귀족정치의 전개는 점차 그들 내부에 모순이 축적되어가는 과정이기도 하였다. 이리하여 그러한 문벌귀족의 항쟁은 수차례에 걸친 반란의 형태를 띠고 나타나게 되었다. 그리고 그러한 반란이 귀족문화의 극성기라 할 수 있는 인종 · 의종 시대에 연달아

발생하게 되었던 것이다. 그 중에서도 가장 대표적인 사건이 이자겸의 난과 묘청의 난이었다.

이자겸의 난으로 궁궐은 불타고 개경은 황폐해져 민심이 동요하였다. 이때 고려는 밖으로 여진의 금에 대해 사대의 예를 취하게 되어 대외문제에 있어서도 시련을 맞고 있었다. 이러한 내외의 정세를 정치적으로 이용하여 개경의 문벌귀족들을 넘어뜨리고 새로운 혁신정치를 도모하려 한 것이 묘청(妙淸)·정지상(鄭知常)·백수한(白壽翰) 등 서경세력이었다. 이들은 개경의 지덕(地德)이 쇠하였고 서경의 지덕은 왕성하므로 서경에 천도하면 금나라는 물론 천하를 아우를 수 있고, 칭제건원(稱帝建元)하여 천자국으로 국가중흥의 실을 거둘 수 있다고 주장하였다.

이것은 당시 고려사회를 풍미하던 풍수지리설을 이용하여 사대적인 개경의 문벌귀족정치를 벗어나 서경에서 자주적인 혁신정치를 실행해 보려는 의도에서였다. 묘청의 천도운동은 오랜 문벌정치로 약화된 왕권을 회복하려는 인종에겐 받아들여졌지만 김부식(金富軾)을 대표로 하는 개경파 문벌귀족들의 강한 반대에 부딪쳐 좌절당하고 말았다. 이에 묘청은 서경에서 군사를 일으켜 국호를 대위(大爲), 연호를 천개(天開)라 하고 그 군대를 천견충의군(天遣忠義軍)이라 하여 관군과 대립하였으나, 대치 1년 만에 관군에게 진압되고 말았다.

이러한 고려 귀족사회의 내부적 분열과 갈등으로 인한 이자겸의 난과 묘청의 난은 일단 수습되었지만, 이로써 고려 귀족사회는 그 근저로부터 동요되고 붕괴의 길을 걷게 되었다. 그리고 마침내 무신란이 발생하고 무인정권이 성립됨으로써 고려귀족 사회는 막을 내리게 되었던 것이다. 문치주의에 입각한 고려의 귀족정치는 숭문천무의 풍조를 낳음으로써 무신의 사회적 열세를 초래한 대무신정책의 모순이 직접적 원인이 되어 〈무신의 난〉이 일어났다(의종 24년, 1170).

무신란은 고려 초기 이래의 숭문억무(崇文抑武) 정책으로 의종(毅宗) 때에 이르러서는 무신에 대한 천대·모욕 등이 더욱 심해져 일어났다. 1170년 문신을 총애하는 의종이 문신을 거느리고 보현원(普賢院)에 행차했을 때, 무신들은 왕과 문신들을 호위하기 위하여 그들을 따라갔다. 이때 무신 정중부(鄭仲夫)·이의방(李義方)·이고(李高) 등이 반란을 일으켜 그 자리에 있던 문신들을 모두 죽이고, 개경(開京)에 돌아와서도 문신들을 닥치는 대로 죽였다.

무신의 난 이후 의종은 폐출되고 그 동생을 왕위에 올렸는데, 그가 곧 명종(明宗)이다. 〈경인의 난〉으로 무신이 정권을 잡자, 1173년 계사년(癸巳年)에 당시 동북면병마사(東北面兵馬使) 김보당(金甫當)이 의종의 복위(復位)와 정중부 등을 타도할 목적으로 난을 일으켰는데 이것이 〈계사의 난〉이다. 그러나 김보당의 난은 정중부에게 진압되고 문신들은 또 한 차례의 살육을 당하였다.

무신란의 또 하나의 원인은 군인과 농민의 불만이 있었다. 군인들은 일반 농민층으로 충당된 군역의 담당자로서 전시과에 규정된 군인전을 받도록 되어 있었으나, 실제 군인전은 제대로 지급되지 못하였고 또 지급된 토지마저도 문신들의 토지겸병으로 인하여 빼앗기는 일이 많았다. 또한 군인들은 전쟁 이외에도 여러가지 잡역에 동원되어 혹사당하였으므로 마치 천역의 담당자와 같이 천시되었다. 이러한 군인과 농민들의 처지가 자기들의 직접 상관인 무신들의 불평과 결합하여 귀족정권 타도에 동원될 수 있었던 것이다.

의종 24년(1170) 정중부 등이 일으킨 무신란에 의하여 수립된 무인정권은 원종 11년(1270) 임연 부자가 몰락할 때까지 꼭 100여 년간 계속되었다. 오랫동안 권력과 부에 굶주렸던 무신들은 초월적인 권력을 가진 무인집정을 도검으로 정권을 독점하였다.

1270년(원종 11) 항몽의 주동자인 무인정권이 붕괴되고 몽고침입 이후 강화로 천도하여 항몽하였던 고려정부는 개경으로 환도하고 왕정복고가 이루어졌다. 그러나 이후 약 1세기 동안 고려는 몽고의 간섭하에 놓이게 되었다.

고려가 원(1271년 몽고는 국호를 원이라 개칭)과 강화를 맺은 후 최초로 받은 시련은 두 차례에 걸친 일본정벌에 동원된 일이었다. 원은 처음에 일본정벌을 위하여 고려에 정동행성을 설치하더니 일본정벌을 완전히 포기한 다음에도 이를 여전히 존속시켜 고려의 내정을 간섭하였다. 뿐만 아니라 쌍성총관부(영흥), 동녕부(평양), 탐라총관부(제주도) 등 원의 관부가 설치되어 고려는 영토일부의 지배권을 상실하였다. 이 가운데 동녕부와 탐라총관부는 고려의 요청으로 충렬왕 때 반환되었으나 쌍성총관부는 공민왕이 무력으로 탈환할 때까지 존속하였다.

또한 원의 간섭은 고려의 관계를 속국으로 격하시켰다. 3성은 통합되어 첨의부가 되고 상서 6부는 전리사, 군부사, 판도사, 전법사의 4사로 축소 개칭되었으며 중추원은 밀직사, 어서대는 감찰사, 한림원은 문한서로 각각 격하되었다.

충렬왕 이후 원의 부마국으로 전락한 왕실의 용어도 자연히 격하되어 〈조(祖)〉 혹은 〈종(宗)〉이라 붙였던 왕실의 묘호도 〈왕(王)〉으로 〈짐(朕)〉은 〈고(孤)〉로 〈폐하(陛下)〉는 〈전하(殿下)〉로 〈태자(太子)〉는 〈세자(世子)〉로 각각 개칭되었다. 따라서 고려왕실과 상류층에서는 몽고식 이름을 갖고 몽고어를 사용하며 몽고의복과 변발이 유행하였다.

고려에 대한 원의 간섭은 경제적 수탈로도 나타났다. 원은 여러가지 명목으로 금·은·포·곡물·인삼·약재·해동청(매) 등을 요구하였고, 이에 따라 일반 농민들의 부담도 가중되었다. 심지어 원은 동녀(童女)·환관(宦官)까지도 요구하여 고려는 많은 고통을 겪게 되었다. 이와 같은 대몽강화가 맺어진 후 원은 고려에 대하여 정치·경제·사회 모든 면에 걸쳐 간섭을 해 옴으로써 고려가 받은 타격은 너무나 처참하였다.

한편 고려에 대한 원의 영향력이 증대됨에 따라 원의 세력을 등에 업은 새로운 사회세력이 득세하였다. 몽고어 역인으로 성장한 조인규(趙仁規)의 평양조씨(平壤趙氏), 응방(鷹坊)을 통해 출세한 윤수(尹秀)의 철원윤씨(鐵原尹

氏)의 가문이 그 대표적인 예이다. 또 삼별초의 난과 일본정벌에서 무공을 세워 출세한 김방경의 안동김씨(安東金氏) 가문도 원과의 관계를 통하여 대두한 가문이었다. 이 가운데는 고려 전기로부터 그 세력을 이어내려오거나 무인정권(武人政權)시대에 등장한 가문도 있기는 하였으나 실질적인 정치권력은 많은 편이 못 되었고 대원관계를 통하여 성장한 이들이 소위 권문세족으로서 고려 후기의 지배세력이 되었다.

chapter 3

제 3절 나태와 환락과 치부와 탐욕 : 고려의 몰락

chapter 3

고려 후기의 지배세력으로 등장한 권문세족은 양부재추권의 높은 관직을 차지하고 정권을 장악하였으며, 경제적으로도 대토지를 소유하여 부를 축적 하였다. 고려 후기의 권문세족은 왕실과 혼인할 수 있는 〈재상지종(宰相之 鍾)〉이 되었다. 그들의 문벌 중시는 고려 전기의 문벌귀족과 비슷하지만 무 반가문이나 부원세력으로 구성된 성분상의 차이점이 있었다. 뿐만 아니라 귀 족적 특권을 누렸음에 비하여 권문세족은 현실적인 관직을 통하여 정치권력 을 행사했다는 점에서 관료적 성향이 농후하였다. 이제 고려는 가문위주의 문벌귀족에서 관료적 성향이 짙은 권문세족에 의하여 지배되었다.

드디어 권문세족의 정치적 · 경제적 독점은 새롭게 등장하는 신흥사대부에 게 있어서 불만의 요인이 되었다. 신흥사대부란 최씨 정권부터 형성되기 시 작한 〈능문능리(能文能吏)〉의 학자적 관료로서 무인정권 붕괴 이후, 더욱 활 발히 중앙정계에 진출하여 사회적인 세력을 형성한 무리들을 말한다. 이들 신흥사대부는 권문세족과 달리 그 가문이 한미(寒微)하였고 지방의 향리출신들이 많았다. 고려의 향리는 후기의 사회적 경제적 변동을 겪으면서 중소지주로 성장해 있었는데, 그 자제들이 학문적 교양을 쌓고 과거를 통하여 중앙의 관리로 진출하였던 것이다. 따라서 신흥사대부는 이미 중앙정계에서 보수적 세력기반을 구축하고 막대한 농장을 소유하여 경제적 부를 축적하고 있던 권문세족과 대립하지 않을 수 없었다.

권문세족과 신흥사대부의 대립은 시대가 흐름에 따라 더욱 격화되더니 마침내 공민왕(1351~1374) 대에 이르러 그 절정에 도달하였다. 이 때는 국내외 정세도 크게 변화하였다. 대륙에서는 원이 자체 내의 모순으로 쇠퇴하고 대신 한족(漢族)인 명(明)이 흥기하는 이른바 원·명 교체의 상황이 전개되고, 국내에서는 권문세족과 대립되는 신흥사대부 세력이 크게 신장되어 있었다. 이 같은 상황에서 공민왕은 이들 신흥사대부 층을 지지기반으로 하여 개혁정치를 실시하였으니 즉 밖으로는 반원 정책을 취하고 안으로는 권문세족을 억압하는 양면정책을 취하였다.

우선 공민왕은 기철 등 부원세력을 제거하고 옛 관제를 복구시켰으며 정동행성을 혁파하고 쌍성총관부를 무력으로 철폐하여 실지(失地)를 회복하였다. 또한 반원친명정책을 뚜렷이 하였으며 각종 개혁으로 권문세족의 세력을 억압하였다. 즉 무인정권 이후에도 여전히 인사권을 행사하여 신흥사대부의 중앙 진출을 억제하고 있던 정방을 폐지하였고, 신돈을 등용하여 전민변정도감을 설치하고 시정하는 등 과감한 개혁정치를 시도하였다. 그러나 공민왕대의 이러한 개혁정치는 아직도 강력한 세력을 갖고 있던 권문세족의 반발에 부딪혀 신돈(辛旽)이 제거되고 결국 공민왕마저 시해되었으니 이 때의 개혁운동은 큰 실효를 거두지 못하고 그 막을 내리게 되었다.

두 차례에 걸친 홍건적의 침입과 왜구의 침투를 격퇴하는 과정에서 최영·이성계 등 무장 세력이 등장하였다. 그러나 최영과 이성계는 외교문제를 중심으로 대립하였다. 더욱이 명(明)의 철령위(鐵嶺衛) 설치문제는 이 둘의 대

립을 더욱 조장시켰다. 명의 쌍성총관부 관할하에 있던 철령이북의 땅을 명의 직속령으로 삼겠다고 통보해 오자, 당시 정권을 잡고 있던 최영은 크게 분노하여 군사를 일으켰으니 그는 도리어 이 기회에 명이 차지한 요동(遼東)지방까지 회복하려 하였다. 마침내 우왕 14년(1388) 최영이 팔도도통사가 되고 조민수가 좌군도통사, 이성계가 우군도통사가 되어 요동정벌에 나서게 되었다. 그러나 처음부터 요동정벌이 현실적으로 불가능하다고 판단하였던 이성계 일파가 압록강 가운데 있는 위화도에서 회군하여 반대파인 최영 등을 제거하고 우왕을 축출하여 정치적 실권을 장악하였다. 이것이 이성계가 고려를 넘어뜨리고 새로운 왕조 – 조선을 건국하는 중요한 계기가 되었다. 위화도 회군으로 정권을 장악한 이성계 일파는 신흥사대부와 제휴하여 권문세족을 축출하였다. 그는 폐가입진(廢假立眞)을 내세워 우왕과 창왕을 폐하고 공양왕을 옹립하였으며, 정권을 잡은 신흥사대부는 사전개혁(私田改革)을 단행하여 새로운 전제(田制)의 기준이 되는 과전법을 공포하였다. 과전법(科田法) 시행의 중요한 이유는 권문세족의 경제적 토대를 무너뜨려 신진관료층의 경제적 기반을 마련하는 것과 지방토착세력의 대두를 방지함으로써 중앙집권적인 세력기반을 마련하는 데 있었다.

이제 역사는 새 시대를 요구하였다. 정치적 실권과 경제적 부를 장악한 이성계 일파에게 고려 대신에 새 왕조를 건국하기 위해 남은 것은 절차뿐이었다. 그러나 이성계 일파가 새 왕조를 개창하기 위해서는 사대부 내부의 또 다른 반대에 부딪히지 않으면 안 되었다. 이 시기의 사대부는 대개 두 파로 나뉘어 있었는데 하나는 고려왕조 테두리 안에서 점진적인 개혁을 추구하는 온건파이고 다른 하나는 왕조 자체를 바꾸려는 역성혁명파(易姓革命派)였다. 이에 이성계 일파는 반대파인 온건파의 유력자 정몽주를 죽인 후 공양왕의 양위를 강요하고 이성계를 추대하여 새 왕조를 개창하였으니 이로써 고려왕조는 건국 475년 만에 종말을 맞게 되었다(1392).

chapter 4

제 4절 반유비무환 및 정보빈곤과 분쟁 : 임란과 호란

chapter 4

임진왜란의 피해는 역사로 다 기술할 수 없다. 정말 엄청난 〈시간의 보복〉이었다. 임진왜란이 발생한 원인 및 과정 등에 관하여는 우리는 많이 알고 있다. 의병, 이순신, 행주대첩, 거북선 등등에 대한 자부심도 가져보려고 한다. 그러나 임진왜란은 너무 부질없는 무능과 반유비무환의 교훈으로 우리에게 다가왔다.

임진왜란(선조 25년, 1592)은 조선이 세워진 이래 최대의 전쟁이었다. 7년 여에 걸친 왜란으로 국토는 황폐해지고 백성들은 굶주림과 질병 속에서 크게 고통을 겪었다. 〈어린아이가 죽은 어머니에게로 기어가서 가슴을 헤치고 그 젖을 빨고 있었다〉 라는 가슴 아픈 역사의 기록은 단지 전쟁의 참상을 전하는 데 그치지 않는다. 그것은 침략자들의 총칼 앞에 우리는 언제나 침착하게 대비하여야 하며, 그리고 당당하게 맞서야 한다는 우리의 역사적 책무를 일깨우고 있는 것이다.

전쟁과 왜군의 인명 살상으로 조선의 인구는 격감하였다. 왜군은 철수할 때 더욱 많은 사람들을 살상하였다. 한양이 수복된 후 도성 안에는 인마의 시체 썩는 냄새가 가득하였다고 한다. 왜군에게 잡혀간 부녀자, 어린아이들은 노비가 되었다. 경제적인 피해도 막대하였다. 막대한 인명이 손실되고 농토가 황폐해져 국가 재정을 극도로 악화시켰고, 양안과 호적이 거의 없어져 행정이 마비상태에 빠지게 되었다. 왜란이 끝난 후 50년 뒤인 광해군 때 인구 150만 명, 토지가 50여만 결에 그칠 정도였다. 왜란 직전의 경지면적이 170만 결이었던 점을 감안한다면 경제적 피해의 규모를 쉽게 상상할 수 있다. 또한 경복궁과 불국사 같은 귀중한 문화재가 소실되고 사고와 서적이 불타거나 파괴되었다.

명은 대규모 원정군 파견의 후유증으로 점차 쇠약해져 갔다. 명의 세력이 약화되자 만주에 있던 여진족이 다시 일어서게 되었다. 이에 따라 명·청 교체기가 도래하여 대륙의 정세는 혼미해졌다. 일본은 고대 문화의 일본 전파 이래 단시일에 최대로 한국 문화를 수입하여 일본 중세문화 발전의 발판을 마련하였다. 그들이 가져간 〈퇴계집〉과 왜란 중 강제로 끌려간 성리학자에 의해 일본 성리학이 발전하는 계기가 되었다. 또한 농민 포로, 납치된 도공에 의한 농업과 도예의 발전이 이루어지고, 활자의 유입으로 인쇄술도 발전하였다. 심지어 두부 제조 기술까지 받아들이는 등 일본은 전란을 통하여 이른바 도쿠가와 시대 중세문화의 토대가 마련되었다.

국제감각이 없는 아둔한 명분론에 집착하여 우리 선조들은 오랑캐에게 당한 치욕을 씻고자 북벌론이 대두되었다. 여진족에게 굴욕을 당함으로써 전쟁이 끝난 뒤에도 반청 감정은 수그러들지 않았다. 병자호란에 이어서 청은 명나라마저 정복함으로써(인조 22년, 1644) 중원의 새로운 정치적 지배자로 군림하게 되었다. 전쟁에서의 패배로 양국간에 외교관계가 수립되었으나 조선에서는 내심으로 반청 감정이 응집되어 북벌론(청을 정벌하자는 논의)으로 표출되기에 이르렀다. 그만큼 외교정보의 부재, 부질없는 명분, 파벌 등이 난무하였다. 북벌론은 봉림대군이 귀국하여 효종으로 즉위하면서부터 (1649) 북벌계획으로 확정되어 본격화되었으나, 구호에 그치고 실행되지 못

하였으며, 힘도 없었던 것이 사실이다.

효종은 즉위 후에 반청 척화파 계열의 인물을 등용하고 송시열의 적극적인 보좌를 받으며 설욕을 위한 본격적인 북벌계획을 준비하였다. 북벌계획의 요점은 군비증강에 있었다. 어영청, 수어청의 부대를 강화하고 국왕의 친위군인 금군을 강화하는 등 군비 확장에 박차를 가했으나, 재정난으로 전부 시행되지는 못하였다. 바로 유비무환의 정신이 전무하였으므로 효종의 이러한 북벌계획은 실천에 옮겨지지 못했다. 오히려 북벌 준비로 훈련된 군대는 청이 러시아와 싸웠던 두 차례의 나선정벌(1654, 1658)에 동원되기만 하였다. 효종이 죽자 이 북벌론 자체도 쇠퇴하였으며 재정적인 부담만 남기고 말았다.

왜란과 호란의 〈시간의 보복〉을 서울에만 한정하여 보자. 조총이라는 새로운 무기로 전국을 통일한 일본의 풍신수길(豊臣秀吉)은 17만 명의 군사를 일으켜 조선을 침략하였다. 선조 25년(1592) 4월 13일 1만 8,000명의 왜적이 부산에 상륙한 것을 시작으로 물밀듯이 침략하였으나, 사전에 준비를 못하였던 조선에서는 이를 방어하지 못하고 도처에서 패전하였다. 부산첨사 정발과 동래부사 송상현이 왜적을 맞아 사투하였으나 실패하였고, 중앙에서 출정한 신립 장군이 충주에서 항전하였으나 당연히 패전하였다.

조정에서는 전판서 이명원을 도원수로 임명하여 한강을 지키게 하고 우의정 이양원을 유도대장(留都大將)으로 임명하여 수도를 고수하도록 한 다음 일부 대신들과 백성들의 수도를 고수해야 한다는 간청을 무시한 채, 선조는 왕실과 측근·중신들을 대동하고 1592년 4월 30일 도망 같은 새벽 피난길을 떠나야 했다.

국왕이 수도를 버리고 떠나자 난민들이 도처에서 방화하여 궁궐과 관아가 불타고 보관되었던 노비문서를 비롯하여 사초(史草)·승정원일기 등 수많은 서적과 사료들이 불탔으며 수많은 민가도 소실되었다. 소서행장(小西行長)은 충주에서 여주·양근을 거쳐 5월 2일에 동대문으로 침입하였고, 가등청정(加藤淸正)은 충주에서 죽산·용인을 거쳐 5월 3일 남대문으로 침입하였다.

유도대장 이양원과 도원수 이명원은 한강을 사이에 두고 제천정(濟川亭)에 진을 치고 있었으나 싸움 한번 하지 못하고 후퇴하였으므로 왜적은 아무런 저항없이 한성을 점령하였다. 우희다수가(宇喜多秀家)가 거느린 군사가 한성에 머물면서 수도와 경기도 일대를 관할하고 소서행장·가등청정 등은 북쪽을 계속 침략하였다. 우희다수가 군은 처음에 종묘에 진을 쳤으나 부하 군졸들이 폭사하는 등 변괴가 계속되어 더 머물지 못하고 다시 남별궁(현재 조선호텔 자리)을 본부로 정한 다음 북창동과 태평로 일대, 정동 일대까지 큰 가옥들을 전부 점령하여 군사기지로 사용하였다. 뿐만 아니라 2개월 후인 7월 16일 후속부대로 한성에 들어온 오봉행(五奉行)의 군대는 남산동 일대를 근거지로 하여 충무로·을지로·회현동·남대문시장 일대까지 군사기지로 점령하였다. 이 때 한성부민의 생활상은 말할 수 없는 참상이었으니 왜군에게 참살당하는 것 외에도 기아와 질병으로 사망한 자가 그 수를 헤아릴 수 없을 정도였고 전쟁이 끝난 후 시체가 도처에 쌓였다. 임진왜란이 있기 160여년 전인 세종 10년(1428)에 11만 명에 달하였던 서울의 인구가 전쟁이 끝난 후에는 3만 8,000명에 불과하였으니 당시 서울의 참상을 짐작할 수 있다.

1592년 5월 2일 왜적에게 점령당한 서울은 1593년 4월 19일 왜적이 물러갈 때까지 약 1년 동안 왜적의 점령하에서 신음하였다. 왜적에 의하여 살상된 인원은 그 수를 셀 수 없을 정도로 많았고, 질병과 기아로 죽은 자가 더욱 많았으며, 궁궐·종묘·사직·관아·민가 할 것 없이 대부분 소실되었다. 1394년 한양에 수도를 정하고 조선왕조의 웅비를 축원한 지 198년 만에 결국 수도는 폐허의 도시로 남게 되었다.

정기록

(1)
동짓달 들녘에 분통한 국력은 숨을 죽이고

쇠스랑과 조총은 같은 무기로 우긴다
왜적의 비정은 인간을 거부하고
종후야!
조국과 민족이 무엇인지 아느냐?
왕후장상은 자취를 감추고
초라한 백성만 남았으나
그래도 가슴의 피는 뜨거워
금산의 눈보라 녹이는구나
우리들의 주인과 강토를 위하여
순결한 흰 목소리 선혈로 장식해
이 땅의 거름으로 썩어
조선의 숨결로 영원히 살고 싶다

(2)

대기전(大岐箭) 포성소리 요란하여도
조국의 품위는 사라져갑니다
아버지!
유월의 풀벌레 구슬퍼
대지의 마지막 절규를 막아줍니다
피에 젖은 무너진 城 돌 위로
왜적은 들개처럼 기어오르는데
분통한 국력은 어디에서 숨쉽니까?
창의사(倡義使)는 남강에 이미 몸을 던졌고
지난 해 금산에서 아버지 순절 때
강개하시던 그 눈빛 지금도 기억합니다
더러운 침탈의 눈초리 싫어

아버지처럼

청아한 강물에 시름없이 잠깁니다

- 박재목 시집(2집) 〈결국 사랑인 것을〉 (1992) 중에서 -

* 正氣錄 : 임진왜란시 순국한 고경명(금산전투)
고종후(진주성 전투) 父子의 충절기록

선조의 뒤를 이어 왕위에 오른 광해군은 임진왜란을 몸소 겪었던 경험을 살려 즉위 초기에는 국내정치와 외교에서 탁월한 수완을 발휘하면서 성군의 자질이 보이는 듯하였다. 그러나 시간이 지남에 따라 당파의 대립과 당쟁의 와중에서 형인 임해군과 동생인 영창대군을 죽이고 인목대비를 서궁에 유폐하는 등 불륜의 군주로서 왕위에서 쫓겨나게 되었다(인조반정). 1623년 이서 · 이귀 · 김유 · 이괄 · 원두표 등 서인들은 광해군을 폐위하고 능양군(陵陽君 : 인조)을 왕위에 앉히는 데 성공하였다.

서인들은 광해군 때 실권을 장악하고 있던 이산해 · 이이첨 · 정인홍 등 대북파들을 주살하거나 귀양 보내고 정권을 독차지하였으나, 반정공신들간에도 반목이 일어났다. 이괄은 인조반정 당시 큰 공을 세웠으나 1등 공신에 책봉되지 못하고 2등 공신에 책봉되었을 뿐만 아니라, 처음에는 한성부판윤으로 제수되었으나 곧 평안병사 겸 부원수가 되어 변방으로 가게 된 것에 대하여 불만을 품고 난을 일으켰다.

영변 병영에 부임한 이괄은 순변사 한명련과 공모하여 군사 1만 2,000명을 거느리고 주위의 여러 고을을 점령한 다음 1623년 2월 8일에는 벽제관까지 이르렀다. 이 소식을 들은 인조는 서울을 떠나 피난길에 올라 충청도 공주까지 내려갔다. 이괄의 군대는 다음날인 2월 9일 오후에 아무런 저항 없이 도성에 입성하였고, 다음날인 10일에는 이괄과 한명련이 입성하였다. 이 때 이괄의 동생인 이수는 수천의 무리를 이끌고 무악까지 마중을 나갔고 하급관원들도 영접을 나갔으며 일부 도성민들은 도로를 닦고 황토를 까는 등 이들을 환영하였다.

이괄은 의기양양하게 입성하여 경복궁 폐허에 주둔한 다음 선조의 10째 아들인 흥안군(興安君)을 새로운 왕으로 추대하고 경기도방어사 이흥립(李興立)을 대장으로 임명하여 흥안군을 호위하도록 하였다. 또한 서울에 잔류해 있던 그의 근친들을 불러서 관직을 주는 등 새로운 정부를 조직하였다. 한편 장만(張晩) 도원수는 파주에서 인조의 피난소식을 듣고 군사를 거느리고 서울 서북쪽에 있는 무악산 정상에 진을 치고 수도를 탈환하기로 하였다.

1623년 2월 11일 새벽 이괄은 단숨에 관군을 무찌를 것이라고 호언장담하면서 군사를 지휘하여 장만이 거느린 관군과 접전하였다. 처음에는 동풍이 크게 불어서 이괄 군에게 유리한 듯하였으나 갑자기 서풍이 불면서 이괄 군이 불리하여지자 이괄의 군사들은 사기가 저하되어 전력을 상실하고 도주하기 시작하였다. 이들은 민가로 피신하거나 혹은 마포·서강 쪽으로 도주하였고, 이괄은 한명련과 더불어 심복부하 수백 명을 거느리고 서울의 동남쪽에 있는 수구문을 통해 달아났다. 삼전도를 지나 이천에까지 이르렀으나 그의 부하였던 기익헌·이수백 등에 의해 살해됨으로써 일시 수도를 점령했던 이괄의 난은 끝났다.

공주까지 피난을 갔던 인조는 2월 19일 공주를 출발하여 30일에 한성에 돌아왔으나 임진왜란으로 폐허가 된 수도를 미처 재건하기도 전에 또 내란을 치렀고, 더욱이 짧은 기간이나마 국왕이 없었던 한성은 무질서와 혼란에 빠졌다. 태조가 수도를 건설할 당시 유사시에 수도를 방어하기 위하여 수많은 인력과 재력을 투입하여 도성을 건설하였으나 임진왜란 때도 수도를 방어하지 못하였고 이괄의 난과 같은 내부적인 반란에도 수도를 방어하지 못하고 국왕이 피난을 떠나는 수난을 겪었으므로, 대신들간에는 도성이 너무나 넓기 때문에 수도를 방어하기가 어려웠다고 하는 말도 안되는 변명과 핑계가 난무하였다. 그러나 이것은 유사시에 방어하기가 편리한 남한산성을 수축하자는 논의가 활발하였던 계기가 되었다.

　남한산성 축성론은 이미 임진왜란 이후부터 거론되었으나 당시는 전쟁 후
의 수습과 민심 안정이 급하였기 때문에 축성과 같은 대역사를 일으킬 수 없
었다. 그러나 이괄의 난으로 인조가 도성을 버리고 공주까지 피난을 갔다온
후로는 남한산성 축성론이 강력하게 대두되어 인조 2년(1624) 7월부터 남한
산성 축성을 시작하였다. 특별히 총융청(摠戎廳)을 신설하고 이괄의 난을 평
정하는 데 공이 많았던 이서(李曙)를 총융청의 책임자로 하여 남한산성 축성
의 총책임자로 하였다. 총융청 군사와 전국의 승군을 동원하여 연장 3,992보
(步)에 달하는 성벽과 72간 반의 상궐과 154간의 하궐의 양행궁(兩行宮)을
위시하여 관아와 누·정 등 수많은 부대시설을 건설하였다. 또한 성내에는
많은 창고를 지어 식량을 저장하고 병장기를 비치하여 유사시에 대비하였다.
남한산성이 완성된 지 10년 만인 1636년에 병자호란이 일어났을 때, 이곳으
로 국왕이 피신하여 45일 동안 항전하였다. 만주지방에서 일어난 청나라는
1627년과 1636년 2차에 걸쳐 조선을 침략하였다. 1차 침략 때에는 인조가
강화도까지 피난하였으나 수도가 완전히 함락되지는 않았다. 그러나 2차 침
략 때는 청태종이 직접 10만 청군을 인솔하고 침략하였다. 인조는 남한산성
으로 피신하여 45일간 투쟁하다가 결국 항복하게 되었다.

　인조가 서울을 떠나자 적군은 곧 모화관(현 독립문 근처)에서 남묘(현 서
울역 앞 도동) 일대에까지 진을 쳤고, 동대문 밖에도 5, 6군데 진을 설치하고
도성민을 성외로 추방하고 약탈을 자행하는 등 그 행패가 극심하여 도성은
아수라장이 되었다. 인조가 삼전도에서 청태종에게 굴욕적인 항복을 하고 강
화조약을 맺은 후 1637년 1월 30일 한강을 건너 한성에 돌아왔을 때, 도성
은 인적이 없고 시체만 뒹굴었다. 약 2개월간 청군의 수중에 있던 서울은 청
군으로부터 해방되었으나, 폐허와 같은 서울에 민심이 흉흉하여 서울이 안정
을 찾기에는 오랜 세월이 걸렸고 서서히 조선 멸망의 길을 걸어가야 했다.

chapter 5

제 5절 부정부패와 무능과 개인영달의 암투 :
조선 패망

chapter 5

조선의 멸망에 대한 원인은 실로 다양하다. 그러나 왕과 왕실의 무능과 왕실을 포함한 지도층의 부정부패, 권력층의 무능과 암투, 간신들이 만들어낸 총체적 부실이 500년 조선의 몰락을 가져왔으며, 어쩌면 몰락이 당연하였다고 보여지는 슬픔을 보는 것 같다.

『1803년 강진에 사는 백성이 아이를 낳은 지 사흘 만에 군보(軍保)에 편입되고, 이정이 못 바친 군포 대신 소를 빼앗아 가니 그 백성이 칼을 뽑아 자기 양경을 스스로 베면서 말하기를 〈내가 이 물건 때문에 곤액을 받는다〉라고 하였다. 그 아내가 양경을 가지고 관문에 나아가니 피가 아직 뚝뚝 떨어졌다』

- 정약용의 「목민심서」 중에서 -

『군정에 관한 당초의 규정을 사람이 빠질 때마다 보충하
는 것이었는데… 빠진 사람은 많고 호구는 늘어나지 않
았다. 각 면의 이름만 남아 있는 장정이 천여 명이 넘어
도 보충할 방법이 없었다. 이에 따라 면계 전 명목으로
각 면의 면임들에게 내게 하였는데 부족분을 감당할 수
없어서 한번 면임을 맡으면 망하게 되었다』

- 고산현 읍지 -

『금강산으로 옮겨 온 산천의 기운이 태백산, 소백산에 이
르러 계룡산으로 들어가니, 정사의 팔백년 도읍할 땅이
로다. 그 후 원맥(백두산맥)이 가야산으로 들어가니, 조
씨의 천년 도읍할 땅이로다. 전주는 범씨의 육백년 도읍
할 땅이요…』

- 「정감록」 -

　군포의 부당한 징수에 저항하는 한 장정의 이야기이다. 세도 정치 아래 삼
정의 문란이 극심하여 민중 생활이 극도로 어려워졌다. 이로 인해 향촌을 떠
나 유리걸식하는 사람이 많아졌다.
　조세를 공동납의 형태로 촌락에 부과함으로써 일반 평민은 물론 부유한 평
민도 모두 수탈의 대상이 되었는데, 부유한 백성도 부족분을 감당하지 못해
몰락할 만큼 가혹하였다.
　사회의 불안이 증가하면서 예언 사상이 유행하였는데. 예언 사상은 대개
조선 왕조의 몰락을 예언하였다. 이러한 현실 부정적 성격은 당시 농민들에

게 혁명적 기운을 불러일으키기도 하였다. 이러한 상황은 지배 체제에 항거하는 농민 봉기를 초래하였다. 1811년 홍경래의 난이 일어나 농민을 각성하게 하였고, 1862년 진주 민란을 시작으로 전국적 농민 봉기가 전개되었다.

조선시대에도 불온서적이 있었다. 바로 사회개혁을 주장하는 「북학의」가 바로 그것이다. 이 책은 당시 아둔한 명분론에 맞선 박제가의 혁명적 실용론을 담고 있었다. 우리는 「북학의」를 통하여 조선이 망할 수밖에 없었던 원인을 대략적으로 찾아볼 수 있다.

박제가(朴齊家)는 18세기의 대표적 개혁사상가로 그의 저술 「북학의」는 그동안 선진적인 중국 문물을 배우자는 단순한 주장을 담고 있는 것으로 일반에 알려져 있으나, 실제로는 조선의 금서로 명분론이 판을 치던 18세기의 조선시대의 개혁을 담고 있어 당시로서는 전율을 느끼게 하는 내용이었다.

이 책은 조선의 현실과 미래에 대한 통렬한 자기 부정의 내용으로 상업과 유통에 대한 중시, 수레와 배, 벽돌의 이용, 도로망의 확충, 기술과 기계의 도입 강조, 효율성의 제고를 중시한 정책, 도량형의 표준화, 사회의 개방화 등 18세기 조선의 현실이 가감 없이 생생하게 묘사되고 있다. 또한 민중이 처한 참혹한 현실을 있는 그대로 보여줌으로써 집권층의 봉건성과 폐쇄성을 파괴해야 한다고 주장하고 있다. 가장 중요한 것은 박제가는 조선이 살 길은 바닷길을 열어 외국과 통상을 해야 한다고 주장하였다는 것이다. 바로 해양국가로의 도약을 강조하였던 사실이다.

『송나라 배가 고려와 통상을 하였을 때에는 명주(明州)로부터 이레 만에 예성강에 도착하였으므로 가까운 거리라 할 만하다. 그러나 조선이 건국된 이래로 거의 400년이 흘렀는데 다른 나라와는 배 한 척 왕래한 적이 없다. …우리나라 사람은 두려움을 쉽게 느끼고 의심을 잘한다. 풍속과 기상이 우둔하고, 재능과 식견이 확 트이지 못했는데 그것은 오로지 외국과의 통상이 없는 풍속에 기인한다. 옛날 왜국이 중국과 통상하지 않았을 때에는 우리나라의 중개를 통해 연경에서 실을 무역해 갔다. 그래서 우리나라 사람이 중간이익을 얻을 수가 있었다. 그러한 통상이 매우 이롭지 않은 줄을 깨달은 왜국이 직접 중국과 통상을 하게 된 이후로는 왜국이 교역을 맺은 다른 나라가 30여 개국에 이른다. …나라 안의 재능이 빼어난 공장(工匠)을 모아서 선박을 만들되 중국의 선박 제조술을 채택하여 견고하고 치밀하게 만들기에 힘써야 한다』

박제가는 군사력의 본질도 꿰뚫고 있었다. 그는 〈군사를 논한다〉에서 이렇게 주장하였다.

『…망루에서 적의 동태를 살피고 창과 방패를 잡고 서 있는 것이나, 앉았다 일어섰다 하며 치고 찌르기를 훈련하는 것은 군사활동의 말단에 해당한다. 사실은 천지간의 재능 있는 학자를 얻어 편리하게 사용할 수 있는 장비를 마련하는 것이 군사활동의 근본이다. 우리는 사람들은 공리공담에는 유능하면서도 실제적인 사무에는 무능하고, 눈앞의 일을 계획하는 데는 수고를 많이 하면서도 전체적인 큰 문제에 대해서는 어둡기만 하다』

박제가는 실용주의적 개혁사상가였다. 조선의 지도층들이 아둔하게 사로잡혀 있는 명분주의, 즉 숭명배청(崇明排淸)과 과거시험의 폐단을 신랄하게 공격하였다.

『만약 백성들에게 이익을 가져다준다면 그 법이 오랑캐에서 나온 것이라 하더라도 성인은 그 법을 채택할 것이다. 더구나 중국의 옛 땅에서 만든 법이 아닌가? 지금 청나라가 되놈이기는 하다. 되놈의 청나라는 중국을 차지하는 것이 이익이라는 사실을 알고서 약탈하여 소유하기까지 하였다. 그런데 우리나라는 빼앗은 주체가 되놈인 것만 알고 빼앗김을 당한 존재가 중국인 줄을 모르고 있다. 그렇기 때문에 청나라로부터 자신을 지키는 것조차도 하지 못했으니 이것은 벌써 드러난 명확한 증거인 것이다』

『유생이 물과 불, 짐바리와 같은 물건을 시험장 안으로 들여오고, 힘센 무인들이 들어오며, 심부름하는 노비들이 들어오고, 술 파는 장사치까지 들어오니 과거 보는 뜰이 비좁지 않을 이치가 어디에 있으며, 마당이 뒤죽박죽이 안 될 이치가 어디에 있겠는가? …하루 안에 치르는 과거를 보게 되면 머리털이 허옇게 세어지고, 심지어는 남을 살상하는 일이나 압사하는 일까지 발생한다』

18세기 후반의 학자로서 보기 드물게 국제적인 안목을 가졌던 박제가의 유일한 방패막이가 되어주던 정조가 급서하자, 그는 수구파들에 몰려 고립무원이 되었다. 박제가의 몰락을 몰고온 당시의 시대적 상황이 곧바로 조선의 쇄국으로 이어졌고, 조선은 서서히 침몰해 갈 수밖에 없었다.

조선의 몰락은 일제의 치밀한 강권 조작에 의하여 이루어졌으며, 왕과 왕실의 무능과 간신 등의 일신의 영달이 합세하여 재촉하였다. 몰락의 과정은 러 · 일전쟁, 한 · 일의정서, 제 1차 한 · 일협약(1904, 고문정치), 을사조약 (1905, 외교권 박탈, 통감부 정치), 한 · 일신협약(1907, 군대해산, 차관정치), 기유각서(1909, 사법권 · 경찰권 박탈), 국권 강탈로 일사천리로 진행되었다.

여기에는 국제적 묵인도 합세하였는데 국제사회에서 약소국의 비애를 맛보게 해주는 단면이다. 대표적인 것이 영국과 미국의 〈영 · 일 동맹〉과 〈가쓰라 · 태프트〉밀약이 그것이다. 〈청 · 일전쟁〉에서 승리한 일본은 시모노세키 조약을 맺었는데, 그 내용은 〈청국은 조선이 완전무결한 독립 자주국임을 확인한다. 따라서 조선의 자주 독립을 훼손시킬 수 있는 조선국의 청국에 대한 공헌과 전례 등은 앞으로 완전히 폐지한다〉라고 되어 있다.

〈당시 프랑스 일간지에 실렸던 시사만평이다. 조선의 지도를 반씩 밟고서 유럽 챔피언 러시아와 상대적으로 왜소하게 보이는 아시아의 챔피언 일본이 타이틀 매치를 벌이고 있는데 미 · 영 · 프 · 독의 관중이 흥미롭게 지켜보고 있고 이미 세력다툼에서 패배한 청도 천막 너머에서 흥미롭게 보고 있다〉

즉, 강화도 조약에서 동학농민운동까지 조선을 차지하기 위해 가장 활발히 움직인 나라는 청과 일본이었다. 처음에는 선수를 친 일본이 유리한 위치에 있었지만, 임오군란, 갑신정변 후에는 청이 종주권 행세를 하며 우위에 섰다. 정치, 외교는 물론 경제에서까지 밀리게 된 일본은 호시탐탐 기회를 노리다가 1894년 동학농민운동이 일어나자 기다렸다는 듯이 텐진 조약을 빌미로 청 · 일전쟁을 일으켰다. 예상 밖으로 청군을 일방적으로 밀어붙인 일본은 시모노세키 조약을 맺어, 조선은 물론 요동 반도까지 차지할 꿈에 부풀어 있었다. 그러나 뜻밖에도 러시아라는 엄청난 강적이 나타나는 바람에 요동 반도를 돌려주는 일시적 〈망신〉을 당하고 말았다(삼국간섭).

그 후 러·일전쟁에서 승리한 일본은 한국의 식민지화를 본격적으로 추진하였다. 일본전권대사 이등박문은 무력으로 고종을 협박하고, 친일파 간신들을 부추겨 1905년 11월 17일 대한제국의 외교권 박탈 등을 내용으로 하는 조약을 강제 체결하였다. 러·일 강화조약인 포츠머스 조약 제 2조는 〈러시아는 일본이 한국에서 정치·군사·경제 상으로 탁월한 이익을 갖는다는 것을 인정하고, 일본 제국 정부가 한국에서 필요하다고 인정하는 지도, 보호 및 감리의 조치를 취하는데 이를 저지하거나 간섭하지 않을 것을 약정한다〉라고 되어 있다.

동아시아에서 러시아의 남하를 경계하는 영국과, 조선과 만주를 지배하려는 일본은 반러시아 전선을 공동구축하기로 하고, 1902년 1월 30일 런던에서 6개조의 동맹조약을 체결하였다. 영국의 청나라에 대한 이권과 일본의 한국에 대한 이권을 서로 보장하는 제 2차 영·일 동맹 제 3조는 〈일본은 한국에서 정치·군사·경제 상으로 탁월한 이익을 옹호 증진시키는 데에 정당하고 필요하다고 인정하는 지도, 감리 및 보호 조치를 한국에서 집행할 권리를 갖는다. 단, 해당 조치는 항상 상공업에 대한 열국의 기회균등주의에 위반하지 아니할 것을 요한다〉라고 되어 있다.

1905년 7월 29일 미국 육군장관 태프트와 일본 총리 가쓰라 다로 간에 맺은 비밀협약으로 러·일전쟁 후 미국이 일본의 한국 지배를 인정해 주는 대신, 일본은 필리핀에 대한 미국의 지배를 인정한다는 가쓰라·태프트 밀약제 3조는 〈태프트는 일본이 무력을 통해 일본의 허락 없이는 조선의 어떠한 대외 조약도 체결할 수 없다는 요구를 할 수 있을 정도의 보호를 획득한 것은 대리 전쟁의 논리적 귀결이며 이는 극동의 항구적 평화 유지에 공헌하리라고 말하였다〉라고 되어 있다. 냉혹한 국제현실을 보는 내용들이다.

1910년 8월 29일은 경술국치의 날이다. 일주일 전인 8월 22일 유약한 순종 앞에서 형식상의 어전회의를 개최한 가운데 총리대신 이완용과 제 3대 통감이며 초대 총독인 데라우치 사이에 〈한일병탄조약〉 이 체결되었다.

다음은 한일합병조약의 내용이다. 적법 · 불법을 떠나 35년 우리를 참혹하게 괴롭힌 망령의 본산이 되었다.

『일본국 황제폐하 및 한국 황제폐하는 양국간에 특수하고도 친밀한 관계를 고려하여 상호의 행복을 증진하며 동양 평화를 영구히 확보하고자 하며 이 목적을 달성하기 위하여 한국을 일본제국에 병합하는 것이 선책이라고 확신한다. 이에 양국간에 병합조약을 체결하기로 결정하고 이를 위해 일본국 황제폐하는 통감 데라우치 마사타케 자작을, 한국 황제폐하는 내각총리대신 이완용을 각각 전권위원으로 임명하였다. 그러므로 위 전권위원은 합동 협의하고 아래의 諸條를 협정하였다.

일제는 1909년 7월 내각에서 조선합병을 간신들과 합의하고 1910년 5월

제 1조 : 한국 황제폐하는 한국 전부에 관한 모든 통치권을 완전 또는 영구히 일본 황제폐하에게 양여한다.

제 2조 : 일본국 황제폐하는 전조에 기재한 양여를 수락하고 한국을 일본제국에 완전히 병합하는 것을 승낙한다.

제 3조 : 일본국 황제폐하는 한국 황제폐하 황태자 전하 및 그 후비와 후예에게 각각의 지위에 비추어 상당한 존칭 위엄 및 명예를 향유하게 하며 또 이것을 유지하는 데 충분한 세비를 공급할 것을 약속한다.

제 7조 : 일본국 정부는 성의를 갖고 충실히 신제도를 존중하는 한국인으로서 상당한 자격을 가진 자를 사정이 허락하는 한 한국에서 일본 제국 관리로 등용할 것이다. 〈조선총독부관보 1호〉』

30일 육군 대장 데라우치 마사타케를 3대 통감에 부임시켜 강점을 진행하였다. 사실상 요즘의 계엄 상태에서 8월 22일 합병조약을 강제하고, 29일 조인 사실을 발표했다. 이로써 경술국치(庚戌國恥)는 1910년(융희 4년, 8월 22일)에 일제의 조선 강점의 마지막 단계로 합병조약의 체결이 이루어져 일제의 한국식민화 침략이 완성되었다.

왕과 왕족과 위정자들의 무능과 이완용(李完用)을 필두로 한 친일내각, 이용구(李容九)·송병준(宋秉畯) 등으로 대표되는 일진회(一進會) 등 간신들의 반역행위도 큰 몫을 하였고, 미국·영국 등 제국주의 열강국들의 묵인도 일본에게 도움을 주었다. 일본은 야욕을 달성한 뒤 종래의 통감부(統監府)를 폐지하고 보다 강력한 통치기구인 조선총독부(朝鮮總督府)를 설치하여 같은 해 10월 1일부터 구체적인 한반도의 경영에 들어갔다. 우리는 경술국치(庚戌國恥)로 정말 부끄럽고 엄청난 〈시간의 보복〉을 경험해야 했다.

경술국치는 이제 우리민족의 조국인 대한제국이 지구상에 없어졌다는 것을 의미하였다. 한 민족의 국가가 없어진 것이다. 어처구니없는 일이 벌어진 것이다. 몇천 년간 900회가 넘는 외침에도 불사조같이 지탱해 온 나라가 졸지에 자취를 감춰버린 민족사를 기록하였다. 이러한 일을 당하고도 여기에서, 우리의 빼앗긴 주권의 역사에서 뼈저린 교훈을 찾는 일마저 게을리 한다면, 우리는 반드시 〈시간의 보복〉이 찾아올 것이라는 사실을, 지금 21세기를 출발하는 시점에서 절실하게 되새겨보아야 하겠다.

비록 가정이지만 그 때, 국력을 강력히 도모하고, 지도자의 경륜과 올곧은 정견으로 백성을 위무하며, 변절자 등 위정자를 척결하고, 민족 일체감을 고취하며, 냉혹한 국제현실을 볼 수 있는 안목을 견지하였다면 가련한 민족의 불운과 참상을 우리는 겪지 않았을 것이라는 사실을 우리는 바로 이러한 역사의 교훈에서 찾아보아야 할 것이다.

chapter 6

제 6절 광복과 민족을 망각한 소영웅주의 :
상해임시정부의 분쟁

chapter 6

3 · 1 독립운동은 민족의식이 있는 각 당파와 종교단체가 연합하여 전개한 운동이었기 때문에, 그 후에 결성된 상해임시정부도 역시 각 당파와 각종 세력의 연합체로 출발할 수밖에 없었다. 임정은 지금도 아쉬운 것이 서로 애국심과 애족심으로 단합만 잘 하였으면, 당시 중국 국민당 정부의 도움과 국내외 동포들의 전폭적인 지원 아래 망명정부의 지위를 계속 유지할 수 있었을 것으로 판단된다.

따라서 그 망명정부가 유지되었다면 승전국 미 · 소 · 영 등과 함께 우리의 운명을 논의할 수 있었고, 해방 후 임정은 승전국으로 조국에 귀환할 수 있었을 것이다. 그랬다면 당연히 우리의 운명을 남의 손에 맡기지 않았을 것이고, 지금의 남 · 북 분단은 없었을지도 모른다.

하지만 분열과 반목, 그리고 배신과 편협한 사상의 투쟁으로 나중에는 존재조차 부각하기에 민망할 정도로 지리멸렬했다. 결국 2차대전의 종전회의에서 전승국으로부터 망명정부의 지위를 획득하지 못하여, 3·8선, 남·북 분단, 6·25로 남북이 고착화되었다. 정말 안타까운 광복과 민족을 배신한 소영웅주의에서 비롯된 〈시간의 보복〉이었다.

1920년 이승만이 상해에 가서 임시정부 대통령으로 취임했을 때 벌써 이런 분파의 분위기가 조장되어 있었다. 내각은 사분오열되어 도처에 비밀단체가 결성되고 서로 싸우고 배신하고 방해하였다.

이 기간은 당파분쟁과 독립운동 정세의 냉각, 공산당의 활약, 일제의 방해와 이간 및 배신조장 등으로 대한민국 임정은 처음부터 파열상태에 처해 있었으며, 독립운동을 유력하게 추진하는 데 상당한 애로가 노정되어 있었다. 1919년 4월 11일 상해에서 임정이 수립된 이후 1930년 8월 4일 김구가 조각(組閣)하기까지만 해도 무려 내각 개편이 20차에 걸쳐 바뀐 것만 보더라도, 그 복잡성과 난맥상을 짐작할 수 있다.

畿湖派 : 이동녕, 이시영, 신규식, 신익희, 윤기우, 조완구
西北派 : 안창호, 서병숙, 이탁, 차이석
北京派 : 박용만, 신숙, 김갑, 서일보, 신채호
遇倣派 : 안병찬, 정건상, 왕삼덕
李東輝派 : 박쇄순, 김하구, 한향근, 이희경
文昌範派 : 원세훈, 김만겸, 여운영, 안태근, 김과태

또한 임시정부는 이런 복잡한 파벌에다가 1920년 1월 20일의 국무회의에서 신흥사회주의 국가인 소련의 레닌과 외교관계를 맺으려고 여운형, 한경권 등 3인을 모스크바 특파외교원으로 선정하였다. 이로써 임시정부는 공산주의자들로부터 포섭되었으며, 일부요원들도 공산주의에 물들어갔다. 그들은 김구나 이승만의 불신을 받고 있었으나 중공(모택동)과의 군사적 협조를 강력히 지지하였다. 1924년 국·공 분열은 임정을 좌우 양파로 분열시키는 촉

진작용을 하였다. 결국 장개석 국민당 정부로부터도 의심의 눈초리를 받아야 했다.

이 때의 임시정부는 여전히 우익인사가 주도권을 잡고 있었으나 이승만은 안창호의 국내개혁안에 동조하지 않았으며, 마찬가지로 김구의 호전적인 입장에 대해서도 반대하였다. 한편 안창호와 이승만의 관계는 흥사단의 유력자인 김규식이 좌익분자를 임시정부에 참가시키고자 주장한데서 더욱 악화되었다. 그리고 신채호는 이승만을 강력히 성토하기에 이르렀다.

임시정부 내에 있어서의 문치파, 무단파, 관내파, 만주파, 불평파, 간부파 등의 파쟁으로 인하여 임정의 국시인 〈대한독립〉의 가치에 대해서도 가치혼란이 조장되었으며, 그 방법과 투쟁 노선에 대한 끊임없는 갈등만 반복되었다.

『…(上略) 국가를 독립시키는 희망은 그렇게 멀고 작지만 그래도 독립운동자들은 지상에만 있는 임시정부의 허무한 관직 때문에 서로 머리가 깨지고 피가 흐르게 되기까지 투쟁하였다. 이런 조직은 설사 시위운동을 하였을 때, 좋은 성과를 거두었다하더라도 이제는 그들이'나라를 멸망하게 할 것이다』

- R. T. Oliver -

임시정부의 이 같은 개인 이익을 위한 부패상과 파벌상은 많은 사람들에게 큰 실망을 주었고, 군무차장 김희선, 독립신문사장 이광수, 의정원 부의장 정인 등은 일제에 강복하여 본국으로 돌아가고, 국무위원 양기탁은 강소성 요양에 있는 고당암(高堂庵)에 출가하기도 하였다. 이런 일련의 사건들이 대한독립운동에 엄청난 손실을 초래하여 임정이 제 기능을 발휘하지 못하는 족쇄로 작용하였다. 드디어 임정은 민족주의적인 독립의식을 가진 유력인사들로 부터 외면을 당하기 시작하였다. 또한 연통제 등으로 임정활동 자금의 주요 공급원이었던 국내 유력자들도 독립자금 지원에 난색을 표하는 지경에 도달하였다.

이리하여 1921년 4월 대한민국임시정부는 내부의 심한 분규 때문에 임시정부를 반대하는 소리가 높아 북경파의 신채호, 박용만, 신숙 등은 북경에서 〈북경군사통일회의〉를 소집하고, 〈군사통일회의〉명의로 임시정부를 불신임하기에 이르렀다. 그 이후 여회, 김동삼 등이 만주에서 회의를 개최하고, 이진을 대표로 파출(派出)하여, 임시정부의 개조를 요구하고, 그 밖에 원세훈, 왕삼덕, 박은식 등은 임시정부의 기구를 새롭게 개편하라는 연합성명을 발표하는 등 분란이 계속되어 그 명성과 지위가 아주 약화되기에 이르렀다.

신숙, 원세훈 등은 심지어 〈동삼성〉을 중심으로 각지의 혁명단체 200여개의 대표 천여 명이 참석한 소위 〈국민대표회의〉를 열어 임시정부 의정원의 개조 · 강화 등에 대한 토의를 벌이는 등 혼란은 계속되었다. 〈정구단〉등은 임시정부를 맹렬히 공격하였고, 김약산이 영도하는 〈의열단〉을 비상수단으로 임시정부요원들을 상대할 것을 주장하기도 하여, 임시정부는 다수인의 공격목표가 되어 독립운동에 많은 지장과 방해를 초래하였다.

결국 〈상해임시정부〉는 1919년 3 · 1 운동 직후에 국내외 각지에서 발표된 임시정부들을 수렴 · 통합하여 그 해 9월 중국 상해에 조직한 우리나라 최초의 민주공화정체를 표방한 정치단체이자 독립운동단체였으나, 참여자들의 독립운동 방법과 전략 및 노선을 둘러싼 갈등, 지역적 · 인맥적 파벌간의 오해와 갈등, 일제의 분열책동과 탄압 등으로 부침을 거듭하였다.

그러나 임정은 해방이 될 때까지 27년간 그 명맥을 유지하여, 독립운동 단체로서는 보기 드물게 오랫동안 존속한 단체였다. 이러한 사실은 임정이 우리의 독립운동과 관련 단체 모두를 아우르는 상징성으로서의 역사적 의의를 인정하지 않을 수 없을 것이다. 따라서 임시정부의 역사적 평가에 대해서 비판적으로 개괄한 나는, 바로 독립과 민족을 망각한 소영웅주의의 편협성에 있었다는 점을 지적하면서 다음과 같은 한계를 지적하고 싶다.

임정은 일제에 대한 무장 독립 전쟁을 원칙에서 포기하지는 않았지만, 실제로는 외교독립을 펴, 당시 만주를 중심으로 활발히 활동하던 모든 항일 독립군이나 단체들을 포괄하지 못하였다. 따라서 처음부터 〈전 민족의 항일 지도부〉로서 한계가 있었다.

둘째, 더욱 중요한 원인은 국제 정세에 대한 잘못된 인식에 바탕을 둔 외교독립청원론이었다. 외교 독립론은 제국주의 열강이 국가를 승인하고 지원해 줄 때만 성공할 수 있는 방법이었다. 그런데 당시 국제 사회는 어느 때보다도 제국주의의 냉혹한 침략 논리가 지배하던 시대였다. 자기 나라의 이익을 위해서라면 온갖 수단과 방법을 가리지 않고 식민지 개척과 침략 전쟁을 강행한 시대에 그들의 동정심을 불러일으켜 독립을 보장받는다는 것은 애초부터 가능하지 않은 일이었다.

예컨대, 임정의 외교 정책 가운데 중요한 현안 하나가 미국에게 임정의 합법성을 승인받는 일이었다. 그러나 이 승인은 1945년 해방 때까지 실현되지 못하였다. 임정을 승인하지 않는 미국 정부의 공식적인 이유는 단 하나, 즉 임정의 합법성 인정은 일본에게 불안감을 일으키게 할 뿐만 아니라, 이 때문에 일본과 협력하여 안정을 꾀하려는 동양평화의 수립계획을 방해하는 결과를 낳기 때문이었다.

결국 당시 약탈성의 제국주의를 상대로 약탈자의 동정심을 얻어 독립을 이루겠다는 이상적 독립론이 실패한 것은, 제국주의의 본성과 이들이 지배하는 국제 질서의 냉혹한 현실을 올바로 깨닫지 못한 결과였다고 볼 수 있다.

chapter 7

제 7절 친일파의 전성시대 : 빼앗기고 끌려간 일제침략

chapter 7

산으로 바다로 무더위를 식히러 떠나는 휴가의 절정기인 8월은 우리 현대사가 가장 처참하게 짓밟힌 일본 식민지로부터 해방된 달이다. 민족사학자 백암 박은식은 그의 「한국독립운동지혈사」에서 일본인의 만행을 이렇게 묘사했다.

『일인들의 불법만행은 이미 세계에 알려져 天下 公道에 의해 해결하여야 한다는 여론까지 일어나고 있으나, 어디에 공도가 있단 말인가? 공도가 있다면 어찌 이렇게 잔인하고도 포악한 야만 인종이 인류사회에서 마음대로 날뛰도록 내버려 두고 응징하지 않는단 말인가?

아, 이 세상에 누가 부모 형제자매 처자가 없겠는가? 이
제 그들이 우리 부모형제 자매 처자에게 가하는 잦은 악
형 학살 등 가혹한 행위는 세계인류 역사상 일찍이 없었
던 일이니, 그들이 얼마나 잔인하고 악독한 인종이란 것
을 알 수 있다. 실로 그들과는 이 세상에서 삶을 함께 할
수 없다』

예로부터 정복과 피정복의 악순환이 있어 왔다. 그러나 그동안 우리 민족
이 피압박 민족으로서 당한 고통은 일제의 질곡하에서 우리가 당한 고통과는
비교의 대상이 되지 못한다. 따라서 우리는 일제하의 그 가혹, 그 전율, 그 공
포, 그 목불인견의 참상을 입이나 붓으로 표현할 재간이 없다. 다만 그 엄청
난 죄악상의 편린이나마 파악하고자 몇몇 증언과 통계를 제시하고 있을 뿐이
다. 그러나 너무나 분통하다. 여기 소개한 단편적인 증언과 기록들이 얼마나
몸서리치는 편견의 소유자들이며, 얼마나 교활하고 얼마나 후안무치한 날강
도인가를 절감하지 않을 수 없다.

부역에 관한 요시노(吉野作造)의 〈조선 통치의 개혁에 관한 최소한의 요구〉
에서의 내용이다.

『조선에 있는 내 친구가 2월경 시골에 여행 갔는데 어떤
곳에 인기척이 나기에 들여다 보았더니 반 평 정도의 토
굴 속에 5~6인이 쪼그려 앉아 자취를 하고 있었다. 까닭
을 물어 보았더니 14일간의 부역 명령을 받고 30리 밖에
서 도로 부역에 끌려온 인부라는 것이었다. 다시 사정을
물어 보았더니, 지금 집에 가더라도 먹을 것이 없으므로
이 부락 유지에게 쌀을 꾸어 자취를 하고 있는데, 이 꾼

쌀도 5할의 이자를 더하여 갚아야 한다는 말을 듣고 눈물을 흘렸다는 얘기를 들었다』

공출(供出)에 관한 어느 시골 사람의 증언이다.

『도대체 뺏어가지 않는 물건이 없었다. 곡식이나 소 돼지 등 먹을 것은 물론 장작, 숯, 가마니, 멍석 또한 집안의 쇠붙이란 쇠붙이는 모조리 쓸어갔다. 솥, 밥그릇, 대야, 요강, 祭器로 쓰던 촛대, 향로, 심지어 숟가락, 젓가락까지 남아나는 것이 없었다. 나중에는 밥 지을 솥 하나와 사기그릇, 양은수저 정도가 남았다. 그 당시 우리 집 옆에 70이 넘으신 노인 한 분이 계셨는데 그 집에 일인 순사가 몇이 와서 놋그릇이며 쇠붙이를 쓸어가기 시작했다. 그 중에는 천장에 숨겨 놓았던 10대째 내려오는 놋촛대가 하나 있었는데, 그 노인은 죽어도 그것만은 못 주겠다고 버텼다. 그들이 기어이 그것을 빼앗아가려 하자 그 노인은 촛대로 순사의 머리를 내려쳤다. 피가 나자 놈들이 우르르 달려들어 밧줄로 꽁꽁 묶고는 끌고 갔다. 일제는 30만 명의 기관원, 35만 여개의 애국반, 13개의 관구 사령부 및 소속원, 거기다가 헌병, 징모원과 경찰, 행정력까지 총동원하여 닥치는 대로 빼앗아 갔다. 조선총독부에 할당량이 떨어지면 다시 도·군·면·리·구·반 단위로 점차 세분화해서 목표 이상의 공출을 강요했다. 양곡은 특히 엄격하여 쌀 한 말, 떡 한 보퉁이를 들고 다닐 수도 없었다』

징용과 강제학병에 관한 증언이다.

『일제는 모집 인원만큼 징용이 이루어지지 않으면, 사람 사냥을 자행했다. 그들이 즐겨 사용했던 〈히토가리(人狩)〉 즉 사람 사냥은 한밤중이나 새벽에 남자가 있는 집을 덮쳐 장정을 끌어내 트럭에 싣는 것이다. 뿐만 아니라 트럭을 몰고 시골길을 다니며 논밭에서 일하는 농부들도 보이는 대로 실어갔다』

『학병은 허울 좋은 지원제일 뿐 실제로는 차라리 체포 연행이라는 편이 어울릴 정도로 강제적이었다. 부모와 친척을 괴롭히고 생업을 방해하고 회유하고 협박하며, 인간의 약점은 모조리 이용, 그 간교한 수법이란 이루 말할 수 없었다』

만주 혼춘(琿春) 한인 학살 사건의 내용이다.

『마을 청장년들이 일군의 미치광이 같은 살육 행진을 피해 산속 깊이 숨어들자 관동군은 나중에 부녀자와 노인, 어린아이까지도 닥치는 대로 학살해 나갔다. 임산부의 배를 일본도로 찌르고, 마을 전체에 불을 질러 떼죽음을 시켰다. 제일 참혹한 화룡현 장암동의 경우는 80가구가 한 명도 살아남지 못하고 몰살당하였다』

관동대지진의 한인 학살의 실상에 관한 일부이다.

『4, ~500 평의 공간에 벌거숭이 가까운 약 250구의 시체
가 유기되어 있었다. 목이 잘리어 기관과 식도와 두 개의
경동맥이 꺼떻게 드러난 것, 뒤에서 목덜미가 베어져 허
옇게 살점이 드러난 것, 억지로 찢어 끊은 흔적이 역력한
잘린 머리와 몸체 등 시선을 돌리지 않을 수 없는 무참
한 것들뿐이다. 그 중에서 가장 처참한 것은 젊은 여자가
배를 갈리어 6, 7개월 정도 되었으리라 생각되는 태아가
뒹굴고 있는 것이었다』

정신대(挺身隊)에 관한 조동걸의 「일제하 한국농민운동사」 에 나오는 내용
의 일부이다.

『오늘날 한국인이 일제하에서 당했던 고초를 숨기지 않
고 모두 이야기하지만 소위 여자 정신대의 이야기만은
의식적으로 피한다. 일제하에서 육체적 고초나 정신적
타격이 아무리 심했더라도 끝내 광복을 쟁취한 오늘날에
는 35년간의 악몽을 서로 이야기하고 오히려 스스로를
반성하며 살아가고 있지만, 정신대 문제만은 아직도 쉽
사리 입에 담을 수 없다. 대부분이 돌아오지 못했고 돌아
왔더라도 고향에 가지 못하고 과거의 이야기는 숨기고
살아가야 하기 때문에 그렇다. 이와 같은 여인의 운명이
그 여인의 것만이 아니고 정녕 이 겨레 전체의 운명이기
에 모두들 의식적으로 피하는 것이다. 그러나 엄연한 사
실이었다. 그리고 일제의 악랄함을 대변하는 사례로서
대표적인 것이다. 여자 정신대의 입대 통고를 받고 목매
어 자결한 딸, 또는 끌려가는 열차에서 투신자살한 처녀,

그리고 태평양의 수많은 섬에서 죽어간 그 한국의 딸들의 원혼이 외치는 종년 20세기 노비사(奴婢史)의 절규를 오늘에 사는 한국인들은 들을 수 있어야 할 것이다』

토지약탈에 관한 증언이다.

『땅을 빼앗긴 농부들은 〈육신과 같은 땅을 넘겨주고는 살 수가 없다〉라는 말을 남기고 일부는 스스로 목숨을 끊기도 했지만 국경을 넘어 유랑 길에 올라야 했다. 이즈음 만주로 통하는 의주행 완행열차에는 남편이 봇짐을 지고 아내가 아들을 안고, 유랑 길로 나선 우리 동포들로 들끓었다』

일제 35년 그것은 한국인에게 굴종과 참극, 그리고 피탈의 대명사였다. 일제가 무모하게 벌인 전쟁에서 마지막 발광하던 1944년 정도의 우리 농촌의 어느 노인의 모습을 그려본다.

『대대로 농사짓던 땅은 빼앗긴 지 이미 오래고 아들은 징용에 끌려갔다. 끌려간 아들은 북해도 어느 탄광에서 중노동과 굶주림에 지친 나머지 〈어머니 보고 싶어요〉 〈배가 고파요〉 〈고향에 가고 싶다〉는 세 마디의 낙서를 남긴 채 싸늘한 시신이 되었다.
그의 딸은 어떤가? 그의 딸도 정신대로 잡혀 갔다. 군 간호원이나 전선 군수요원이라는 말은 말짱한 사기였다. 딸 역시 중국 전선에서 정신병자로 변해 일본도로 살해되었다. 양식도 기르던 소도, 식기마저도 빼앗겨 버리고

노인은 노력봉사에 동원되어 주린 배를 움켜쥔 채, 잡초
와 송피로 연명하고 있다. 농사를 지으면 다 털려 버리고
조나 콩깻묵으로 배급을 주고, 잡초도 거름으로 공출용
이라는 미명하에 함부로 하지 못하였다.
주름진 노인의 얼굴에는 일제가 할퀴고 간 곤욕의 산물
인 패인 주름만이 가득하고 뼈에 사무친 망국의 설움이
충혈된 동공에 역력했다』

누가 이 노인의 인생을 보상하고 누가 이 노인의 원한을 달래줄 수 있겠는
가? 그는 국가라는 개념도 모른 채 광복과 해방을 번갈아 생각하며 눈을 뜨
고 아사(餓死)했다. 이것이 바로 빼앗기고 끌려간 짓눌린 망국의 35년사요
우리의 수난의 축소판이다.

역사는 항상 명(明)과 암(暗)으로 다가온다. 이러한 암울한 상황 뒤에는 빛
나는 변절자와 친일파들의 영광의 약속과 희망의 세월이 그들을 맞이하고 있
었고, 그들은 그 세월이 천년만년 지속되기를 기대했다.
역사를 배운다는 것은 단순히 과거의 사실을 아는 것이 아니라, 현재의 문
제점을 해결하는 실마리를 얻을 수 있고, 미래를 나아갈 방향을 가늠해 볼 수
있다는 점에서 더 큰 의의가 있음을 알기 때문에, 우리는 미래 지향적 역사의
식을 정립해야 할 필요가 있는 것이다.
우리 역사의 오류 중에 많은 부분은 언제나 간신과 변절자의 처단에 우유
부단한 잘못이 너무 많이 존재해 왔다. 특히 근현대사 중에서 가장 큰 잘못은
일제시대에 우리 민족의 탄압에 앞장서고 갖은 만행을 저지른 친일파를 과감
히 몰아내지 못한 것이라 생각한다. 해방이 된 후 독립 운동에 몸바쳤던 수많
은 독립 운동가들은 대부분 아무런 영광을 얻지 못하고 가난과 고독과 원망
으로 죽어갔다. 물론 그들이 대가를 바라고서 독립 운동을 한 것은 아니지만

국가적, 민족적 차원에서 배려가 있었어야 했다. 반면 친일파들은 미군정 하에서, 이승만 정권하에서, 박정희 정권하에서, 그리고 그 이후 지금까지도 득세하며 너무도 잘 살고, 그 후손들은 너무도 출세했다.

오늘의 현실을 보고 분노해 볼수록 그러한 치욕의 더러운 역사를 모두 불살라버리고 싶다. 지금의 지도층의 많은 부정부패들은 결국 과거에 과감하게 친일파를 숙청하지 못한 결과에서 출발했다고 볼 수 있다. 나라를 위해 헌신한 사람은 생존을 위한 몸부림을 하고 있는 반면, 친일파들과 그 후손들은 경제적 부와 사회적 명성을 한 몸에 받고 있는 지금의 현실 앞에서 어떻게 민족의 영광과 자긍심과 지속적인 발전이 보장될 수 있을까? 하는 의문으로 역사 앞에 부끄러운 마음으로 다시 한번 몸부림쳐본다.

친일파 문제는 우리 사회에서 여전히 〈뜨거운 감자〉이다. 해방과 함께 역사적 심판을 받았어야 할 친일파들이 반세기가 넘도록 한국 사회의 핵심을 차지해 왔기 때문이다. 1948년 국회 결의로 구성된 반민족행위특별조사위원회(반민특위)는 친일파들의 집요한 위협과 방해공작으로 결국 해체되고 말았다.

〈숙청은 과거사일지라도 청산은 오늘의 문제〉라는 영원한 역사의 화두를 왜 자꾸 우리는 소홀히 하는 것일까? 〈참여정부〉에서는 역사의식이 어떻고, 민족의식이 어떻고 하는 식의 거창한 수사까지는 동원하지 않더라도, 한번쯤 질곡의 친일파 문제를 한번 짚고 넘어갔으면 좋겠다. 이것이 바로 개혁이다.

우리는 그동안 일제의 만행에 대하여 까발리는 데만 열을 올렸다. 그러나 이제까지 위정자들은 정권 연장의 수단으로 한·일 문제를 적당히 이용하여 왔다. 그럼에도 불구하고 정말 간과하고 있는 것은 당시에 우리 자신은 어떠했는가? 하는 스스로의 자성에 빠져볼 필요가 있다는 점을 지적하고 싶다.

나치 협력자를 처단한 후 〈프랑스가 다시 외세의 지배를 받을지언정 민족 반역자는 다시 나오지는 않을 것이다〉라고 한 드골의 말을 우리는 지금부터라도 준엄한 경고로 한번 받아들여보자. 사실 우리는 해방 후 친일파 처단문제는 국가발전과 함께 우리에게 주어진 역사적 과제였음에도 불구하고, 그 처단에 있어 실패함은, 결국 오히려 친일파를 중용하는 상황까지 벌어지면서 많은 가치적 혼란과 소모적 낭비를 소진해 왔다. 그 상황은 지금도 계속되고 있다. 그렇다고 과거를 묻어버릴 수도 없는 노릇이다. 알 것은 알고 용인하는 것과 있어도 없는 것처럼 덮어 면죄부를 주는 것은 너무 큰 차이가 있다는 것을 우리는 알아야 한다.

솔직히 지금 우리도 친일파 숙청의 한계를 가지고 있는 것도 사실이다. 북한의 친일파 숙청에 따른 이념갈등, 반민 피의자의 친일논리 및 무죄증명 시도의 과정에서 발생한 사회의 통합 와해 가능성, 반민특위 와해 이후 피의자의 묘연한 행적, 반민특위의 와해 배경에 대한 실체적 증명 부실, 자료 이용의 협소함과 부정확성, 우리의 친일파 처단에 대한 총체적 문제의식 부족 등이 그것이다.

우리는 지난 일이지만 이승만 정권의 고위관리와 정치인, 대학 교수, 지역유지 등 사회 핵심인물들이 반민특위 재판 과정에서 친일파 피의자들을 적극 비호한 사실을 알고 있다. 반민특위는 해방 이후 우리 민족의 역사적·민족적 개혁과제를 계승한 민족적 정신운동이었다. 따라서 친일파 숙청은 단순히 개개인의 처벌 문제가 아니라 그들에 의해 왜곡된 한국사회의 개혁, 나아가 과거사 반성을 기초로 통일시대를 준비하는 작업이라는 차원에서 반드시 그리고 언제인가 한번은 이루어져야 한다.

이러한 역사적 소명의식과 그 실천적 추진만이 일제의 전성시대를 맞이해 너무 행복하다고 외치던 변절자와 친일파와 그 모든 후손들에 의하여 자행된 빼앗기고 끌려간 우리 민족정신과 국가의 자긍심을 바로 세울 수 있다는 것을 우리 모두 다시 한번 깨달아야 할 것이다.

제 8절 권력욕과 꼭두각시의 혼란 :
해방 후 혼란과 분단

chapter 8

　백범 김구는 1945년 11월 23일 임시 정부의 제 1진으로 환국하였다. 백범과 함께 환국한 이는 모두 15인이었다. 제 2진 19인은 12월 2일에 환국하였다. 백범은 도착 이튿날 방송에서 미군정 측의 요구로 〈나와 나의 각원 일동은 한갓 평민의 자격을 갖고 들어왔습니다〉 라고 말했다. 대외적으로는 개인 자격으로 귀국하면 안 되는 것을 미국의 술책에 넘어가서 뻔히 알면서도, 미국의 사주라고 하면서 그렇게 말했다. 아마 자신은 27년간의 독립운동자로서, 임시정부 주석으로의 귀국이라고 말하고 싶었을 것이다. 이 때 이미 김구 선생이 귀국할 당시의 정국은 대단한 혼란의 극치였고 미국은 남한의 지배자였다.

　8월 15일 해방과 동시에 출범한 여운형, 안재홍을 중심으로 한 건국준비위원회(建國準備委員會)는 안재홍이 탈퇴한 후 인민공화국을 설립했는데, 그것은 좌파의 연합으로 구성되었다. 그 외에도 미 군정청에 등록한 정당이

205개나 되어 10월 5일부터는 주요 정당대표들이 정당 통합운동을 추진하기도 하였다. 한 국가에 식민지에서 벗어나자마자 205개의 당파라니 그야말로 혼란의 극치였다.

10월 16일에는 이승만이 귀국하였다. 그는 귀국하자마자 좌우 정당의 연합체로서 독립촉성중앙협의회(獨立促成中央協議會)를 결성하였다. 그러나 이승만의 친일파까지 포함한 단합 방침으로 독립운동자들을 실망시키자 그의 정당 통합의 초당적 위치는 흔들리고 말았다. 11월 16일에 조선공산당이 탈퇴하면서 20일 인민공화국 산하에 전국인민위원회를 설치하여 독립촉성중앙협의회와 대립했던 것이 그것을 말해 주는 것이다.

김구는 귀국 환영 답사에서 〈임시 정부는 결코 어떤 일계급, 어떤 일파의 정부가 아니라 전민족 각계급 각당파의 공동한 이해에 입각한 민족 단결의 정부였습니다. 친일파 민족 반도를 제외한 우리 동포는 단결해야 합니다. 오직 단결이 있은 후에야 우리 독립 주권을 창조할 수 있고, 소위 38도선을 물리쳐 없앨 수 있고 친일파 민족 반도를 숙청할 수 있습니다〉 라고 했다.

이 때는 당시 세계 제 1의 강대국 미국과 소련이 이미 38선을 분할 점령하고 임시정부를 무시해 버린 상태였는데 어떻게 그렇게 국제 정치에 대한 판단력이 없었는지, 그리고 그 때 그의 참모들은 무엇을 했는지 지금 생각해도 정말 답답하다.

백범은 친일파를 숙청하기 위하여 단결을 추구했고, 그리하여 환영대회가 끝나고 백범이 민족 세력의 총집결체로서 특별정치위원회(特別政治委員會)의 구성을 준비했다. 그러나 그의 뜻과는 다르게 좌파의 인민공화국은 임시정부와 대등한 정부적 존재로 자처하였다. 그러자 이승만의 독립촉성중앙협의회는 임시정부 이상의 권위를 행사하려고 했다. 그런 가운데 한민당이 친일파 숙청을 주장하고 있던 임시정부와 대립이 심화되어 자연 이승만과 한민당의 결속이 진행되었다. 그러니까 백범이 중경에서 계획한 과도정부 수립을 위한 특별정치위원회의 구성도 쉬울 수 없었다.

그럴 때, 1943년부터 걱정되던 신탁통치안을 노골화한 모스크바 삼상회의(三相會議)의 결정 소식이 전해왔다. 그것은 12월 28일의 일이었다. 임시정부에서는 국자 제 1호를 선포하여 〈전국의 행정과 경찰 기구를 접수한다〉라는 것과, 국자 제 2호로서 〈국민은 우리 정부 지도하에 제반 사업을 부흥하기를 요망한다〉라고 주권행사를 선언함으로써, 미군정에 정면으로 맞섰다. 이것은 분명히 자주 독립의 적극적인 표현이었으나, 미군정으로 보면 반탁 정변이었고 쿠데타였다. 그러나 그들은 미군정을 무시하고 쿠데타이기는 하여도 외세를 배격하는 백범의 투철한 의지가 극명하게 드러난 역사적 사건이었다고 자부했다. 그러나 이미 당시에는 미국이 행정력과 주권을 줄 리도 없었고, 계속 혼란만 자초하고 미국의 의혹만 더한 결과를 낳았던 미혹의 사건이었다.

좌파는 북한의 찬탁 정국에 맞추어 신탁통치 찬성으로 돌변하고, 찬탁 대회를 열었으며 백범을 공격하고 나섰다. 이에 찬탁 반탁 정국은 좌우익의 대립구도로 대치되어 갔다. 지금 보아도 미소의 대립이 냉전 체제로 치달아 남북의 국토 분단으로 전이됨에 따라 정국도 좌우 구도로 고착되어가는 것을 약소민족의 지도자로서 극복하기란 용이하지 않았다는 것을 인정하지 않을 수 없는 역사의 한 부분을 우리는 인정해야 할 것이다.

그러나 남한의 지도자들은 소련의 치밀한 계획화에 공산국가 수립에 매진하고 있는 북한을 제쳐두고, 아쉽게도 서울에서만 우물 안 개구리같이 이승만은 남한 단독정부 수립을 주장한 정읍(井邑)발언을 했고, 김구는 반탁 통일정부를 수립하고자 대립하는 과정에, 조선공산당의 지하투쟁인 대구 10·1 사건이 터져 정국은 더욱 혼란하였다. 한편 국대안(國大案) 반대문제로 학원조차 시끄러웠고, 좌파 3당이 통합하여 남로당(南勞黨)이 결성된 숨가쁜 일이 연이어 일어났다. 정말 대단한 혼란의 연속이었고 지금 생각해도 미·소가 우리를 얼마나 한심하게 생각했을까? 하는 부끄러운 상황이 떠오른다.

미군정은 좌우 합작 위원회를 빙자하여 임시정부의 비상국민회의와 이신동체격인 민주의원을 12월 12일 남조선과도입법의원(南朝鮮過渡立法議院, : 의장 김규식, 부의장 최동오·윤기섭)으로 대체했다. 1947년은 5월 21일부터 7월 10일까지 열린 제 2차 미소공동위원회 참가 여부의 문제로 정국이 크게 변화하였다. 우파에서 김규식과 한민당이 모스크바 삼상회의 결정을 수용하면서 좌파와 함께 참가 방침을 세웠고, 한독당에 합류해 있던 안재홍도 탈당하여 6월 21일 신한국민당을 결성하고 그에 합류하여 남한의 425개 정당 사회단체(북한 38개)가 조선 임시정부 수립을 위한 공동위원회에 참석하였다.

정읍발언 이후 이승만의 도미활동으로 미국은 이승만의 단정안을 지원하였다. 이승만의 주장을 받아들여 한국 문제를 유엔에 상정시켜 11월 14일 한국 총선거안을 가결하였고, 유엔 한국임시위원단을 설치하였다. 백범은 총선거안에 반대할 이유는 없었지만 단독 정부로 몰고갈 것을 막기 위해 12월 22일 남한 단독 정부 수립을 반대하는 성명을 발표할 수밖에 없었다.

1946년 후반부터 전국에서 폭력과 폭동이 난무하더니 1947년 7월 19일에는 근로인민당의 여운형이, 12월 2일에는 한국민주당의 장덕수가, 1949년 6월 26일에는 김구가 암살되었다. 하늘이 무너지는 민족의 비극으로 이로 인한 암살의 비극은 그 후에 민족의 대참극인 6·25의 전초전으로 이어졌다.

1948년은 연초부터 단독 정부 수립안이 기세를 올렸다. 1월 8일에 입국한 유엔 한국위원단의 입북을 소련 측이 거절하자, 미군정과 이승만과 한민당이 합작하여 단정 수립을 추진하였다. 이에 대하여 백범은 김규식과 합작하여 단정 반대 운동에 발벗고 나섰다. 4월 19일에 김구는 평양남북대표자회의 참석차 출발(김규식 21일 출발)하였고 5월 5일에 서울로 귀환하였다.

결국 그의 정치철학과 의지와 염원은 좋았지만 소련과 김일성에게 이용만 당하고 마는 결과를 낳았다. 드디어 역사는 1948년 8월 15일과 9월 9일에 남북에서 각각 단정이 수립되어 우리의 통일 희망은 봉쇄되고 마는 〈시간의 보복〉을 몰고 왔다.

『유일한 최고의 염원은 조국의 자주적 민주적 통일뿐이다. 소련식의 민주주의가 아무리 좋다고 해도 공산 독재 정권을 세우는 것은 싫다. 미국식 민주주의가 아무리 좋다 해도 독점 자본주의로 무산자를 괴롭힐 뿐 아니라 낙후한 국가를 자기 상품 시장화하는 데는 찬성할 수 없다.』

- 1949년 1월 1일 백범 신년사에서 -

방황하는 민족이었다. 방황하는 국가였다. 제 정신을 잃었는지, 제 정신을 찾았는지 알지 못할 민족이었다. 제 정신이 있는 민족이라면 해방 정국에서 모두가 어떻게 그렇게 부질없게 행동했는지 모두가 미쳤다고 할 수밖에 없는 극단적 행동의 연속이었다.

우리 민족이 6 · 25와 같은 대참극 없이 20세기 후반기를 보내려고 했다면, 해방 정국에서 곧바로 자주(自主)와 독립(獨立)의 길을 걸어야 했겠지만, 결국 우리는 해방은 되었으나 자주의 걸음마를 할 수 없는 우매한(?) 민족으로 만족해야만 했었다. 우리는 반쪽은 소련의 손을 잡고, 반쪽은 미국의 손을 잡은 갓난아이가 되었다. 이름하여 대한민국과 조선민주주의인민공화국, 남한과 북한, 북조선과 남조선이었다. 이 때의 한반도는 신생국(新生國)과 독립국(獨立國)이 아니라 우리가 자초한 신생 분열국(分裂國)이었다. 서로 닮지도 않았고 서로 그리워한 적도 없는 바로 특이한 이란성 쌍둥이였다.

정치를 한다는 사람이 국제 정치를 모르고 국내 정치에만 연연하다 보면 제 뜻을 제대로 펴지 못한다. 이승만은 뛰어난 국제 정치 감각을 가지고 있는 당시 민족의 원로(元老)였다. 미국 망명 생활을 통하여 그는 제 2차 세계 대전의 국제 정치가 어떻게 돌아간다는 것을 익히 알고 있었고, 한반도에 새로

탄생할 국가가 어느 방향으로 가야 한다는 것을 당연히 알고 있었다. 그는 미국의 자본주의와 민주주의, 그리고 자유주의가 이 땅의 씨가 되어야 한다고 생각했다. 반면, 김일성은 당시만 해도 열혈청년에 불과했고, 소련을 등에 업은 야욕에 찬 청년 장교에 불과했다. 김일성은 그 나이, 그 학식, 그 일천한 인생 경험과 민족의 개념도 없었던 상황에서 스탈린의 간계가 덮여져 복잡한 한민족의 국제정치적 향방을 알 턱이 없었을 것이다. 따라서 이승만의 노련한 정권욕과 김일성의 꼭두각시 놀음으로 우리는 분단되었고, 한 쪽은 전쟁을 일으켰고, 한 쪽은 전쟁을 당하였다.

사실 해방 후 국제정치 질서에서나 국내정치 질서에서 통일단일국가 건설을 위해 국제정치세력들과 국내정치세력들 간에 두 번의 협상 시도가 있기는 했었다. 국제 정치의 양대 세력인 미국과 소련이 한국의 통일국가 건설을 위하여 노력한 것이 바로 신탁통치안(案)이었다. 그러나 이것은 당시로서는 결코 받아들일 수 없는 안이었다.

이 안이 무산(霧散)된 후에 국내에서는 소위 남북 협상론이 대두하였다. 철부지들이었다. 우리는 일본이 나간 후의 진공 상태의 한반도에서 주인이 주인 노릇을 못하였다. 불행한 일이었지만 한반도의 앞날에 대한 결정권은 우리 자신에게 있었던 것이 아니라, 미국과 소련의 영향력 아래에 놓여 있었다. 소련과 미국은 이 땅의 주인은 아니었으나, 주인인 우리보다 이 땅에 더 큰 영향력을 가지고 있는 강대국이자, 전승국이고 해방 국가였다.

국제정치세력들의 한반도 신탁 통치안이 성사되지 못한 후에 한반도에서 일어난 민족자주독립국가 창설을 위한 몸부림은 소련과 미국의 영향을 받지 말고 하나의 국가를 건설하자는 민족자존(民族自尊)의 움직임이었다. 민족의 지도자로 자타가 공인하던 이승만과 김구가 대표적인 인물이었다. 통일정부에 관한 김구의 생각은 원칙적으로 옳았다. 그러나 김구의 이러한 생각과 활동은 국제정치를 모르고 조국과 민족에 대한 순수 열정에서만 기인했다고 말하지 않을 수 없는 한계가 나타나고 있는 것이다.

당시 한반도의 지배자가 누구였던가? 소련과 미국이 해방 조국에 어떤 역할을 미치고 있었던가? 그 영향력을 배제할 김구의 역량이 없는 한 김구의 노력이나 김구를 따르던 정치세력들의 염원은 공염불(空念佛)에 불과하였다. 허망한 잠꼬대를 하고 있었다는 것이 역사적 증언으로 우리에게 다가온다.

이승만은 김구를 그런 사람으로 보고, 정치적 고려의 대상으로 눈 안에 두지도 않았다. 이승만은 김구를 국제정치에 깜깜한 철부지 영감 정도로 매도했다. 그러나 이승만에 비하여 김일성은 김구를 환대(歡待)했다. 평양으로 모셔다가 극진히 대접하고, 소위 남북정당사회단체의 남북협상 테이블의 주빈(主賓)석에 앉혀놓고, 〈민족의 지도자〉 운운하며 북치고 장구치고 꽹과리를 쳤다. 어떤 사람들은 이 대목을 김구 생애의 최고의 민족적 헌신이라고 말할지 모르나, 이 대목은 분명히 김구 생애의 최후·최악의 실수였다고 말하는 사람들이 많다. 어떻게 중국 천지를 돌아다니며 독립 운동을 했다는 민족의 원로가 이승만과 김일성의 중간에서 〈민족의 국부 역할〉을 하지 못하고, 겨우 한다는 일이 〈38선 베개〉 운운하며 평양으로 내려가 풋내기 김일성 잔치의 주빈이 되어 민족통일정부만 이야기했는데, 이 때 김일성은 듣지도 않았다. 물론 회담 합의문 같은 것은 있을 리가 만무했다.

김구 생애의 안타까움이 여기에 있다. 그는 국제 정치를 모르는 민족의 지도자였다는 평가가 지배적이다. 당시에 우리의 정치지도자 3명은 정권욕에 사무친 이승만과 소련의 꼭두각시인 김일성, 그리고 미국과 소련에 영향을 미칠 힘이 없는 소위 깡만 있는 노인인 김구가 있었다. 3명은 제각기 정치지도자로서의 한계(限界)를 가지고 있었다. 하물며 이들 3명이 민족의 향방(向方)을 결정할 수 있었을까? 이미 그 때 신생 한반도의 달은 상현달이 아니라 하현달이 되어 떠오르지도 못하면서 미·소에 의해 기울기부터 시작했다.

김구는 이란성 쌍둥이를 잉태한 여인의 뱃속에서 자라고 있는 이란성 쌍둥이 태아(胎兒)를 하나로 합성(合成)해 한 아이가 출생하도록 하려는 연금술

사 같은 숙명적인 아버지와 같은 심정이었다. 그러나 신(神)이 아닌 김구에게 그런 힘이 있을리 만무했고 또한 도와주는 사람도 없었다. 남한과 북한은 이미 낭배기를 지나 포배기 · 상실기를 거쳐 외배엽 · 중배엽 · 내배엽이 만들어지고 있었다.

이승만과 김일성 같은 국내정치세력들이 보아도, 미국과 소련이 보아도, 김구는 허튼 짓을 계속하는 고집쟁이 영감에 불과했다. 허수아비는 황금벌판에서 근엄한 자태를 하고 있지만, 허수아비라는 것이 알려지면 새들도 거들떠보지도 않는다. 국제 정치의 패권을 잡은 소련과 미국, 그리고 그들의 영향을 뒤엎고 있는 정권욕의 화신인 이승만과 꼭두각시에 불과한 김일성이 김구를 허수아비로 알았을까? 아니면 민족의 지도자로 보았을까?

결국 우리는 이러한 권력욕과 꼭두각시의 혼란으로 남 · 북 분단의 시련의 파편들이 찾아왔고, 또한 그렇게 운명적으로 맞아야 했다. 다음은 그 〈시간의 보복〉의 파편들 중 일부분이다.

제주 4 · 3 항쟁 (1948.4.)

제주도 4 · 3 사건으로 강제 소개(疏開)된 어린이와 부녀자들, 노인들. 1948년 5월. 제주도 거의 대부분 산간 지역의 마을 주민들이 유격대로부터 격리시키기 위해 해안지역으로 소개되었다. 거주지에서 쫓겨나 난민의 대우도 받지 못한 채, 추위와 굶주림과 폭력에 시달려야 했다.

남북협상, 방북하는 김구 일행 (1948.4.19)

〈나는 통일된 조국을 건설하려다가 38선을 베고 쓰러질지언정 일신의 구차한 안일을 취하여 단독정부를 세우는 데는 협력하지 아니하겠다〉라고 다짐했다. 1948년 4월 19일, 평양에서 열

린 통일을 위한 남북지도자 연석회의에 참가하기 위하여 38선을 넘는 김구 일행.

5 · 10 선거 (1948)

전남 화순군 능주면의 5 · 10 선거투표 광경. 선거를 시찰한 UPI 통신사 특파원은 〈미군 정찰기는 상공을 비행했으며, 선거장이 있는 곳에는 야구용 타봉을 든 '향보단' 단원들에 의해 엄중히 경호되고 있었다. 민간 경비대원은 도끼자루, 야구용 타봉, 곤봉 등을 휴대했고, 조선경비대는 미제 카빈총으로 무장했다. 분위기는 마치 계엄하의 도시 같았다〉 라고 당시 분위기를 전한다.

대한민국정부 수립(1948.8.15)

중앙청의 정부 수립 경축장. 1948년 8월 15일 오전 11시 20분 중앙청 광장에서 거행된 정부 수립 기념식은 맥아더 연합군 최고사령관 부부를 비롯하여 해외 사절단과 정부 각료 및 시민들이 참석한 가운데 열렸다.

조선민주주의인민공화국(1948.9.9)

1948년 9월 조선민주주의인민공화국 성립 후 정부 각료들의 사진이다. 앞줄 오른쪽 세 번째가 홍명희, 네 번째가 김일성, 다음이 박헌영이다. 김일성 바로 뒤쪽 왼쪽부터 주영하, 장시우, 최창익의 얼굴이 보인다. 몇 명을 빼고 모두 젊은 사람들 모습임을 알 수 있다.

이덕구의 죽음(1949.6)

한라산 유격대 총사령이었던 이덕구는 1949년 6월 7일

교래리 근처 오름에서 경찰의 총에 사살되었다. 6월 8일 제주시 관덕정 광장에는 십자형 틀에 묶인 시체가 전시됐다. 때 묻은 군 작업복에 고무신을 신고 윗도리 주머니에는 수저가 꽂혀 있었다. 입가에는 피를 흘리고 헝클어진 머리에 둥근 형의 얽은 얼굴, 형틀 옆에 내걸린 〈이덕구의 말로를 보라〉라는 글이 그가 누구인지를 전해 주고 있었다. 그의 가슴에는 〈이자는 공비의 수괴 이덕구로서 대한민국 국시를 범한 반역자이다〉라는 포고가 걸려 있었다.

〈제주 4·3 항쟁〉의 인민유격대 사령관 이덕구는 제주도에서 일어난 농민 항쟁의 장두가 효수돼 내걸렸던 바로 그곳에 전시됨으로써 장두의 운명을 따랐다. 이덕구는 1920년 조천읍에서 태어났다. 1943년 일본 입명관대학 경제학과 4학년 재학중 학병으로 관동군에 입대했다가 1945년 귀향하여 1946년 조천중학원에서 역사와 지리를 가르쳤다. 1947년 〈3·1절 28주년 기념 제주도대회〉시위와 관련하여 체포되었다가 풀려난 뒤 한라산으로 입산해 〈4·3〉 발발 직후 본격적인 무장투쟁을 위해 조직된 인민유격대의 3·1지대장을 맡았다. 48년 7~8월 사이 남로당 제주도당 군사부장이자 인민유격대 사령관 김달삼이 8월 21일 해주에서 열리는 인민대표자회의에 참석한다는 이유로 모든 직책을 맡기고 제주도를 빠져나감으로써, 그가 인민유격대 총사령관이 되었다. 그는 제주 4·3 항쟁에서 가장 핵심적인 인물로 기억되었다. 당시 어린이들 사이에서는 몸이 날래 지붕을 휙휙 넘어다니고 동에 번쩍 서에 번쩍 하는 전설적인 인물로 묘사되기도 하고, 불리한 상황에서 제주를 떠나버린 1대 사령관 김달삼과 대비하여 동경을 받기도 한다. 조천중학원에서 학생들은 인기 높은 역사·지리 선생 이덕구를 〈박박 얽은 그 얼굴/ 덕구 덕구 이덕구/ 장래 대장가심(감)〉이라고 노래를 만들어 불렀다.

그의 죽음에 대해서 경찰 쪽은 〈사살했다〉라고 밝혔으나 자살했다는 주장도 있다. 그의 일족도 비극적인 길을 걸어, 부인 양후상과 5세짜리 아들 진우, 2세짜리 딸도 죽었다. 주민들은 당시 진우가 울며 살려달라고 하자 경찰이 〈아버지 있는 산으로 달아나라〉라고 해서 산 쪽으로 뛰어가는 것을 뒤에서 쏘아 쓰러뜨렸다고 전하기도 한다. 큰형 호구의 부인과 아들딸, 둘째 형 좌구의 부인과 아들, 사촌동생 신구·성구 등도 경찰에 의해 죽었다.

1950년 6월 25일, 죽음과 고통과 파괴로 점철된 전대미문(前代未聞)의 참화가 이 땅에 찾아왔다. 전쟁을 일으킨 북괴는 말할 것도 없고, 역사와 민족 앞에 유비무환의 책임을 면치 못할 당시 지도자들 때문에 대참극이 시작되었다. 광복으로부터 6·25까지 짧은 기간에 우리는 이처럼 격동의 와중에 휘말려 심한 고통과 시련을 겪어야 했다.

때는 1953년 7월 27일(월요일) 10시.
유엔군 사령관 클라크 장군은 휴전협정 문서에 서명하는 데 사용하라고 파커 만년필 회사에서 특별히 보내준 만년필을 치우면서 〈나는 이 시간에 기쁨을 느끼지 못한다〉라고 말했다.

클라크 장군이 이렇게 고백하거늘, 하물며 대참사를 당한 한국 국민의 착잡한 심정은 어떠했는지 우리는 미루어 짐작할 수 있다.

『판문점에서 조인이 끝난 12시간 후 전선의 고지들은 조용해졌다…. 은빛그늘의 비행기는 차분히 내려앉았다…. 이제 전쟁은 없다. 그러나 평화도 승리도 없다. 이것이 휴전이다』

- 「실록한국전쟁(This Kind of War-Korea : A Study in Unpreparedness)」,

세계 제 2차대전과 한국전쟁에 참전한 페렌 바크 -

그렇다. 3년 1개월간 계속되었던 포성은 일단 멈추었으나 평화도 승리도 없는 미해결의 시간의 흔적이었다. 그것이 바로 휴전이었다. 2년여 간의 지루한 휴전협상 끝에 이루어진 단 11분간의 휴전협정 조인식은 여한과 분노가 회오리치는 또 다른 시련의 서막이었다.

그런 의미에서 휴전 협정의 그 운명적인 역사의 현장을 목격한 국내 어떤 신문사 기자는 다음과 같은 보도 기사를 실었다. 비록 짧으나 우리에게 분단의 아픔과 천언만어(千言萬語)의 감회를 진하게 들려주는 내용들이다.

『백주몽 같은 단 11분간의 휴전 협정 조인식은 모든 것이 상징적이었다. 학교 강당보다도 넓은 조인식장에 할당된 한국인 기자석은 둘뿐이었다. 유엔 측 기자만도 약 100명이 되고 참전하지 않은 일본의 기자만도 10석이 넘는데, 휴전 회담에 한국을 공적으로 대표하는 사람은 단 한 사람도 없었다. 이리하여 한국의 운명은 또 한번 한국인의 참여 없이 결정되는 것이다.

27일 상오 10시 정각, 동편 입구로부터 유엔 측 수석대표 해리슨 장군 이하 대표 4명이 입장하고, 그와 거의 동시에 서편 입구로부터 공산측 수석대표 남일(南日) 이하가 들어와 참석하였다. 악수도 없고 목례도 없었다. 〈기이한 전쟁〉의 종막다운 〈기이한 장면〉이었다.

북측을 향하여 나란히 배치된 두 개의 탁자 위에 놓여진 각 180통의 협정문서에 교전 쌍방의 대표는 무표정으로 사무적인 서명을 계속할 뿐이었다. 당구대같이 퍼런 융에 덮인 두 개의 탁자 위에는 유엔기와 인공기가 둥그런 유기(鍮器)에 꽂혀 있었다. 이 두 개의 기 너머로 휴전 회담 대표는 2년 이상을 두고 총계 1,000 시간에 가까운 격렬한 논쟁을 거듭하여 온 것이다.

한국어·중국어·영어의 세 가지 말로 된 협정문서 정본 9통, 부본 9통에 각각 서명을 마치면 쌍방의 선임 참모장교가 그것을 상대편에게 준다. 그러면 상대편 대표가 서명한 밑에 이쪽 이름을 서명한다.

정(丁)자 형으로 된 220평의 조인식 건물의 동익(東翼)에는 참전 유엔 13개국의 군사대표들이 정장으로 일렬로 착석하고 있으며, 그 뒤에 참모장교와 기자들이 앉아 있다. 서익(西翼)에는 북쪽에 괴뢰군 장교들과 남쪽에 제복에 몸을 싼 중공군 장교의 일단이 정연하게 참석하고 있다. 양편의 수석대표는 북면(北面)하여 조인을 하고, 멀리 떨어져 좌우에 착석한 양측 장교단은 동서로 대면하고 조인하는 것을 주목하고 있다.

조인이 계속되고 있는 동안 유엔 전폭기가 바로 근처 공산군 진지에 쏟고 있는 폭탄의 작렬음이 긴장된 식장의 공기를 흔들었다.

원수(怨讐)끼리의 증오에 찬 정략결혼식에 서로 동석하고 있는 것조차 불쾌하다는 듯이, 또 억지로 강요된 의무를 빨리 끝마치고 싶다는 듯이 산문적(散文的)으로 진행한다.

해리슨 장군과 남일은 쉴새없이 펜을 움직인다. 각각 36번 자기이름을 서명해야 하는 것이다. 거기에는 의식에 따르는 어떠한 극적 요소도 없고, 강화(講和)에서 예기할 수 있는 화해의 정신도 엿볼 수가 없었다. 이곳은 어디까지나 〈정전〉이지 〈평화〉가 아니라는 것을 잘 알 수 있었다.

각기 자기측 취미에 맞추어 가죽으로 장정하고 금자(金字)로 표제를 박은 협정 부도(附圖) 각 3권이 크게 보인다. 그 속에는 우리가 그리지 않은 분할선이 울긋불긋 우리의 강토를 종횡으로 긋고 있을 것이다.

내가 지금 앉아 있는 이곳이 우리나라인가? 이렇게 의아해한다. 그러나 역시 우리가 살고 죽어야 할 땅은 바로 이곳 밖에는없다고 순간적으로 자답하였다.

10시 12분 정각, 조인 작업을 필(畢)하였다. 해리슨 장군과 남일은 최후의 서명을 마치자 마치 최후통첩을 내 던지고 퇴장하는 듯이 대표들을 데리고 나가버린다. 남 일은 가슴에 훈장을 대여섯 개 달고 있는 데 반하여 해리슨 장군은 앞 젖힌 여름 군복에 경쾌한 차림이라는 것이 다를 뿐이었다. 관례적인 합동 기념 촬영도 없이 참가자들은 해산하였다』

chapter 9

제 9절 정치가와 공직자의 오만과 무능 : IMF환란

chapter 9

 우리 경제는 지난 반세기 동안 처음 보는 큰 전환기를 맞았었다. 1990년대 후반으로 접어들면서부터 한국경제의 기존의 틀이 무너져내리리라는 징후(徵候)가 국내외적으로 여러 곳에서 드러나기 시작했었다. 결국 우리는 1997년 11월 국제통화기금(IMF)의 구제금융을 받지 않을 수 없게 되었다. 그래서 한 시대가 지나가고 새로운 시대가 왔다는 것이 확실하게 각인되었다. 이와 때를 같이하여 한국은 경제뿐 아니라 정치도 획기적인 전환기를 야기했다. 50년 만에 처음으로 정권교체가 이루어졌고, 그 이후 계속 정치에 있어서도 새로운 시대가 열려야 한다는 국민들의 여망이 극적으로 표출되고 있는 상황이 전개되고 있다.

 이러한 격변의 시대를 맞아 대한민국의 경제를 서술함에 있어서는 성장률, 물가동향, 국제수지의 추이 등의 몇 가지 가시적인 상식적 경제지표를 중심으로 설명하는 것은 큰 의미가 없다고 생각할 수 있을 것이다. 그래서 왜 위기를 맞을 수밖에 없었는가? 물음에는, 오히려 IMF를 왜 우리가 겪어야 했는가에 대한 명확한 원인분석과 자기반성을 부각시키는 것이 좋으리라 생각되어진다.

IMF 환란의 여파는 무엇보다도 노동자와 서민들에게, 피고용자로서 그리고 저급 소비자에게 가장 큰 고통을 안겨주었다. 보통 일이 지나고 난 뒤에 내 그럴 줄 알았다고 이야기하기란 얼마나 쉬운가. 그러나 그 엄청난 충격을 겪으면서 80년대 이후 한국 자본주의의 주류를 독점하던 경제학자들과 엘리트 경제 관료들, 그리고 정치인 대부분은 경제신문 중견기자만큼의 예측도 설명도 해내지 못했다고들 한다. 대통령과 측근들, 경제관료, 친정권적 경제학자들, 정치인들은 입을 다물었다. 오히려 소외되었던 비교적 성실한 몇몇 학자들은 차라리 고해성사에 가까운 탄식을 소담스럽게 발하였다고 한다.

우리는 IMF 환란의 원인으로 세계화의 진전을 통한 특히 금융부문의 팽창과 불안정성의 증대, 동아시아의 군사적 정치적 특수성, 한국 재벌의 천민적 구조 등이 주요 배경으로 언급되었다. 책임이 있다고 스스로 생각하는 정치지도자와 경제 엘리트들은, 이러한 원인들이 IMF 환란의 위기로 터져나오게된 과정의 분석에서는 초국적 자본의 공격으로 시작되었다고 위안하고 싶었을지도 모른다. 즉 그들은 종래의 우리 경제가 안고 있는 천민적 자본 축적방식 위에다가 신자유주의를 주입하여 접목함으로써, 극단적으로 모순이 심화된 한국 자본주의가 세계경제에 대책 없이 깊숙이 편입되어 있는 구조적 조건 속에서 초국적 자본의 전략이 의도적으로 관철되었다는 것이 IMF 환란의 원인이라고 변명하였다. 이것은 더 나아가 나중에는 아예 〈IMF-미국-초국적 자본〉으로 묶어서, 심지어는 그들의 첨병인 신용평가기관과 하위 파트너쯤 되는 우리 정권과 재벌들까지 전부 짜고 치는 고스톱으로 서술되는 전형적인 음모론이라고 자위하는 견해도 제기되기도 했었다.

그러나 그 후 이 음모론은 당시의 캉드쉬, 소로스, 클린턴, 립튼(미 재무차관), 그린스펀(미 연방준비은행 의장), 심지어 코언(미 국방장관) 등이 하나

같이 한국에 불리한 이야기를 한다고 해서, 이들의 의도가 모두 일관된 것은 아니라는 사실을 우리는 알 수 있었다. 이제 우리는 IMF 환란의 결과로 보다 진지하게 글로벌라이제이션이 한국 자본주의에 본격적인 의미를 갖게 되었다는 것을 알고 있다. 즉 우리는 더 이상 일국적 발전모델이나 안정적 축적구조의 수립은 불가능하다는 것을 IMF 환란을 통하여 알았다. 거의 누구도 한국경제가 이런 식으로 순식간에 〈세계화?〉될 줄은 몰랐지만, 이를 계기로 이제 우리경제는 외국자본에 대한 제도적 장벽이 모두 허물어졌고, 세계 자본주의 요동의 영향을 보다 직접적으로, 사실상 몇 배로 증폭하여 받게 될 것이라는 것을 알 수 있었다.

우리는 IMF 환란의 상황과 결과에 대한 이해와 대안을 막연한 세계체제이론이나 국제주의의 주장으로 마련해 보는 것을 너무 안일하다고 생각 하여야 한다. 신자유주의의 공세와 초국적 자본의 전횡을 제어하는 유일하고도 유력한 방어의 무기는 여전히 우리이며, 우리 정치이며, 우리의 국민경제이며, 우리 자신의 몫이다.

하지만 여전히 우리는 IMF 환란을 경험하면서 한국경제의 살 길을 제안하는데 외부의 책임과 문제에 국한하여 집착해 온 것이 사실이다. 이제 우리는 이러한 집착을 벗어버리고 IMF 환란을 전화위복의 계기로 삼아야 한다는이야기다. 즉 관치금융을 청산해야 하고 사회의 거품을 빼야 하며, 심지어는 노동 유연성의 증가를 수용해야 한다는 주장이 강력히 제기되고 있다. 따라서 개인적으로 이러한 주장들이 사회개혁 전 방향에 대한 적극적인 대안을 제기하는 것은 마땅히 국내외적으로 소망스러운 일이며, 21세기를 출발하는 우리의 자세라 생각되어진다.

여기서 우리에게는 무척이나 기본적인 결핍이 내재해 있다는 사실에 주목하여야 한다. 우리는 그동안 국민경제를 이끌어온 경제정책 입안자와 정치권과 기업들과 경제학자들이 경제의 근대성의 유혹적 안락에 갇혀 있었다고 보아도 좋을 것이다. 그것은 결국 한국 자유민주주의와 자본주의와 시장경제의 실종을 몰고 왔다. 그것은 60~70년대 고도 압축경제성장을 마무리 못한 한국사회의 의식과 책임과 열망의 실종이었다고 볼 수 있을 것이다.

우리가 지금 고통받은 국민들에게 솔직히 고해성사를 해야 할 것은 위기를 예측 못했거나, 한국경제의 바른 회생대책을 바로 내놓지 못했다는 것이 아니다. 이 고해성사는 바로 안일과 무지와 방종과 오만의 소치에 대한 자성이어야 한다는 것이다.

우리는 과거 한국의 어느 학자보다 먼저 성실하고 세밀하게 한국전쟁을 연구했던 브루스 커밍스에게, 고마움과 부끄러움의 양면감정을 가질 수 있었다. 1997년 말 이후 우리 눈에 띄는 것은 한국의 어떤 사람이 아니라 미셸 초수도프스키, 웰든 벨로우, 또는 크리스 하면 같은 외국인들이 우리보다 오히려 우리의 방향과 문제점을 정확하게 제시해 주었다. 이들은 우리가 혀를 내두를 정도로 한국 사정에 정통해 있었고, IMF 환란의 예상을 얄밉도록 담담하게 설명하고 있었다.

이들이 보다 거시적이면서도 적극적인 대안을 제안할 때, 우리는 이 시련만 넘기면 더 큰 〈기적〉이라도 있는 양 허우적거리고 있었던 것을 부인하기 어려울 것이다. 당시에 인터넷 사이트를, 외국 저널을 아무리 뒤져보아도 한국의 지식인들이나 정치인들이 한국의 위기와 극복방안을 소개하고 분석하고 예방하는 글은 어디에도 찾아볼 수 없었다. 우리가 반성할 분야는 바로 이러한 문제에 있다. 이것이 역사의 증언이다.

지나고 보니 외환위기 발생의 책임으로부터 자유스러울 수 있는 계층은 아무도 없었던 것 같다. 그러나 집권세력은 일부 관료와 기업만을 희생양으로 삼고, 정권유지나 인기관리에 필요한 정치인, 노동자, 농민, 언론, 각급 지식인 등에게 면죄부를 씌워주었다.

이들 모두에게 책임의식을 불러일으켜야 개혁에 동참하고 개혁을 성공시킬 수 있었을 터인데, 소위 당시의 집권세력들은 정권의 안위를 위하여 〈스탠드의 구경꾼〉으로 만들어버린 것이다. 하기야 이제까지 우리 국가지도자가 스스로의 어떤 것이든 간에 책임을 인정하는 말을 한 적이 한번도 없는데, 어떤 정권이 도덕적 기반을 가지고 온 국민에게 자기 책임이라고 고백할 수 있을까? 하는 자아허탈의 독백을 가져본다.

위기규명을 위해 동원된 감사원의 특감, 검찰의 수사와 기소, 국회의 청문회는 그 수순이 잘못됐을 뿐만 아니라, 짜여진 각본에 따라 집권자 의도에 맞는 연출만 함으로써, 결국 진실규명은 포기된 채 국력낭비의 장으로 끝나고 말았다는 의견이 지배적이었다. 국가기관이 〈해야 할 일은 안 하고, 안 해야 할 일은 한〉 대표적인 사례가 되었던 것이다.

동서고금(東西古今)에 유례가 없는 정책판단의 당부를 가리는 소위 〈환난재판〉에서 항소심도 검찰의 기소 자체가 잘못됐다는 점을 분명히 하면서, 외환위기와 관련한 기소항목 전부에 대해 무죄를 선고했었다. 이 재판은 사법부에 의해 이 나라에 〈죄형법정주의〉와 〈증거재판의 원칙〉이 살아있다는 점이 확인됐다는 점에서 어느 정도는 다행이나, 사안의 성격상 외환위기의 모든 내용을 재판으로 밝히는 데에는 근본적으로 한계가 있을 수밖에 없었다고 볼 수밖에 없을 것이다. 국제경제 분야에서 망신만 당하고 스스로의 한계를 노정한 세련되지 못한 국가행위였다.

재판결과에 접한 일부 국민들이 〈그러면 누가 주범이란 말인가?〉 하는 의문을 제기하였다. 일부 우려하는 측면에서는 IMF 위기를 정치적 이해(利害)와 비이성적인 국민정서에 영합하는 기회로 이용함으로써, 국민대다수의 외환위기에 대한 인식능력을 단세포 수준으로 떨어뜨린 정부와, 국민에 대한교육기능을 부분적으로 포기한 언론과 지식인사회의 무책임 때문으로 보아야 하지 않은가? 하는 지적이 많다는 사실이다.

IMF 위기는 외형상은 외화유동성 위기로 몰려왔지만 본질은 세계경제의 대전환기에 그 전환의 소용돌이를 제대로 인식하지 못하고, 이미 효율성이 다한 정부주도의 고성장주의와 기업들의 팽창욕을 기반으로 하는 경제운용 시스템을 고수하다가, 국제경제사회로부터 신뢰를 상실하여 발생한 우리 경제의 구조적 위기로 요약할 수 있을 것이다. 그러나 위기극복과 관련한 경제 정책의 기조는, 위기로부터 얻어야 할 교훈과는 달리, 경기부양에 의해서라도 〈경제가 잘 된다〉라는 메시지를 국민들에게 끊임없이 전달하고, 〈위기극복 조기달성〉을 과시하는 인기 영합적 방식이 고작이었다.

그래서 일관성 있고 지속적으로 이루어져야 할 개혁정책의 효과는 원천적으로 제약될 수밖에 없었고, 국민들에게 더 이상 개혁과정에서의 불가피한 고통의 감내(堪耐)를 요구할 설득논리를 정부 스스로 내던져버렸던 것이다. 성공적이라고 자찬하는 4대 부문의 구조개혁도, 가장 우선했어야 할 공공부문과 노사부문의 개혁은 오히려 후퇴한 측면이 많았고, 결과적으로 기업과 금융부문 개혁까지 발목이 잡히고 있는 것이다. 따라서 〈국민의 정부〉의 〈시간의 보복〉이 〈참여정부〉의 안타까운 몫으로 넘겨져 오늘에 이르고 있는 실정이다.

IMF 사태는 두 가지 현상을 총괄해서 지칭한다고 한다. 하나는 단순한 〈외환위기〉이고, 다른 하나는 〈경제파탄〉이다. 외환위기는 분명 〈문민정부〉가 잘못해서 초래한 것이지만, 기업의 도산, 대량실업, 경기침체, 국부유출 등의 〈경제파탄〉은 주로 〈국민의 정부〉에서 초래되었음을 직시해야 한다.

지금 여기서 IMF 사태의 책임을 새삼스럽게 거론하자는 것이 아니라, 이 문제에 대한 올바른 인식과 문제해결에 대한 국민적 담론이 없이는 한국경제의 제반 문제를 극복하기 어렵다고 보기 때문에 사실 이 문제에 집착하게 되는 것이다. 한편 한국이 외환위기 사태를 맞은 것은 음모론 등 다양한 분석적 원인이 숨겨져 있었던 것은 사실이나, 기본적으로 한국이 외환위기를 맞은 것은 정부의 오만한 정책운용과 정치인들의 무능과 판단 실패에서 비롯되었다고 보아야 할 것이다.

특히 당시에 한보철강의 부도와 기아사태의 장기화가 외국자본의 급속한 이탈을 가져왔고 이것이 외환위기를 초래한 가장 직접적인 원인이었다는 주

장은 상당한 설득력이 있을 수 있다.

위에서 언급했지만 IMF 국난극복 과정에서 우리는 또 하나의 어두운 실마리를 남겨놓았다. 바로 공적자금은 IMF 국난극복을 위한 비용이라는 해명과 우리 모두는 공적자금의 수혜자라는 환상이 바로 그 어두운 실마리들이다. 국민의 돈인 공적자금을 금방 전액 회수하는 것은 사실상 불가능하다는 오만과 무책임은 어디서 비롯되었는지 사실상 직접 물어보고 싶은 심정이다.그리고 바로 국민여론을 수렴하여 상환계획을 확정하겠다는 당시의 만용의 그림자를 안고 있는 실정이다. 국민여론을 어떻게 수렴하겠다는 말인가?

IMF가 진단한 우리의 당시 외환위기의 원인을 살펴보면, 처음 1997년의 경제상황은 괜찮았다고 진단했었다. 경상수지적자는 GDP의 3% 수준, 물가는 4% 대, 성장은 3분기까지 6% 대, 통합재정수지는 소폭의 적자를 기록, MCT는 목표치를 하회하고 있었다. 그러나 97년 초부터 과다차입 대기업군들이 부도가 나기 시작했다. 이는 특정부문에 대한 과다한 투자와 경기둔화에 따른 수익성 악화라는 순환적인 요인이 맞물려 일어난 것이었다.

이에 따라 금융기관의 부실채권은 국제기준에 따라서 97년 9월 말에 32조 원(GDP의 7.5%)으로 급격히 상승했다. 이는 96년 말의 2배 수준이다. 여기에다 주가까지 급락하였다. 한편 금융기관은 수익성 개념이 없었고, 금융감독이 느슨했으며, 시장위험을 관리하는 것도 미숙했다. 은행의 신용이 떨어지고 외자를 빌릴 수 있는 길이 막히게 되었다. 1,000억 달러로 추정되는 단기외채의 연장이 불가능해지면서 한국은행이 외환보유고를 사용하였고, 이에 따라 외환보유고가 고갈되었다.

그러나 당국의 정책은 단편적이었고 시장의 실패를 잠재우지 못했다. 9월 25일 한국정부가 금융기관의 대외부채에 대해 지급을 보증하겠다고 했으나, 국회를 통과 못하면서 무산되었다. 이 차제에 금융개혁법도 국회를 통과하지 못하였다. 그리고 당시의 통화정책을 보면 기업부도를 우려하여 금리를 높이지 않으려 하였기 때문에, 오히려 외환시장의 사태를 악화시켰다고 볼 수 있었다. 10월 말에 들어서 외환사정이 급격히 어려워지기 시작했는데, 당국은 11월 21일에야 IMF에 협조융자를 신청했다.

이 사이에 국내 시장의 분위기는 극도로 부정적으로 바뀌었고, 외환보유고 사정도 급격히 어려워졌다. 기업들은 한국은행 해외지점과 은행들의 해외지점에 외환보유고를 예치했는데, 이미 단기부채 상환에 사용해 버렸고, 연장도 되지 않았기 때문에 더 이상 한국은행에 줄 수도 없는 입장이었다. 이에 따라 실제 가용한 외환보유고는 급격히 줄어들어버렸고 결국 IMF 환란을 맞을 수밖에 없었다.

지금 이러한 책임과 우리가 안고 있는 어두운 그림자에 대한 직접적 언급을 더 이상 하고 싶지는 않다. 그러나 대신에 IMF 환란을 맞은 1997년도의 국가 재정에 대한 예산을 편성하고 심의한 1996년도 당시의 재정경제원과 제181회 1996년도 국회 예산결산특별위원회의 심의 내용을 그대로 언급하고 싶다. 왜냐하면 여기에서 정책당국의 오만과 정치인들의 무능과 안일을 발견할 수 있기 때문이다.

재정의 기능은 자원 배분의 조정, 소득의 재분배, 경제의 안정화로 요약될 수 있다. 재정정책이란 재정활동이 국민경제에 미치는 다양한 효과를 고려해 여러 가지 정책목표의 달성을 위해 재정의 규모 및 구성을 의도적으로 조절하는 행위를 말한다. 재정 정책의 선택은 단기적인 편익보다는 중장기적인 국가 발전에 염두를 두는, 개인이나 집단의 이익보다는 전체 국민의 공익을 우선시하여 정책을 판단할 필요가 있었는데 1997년에 와보니 그렇게 되지 못하였다.

다음은 재정경제원이 발행한 〈97년 한국의 재정〉의 내용 중 일부이다.
〈97년 한국의 재정〉은 당시 재정경제원 예산실에서 1996년 예산편성을 마무리하고 1997년 초에 발행한 정책 자료집이다.

재정경제원은 먼저 재정운영의 여건으로 국내외 경제여건을 살펴보았다. 대외여건으로 미국, 일본의 성장세는 다소 둔화될 전망이나, EU 경제의 회복세와 아시아, 중남미 경제의 호조로 97년 세계경제성장과 교역량은 96년보다 나아질 것으로 전망했다. 국내여건은 과거의 경기순환주기를 감안해 97년 상반기까지는 경기 하강 추세가 지속될 전망이나 하반기부터는 세계경제의 호전에 힘입어 상승국면으로 전환될 것으로 기대했다 (1년 전 재정경제원의 이러한 기대는 바로 1년 후 1997년에 IMF로 이어졌다)

또한 국제수지의 경우 무역수지는 세계교역량의 증가와 성장둔화에 따른 수입수요의 감소로 96년보다 다소 개선될 것으로 기대되나, 여행수지 등 무역외수지 적자 추세는 97년에도 지속될 것으로 예상했다. 이러한 전망에 기초하여 97년 예산편성시 적용한 경제성장은 11.3%, 환율은 1달러당 800원으로 전망했다. 세입·세출의 여건에서 국민소득이 1만 달러를 넘어서고 OECD 가입 등으로 우리나라의 국제적인 위상이 높아짐에 따라 대내외적인 기대기준이 높아질 것으로 전망했다.

재정경제원은 97년 경제정책 방향으로 물가안정의 기반을 강화하는 데 정책의 최우선을 두며, 우리의 성장잠재력 확충과 경쟁력 강화를 위해 지속적으로 노력하고, 경상수지 개선을 위한 노력도 경주한다고 하였다. 또한 OECD 가입을 우리 경제의 발전단계를 한 단계 높이는 계기로 활용한다고 하였다. 재정경제원은 97년 재정운용의 방향으로 경제안정을 위해 정부가 근검절약을 솔선수범하고 국가경쟁력 강화와 삶의 질 향상을 지원하며, 정부부문의 생산성을 제고하며, 지역간 균형발전을 지원한다고 하였다.

우리는 여기에서 그 어디에도 1년 뒤에 닥친 엄청난 재난인 국가와 민족의 시련에 대한 대처방안이나 예견할 수 있는 단서를 찾아볼 수 없는 안타까움만 가득함을 발견하게 된다. 단지 국민소득이 1만 달러를 넘어서고 OECD 가입 등으로 우리나라의 국제적인 위상이 높아짐을 특히 강조하고 있는 점이 무척 가슴에 와닿고 있을 따름이다.

다음은 제 181회 국회 예산결산특별위원회 심의 내용들이다.

1996년 11월 14일 제 2회의장 ○○○위원 발언 내용

…〈중략〉 위원장! 오늘 이 자리는 내년도 예산안을 심의한 중요한 자리입니다. 그러나 예산집행을 책임지고 있는 장관들이 부정부패로 나라살림을 절단내는데 이런 예산심의하면 뭐 합니까? 먼저 현 정권은 국민 앞에 석고대죄하여야 합니다. 〈중략〉…

1996년 11월 14일 제 2회의장 ○○○위원 발언 내용

…〈중략〉 저는 예산안을 심의하면서 참으로 의아한 생각이 들었습니다. 재정경제원에다가 중장기 재정계획을 여러 차례 요구했는데 중장기 재정계획서가 제출되지 않았습니다. 아마 없는 것 같습니다. 부총리! 우리 정부가 중장기 재정계획서를 명료하게 가지고 있습니까 안 가지고 있습니까? 아마 제출하지 못하는 것으로 봐서 없는 것 같은데 이 큰 살림을 하면서 적어도 신경제5개년계획을 지난 5년 동안 했다고 하면서 향후 재정조달계획이 없이 어떻게 이런 계획을 세웠었는지 정말 의아스럽습니다.〈중략〉…

1996년 11월 14일 제 2회의장 ○○○위원 발언 내용

…〈중략〉 21세기를 불과 4년 앞둔 오늘 우리는 UN 안보리비상임이사국, 경제사회이사회 상임이사국, OECD 가입 등으로 국제적 위상이 높아지고 있으며, 21세기의 국가적 비전인 초일류국가 그리고 민족통일을 달성하기 위해서는 그 어느 때보다도 확고한 안보와 국가경쟁력이 요구됩니다. …〈중략〉… 정부가 제출한 내년 예산은 재정규모가 전년보다 13.7%가 늘어난 71조 6,020억 원 규모입니다. 일반회계의 증가율은 최근 들어 가장 낮은 12.8%로 삶의 질 향상과 교육개혁, 국가경쟁력 확보를 위한 SOC 투자 확충, 정부

생산성 제고 등을 감안하여 긴축예산 편성을 위해 노력한 것으로 보입니다.
〈중략〉…

1996년 11월 14일 제 2회의장 부총리 겸 재정경제원장관 답변

…〈중략〉 내년도 우리 경제는 다소의 어려움이 있을 것으로 예상됩니다마는 내년도 세계경제가 금년보다 나아질 것으로 전망되고 과거의 경기순환주기와 최근 시행중인 경쟁력 강화시책의 효과를 감안할 때 11% 수준의 경상 경제성장은 가능할 것으로 보이며 …〈중략〉… 우리경제가 이렇게 어렵게 된 것은 경기순환상 하강국면의 진행이라든가 수출주종품목의 가격하락에 따른 교역저변의 악화와 또 임금, 금리, 물류비 등 높은 비용구조 때문에 이와 같은 것들이 구조적으로 우리경제의 체질을 약화시키는 데 기인하고 있습니다. 이러한 경제의 어려움을 극복하기 위해서 정부는 물가안정과 기업 활력의 회복에 역점을 두고 경상수지를 구조적으로 개선해 나가기 위해서 9월 3일 대책을 발표했고 또 그 후속조치로서 구조적인 문제에 정책의 중점을 두는 〈경쟁력 10% 높이기〉 대책을 확정해서 추진하고 있습니다 …〈중략〉… 아울러 저 자신 경제정책을 총괄하는 부총리로서 책임의 막중함을 통감하고 있고 우리 경제의 어려움을 깊이 인식하고 그 원인의 분석과 대책 마련에 최선을 다하고 있음을 말씀드립니다. 〈중략〉…

1996년 11월 30일 제 2회의장 ○○○위원 발언 내용

질의를 하면서 우리 경제가 참으로 큰일이다. 위기는 이미 봉착해 있었던 것이고 자칫하면 국난까지 겪을 그런 가능성도 없지 않아 있어 보인다. 이런 걱정을 하게 됩니다. 특히 경상수지 적자, 국제수지 적자가 엄청나게 그야말로 눈덩이처럼 불어나 우리들의 가슴을 무겁게 짓누르고 있는데 이미 한국은행이 발표했습니다만 10월 한 달 동안의 경상수지 적자가 24억 달러 발생해서 금년 들어와서 10월 말까지 195억 달러의 경상수지 적자를 보이고 있는

데 금년 말에 가서는 220억 달러가 될 것입니다. 그런데 내년도 예산을 보면 이러한 국제수지의 위기와 관련해서 재정의 역할이 전혀 보이지를 않습니다.

　재경원! 재정의 역할을 어떻게 지금 생각을 하고 계신지 간단하게 한번 말씀해 주세요 …⟨중략⟩… 그 신경제정책의 주역이었던 이 모 씨가 총재로 있는 한국은행에서 또 이제 각성을 해가지고 국제수지 방어를 하지 않으면 안 되겠다, 내년에 경제운용을 하는데 경제정책을 추진하는데 국제수지방어, 물가 안정기반 확보를 하지 않으면 안 되겠다, 안정화 노력이 필요하다, 총수요를 적정 수준으로 억제해 가지고 내년에 안정기반을 이룩해야 하겠다는 이런 각성의 경고(警告)를 보내고 있는데, 또 역시 아까 제가 국제수지 개선과 관련해서 재정의 역할이 보이지 않는다고 이렇게 말씀을 드렸습니다마는 재정의 경기조절 역할과 관련해서도 그런 노력의 흔적이 전혀 보이지 않는다 저는 이렇게 생각을 하는데 …⟨중략⟩…

1996년 11월 30일 제 2회의장 재정경제원차관 답변 내용

　…⟨중략⟩… 그렇지만 경제라는 것이 그 둔화가 자연스럽게 완만하게 되어야 국민경제에 큰 어려움이 없어집니다. 그래서 저희들 경제는 금년에 7%에서 점차적으로 조금씩 완만하게 떨어지도록 이렇게 되는 것이 가장 바람직한 것으로 이렇게 생각이 됩니다 …⟨중략⟩… 한국은행에서 나온 것은 한국은행에서 어떤 검토를 한 리포트가 되겠는데 저희들 내년 예산에 넣어놓은 것은 우리가 성장은 완만한 둔화를 해야 한다는 그런 기본적인 원칙하에서 예산을 짰습니다. …⟨중략⟩…

1996년 12월 12일 제 2회의장 ○○○위원 발언 내용

　…⟨중략⟩… 예결위 전체회의에서 부별심사까지 상당한 기간 동안 저희가 토의를 하고 정책질의도 많이 했습니다. 그런데 소위원회에서 지금 가져온 안을 보면 그 기간에 문제 제기한 사업들에 대한 내용, 또 경우에 따라서는

증액의 필요성을 제기한 내용, 그리고 각 상임위에서 문제 제기한 내용에 대한 검토 결과가 하나도 없습니다. …〈중략〉…

1996년 12월 12일 제 2회의장 ○○○위원 발언 내용

어제 아침 신문을 보신 분들은 다 기억을 하시겠습니다마는 일간지에 대문짝같이 전면 톱으로 다수 예결위원이 권한을 남용해 가지고 예산을 나누어 먹기식 배정을 했다, 지역구사업비에 10억까지 희망액을 극비 제출해서 조정을 했다, 이게 직권남용입니다. …〈중략〉…

이상에서 본 바와 같이 원인이야 어떻든 간에 1년 뒤에 나타난 엄청난 파장과 참극을 몰고 올 IMF 환란이 도사리고 있었는데도 우리 경제를 책임지고 있는 정책당국자들과 국회의원들은 구체적인 지적과 정책방향을 전혀 지적해 내지 못했던 것이다. 이러하니 국민들이 정부와 정치와 국회의원들을 신뢰하지 못하고, 관료와 정치가 혼란과 답답함만 더 가중시킨다고 생각하는 것이다.

정부 관료는 관료대로 임기응변식 답변에만 몰두하고, 국회의원들은 의원들대로 경제정책과 재정정책을 논의해야 하는 예산결산특별위원회에서 장·차관의 부정부패 문제, 위천공단 같은 지역적 문제, 추곡가 수매 문제, 국회의원과 장·차관 축구시합 문제, 국무총리 출석 문제, 정보위원회 예산 문제, 농업보조금 직불제도, 지역구 현안사업, 지역감정 문제, 의무고용 문제, 단편적 세율 문제, 지엽적인 농수축산 문제, 자치단체장 수사 문제, 특정 중소기업 지원 문제 등에 대부분의 시간을 허비했었다.

그들은 종합적이고 체계적인 재정 검토를 이루어내지 못하였고, 지엽적이고 단편적이고 지역구 현안과 지지표 챙기기에만 급급하였다는 징후를 예결위 회의록에서 쉽게 발견할 수 있는 것이다.

바로〈나무만 보고 숲을 보지 못한 판단력 부족 또는 무능과 오만의 단편을 보여주고 있는 것이다〉 이러하니 지금 생각하면 당연히 1년 뒤 환란이 올 것에 대한 대비를 누구도 예측하거나 차단할 수 없었던 것이다.

마지막으로 1997년도 예결위 마지막에 예산안계수조정소위원회에서 표결로 통과된 예산안 조정안에 대한 찬성입장의 토론을 한 어느 여당 국회의원의 발언내용을 적으면서, 앞으로 우리의 바람직한 경제운용의 방향을 위하여 정부와 국회가 어떻게 해야 하는가? 에 대한 정책 방안을 다시 한번 생각해 보고자 하는 것이다.

『…〈중략〉 우리 예산결산특별위원회에서는 그동안 여러 차례의 심야회의를 거듭하면서 예산규모의 적정여부, 조세부담의 적정성과 세수확보 가능성 여부 등 재정운용기조와 부별예산안에 대하여 심도 있는 논의를 해왔습니다. 그 결과 내년도 예산에 대하여 많은 부분을 공감하게 되었습니다마는 아직도 일부 이견이 있는 점을 유감스럽게 생각하면서 찬성토론을 하고자 합니다.

이번 새해 예산과 관련하여 많은 위원님들께서 경상수지 적자가 확대되고 대통령선거 등 요인에 의한 물가불안심리가 우려되는 상황에서 새해 예산안이 경제안정기조를 저해하고 국민의 조세부담을 가중시키는 것은 아닐까 하는 염려도 있었습니다. …〈중략〉…

이러한 재정규모 증가는 물류비용 절감을 위한 사회간접자본 확충과 교육 환경의 개선, 농어촌구조개선, 복지 등 시급한 재정수요가 많은 현실적인 여건에 비추어 중장기적으로 우리 경제의 성장 잠재력을 배양하고 국민복지를 증진시키기 위하여 불가피한 수준이라고 본 위원은 판단하고 있습니다. 미국 등 여러 선진국의 예에서 보듯이 팽창예산이 문제되는 것은 재정규모 자체보다는 부수적으로 발생하는 재정적자 때문이라고 생각을 합니다. …〈중략〉…

일부 위원님들께서 내년은 경제성장이 둔화되는 등 경제여건이 어려워져 국세가 제대로 걷힐지 의문이고 정부 주식매각수입이 증시여건에 따라서 불확실해 세입확보에 차질이 예상된다고 하시면서 이에 대한 대책이 있는지 염려하셨습니다. 내년도 예산은 최근 경제성장률 둔화를 감안하여 금년보다 낮은 11.3%의 경제성장을 전제로 정상적 세입범위 내에서 편성되었습니다. 내년에는 경제여건이 금년보다 다소 호전될 것으로 전망되고 있고, 정부에서 최근 일련의 경쟁력 강화 시책을 적극 추진중이므로 11% 대의 경제성장은 가능할 것으로 전망되며, 따라서 세수확보는 차질이 없을 것으로 보입니다. …〈중략〉…

　　새해 예산안은 경제안정화에 기여하면서도 국가의 중장기적 성장잠재력을 배양하고 우리 국민의 삶의 질 향상에 기여함으로써, 21세기에 세계일류 국가로 도약하기 위한 기틀을 다질 수 있도록 예산안조정소위원회에서는 위원 여러분들의 사려 깊은 의견과 심도 있는 토론 내용을 충분히 수렴하여 각고의 조정 끝에 마련한 것이므로 위원 여러분들이 만장일치로 의결하여 주실 것을 간곡히 부탁드리면서 찬성토론을 마치고자 합니다』 ⓔ

테마 V

올곧은 시간의 선택

chapter 1

제 1절 부패한 지도자 배격

chapter 1

1. 부패의 온실 : 시간의 보복

황현의 「매천야록」이라는 책이 있다. 황현은 1864년(고종 원년)부터 1910년 (융희4년)까지 47년간의 정치·경제·사회·문화 전반에 걸친 역사를 편년체로 저술한 「매천야록」(7책 6권)을 남겼다. 이 책에는 고종의 즉위와 때를 같이한 흥선대원군의 집정, 이로 인한 안동김씨의 몰락, 대원군 10년간의 정치적 득실, 민비와 대원군의 알력, 민비와 그의 척족의 난정, 외세의 침투, 임오군란과 청국의 간섭, 개화당이 주도한 갑신정변의 시말, 청·일 양국간의 각축, 청·일전쟁의 발발과 경과 및 전후의 처리문제, 갑오경장과 을미사변, 러시아 세력의 침투, 아관파천, 러시아와 일본의 각축, 러·일전쟁의 개전 현황과 경과, 을사보호조약, 국권수호를 위한 의병의 활동과 지사의 의거, 탐관오리의 비행 등 다방면에 걸친 구한말의 역사가 상세히 수록되어 있다. 이 책에 기록된 사항은 관찬 기록은 물론 다른 개인 저작에도 볼 수 없는 것이 많아 최근세사 연구에 있어서 귀중한 자료이다.

황현은 1885년(고종 22) 생원시에 장원했으나, 당시 나라의 형편은 임오군란과 갑신정변을 거치고 나서 수구파정권의 가렴주구와 부정부패가 극심하였으므로 부패한 관료계와 결별을 선언하고 향리에 은퇴했다. 1910년 한일합방 때 국치를 통분하며 절명시(絶命詩) 4편을 남기고 음독 자결했다.

다음은 매천의 절명시 4편이다.

난리를 겪다 보니 백두년(白頭年)이 되었구나
몇 번이고 목숨을 끊으려다 이루지 못했도다
오늘날 참으로 어찌할 수 없고 보니
가물거리는 촛불이 창천(蒼天)에 비치도다

요망한 기운이 가려서 제성(帝星)이 옮겨지니
구궐(九闕)은 침침하여 주루(晝漏)가 더디구나
이제부터 조칙을 받을 길이 없으니
구슬 같은 눈물이 주룩주룩 조칙에 얽히는구나

새 짐승도 슬피 울고 강산도 찡그리네
무궁화 온 세상이 이젠 망해 버렸어라
가을 등불 아래 책 덮고 지난 날 생각하니
인간 세상에 글 아는 사람 노릇하기 어렵기만 하구나

일찍이 나라를 지탱할 조그마한 공도 없었으니
단지 인(仁)을 이룰 뿐이요, 충(忠)은 아닌 것이로다
겨우 능히 윤곡(尹穀)을 따르는 데 그칠 뿐이요
당시의 진동(陳東)을 밟지 못하는 것이 부끄럽구나

　　한말 우국지사의 죽음 현장마다 매천의 시는 그 죽음을 증언하는 한 떨기 붉은 꽃으로 피어났다. 그의 시는 시대의 어둠을 밝힌 광망의 불꽃이었던 것이다. 시우(詩友) 명미당 이건창의 부음에 강화까지 천리길 한달음에 와서 통음의 시를 남겼다. 그는 을사조약체결에 민영환이 자결했을 때는 〈혈죽〉이라는 시를 써서 그 혼을 위로했다. 역시 을사조약에 반대하다 쓰시마(대마도)로 끌려갔던 면암 최익현의 시신이 부산항으로 돌아왔을 때도 그는 달려가 목놓아 울며 〈만사(망자를 위한 글)〉를 지었다. 그러다가 마침내 스스로의 죽음을 준비하기 위해 절명시 4편을 미리 지어놓았던 것이다.

　　황현은 외압에 의해 우리나라가 망함보다 지식인의 사람됨을 지키기가 더 어렵다는 것을 말하였다. 맵고 차갑고 결연한 매천의 지조는 부정할 대상을 부정할 수 없게 되므로 역행적으로 자기 부정을 감행하여 자기 죽음을 택했던 것이다.

　　누가 이러한 지식인이며 애국자를 죽음으로 몰고 갔는가? 외세의 침략과 당시 매국노들의 이적행위 때문일까? 아니면 일반국민들의 나태함과 부정부패의 만연 때문일까? 이에 대한 대답으로 나는 단호히 말하고 싶다. 오직 당시의 지도자들이 소홀히 보낸 〈시간의 보복〉 때문이라고 지적하고 싶은 것이다.

　　나는 명성황후에 대한 좋은 역사 인식을 가지지 않는다. 민족사적인 자긍심과 일제의 침노할 만행에 대비하여 보면 그의 복권은 당연하지만 왠지 그가 고와 보이지는 않는 것이다. 그러면 그런 명성황후는 어떤 인물인가? 명성황후(明成皇后 : 1851~1895)는 16세 때 대원군의 부인 민씨의 추천으로 고종의 비가 되었다. 대원군이 역대의 세도 정치를 근절할 목적으로 가문이 외롭고 단출한 민씨 집안에서 왕비를 택하였으나, 1873년에 왕자 척(拓)을 낳은 후 명성황후의 친족이 정권을 잡으려 했었다.

대원군은 이를 막기 위하여 궁녀 이씨의 아들을 태자로 세우려 하자 양자의 싸움에서 명성황후는 드디어 대원군을 탄핵하고 고종으로 하여금 직접 정사를 돌보도록 한 후, 끝내는 대원군 일파를 모두 쫓고 나라의 문을 열어 아무 대책도 없이 일본과 수교했다. 1882년 임오군란이 일어나자 청나라에 도움을 청해 대원군을 청나라로 납치해 가게 하였다. 1884년 갑신정변으로 민씨 일족이 실각하자 다시 청나라를 끌어들여 개화당 정권을 무너뜨렸다. 그러나 김홍집 등의 친일파가 정권을 잡게 되자, 러시아 힘을 배경으로 세력을 펴 친일파의 세력을 물리치려 하다가, 1895년 을미사변 때 일본공사 미우라의 부하들에 의해 무참히 살해되었다.

　　여기서 명성황후에 대한 역사적 평가는 20여 년에 걸친 그의 집권기에 시행된 정책과 그 결과를 바탕으로 냉정하게 이루어져야 할 것이다. 민비를 정점으로 하는 민씨 일족이 집권한 1873년부터 1895년까지 우리나라로서는 정말 중요한 시기였다. 밀려드는 서양 열강, 뿌리부터 흔들리는 봉건체제, 새로운 변화를 구하는 움직임, 이런 다양한 세력들이 얽히고 설키면서 임오군란, 갑신정변, 동학농민운동 같은 사건들이 연이어 일어났다.

　　대원군의 정책이 〈쇄국〉이었던 반면에 명성황후의 대응책은 〈문호개방〉이었다. 명성황후는 1876년 일본과 맺은 강화도 조약(병자수호조규)을 시작으로 미국 · 영국 · 독일 · 러시아 · 프랑스 등과 차례로 수교를 맺었다. 명성황후에게 서양 열강과의 수교를 적극 권한 장본인은 청의 북양대신 이홍장이다. 조선에서 청의 기득권을 지키고 서양세력을 끌어들여 일본의 독주를 막으려는 생각에서였다. 이것은 오랑캐로 오랑캐를 물리친다는 청의 이른바 〈이이제이(以夷制夷)〉 전략에 말려들어간 것이다.

　　어찌되었든 문호개방을 한 조선의 당면 과제는 자주적인 근대화를 이루는 일이었다. 서양의 선진문물을 받아들여 부국강병과 산업진흥을 꾀하는 동시에 낡은 봉건제도를 허물고 새로운 질서를 세워야 했었던 것이다. 그러나 명성황후와 민씨 정권은 이 중 어느 것 하나도 충실히 해내지 못했다. 그 결과 어느 세력의 지지도 받지 못하고 망국의 길로 치닫고 말았다. 개화 반대를 외치며 임오군란에 참가한 민생들은 명성황후를 공격의 표적으로 삼았고, 갑신정변을 일으킨 개화파와 동학농민군도 모두 명성황후와 민씨 일족 타도를 외쳤다. 어느 쪽의 지지도 받지 못한 명성황후는 결국 외세에 의지했다. 임오군란과 갑신정변을 무력으로 진압하고 명성황후로 하여금 재집권하게 해준 것은 청나라였다. 동학농민운동이 일어나자 청에 지원군을 청하여 일본군 상륙의 빌미를 제공하였고, 그 결과 우리 땅에서 청·일전쟁이 벌어지게 한 장본인도 바로 명성황후였다.

청·일전쟁이 우리 땅에서 벌어지게 된 이유는 동학농민운동 때문이 아니라,명성황후가 이끄는 민씨 정권의 부패와 무능, 외세의존 때문이었다고 할 수 있다. 거기에는 고종도 한몫을 단단히 했다. 정말 부끄럽도록 무능하게…

다음은 나라를 망하게 한 고종과 민비의 부정부패의 단면이다.

> 『조선 말기 고종(高宗) 때 명성황후는 집안의 민영휘를 평안도에 관찰사로 보냈다. 그는 당시 탐관오리의 챔피언이었다. 평양에 내려온 그는 불과 몇 달 만에 지방 토호와 무고한 양민들에게서 엄청난 재물을 긁어모아 황금 송아지를 만들어 대궐로 보냈다. 고종과 명성황후가 현명한 통치자였다면 그를 파직시키고 그 죄를 다스려야 했다. 그러나 명성황후는 오히려 그 전임자를 불러 힐책했다. 이 고얀 놈! 그래, 너는 저런 재물을 그동안 네 혼자 다 먹었단 말이냐?』

인류역사를 거슬러 가면 어느 시대에나 역사의 고난을 몰고와 역사의 종언을 고한 근본 바탕에는 당연히 부정부패의 만연이 도사리고 있다. 그것도 지도자의 부정부패가 단연 으뜸으로 망국의 지름길을 만들어나갔다.

그리하여 인류는 이러한 부패를 없애려고 지속적으로 개혁을 추진하여 왔다. 그러나 여전히 역사는 이러한 부정부패의 척결을 위한 수많은 개혁을 거부해 왔다. 지금 우리 사회에도 끊임없이 우리 사회를 이끌어가는 사람들의 이해할 수 없는 거짓말들이 난무하고 있다. 〈전혀 그런 일 없다〉, 〈잘 모르는 일이다〉, 〈기억이 잘 나지 않는다〉 등등….

인간만이 숨기고 속이고 기만하고 위조하고 왜곡하고 사기치고 발뺌하는 능력을 갖고 있다고 한다. 거짓말은 부정직에서 나온다. 부정직은 부패의 씨앗이다. 부패(腐敗)를 영어로 〈Corruption〉 이라고 한다. 〈Co〉 라는 접두사는 〈함께〉 라는 뜻이다. 부패란 함께 썩어문드러지는 것이다. 생선 10마리 중에 썩은 것이 하나 있으면 나머지까지 부패하듯이, 한 사람이 부패하면 주변은 물론 그 사회 전체를 부패케 한다. 부패의 무서운 점이 여기에 있는 것이다.현재 우리의 물가가 비싸다고는 하지만, 그렇다 쳐도 뇌물의 〈떡값〉 은 너무 비싼 편이다. 몇억 원이 떡값의 보통 수준이다. 따라서 몇억 원이 과연 선물인지 뇌물인지를 분간하기 어려운 세상이 되고 말았다.

조선 왕조를 지탱해 왔던 것은 청백리의 선비정신이었다. 그러나 이 정신이 사라지면서 팔도에 탐관오리가 들끓었고, 나라는 차차 기울었다. 고종과 민비의 부정부패는 결국 주변국들의 잦은 간섭을 받게 하더니, 치욕의 일제 침탈의 한일합병에까지 이르게 되었던 것이다.

35년의 식민지 생활에서 겨우 풀려난 후에도, 권력다툼과 부패는 계속되었다. 결국 나라는 둘로 나뉘고 전쟁을 겪었다. 그 후 여러 정권이 부패 척결을 내걸고 등장했지만, 한결같이 부패로 인해 무너지고 말았다. 지금도 마찬가지다. 전직 대통령 아들이 감옥에 들어가고, 대통령 친구나 후배가 구속되고 있다. 온 나라가 거짓말 논쟁으로 들끓고 있다.

페르시아의 한 임금이 시골을 돌아보다가 총명하고 마음이 맑은 목동을 만나 그에게 나랏일을 맡겼다. 그는 공정하고 깨끗하게 나랏일을 처리하여 많은 칭송을 받았다. 그러나 그가 맑은 정치를 해나가니 부정부패한 무리들이 견디기 어려워 그를 부정축재자로 모함했다. 임금은 현명했지만 거듭되는 모함에 할 수 없어 축재의 현장을 가보았다. 그러나 축재의 흔적은 없고, 조그마한 상자 하나가 발견되었다. 간사한 무리들은 그 상자 안에 온갖 보화가 가득 들어 있을 것이라며 상자를 열자고 했다. 드디어 상자가 열렸다. 그러나 그 안에는 옛날 그가 목동 시절에 입었던 옷과 피리만이 들어 있었다. 〈폐하! 이것은 소신이 궁을 떠나 목동 일을 다시 하게 될 때 쓰려고 준비해 놓은 물건입니다〉그의 대답이었다.

우리는 지금 이러한 상큼한 산소 같은 목동의 지도자를 원하고 있다.

선물과 뇌물의 구분

- 선뜻 주는 것은 선물이고, 머리를 굴리며 주는 것은 뇌물
- 심리적 부담을 주는 금액은 뇌물이고, 그런 부담이 없는 금액은 선물
- 윗사람이 아랫사람에게 주면 선물이고, 아랫사람이 윗사람에게 주면 뇌물
- 강자가 약자에게 주면 선물이고, 약자가 강자에게 주면 뇌물
- 남이 없는 은밀한 곳에서 주면 뇌물이고, 다른 사람 앞에서 주면 선물
- 어떤 대가를 바라고 주는 것은 뇌물이고, 그냥 주는 것은 선물
- 특별한 날에 주는 것은 뇌물이고, 보통 때에 주는 것은 선물

---

2. 위선의 가면

〈참여 정부〉의 노무현(盧武鉉) 대통령은 2003년 5월 31일 반부패 세계포럼 폐막 전체회의에서 〈부정부패를 절대로 묵과하지 않을 것이며, 부패와 끝까지 싸울 것〉이라고 말했다. 우리는 노 대통령의 거듭되는 의지의 표명과 인식을 환영하며 크게 기대했다. 그러나 부패척결을 말하는 것은 이제까지

모두가 했고 누구든지 할 수 있었다. 문제는 말이 아니라 실천이다. 지금 당장 그 실천을 위한 법과 시스템을 만드는 일이 중요하고, 법과 원칙을 바로세우는 것에 의미가 있는 것이다. 그래야만 대통령을 믿을 수 있고 국민이 동참할 수 있는 것이다.

노 대통령은 5월 31일 〈저는 부정부패를 절대로 묵과하지 않을 것이며, 부패와 끝까지 싸울 것〉이라고 말했다. 〈민주주의의 상극이자 가장 큰 적은 부정부패로, 특히 공직자의 부패는 국민의 신뢰를 손상시켜 국정운영에 장애를 초래한다〉라며 이렇게 강조했다. 노 대통령은 〈97년 외환위기 이후 정경유착이나 관치금융과 같은 폐해는 더 이상 찾아볼 수가 없다〉라고 전제하고, 〈그러나 우리는 여기서 만족하지 않고 부정부패를 근원적으로 차단하는 구조개혁을 추진하고 있다〉라며, 〈정부와 기업이 힘을 모아 공정하고 투명한 시장 질서를 확립해 나가고 있다〉라고 밝혔다.

이어 노 대통령은 〈전자정부 구현과 공직자들의 자발적인 참여를 통해 행정의 투명성과 청렴성을 높여나가고 있으며, 대통령인 저 자신부터 과거 구조적인 부패의 근원이 됐던 권력기관과의 유착관계를 확고히 단절해 나가고 있다〉라고 덧붙였다. 노 대통령은 〈한마디로 절차와 과정의 공정성을 추구하고 있다〉라며, 〈부패는 단지 돈이나 대가를 받는 것뿐만 아니라, 공정하고 투명한 절차를 파괴하는 것까지를 포함한다고 믿기 때문〉이라고 말했다.

또한 〈부정부패는 결코 하루아침에 해결될 수 있는 문제가 아니다〉라며, 정부와 기업, 시민사회를 비롯한 각계각층의 공동노력을 강조한 뒤, 특히 정부역할에 대해 〈정부의 효율적인 법 집행을 통해 부패는 효과적으로 근절될 수 있으며, 그 토대는 합리적인 입법과 공정한 사법이 될 것〉이라고 밝혔다. 아울러 노 대통령은 〈정부가 그 역할을 다하기 위해선 정부 내부부터 부정부패가 없어야 한다〉라며, 〈부패로 인해 국민 신뢰와 지지를 받지 못하는 정부는 정책목표를 효과적으로 실현할 수 없기 때문〉이라고 지적하고, 〈투명하고 깨끗하고 공정한 정부는 부패추방의 첫걸음〉이라고 강조했다.

〈국민의 정부〉김대중 대통령도 집권시에 부정부패와의 결전을 강력히 선언하였다. 김대중 정권이 출범하면서 경제회복과 더불어 고질적인 부정부패를 척결할 것을 천명하고 집중적으로 힘을 쏟았다. 1999년 8월 15일 광복절 경축사에서 김대중 대통령은 〈부패의 척결 없이 국정의 개혁은 없다〉거나 〈모든 고난을 무릅쓰고라도 이를 단행할 것〉이라는 확고한 표현으로 부패척결의 의지를 밝혔다.

그러나 햇볕정책에 밀려서인지 아니면 사정의 칼이 무뎌서인지, 고위층은 말할 것도 없이 말단에서까지 고질적인 부정과 부패가 성행하였다. 어쩌면 과거 정권 때보다도 더하다는 느낌이 드는 것이다. 부정부패가 없어지려면 무엇보다도 국민의 의식이 바뀌어야 하겠지만, 사실 이것은 완전히 불가능한 것이다. 김대중 정권이나 유명한 정치가 또는 학자들까지도 걸핏하면 미국이 어떻고 선진국이 어떻고 하며 그 잘난 유식을 드러내며 그들을 따라가야 한다고 입에 거품을 물었는데, 그 모범국가들에게도 부패가 현실적으로 존재하고 있는 것을 보면, 우리가 그동안 너무 안일하게 대처하여 왔다고 보아야 할 것이다.

정치는 현실 사회를 다루는 것이지 이상의 세계를 다루는 것이 아니다. 그렇기 때문에 현실 사회의 목적을 달성하기 위해서는 특단의 조치도 서슴지 말아야 하는 것이다. 따라서 얼마 전 중국에서 뇌물을 받은 부패 고급관리들에게 집단적으로 사형을 선고한 예를 우리는 타산지석으로 삼을 필요가 있는 것이다.

〈문민정부〉김영삼 대통령은 우리나라의 정치적 문제를 총체적으로 한국병이라고 지칭하였으며 그 근원은 부정부패라고 인식하였다. 역대정권은 부정부패를 척결하는 과정에서 오히려 새로운 부정부패를 낳는 과정을 반복해 왔다. 그래서 정통성을 인정받지 못한 정부가 권력을 유지하기 위해서는 많은 정치자금을 필요로 하였고, 그것은 기업으로부터 조달할 수밖에 없었기 때문에 그 고리를 끊지 못하였다고 YS는 판단하였다. 또 부를 추구하는 경제엘리트들은 정경유착과 투기 등의 불건전한 방법으로 부를 축적하였으며, 사회의 법질서와 공동의 가치관을 붕괴시켰다고 보았다.

대통령 집권 이후 많은 개혁을 추진하고 국정을 장악하기 위해서는, 그리고 정치권력의 확대와 유지를 위해서는 당내외의 정적들을 제거하거나 약화시킬 수 있는 조치들을 필요로 했다. 이러한 첫 조치로서 취한 것이 김영삼 정부의 〈재산공개〉 의지였다.

그는 취임 후 첫 국무회의에서 본인의 재산공개의지를 밝히고, 국무위원들도 재산을 공개할 것을 요구했다. 집권여당인 민주자유당도 소속 의원과 원외지구당위원장을 포함하여 자발적인 공개를 하기로 결정했다. 고위공직자와 국회의원들의 재산공개는 곧 그들 중 막대한 재산축적을 한 정치인에 대하여 재산축적과정에 대한 도의적인 비난이 뒤따랐으며, 곧 여론의 압력에 의한 형식으로 축출되었다. 이어서 정부는 재산공개과정에서 나타난 문제점들을 개선하기 위해 93년 6월 공직자윤리법을 개정하여 공직자들의 재산공개와 등록을 의무화시킴으로써 이를 법제화하였다. 이로써 정치개혁의 기초로 삼고자 하였다.

따라서 국민들은 이러한 새로운 공직자윤리법에 의한 부정부패 행위 근절로 앞으로의 부패 고리를 끊을 수 있는 최대한의 대책이라고 기대했지만, 결과는 이에 미흡했다. 의식이 변하지 않았기 때문이었다. 정부는 〈공무원범죄는 해먹고 물러나면 그만〉이라는 냉소주의를 불식시키기 위해 〈공무원범죄에 관한 특례법(95.1.5)〉을 제정하여 공무원이 범죄행위를 통하여 취득한 불법수익은 물론 그에 유래한 재산까지 추적하여 환수하도록 하였다. 그러나 김영삼 대통령 본인은 깨끗했을지 모르나, 측근들과 친인척들과 정치판은 본인의 의사를 끝내 따라주지 않았다.

『그의 강철 같은 의지 앞에서는 높은 산도 몸을 낮춘다』

이 말은 로마의 역사가였던 리비우스가 알프스 산맥을 넘는 기발한 전략으로 로마를 초토화시킨 2차 포에니 전쟁의 영웅 한니발에게 바친 묘비명이라고 한다. 20세기에도 이 같은 헌사를 받을 만한 지도자가 있었다. 호치민 (1890~1969)과 체 게바라(1928~1967)도 그들 중의 하나다. 이념과 사상을 넘어서 그의 윤리성을 부정부패와 연관시켜보면 그렇다는 주장이 설득력이 많다는 것이다.

호치민은 조국의 독립과 통일을 위해 평생을 독신으로 지내며 외세와 싸운 베트남의 영웅이다. 〈체 게바라〉 역시 남미 민생들을 위해 자신을 희생한 위대한 정치가요, 혁명가이다. 호치민은 강대국 미국과의 전쟁을 승리로 이끌었고 통일 베트남의 주석까지 지냈지만, 사후 그가 남긴 유품이라고는 작은 나무 책상과 침대, 책과 시계 등이 전부였다. 호치민은 늘 국민들과 생활을 함께 했고 그런 그를 베트남 민중들은 〈호 아저씨〉 라 부르며 따랐다.

체 게바라의 몇몇 일화도 그의 면모를 살펴보는 데 도움이 될 것이다. 1959년 쿠바 혁명 직후 산업부장관에 취임했던 체 게바라가 어느 날 해외출장을 앞두고 있었다. 그런데 장관의 짐을 살피던 비서관이 가방 안을 들여다보니 구멍 뚫린 양말 세 컬레가 달랑 들어 있었다. 또 체 게바라가 어느 날 인형공장에 시찰을 갔다. 그러자 공장 관리인이 동행한 딸에게 인형 하나를 선물했는데, 이를 본 그는 〈인형은 내 딸아이의 것이 아니라 인민의 것〉 이라며 되돌려주었다고 한다.

이들은 살아있을 당시보다도 오히려 사후에 더 큰 평가를 받고 있다. 모두가 몸을 낮추는 〈높은 산〉 으로 우뚝 선 셈이다. 현존하는 인물로는 중국의 총리였던 주룽지도 이에 부족하지 않은 것 같다. 주룽지는 1998년 권력의 정상에 올랐다가 2003년 3월 총리에서 물러났다. 그런데 최근 〈주룽지의 통곡 사건〉 이 화제가 되었다. 외신에 따르면 얼마 전 정치적 고향인 상하이를 방문한 그가 만찬석상에서 목을 놓아 울어 참석자들을 숙연케 했다는 것이다. 그가 통곡한 사유는 중국 공산당과 금융계에 만연한 부정부패였다. 재임중 공직자들의 비리 척결에 누구보다도 앞장서〈미스터 클린〉이라는 별명까지 얻었지만, 자신이 이를 청산하지 못한 데 대한 회한을 오랜만에 만난 지인(知人)들 앞에서 털어놓으면서 빚어진 일이었다. 그는 특히 자신의 측근 인사들조차, 비리에 연루되어 있었음을 퇴임 후에야 알게 됐다며,〈내 주변조차 관리를 제대로 못했었다〉라며 눈물을 쏟았다고 한다.

〈100개의 관을 준비해 두라. 그 중 하나는 나를 위한 것이다〉

그가 1993년 와병중인당시 리펑 총리를 대신해 총리 대행이 된 뒤 부정부패 일소작업을 벌이면서 했다는 이 말은, 그의 청렴하고 높은 도덕성을 잘 알 수 있는 대목이다.

이들 세 사람은 지도자가 가져야 할 자세가 어떤 것인지를 잘 보여주고 있다. ① 청렴 ② 자기희생 ③ 공인의 책임의식이 그것이다. 모름지기 지도자라면 이 정도는 되어야 할 것이다.

하지만 부끄럽게도 우리는 광복 이후 이런 지도자를 만나보기 힘들었다. 전두환 전대통령은 재임중 수천억 원의 뇌물을 받아 법원으로부터 무려 2,205억 원의 추징금을 선고받았으나, 통장에 고작 29만 원 정도의 예금이 있을 뿐이라고 변명했다. 노태우 대통령도 비슷한 수준이다. 그들이 빼돌린 뇌물은 결국 민생들의 것이다.〈체 게바라〉처럼 당연히 민생들에게 되돌려 주어야 하는 것이다. 김대중·김영삼 전대통령은 측근들의 부정부패에 대해 주룽지처럼 통곡은커녕 아무런 말이 없었다.

〈참여정부〉는 전임자들과 많은 차이가 났으면 좋겠다. 따라서 지금의 상황을 고백하는 심정으로 투명하게 밝혀서 국민들에게 정직과 소신과 희망으로 다가서야 할 것이다. 측근들의 비리를 철저하게 밝혀내기 위해 국회가 압도적인 찬성으로 통과시킨 특검법을, 수사중이라는 이유로 거부한 사실에 민생들은 의아해하고 있었다는 민의도 한번 생각해 보아야 할 것이다.

그동안 우리 사회에서는 진정 국민들의 삶보다는 그릇된 명예나 치부에 더 관심이 많았던 대통령, 국회의원, 고위 관료들이 지도자 행세를 해왔었다. 그 결과 그들의 부정부패가 끊이질 않았다. 이제 국민들은 권력 쟁취를 위한 그들의 싸움질과 탐욕에 신물이 나서 정치를 외면하고, 투표에 참가하지 않고 있는 것이다. 그러니 진정한 지도자들은 정치판에 끼어들지 않고 위정자들만이 들파리같이 정치판을 기웃거리는 실정이다. 선거 때면 찍을 사람이 없다는 탄식만 가중되고, 악순환으로 정치의 외면은 점점 더 증가되고 있는 실정이다.

이제라도 하루빨리 위정자들의 위선의 가면을 벗겨야 우리 모두가 그동안 소홀히 보낸 〈시간의 보복〉을 예방하거나 줄일 수 있을 것이다.

3. 부패는 개혁실패의 어두운 그림자

그러면 그동안 민생들은 왜 반부패 운동과 부패방지에 방관자였는가? 우리는 여기서 지난 시기의 반부패운동이 실패한 원인을 몇 가지 찾을 수 있을 것이다. 첫째는 과거 정권들이 뒤에서는 부정을 저지르면서, 스스로 부패한 상태에서 앞으로는 부패척결을 외쳤다. 바로 민생들을 기만한 것이고, 순진한 민생들은 속은 것이다. 따라서 정권들이 외친 부패척결은 구호에 불과한 것이었고, 부패방지법 제정이나 부패시스템을 제어할 수 있는 기구 마련 등 현실적으로 법률과 제도를 보완하는 일은 전혀 도외시하였던 것이다. 둘째로 국민들이 스스로 반부패 전쟁에 대해 냉소적이었다. 이는 물론 과거 정권들이 구호에 불과한 반부패를 외친 까닭이라 할 수 있겠다. 또한 국민적 참여를 통해 과연 어떠한 결실을 얻어낼 것인지에 대한 회의가 컸었다. 물론 일부 시민사회에서 부정부패의 척결을 소리 높여 외쳤지만, 이는 메아리 없는 공허한 외침에 불과하였다. 이들 단체들은 자신들이 전개한 활동들이 몇 달 지나면서 국민 참여가 저조한 데 실망을 느끼고 스스로 포기하게 되는 일이 잦았다. 또한 국민들도 부패와 싸우기보다는, 부패에 동조하고 이를 방관하는 자세로 일관해 왔던 책임도 컸다.

결국 이러한 정권과 민생들 사이의 부패참여와 부패방조는 부패시스템의 안정화를 불러왔고, 이는 우리나라에게 〈총체적 부패공화국〉이라는 오명을 안겨준 요인이 되었다. 최근의 국제투명성기구가 발표한 우리나라의 청렴지수는 조사대상인 세계 80여 개국 중 10점 만점에 5점 이하를 받았다. 싱가포르가 9.1점으로 7위, 홍콩이 7.8점인 데 비하면 이러한 결과는 OECD 가입 등 외형만 화려하고 내실은 썩어 있던 우리 사회의 현주소를 잘 드러내주는 것이라 하겠다. 정경유착과 부실대출 등 우리 사회의 부패 구조는 결국 우리 경제 전체를 뒤흔들어놓았고, IMF 체제에 편입되게 만들어 수많은 서민, 중산층들에게 고통을 안겨주었다.

과거 정권들도 부패와의 전쟁을 선포한 것이 한두 번이 아니었다. 그렇지만 국제투명성기구(Transparency International) 부회장이며 말레이시아 지부 의장인 아지즈(Tunku Abdul Aziz)의 지적대로 〈부패와의 전쟁을 선포하는 것과, 전쟁 그 자체와는 별개의 문제〉라는 명제가 우리에게 남는다. 전쟁을 선포하는 것은 대통령일 수 있지만, 전쟁을 치르는 데에는 국민들의 적극적인 참여가 필수적이라는 말이다. 이런 점에서 대통령의 〈국민 여러분의 적극적인 지원이 필요하다〉라는 이 호소는 이 전쟁의 성패가 걸린 정확한 언급이 아닐 수 없다.

여기서 중요한 것 또한 국민들의 반부패 실천이다. 어떤 법률이나 제도로도 저절로 부정부패를 사라지게 할 수는 없다. 대규모 국민적 참여를 근거로 하는 국민운동이 법률과 제도의 변화와 맞물려 돌아갈 때 부정부패척결을 위한 효력은 극대화되는 것이다. 이러한 효력을 극대화할 수 있는 원동력은 어디까지나 지도자의 ① 청렴 ② 자기희생 ③ 공인의 책임의식이 선행되어야 한다는 것을 간과해서는 안 될 것이다.

부정부패는 개인이나 사회의 윤리성과 도덕성에 먹칠을 하여, 부패구조에 동참하지 않으면 불이익을 당하게 만드는 역기능을 조장한다. 그리고 이로 인한 검은 돈이 사치와 향락으로 연결되며, 이는 사회적 위화감을 양산하여 갈등을 심화시키는 결과를 가져온다. 또한 부패는 경쟁에서 탈락되지 않으려 면 어쩔 수 없이 이에 동참할 수밖에 없게 만들어, 이를 방치하면 자연히 확 대재생산되는, 그리하여 나라 전체를 서서히 파멸로 이끄는 사회적 암적 존 재가 되는 것이다. 특히 지도자의 부정부패는 망국의 지름길이다. 그 지름길 에 민생 전체의 고난과 고통과 슬픔과 분노가 스며들게 되어 있는 것이다.

정권이 몇 번 바뀌어도 변하지 않는 〈개혁의 과제〉가 있다. 그것은 당연히 부정부패의 척결이다. 부정부패의 척결은 역대 정권이 그토록 결연한 의지를 표명해 왔음에도 불구하고, 역설적으로 이것은 또한 정권 실패의 원인을 제 공하면서 가장 성공하지 못한 정책과제이기도 하였다.

도덕성을 강조한 〈참여정부〉 역시 부정부패 척결을 최우선 개혁과제로 상 정하고 있다. 이번에는 이것이 성공한 정책이 되길 바라는 마음이다. 부정부 패 척결이 여전히 미완의 정책이라는 사실은 국가청렴도 조사 결과가 말해 주고 있다. 국제투명성기구가 발표한 한국의 청렴도는 2000년 조사대상 90 개국 중 48위, 2001년에는 91개국 중 42위를 차지했다. 우리의 경제규모가 국내총생산(GDP) 기준으로 세계 14위, 수출 규모로 세계 13위인 점을 감안 하면 이런 국가청렴도가 과연 〈경제 선진국〉의 위상에 걸맞은 도덕적 수준 인지 창피한 생각을 들게 한다.

끊임없이 불거지는 부정부패 스캔들을 접하면서 이제 부정부패는 〈사건〉 이 아니라 한국 사회의 또 하나의 〈문화〉로 자리잡은 것이 아닌가 하는 느낌 마저 들 때가 있다. 더욱이 우리를 크게 실망시키는 것은, 지도층이 연루된 정치적 성격의 부정부패만이 아닐 것이다. 따지고 보면 우리 사회의 부정부 패는 어느 특정 계층에만 국한된 문제가 아니라는 점이다. 광범위하고 뿌리 가 깊어 누가 피해자이고 누가 가해자인지도 구분할 수도 없는 지경에 이른 것 같다는 점이 가장 걱정스러운 것이다.

4. 부패는 민속인가? : 부패의 한국현대사

『남아시아에서의 부패문제는 자연스러운 것이었고 정치
나 경제활동에서 윤활유로 생각되었다. 그래서 부패는
정치인이나 고급관리뿐 아니라 사회의 모든 분야에 만연
되어 있는 하나의 민속이 되었고 이렇게 형성된 "부패라
는 민속"은 분노의 대상이 아니라 질투의 대상이 되었
다』

- 군나르 뮈르달 : 스웨덴의 경제학자, 노벨평화상 수상 -

부패문화, 하나의 문화로까지 번진 상황에서 이제는 생활양식이고 의식형
태로까지 표현되게 되었다. 우리 사회에서 부패의 만연은 어디에서나 볼 수
있고, 어디에서나 접촉할 수 있고 어디에서나 냄새를 맡을 수 있다. 그러나
누군가가 부패 소리를 하면 여전히 빅뉴스가 된다. 권력이 있는 곳에 부패가
있다. 그럼 권력은 어디에 있는가? 다 아는 사실이다. 그 권력의 순위도 뻔히
아는 사실이다. 어느 자리가 권력이 있는지 안다는 말이다. 부패란 신기하기
만 하다. 우리 사회에서 가장 평범한 것 중의 하나이면서, 그것을 말하는 사
람은 아주 특이한 사람으로 몰린다. 그래서 옛날 며느리같이 〈보아도 안 본
척, 알아도 모르는 척, 들어도 못 들은 척하는 것〉이 우리사회에서는 아주 현
명하게 행동하는 처세술이 되었다. 심각하게 생각하는 사람만 바보가 되는
것이다.

부패를 자꾸 말하는 것은 이제 진절머리가 난다. 그동안 수없이 많은 부패
방지를 위한 실천적 대안들이 강조 · 추진되었다. 그러나 나중에 보면 그것을

강조한 사람이 서초동 검찰청사를 드나들고 있는 현실을 무엇이라고 설명해야 할까? 역대 대통령 모두는 취임사부터 시간이 있을 때마다 국민과 국가의 번영을 위하여 성역 없는 사정과 부정부패 척결 의지를 천명해 왔었다. 그러나 그 정권이 말기에 이르거나 정권교체가 이루어지면 어김없이 부패정권을 면할 수가 없었다. 그만큼 선언적 메아리만 있었고 실천의지는 없었다. 왜냐하면 부패는 〈민속〉이었고 〈문화〉로 자리잡았기 때문이다.

〈시간의 보복〉은 부정부패에서 온다는 사실을 우리는 지금 당장은 모른다. 그러나 추상적이고 선언적인 부패문제의 접근은 미래에 반드시 〈시간의 보복〉을 더욱 초래할 것이라는 것을 역사를 통하여 알 수 있는 것이다. 보다 솔직하고, 보다 현실적인 해결방안과, 보다 전략적 지혜를 가지고, 법제개혁 · 의식전환 · 관행변화를 유도할 종합적인 총괄계획을 추진하지 않으면, 〈시간의 보복〉은 어김없이 오게 되어 있는 것이다.

국가의 흥망성쇠(興亡盛衰)와 부패는 어떠한 방정식이 성립될까? 영국의 명재상인 글래드스톤의 〈부패는 국가를 몰락으로 이끄는 가장 확실한 지름길이다〉라는 경구처럼, 부패로 망한 국가는 역사적으로 적지 않다는 것을 우리는 알고 있다. 오히려 대부분이라 말해야 좋을 것 같다. 유럽을 제패한 로마도 내부의 부패가 더 큰 멸망의 원인이었다. 중국의 장개석 정부는 부패로 망한 대표적 사례이다. 미국의 천문학적인 재정과 우수한 무기 지원도 부패한 지도자와 관료 앞에는 무용지물이었다. 반대로 〈인민은 바다이며 우리는 그 바다 속의 고기〉라며, 최대한 민폐를 금하였던 모택동은 결국 열악한 상황하에서도 승리하고 말았다. 아직도 기억이 생생한 월남은 미국과 우방국의 엄청난 지원을 받고서도 부유층의 사치와 지도자들의 부정부패로 월맹군에게 패망하였다.

사실 역사를 통하여 부정부패가 전혀 없었던 국가나 시대는 없었다. 1854년 부패방지법을 제정한 영국에서도, 이 법이 제정될 당시에는 부패가 심각한 수준이었다고 한다. 따라서 부패를 완전히 제거할 수는 없겠지만, 우리나라는 정상적인 기능이 제대로 작동될 수 없을 정도로 부패가 심각한 수준이라는 것이 일반적인 국내외적 평가이며, 문제인 것이다. 결과적으로 사회 전체가 부패로 오염된 상태에서 개개인의 자기개혁과 국가 전반적 혁신으로 희망을 찾지 않을 때, 언젠가는 〈시간의 보복〉이 시작될 것이라는 역사적 교훈을 명심하여야 할 것이다.

4-1. 이승만 정권의 부패

구조적이고 조직적인 부패는 대한민국 최초의 정부 이승만 정권 때부터 시작되었다. 유감이지만 단추가 잘못 끼워진 것이다. 친일파 숙청을 포기하고 정권장악에만 급급한 이승만 정권은 정치·사회·경제적 혼란을 그 정권 야욕으로 인하여 가중시켰다.

> 『이승만 정치권력은 경찰을 중심으로 한 관료들의 권력을 극대로 비대화하여 그들의 월권적 행위는 글로 표현하기 어려울 만치 대규모적이었다. 국가의 부는 정치권력에 의해 몇 개의 사업가가 독점하고 불의와 부정이 원칙화되었으며 모략·중상·엽관·매직·아부·비굴만이 유일한 처세술이 되며, 그에 대한 비판은 탄압에 의해 좌절되었다』

– 한국군사혁명사편찬위원회, 「한국군사혁명사」 중에서 –

한마디로 지금까지 유전되어 온 부패의 씨앗은 이승만 정권에서 잉태되었고, 그로부터 확산되어왔다고 할 수 있을 것이다. 특정기업에게 원조자금과 국가자본 및 재산을 부당대출, 불하, 특혜를 주어 막대한 정치자금을 회수하였고, 일본인들의 잔여자산인 적산(敵産)을 이권의 최대 조달원으로 사용하

였다. 또한 미국의 원조물자가 불하되는 과정에서 부패의 원천이 되기도 했었다.

이승만 독재정권의 유지와 종신집권을 위하여 전쟁중 1952년의 중석불(重石弗) 사건, 밀가루 및 비료 폭리 사건, 국방부원면부정사건, 산은연계자금사건 등은 민생경제의 피폐와 대외신인도 타격 등을 몰고와 우리 경제를 재기불능의 상태로 만들어버렸던 것이다.

이러한 부패는 4 · 19혁명을 유발시킨 3 · 15부정사건을 앞두고 극에 달하였으며, 은행 특혜융자, 채권발행, 원조자금, 각종 이권개입, 기업인 회유협박 등 온갖 방법이 동원되었다. 이러한 방법은 아직도 자행되고 있는 부정부패의 교본으로 추앙받고 있다. 결국 첫 단추가 잘못 꿰었으니 다음 단추도 잘꿸 수가 없었던 것이다.

4-2. 민주당 정권의 부패

짧은 집권기간으로 큰 부정사건은 없었으나, 전 정권의 부패 처리를 일제잔재 처리와 마찬가지로 실패하였다. 즉 부정부패의 단절을 보지 못하였던 것이다. 그 이유는 부패한 정치인이 민주당에 포진하고 방해하였기 때문이다. 그것도 여론에 밀려 부정축재처리특별법을 제정하여 자유당 정권하의 부정축재를 응징하려고 하였으나, 민주당의 본질적 한계로 인하여 부정부패 척결은 추진되지 못하고 5 · 16으로 무너지고 말았다.

결국 민주당 정권은 자유당의 부패를 심판해야 하는 시대적 요구와 스스로의 자기개혁을 이행하지 못하고 그 본질에 있어 자유당과 다를 바 없다는 것을 스스로 자인하게 되었다. 민주당은 신 · 구파로 나뉘어 불법융자 등 자유당에서 자행되었던 부패행위가 그대로 답습되기도 했었다.

계속적으로 회유와 폭로가 자행되었고, 재벌과 정부 산하단체로부터의 불법자금 강요 등 정치인과 고위공직자가 각개약진으로 부정을 몰고 왔으며,특히 국영기업체를 통한 정치자금의 모금 등은 극에 달하였다. 이러한 부패행위는 결국 5·16을 당하고서도 쿠데타에 아무 소리도 못한 스스로의 몰락의 족쇄를 군인들에게 제공하였던 것이다.

『무능과 파쟁과 금력본위의 자체의 부패로 인해 누적된 제폐(諸弊)를 개혁할 역량을 갖지 못하였고… 장 정권의 근본적인 특징은 금력본위의 통치방식에 있었다. 국회의원의 매수, 반대세력 무마, 정책입안과 집행까지도 돈으로 유지해 갔다. 자유당 시대의 구악을 일소할 생각은커녕 오히려 그 대표적인 부정축재자들과 금력 앞에 완전히 굴복하는 바 되었고… 정실인사, 국고금 유용, 증수뢰, 탈세 등이 공공연히 행해지고…』

- 한국군사혁명사편찬위원회, 「한국군사혁명사」 중에서 -

4-3. 박정희 정권의 부패

5·16 군사정권은 〈부패일소〉가 최고의 가치로 국민적 열망에 부응하고자 했다. 민주당 정권하에서 처리하지 못한 자유당 정권하의 부정축재자와 민주당 정권하의 부패사건까지 처리하기 위하여, 〈부정축재처리요강〉을 발표하고 추징 및 통고처분 등이 강력히 추진되었다.

이러한 강력한 초기의 의지는 시간의 흐름과 함께 점차 부패의 길로 접어들어갔다. 민주당 정권을 부패정권으로 몰면서 5·16 군사쿠데타를 정당화시키려 하였던 박정희 정권은, 결국 스스로 추악한 부패정권으로 곤두박질쳤다.

박정희 정권의 부패는 이미 쿠데타 시작과 동시에 잉태되어 있었다고 할 수 있을 것이다. 공화당 사전 조직은 이러한 서막이었으며, 군정기간중에 일어난 증권파동, 워커힐 사건, 새나라자동차 사건, 삼분(三粉 : 설탕, 밀가루,

시멘트) 사건 등 이른바 4대 의혹사건은 바로 공화당 창당비용이었던 것이다. 이 사건들은 아직도 규명되지 못하였다. 따라서 군부세력의 독자적 정치자금 마련의 부패는 종전과는 차원을 달리하여, 이른바 만들어 쓰는 적극적인 부패의 새로운 장을 열었다.

경제의 성장과 더불어 부패는 〈질서〉로 자리잡았다. 현금차관, 은행융자, 토목공사 리베이트, 기간산업의 독과점권 거래, 외국기업의 정치헌금 강요 등으로 가히 정치자금 흑막의 정수를 보여주었다.

유신 이후 정치자금은 세금처럼 관행화되었으며, 이러한 불법자금은 체제수호의 비용으로 증가되어갔다. 청와대로 정치자금이 단일화되었다고 하나 당시의 실세들, 그 측근들, 고위관료 등은 한평생 배불리 잘 살고, 지금까지 그들의 후손까지도 번영을 구가하고 있는 것이다. 자유당과 민주당의 후손들과 마찬가지로….

1980년 계엄사령부 발표의 권력형 부정축재 유형은 기업인 협조비 명목의 강요, 기업인 이권개입 뇌물, 지역발전 명목의 재단설립 후 사유화, 공금착복, 정보를 빼낸 후 투자하여 폭리 조장, 직무와 관련한 기업에 대한 고율 사채놀이, 정부재산 수의계약 및 특혜인수, 배후권력을 이용한 기업의 불법성장 도모, 육영사업을 빙자한 재단설립 등의 특혜 이익 추구 등이었다. 미루어 짐작하건대 단 열흘 만의 수사 성과가 이 정도였으니, 지금의 특검이라도 했으면 아마 천문학적 규모로 이어졌을지도 모르는 일이었다.

당시 신군부는 부패 내용을 총체적으로 알기도 어려웠거니와 알려고도 하지 않았다. 당시 신군부들이 공화당의 연장선에서 출발했기에, 그 자체적 한계가 있었던 것이다. 이들 수사는 당시 정권장악에 장애가 되었던 특정인에게만 한정되었으며, 당시의 특정범죄가중처벌법, 조세범처벌법, 외국환관리법, 국내재산도피방지법 등의 적용대상이었으나, 반성·공직사퇴·국가헌납 등으로 형사처벌을 하지 않는 등 박정희 정권의 부패에 면죄부를 주었다.

결국 박 대통령 개인적 부정축재의 흔적은 보이지 않으나, 정권 전체의 부패는 심각하였으며, 박정희 정권의 정치자금 모금과 사용방법, 부패의 규모와 수법 등은 그대로 5 · 6공으로 이어져 부패의 민속은 코미디 같은 공연을 계속해 나갔다.

4-4. 5 · 6공 정권의 부패

제 5공화국의 부패는 친인척에서 출발하였다. 전 대통령이 보안사령관과 중앙정보부를 장악하면서 동시에 친인척들이 출세가도를 달리기 시작하였다.이들의 치부행각은 권력을 배경으로 한 축재, 용산 마피아 같은 인사비리, 해외재산 도피 및 은닉, 새마을중앙협의회 등의 과다한 국고낭비 및 권력남용 등이었다.

과거 박 정권의 관행을 답습하면서 동시에 자신이 거대 자금을 직접 쥐고 퇴임 후까지 자신의 정치적 영향력을 지속시킬 허망한 의도를 지녔던 전 대통령은 일해재단 창설, 기업인 강제기부 및 은닉 등의 권력형 부패혐의로 구속되기도 했다.

아직까지 밝혀지지 않은 의혹 중의 하나로 〈노드롭 스캔들〉 등이 대표적 부패사건으로 국내외적으로 제기되기도 했었다. 박 정권과의 부패 차이점은 이러한 부패로 인한 자금이 박 정권은 정치자금으로 모두 사용한 데 비하여, 전 정권은 개인과 친인척과 측근들의 개인적 치부로 치사하게 한정되었다.

노태우 대통령은 전 정권의 연장선에서 부패가 이어졌다. 거액 뇌물로 구속되었던 노 정권의 부패는 기업과의 검은 유착을 만천하에 드러내었으며, 그러한 대규모 부패를 벌이는 동안 그 아래 관료들과 정치인들은 손놓고 있었을까? 하는 의문을 모든 민생들은 가지고 있었던 것이다.

기업의 비업무용 부동산 미과세 및 위장, 수서택지분양사건 등에서 노 정권의 부패는 전모를 드러내었으며, 정태수 한보회장이 당시에 〈내가 비자금을 이야기하면 나라가 들썩거린다〉 라는 공언을 하여도, 검찰은 더 이상의 수사를 포기하였다. 나중에 알려졌지만 노 대통령 자신이 직접 뇌물을 받은 것은 그 당시 이미 예상하였던 사실이다.   .

4-5. 김영삼 정권의 부패

스스로 한 푼의 정치자금도 받지 않겠다면서 칼국수 문화에 앞장섰던 김영삼 대통령은 처음에는 우리에게 신선하게 다가왔다. 성역 없는 부패 척결, 윗물맑기운동, 역사 바로세우기, 공직자 재산등록, 신한국 창조, 세계화 추진 등의 사정 의지로 많은 국민적 지지를 이끌어내었다. 그러나 집권 중반 이후 연이은 부패사건으로 인하여 국민적 탄식을 자아냈고, 우리 사회의 보편적 부패의 민속을 걷어내지 못했다.

1994년 하위직 부패사건인 부천세무비리사건은 해방 이후 계속된 토착화된 비리 중의 하나였으나, 어떻게 보면 김 대통령은 재수가 없었다. 1996년 이후 대규모 비리사건 등은 청와대를 비롯한 권력핵심부의 철저한 부패오염을 각인시켜주는 사건들로 이어졌다. 청와대 부속실장의 부정축재, 공정거래위원회, 장애인공단, 증권감독원, 재경원, 국방부 등의 고위인사들이 부패혐의로 줄줄이 구속되었다.

1997년의 한보사건으로 불거진 김현철 사건은 우리 권력층의 부정부패 정도를 가늠케 할 수 있는 사건들이었다. 한 기업의 비리가 한 나라를 뒤흔들었던 것이다. 대통령 아들의 국정 논단과 뇌물 등은 부패와 무능의 극치를 보여주었고, 그로 인해 문민정부는 허망하게 무너져갔다. 또한 IMF라는 눈물겨운 단군 이래 우리의 최대의 수치로 인하여 수많은 민생들이 고통과 슬픔과 가정의 파괴를 겪어야 했다.

4-6. 김대중 정권의 부패

『국민의 정부는 민주주의와 경제발전을 병행시키겠습니
다. 민주주의와 시장경제는 동전의 양면이고 수레의 양

바퀴와 같습니다. … 민주주의와 시장경제가 조화를 이루면서 함께 발전하게 되면 정경유착이나 관치금융, 그리고 부정부패는 일어날 수 없습니다. 저는 오늘의 위기는 민주주의와 시장경제를 병행해서 실천함으로써 극복할 수 있다고 확신합니다』

- 1998.2.25 제15대 대통령 취임사 -

『이 정권하에서 정경유착은 없습니다. 한보 같은 사태나 정치자금을 받는 일은 절대로 없을 것입니다. 여기에 대해서는 단호한 입장입니다. 은행에 대해서도 완전한 자유를 주었습니다. 이번 은행장 선출에는 정부는 전혀 개입하지 않았습니다. 정부는 앞으로 시장경제를 지켜 나갈 것입니다. 부정부패 척결 없이는 국민적 신임이나 국제적 신임을 얻을 수도 없고 정책이 올바로 나갈 수도 없습니다』

- 1998.4.13 전국 검사장 초청 오찬사 -

『한국에서는 이제 정경유착에 의한 부정부패나 정부가 금융기관의 인사문제나 대출에 멋대로 개입했던 그러한 시대는 지나갔습니다. 개정된 엄격한 법에 의해서 정치자금은 양성화되었습니다. 그리고 대통령인 나부터 부패 사슬과의 단절에 모범을 보이고 있습니다』

- 1998.6.10 워싱턴 주요인사 리셉션 초청인사 -

나는 이 정권이 얼마나 부패척결 의지가 없었는지 알고 있다. 1998년 초 정부조직 개편시 국무총리실의 사정기관인 예방심의관실(공무원 사정담당)

을 폐지하였다가 관련 공무원들이 아는 연줄을 통하여 사정사정해서 축소 개설하였던 전례가 있었다. 이것이 이 정권의 속마음이었다.

아들 둘이 구속되고 민족의 영광인 노벨평화상까지 받아놓고도 부패로 인하여 찍소리 못하는 전직 대통령을 보고 있으면, 우리 민생들은 참으로 불행한 국민이라는 생각으로 말문이 막힐 지경이다. 집권 중반기 옷로비 사건 등으로 시작한 부패의 사슬은, 계속하여 〈국민의 정부〉의 〈국민〉 소리를 부끄럽게 만들었다. 지금도 그 측근들과 관련인들의 부패 사건은 계속적으로 발각되고 있는 실정이다.

그리고 IMF 뒤치다꺼리를 위한 공적자금은 상당부분 행방이 묘연하고 또한 도덕적 해이를 불러왔다고 우리 민생들은 생각하고 있으며, 최근의 검찰 수사에서도 일부 밝혀지고 있는 것이다.

『그 나물에 그 밥, 평생을 거짓과 위선으로 살아온 사람들… 고양이한테 생선 맡긴 격이었군요… 역시 우려했던 대로… 이 사람들에게 정권을 맡기다니… 대한민국 돈을 자기 돈으로 알고 얼마나 챙기고 빼돌렸을지… 그 자식들, 인척들까지 나섰으니… 법의 심판은 피해도 역사의 심판은 못 피하겠죠.. 마치 이완용 후손들이 지금 우리 할아버지가 조선 말 고위관료 이완용이었다고 자랑스럽게 떠들지 못하는 것처럼… ○○○ 씨, 그 밖에 다른 하수인들도 마찬가지일 거구요…?? 국민들만 불쌍하네요… 존경할 만한 지도자 한 명 제대로 가져볼 기회조차 없으니…』

- 2003. 중앙일보 독자의 인터넷 게시판 글에서 -

불행히도 우리는 김대중 정권이 당초 공약했던 반부패 정책에 대하여 그 실시를 꺼리고 있었음을 알고 있는 것이다. 국회에 자신이 상정하였던 부패 방지법에 반대하였고, 자신이 그렇게 주장하던 특별검사제에도 반대했다. 정 치적 검찰인사로 검찰의 올곧은 의지를 무력화시켰음을 우리는 안다. 당초 부패방지법안은 공직자윤리제도의 강화, 돈세탁방지제도 및 내부고발자보호 제도의 도입, 고위공직자비리조사처 신설, 예산부정의 통제 등 선진적 반부 패 제도였던 것이다.

4-7. 참여정부

『우리는 각 분야의 새로운 성장 동력을 창출해야 합니다. 외환위기를 초래했던 제반 요인들은 아직도 극복해야 할 과제로 남아 있습니다. 시장과 제도를 세계기준에 맞게 공정하고 투명하게 개혁해, 기업하기 좋은 나라, 투자하 고 싶은 나라로 만들고자 합니다. 정치부터 바뀌어야 합 니다. 진정으로 국민이 주인인 정치가 구현되어야 합니 다. 반칙과 특권이 용납되는 시대는 이제 끝나야 합니다. 정의가 패배하고 기회주의자가 득세하는 굴절된 풍토는 청산되어야 합니다. 원칙을 바로 세워 신뢰사회를 만듭 시다. 정정당당하게 노력하는 사람이 성공하는 사회로 나아갑시다. 정직하고 성실한 대다수 국민이 보람을 느 끼게 해드려야 합니다』

- 2003.2.25 제16대 대통령 취임사 -

『뉴욕 타임즈는 2003년 10월 13일자 특파원 기사에서 노 대통령의 국회 연설 내용을 사실 위주로 보도했다. 이 신 문은 재신임 선언 배경으로 대선 때 노 대통령의 가장

중요한 선거공약이 대통령 주변 부패근절이었는데 최도
술 전 총무비서관이 SK그룹으로부터 뇌물을 받은 혐의를
받고 있는 등 집권 이후 측근 부패 사건이 잇따랐다는
점을 들었다』

다음은 노무현 새천년민주당 대통령당선자 공식홈페이지 내용이다.

제목 : 부정부패척결 : 바로선 대한민국
요약 : 공직사회의 부정부패를 척결하고 깨끗한 대한민국을 만들겠습니다.
1. '고위공직자비리조사처,를 설치하여 대통령 친인척 및 고위공직자의
   부정부패를 척결하겠습니다.
2. 권력형 비리와 정치적 사건에 대한 독립적 수사를 위해 특별검사제도를
   한시적으로 상설화하겠습니다.
3. 국가정보원장, 검찰총장, 경찰청장, 국세청장에 대한 인사청문회를
   실시하겠습니다.
4. 고위공직자의 재산형성과정을 소명케 하고, 직계 존·비속의 재산등록
   을 의무화하겠습니다.
5. 정치자금의 수입·지출시 선거관리위원회에 신고된 예금계좌를 이용하
   게 하고, 100만 원 이상 정치자금 기부시 수표사용을 의무화하는 등
   정치자금을 투명화하겠습니다.
6. 부정부패사범의 공소시효를 연장하고, 사면·복권을 엄격히 행사하여
   법집행의 실효성을 확보하겠습니다.
7. 돈세탁방지법을 강화하여 부정부패를 사전에 예방하고 건전하고 투명
   한 금융거래질서를 확보하겠습니다.

〈500자 짧은 답변 달기〉

● 친구들은 TV를 보면서 이런 말을 합니다. 국회의원이 하는 일이 무엇일까? 우리를 위해서 하는 일이… 싸움만 하다가 임기가 끝나버리는 것은 아닐까? 저희들 눈에 그렇게 비쳐집니다. 왜 비리를 해서 돈을 숨겨 놓고 자기들만 잘 살겠다고 그럴까? 우리를 위해 일하기 위해 국회의원이 된 것이 아닐까? 금배지 달자고 그런 걸까? 저희는 그렇게 봅니다. 깨끗한 정치를 하는 나라가 되었으면 좋겠습니다. 저희들 눈에 정말 저 사람들은 우리를 위해서 일하는 훌륭한 사람이구나 이렇게 비쳐졌으면 좋겠습니다. 비방하는 글처럼 보였지만 솔직한 심정을 담았습니다. 이렇게 말한 거 죄송합니다. 하지만 꼭 바꿔주세요.   - 쿼츠♡(02-12-21) -

● 제발 그렇게 해주세요. 노무현 아저씨 이번에 되신 것 정말로 축하드려요, 웃는 모습이 아름다운 노무현 아저씨 화이팅~!!!! -송지은(02-12-20)-

● 정말 그래주셨으면 해여 돈 없고 가난한 사람은 정말 하고 싶어두 제대로 할 수가 없다는 현실이 정말 가슴 아프도록 슬픕니다. 정말정말 꼭 이뤄주세여 정말 간절해여~ 노무현님 화팅~ 이번에 꼭 되실거라 믿어여
      - 간절히 바라는 사람(02-12-16) -

언제나 나는 단언하고 싶다. 부정부패로 소홀히 보낸 이 시대의 부끄러운 우리의 모습들이 언제인가는 혹독한 〈시간의 보복〉으로 반드시 다가올 것이라는 것을 나는 다시 한번 단언하고 싶다. 다음의 일본 검찰 간부의 말에 귀를 기울여보면서….

『명치 이래 검찰에 의한 범죄의 수사처리 결과, 내각이 무너진 것이 네 번 있었다. 당시의 정권이 범죄수사에 의하여 무너진다는 것은 중대한 문제인데 원래 검찰이 기꺼이 내각의 붕괴를 목적으로 수사, 처리한 적은 없지만

사실과 증거가 있어서 불편부당, 엄정공정한 사건처리를
한 결과가 직·간접의 원인이 되어 내각 붕괴가 발생한
다면 어쩔 수 없는 일이다』

- 「河井信太郎」 검찰동우회 편역 검찰독본, 유림사 1981, p.15 -

chapter 2

제 2절 왜 개혁을 해야 하는가

chapter 2

1. 개혁은 윤리적이어야 한다.

땡추란 말이 있다. 조선시대에 민가(民家)를 돌면서 동냥을 하던 탁발승(托鉢僧)에 대한 속칭(俗稱) 또는 멸칭(蔑稱)이다. 어원은 당취(黨聚 : 떼 · 무리 등의 뜻)에서 온 것이다. 이들은 보통 10~20여 명씩 한패가 되어 사찰을 돌아다니면서 수행 · 학업에 열중하는 승려들을 괴롭히고 먹거리 등을 약탈하는 등 한낱 부랑배 집단에 불과했다.

그러나 이 땡추도 처음에는 개혁을 추진했던 공민왕이 신돈에게 도움을 요청하자, 각 도에서 1명씩 모두 7명의 스님과 신돈이 만든 개혁단체였다. 고려 공민왕 때 몽골의 지배에서 벗어나고자 노력한 스님들의 모임이었으나, 〈땡추〉에서 파생한 〈땡중〉은 당초의 개혁적 마인드가 사라지고 변질되어 결국 술을 즐기고 고기를 맘대로 먹는 가짜 중으로 전락했다. 당시에는 곳곳에

몽골에 빌붙었던 친원파가 있었기 때문에, 이들은 신변의 안전을 위해 술 마시고 고기를 먹는 등 스님들이 하지 않는 행동으로 서로를 확인하는 신표로 삼았다. 더구나 이들 스님들의 비밀은 철저히 지켜져서 다른 사람들 눈에는 땡땡이 중으로만 보였던 것이다.

땡추의 활약은 당시 개혁의 중심인물이었던 신돈을 중심으로 〈전민변정도감〉을 설치하여 부호들의 권세로 빼앗은 토지를 각 소유자에게 돌려주고, 자유민이 되려는 노비들을 해방시켰으며, 국가 재정을 정리하여 처음에는 민심을 많이 얻었다. 그러나 너무 급진적인 개혁은 상류계급의 반감을 샀으며, 신돈 자신도 왕의 신임을 믿고 점차 오만해지고 방탕하여져 상층계급에서 배척운동이 일어났다. 공민왕 18년(1369) 신돈은 풍수도참설로 왕을 유혹하여 서울을 충주로 옮기고자 했지만, 왕과 대신들의 반대로 실패하고, 급기야는 왕의 신임마저 잃자 역모를 꾸미다가 발각되어 수원에 유배된 뒤, 공민왕 20년(1371)에 처형당했다. 그 뒤 땡추들의 개혁적인 성향은 땡중으로 변질되었던 것이다.

우리 정치사를 보면 새롭게 집권한 세력들은 언제나 개혁추진세력으로 자처해 왔다. 그러나 항상 시간이 흐르면서 우리는 땡추와 같이 개혁 마인드가 변질되는 것을 보아왔다. 이런 경향에 〈참여정부〉는 예외가 되었으면 좋겠다. 이러한 개혁 마인드의 변질 때문에 일반국민들은 개혁의 당위성에 대한 인식과 더불어, 개혁에 대한 냉소적 시각이 똑같이 팽배해 왔다는 점을 우리는 직시해야 할 것이다.

개혁에 대한 조소와 비판에는 여러 가지 이유가 있다. 우선 〈누가 누구에게 돌을 던지겠는가?〉 하는 준칙으로 표현될 만큼 개혁추진세력의 도덕적 위상이 가장 중요할 것이다. 새로운 정권은 항상 일련의 개혁을 표방하여 표적 사정 같은 정치적 이득을 추구하기도 하고, 혹은 새로운 정권이 들어설 때마다 반복되는 〈공직사회 길들이기〉 같은 정책으로 집권세력의 개혁을 스스로 왜곡시켜온 사례도 많이 보아왔던 것이다.

개혁에 대한 이러한 부정적 시각들은 개혁추진 세력도 〈자기 이익 극대화의 존재〉에 불과하며, 결국 경험적으로 볼 때 정치인들은 〈득표극대화의 존재 (vote-maximizer)〉 그 이상도 이하도 아니라는 시각이다. 반대로 개혁주도세력들은 이를 기득권 세력의 저항 정도로 일축하기도 하였다. 그러나 우리는 개혁이 냉소적으로 비추어지고 개혁에 대한 비판이 지속되는 이러한 현상을 단순한 기득권세력의 저항이라고만 치부하기보다는, 그 이상의 차원에서 살펴 볼 필요가 있을 것이다.

현재 우리의 정치권이나 경제계, 교육계 등 사회의 각 분야가 개혁을 필요로 할 만큼 중병을 앓고 있다는 사실 자체를 부인하는 사람은 없을 것이다. 고비용·저효율의 정치권, 정경유착을 일삼아온 경제계, 구조조정을 망설이는 재벌기업, 무기력한 교육계가 모두 개혁 과제를 안고 있는 영역들이다. 문제는 이러한 상황에서 개혁추진세력이 스스로를 독창적인 〈개혁의 주체〉 세력이라고 자처하고, 개혁 대상은 동반자가 아니라 〈너 죽고 나 살자〉 라는 의식으로 개혁의 대상을 〈하위 집단〉 으로 치부하는 경향이 농후하면, 결국 개혁은 성공하지 못하는 결과를 몰고올 수밖에 없다는 것을 알아야 할 것이다.

개혁이라는 명제에 대하여 우리는 우리가 안고 있는 새로운 정치적·경제적 역할을 흐린 정신과 탁한 윤리를 가진 낡은 인간이 수행할 수 없다는 것을 알고 있다. 당연히 새 술은 새 부대에 담아야 하듯이, 새로운 개혁은 새로운 정신, 새로운 윤리에 의해서만 가능할 것이다. 이것은 오늘날 한국의 정치적·경제적 개혁과 구조조정의 정책적 개혁들이 새로운 인간, 새로운 윤리의 확립 없이는 결코 성공할 수 없다는 사실을 지적해 주는 것이다.

이제 우리 개혁의 방향은 청빈(淸貧)이 아니라 청부(淸富)를 누릴 수 있고 또 누려야 하는 방향으로 진행되어야 할 것이다. 오늘날 21세기에도 한국의 시장자본주의는 아직도 정치지향자본주 내지 천민자본주의적 체질을 극복하지 못하고 있으며, 아직도 졸부(猝富)형 축적체제를 청부(淸富)형 축적체제로 변혁하지 못하고 있다. 그 이유는 다름 아닌 우리의 개혁에서 윤리성이 부족하였기 때문이다. 개혁의 목표는 중요하다. 개혁의 목표가 바로 개혁의 과정과 전략을 결정하기 때문에 매우 중요한 것이다. 그러나 여기서 더 중요한 것은 개혁의 과정과 전략에 윤리성이 결여되면, 그것은 폭거이고 개악이 될 뿐이라는 것을 명심하여야 할 것이다.

21세기의 벽두에 세계 각국은 구조조정을 국가개혁이라는 이름으로 전력을 다하여 추진하고 있다. 과거 20세기형 성장의 연장선상에서 연속적으로 21세기가 있는 것이 아니라, 구식 온정적 패러다임을 파괴하면서 단절적으로 21세기형 성장의 새로운 물결이 일고 있다는 것을 알아야 할 것이다. 따라서 구조조정 혹은 개혁은 이러한 새로운 역동적이고 창의적인 패러다임에 대응하여야 할 것이다. 이러한 자기 혁신의 개혁 없이 21세기의 물결을 탈 수가 없다. 이제는 우리가 〈개발도상국〉이 아니라 〈개혁도상국〉이 되어 한국의 개혁성을 성장시켜야 한다는 세계적 조류에 우리가 살고 있다는 것을 명심하여야 할 것이다.

개혁이란 정치·사회상의 구(舊)체제를 합법적·점진적 절차를 밟아 고쳐 나가는 과정을 말한다. 즉, 사회질서의 개선 또는 구제(救濟)가 특정한 제도·행동 및 조건의 개조를 통하여 성취될 수 있을 때, 사회제도 및 정치체제의 본질적인 요소를 유지하면서, 일부분만을 사회의 발전에 적합하도록 변혁시키는 것을 말한다. 개혁이 기존의 체제나 추세와 조화를 이루면서 부분적이고 한정된 변혁을 꾀하는 것이라면, 혁명은 기존의 사회제도 또는 정치체제를 전면적으로 변혁시키는 것을 말한다. 따라서 개혁은 기존의 체제가 허용하는 범위 안에서 사회적 모순을 제거하는 것이며, 이로써 기존체제의 붕괴를 방지하려는 것이다. 여기서 개혁을 혁명으로 오인하면 안 된다는 것을 지적하고 있는 것이다.

역사에서 개혁이란 어떤 이념이나 사상의 변화로, 이를 수용하기 위해 제도나 구조를 바꾸는 작업이라고 우리는 상식적으로 알고 있다. 이를테면 개

혁은 봉건제도에서 민주주의 제도로 바뀔 때라든가, 종교개혁같이 타락한 종교관행을 타파하고 참신한 제도를 도입한다든가 할 때 불가피한 것이다. 그런데 요즘은 정치적 목적에 따라 〈내가 하는 것은 개혁이요 이를 반대하는 것은 보수반동〉으로 간주하는 사례가 있다. 이러한 오만을 배격하고 성공하는 개혁을 이끌기 위해서는 바로 〈윤리성을 겸비한 수요자 중심의 개혁이어야 한다〉라는 것을 알아야 할 것이다. 전 국민의 다양한 계층에서 공통적으로 수용할 수 있는 개혁이어야 한다는 것이다. 그러나 이처럼 많은 사람들이 개혁은 수요자 중심으로 추진되어야 한다고 같은 목소리를 내면서도 정작 개혁의 수요자가 누구인가? 하는 문제의 실패에서 개혁은 실패하게 될 수도 있다는 점을 간과해서는 안 될 것이다.

우리는 역사가 시작된 이래로 수많은 다양한 개혁들을 보아왔다. 고려 광종과 성종의 개혁, 동학의 폐정개혁, 그라쿠스·상앙·왕안석의 개혁정치, 갑오개혁, 대원군의 개혁정치, 에라스무스·프로테스탄트·루터·칼뱅의 종교개혁, 로마 마리우스의 군제개혁, 중국의 변법자강운동, 중국 청대 말기의 여걸 서태후(西太后)의 개혁, 고려 공민왕과 신돈의 전민변정도감을 통한 개혁, 조선 후기 실학자들의 개혁조치, 조광조의 개혁, 고구려 소수림왕의 개혁, 고려 말 신진사대부의 개혁, 통일신라 경덕왕(景德王)의 개혁, 흥선대원군의 개혁, 일본 메이지유신, 고르바초프의 개혁, 10월 유신, 조선 허균의 개혁, 고려 충선왕(忠宣王)의 개혁, 신라 지증왕(智證王)의 개혁, 연암 박지원의 개혁, 부르주아 혁명, 미국 독립혁명, 명예혁명, 일본 에도시대(江戶時代) 개혁, 중국 신해혁명, 프랑스 혁명, 신라 태종무열왕(太宗武烈王)의 개혁, 정도전의 개혁, 정조의 개혁, 농지개혁, 화폐개혁 등등 수많은 개혁들이 있었고, 이중 성공한 개혁과 실패한 개혁을 역사적으로 보아왔다.

해방 후 우리는 농지개혁, 국가재건운동, 새마을 운동, 서정쇄신, 사회정화운동, 새질서 새생활 운동, 신한국 창조, 역사 바로세우기, 윗물맑기운동, 제2건국운동, 동북아 중심국가, 소득 2만불시대 건설 등등의 개혁도상국에 살아 왔다. 그동안 우리는 정권은 바뀌어도 끊임없이 들었던 말 가운데 하나가 개혁이었다. 특히 국정목표라는 표방 아래 다양한 개혁은 변함없이 등장하는 하나의 신정권의 특허 메뉴였다.

역사를 통하여 태평을 구가하는 시대에도, 날카로운 관찰력과 식견을 가진 사람은 다른 사람에게는 보이지 않는 모순을 깨닫는 법이다. 보다 민감하게 반응했던 사람들은 스스로 위기감을 품고 더 물러설 수 없다는 자세로 현재의 모순을 타개하려 했었다. 이러한 사람이 바로 올바른 개혁가들이다. 개혁은 위기감을 품어야 성공한다. 또한 개혁은 지속적으로 이루어져야 한다. 그러나 언제나 개혁에 있어서 윤리성은 우선적으로 내포되어 있어야 할 것이다.

변화와 개혁은 이미 한국사회의 지배적인 이념이 되었다고 해도 과언이 아닐 것이다. 다시 한번 말하지만 정권이 출범할 때는 출항하는 범선에 높이 단 기치가 개혁이었지만, 이제까지는 모든 정권의 5년 동안 떠났던 개혁의 범선은 찢기고 빛바랜 개혁의 깃발과 함께 닻을 내려야만 했었다. 왜냐하면 지속성과 위기감과 윤리성을 결여했기 때문이다.

개혁에는 분명히 개혁의 주체가 있기 마련이다. 대통령 한 사람뿐이라고 말하든 집권세력이라고 말하든 간에 개혁의 화두가 꺼지지 않는 한, 분명 개혁의 주체는 살아있다. 문제는 개혁이 민생들의 공감을 얻으면서 제대로 굴러가느냐, 아니면 개혁주체 세력의 소망사항에 그치느냐에 달려 있다. 개혁의 씨알이 땅에 떨어져 싹을 내고 뿌리를 내리고 줄기와 가지를 뻗고 꽃을 피우고 열매를 맺자면, 몇 가지 조건이 필요하다. 그 다양한 조건 중에 윤리성이 개혁의 가장 중요한 요소가 될 것으로 확신하여야 할 것이다.

윤리성이 살아있는 생명력 있는 개혁이 되자면, 첫째 사람이 끌고 가는 개혁이 아니라 제도와 규범의 틀 속에서 개혁의 물길이 스스로 흘러가게 해야 한다는 것이다. 이 말은 개혁의 자율성과 개혁의 규범화를 강조한 말이다. 사람은 미혹하다. 인간의 속성은 변질과 사랑과 미움과 모순의 덩어리이다. 따라서 사람의 의지와 손에 이끌리는 개혁이 아니라, 제도와 틀에 이끌리는 개혁이 바람직하다. 그렇게 될 때 개혁으로 인해 잃을 것이 있는 자도 섭섭하지 않고, 얻을 것이 있는 자도 오만하지 않게 될 것이기 때문이다. .

둘째, 개혁의 윤리성은 남에게 하기 전에 자기 몸과 자기 주변에 먼저 행할 때 나타난다. 개혁에는 기득권의 청산절차가 따르기 마련이다. 개혁이 바로 진행되기 위해서는 개혁주체가 원칙 위에 서야 하고, 그 원칙에 먼저 자기 몸을 맞추어야 할 것이다. 스스로 모범을 보이지 않는 개혁, 스스로 가진 것을 버리지 않는 개혁은 소박한 국민들의 정서를 안정시키기 어려울 것이다.

셋째, 개혁의 윤리성은 어제의 동지와 지지세력과의 결별도 불사하는 결단과 용기가 있어야 할 것이다. 현재의 참여정부는 지지기반이 취약하다고 볼 수 있다. 지역의 한계, 거대야당의 빗장, 보수계층의 반발, 그중 어느 하나도 참여정부가 의도하는 개혁에 동참하지 않으려 할 수도 있을 것이다. 이 열악한 정치환경 속에서도 〈참여정부〉가 개혁을 이끌어나가자면, 개혁주체의 높은 도덕성과 이에 대한 민생들의 지지와 신선한 신뢰를 기치로 내세워야 할 것이다. 높은 도덕성은 개혁주체가 무엇을 얻기 위해 개혁하는 것이 아니라, 국민 전체와 국가의 미래를 위해 자신을 죽이고 가진 것 전부를 버리는 데서 나온다는 것을 명심하여야 할 것이다.

2. 개혁추진의 근본은 정당한 명분

지나간 역사를 되돌릴 수는 없겠지만, 과거에 아슬아슬했던 사건의 순간들이 다른 방향으로 전개되었을 경우 역사는 어떻게 전개되었을까? 하는 상상을 우리는 가끔 해보는 습성이 있을 수 있다. 아는 바와 같이 우리가 접하고 있는 모든 역사는 순탄하게 흘러갔던 것만이 아니었다. 오히려 역사는 숨 막히게 전개되었던 많은 에피소드를 통해 예기치 못한 방향으로 나아가기도 했다. 따라서 하나의 사건만 다르게 전개되었어도 역사는 지금과 전혀 다른 모습으로 우리에게 다가섰을 것이다.

만약 고구려의 주몽의 아들 유리가 끝끝내 일곱 모난 돌 위 소나무 밑에 숨겨져 있던 칼 조각을 찾지 못했다면, 백제라는 국가는 생기지도 않을 수 있었다. 황해 바다에서 고구려 순시선에 붙들린 김춘추가 살아 돌아오지 못했다면, 의자왕이 홍수의 의견을 일찍 받아들여 나·당연합군을 대비했다면, 신라는 삼국을 통일하지 못했을 것이며, 어쩌면 삼국 가운데 신라가 가장 먼저 망했을지도 모른다. 대구 공산 전투에서 전군을 잃고 도망치던 고려의 왕건이 백제군에 붙잡혔다면, 고려시대 대신 후백제의 견훤 시대가 전개되었을 것이다. 노비였던 만적의 거사가 사전에 발각되지 않고 성공했다면, 최충헌 정권이 무너지고, 고려의 신분구조가 크게 흔들렸을지도 모른다. 서양의 문물과 지식을 가지고 청나라에서 귀환했던 소현세자가 정상적으로 왕이 되었다면, 조선은 과학기술이 좀 더 발달된 나라가 되었을 것이다. 동학혁명을 진압하기 위해 청군을 끌어들이지 않았다면, 청·일전쟁이 일어나지 않았을 것이며, 일본의 조선 침략도 기약할 수 없게 되었을 것이다. 그러나 역사는 우리가 아는 대로 게임의 역사같이 흘러왔던 것이다.

역사에서는 이처럼 그 때 그 순간 그 사건이 우리가 알고 있는 대로 전개되지 않았다면 하는 아쉬움과 조바심을 던져주는 것이 많이 있어 왔다. 그러나 이러한 일들이 운명의 장난처럼 홀연히 일어난 것은 아니었다는 사실을 알아야 할 것이다. 거기에는 누군가의 준비가 있었고, 희생이 있었으며, 애정이 있었기에 성공이 있었으며, 또한 누군가의 시기가 있었고, 어리석음이 있었고, 무책임이 있었기에 좌절이 있었다. 제왕의 자리를 놓고, 통일의 주인공이 되기 위해, 사회 발전의 순간 앞에서, 나라의 운명을 걸고 모두가 역사의 게임에 참여하고 있었던 것이다. 위기의 순간 주군을 위한 온군해와 신숭겸의 숭고한 자기희생은 김춘추와 왕건을 구하고 통일신라와 고려를 있게 했다.

유리의 끈질긴 노력의 결과 소나무 기둥을 받치고 있는 주춧돌 사이에서

들리는 쇳소리를 듣게 되었고, 그는 결국 고구려의 왕위를 계승했다. 한 동지의 배반은 만적을 죽음으로 몰았고, 고려의 신분 구조를 그냥 그대로 놔두었다. 소현세자에 대한 인조의 미움은 조선의 기술 발전 기회를 박탈해 버렸고, 서구 열강의 침입 앞에서 나약한 조선의 모습을 보여주었다. 집권층의 잘못된 판단은 조선 침략 구실을 호시탐탐 노리고 있던 일본을 끌어들였고, 결국에는 나라를 잃는 슬픔으로 이어졌던 것이다.

역사의 운명을 놓고 벌였던 이러한 게임은, 그러나 공정한 조건 속에서, 공정한 방법에 의해, 예상된 과정으로 전개되지는 않았다. 게임은 전혀 예상치 못한 순간에 승패가 뒤바뀌기도 했다. 왜냐하면 역사는 인간이 만들어가기 때문이다. 인간은 결정적인 순간에서 용기를 가질 수도 있고, 두려움에 떨 수도 있으며, 주저할 수 있고, 대담해질 수도 있으며, 변화를 거부할 수도, 받아들일 수도 있으며, 자기만을 생각할 수 있고, 또한 전체를 생각할 수도 있다.

운명의 순간에 인간의 선택은 자유롭게 이루어졌지만, 역사는 매섭게 자기의 길을 재촉했다. 기회가 다시 부여되는 경우도 간혹 있었지만, 또 다시 받지 못한 자도 있었으며, 재기하여 영광의 자리를 얻게 된 자도 있었다. 기회는 곧바로 다시 오기도 했지만, 몇 세기가 지난 뒤에 오기도 했으며, 영영 오지 않은 경우도 있었다. 기회를 받을 수 없는 자는 역사의 게임 판에서 사라져야만 했던 것이다.

그러나 역사의 거대한 흐름은 게임의 결과에 의해 바로 물줄기를 바꾸었던 것은 아니며, 게임 판 자체를 천천히 또는 급격히 변화시켜나갔다. 골품에 따라 사회 진출을 제약하고 있었던 신라 사회는 이미 신라인들에게 외면의 대상이었으며, 따라서 역사는 새로운 시대를 준비하고 있었다. 고려시대에 노비가 사라지지 않았지만, 결국 조선 말에 이르러 노비가 사라졌다.

역사는 언제나 큰 흐름을 거부하고 옛 것만을 부둥켜안고 있는 세력을 역사의 뒤안길로 점차 사라지게 해왔다. 역사는 많은 사람들이 자유와 평등을 누릴 수 있는 방향으로 점점 변화하여 게임같이 인류를 시험해 왔다. 그러나 역사는 역시 인간이 만들어가고, 인간은 누구나 행복한 삶을 원하기 때문에 한 방향으로 흘러왔다. 그러므로 이러한 역사의 게임판의 변화 방향을 올바로 아는 자만이 진정한 게임의 승자로 남을 수 있었다.

따라서 이러한 게임 판의 바른 변화의 방향을 옳게 알고, 그 방향으로 나아가는 것이 바로 우리가 그렇게 추진하려고 애쓰는 개혁이다. 바로 역사의 게임 판의 돌림을 바르게 하는 것이 개혁이다. 만적의 거사는 실패로 돌아갔지만 역사에서 만적은 영원한 실패자로 남아 있지는 않고 개혁가로 남아서, 결국에는 오랜 세월이 흘렀지만 만적의 개혁안대로 되었다. 소현세자가 가지고 온 문물과 서적은 당시에는 묻혀졌지만, 후일 정약용에 의해 다시 빛을 보게 되었다. 신라는 통일을 했지만 외세를 끌어들였다는 점에서 지탄을 받았고, 우리 민족의 광활한 영토를 상실한 채, 결국 천년왕국의 몰락을 맞아야 했다. 일본군에 의해 동학혁명은 실패했지만 그 정신과 민족주의의 신념과 평등과 자유의 가치는 오늘날까지도 찬사를 받고 있다.

이러한 사실들로 미루어볼 때, 역사에서 게임의 결과는 후대에 가서 뒤바뀔 수도 있다. 따라서 우리의 개혁은 단기적인 결과에 집착하기보다는 윤리적인 인류의 공동선을 위해, 정당한 명분을 가지고 게임에 임했을 때 영원히 진정한 승자로 남을 수 있는 것을 역사의 게임 판에서 알 수 있는 것이다.

지난 IMF 사태는 우리가 한 세대 동안 유지해 온 경제의 틀을 개혁해야만 된다는 경고였다. IMF가 우리에게 준 충격은 분명히 컸으나, 그 충격은 과거의 경직된 경제제도를 개혁하고 새롭게 유연한 틀을 마련하기 위한 기회를 제공하고 있다는 점에서, 지금의 일본보다 오히려 다행이었는지 모른다. 왜냐하면 개혁의 필요성과 게임 판의 방향을 먼저 인식할 수 있었기 때문이다.

IMF 사태로 인한 실업의 고통을 통하여 국민들은 우리가 겪은 고통이 감수할 가치가 있었는지에 대하여 지금도 혼란스러워하고 있다. 그러나 이런 때일수록 정부는 좀더 분명하게 개혁의 명분과 비전을 제시하여야 할 것이다. 왜 개혁이 역사적으로 피할 수 없는 과제인지, 그리고 지금 개혁으로 겪고 있는 고통이 어떻게 장래에 보상받게 될 것인지에 대하여 분명한 청사진을 보여주어야 할 것이다. 그래야 국민들도 확실한 방향감각을 갖고 개혁을 위한 에너지를 모을 수 있으며, 반대로 개혁의 저항세력들은 명분을 잃게 될 것이다. 따라서 개혁은 정당한 명분에서 출발해야 한다는 당위가 여기에 바로 내포되어 있는 것이다.

3. 개혁의 시도와 그 한계

개혁은 성패여부와 관계없이 사회변혁의 필요성을 국민들에게 인식시킨다. 개혁은 국민들에게 수동적 자세와 의식을 불식시키고 진취적 · 전향적 · 미래지향적 역사관을 일깨우게 하는 촉진제 역할을 수행한다는 차원에서 역사발전의 계기가 된다는 점을 간과해서는 안 될 것이다. 그러나 추진된 개혁이 여러 가지 요인과 저항과 방해에 의해 중도에 좌절되면, 수구세력의 준동에 의하여 역사는 오히려 전보다 더 퇴보한다는 것을 우리는 역사를 통하여 알고 있다. 그러므로 국민적 통합의 개혁은 어떠한 어려움이 있더라도 성공하려는 의지와 노력과 열정이 필요할 것이다.

그리고 국민적 통합은 주로 내부의 저항에 의하여 좌절된다는 것도 우리는 역사를 통하여 알고 있다. 그러므로 개혁이 어려운 것이다. 그러나 이러한 어려움을 극복하는 과정은 항상 새롭게 형성되는 진취적 · 진보적 · 전향적 세계관과 민생적 의지를 통하여 미래의 발전에 가장 귀중한 발판이 된다는 것을 우리는 알아야 할 것이다. 또한 실패한 개혁과 미완의 개혁에 대한 역사적 고찰과 반성을 통하여, 개혁의 성공과 개혁의 확대추진이 동시에 성취되는 사회적 여건 및 전략을 탐색해 보는 계기를 마련해 보아야 할 것이다.

바로 이러한 점이 우리가 지난 역사에서 배울 수 있는 교훈이다. 왜냐하면 우리는 지난 반세기 동안 수많은 개혁을 보아왔고, 그 중에서 성공과 실패를 보아왔다. 우리가 보아온 성공한 개혁 중에서 파악할 수 있는 요점은 바로 윤리성을 겸비한 정당한 명분으로 국민 모두의 적극적 동참으로 지속적으로 법과 제도의 틀 속에서, 자기혁신의 아픔으로 추진한 열정과 의지라는 것을 우리는 파악할 수 있었다.

3-1. 이승만 정권의 개혁 시도와 그 한계

이승만 정권은 식민통치의 유산으로 출발하였다고 해도 과언이 아닐 것 이다. 식민 통치는 과잉 억압적 비대한 국가 관료조직의 망상을 남겨두고, 이승만은 경찰과 행정조직에 많이 의존하여 권력을 행사하였다. 자연히 다양한 민생들의 열망을 수렴하지 못함으로 써, 취약한 시민정치로 시민사회의 폭발을 야기하여 정권이 망하였다.

억압적 관료제는 미 군정기간에 친일 관료기구를 통합함으로써 식민지 관료의 연속성을 낳는 폐단을 자초했다. 또한 해방 3년을 거쳐 단독정부 수립 시까지의 해방정국은 폭발적인 좌우이념 대결에 의한 치열한 정치세력간의 각축전과 이로 인한 권위적 정치문화인 중앙집권적 파벌정치 및 비제도화된 정치와 권력의 사유화를 낳았던 것이다. 결국 이승만 정권은 이러한 모순된 정치 환경으로 인하여 민생혁명에 의하여 붕괴되었던 것이다.

식민지 해체 이후의 권위주의적 국가체제 형성은 앞에서도 언급한 바와 같이 친일관료의 재등용이었다. 또한 분단이라는 미완의 해방 상태로 시작된 약소민족의 비애가 가진 태생적 비극으로 출발한 이승만은 출발부터 국내외적으로 자괴감에 빠질 수밖에 없었다.

그러니 자연히 개혁이나 변혁을 주도하기보다는, 먼저 정권의 장악과 자기 과신에 차 있었던 것이다. 미국 원조로 지탱한 이 정권은 열등감으로 일관하여 올바른 정책형성을 할 수 없었으며, 좌우 이데올로기의 갈등으로 국론통일 좌절과 비극적인 이념분쟁을 불러일으켰다. 따라서 일제잔재의 청산을 이루지 못하였고, 새로운 국가건설의 비전도 형성하지 못하였으며, 일본중심에서 미국중심의 의존형 경제체제라는 경제구조의 대외종속성이 심화되었다. 또한 토착자본과 지주자본이 특혜를 받고, 해외 차관과정에서 음성적인 자본 축적이라는 부정부패의 근원을 처음으로 만들었으며, 또한 건강한 민주정치 세력의 인위적 무력화를 조장하여 정치혼란을 가중시킨 부작용만 낳았던 것이다.

즉, 제 1공화국은 민족화합형 지도력보다는 민족분단을 조장하는 우익주도의 공화국이 형성되어, 가부장적 권위주의 체제의 이승만을 국부(國父)로 한 일인(一人)중심의 정치권력구조가 독점화되었던 것이다. 그리고 정당정치의 취약성으로 자유당 전권정치가 전횡하였으며, 사회의 모든 구조가 정치에 종속되는 후원적 사회기구가 형성되었고, 야당정치의 제약으로 파벌정치에 군소정당이 난립하게 되었던 것이다. 그리고 이념적 다양성과 인물중심의 정치과정적 후진성으로 인하여, 약한 야당이 여당의 독재에 지배되어 있는 상호 모순된 정치구조를 만들어낼 수밖에 없었던 것이다.

또한 한국전쟁을 거치면서 한국전쟁의 원인에 대한 자괴감, 중국혁명으로 미·소간 직접적인 세계 헤게모니 쟁탈전의 가시화에 따른 입지약화, 미·소의 한반도 지배방법 논쟁 이후 동북아지역에서의 대결주의 강화에 따른 위기감의 상존, 정쟁의 결과로 빚어진 남북한 각각의 권위주의적 이데올로기 정권 형성과 분단고착에 따른 책임, 해방 이후의 혼란과 전쟁기간 동안 경제 붕괴로 빚어진 철저한 원조경제체제 형성으로 대미의존성에 따른 자존심 손상, 휴전체제의 성립으로 한반도의 장기분쟁 가능성 형성에 따른 국부(國父)로서의 정신적 갈등 등으로 인하여 변화와 개혁에는 그다지 큰 비중을 둔 것 같지는 않아 보였으며, 사실 둘 수도 없었던 상황이었다.

따라서 이승만 대통령은 항일민족운동의 지도자, 반공투사, 건국의 아버지 등으로 추앙받는가 하면, 친미주의자, 친일파 비호자, 국토분단의 주범, 독재자, 권력의 화신 등으로 규탄되기도 하는, 역설적으로 서로 상반되는 다양한 관점으로 비쳐지는 것이다.

우리는 제 1공화국의 개혁적 마인드를 이승만 개인의 성격적 기질에서 많이 찾아볼 수 있다. 이승만 정권은 건국초기에는 혼란했던 시기에 강력한 카리스마적 리더십을 발휘하여 이념을 극복하고 정체성을 확립시켜 국가구조의 틀을 재편성하고, 대통령중심의 민주공화제를 채택함으로써, 정치적으로 성공한 지도자처럼 보였다. 그러나 그는 장기집권욕의 3선 개헌 등으로결과적으로 4 · 19 혁명을 자초하였으며, 하야성명을 발표하고 하와이로 해외망명을 떠난 신세가 된, 결과적으로 정치적으로 실패한 정치지도자였다.

그러나 이승만 정권은 정치가 비록 이승만의 권위주의적인 통치 스타일과 장기집권의 기도로 오도가 되기는 했지만, 법적 · 제도적 장치와 절차 면에서 민주주의에 비교적 형식적인 논리로 상당부분 충실했다고 볼 수 있을 것이다. 우리는 여기서 제 1공화국의 개혁적 마인드를 파악하기 전에, 그 당시의 시대적 요청에 의한 정치적 공로가 무엇이며, 아울러 과오를 초래하게 된 원인이 무엇인가를 먼저 살펴봄으로써, 이승만 정권의 개혁적 마인드를 판단해 볼 수 있을 것이다. 또한 국가 경영적 성과 및 도덕성 측면에서 이승만 대통령은 어떻게 평가되어야 하는가도, 개혁의 한계를 어느 정도 판단해 볼 수 있는 단편이 될 것이다.

누가 뭐라고 해도 이승만은 오늘의 한민족과 한반도의 운명에 가장 큰 영향을 미친 문제의 정치인이었다. 그의 민족노선에 힘입어 영화와 부귀를 누린 사람도 있었으나, 그의 분단노선으로 이 민족은 백범(白凡)이 우려한 대로 동족상잔의 비극을 겪었고, 그 비극으로 오늘날까지 분단은 그대로 지속되고 있으며, 핵전쟁의 위협까지 받게 되어 남북 7,000만 민족의 생존이 중대한 위기에 빠지게 되었다. 그동안 그의 독재와 그의 위정자들의 부정부패로 인하여 우리의 민주주의는 수난 속에 신음하였고, 고난의 길을 걸어왔어야 했다.

따라서 현재 우리의 번영을 위한 작은 희망은 보이지만, 그래도 여전히 평화로운 통일조국의 건설은 한낱 꿈처럼 민족의 비원(悲願)이 되고 만 것이 오늘 우리의 민족적 현실이고, 이승만 정권의 유산이었다는 사실을 부인할 수 없을 것이다. 이승만에 대한 시비(是非)는 오늘날도 구구하다. 아직도 그의 정치노선은 현실적인 정당성을 가지고 있으므로 그의 노선을 비판한다는 것은 쉬운 일은 아닐 것이다. 그러나 벌써 한 세대가 지났고 미군정하의 기밀문서도 공개되는 시기가 되었으므로 그의 노선이 비판의 대상이 되어도 무관할 것이다.

이승만의 독립노선은 친미반러(親美反露)로 확고한 미국 중심의 세계관과 반러시아 노선을 걸었다. 동양 최초의 기독교 국가를 건설하겠다고 주창하였으며, 한국의 독립은 오직 미국의 성의 있는 원조에 의해야 한다고 주장하였다. 이승만의 일본인식은 정세에 따라 변화하였다. 1905년 러·일전쟁을 문명(일본) 대 비문명(러시아)의 대결로 파악하여, 일본이 동양의 주권을 대표한다고 생각하였다. 미국유학 시절에는 안중근·전인환 등의 투쟁에 반대하였으며, 1912년까지도 명백한 반일 발언이 없었던 것이다. 조선인 사이에서 발언할 때와 미국 사회 속에서 발언할 때에 따라 일본에 대한 태도에 큰 차이가 나타났고, 특히 미·일관계의 변화에 따라 발언의 수위를 조절하였다. 1919년 3·1 운동 이후에야 반일적 태도를 확실히 하고 상해 임시정부에 참가하였다.

그러나 1922년 상해에서 하와이로 귀환한 후, 미국과 일본의 대립이 더 이상 악화되지 않을 것을 알아채고 일본에 대해 유화적 태도를 보이기도 했었다. 즉, 공개적으로 새로운 조선총독(齋藤實)의 개혁을 한국인이 성원한다는 등의 발언을 하였으며, 하와이 한인교회 건립식에 일본총영사가 참석하기도 하였다. 그는 1939년까지 일본에 대한 유화적 태도를 유지하였다.

또한 중립국(中立國)화, 위임통치(委任統治) 등의 방안을 현실적인 외교독립노선이라고 생각하였으며, 실력양성론(實力養成論)이나 무장투쟁론(武裝鬪爭論)을 적극적으로 반대하였다. 따라서 독립 이후에도 독재가 불가피하다고 판단하여, 권력에 대한 강한 집착을 가지게 되었다.

이상에서 본 바와 같이 이승만의 이러한 특성 때문에 당시의 민족 숙원이었던 친일파 숙청은 물 건너갔고, 기어이 독재의 길로 막을 내렸다. 정세에 따라 변화하는 그의 기질은 또한 정치권력에 의한 권력형 부정부패를 낳았고 간신과 변절자만 들끓게 했다.

당시 친일잔재세력은 국내정치기반이 없었던 이승만을 중심으로 자신들의 피난처를 마련했고, 이들은 자신들의 역사적 청산을 요구하는 세력을 〈빨갱이〉로 몰아, 당시 권력의 중심이었던 미국과 결탁하여 이들 진보적인 지식인들과 친일세력척결 · 토지개혁 등을 요구하는 민생들을 탄압 · 학살하는 만행을 저질렀음을 우리는 부인할 수 없을 것이다. 이승만 친일파들은 일제시대 자신들의 기득권을 유지했던 방식을 되풀이하면서 해방된 조국에서 민족사의 진전을 가로막았던 것이다.

당시 민생들의 개혁적 마인드는 이승만 정권의 역사적 존립의 근거였던 친일잔재세력들을 청산하고, 분단정권을 극복하여 통일을 지향하고, 국가경제의 피폐한 현실을 개선하는 정치를 지향하는 것이었으며, 이러한 열망은 당대의 당연한 요구였다. 이 요구는 부정부패의 척결을 통해 그간의 기득권 세력이었던 친일잔재 세력과 이승만 체제에 기생해 왔던 세력을 청산하라는 주장으로 나타났고, 통일논의와 민생들의 권익옹호로 압축되었다. 그리고 이러한 요구를 실천하는 것으로 나타난 것이 결국 4 · 19라는 민생혁명이었으며, 당연히 4 · 19는 민생들의 뜨거운 지지를 받지 않을 수 없었던 것이다.

따라서 제 1공화국은 단독정부의 수립과정에서 나타난 한국문제의 UN 이관, 남북연석회의, 이승만과 한민당의 단독정부 논의 등으로 국가발전의 개혁 마인드와는 거리가 멀었다. 바로 태생적 한계를 드러낸 것이다. 따라서 이승만 정권은 지배세력과의 갈등으로 이승만 · 한민당의 결렬과 이승만 · 민국당의 갈등으로 정치적 포용이 사라졌으며, 개혁세력에 대한 탄압으로 여순사건과 군부 숙청, 국회프락치 사건, 반민특위 활동의 와해 등으로 나타났다.

결국 이승만 독재체제의 구축과 붕괴는 당연한 것이었으며, 자유당 창당과 장기집권체제의 구축으로 전쟁중에 부산정치 파동, 사사오입 개헌을 강행하였고, 진보당 사건(1958.1.3), 보안법 파동(1958.12.24) 등으로 개혁적 마인드는 여전히 남의 일로만 여기게 되었다.

이승만 정권의 개혁정책의 대표적 상징인 〈농지개혁〉에서 우리는 당시의 개혁의 한계를 엿볼 수 있을 것이다. 개혁의 궁극적인 목적은 사회 전 계층이 질적인 측면에서 복지와 분배의 향유를 도모하여야 함에도 불구하고, 농지개혁은 기득권층의 방어나 옹호로부터 보다 자유롭지 못함으로써, 개혁의 지지 기반인 다수 민생들의 참여나 지지를 이끌어내지 못하였다. 따라서 농지개혁은 절반의 성공과 실패를 경험한 데서 우리는 이승만 정권의 개혁 마인드의 한계를 살펴볼 수 있는 것이다.

그러나 이승만 대통령에 대한 다음과 같은 긍정적 시각도 있다

『해방 후 남한은 처참한 상황이었다. 지하자원이 대부분 북한에 있었고 일제가 대륙진출을 위하여 공업시설과 전력을 대부분 북한에 건설하였다. 남한의 소규모 공장들은 대부분 일제 본토의 하청공장이었고, 해방 후 북한의 단전으로 가동이 불가능했다. 또한 대동아전쟁 말기의 쌀과 산림의 수탈은 생존에 필요한 식량과 연료의 부족을 초래하였다.

극심한 인플레이션과 사회적 혼란은 정치적 혼란으로 이어졌다. 극우에서 극좌까지 250개가 넘는 정당 및 사회단체가 난무하였고, 이합집산과 마타도어가 일상화되었다.

이러한 정치·경제·사회적 상황 속에서 이승만 대통령은 반공·반탁의 기치를 내걸고 남한에서 단독정부를 수립할 것을 주장하면서 지금의 대한민국의 기틀을 마련하

였다. 국민적 여론의 힘으로 상당한 지식인들이 동정과 희망으로 바라보던 공산당과 싸웠으며, 반공을 이념으로 한 남한의 단독정부를 수립하였다.

이승만 대통령은 남한의 단독정부는 통일에는 역행하지만 공산당과 연립한 남북한의 통일정부는 이미 소련의 방해로 사실상 불가능하며, 또한 가능하다고 해도 공산화로 전락할 가능성이 크다는 생각으로 통일이 지연되더라도 단독정부를 서두르는 것이 옳다고 판단하였다.

이 대통령이 추구한 국가적 비전은 부국강병과 영세자유로 요약될 수 있을 것이다. 혁명가·정치가였던 그는 세계 각국의 역사와 국제정세를 정확하게 알고 있었으며, 이를 통하여 한국의 독립이 강대국들에 의해 결정된다는 것을 정확하게 판단했다. 이 대통령은 대한민국이라는 기를 아래 치안·국방·교육·토지개혁을 통하여 후대 박정희 대통령이 추진한 경제성장의 토대를 마련하였다.

6·25를 전후한 혼란을 수습하고 치안을 확립하여 경제성장의 초석을 닦아나갔다. 미국과의 끈질긴 협상을 통하여 육성한 60만 대군은 경제가 안정될 수 있는 또 다른 여건을 조성하였다. 이 과정에서 실시한 징병제는 한국의 청년들의 의식수준을 높였으며, 병역의무는 그들을 상향 등질화시켜 나갔다.

또한 혁명적 교육개혁을 통하여 해방 후 78%였던 문맹률을 1959년에는 10%로 급감시켰고, 대학생 수도 12배로 증강하여 고도성장의 기틀을 마련하였다. 전국 방방곡곡 어디에도 국민학교를 만들었으며, 국민학교 교사의 사기를 위하여 봉급을 파격적으로 인상하였다. 완전한 성공은 아니었지만 농지개혁은 소작농을 자작농으로 만들어 의욕적 영농을 가능하게 했고, 한국사회의 자유와 평등을 위하여 많은 공헌을 하였다.

이 대통령은 독립운동 과정에서 쌓아올린 절대적 카리스마, 우수한 두뇌, 탁월한 국제정세 판단과 외교적 수완, 미국과의 정치적 운명을 건 타협과 투쟁을 가능하게 한 소신과 배짱, 무엇보다도 어려움 속에서도 좌절하지 않고 끈질기게 목표를 달성하고자 하는 집념과 추진력 등이 모두 결집하여 암울하고 혼란한 한국의 시대적 책무를 감당해 나갔다』

3-2. 장면 정권의 개혁 시도와 그 한계

4·19 혁명과 제 2공화국은 미완의 민주화 과정을 밟았다. 이승만의 장기 집권과 3·15 부정선거에 대한 규탄운동을 통해 비롯된 시민혁명은 학생의거(혁명 주도세력)로 출발하였다. 집권여당인 자유당 정권에 대한 선거 민주화운동으로 시작한 4·19는 통일론 확산(가자 북으로 오라 남으로 만나자 판문점에서)과 부산과 마산 및 수도권 학생들에 의한 부패한 낡은 정치 청산 및 이승만 퇴진을 요구하였으며, 과도기 허정 내각을 출범시켰다. 7월 선거에서 민주당의 윤보선을 대통령으로, 장면을 수상으로 하는 권력변동이 이루어졌으며, 양원제 및 혼합형 내각제 정부가 출범하였다.

여기에서 장면 정부의 권력구조와 허약한 민주주의(fragile Democracy)는 의회구성에서 나타났는데, 민주당의 구파(한민당계)와 신파(흥사단계열＋개혁적 인사)의 대립과 이데올로기 논쟁이 그것을 대변해 주었다. 당연히 정치이슈는 사회개혁·경제성장·부패청산·통일운동·혁신정치 등으로 복잡하였고, 파벌갈등·리더쉽 결여·시민사회의 취약·군부지지 약화 등으로 정권은 단기간에 좌절하게 되었다.

장면정부가 왜 개혁에 실패하고 붕괴했는가? 하는 원인으로는 다양한 견해가 있을 수 있으나, 단기간이었지만 사회분배·경제성장·부정부패 일소의 실패, 제 1공화국의 타락정치와 혼란정치의 관행을 일소에 척결하는 데 실패하였고, 다양한 사회적 참여의 욕구에 대한 정책대응의 미흡, 정치관리 능력의 부재와 군부 쿠데타, 4·19 이후의 폭발적인 시민파워를 효과적인 리더쉽으로 발휘하는 데 실패한 것에 기인한다고 요약해 볼 수 있을 것이다.

7·29 총선에서 승리한 민주당은 민권확립, 책임정치의 발전, 경제건설제일주의, 사회정의의 실현 등을 국가 정책의 과제로 설정하였다. 그리고 민주당의 정강에 정치의 자유 및 경제적·사회적 각 분야의 혁신, 건전한 정당정치의 육성, 부정축재의 환수, 고급공무원의 재산 등록, 부정대출의 정지, 특혜와 독점의 배제, 부패의 근절, 관료의 부당한 간섭 지양 등을 포함시켰다. 따라서 집권 민주당이 이러한 정강을 그대로 실천하려고 노력할 경우, 4·19 당시 제기되었던 국민적 요구나 개혁과제의 상당부분을 수행할 수 있었던 것이다.

그러나 이러한 자유화·민주화의 개혁의 시도에도 불구하고 장면 정권은 우선 3·15 부정선거와 4·19 당시의 발포사건, 부정축재 및 정치자금 조성 사건 등에 대해 어떠한 초보적인 처리작업조차도 하지 않는 등 제 1차적인 개혁 작업도 제대로 수행하지 못하였다. 민주당의 이러한 우유부단한 태도는 혁명재판에서 가장 극명하게 드러났다. 처음에 민주당 정부는 3·15 부정선거 관련자들에게 중형을 구형하였다가, 10월 8일의 선고에서는 대부분 무죄 또는 집행유예로 풀어주었던 것이다.

부정축재자 처리는 장면 정권의 개혁성을 가늠할 수 있는 가장 중요한 사안이었다. 이미 허정 과도정부시기에 자신이 처벌을 받을 것을 두려워하던 부정축재자들은 제 2공화국에서 살길을 마련하기 위해 음성적인 구명운동에 적극적으로 나섰다. 그리고 이들은 정당에 대한 자발적인 혹은 강압적인 헌납을 통해 위기를 모면하고자 하였다. 결국 장면 정권은 부정축재 처리안 을 미루어오다가 61년 2월 말 그 범위를 〈선거자금 제공자〉로 극히 제한하였다. 또한 과거 매관매직 등으로 일확천금한 고위관료나 정치인들의 부정축재에 대해서는 손을 대지도 못했다. 그 결과로 장면 정권은 현행법상 실질적인 재산의 소유자인 이들 부정축재자들에게 아무런 통제를 가하지 못한 채, 5·16 세력에게 권력을 넘겨주고 말았다.

결론적으로 볼 때, 장면 정권은 이승만 정권시에 형식적으로만 존재해 온 자유민주주의를 나름대로 실천하기 위해 노력을 하기는 하였다고 볼 수 있다. 그러나 개혁조치의 실행이라는 관점에서 장면 정권을 평가하기에는 장면 정권의 수명은 너무 짧았으며, 그것을 실천할 수 있는 의지와 정책적 지원을 결여하고 있었다. 의지의 결여는 장면 정권의 민주당의 한계에서 기인하였다. 민주당은 이승만 정권 말기의 정치사회적 부정부패에 대한 민생들의 반감에 힘입어 자유민주주의의 투사로 과분한 지위와 명예를 부여받았지만, 실제로 민주당은 자유민주주의와는 거리가 다소 먼 인사들이 대다수였다. 이들은 4·19 혁명 과정에 거의 기여한 바가 없었으며, 학생들의 희생으로 얻어진 전리품을 나누어 갖는 데 더 열중하는 모습을 보여주었다.

이들은 비등하는 민생들의 개혁의지를 적극적으로 활용하려 하기보다는 데모규제법, 반공임시특례법 등을 제정하려는 시도를 함으로써, 오히려 밑으로부터의 시위를 두려워하였던 것이다. 한편 이들이 개혁의 의지를 갖고 있었다 하더라도 그것을 실천하기는 매우 어려웠을 것이다. 왜냐하면 자유당 정권의 공무원 조직의 저항이 당연시되었기 때문이다.

3-3. 박정희 정권의 개혁 시도와 그 한계

5·16 쿠데타로 권력을 잡은 군부세력은 그들의 표현대로 주로 빈곤의 탈피 즉 〈경제개발〉에 치중하였다. 그리고 이른바 군의 정치참여를 허용하여 개발독재형 권위주의체제를 구축하였다. 제 3공화국의 정치경제 개혁노선의 주요방향은 중상주의적 경제개발정책으로 국가주도의 사회적 인프라(SOC)

를 형성하는 전략이었다. 경제적 축적기반 형성을 농촌에서 도시중심으로 산업질서를 재편하였고, 무역중심형 산업구조와 수출 지향적 공업과 철도·교량·도로·중화학·제철공업으로의 단계적 발전을 주도하였다.

그러나 한일국교정상화를 둘러싼 정치와 국민들의 갈등과 베트남 전쟁의 한국군 파병과 개입을 둘러싼 갈등, 개발독재형 권위주의체제의 형성, 유신헌법의 초법적 대통령 권한 및 지위와 영구통치의 독재체제 구축으로, 결국 붕괴를 자초하였다. 1979년 당시 박정희 정권의 몰락요인으로는 유신체제의 도덕적 정당성 취약, 국내외적 경제위기의 지연과 불황, YH 사건, 신민당 사건, 부마항쟁 등 유신에 대한 민생들의 저항, 유신체제의 지배 엘리트의 내적 심리적 붕괴 등으로 집약해 볼 수 있을 것이다.

그러나 누가 뭐라 해도 박정희 대통령은 경제발전을 위한 자원이 전무한 가운데 한국의 고도성장을 이끌어낸, 근대화의 기틀을 마련한 주역이라는 점을 인정하지 않을 수 없을 것이다. 그러나 여기서 우리는 경제발전을 위해 우리가 국가 전체적으로 치른 대가도 있었는데, 바로 정치적 민주화 측면인 인권침해였다. 공화당 정부는 반민주적 성격으로 인해 국민들의 비난을 받았지만, 경제 정책에 있어서는 적지 않은 성과를 거두었다. 군사쿠데타 직후부터 추진된 네 차례의 경제개발 5개년 계획을 통해 한국경제는 괄목할 만한 성장을 이룩하였던 것이다.

그러나 이러한 경제 정책은 성장에만 힘을 기울인 나머지 〈분배의 문제〉를 소홀히 함으로써 빈부의 격차를 심화시키고 사회 계층간의 갈등을 초래하였다. 또한, 공업 위주의 개발 정책은 필연적으로 〈농촌의 낙후〉를 초래하였다. 이 밖에도 정부 주도의 경제 정책으로 민간 부문의 자립성이 크게 상실되었고, 국가 경제의 무역의존도가 지나치게 높아지는 등 경제 구조가 취약해지는 부작용을 빚어내기도 하였다.

후반기에 박 대통령은 일종의 초헌법적인 조처인 이른바 유신체제라 불리는 강력한 권위주의 체제를 성립하여 독재의 길로 들어섰다. 박정희의 개혁

적 조치의 한계는 박정희를 정점으로 하는 권력집중의 상층구조를 구성하고 있었던 잘 훈련된 경제전문가 및 군인을 중심으로 한, 일방적·특수집단적 개혁이 그 한계였던 것이다. 또한 유신체제는 민생들을 정치·경제적으로 더욱 배제하는 새로운 권위주의 개혁이었으며, 사회 안정의 명분으로 경제성장 과정에서 소외된 계층의 요구와 저항을 무질서와 비능률적 사회혼란으로 규정한 한계를 가지고 있었다. 그리고 국가의 강압장치가 비대화함으로써, 그것이 남용되는 개혁의 한계를 가지고 있었다. 그리하여 유신체제의 개혁은 정치권력의 사유화와 경직화를 유발하게 되었다

여기서 박 정권의 개혁이 모두 실패했다는 것은 결코 아니다. 이미 잘 알려진 것처럼 비약적인 경제성장을 이룩한 것은 주지의 사실이다. 다만, 그 업적의 뒤에는 정책실패도 있었다는 점을 주목해 볼 필요가 있는 것이다.또한 이러한 눈부신 경제업적 뒤에는 물가폭등이라는 혹독한 대가를 치러야 했고, 금융기관 활동 정지·증권파동·화폐개혁 등 작은 개혁의 실패는 헤아리기 어려울 정도로 많았다.

박정희는 독재자 중 아주 보기 힘들게 개인적으로 부패하지 않은 독재자였다. 그는 한국민에게 할 수 있다는 Candoism의 큰 자신감을 지니게 해준 장점도 있었다. 그래서 분명 박정희는 〈잘못된 독재자이지만, 성공한 대통령이다〉 라는 것이 그의 보편적 이미지이다. 즉 박정희 대통형의 개혁에 대하여 민생들은 거의 그 당시의 독재 정치나 지나친 경제 정책의 편중, 지역주의에 대해 비판을 하지만, 경제개발과 가난 극복의 업적을 무시하는 사람은 많지 않은 모순적인 이중 잣대로 평가하고 있는 것이다.

지금까지도 박 정권은 대통령이 입법부나 사법부의 권한까지 장악한 영도적 대통령제, 3선 개헌(三選改憲), 10월 유신, 새마을운동, 독재, 8·15 평화통일구상선언, 8·15 대통령 저격사건, 1971년 8월 23일 실미도 사건, 5·16 군사 쿠데타, 10·26 사태, 지역감정, 중앙정보부장 김재규의 박정희 암살 등의 이미지로 인하여 전반적인 개혁의 성과에 대한 명암이 교차되고

있는 실정이다.

사실 박 정권은 쿠데타의 불법적 방법에 의한 정권 창출로 인하여 개혁적 마인드는 태생적으로 제한될 수밖에 없었던 것으로 보인다. 그리고 공화당 창당으로 시작된 부패와의 연결고리로 인하여, 그의 혁신적인 개혁적 조치들은 상당한 경제적 성과에도 불구하고, 국민들의 전폭적인 지지를 획득하지 못하였고, 결국 민생들과 측근들의 저항에 부딪혀 주저앉고 말았다.

그러나 박정희 대통령에 대한 다음과 같은 긍정적 시각도 있다

『1961년 당시 우리 국민소득은 70달러 정도였고, 사회불안은 4·19의 여파로 극심하였다. 그리고 민주정치를 교육받은 지식인들의 이상주의적 통일 노력도 정치 불안을 더욱 가중시켰다. 이 과정에서 부국강병을 통치이념으로 표방하고 이를 실천할 수 있다는 의지를 표명한 박정희 독재정권의 기반이 마련되었다.

박 대통령은 경제성장을 목표로 정책관리에서 비경제적 요소를 철저히 배격했다. 우선 국회를 포함한 정치의 영향력을 경제정책으로부터 완전히 배제시켰다. 또한 정치 자체를 국가발전을 위해 쓸모없는, 심지어는 해로운 것으로 간주하기도 했다.

박 대통령의 철권통치하에서 행정부는 정치의 간섭으로부터 상당한 독립을 향유하면서 경제발전을 추진해 갔다. 그러나 70년대 이후 박 대통령이 경제에 관한 전문지식을 축적하고 경제정책 관리를 스스로 담당하기 시작하면서 중화학 공업화 전략하에 비서실을 강화해 갔다.

유신 때 정책결정은 첫째 대통령, 둘째 비서실, 셋째 행

정부처 순이었고, 국무회의나 국회는 이를 공식화·합법화 역할을 주로 담당했다. 대통령의 정책결정 역할이 강화되면서 박 대통령은 경부고속도로나 포항제철 건설의 경우와 같이 관료·경제학자·정책전문가·UNDP·IBRD 등의 외국전문가들까지도 경제적·재정적·기술적으로 실현 가능성이 없다는 판단에도 불구하고 이를 추진하여 완수시켰다. 독재정치를 구축한 박 대통령이 자신의 권력을 경제발전을 위해 사용했다는 사실은 한국민에게 진정한 행운이 되었다. 물론 독재가 유지되는 과정에서 지식인들의 탄압과 민주주의의 후퇴는 경제발전을 위해 지불한 대가로 기억되어야 할 것이다. 그러나 박 대통령이 대가를 치르면서 독재를 유지했던 것은 국민들이 경제발전을 가장 중요한 통치이념으로 암묵리에 수용했기 때문이다.

60년대 말경 조사에 의하면 한국의 대학생들도 정치발전보다 경제발전을 압도적으로 선호할 정도였으므로 박 정권은 더욱 힘을 얻고 부국강병주의를 추진했다. 조국근대화로 대표되는 박 정권의 국가발전에 대한 비전은 5·16 당시 너무나 현실성이 약했지만 20여 년간의 집권 동안 경제적 기초를 확실히 다질 수 있었다.

박 대통령은 전쟁의 위험이 감소된 것을 바탕으로 수출주도형 전략과 중화학공업 위주로 산업구조를 전환하여 사회간접자본을 축적해 갔다. 또한 오랫동안 국민의식을 지배해 온 패배의식과 좌절감을 극복하고, 특히 농촌의 운명론적 좌절감과 패배주의를 극복하기 위해 새마을운동을 추진했다. 열심히 일하면 잘 살 수 있다는 자신감과 희망을 심어주려는 운동이 새마을운동이었다.

박 대통령의 통치수단으로 동원된 카리스마적 권위는 이 승만 대통령에 뒤졌기 때문에 반대자의 설득에 있어 물리력을 많이 동원하였다. 그러나 박 대통령이 채택한 통치수단으로 인사권 행사는 높이 평가할 만하다. 실적 관료제를 도입하였고, 관료기술 중심의 공무원교육훈련을 대대적으로 실시하였으며, 능력 있고 헌신적으로 일하는 관료들을 과감히 발탁하였다. 경제기획원, 재무부, 상공부 등에는 경제전문가만 장관으로 배치했고, 차관은 내부 전문가를 승진시켜 발탁했다.

종합적으로 박 대통령은 경제 발전을 위해 필요한 국정과제들을 수행해 가면서 기적적인 고도 경제성장을 달성하였고, 이 고도성장은 한국이 세계의 선진국으로 발돋움 하기 위한 기초를 만들었다. 그는 또한 영민하고 개인적으로는 청렴하며 부지런하고 정력적으로 일했던 대통령이었다』

3-4. 전두환 정권의 개혁 시도와 그 한계

제 5공화국은 광주 항쟁으로 시작하여 1987년 6월 항쟁으로 막을 내렸다. 부산·마산 지역의 부마항쟁 등 유신체제에의 도전과 집권세력의 분열로 박 정권이 몰락하자, 아쉽게도 권위주의 체제가 다시 부활하였다. 즉 신군부세력의 정치적 부활은 위기관리체제에서 집권세력으로 변신함으로써 나타났다.당시 우리는 민주화 논의의 확대와 좌절을 지나면서, 결국 5월 항쟁을 겪어야 했으며, 지연된 민주화에 대하여 통탄하여야 했었다.

제 5공화국은 유신에 이어 국가 강압적인 군부권위주의 시대였다. 5·18과 군부 쿠데타(12·12 정승화 체포사건)는 권위주의 정권의 재부활을 의미하였다. 그러나 역사는 흘러 1983년 유화조치 이후 시민사회의 역동적 부활로 말미암아 1985년 김상현 · 김영삼 · 김대중 주도의 민주화추진협의회를 결성하였으며, 1985년 12대 총선에서 민추협 주도의 야당연합이 약승하게 되었다. 이를 계기로, 1987년 4 · 13호 헌조치에도 불구하고, 이후 6월 항쟁 (국민운동본부 주도)으로 6 · 29선언이라는 권위주의체제의 해체와 결정적 민주화의 토대를 만들 수 있었던 것이다.

80년 당시에 신군부의 등장으로 정부가 제시한 유신헌법의 폐지 → 새로운 헌법의 제정 → 민선정부의 수립의 단계는 폐지되었고, 군부가 모든 실권을 장악하였다. 따라서 정국의 변화는 군부의 움직임에 달려있게 되었다. 결국 새로운 헌법(제 5공화국 헌법)에 의해 전두환이 대통령에 취임했다.

반역

하수구에 머리 처박고 즐겁게 애국가를 불렀다
맑은 하늘에 태극기가 펄럭이는 것 같았다
그런데
머리 처박은 모두가 보았다는 것이 이상했어도
동해물과 백두산 소리에 묻혀 버리고 말았다

무척 계단이 많게 보이던 지하실에 양말 없이 서 있으니
수많은 사진을 펼쳐 놓고 한 장만 집으라고 했다
발이 서늘해 얼른 보이는 대로 집어 주고
돌아서는데, 이름을 쓰라며 웃었다
그는 유명한 사람이었다

그 해는 하늘이 유난히 높았으나 추웠다
새벽에 소주병 얼어 터졌다
30원 꽁치 구워 300원에 팔았는데
두 홉들이 소주 구하기 어려워
하루 종일 소주 사러 다녔던 기억이 새롭다
그날 번 돈은 새벽에 다 마셨다
인생의 반역은 이렇게 시작되었다
포장마차 주인으로…

판은 돌려야 신바람이 난다
장사판 노름판 놀판 개판 먹자판 정치판 등등
누가 판을 돌리는가에 따라
판의 분위기가 확연히 달라짐을 알고 있다

중앙청 국무회의실
집총한 이등병 앞에
고개 숙인 장관들로 판은 종쳤다
역시 개판으로
역사적 소명으로 판 돌리고자 한 자
국민이 원한다고 판 돌리고자 한 자
중론에 부응한다고 판 돌리고자 한 자
희망찬 지도자 선생들 모두 숨고 보이지 않았다

그러나
위대한 역사의 전향적 발전을 앞당기는 정치판은
저절로 피어나 잘 돌아갔다

번쩍이는 판 돌린 실력자의 미소 아래서…

　　- 중 략 -

- 박재목 시집(3집) 〈숯쟁이 움막에서의 좌망(座忘)〉 (1997) 중에서 -

　이어서 제 11대 국회의원 선거(1981.3.25)가 실시되었고 새로운 국회가
개원(1981. 4. 11)되었다. 국가보위비상대책위원회가 폐지되면서 전두환 정
권은 국보위 시대에 단행된 여러 정책을 계승하면서 이를 제도화하였다. 특
히 제 5공화국 정부는 숙청과 사회정화의 명분을 내세워 일련의 개혁을 추진
하였지만, 국민의 합의에 바탕을 두었던 것은 아니었다. 또한 1983년 정치활
동 규제자의 일부를 해금하여 정치활동을 가능케 한 사회의 변화에 따라, 대
국민 유화조치를 시행하였다. 즉 1983년 12월 문교부는 해직교수의 타 대학
의 복직을 허용하였다. 또 문교부는 민주화운동을 주도하다가 제적된 대학생
들의 복교를 1984년에 허용하였다.

　정부는 1984년 2월 정치활동규제자 202명을 추가로 해금하였다. 그리고
학원에 투입한 경찰병력을 철수하여 민생치안에 주력하였다. 그러나 여전히
권력주변에서는 비리와 부정부패 현상이 단절되지 않았다. 특히 전두환 대통
령의 일가와 관련된 것으로 소문난 〈이 · 장 사건〉, 〈명성그룹 사건(1983.
8)〉 등은 사회적 파장이 컸다. 정부는 이 사건을 빠르게 마무리하였으나, 민
생들의 의혹은 쉽사리 가라앉지 않았고, 5공의 부패는 계속되어나갔으며,
개혁은 빛을 잃어가기 시작하였다.

　무엇보다도 이 시기는, 정치는 약화되고 행정기능이 강화되었으며 능률성
과 효율성이 강조되었다. 정부는 정권 안정과 경제발전이라는 명제 아래 집
권화되었고, 권위주의적인 개혁적 마인드를 선호하였다.

　그러나 결국 이러한 과도한 권력의 집중화는 1987년 이후 새롭게 변화된

환경에 적응하기 힘든 사회의 경직과 적응 불감증을 유발하게 되었다. 또한 경제부처를 중심으로 하는 권력의 강화는 자연히 정경유착의 뿌리가 되었으며, 과도한 자원의 재벌에게로의 집중과 관치 금융 같은 고질적인 폐해를 낳게 되었던 것이다.

또한 5공은 〈사회정화운동〉 같은 부패 공직사회의 척결을 위한 개혁운동을 지속적으로 추진하였다. 그러나 이는 당시 정권의 분위기 쇄신을 노린 정치적 동기에서 출발한 것으로 상당한 효과를 기대할 수는 없었다고 할 수 있을 것이다.

3-5. 노태우 정권의 개혁 시도와 그 한계

전두환 정권을 상대로 한 6월 민주항쟁은 국민들의 민주화 요구였다. 결국 대통령 직선제를 주요 내용으로 하는 〈6 · 29 민주화 선언〉을 발표하지 않을 수 없었으며, 곧바로 대통령 직선제를 골자로 하는 헌법이 마련되었고, 이 헌법에 따라 대통령 선거를 실시하여 노태우 정부가 성립되었다(1988). 노태우 정부는 민족자존, 민주화합, 균형발전 등을 국정지표로 삼았고, 중국 · 소련 등 공산권과의 외교관계를 수립하는 등 북방정책을 추진하였으며, 특히, 1988년의 제 25회 서울올림픽 대회를 성공적으로 개최하여 국위가 선양된 기쁨도 맛보았다.

그러나 박정희, 전두환으로 이어져 내려온 권위주의 체제에 대한 가치 충돌로 인하여, 권위주의를 강력히 옹호하는 강경파와 개방화와 자유화의 가능성을 제시하는 온건파의 갈등, 노동운동 중심과 중산층 분화 등으로 인한 심한 사회적 가치혼란을 경험해야 했었다.

제한민주화(limited Democracy) 정권이라고도 불리는 제 6공은 대통령직선제를 통한 2김의 분열에 의한 어부지리로 등장하였으며, 이는 결국 6월 항쟁의 보람도 없이 양김 분열에 의한 5공 세력의 재집권이라는 결과를 몰고 왔다. 1988년 4월 총선에서 야당의 승리로 여소야대 정국이 형성되었고, 5

월 청문회, 5공 청산 활동 등으로 일부이나마 민주적 개혁입법 형성에 기여한 공로도 인정되고 있다.

결국 정국주도권 회복을 위한 지배연합의 변화를 시도한 결과, 3당의 합당(보수대연합적 정치체제의 등장)으로 개혁적 마인드는 상당부분 퇴색되었다. 즉, 5공의 권위주의 체제를 탈색하려는 몸부림과 3당 합당에 따른 대통령의 운신의 폭이 상당부분 제한되었고, 북방정책과 UN 동시가입, 남북기본합의서 타결로 대북관계의 주요변화에 치중한 나머지 국내의 정치, 경제, 사회에 대한 〈보통사람의 시대〉를 예고할 정도의 개혁은 전혀 이루어지지 않은 결과를 가져왔다. 따라서 지배연합 내 김영삼 주도의 정국장악의 결정적 기회만 제공한 채, 개혁적인 개혁은 손도 못 대고 부패의 유혹에도 벗어나지 못함으로써, 군정종식으로 끝나야 했다.

6공은 과거의 정권과 차별성을 보이기 위해서는 새로워진 정치, 경제, 사회적 여건에 맞는 정책의 방향을 잡고 새로운 조직적 대응이 필요했었다. 그러나 과거 성장 위주의 경제발전의 폐단과 말로를 선언적으로는 지양한다고 하면서도 근본적으로 새로운 방향으로 대처하지 못하였으며, 이승만 이래로 관행화되어온 정경유착과 관치부패에 유혹되어 스스로 몰락하고 말았다.

3-6. 김영삼 정권의 개혁 시도와 그 한계

문민정부는 6공의 민주화과정의 공고화 위기와 민주화 과정의 퇴행적 관행을 극복하면서 탄생하였다. 초기의 개혁과정은 금융실명제, 공직자윤리 및 재산신고, 부패추방운동을 성공적으로 추진하는 등 상당한 개혁적 의욕을 보였다. 즉, 문민정부는 1993년 출범 이후 광범한 민생적 지지기반을 바탕으로 정치개혁을 추진하였고, 금융실명제 도입, 종합소득세 추진, 정치자금법, 공직자 윤리법 등을 신속하게 추진하였다. 또한 5·18의 법적 처리문제에 착수하여, 1996년 전두환, 노태우의 사법처리를 완료하기도 하였다.

또한 문민정부는 세계화 시대를 맞아 수입개방의 빗장을 처음으로 열고,

WTO 체제로 편입하는 과정을 만들었으며, 시드니 방문 후 국가전략을 세계화 프로젝트로 변화(1994.11)시키는 〈세계화 추진〉을 전격적으로 국가적 개혁 과제로 삼았다. 또한 정치적으로 민자당을 신한국당으로 재편(1994.12)하였고, 당내 권력기반을 재편하였으며(공화계 탈당), 경제적으로 우르과이라운드 최종협상 타결과 무역자유화 일정에 동의하였다.(1994.12) 그리고 OECD 가입을 신청하여 선진국가형 정치경제적 기준의 도입을 시도하였다.

그러나 문민정부는 변화와 개혁에 대한 준비부족과 공직자와 정치권의 오만과 무능으로 인하여, 변화에 대한 개혁조치들이 성공을 이루지 못하였다. 결국 세계화의 몰이해로 인한 국가발전전략의 전환 과정에서 위기를 맞았으며, 변화에 대한 유연성 부족으로 국민국가의 딜레마에 빠지게 되었다. 즉 1996년 12월 노동법과 안기부법, 보안법 개정에 대한 개혁적 논의 실패, 1997년 한보사태 이후의 경제위기 확산, 1997년 4월 이후 당내 차기대통령 후보 경선과정에서의 레임덕 현상, 1997년 7월 아세안지역 외환위기 및 8월 기아사태 이후 경제위기 증폭 등으로 1997년 11월 IMF와 미국 재무부의 한국 경제 구제금융, 즉 IMF 환란을 맞게 되었다.

문민정부의 이러한 굴절은 당초의 개혁의지의 후퇴와 지배층의 정경유착(측근 엘리트 – 경제 엘리트 유착)의 부활, 노동개혁의 좌절, 정치개혁의 후퇴와 민주화의 역행프로그램 등장 등으로 청와대, 재경원, 경제 유관기관(한국은행 등), 당시 야당을 포함한 정치권 전체의 책임으로 전제된 IMF 경제위기와 환란의 도래로 초래되었다고 볼 수 있을 것이다.

다시 말하지만, 문민정부는 깨끗한 정부, 튼튼한 경제, 건강한 사회, 통일된 조국건설을 국정 지표로 설정하여 공직자의 재산 등록, 금융실명제 등을 법제화하고 지방자치제를 전면적으로 실시하였다. 그러나 후반기에 들어 경제여건의 악화와 외환 부족으로 IMF 위기를 겪게 되어, 역사적인 개혁적 조치들이 빛을 보지 못한 비운의 정권이었다고 볼 수 있을 것이다.

한국 정치사에서 장면 정권에 이어 2번째로 〈평화적 정권교체〉에 성공한 김영삼 정권은 노태우의 6공화국과 YS의 6공화국을 구분하기 위해 당시 정권의 파워 엘리트들은 스스로를 〈문민정부〉라고 불렀고, 또 자신들의 역사적 임무가 〈개혁〉에 있다고 말해 왔다.

당초에 문민정부는 정권의 안정과 강화를 위해 필요하다고 판단될 경우에는 놀랍도록 비타협적이었고 또 분명 〈개혁적〉이었다. 그러나 역사는 그 누구도 정권 안정을 위한 인물교체나 단순한 형태 및 절차의 변화만을 개혁이라고 부르지 않는다는 것을 그들은 간과하고 있었다. 그것은 개혁의 필요조건이고 과정일 뿐이었다. 개혁이 진정한 개혁이기 위해서는 충분조건인, 그 변화가 민생들의 요구와 지향을 충족시킬 수 있는 것을 요구하여야 할 것이다. 달리 표현하면 개혁적 내용들이 이 사회의 이른바 〈일반적 이해〉를 대변할 수 있어야 한다는 것이다. 여기서 말하는 〈일반적 이해〉란 곧 이 사회 구성원 모두에게 이득이 되는 이해를 말한다. 공화국의 정체(政體)를 취하고 있는 국가의 경우, 이러한 이해는 곧 실질적이며 내용적인 민주주의를 의미하게 되는 것이다.

쉽게 말해 주권자인 국민의 정치적 자유와 권리를 부단히 신장시키고 이를 위한 제도와 절차를 마련해 가는 일이다. 이런 과정에 있어서 민주적 권력이란 그 어떤 세습의 대상도 특정 계파나 계보끼리 나눠먹을 대상도 아닌 원래의 주인인 국민의 자기실현의 도구에 불과한 것이며, 이것은 단지 개혁적 수단이 되어야 한다는 것이다. 문민정부는 이러한 인식의 오류에서 자기 개혁의 실패에 몰입하였다.

어찌 보면 케케묵은 이야기로 들리는 이러한 따분한 원론을 이 자리에서 되새김하는 이유는 진정한 민주적 개혁이란 결코 권력 유지의 기술, 곧 정치공학의 문제도 또 역사적·정치적으로 용도 폐기된 인물의 거세를 의미하는 것도 아니라는 점을 강조하기 위해서이다. 마찬가지로 개혁이란 〈합리적 지배〉의 기술을 혁신하는 것도, 지배 엘리트간의 권력순환 절차를 매끄럽게 하는 것도, 정치의 전문화 혹은 전문가 정치도 아니며, 나아가 〈특정집단이나 재벌에게 사회적 노동의 결과물인 부(富)를 몰아주는 것은 더더욱 아니다〉라는 것을 말하기 위해서이다. 문민정부 개혁은 이러한 인식에서 다시 한번 실패하였던 것이다.

문민정부의 초기 개혁적 의지와 추진 성과는 경제개혁의 내용과 방향에서 문제가 생기기 시작하였다. 이미 어미 먹는 살모사처럼 국가권력과의 유착에 의해 성장한 재벌이 권력을 잡을 만큼 비대해진 상황에서, 금융실명제에 대한 재벌의 불만과 비판에 대해, 이른바 개혁정권은 〈독대〉를 통해 달래기에 나서기 시작하였다. 그리고 자신의 〈본심〉은 그게 아니라는 것이 내용의 핵심이었다. 이 과정에서 YS 정권 경제개혁의 내용은 친자본·친재벌이었고, 그 방향은 신보수임이 재확인되면서 개혁은 탈개혁 마인드로 달리기 시작했다.

또한 연이은 대형 참사는 개혁의 퇴조를 함께 몰고 왔다. 94년 하반기부터의 아현동 - 성구대교 - 삼풍 등의 대형사고와 95년 6·27 지자체 선거, 10월 〈비자금 - 5·18 정국〉의 전개, 11월 노태우 구속, 12월의 전두환 구속, 96년 4·11 총선, 5·9 노개위, 8월 한총련 사태와 그 뒤를 이은 잠수함 정국과 일련의 독직사건으로 문민정부의 개혁은 민생들로부터 지지를 얻지 못하였고, 그 성과도 기대할 수 없었으며, 민생들로부터 외면당하기 시작하였다.

특히 정치적으로 YS 정권의 후기는 95년의 6·27 지자체 선거가 집권여당의 참패로 귀결된 이후, 뚜렷한 탈개혁의 흐름을 보여주었다. 지자체 선거 이후 JP를 수장으로 한 수구보수 세력은 무엇보다 〈자력으로〉 정계복귀에 성공하게 되었고, 마찬가지로 DJ 역시 국민회의를 창당하면서 당시까지의 수렴청정을 청산하고 정계에 재진입하였다. 이로써 한국정치에는 다시금 지역분할구도가 오히려 3당 합당 이전보다 더욱 공고하게 안착되었다.

이러한 3김에 의한 정치기반의 분점구조는 YS 정권에게 전국적 헤게모니의 사실상의 상실을 가져다주었고, 따라서 문민정부는 지역 근거지의 방어에 더욱 집착하게 되었다. 이는 현 정권주체에 의해 의도되지 않은, 곧 정치적 역학관계에 의해 강제된 신보수주의 관철이 한국의 정치적 기반으로 작용하게 되었다는 것을 나타내준 것이다.

이러한 정세에서 문민정부는 전국적 헤게모니를 재탈환하기 위해서는 기득권층과 전략적 혹은 전술적 제휴를 도모하거나, 아니면 자신의 지역기반이라도 공고히 하면서 다른 지역의 정치 엘리트간의 정치게임을 통해 정국을 관리하는 데 바빴다. 자연히 문민정부는 개혁적 마인드에 눈을 돌릴 수 없었고, 개혁은 실종을 거듭하게 되었던 것이다.

결론적으로 문민정부는 처음의 개혁적 조치에서 큰 기대를 얻고 출범했다. 하지만 중도의 많은 대형사고와 친자본 · 친재벌의 지나친 정책으로 최후에는 경제 위기를 맞고 끝났다. 그러나 여기서 YS에 대한 무조건적인 비난은 위험하다. 그가 대통령이 된 것은 군사정권의 완전 종식을 의미하는 역사적 의미도 있다. 부산 민주계가 주요 요직에 올랐다고 비난하지만, 그 전 정권에서 5 · 16 군부와 12 · 12 신군부 세력이 주요 요직에 있었던 것을 감안하면 그렇게 잘못된 일도 아니었다.

하지만 그에게 결코 실수가 없었다고 말할 수는 없다. 그는 무엇보다도 용인술에 있어서는 절대적으로 실패했다. 〈깜짝 쇼〉가 너무 지나쳤다. 전문성을 너무 감안한 나머지 외부에서 특히 교수 출신을 많이 등용했다. DJ는 정치인을 많이 등용해 추진력을 높이고 차관을 전문성 있게 등용하는 데 비해, YS는 거의 행정경험이 없는 교수들을 많이 등용하는 바람에 추진력을 저하시켰다. 이것은 YS는 감각과 본능에 상당히 의존하는 스타일이었다는 것을 보여주는 단면이다.

또한 문민정부 개혁의 실패는 현실을 너무 무시했다는 것이다. 군사정권 세력이 아직 사회 전반을 장악하고 있었지만, 지나치게 군사정권 척결을 외쳤다. YS는 3, 4, 5공 정권을 임정의 정통성을 지니지 못하고 있다고 판단한 것이다. 그것은 결과적으로 JP 세력의 분열 등 많은 부작용을 초래했다. 현실을 지나치게 무시한 YS의 정치술은 집권당의 패배를 몰고 왔다. 그리고 그의 개혁의 실책은 그의 차남이 소통령이란 소리를 들으며 국정에 개입하면서 시작되었다고 볼 수 있을 것이다. 이것은 그가 사조직에 국정을 상당히 의존했다는 증거로 남았다. 이것은 그의 큰 실책이었고 개혁 마인드를 사지로 몰고 간 결과를 자아냈다.

그러나 여기서 우리가 인정해야 하는 역사적 과업이 있다. 대원군 이래로 처음으로 개방이라는 진정한 의미의 대외개방정책인 〈세계화〉를 YS는 주창했다. 경세실명제는 그의 큰 업적이었다. 하나회 숙청은 YS 자신이 최고라고 말할 정도로 누구나 인정한 최대의 업적이었다. 전두환·노태우 처벌은 불법 쿠데타에 의한 군사정권에 대한 강력한 응징이었다. 외관상으로 안 좋았던 구 중앙청사 철거도 의미 있는 역사적 청산이었다는 견해도 많다. 지방자치제 도입도 좋았고, 그것은 민주발전에 크게 기여하였다. 지방정부의 중앙정부에 대한 목소리가 커졌고, 민심도 잘 반영되었다. 특히 세계화 추진은 반드시 미래에 역사의 긍정적 평가를 받을 것이라 확신한다.

또한 문민정부는 무엇보다도 민주주의의 최종 성공을 달성하였다. 즉 이 땅에 완전한 군정종식을 달성한 최초의 민주화 투사의 대통령 취임이었고, 형식이 완전한 민주주의를 이루었다.

그러나 문민정부의 최대 실책으로 남겨진 경제위기는 후대에 다양한 역사적 평가가 이루어질 것이다. 즉 세계화, 대기업의 부실 처리 문제, 시장경제 등에 대한 맹신 등의 역사적 평가는 언제인가 시간을 두고 객관적으로 이루어질 것이다. 그러나 분명한 것은 90년대 후반기에 그렇게 중요한 시기에, 초창기의 그 장엄한 개혁적 마인드가 너무 정치현실에 집착한 나머지 모두 그 실효성을 상실했다는 안타까움을 지금도 지울 수 없다는 사실이다.

다시 요약하면 문민정부는 출범 후 짧은 기간 동안은 정치·경제·군사·통일·교육·사회 등의 분야에서 상당히 개혁적인 정책을 수행함으로써, 역

대 어느 정권에서도 볼 수 없었던 집권초기 90%가 넘는 지지율을 확보하였다. 개혁의 과정에 있어 세부적으로 살펴보면, 문민정부는 개혁의 진퇴에 따라 다음과 같은 4국면의 과정을 거친 것으로 보인다. 첫 국면은 1993년 초 문민정부 출범 후 1년 여 정도까지의 기간으로 군·정치개혁을 중심으로 각종의 초기 개혁 조치가 연속적으로 이루어졌던 과정이며, 두 번째 국면은 그 전후로부터 1995년 6·27 지자체 선거에 이르기까지의 기간으로서 국제경쟁력 강화 및 세계화 등 경제논리와 남북관계와 관련된 안보논리에 의해 개혁이 후퇴되었던 과정이며, 세 번째 국면은 그 이후 1996년 4·11 총선 때까지의 기간으로서 6·27 지자체 선거의 패배 등 위기에 몰린 정국을 돌파하기 위해 전두환·노태우 대통령 구속 등 〈역사 바로 세우기〉의 개혁 드라이브 정책이 재가동되었던 과정이며, 네 번째 국면은 4·11 총선 이후 임기 말 레임덕 방지와 정권재창출을 위해 보수화 노선을 추진하는 가운데 노동법, 안기부법 파동, 한보사태, 김현철 권력형 비리사건 등이 발생함으로써 김영삼 정권의 권력 기반이 붕괴하는 한편 개혁이 실종되지 않을 수 없었던 과정이 그것이다.

결론적으로 문민정부의 개혁적 한계는 우선 구조적 원인을 생각해 볼 수 있다. 즉 3당 합당을 통해 권력 블록에 참여하여 이들의 지원으로 대통령에 선출되었기 때문에, 지배 블록자체를 대상으로 개혁을 성공시키기에는 구조적인 한계가 있었다는 견해가 그것이다. 하지만 문민정부 수립의 절차적 정당성과 대통령의 막강한 권력, 그리고 대통령 자신의 특출한 능력이 있을 경우, 이 같은 한계는 어느 정도 극복될 수 있었으리라 생각되어 더욱 아쉬운 것이다.

다음으로 개혁 실패의 원인을 YS의 통치 스타일에서도 찾는 경우도 있다. 즉, 철저한 보안 속에서 전격적인 선언이나 조치로써 개혁조치를 시행했던 김 대통령의 통치스타일은, 제도화된 정당정치에 근거하지 않고 최고 통치자로서 직접 국민들을 상대로 전개되었다. 이것은 일종의 위임민주주의 등으로 설명될 수도 있을 것이다. 하지만 이것도 개혁실패의 원인으로 보기는 어려워 보인다.

YS 개혁의 실패는 대통령 한 개인의 문제라기보다는 대통령제라는 국가사회 전체와 관련된 문제라 보여질 수 있는 구조적 모순을 내포하고 있었던 것이다. 그러나 이러한 대통령제라는 제도의 권력 독점적 성격은 개혁의 실패 원인으로도, 개혁의 성공요인으로도 지적될 수 있다는 점에서 그 주장의 타당성은 상당 정도 약화된다.

그렇다면 김영삼 문민정부 개혁실패의 가장 일차적인 원인은 무엇인가? 이와 관련하여 먼저 우리는 개혁의 실천에 있어 김 대통령의 태도가 매우 비일관적이었음에 주목할 필요가 있다. 앞에서 살펴보았듯이 그는 초기 개혁의 제 1국면에서는 강력한 개혁을 추진했지만, 제 2국면에서는 경제논리와 안보논리를 들어 상당정도 개혁을 후퇴시켰으며, 제 3국면에서는 갑작스럽게 다시 후퇴시키는 모습을 보여주었다. 이 같은 궤적은 김 대통령의 개혁 추진이 대단히 모순적이고 임의적이었다는 점을 보여주고 있다. 강력한 개혁 드라이브 정책과 강력한 개혁 후퇴 사이를 반복적으로 넘나드는 김 대통령의 이 같은 행동은 개혁을 기대하는 개혁 진영의 사람들도 실망시켰고, 개혁에 반대했던 보수 진영의 사람들도 실망시켰다. 게다가 여기에 겹쳐진 한보비리사태 및 김현철 비리사태는 개혁주체가, 사실은 개혁의 대상이었다는 점을 적나라하게 노정시켜버렸고, 민생들의 지지를 떠나게 만든 장본이 되었던 것이다.

따라서 개혁진영과 보수진영 어느 누구에게서도 지지도를 얻지 못하였고 그 자신이 민생들의 개혁 대상이 되어야 하는 김 대통령으로서는, 참담한 상황을 맞이하지 않을 수 없었던 것이다. 또 그렇게 하기 위한 노력조차 없이 개혁의 기치를 내리고 곧장 반개혁의 보수화정책으로 되돌아갔던 현실, 이것이 바로 문민정권이 행했던 개혁의 실상이었다. 그런 점에서 문민정부의 개혁 실패의 가장 일차적인 원인은 국가·정치사회·시민사회 전체에 걸린 개

혁 연대 구축의 부재와 그로 인한 지속적인 개혁의 확대 및 심화의 부재라 할 수 있을 것이다.

3-7. 김대중 정권의 개혁 시도와 그 한계

국민의 정부는 기존의 지배구조의 연속성과 단절성의 측면에서 볼 때, 최초의 수평적 정권교체(replacement)를 달성하였다. 집권요인으로는 DJP 연합과 지배연합 일부의 이탈(이인제 등의 표 분산)에 의한 보수와 개혁의 혼합형 선거연합에 의한 정권교체의 에너지 창출로 이루어졌다. 초기정권의 이슈는 IMF 관리체제하의 과도기적 위기관리체제를 극복하여 경제회복을 달성하는 것이었다.

구조개혁으로는 민주주의와 시장경제의 병행발전을 지향하고, 신자유주의를 표방하였지만, 시장 친화적 개혁보다는 국가주도의 시장 개입화에 중점을 두었다고 볼 수 있을 것이다. 노동정책의 측면에서 〈노·사·정〉 협의체를 구성하여 합의(Pact)라는 도구를 창출했고, 노동포섭정책을 추진했지만 구조조정 과정에서 필연적으로 발생하는 막대한 인적 구조조정으로 인한 노동저항에 부딪쳤다. 이로 말미암아 말기에는 근본적인 시장우위 혹은 자본우위의 한계를 벗어나지 못하는 특성을 보여주기도 했었다.

금융정책으로는 초기에는 외환위기에 따른 고금리정책과 저성장기조를 유지해 성장억제정책을 추진했지만, 점차 경제위기의 극복을 통해 저금리정책에 기초한 고성장기조로 선회하였다. 정치권력구조는 제16대 총선에서 승리하지 못함으로써, 권력구조가 취약하여 경제위기로부터 어느 정도 경제개혁을 일정궤도로 복원하는 데 성공했지만, 정치개혁의 좌절 속에 지역주의와 정치개혁 문제와 부패 등으로 시련을 겪으면서 사회의 통합적 개혁정책은 실패하였다.

국민의 정부는 정권 초기에 〈제2의건국범국민추진위원회〉를 결성하여 21세기 정보화, 세계화 시대에 적합한 새로운 한국과 한국인상을 정립하여 민족 재도약을 이룩하기 위한 개혁적 기초를 마련하였다. 〈제 2의 건국〉의 이념체계의 기본철학은 민주주의와 시장경제의 병행발전이었으며, 이것은 새로운 체제로 이행하기 위한 대안적 국정 패러다임이었다. 이것은 대한민국의 법통을 충실히 계승하면서도 역대의 권위주의적 통치방식과 근본적으로 구별되는 철학기조라고 그들은 홍보했었다.

〈국민의 정부〉개혁의 실천원칙인 제 2건국운동은 3대 원리로 자유, 정의, 효율이었으며, 3대 실천원칙으로는 실질적 개혁의 원칙, 국민 주체의 원칙, 솔선수범의 원칙이었다. 7대 국정과제로서는 ① 참여 민주주의의 실현 ② 자율적 시장경제 완성 ③ 사회정의의 실현 ④ 보편적인 세계주의 구현 ⑤ 창조적 지식기반 국가건설 ⑥ 협력적 신노사문화 창출 ⑦ 남북간 교류 협력시대 개막이었다. 또한 남북정상회담(2000.6)을 성사시켜 민족통일의 기반을 확대하면서, 21세기를 향한 국가 발전을 위해 개혁적 국정에 매진하는 듯 보였다.

국민의 정부가 출범할 당시, 우리 사회는 97년 이후 최대의 위기 상황에 직면해 있었다. 주식시장은 계속 침체되고, 실업자는 늘어나고 있었으며, 취업은 어렵고, 지하도에는 노숙자가 늘어가고, 노동자들은 구조조정에 반대하였다. 그러나 결국 이러한 현상들은 개선되지 못하였고, 국민의 정부 말기까지 이어져나갔다. 그 과정에서 각종 권력형 게이트 비리가 연이어 터져나오면서, 개혁을 이끌어야 할 정부의 도덕성과 권위는 실추되었다. 그리고 제 2건국운동도 국민의 외면 속에 소수 참여자 단합대회 수준으로 인식되었으며, 정권의 인기와 함께 꺼져가고 말았다.

그럼에도 불구하고 국민의 정부는 그동안의 경제정책의 성과를 긍정적으로 평가하고, 경제위기를 극복했으며, 금리와 환율이 안정되고, 시장이 정상적인 상태를 회복했으며, 소득분배구조도 점차 개선되어, 개혁을 성공적으로 수행했다고 스스로 자평했다.

그러면 과연 김대중 정부의 개혁을 성공적이었다고 평가할 수 있을까? 여

기서 DJ 정부의 개혁을 평가하기 위해서는 경제위기의 발생원인은 무엇이고, 어떠한 것이 올바른 개혁의 방향인가, 그리고 국민의 정부는 올바른 경제개혁을 추진하였으며, 어떠한 효과가 있었는지를 먼저 살펴보아야 할 것이다.

〈국민의 정부〉는 IMF의 시각과 처방을 수용하여 민주주의와 시장경제를 병행발전시키겠다는 소위 DJ 노믹스 경제운영철학을 바탕으로, 지난 30여 년 동안 누적된 구조적 취약성과 도덕적 해이의 극복을 위해 자유시장경제의 초석을 놓겠다고 다짐했었다. 이러한 입장에서 출발한 국민의 정부는 금융, 기업, 노동, 공공부문의 4대 구조개혁에 착수했지만, 지금까지의 개혁을 그들 스스로는 성공적이었다고 평가하고 있으나, 민생들은 그러한 평가를 신뢰하지 않고 있는 실정이다.

참고적으로 2003년 한 해 동안 저축은행 등 금융기관 지원을 위해 2조 1,000억 원의 공적 자금이 추가로 투입되었다. 따라서 이제까지 공적 자금 투입 규모가 161조 1,000억 원으로 늘어났다. 그리고 2003년 공적 자금 회수금액은 9조 1,000억 원으로 지금까지 총 회수 규모는 62조 9,000억 원을 기록하여 회수율은 39.0%에 그치고 있는 실정이다.

3-8. 개혁의 종합적 한계

우리 현대사는 〈정말 빛과 어둠이 수없이 교차한 복잡다단한 교직물이었다〉라고 어느 학자는 말했다. 따라서 우리 현대사를 어느 한쪽에서, 어느 일방에서 분석한다면 그것은 분명히 제대로 현대사의 의미를 조명하는 것이 되지 못할 것이다. 여기에는 식민통치국과 피식민통치국의 문제, 약소국과 강대국의 문제, 민주주의와 독재주의의 문제, 먹고사는 문제와 도덕적 삶의 문제, 자유와 인권의 문제 등 각양각색의 문제가 포함되어 있는 것이다. 우리는 이러한 여러 차원의 문제를 모두 다루기는 어렵다. 그러나 다만 여기서 그 대강의 아우트라인을 설정하고, 그것을 부패와 개혁이라는 차원에서 접근해 보는 것도 의미가 있을 것이다.

35년간의 일제 식민통치가 제 2차세계대전(태평양 전쟁)의 결과로 이 땅에서 물러났고, 그 자리에 미국과 소련이 들어왔으며, 해방은 곧바로 남북분단으로 향하게 되었다. 이것이 우리 현대사의 첫 장면이다. 여기서 우리의 민족적 불행은 상해임시정부가 너무 순진하게 미국에 속아서, 무장을 한 채로 임시정부의 자격으로 서울에 입성을 하지 못했다는 것에 있었다. 이것은 남쪽에서 미국의 성격이 반드시 우리의 해방적 의미는 아니라는 것에 면죄부를 준 결과를 낳았다. 실제로 미국은 지배, 다시 말하면 일본을 이긴 점령군으로서 일본의 식민지였던 우리를 점령하고 통치하는 의미가 더 컸던 것이다. 물론 북쪽에서는 소련이 남쪽에서의 미국의 역할을 대신하였다.

일본의 대체세력으로서 미국은 그들의 민주주의를 남한에 강요하여 남한의 역사적 특수성이나 전통을 깡그리 무시한 채, 자유민주주의 정부를 수립하게 하였고, 그것을 이승만의 독재와 맞바꾸었다. 역사적 특수성이나 전통을 무시한 채, 억지로 덮어씌워진 민주주의를 억지춘향 격으로 우리는 강요당했다. 이것은 결과적으로 보편성이라는 이름의 역사적 폭력이었다.

그래서 그동안 모든 정권들이 명목은 자유민주주의이지만 실재는 전혀 자유민주주의와 시장경제가 아닌 권력의 시장개입과 부정부패가 만연하였던 것이다. 따라서 우리는 이러한 위선적 문화풍토가 미국의 문화적 강요에 의하여 이루어졌고, 우리는 미국이 우리 문화를 혼란과 무질서와 비능률에 빠뜨린 원흉이었다는 점을 간파하지 못함으로써, 결국 이제까지의 개혁적 조치들을 실행하지 못하였고, 모든 정권이 〈그 나물에 그 밥〉이 되어버렸다는 시각도 있을 것이다.

돌이켜 생각하면 식민지에서 남의 손에 의해 해방 아닌 해방을 맞는 민족(국가)이 곧바로 서구에서 오랫동안 실험되고 정교화 과정을 거친 고도의 민주주의를 할 수 있다고 보는 것은 어불성설이었다. 그런데도 미국은 이를 강요했었다. 이것은 바로 사회적 혼란이나 무질서를 뿌리는 것이나 다름없었던 셈이다. 아마도 미국으로서는 민주주의를 세계적으로 전파하는, 누가 보아도 명목상 문제가 없는 일을 하면서도, 그로 인해 발생하는 혼란과 무질서와 비능률은 오히려 그들의 식민통치를 연장해 주는 효과를 안겨주는, 일석이조의 효과를 기대하거나 계산하였는지도 모를 일이다.

식민지였던 나라에서는 적어도 서구식 민주주의로의 직행은 부적합했던 것 같다. 그렇지만 우리는 운명적으로 그 틀 안에서 살아오지 않으면 안 되었던 것이다. 어쨌든 그 과정에서 우리는 지금 이승만 대통령, 윤보선 대통령 – 장면 내각수반, 박정희 대통령, 전두환 대통령, 노태우 대통령, 김영삼 대통령, 김대중 대통령 시대를 거쳐 〈참여정부〉 시대를 살고 있는 것이다.

이승만은 〈자유민주주의〉라는 토대를 마련하였지만, 친일세력이나 일제잔재 청산에 미온적이어서 도덕적 약화를 가져왔고, 윤보선 – 장면은 그 토대 위에 〈서구식 이상적 민주주의〉를 지으려고 밑그림을 그리다가 자기 분열로 박정희의 혁명을 초래했다. 박정희는 혼란하다고 생각한 서구식 이상주의보다는 무엇이 실질적인 것인가에 초점을 맞추고, 이 땅에 〈경제개발계획〉이라는 중장기 플랜을 처음으로 도입하여 민생고를 해결한 뒤, 소위 영원한 〈토착적 민주주의〉를 구축하려다가 비명에 갔다. 박정희는 관념적(이상적) 민주주의를 맹목적으로 주장하여 혼란에 혼란을 거듭하던 이 땅에, 다시 처음부터 국가 만들기를 실시하는 작업을 감행했었다. 물론 박정희의 몰락 뒤에는 YS와 DJ가 있었는데, 이들은 민주화라는 무기로 그를 몰락시켰다.

그런데 박정희가 가고 과도기적으로 전두환, 노태우가 있었지만 그들은 박정희의 유고에 따른 일시적 연장이라는 의미밖에 없다. 그러나 박정희에서 노태우까지 군사정권 기간은 적어도 민생고를 해결하고 경제적 바탕을 이루어 미래의 〈한국적 민주주의〉의 건설을 위한 여러 가지 기초 원자재를 확보한 시기였다고 할 수 있을 것이다. 이 시기에 우리는 서구의 수백 년에 걸친 민주주의 발전과정, 다시 말하면 중상주의, 산업화를 모두 거친 셈이다. 올림픽을 치른 것도 이 시기이다. 적어도 종합적 국력이 세계에서 20위권에 들도록 한 것이 독재로 비난받는 군사정권이었다는 아이러니를 우리는 잊어서는 안 된다.

이러한 경제적 부를 물려받은 김영삼은 민주주의의 토착화라는 야심찬 이상과 열망에서 출발하였지만, 민주주의에 대한 겉멋만 들어 내실을 다지지 못한 채, OECD에 가입하자마자(1996) 나라를 IMF 상황으로 몰아넣고 물러나고 말았다(1997). YS의 실패는 아직도 우리가 풀뿌리 민주주의와 자유시장 경제를 구가하기에는 너무 이르다는 것을 의미할 뿐만 아니라, 또한 그것의 실패를 의미하기도 한 것이었다.

DJ는 환란 극복 과정의 구조조정, 공적자금, 대북지원 등에서 부패와 혼란과 비능률과 낭비를 가져왔다는 지적이 많다. DJ 노믹스와 DJ 신경제는 한마디로 미국식 경제 체제를 우리나라에 수입·정착시키려는 정책이었다. 이것에는 정부의 개혁적 마인드에 대한 정책의 독자성은 거의 없었던 것이다. 즉, 이제까지의 모든 정권과 마찬가지로 〈안정 우선〉 이라는 거시적 측면에서나, 〈구조조정 지향〉 이란 미시적 측면에서나 모두 세부적으로 보면 전례 답습적인 정책으로 인하여 성공하지 못했던 것이다. DJ 경제정책의 특성은 이러한 맥락에서 이해할 수 있을 것이다. 금융·재벌 개혁이란 결국 과거 정권의 실패한 과제를 완수하려는 한계 안에서 서성거렸다고 보여지는 것이다. 재벌개혁을 위해서는 노동·금융 개혁이 필수적이었는데, 여기에는 민생들의 절대적인 지지가 필요했었다. 그런데 노동개혁이란 결국 감원과 비정규직 확대를 포함한 노동시장 구조조정을 너무 쉽게 인식함으로써, DJ정 권은 취임 초기엔 높은 인기를 누리다가, 집권 중반기를 넘어서면서 급격한 하락세를 타게 되었던 것이다.

1997년 외환 위기 속에서 우리 언론, 정부, 국민들이 잘못된 선택을 했다는 자성론도 나오고 있다. 꼭 미국이 요구하는 식으로 갈 필요는 있었는가? 하는 문제에 봉착한다. 실제로 다른 〈길〉 을 선택한 나라도 있었다. 마하티르 총리가 이끄는 말레이시아는 다른 길로 갔고, 완전은 아니지만 어느 정도는 성공하였다. 그런데 우리는 미국식이 아닌 어떤 것도 대안으로 생각하지 못했다. 그 선택의 책임은 고스란히 우리에게 돌아왔다. 지금 일고 있고, 앞으로 있을지도 모른다는 경제위기, 구조조정 과정에서 국부유출 문제, 공적자금 문제, 그로 인한 소위 한국의 〈강시 기업〉이 판치고 있다는 외국의 인식 문제 등은, 정말 고스란히 〈국민의 정부〉의 책임이라고 보여지는 것이다.

DJ 정권의 신경제식 개혁은 물가의 안정과 저금리정책으로 여유 자금의 증시유입이라는 주식시장 중심 경제였는데, 오히려 결과는 정반대로 가고 말았다. 물가는 올랐고, 경제회복이라는 미명하에 시행된 부동산 규제 완화로 인하여 저금리 여유자금이 부동산 투기로 이어졌고, 주식시장은 여전히 침체하였다. 구조조정 과정에서의 〈국부유출〉은 현행 SK 사태와 같이 외국에게 한국을 기업사냥터로 전락시킨 실수를 낳게 되었던 것이다.

소버린의 습격은 1,600억 원 정도를 투자해서 자산규모 54조 정도의 경영권을 요구하며, 단기간에 6,400억 정도의 이익을 챙긴 것이다. 국부 유출 논란에도 외국 자본이 국내 기업 발전에 기여한 점은 부인할 수 없을 것이다. 그러나 최근에 국내 은행·증권·카드사 매물을 활발히 거둬들이고 있다. 외환위기 뒤 금융 구조조정 과정에서 첫발을 디뎠고, 가계 부실과 카드 대란 등의 혼란을 틈타 2차 공세를 펴고 있는 것이다.

한 나라의 경제 체제는 자본의 형태에 따라 달라진다. 미국의 경우는 법인 자본이므로 주식시장 중심이고, 유럽이나 일본, 한국은 개인 자본(그것이 독점자본이건 재벌이건)이므로 은행중심이다. DJ 정권이 추진한 이 은행중심 체제 개혁은 은행중심을 증시중심으로 바꿔가겠다는 것이었는데, 너무 안일한 접근으로 여기에 내재되어 있는 함정에 빠지고 말았다. 미국의 주식시장은 오랫동안, 아주 정교한 과정을 거쳐 그 사회의 규모와 체제에 알맞도록 발전해 왔다. 그만큼 리스크를 대신 안아줄 시장들이 세계 도처에 널려 있으므로, 불안감도 상대적으로 덜할 수밖에 없는 것이다. 그러나 우리는 직접적으로 받는 리스크를 제어하지 못하여, 국민의 정부의 개혁은 성공하지 못했다고 볼 수 있을 것이다.

DJ 노믹스가 클린턴 노믹스의 뒷면이듯, 햇볕정책의 뒤에는 워싱턴 컨센서스의 〈정치적〉 측면인 인게이지먼트 폴리시(접촉정책)가 있었다. 국민들은 마치 국민의 정부 5년 동안 진행된 남북해빙무드를 〈DJ 정권 또는 우리 스스로〉 이룬 것으로 생각하는데 그건 완전히 착각이었다. 이것은 기본적으로 미국의 대 사회주의권 정책이 봉쇄에서 접촉으로 바뀐 것에서 출발하였다고 할 수 있을 것이다. 우리 정부가 할 수 있는 일이란 사실적으로 문화·인적 교류가 전부였다고 할 수 있는 것이다.

DJ 정권은 여기에서도 너무 〈오버〉 하였다. 줄 것 다 주고 받은 것은 김정일의 배신과 노벨평화상이었다. 민생들이 결국 실망한 덕분(?)에 경제 개혁은 더욱 어려워졌다. 인적·문화적 교류를 이끌어가는 건 결국 자금력이 풍부한 재벌이 담당하였는데, 그 재벌도 무참하게 무너져버렸다. 지금 생각하면 DJ정권은 노벨상 수상 이후 방향타를 잃고 인식적 오류와 정책부실로 인하여 식물인간처럼 표류하게 된 것 같다는 분석이 지배적이다.

결론적으로 해방 이후 이승만 정권 이후 아직까지 우리의 풀뿌리 민주주의는 시민적으로 성숙하지 않았고, 말로는 민주주의를 주장하지만 국민 각자가 근대의 민주적 시민정신을 가지지 못했다고 할 수 있는 것이다. 이것은 정치인들이 정치적 유세장이나 국회에서 필요할 때마다 슬로건으로 그것을 내세우는 역할에 그치고 말았다. 이로 인하여 바로 정치가 부정부패의 온상(원인)을 제공하였으며, 이것은 전제적 민주주의, 또는 당파적 민주주의의 차원을 벗어나지 못했다는 것을 의미하는 것이다.

이것은 조선조의 사대적·당파적 전통을 조금도 극복하지 못한 행태였다고 해도 과언이 아닐 것이다. 당연히 개혁적 마인드는 실종되었고 새로운 정권은 정권의 정체성과 전(前) 정권의 부실을 치유하는 데 연연하다가 실패를 거듭 하고 말았다. 다만 비판도 실제 많지만 부패와 독재와 개혁실종의 와중에서 박정희 정권의 경제적 부의 토대 마련은 역설적으로 해방 이후 우리 개혁의 가장 성공작이라 할 수 있을 것이다.

4. 우리 개혁의 과제와 방향

개혁의 길은 멀고도 험난하다는 것을 우리는 역사적으로 알고 있다. 왜냐하면 거기에는 엄청난 저항과 〈잘 되는지 두고 보자〉라는 질시와 방관과 부정부패라는 구조적 유혹이 항상 따르게 마련이기 때문이다. 그러나 분명한 것은 21세기 미래는 분명 우리에게 개혁을 요구하고 있다는 사실이다. 전례 답습적인 적당한 개혁과 전 정권의 오류를 치유하는 수준의 개혁으로는 절대 살아남기 어렵다는 것이다. 만약 그렇게 하면 약하게 말하여도 〈20 대 80 사회〉의 80에 빠져서 20이 주는 거지 양식으로 이른바 굴욕적인 〈배부른 노예 돼지〉로 살아가야 할 것이다.

강력한 개혁을 추진할 수 있는 전제조건은 일단 사회경제적으로 제반 여건이 악화되어 위기감이 조성되어야 할 것이다. 그래야만 개혁해야 한다는 국민적 또는 사회적 공감을 불러올 수 있기 때문이다. 그러나 개혁을 성공하기 위해서는 개혁을 추진해야 할 정치가 안정되어 있어야 한다. 그리고 개혁 주체세력은 논리 정연한 정책 패러다임을 수립하고 지속적으로 추진하되, 개혁 대상자들을 포용하고 설득해 나아가야 할 것이다. 즉 정책 패러다임은 예를 들어 성장이냐 분배냐, 집단주의냐 신자유주의냐, 발전이냐 복지냐 등등의 분명한 정책을 패러다임으로 설정하여 일관성 있게 추진해야 민생들이 혼란이나 갈등이 없어지게 되는 것이다.

전략적 측면에서 개혁을 추진하려면 충격적 전략은 지양되어야 할 것이다. 반면에 사회 전체가 참여하는 국민적 당위로 추진되는 개혁이어야 성공할 수 있을 것이다. 또한 부문별 개혁을 사회 전체 개혁의 도구가 되게 하고, 개별 부문들이 상호 개혁을 촉진하는 상생의 역할로 작용하도록 하여야 할 것이다.

그리고 개혁은 항상 구호에 그치지 말고 명확한 목표 아래 추진될 때, 효과를 배가시킬 수 있는 것이다. 아울러 개혁의 가장 중요한 부분인 정부개혁과 금융개혁은 집권 직후에 단행하여야 성공할 가능성이 많다는 점도 인지하여야 할 것이다. 이것은 이전 정권에 대한 불만으로 개혁에 대한 공감대가 이미 형성되어 있고, 이에 따르는 저항이 표출되기 전에 개혁이 이루어져야 하기 때문이다. 또한 개혁이 추진되는 부문도 공공부문, 농업정책, 노동시장, 금융, 조세, 지방정부 등 모든 부문에서 동시에 추진되어야 할 것이다. 왜냐하면 국민들이 한 부문에서 발생되는 손실을 다른 부문에서 보상받을 수 있도록 해주어야 저항이 없고 동참을 유도할 수 있기 때문이다.

한국의 현실은 정권 초기에 신속한 개혁보다는 정치개혁과 경제개혁을 동시에 추진해야 하는 구조적 결함이 있다고 보여진다. 따라서 우리는 오히려 사회적인 합의와 여론의 추이를 살펴보면서 서서히 추진하는 개혁의 방안도 신중히 고려해 보는 것이 더욱 바람직할지도 모른다. 특히 구조조정 과정에서 재벌개혁이나 공공개혁은 노동시장에 중대한 영향을 미치므로, 빅뱅식 개혁은 오히려 노동자, 재벌, 공공부문 종사자들을 반개혁 세력으로 연합시키는 오류를 범할 수 있다는 것을 지난 정권의 경험으로 알 수 있을 것이다.

또한 신속성에 의한 지나친 개혁은 최고통수권자의 힘에 의한 자의적인 권력행사로 전락할 위험성을 초래할 수 있으므로 반드시 배제하여야 할 것이다. 따라서 법과 제도에 기초한 절차적 합리성을 항상 추구하여, 저항세력들을 정치적 명분으로 무력화시킴과 동시에, 정권 교체 여부와 무관하게 지속적으로 개혁이 추진될 수 있도록 하여야 할 것이다.

그리고 자유시장 원리라는 개혁이념을 일관되게 추진함으로써, 민간부문들이 개혁을 예측가능한 일로 인식할 수 있도록 추진할 것이다. 단순히 개혁이 위기에 대한 대응방안에 국한되는 것이 아니라, 장기적인 발전 비전이라는 인식하에 개혁의 내용이나 방향을 개혁추진 세력이 분명히 제시하여야 할 것이다.

그리고 우리는 개혁의 효율성을 지나치게 강조하다 보면, 사회적 연대나 공평성, 그리고 정부의 책임성까지 약화시키는 한계를 노출시킬 수 있다는 점을 간과해서는 안 될 것이다. 개혁추진 세력은 개혁이념을 포괄적으로 정립하여 이념을 전체에게 분명하게 제시하여 공감을 획득해야 할 것이다.

우리는 그동안 국가 주도의 경제발전전략을 추구하다가 국가의 관료 비대화에 따른 역기능적 병폐를 분명하게 경험하였다. 관료 비대화는 규제와 간섭의 비대화를 가져왔고, 이는 자원배분을 왜곡하고, 산업구조조정과 각종 인·허가에 대한 개입의 여지를 증진시켜왔다. 이것은 앞으로 전개될 초국적 기업의 비중이 점차 증가하는 것에 대비한, 신속한 정책적 대응을 하기 힘들게 만들었던 것이다. 또한 우리는 그동안의 경제개발 발전 모델에 내재되어 있던 정치 - 재벌 - 관료의 유착관계를 건설적인 견제와 균형의 감시 관계로 정착시켜 나가야 하는 전술적인 문제도 안고 있다는 것을 알아야 할 것이다.

마지막으로 우리는 국가 발전의 목표와 세계화 시대에 걸맞는 새로운 국가 역할의 목표를 동시에 추진해야 한다는 점을 잊어서는 안 될 것이다. 즉 이제까지 우리가 경험한 국가주도의 발전 모델의 부작용과 비민주적 제도들이 자유시장의 기능을 왜곡하여 다양한 위기를 조장하여 왔다는 점에 주목하면서, 개혁을 지속적으로 추진해야 하는 당위를 안고 있는 것이다.

chapter 3

제 3절 올곧은 지도자의 선택

chapter 3

1. 정치철학이 충만한 지도자

올곧다는 말은 마음이 정직하고 바르다는 뜻이다. 실이나 줄의 가닥을 뜻하는 〈올〉이 곧은 것에 빗대어 바른 마음을 가지고 정직하게 살아가는 사람의 성품을 나타낸 말이다. 지도자(指導者, leader)는 집단의 통일을 유지하고 성원이 행동하는 데 있어 방향을 제시하는 역할을 하는 인물을 말한다. 지도자란 엄밀한 의미로 집단에 있어서의 리더십(지도적 기능)이라는 관점에서 규정되어야 하며, 어떤 인기 있는 사람이나 대표자, 또는 문화영역의 권위자 등과는 구별되어야 할 것이다.

지도자는 보통 사람과는 달리 어딘가 특별한 소질을 가졌다는 사고방식이 일반의 통념이긴 하지만, 실증적으로 밝히고자 하는 심리학적 연구도 있다. 이 같은 연구에서는 지성 · 주도성 · 외향성 · 열중성 · 공평성 · 동정심 · 자신감·정직·유머 감각 등 인격적 특성이나, 신장·체중·건강 등의 신체적 특성까지도 지도자와 보통사람은 다르다는 것을 강조하고 있다.

또한 지도자는 행동양식·지위 등에 의하여 몇 가지 유형으로 나눌 수 있다. 그 유형 중에서 비교적 널리 통용되는 것으로서 권위주의적 지도자, 민주적 지도자, 자유방임적 지도자 등의 분류가 있다. 이것은 지도자가 집단활동의 운영에 있어서 취하는 행동양식의 특징을 나타내는 것으로, 권위주의적 지도자는 집단활동의 운영을 자기중심적으로 행하며, 피지도자에게 매우 억압적·위협적인 태도로 임하는 데 반하여, 민주적 지도자는 피지도자 중심의 행동을 취하며, 집단활동의 조정(調整)에 일의적(一義的)인 목적을 두는 지도자를 말한다. 이에 비하여 집단활동에 전혀 관여하지 않는 지도자가 자유방임형의 지도자일 것이다.

정치철학(政治哲學)은 정치의 본질 및 이념·가치·방법 등을 연구하는 학문이라고 한다. 여기서 정치(政治)의 다양한 정의가 있을 수 있으나, 국가권력을 획득하고 유지하며 행사하기 위하여 벌이는 여러 가지 활동 및 통치자나 위정자가 국민을 위하여 시행하는 여러 가지의 일을 의미하는 것이다. 따라서 정치의 기본이 서 있지 못하다는 말이 있는데, 이 말의 뜻은 한국정치의 미발달과 후진성, 고질적인 분열증세는 정치적 리더쉽의 기본이 서 있지 못한 데서 나온 말인 것이다.

허균의 〈호민론(豪民論)〉이라는 것이 있다. 「성소부부고」에 나오는 위정자에 대한 비판과 태도 변화를 주장하는 비판적 논설문이다. 호민론은 기존의 권위에 맞서 새로운 사상과 개혁의 이론을 내세운 허균의 정치사상을 보여주는 글로, 호민이 위험한 존재임을 역사적인 사례를 들어 뒷받침하면서 호민이 생기지 않도록 정치를 할 것을 촉구하고 있다. 이러한 사상은 그의 작품인 「홍길동전」에 잘 드러나고 있다.

『천하에서 가장 두려운 것은 오직 백성뿐이다. 백성들은 물이나 불 또는 호랑이보다도 더 두려운 것이다. 한데도 윗자리에 있는 사람들은 제 마음대로 이들 백성을 학대하고 부려먹고 있다. 도대체 왜 그러는가?

무릇 정세에 대해 깊이 살피지도 않고 순순히 법을 만들고 윗사람에게 잘 따르는 것을 항민(恒民)이라 한다. 이들 항민은 전연 두려운 존재가 아니다.

다음, 살을 깎고 뼈가 망가지면서 애써 모은 재산을 한없이 갈취당하고서 탄식하고 우는 백성들이 있다. 이들은 윗사람을 원망하는 자, 즉 원민(怨民)이라 한다. 이 원민들도 별로 두려운 존재는 아니다.

다음, 세상이 되어가는 꼴을 보고서 불만을 품고 인적이 없는 곳으로 종적을 감추고서는, 세상을 뒤엎을 마음을 기르고 있다가 기회가 닥치면 그들의 소원을 풀어보려고 하는 자, 즉 호민(豪民)이 있다.

이들 호민은 참으로 무서운 존재이다. 호민은 나라의 귀추를 엿보고 있다가 적절한 기회를 타서는 분연히 주먹을 쥐고 밭이랑이나 논두렁에 올라서서 한번 크게 소리지른다. 그러면 원민들은 소리만 듣고도 모여든다. 그들과 모의 한번 하지 않았어도 그들의 호응을 받는 것이다. 이 때, 항민들도 그들의 생활이 조금이라도 나아질까 하여 호민과 원민을 따라 호미와 쇠스랑을 들고 따라온다. 이로써 무도한 자들의 목을 베고도 남음이 있는 것이다. 진나라가 망할 때 진승과 오광이 있었고, 한나라가 어지러운 것은 황건적 때문이었고, 당나라가 어지러울 때는 왕선지와 황소의 난이 있었다. 이들이 일어나기만 하면 나라가 망하지 않을 수 없다.

이 모두가 백성을 너무 혹사하고 착취하여 제 배만 불리려고 하다가 호민들이 그 기회를 타서 일어난 것이다.

무릇 하늘이 관직자를 세운 것은 백성을 부양하라 한 것이지, 한 사람으로 하여금 마음대로 끝없는 욕심을 채우라고 한 것은 아니다. 이런 짓을 저지른 진, 한, 당 나라의 화는 마땅한 것이지 결코 불행스런 일은 아닌 것이다. 이제 우리나라는 중국과 다르다. 땅이 넓지 못하고 인구가 적다. 또 백성들이 게으르고 속이 좁고, 절개와 협기(호방하고 의협심이 강함)가 없다. 그리하여 평상시에는 뛰어난 인재가 나라와 세상에 쓰임을 받는 일도 없거니와 난을 당해서도 호민이 사납게 일어나서 나라의 근심거리가 된 적도 없었다. 다행이라면 다행이었다.

그러나 오늘날은 고려 시대와 다르다. 고려 때에는 백성을 위한 제도가 달라 모든 이익을 백성과 함께 했다. 상업하는 사람이나 공업에 종사하는 사람도 같은 혜택을 입었고, 또 수입을 보고 지출을 했기 때문에 나라에는 곡식이 여유가 있었고, 갑작스럽게 큰 병란이나 국상이 있어도 거두어들일 줄을 몰랐다. 단지, 말기에 와서 삼정(三政 : 전정,군정,환곡)이 문란하여 환란이 있었을 뿐이다.

그러나 현재에는 그렇지 못하다. 변변치 못한 백성과 땅덩이를 가지고 귀신을 받드는 일이나 윗사람 섬기는 제도는 중국과 같이 해서, 백성들은 5분(分 : 1분은 10%에 해당)의 세금을 정부에 바치고 있다. 이것도 대부분 그대로 국가에 납부되지 않고 중간에 있는 자들이 사복을 채우고 있어서 국가 수입은 실상 1분 정도밖에 안 된다. 백성은 백성대로 고생을 하고 국가는 국가대로 비축미가 없는 것이다.

국가에 무슨 일이 있으면, 저축이 없는 정부에서는 1년에 두 번씩 거두어들이기도 하고 부패한 관리들은 이것을 기화(奇貨 : 빙자하여)로 하여 온갖 착취를 다한다.

이러한데도 윗자리에 있는 사람들은 이런 것을 두려워하거나 바로잡을 줄 모르고 우리나라에는 호민이 없다고 말하니 한심스러운 일이다. 불행히도 견훤과 궁예 같은 사람이 우리나라에도 있었던 적이 있은즉, 이와 같은 사람들이 나와서 백성을 충동하면 근심과 원망에 가득한 백성들이 들고일어나지 않으리라고 장담할 수 없는 일이며, 바로 눈앞에 있는지도 모를 일이다.

이런 때에 위정자는 백성을 무서워할 줄 알고 전철을 밟지 않는다면 겨우 걱정은 면할 수 있을 것이다』

허균은 지배층이 아닌 백성의 관점에서 정치를 바라보고 백성을 항민(恒民)·원민(怨民)·호민(豪民)으로 나누고 있다. 항민은 일정한 생활을 영위하는 백성들로 자기의 권리나 이익을 주장할 의식이 없이 윗사람에게 얽매인 채 사는 사람들이고, 원민은 수탈당하는 계급이라는 점에서 항민과 마찬가지이나 이를 못마땅하게 여겨 윗사람을 탓하고 원망하며, 호민은 딴마음을 품고 틈만 엿보다가 시기가 오면 일어나는 사람들로 부당한 대우와 사회의 부조리에 도전하는 사람들이라고 하였다. 허균은 당시 조선의 경우는 간사한 자에게 세금이 흩어지고 있어 백성들의 원망은 고려 때보다 더 심하다고 보고, 그런데도 윗사람들은 〈우리나라에는 호민이 없다〉라고 하며 두려워할 줄을 모른다고 시대의 지배층을 한탄하였다.

우리는 그동안 한민족의 역사에서 개략적으로 주체적 역량이 결여된 지도층의 편협한 아류성, 통합을 저해하는 불안감 해소의 실패, 승리자의 오만, 가치 충돌의 조장, 해양국가로의 도약적 의지 결여, 자유주의와 시장경제에의 무지, 서구 문명의 몰이해와 국수주의, 변절자와 간신의 면죄부, 협상력 미숙 등의 역사적 오류는 반드시 〈시간의 보복〉을 불러온다는 사실을 살펴보았다.

결국 이러한 〈역사적 오류〉는 안락과 간신들과 내분, 국가 비전과 애국애족의 실종, 나태와 치부와 탐욕, 정보 빈곤과 파벌, 개인영달의 극치, 민족을 배신한 소영웅주의, 변절자의 전성시대, 반유비무환과 역사적 안목 실종, 정치지도자와 공직자의 오만과 무능 등으로 나타나서, 국가와 민족과 개인에게 고통과 참상과 침탈과 붕괴와 분단과 멸망으로 귀결되는 〈시간의 보복〉을 몰고 온다는 역사적 사실을 살펴보았다.

이러한 모든 〈시간의 보복〉은 올곧은 지도자를 만나지 못하여, 또한 당시의 시대적 문제점을 개혁하지 못함으로써, 결국 부정부패를 몰고와 국가와 민족과 개인에게 고통과 참상과 침탈과 붕괴와 분단과 멸망을 안겨주게 된다는 것이다. 다시 말하면 충만한 정치철학을 겸비하고 창조적 리더쉽을 발휘하는 올곧은 지도자를 선택하여, 언제 어디서나 나타나는 문제점을 바로 개혁함으로써, 부정부패를 방지하는 국가와 사회와 개인은 고통과 참상과 침탈과 붕괴와 분단과 멸망을 차단하고, 번영과 승리와 영광과 행복과 웅비의 역사를 만들어갈 수 있다고 역사는 가르쳐주고 있는 것이다. 즉 올곧은 정치지도자는 〈시간의 보복〉을 사전에 예방하고 〈시간의 웅비〉를 가져온다는 것을 확신하는 말이다.

인간은 누구나 올곧은 지도자를 원하고 그로 인하여 국가 사회적 문제점을 개혁하여 부정부패를 척결함으로써, 승리와 번영을 구가하고 싶어할 것이다. 그러면 이러한 올곧은 지도자는 어떤 사람인가? 하는 문제에 봉착하게 된다.

이제까지 우리는 역사를 통하여 수없이 올곧은 지도자를 선택하였다고 자만하다가 그 안도감이 사라지기도 전에, 위정자는 바로 위선의 가면을 벗고 억압과 독재와 폭정을 일삼아온 사례들을 많아 보아 왔다. 따라서 올곧은 지도자를 선택하는 일은 우리 모두의 개인 및 국가적 책임이며, 선택인 것이다. 개인이 언제인가 소홀히 보낸 시간에서 선택된 위정자는 반드시 우리의 〈웅비의 역사〉를 좌절시킬 것이다. 그리하여 고통인 〈시간의 보복〉을 몰고올 것이다.

지도자는 언제나 주체성 및 자주성을 바르게 육성하는 품성을 지녀야 한다. 또한 인간은 누구나 자존심을 갖고 있으며 자신의 힘으로 창조적인 일을 하려는 욕망을 갖고 있다. 하부의 사람들은 지도자가 이 자존심을 손상케 하거나 창조적인 일에의 욕망을 뭉개버리는 것을 가장 싫어한다. 그만큼 자존심과 창조적 일에의 욕구는 인간에게 기본적인 것이다. 군림하는 지도자가 미움을 받는 것은 아래(하부) 사람들의 주체성을 부정하기 때문이다. 따라서 그런 주체성 및 자주성을 바르게 육성하는 교육을 행하는 일이야말로 지도자의 가장 귀중한 임무 중의 하나일 것이다.

또한 지도자는 그릇된 열등감을 갖고 있거나 자신의 일을 하찮게 생각하는, 주체성을 결여한 하부사람들에게 자신감을 갖게 해주고, 그들의 일이 갖는 의의를 잘 이해시켜야 할 것이다. 그리고 지도자는 하부사람의 일에 대하여 창조적인 제안을 계속 내도록 장려해야 할 것이다. 이는 대중에게서 배우는 방법의 하나이며, 창조적인 제안이 많이 나오면 나올수록 지도자는 자신도 생각하지 못했던 많은 것을 발견할 수 있고, 따라서 많은 것을 배우게 된다는 것이다.

따라서 오만과 기만은 혐오감을 일으키지만 겸허는 존경심을 심어준다. 이것을 지적하여 어떤 사람은 〈잘못을 시인하는 것은 당신이 큰 인물이라는 증거가 될지언정 체면을 잃게 하지는 않는다〉라고 말할 수도 있을 것이다. 큰 뜻을 갖는 지도자일수록 자신의 활동상의 오류 및 결점을 숨겨서는 안 된다.

숨길수록 시정은커녕 더욱 큰 오류가 범해지게 마련이므로, 큰 뜻의 실천은 첫걸음부터 난관에 부딪힐 수밖에 없는 것이다. 따라서 시정이야말로 전진의 초석임을 알아야 한다는 것이다.

현실사회에서 여러 가지 불의와 부조리를 느끼고, 그로 인해 고통받는 사람들의 문제를 남이 아닌 자신의 문제로 받아들여, 그들과 함께 사회를 변혁하고자 실천적으로 노력하는 사람이 있다면, 그는 당연히 존경받는 지도자의 자질을 갖추고 있다고 보아야 할 것이다.

또한 지도자는 자신이 맞이한 승리의 상황이 수많은 민생들의 노력과 고통으로 만들어진 행운임을 절대로 잊어서는 안 될 것이다. 그리고 지도자의 목표와 임무는 자신을 위하는 것이 아니라, 다른 사람을 위해 봉사하는 것임을 명심하여야 할 것이다.

지도자는 환경이 좋았느냐? 안 좋았느냐? 가 아니라 그가 가지고 있는 가치가 중요하다는 마음을 가져야 할 것이다. 지도자는 민생들이 어려울 때 그들의 등을 어루만지며 눈물을 닦아줄 수 있어야 할 것이다. 민생들은 그 눈물이 위로가 되어 다시 일어설 수 있기 때문이다. 따라서 지도자는 자신이 가지고 있는 가치에서 미움과 증오와 오만을 떨쳐버리고, 겸손과 포용과 열망을 간직하여야 할 것이다.

어떤 조직이나 국가이건 발전과 성장을 거듭하려면 끊임없이 새로운 지도자를 발굴하고 양성해야 된다. 그러므로 현재 지도자의 위치에 있는 사람은 현재의 참신한 인물이 떨어져나가지 않도록, 또 자질을 높여가도록 노력해야 하는 의무가 있는 것이다. 낡은 지도자가 구태의연하게 높은 자리에 앉아 있거나, 경험도 부족하고 능력도 모자라는 지도자들이 구석구석에 도사리고 앉아 극히 중요한 결정을 내릴 때, 그 조직은 절대 성공하지 못하게 될 것이다. 밀려나지나 않을까 두려워하여 후진양성을 생각하지도 않고, 저희들끼리만 싸움질이나 하고 지난날의 경력을 팔아먹으면서 제 욕심만 차리는 사람이 지

도자로 앉아 호령하면, 절대 다른 사람들이 따라주지 않는 것이다.

역사를 통하여 우리는 무능한 지도자로 인하여 혹은 유능했던 지도자의 실수로 엄청난 고통을 입었던 경우가 숱하게 많았음을 알 수 있었다. 특히 정치는 국민들 모두에게 직접 관계되므로 정치조직 등에서의 무능한 지도자는 그만큼 큰 피해를 국민들에게 주어왔던 것이다. 그리고 지도자는 과거의 화려한 경력이나 굳센 의지만으로는 부족하다는 것을 스스로 알아야 하는 것이다.

그러면 유능한 지도자란 누구이며 어떤 능력을 가져야 하는가? 지도자의 능력은 대상에 따라, 집단의 성격에 따라 차이가 있을 수 있다. 지도자에게 필요한 능력, 즉 지도자의 조건은 처한 상황에 따라 크게 달라지며, 같은 성격의 단체라도 그 규모와 영역에 따라 분명히 다르게 된다는 것이다.

그러나 보편적인 지도자의 자질은 있을 수 있다. 따라서 지도자는 법을 준수하고 책임감이 투철하여야 한다. 그리고 원칙과 타협·포용의 통일능력을 가져야 한다. 또한 판단력과 결단력을 겸비하고 치밀한 계획의 수립과 전개능력을 가져야 한다. 지도자는 전문적인 활동능력을 겸비해야 하고, 독립적인 활동과 조직을 확대할 수 있는 능력을 갖추어야 한다. 또한 조직간의 결연 및 새 조직의 창출능력도 발휘할 수 있어야 할 것이다.

변화의 시대에는 그 어느 때보다 지도자의 리더십의 역할이 중요하다. 대통령의 말 한마디가 국가 경제를 망칠 수도 있는 것이다. 따라서 CEO의 적절한 판단 하나가 세계적 기업으로의 도약을 가져올 수도 있다. 개혁과 변화를 성공적으로 이끌 수 있는 지도자의 자질 및 리더십의 조건과, 성장과 발전을 담보하는 개혁의 성패를 가를 수 있는 지도자의 조건은 너무도 중요하다는 것을 우리는 알고 있는 것이다.

개혁에 성공한 지도자들은 한결같이 지도자 개인의 입장을 고집하기보다는 다양한 집단의 이해관계를 조정·통합·조화로 이끄는 리더십을 가진 인물들이다. 반대로 지도자의 정책 자체가 분열과 대립을 가져올 때는 개혁에 성공할 수 없었던 것이다. 지도자의 목표는 국민의 삶의 양식이 변화하는 것을 읽어내고 따라가야 한다. 훌륭한 지도자는 자기가 발탁한 사람에게는 절대적인 신뢰를 주었고, 동시에 이를 철저히 비판할 수 있는 제 3의 세력을 준비했다. 성공적인 지도자에게는 적절한 시점에 용기 있게 뚫고 나가는 결단력과 실천능력 역시 중요하다. 지도자에게는 시대적 과제를 정확히 찾는 역사적인 통찰력 또한 중요하다. 성공적인 지도자들은 인재를 적재적소에 등용할 수 있는 다양한 인재 풀(pool)을 가지고 있었고, 이들의 출신지역과 이념을 가리지 않고 포용력 있게 끌어안았다. 성공적인 지도자들은 문무겸전(文武兼全)의 특징을 가지고 순간적으로 사태를 정확하게 판단하는 결단력과 돌파력을 가지고 있었던 것이다.

반면에 실패한 지도자들은 항상 정치적 위상에 너무 집착한다. 우리는 YS가 초기의 전폭적인 지지로 추진하였던 개혁정책들이 현실정치의 위상에 너무 집착한 관계로 실패한 전철을 보아왔다. 또한 초기의 성공에 취해 오만해지는 〈자의적 리더십〉도 비전과 통찰력이 없기 때문에 근시안적으로 빠지게하여 실패하게 되는 것이다. 또한 실패한 지도자는 결단력이 부족하여 변절자나 소인들에게 의지하거나 공적인 관계가 아닌 개인적인 이해관계에 의지한다. 실패한 지도자들은 측근정치의 폐단을 간파하지 못한다. 측근들은 지도자의 잘못된 것을 비판하지 않고 영합해 버리기 때문이다. 이렇게 되면 의견수렴 통로가 좁아져 한쪽 얘기만 듣게 되는 것이다.

아무리 훌륭한 비전과 정책이 있어도 관료집단과 국민의 동의나 공감을 받지 못하는 정치는 실패한다. 지도자의 비전은 출발일 뿐이며, 관료와 국민들을 설득하지 못하면 성공할 수 없기 때문이다. 근본적으로는 사적인 이해관계였던 것을 통치현실 속에서 국가적인 이해관계로 착각하면 반드시 실패하게 된다. 지도자의 우유부단은 당장 눈에 띄지 않기 때문에 비판거리가 되지 않는다. 하지만 지도자가 남의 눈치나 보고 적당히 넘어가려고 할 때, 오히려 더 큰 문제를 낳을 수 있는 것이다.

부정부패를 척결하고 국가 비전을 제시하는 개혁에는 장기적인 안목이 필요하다. 그동안의 정권은 자기의 임기 내에 완수하려는 조급함 때문에 개혁을 실패하게 만들었다. 또한 중요한 것은 비전을 실천할 주체인 〈인간〉이기 때문에, 지도자는 훌륭한 이념과 이를 실천할 인재들을 가져야 할 필요가 있다. 또한 기업과 달리 국가는 다양한 의견수렴 구조를 가져야 한다. 다양한 의견을 받아들여야 지도자는 성찰의 기회를 가질 수 있다. 또한 어떤 상황에 따라서는 인재집단은 개혁성보다 오히려 전문성이 더 필요할 수 있다는 것도 알아야 할 것이다.

지도자가 새로운 국가 방향의 비전을 제시하지 않으면, 국민들의 동의를 얻기 어렵다. 하지만 그렇다고 지도자가 자기 비전을 모든 사람에게 강요해서는 안 된다. 비전은 커다란 정치적 담론이지만, 개혁은 실제적인 사회의 변화다. 각론에 맞는 사람들의 삶의 방식을 제시하고 거기에 동의를 얻어가야 할 것이다.

현대의 변화 속도는 과거와는 비교할 수 없다. 이럴 때일수록 지도자들은 현실에 안주해서는 안 될 것이다. 평화와 안정을 확보하기 위해서라도 다음, 또 그 다음 단계를 준비하는 통찰력이 있어야 한다. 민주 사회에서는 모든 사람이나 절대 다수의 공감을 얻기는 쉽지 않다. 하지만 다수의 공감을 얻으려는 노력은 항상 경주할 필요가 있다. 따라서 지도자는 조화와 균형의 리더십, 공신·친인척 폐해를 막을 수 있는 결단의 리더십, 위기 극복의 리더십, 실사구시의 리더십, 인간경영에 성공한 리더쉽을 연마·발휘해야 지도자로서의 자질을 가졌다고 말할 수 있을 것이다.

결론적으로 지도자는 국민적 합의(선거·추천·승인·인지 등)로 마련된 지위를 얻음으로써, 권위와 권력이 그 지위에서 나오는 것이다. 따라서 지도자는 그 권위와 권력을 인(仁) (겸손·포용)으로 변환시켜 자신에게 전체적 합의로 권력을 부여해 준 국민들을 생기(활력·희망·열망)가 돌도록 만드는 능력이 있어야 한다는 것이다.

다시 한번 정리를 하자면 냉철한 분석과 업무 수행능력인 지혜, 부하들의 신뢰를 받을 만한 처신, 가진 것을 나눌 줄 아는 따뜻함, 고통을 먼저 감내할 줄 아는 솔선수범의 용기, 마지막으로 조직을 위해 아끼는 사람을 벨 수도 있는 엄격함과 단호함 등이 정치철학이 충만한 지도자의 덕목이다.

여기에 지도자는 다름 아닌 유연성을 더 가져야 한다. 사고가 경직되어 있지 않고 유연할 것, 목에 힘주지 않고 항상 겸손한 마음으로 초심을 잃지 않는 리더가 바람직한 지도자상이다. 자리가 조금 높아졌다고 오만하고 부하들을 무시하는 사람은 지도자로서 자격이 없다. 자리가 높아질수록 고개를 숙일 줄 아는 사람, 합리적인 사고를 하는 사람, 쓸데없는 데 고집 부리지 않는 사람, 그런 사람이야말로 조직원들이 바라는 리더의 자질을 가진 사람이다. 가장 피곤한 사람은 자기 세대의 논리와 가치관만을 주장하고 고집하는 타입이다. 지도자는 신축성 있는 사고를 가지고 항상 열려있는 시각을 가져야 한다. 연륜만큼 덕을 쌓을 수 있는 그런 지도자, 국민들이 진심으로 따르는 그런 지도자를 우리 모두는 지금 바라고 있는 것이다.

영국 격언에 〈왕이 길을 잃고 헤매면 백성들이 그 대가를 치른다〉 라는 말이 있다. 오늘날 이 말은 〈대통령이 역할을 제대로 하지 못하면 국민들이 대가를 치른다〉 라는 말로 이해할 수 있을 것이다. 그러면 어떤 대통령이 제대로 된 대통령일까? 하는 문제가 대두된다. 대통령을 평가하는 기준으로는 외교를 비롯한 대외관계와 관련된 업무수행, 국내의 각종 문제 및 사업에 대한 업무수행, 행정부와 정부 내에 관련된 업무수행, 지도력 및 의사결정과 관련된 업무수행, 개인적 성격과 도덕성 등을 살펴볼 수 있을 것이다.

유권자가 투표 대상을 결정하는 것은 정치지도자에 대한 사후평가와는 다른 차원의 문제이다. 왜냐하면, 누가 훌륭한 정치지도자인가를 미리 판단해야 하기 때문이다. 정치지도자의 재임기간 중 어떤 실적을 남길 것인가? 하는 것은 선거공약(公約)이나 특정 이슈에 대한 입장을 분석해 봐서는 알 수 없을 것이다. 정치인이란 공언(公言)과 본심이 다른 경우가 많게 마련이며, 실천에 관계없이 감언이설(甘言利說)들을 떠드는 성향이 있기 때문이다. 실제로 선거 막판이 되면 당선을 위해 장밋빛 공약들이 남발되지만, 당선 후 제대로 실천되지 않는 공약들이 부지기수인 것이 우리의 현실인 것이다.

이런 상황 속에서 국민들은 후보들의 지도력과 성과 그리고 앞날을 예견해 보기 위해 후보들의 경력, 이데올로기, 인간관계, 헌법과 국가에 대한 충성심, 국민에 대한 성실성과 신의 등을 검토해 보는 것이 최선의 방법일 것이다. 그러나 이 또한 쉬운 일이 아니다. 그렇기 때문에 관련 학자들은 그나마 자질과 성향을 전체적으로 파악해 보는 것이 좀더 현명한 선택이 될 수 있다고 말한다. 따라서 후보들의 성격, 세계관, 정치 스타일 등을 종합적으로 따져서 비교해 보는 것이 어느 정도 실천 가능한 효과적인 방법이라고 제안할 수 있을 것이다.

그동안의 우리 대통령들은 하나같이 우유부단한 지도력, 독선과 아집, 시대착오적 사고방식, 친인척과 계보와 파벌인사 중용 등으로 인한 인사관리의 실패 · 불성실 · 인간미 결여 · 거짓말 등의 나쁜 자질 · 부정부패 등의 성향을 보여주었다. 유감스럽지만 우리는 지금까지 8명의 대통령을 배출했지만, 아직 전 국민의 존경을 받는 성공한 대통령을 갖지 못하고 있는 실정이며, 56년 헌정사상 초유의 현직대통령에 대한 탄핵안 가결을 경험해야 했다.

앞으로 우리 유권자들은 선거유세(遊說)를 벌이고 있는 후보들 중 누가 이같은 나쁜 자질과 성향을 적게 가졌는지, 아니면 반대로 좋은 자질과 성향을 많이 가졌는지를 따져보는 것이 성공한 정치지도자를 만들어내는 데 큰 도움이 될 것이다.

따라서 우리의 정치지도자들이 이렇듯 부정부패와 우유부단한 지도력, 독선과 아집, 시대착오적 사고방식, 친인척과 계보와 파벌인사 중용 등으로 인한 인사관리의 실패 · 불성실 · 인간미 결여 · 거짓말 등의 나쁜 자질 등으로 국민들로부터 신뢰를 받지 못하고, 정치를 불신하게 만든 여러 가지 요인 중에 하나는 바로 정치철학의 몰이해라고 나는 지적하고 싶은 것이다.

정치를 〈가치의 권위적 배분〉이라고 정의한다. 칼 슈미트는 〈정치는 적과 동지의 구별〉이라고 정의하였다. 또한 정치(政治)의 〈정사 政〉을 〈바를 正〉으로 정의하는 사람도 있다. 현실적으로 정치는 무엇이고 권력은 무엇인지에 대한 명확한 규정과 비판에 대한 방안이 없어도, 정치는 이루어지고 권력은 행사되고 또한 비판의 대상이 되어 왔다. 그러면서 우리는 한국에서는 정치도 정치철학도 없다는 말을 흔히 하여 왔다. 즉 정치철학을 모르는 정치인들이 정치를 하기 때문에 정치가 잘못되고 개혁이 추진되지 않으며, 부정부패가 만연한다는 것을 믿고 있는 것이다.

정치철학의 중심과제는 정치권력을 도덕적으로 평가하는 것이다. 즉 도덕이라는 저울로 권력의 창출·행사·유지·증대·소멸을 가늠함으로써, 정치권력의 소재, 한계와 목적 등을 명확히 하여 정치적 권위와 의무의 근거를 밝히는 것이 정치철학이다. 정확히 말하면, 정치적 권위와 의무의 근거에 대한 윤리적 기준을 제시하는 것이 정치철학이라 할 수 있는 것이다. 그리하여 정치철학은 정치체제로 하여금 〈공동선〉을 추구하게 하여, 인간이 행복한 정치생활을 하도록 하는 것을 궁극적인 목적으로 삼는 것이다.

여기에 우리의 정치지도자들은 이러한 정치철학의 몰이해와 무지로 인하여 부정부패와 반개혁의 전철을 밟아 왔을지도 모른다는 전제를 해보는 것이다. 그래서 우리는 최소한 〈올곧은 지도자는 정치철학〉을 바르게 이해하여 〈충만한 품성〉을 유지하기를 바라는 것이다.

사회의 진보에는 인간의 존엄과 자율이 수반되어야 한다. 자율(Autonomy)은 자치를 뜻하며 외부의 통제로부터 벗어나는 것을 의미한다. 그러므로 자율에는 이에 따르는 능력과 조건이 갖추어져야 하는 것이다.

한편 사회가 진보한다는 것은 어떻게 보면 복지가 증진한다는 것을 의미한다. 복지는 구분이 모호하지만 물질적·문화적·정신적 복지로 구분해 볼 수 있을 것이다. 재화와 용역의 생산과 배분에 있어서 극대화와 분배의 최적이 이루어져야만 물질적인 복지가 향상된다고 본다면, 분배는 정의와 밀접한 관계를 가지고 있다. 그래서 정의는 또한 평등의 개념과 관련을 맺기 마련이다. 배분하는 행위는 정의와 평등과 같은 사회적 재화를 같이 고려하여야 하기 때문일 것이다.

정의나 복지처럼 인간 사이에 없으면 안 되는 사회적인 재화의 하나가 바로 자유이다. 자유는 정의와 관련이 없는 것이 아니다. 19세기의 고전적인 자유주의자는 자유를 강조하였다. 그런데 오늘날의 자유주의는 정의와 평등을 많이 반영하고 있는 것이다.

반면에 자본주의와 결부된 자유민주주의 체제는 도덕성을 상실하기가 쉬운 체제이기도 하다. 부르주아 민주주의라고 일컬어지기도 하는 자유민주주의는 금권정치화할 우려가 많을 수 있는 것이다. 정치적 주권을 가진 상대방을 돈으로 매수할 수 있다는 생각 그 자체는, 의무론에서 강조하는 인간의 존엄성을 무시하는 것이다. 정치와 경제가 유착되는 현상은 결코 정치권력을 도덕적으로 정당화하지는 않는 것이다.

정치지도자는 국가나 지역의 최종 의사결정을 하고 집행하는 일을 담당하는 막중한 사명감을 지녀야 할 것이다. 따라서 정치인이 되려는 사람의 입지는 작은 개인의 명예와 재물에서 시작되어서는 안 될 것이며, 국가와 지역을 위한 깊은 정치철학에서 출발해야 할 것이다. 분명한 자기 철학이 없는 정치인에게서는 진실을 기대할 수 없고, 언행의 일관성을 기대할 수 없을 것이다. 결국 그는 국민을 감동시킬 수 없을 것이다. 어떤 주제나 어떤 상황에서도 국가와 지역의 대표로서 흔들리지 않고 의사결정을 하며, 리드해 갈 수 있는 것은 분명한 정치철학이 있을 때만이 가능할 것이다. 또한 이제는 단순한 정치기술로 이끌어갈 수 있는 시대는 아니다. 이제 국민은 작은 수를 읽을 만큼 현명해졌다는 것을 알아야 할 것이다.

우리는 그동안 영합주의와 기강 해이가 정치·경제·사회 전반을 망치는 것을 많이 보아왔다. 〈국부(國富)는 공장의 굴뚝에서 나온다〉라는 말처럼, 한 나라의 경제력과 생활수준은 그 나라 기업과 국민이 얼마나 부지런히 일하고, 많이 생산하는지에 달려 있다. 국민총생산을 국민소득이라고 부르는 이유가 거기에 있는 것이다. 그리고 기업과 국민이 게으르게 되느냐? 부지런히 일하게 되느냐? 하는 것은, 결국 그 사회를 지배하는 각종 정치·경제·사회적 제도와 국가관리체제에 달려 있는 것이다.

돌이켜보면 지난 외환위기 직전까지 한국의 각종 정치·경제제도와 국가관리체제는 국민을 무책임하고 게으르게 만들어 한국사회를 총체적 비효율과 기강 해이 상태에 빠뜨렸던 것으로 볼 수 있다. 당시 국민경제 전체적으로 생산한 것보다 소비가 더 많았고, 의무보다 권리를 더 주장했으며, 물건을 만들기보다 투기와 남의 돈으로 편하게 사는 데 더 몰두했었다. 이것이 1997년 외환위기 직전까지 한국사회와 한국경제의 모습이었고, 결국 한국경제를 침몰시킨 근본 원인이었다. 그리고 이것은 당시 우리 국민의 의식수준이 낮고 무책임했기 때문이 아니라, 당시 정부의 경제정책과 제도를 포함한 총체적 국가관리 구조가 이런 풍토를 조장하고 방치했기 때문이었다.

따라서 한국경제가 어려움을 이겨내고 재도약하기 위해서는 경제제도와 국가관리체제의 곳곳에 스며 있는 기강 해이와 비효율을 부추기는 요소들을 빨리 제거해야 할 것이다. 외환위기 이후 구조조정의 이름으로 도입된 각종 개혁 조치들은 바로 이것을 달성하고자 한 것이었다. 정리해고제 도입, 노사관계 제도의 개선, 부실 금융기관과 재벌기업의 퇴출, 공기업의 민영화와 공공부문의 개혁 등이 바로 한국사회의 해이해진 기강을 바로잡고 한국 사람들을 예전처럼 다시 부지런하게 뛰게 만들기 위한 방안들이었다. 그러나 외환위기 이후 잠시 경기가 회복되자 구조조정의 강도가 약해지고, 과거의 나쁜 관행이 다시 정부·금융기관·기업계·노동계에 되살아나고 있는 것이다. 특히 민생 영합적 경제 운용으로 다시 기강이 해이해지고 지대추구 행위, 집단 이기주의가 만연하고 있는 것은 매우 우려할 만한 일이다.

경제문제는 가지고 싶은 것을 다 가질 수 없다는 현실 제약에서 기인하는 것이기 때문에 절약과 선택, 기강과 규율이 문제해결의 기본 원칙이다. 경우에 따라서는 괴로운 선택을 해야 하는 것이 경제문제이다. 특히 경제주체들의 합리적 의사결정을 유도하기 위한 자기책임의 원칙은 시장경제의 효율성을 유지하기 위한 가장 중요한 원칙 중 하나다. 그러나 지금 시장경제의 건전성을 해치는 풍토가 우리 사회에 너무 만연하고 있다고 보아야 할 것이다.

정치는 정치적 인기 의식으로 이익집단의 요구를 계속 들어주면 줄수록 본연의 목적을 상실해 간다. 농민·기업·금융기관 할 것 없이 수시로 불거져 나오는 각종 부채 탕감 요구, 부실 금융기관에 대한 공적자금의 반복적 투입, 소득 재분배와 복지의 이름으로 무책임과 게으름을 조장하는 각종 제도의 도입, 이런 관행들이 금융기관·기업·노동조합·이익집단 등 모든 경제주체의 도덕적 해이와 기강 해이를 부추겨 한국경제의 생산성과 경쟁력을 다시 저해하고 있는 것이다.

지금 한국에서 농민·근로자·교사·공무원·교수가 집단행동에 나서고, 한국사회의 거의 모든 분야에서 각종 이익집단의 요구와 이익집단간 갈등이 표출되고 있는 것은 제한된 자원의 효율적 사용이라는 경제원리를 외면하고, 모든 이기집단에게 원하는 것을 다 해주겠다는 무책임한 영합주의의 결과이다. 이것은 민주주의와 시장경제를 병행 발전시킨다는 것이 도리어 사회 전반적인 갈등 풍조와 기강 해이를 초래한 것이다.

정치논리는 사회통합의 논리이고 의사결정 방식의 원칙은 타협이기 때문에, 정치논리와 경제원리는 본질적으로 상충관계일 수밖에 없다. 특히 정치적 인기를 의식한 영합주의는 기강 해이와 나눠먹기를 부추겨 경제에 치명적 해악을 끼칠 수 있다는 것은 남미 국가들의 역사적 경험을 통해 입증된 바 있는 것이다. 더 먹기를 원한다면 더 생산해야 하는 것은 당연하다. 그리고 공짜가 만연하면 누구도 열심히 일하려 하지 않을 것이다. 따라서 지금 우리가 살길은 오직 더 열심히 일하고 더 많이 생산하는 수밖에 없다. 그런데 지금 한국사회는 어디로 가고 있는가?

역사의 숱한 질곡 속에서도 결코 좌절하지 않고 미래에 대한 희망을 버리지 않았던, 이토록 질기고 도전적인 우리는 언제나 절망의 순간 앞에서도 당당하게 대처해 왔다. 그러나 지금 〈나라가 어디로 가고 있는가?〉 라고 되묻는 국민이 늘어만 가고 있는데도, 정치인들은 안이한 인식과 무기력에서 빠져나오지 못하고 있는 것이다. 따라서 정치인들은 오늘의 분란과 혼란이 어디에서 출발했는지를 직시해야 할 것이다. 그리고 정치권은 모두 대오각성하고 새 출발을 해야 할 것이다.

최근 검찰의 대선자금 수사결과가 속속 언론에 보도되면서 민생들이 가지게 되는 참담함은 이루 말할 수 없는 것이다. 한국의 민주화 수준, 투명도 수준에 자괴감을 갖게 만들고, 소위 〈차떼기〉 등 온갖 기상천외한 수법을 접하는 민생들은 정치에 대한 냉소를 넘어 환멸을 느끼게 되는 것이다. 그렇다면, 정치로부터 마음이 떠난 국민을 어떻게 되돌릴 수 있을까? 이번 대선자금 수사를 통해 정치권이 환골탈태하고, 경제계가 정경유착의 역사를 끊고, 검찰이 정권의 하수인에서 벗어나 올곧은 검찰상을 확립하는 것이 그 해답이 될수 있을 것이다.

그러나 민생들에게 정치에 대한 혐오감을 갖게 만드는 더 큰 원인은, 부패 그 자체보다는 대선자금 수사에 대한 정치권의 뻔뻔한 대응이다. 따라서 우리는 검찰수사를 방해하기 위해 특검을 정략적으로 발의하고, 방탄 국회를 도모하며, 편파수사 운운하며 국민을 호도하려는 데서 그 어떠한 희망도 찾을 수가 없다고 생각하는 것이다. 정치개혁과 투명성을 무기로 민생들의 심판을 받겠다던 그 당당함은 어디로 사라지고, 불똥이 튀지는 않을까 노심초사하는 모습만을 정치권은 보이고 있음을 스스로 알아야 할 것이다. 따라서 떠난 민생들의 마음을 되돌리기 위해서는 우리 모두 변하는 수밖에 없을 것이다. 썩은 부분을 과감히 도려내어야 한다는 공감대가 우리 민생들 마음에 올곧게 자리잡고 있는 것이다.

경제계도 대오각성하고 추악한 정경유착의 역사에서 벗어나야 할 것이다. 한국의 재벌은 이제 더 이상 국가권력 앞에 작은 존재가 아니다. 정치권력의 희생자라는 변명 아닌 변명을 이제 그 어느 국민도 믿지 않고 있음을 알아야 할 것이다. 선거 때마다 우리나라의 재벌들은 전경련을 통해 불법적인 정치헌금을 하지 않겠다고 공언하였다. 그러나 이는 결국 언론플레이였고, 제각기 뒷돈 마련하여 배팅에 여념이 없었던 것이 만천하에 드러나고 있는 것이다. 이 세상에 공짜 없음을 아는 우리 민생들은 허탈하기 그지없는 것이다. 이들에게 국가경제의 명운이 달려 있음을 아는 국민들은 실로 불안하기 짝이 없는 것이다.

따라서 이제 경제계도 대선자금 수사에 적극적으로 협조해야 할 것이다. 이번에 모든 과오를 털고 나가지 않으면, 이제 국민은 물론 자유시장경제의 신뢰를 회복할 수 없을 것이다. 그저 그런 개발도상국의 불투명한 기업으로 국제경쟁의 뒷전으로 밀려 나락으로 추락할 수밖에 없을 것이다. 따라서 한국경제를 위해서도, 또 그들 자신의 생존을 위해서도 과감하게 정경유착의 역사를 드러내고 환부를 도려내도록 해야 할 것이다.

다시 한번 한국정치가 살기 위해서는 우리 모두, 특히 정치지도자들이 거듭나야 하겠다. 그리고 말만 무성한 정치개혁이 하루빨리 실현되어야 할 것이다. 정치자금 투명화를 위한 제도적 장치들을 몰라서 실천하지 않는가? 돈 안 드는 정치를 위한 제도적 방안을 몰라서 실천하지 않는가? 따라서 정치개혁에 대한 정치권의 무작위(無作爲)를 방조하지 않기 위해, 언론과 시민사회 그리고 비판적 지식인의 역할이 그 어느 때보다도 요청되는 것이다. 거대 언론기업은 자칫 자사이기주의의 잣대로 편향적인 여론형성에 나서지 않는가? 를 항상 자문(自問)하고, 언론의 정도를 벗어나지 않도록 스스로 채찍질을 가해야 할 것이다.

시민사회도 낙선운동 등 인적청산보다는, 부정부패와 정경유착이 대물림하지 않도록 제도화를 통한 정치개혁에 매진하여야 할 것이다. 그리고 이 땅의 지식인들도 정치적 환멸과 비난에 머무르는 냉소적 비판을 넘어, 보다 적극적으로 건설적인 대안 마련에 나서야 할 것이다. 정치발전 없이는 민주주의 발전도 경제발전도 없을 것이다. 그리고 언론과 시민사회 그리고 지식인들도 눈을 부릅뜨고 감시하되, 책임을 공유해야 할 것이다. 어찌 남 탓만 하겠는가? 우리 후손에게 부끄럽지 않은 대한민국을 물려줄 의무는 우리 모두에게 있는 것이다.

2. 창조적 리더십의 지도자

대한민국의 정치는 1910년 일제 식민지 시대를 거치고, 이에 대항하는 1919년 대한민국 임시정부가 상하이에서 입헌 민주공화국을 성립하면서, 현재의 정치형태로 발전할 수 있는 발판을 만들었다고 할 수 있을 것이다. 그러나 이제까지 우리나라의 정치가 이렇게 순탄하게만 발전되고 성장한 것은 아니었다.

1945년 일제에서 독립이 되면서 미국이나 소련의 신탁통치를 겪었으며, 이는 6·25 전쟁의 원인 중 하나라고도 설명할 수 있을 것이다. 1948년 남한의 경우 이승만을 초대 대통령으로 하여 대한민국정부가 수립되었다. 그러나 이승만 정권은 장기집권을 추구하고 독재 정치를 강화하기 위해 3·15 부정선거를 자행함으로써, 이를 규탄하는 4·19 혁명이 일어났다. 그리고 이로 인해 이승만 자유당 정권은 붕괴됐다. 이 4·19 혁명은 학생·시민이 주축으로 한 민주혁명이었고, 새로운 민주주의의 발전을 가져오기를 기대하였으나, 5·16 군사 쿠데타로 인하여 이러한 기대는 무산되었고 박정희 정권시대가 도래하였다.

박 정권은 경제발전을 내세우며 국민의 정치적 자유와 권리를 무시하는 독재 정권을 관철하다가, 결국 유신체제까지 선포하였다. 그러나 이에 반발하는 학생들과 민생들의 시위는 계속되었고, 결국 10 · 26 사태로 인해 박 대통령이 피살되면서 이 정권은 막을 내렸다. 이로 인해 사회가 혼란한 가운데 전두환이 12 · 12 사태를 일으키면서 군권과 정치적 실권 또한 장악하면서 전두환 시대가 막을 열었지만, 민주화 운동에 대한 탄압과 인권 문제, 각종 부정과 비리로 국민의 비난을 면할 수 없게 되었다. 그리하여 전두환 정부의 권위주의적 통치와 강압적 통제에 반대하는 국민적 저항이 전국적으로 일어나, 마침내 1987년 6월 민주화 항쟁으로 발전하면서 전두환의 군사정권시대도 막을 내려야 했었다.

노태우 정권은 보통사람들의 시대를 주창하면서 양김의 정권욕 사이에서 어부지리로 등장했지만 역시 5공의 아류였다. 3당 합당으로 등장한 YS 정권은 군정종식을 달성하면서 문민정부로서 초기의 개혁적 성향과 세계화 추진으로 기세를 올렸지만, 허세와 오만으로 IMF 환란을 맞았다. 이 환란의 덕분으로 등장한 DJ 정권은 부정부패 · 햇볕정책 · 구조조정 · 가치갈등으로 서성이다가 막을 내려야 했었다.

〈참여정부〉는 모두가 변하고 싶다는 열망에서 출발했지만, 1년이 지난 지금까지 대통령 탄핵을 당하는 등 어느 쪽으로 갈지에 대한 방향을 검토하고만 있는 실정이라고 민생들은 보고 있다. 이와 같이 우리의 정치는 지난 반세기 넘게 독재정치와 군사정치로 많은 고난과 발전의 퇴보를 거듭했었다. 이러한 불행의 경험을 바탕으로 우리가 반드시 알아야 하는 역사적 교훈이 있는 것이다.

첫째, 한 사람을 두려워하거나 높다고 생각하는 민족은 반드시 망한다는 교훈이다. 번영의 국가나 민족에게서는 그들의 지도자를 무서워하거나 높다고 생각하지 않는다. 그들의 뇌리 속에는 그런 의식 자체가 없는 것이다. 날카로운 펜대 하나로 과거 미국의 닉슨은 대통령의 권좌에서 스스로 물러났다. 그러나 우리는 4 · 19, 5 · 16, 5 · 18, 12 · 12 때 대통령 또는 정권이 물러나기 위해서 수많은 민생의 피가 길거리에 뿌려져야 했다. 대신에 자유민주주의가 번영한 국가나 민족은 나태와 부정직과 무능과 노예근성을 더 두려워한다. 그들이 높다고 보는 것은 정의에 굶주린 정신이었고, 영원한 자유와 평등의 정신이었으며, 불의를 보고 분노할 줄 아는 인권 정신이었다.

둘째, 한 사람의 유능한 지도자가 나타나서 모두를 잘 살게 해줄 것이라는 기대를 가지고 넋 놓고 기다리고 있는 민족은 절대 잘 살게 되는 법은 없다는 교훈이다. 우리는 자기인생은 자기가 결정해야 하는 것이다. 아무리 하찮은 사람이라도 그 자신의 삶을 그 자신이 결정하고 선택한 시간 동안 아무에게도 방해받지 않고 충분히 누릴 자유와 권리가 있는 것이다. 모든 사람의 인생은 다른 사람이 아닌 바로 그 한 사람에게만 주어진 한 번밖에 없는 기회이다. 우리가 이 세상에 태어난 것은 몇억 만년 만에 주어진 단 한번의 기회인 것이다. 우리는 그 몇억 만년 동안 단 한번밖에 주어지지 않는 이 짧은 인생을 살기 위해서 기다려왔던 것이다.

그런 우리의 인생의 시간을 누가 간섭하고 누가 방해하고 누가 빼앗을 수 있단 말인가? 아무리 훌륭한 정치지도자라도 우리의 인생의 결정권을 그의 손에 맡긴다는 일은 인권적 숭고한 자유민주주의 정신을 지닌 사람에게는 절대로 용납될 수 없는 일이다. 하물며 독재자가 나타나서 우리의 인생에 폭력을 행사한다는 것은 우리 인생에 대한 강간인 동시에 자유민주주의에 대한 강간인 것이다.

따라서 웅비하는 국가나 민족은 한 사람의 유능한 지도자의 출현을 기다리지 않는다. 대신 그들 스스로 다수에 의한 최선의 결정을 추구하는 것이다. 클린턴 대통령의 거짓말이나 닉슨 대통령의 거짓말은 거짓말이라는 점에서는 똑같은 거짓말이었다. 그런데 닉슨의 거짓말을 용서하지 않았던 미국 이, 어째서 클린턴의 거짓말은 닉슨 때보다 몇 배나 더 세상을 떠들썩하게했는데도, 결국은 용서하고 대통령 자리에 그냥 머물러 있게 하였던 것이다.

그것은 클린턴의 거짓말은 완전히 개인생활 영역에 관계된 일의 거짓말이었기 때문이었고, 닉슨의 거짓말은 모두가 국정에 관계된 일의 거짓말이었기 때문이다. 미국은 이 두 거짓말의 판이하게 다른 차이를 놓치지 않고 분별하여 보았던 것이다. 즉 클린턴 대통령의 거짓말은 국민들을 말로 다 할 수 없이 부끄럽게는 하였지만, 결단코 조금도 국민들을 무섭게 하지는 않았던 것이다. 그러나 닉슨의 거짓말은 국민들의 가슴 속에 말로 다 할 수 없는 서늘한 공포심을 불러일으켰던 것이다. 왜냐하면 〈정치적인 거짓말〉의 다음 순서는 곧장 독재로 이어진다는 사실을 미국 국민들은 잘 알고 있었기 때문이다. 우리가 지구상의 독재자가 우리나라 대통령이 아니더라도 미워하고 또 미워하는 이유가 여기에 있는 것이다. 지구촌 위에 독재자를 방치해 두면 언젠가는 우리의 인생에도 그 영향이 미쳐올 수 있는 가능성이 있기 때문이다.

한 번밖에 있을 수 없는 우리 인생의 결정권, 그것은 조물주 이외에는 아무도 있을 수 없다는 것이 민주주의의 자주와 자결과 자존의 정신이다. 그렇기 때문에 발전하는 민족이나 국가는 절대로 독재자의 등장도 허락하지 않는 동시에, 넋 놓고 앉아서 유능한 지도자의 출현을 기다리지도 않는 것이다. 반면에 자신들이 직접 손으로 그들의 번영의 길을 개척하고 선택해 나가는 것이다.

셋째, 건전한 토론을 할 줄 모르는 민족은 절대로 나라를 바로 세울 수 없다는 교훈이다. 어떤 민족이 서로 의논을 할 줄 모른다는 일은 구역질보다 더 참기 어려운 수치스러운 일이다. 국론 통일은 국정의 최대 과제이다. 우리는 그동안 자기와 코드가 맞지 않으면 적으로 간주하는 경향이 많았다. 대통령과 국회, 주류와 비주류, 여당과 야당, 대기업과 중소기업, 상사와 부하, 사용자와 노동자, 선생과 학생, 일류와 하류, 상류층과 하류층 등등에서 많은 갈등과 혼란을 거듭해 왔다. 건전한 토론을 할 줄 모르고 배격한다는 것은 상대방의 불신과 자기 부정에서 오는 것이다. 따라서 우리는 이제부터라도 선거를 통하여 이러한 토론과 의논을 바로 세워야 할 것이다. 즉, 민주주의 지도자로서의 국정 능력이 있느냐 하는 점을 선거라는 장치로 진정하게 토론해 보아야 할 것이다.

미국은 시골뜨기 땅콩 밭주인 카터를 대통령으로 뽑았을 때 비웃었다. 당시에 카터는 과연 일시 잘못 뽑은 것 같기도 하였다. 미국은 한때 그런 의심을 가졌다. 그러나 아니었다. 미국 사람들은 실수하지 않았다. 퇴임 후 카터 대통령의 저 화려한 활동들을 보면 알 수 있는 것이다. 현직 대통령 몇 사람이 달려들어도 못 해낼 일들을 이미 하였고 지금도 하고 있다. 나라의 큰 도둑놈 소리를 들으면서도 고개를 버젓이 들고 나다니며 한다는 짓이 겨우 골프나 치고, 또한 오만과 과신과 부정부패로 얼룩진 우리의 전직 대통령들과 비교해 보면 실로 부끄럽기 짝이 없는 것이다.

조용히 자기의 죄를 반성하고 물러난 닉슨에게 미국은 오히려 존경을 표시하게 되었다. 오늘날 미국인들의 닉슨에 대한 존경심은 다른 것이 아니었다. 이 가장 고귀한 인간정신 곧 〈잘못했다고 빌 줄 아는〉 처절한 회개의 정신에 대한 존경심이었다. 닉슨은 그 일을 퇴임 후 죽기 전까지 완성하였던 것이다.

과거 〈옷 로비〉 사건이, 그동안 수많은 다른 사건들처럼, 또 다시 청와대의 눈치밖에 더 볼 것이 없는 지점에까지 와서 갑자기 오리무중이 되어버린 후에, 야당의 한 국회의원이 대통령 부인의 고가 의상에 대한 소문의 진의를 묻는 발언을 하자, 당시 여당 국회의원들이 들고일어나 〈감히?〉 대통령 부인의 옷에 관해 거론한다는 식으로 반박하는 장면을 우리는 보았던 것이다.

발전하는 민족이나 국가는 한 사람의 유능한 개인을 믿지 않는다. 반면에 그들은 통일된 국론을 믿을 뿐이다. 때문에 그들은 국론이 분열되는 것을 최고의 국가적 위기로 여기는 것이다. 그리고 국론 분열을 민주시민의 최대의 수치로 여기는 것이다. 따라서 그들은 국민들을 실망시키지 않고 국론을 통일하는 방향에서 〈大를 위하여 小를 죽이는 결정〉을 내리는 위대한 지도자를 그들 스스로 만들어가는 것이다.

과거 이승만 독재는 이승만의 실패가 아니었다. 그것은 우리 국민의 실패였다. 한국의 유신 독재는 박정희의 실패가 아니었다. 그것은 우리 국민의 실패였다. 한국의 5·18과 부정부패와 IMF 환란과 국부유출과 햇볕정책의 실패는 그 개인의 실패가 아니었다. 그것은 우리 모두의 국민적 실패였다. 한국 대통령들의 연속되는 거짓말의 국론 분열은 그 개인의 실패가 아니었다. 이 모든 실패는 우리 국민들 자신의 실패였다. 국론을 모을 줄 모르는 천박한 노예근성의 정신적 실패작이었다.

지금 시점에서 우리는 어떻게 하면 우리민족의 골수와 뇌리 속에서 저 썩어 빠진 당파와 분열과 반목과 질시와 부질없는 간섭에서 오는 싸움질과 지방색 싸움질과 돈 봉투 한 장에 표를 팔아먹는 천박한 노예정신을 뿌리째 뽑아버리고, 자유민주주의의 숭고한 자유·평등·인권의 정신을 영구히 박아줄 수 있을까? 를 생각해 보아야 할 것이다.

최근에 이승만·장면 총리·박정희·전두환·노태우·김영삼·김대중 등 전직 국가원수 7명과 현재의 노무현 대통령을 분석한 책이 발간되었다.

이승만(李承晩). 카리스마적 권위자로 평가되었다. 그는 느낌과 감정이 앞서서 행동하기에 바빴고, 권위를 법 위에서 군림하는 방식으로 남용했으며, 권력 논리에 따라 정치를 조작하거나 폭력에 의지하는 결과를 초래했다.

장면(張勉) 총리. 긍정적이면서 소극적인 지도자로 평가되었다. 그는 성실한 카톨릭 신자며 엘리트였고, 자유민주주의에 대한 비전도 갖추고 있었지만 포용력과 조직력 부족 때문에 실패한 지도자다.

박정희(朴正熙). 변혁적 지도자로 평가되었다. 그는 가난 체험과 그것을 극복하려는 의지가 있었고, 현실에 대해서는 비판적이며 혁명적 성향을 지닌 특성이 있었다. 당대 한국의 전반적 국민생활과 구조를 개조하고자 애를 썼으나, 관료와 시민사회의 자율성 제고를 위한 자기 혁신은 보여주지 못했다.

전두환(全斗煥). 대세주도형 지도자로 평했다. 그는 불행했던 성장기에 강한 출세욕과 자아에 대한 긍정적 이미지를 갖추었고, 보스기질과 능숙한 심리 전력도 지녔으나 폭력적인 전권 탈취와 정치적 전횡은 민주주의와는 거리가 멀었다. 그렇지만 전통적인 인간관계에 충실했던 점은 국민 정서와 일치하기도 하였다.

노태우(盧泰愚). 대세편승형 지도자로 평했다. 그는 6·29 선언과 중간평가 파기, 3당 합당 등에서 나타나듯 시의 적절한 분위기를 잘 이용하는 여유형 엘리트였으나, 자신을 합리적 지도자로 부각시키는 데는 실패했다.

김영삼(金泳三). 계몽군주형 지도자로 평했다. 그는 민주화 운동을 통한 높은 정치적 정당성을 가졌으나, 고질적 지역주의·부정부패·친인척 비리들을 해결하지 못했고, 국민적 공감대형성에 실패함으로써 군주적 폐쇄성을 벗지 못했다.

김대중(金大中). 실패한 도덕적 리더십 지도자로 평했다. 그는 과거의 권위주의 정치문화를 충분히 약화시키는 데 성공하지 못했다. 고질적 지역주의·부정부패·친인척 비리들을 해결하지 못했고, 국민적 공감대형성에 실패함으로써 군주적 폐쇄성을 벗지 못했다는 점에서는 YS와 같다.

노무현(盧武鉉). 의도적 화법을 쓰는 지도자로 평했다.

그렇다면 우리 정치지도자는 어떠한 리더십이 있어야 할까? 따라서 우리가 선택한 올곧은 정치지도자는 정치철학이 충만하고 창조적 리더십을 겸비하고 있어야 할 것이다. 창조적 리더쉽은 언제나 창조적 개혁으로 부정부패를 척결하고 평화롭고 생산적이며 자유민주주의를 실현할 수 있는 희망의 국가를 만들어갈 수 있기 때문이다.

역사를 배우는 목적은 두 가지다. 하나는 〈오늘〉을 알기 위해서다. 〈과거는 오늘을 바라보는 창〉이라는 말이 있듯이, 오늘이 있기까지는 길고 오랜 과거가 있었다. 우리는 그 과거를 통칭해서 역사라고 부른다. 둘째는 〈교훈〉을 얻기 위해서다. 우리의 삶은 매우 다양한 듯하지만, 알고 보면 단순한 측면도 있다. 당장 내일 일도 모르는 것이 우리의 삶이라지만, 가만히 생각해보면 삶의 큰 흐름은 예측이 가능할 수 있을 것이다. 이것으로 역사는 그만큼 법칙적인 면이 있다는 얘기다. 그렇기 때문에 수백 년 전의 역사라도 오늘의 삶에 직·간접적으로 원용할 수 있는 요소는 충분히 있는 것이다.

고구려 17대 소수림왕(재위 371~384)이 즉위했을 때, 나라는 절체절명의 위기에 놓여 있었다. 아버지 고국원왕은 371년 10월 23일(음력) 평양성에서 백제 근초고왕이 거느린 3만 군사의 공격을 막던 중, 날아온 화살에 맞고 전사했다. 16년간 태자로 지내면서 제왕학 수업을 받아온 그였지만, 갑자기 닥친 현실은 당혹스러웠다. 아버지를 죽인 백제에 대한 끓어오르는 복수심을 주체하기는 쉽지 않았다. 하지만 왕실의 권위는 이미 땅에 떨어졌고 군대의 사기는 꺾였으며 민심은 흩어져 있었다. 승산 없는 복수전을 펼칠 수도, 그렇다고 마냥 울분에 젖어 지낼 수도 없었다. 그러나 국망(國亡)의 위기를 맞아 그는 결단을 내려야 했었다.

돌이켜보면, 시련은 이번이 처음이 아니었다. 이보다 30여 년 전 고구려는 선비족이 세운 전연(前燕)의 공격을 받아, 수도인 환도성이 함락되는 참패를 당했다. 아버지인 고국원왕은 홀로 말을 타고 달아나 겨우 목숨만 건졌다. 고국원왕은 선왕인 미천왕의 무덤이 파헤쳐져 시신이 끌려갔을 뿐 아니라, 왕모(王母)와 왕비를 포함한 5만 명이 포로로 잡혀가는 치욕을 지켜봐야 했다.

따라서 고국원왕은 전연에 대해 굴욕적인 외교를 할 수밖에 없었다. 미천왕의 시신은 다음 해에 돌려받았으나, 왕의 어머니는 13년 후에야 돌아올 수 있었다. 왕실의 권위가 추락하였고 국력이 약화된 틈을 타 백제는 북진을 감행했다. 이런 난국에 고국원왕이 어이없게 죽고 말았으니, 천손(天孫)을 자부하던 고구려왕의 권위는 땅에 떨어졌고 국가는 일대 위기를 맞았던 것이다.

그러나 소수림왕은 〈이런 위기를 기회로 활용〉할 줄 아는 탁월한 리더십을 지닌 군주였다. 그가 보여준 행적과 정책은 소수림왕이 복수심조차 조절할 만큼 감정을 절제한, 뛰어난 지도자였음을 확인시켜주었다. 「삼국사기」는 그가 〈몸이 장대하고 웅략(뛰어나고 큰 계략)을 가졌다〉라고 기록하고 있다. 그리고 소수림왕이 펼친 개혁 정책에는 그의 인물 됨됨이가 잘 나타나 있는 것이다.

소수림왕은 먼저 급선무인 외적의 침략을 막기 위해, 중국 북조의 새로운 강국인 전진(前秦)과의 외교 교섭을 서둘렀다. 즉위 다음 해인 372년 전진에서 보내온 승려와 불상 등을 받아들이고, 사신을 파견하여 외교관계를 맺었다. 이를 통해 중국 쪽의 침략을 막고, 강대국으로부터 국제적으로 지위를 인정받음으로써, 추락한 왕실의 권위를 높일 수 있었다. 아울러 그는 내정 개혁에 착수했다. 중국의 문물제도를 수용한 개혁이었다. 소수림왕의 개혁에는 귀화한 중국계 인사들이 대거 참여했다. 고국원왕 대에 이미 중국에서 투항해 온 동수(冬壽) 등이 정치와 외교 분야에서 활약했었다. 소수림왕의 개혁 정책은 고구려의 백년대계를 다진 정치·사회·문화적으로 중요한 의미를 갖는 사건이었다.

소수림왕 때의 고구려는 이미 압록강가의 부여족의 나라를 벗어나, 낙랑군 등에 살던 중국계나 고조선계 주민은 물론 북중국의 혼란에 따라 투항한 이민족들까지 거느린 다종족 국가로 발전해 있었다. 이런 현실은 고구려가 더 이상 전통적인 5부의 부족적 통치나 관습법의 지배로 버텨나가는 것을 용인하지 않았다. 소수림왕은 국가적 위기를 도리어 기회로 활용하여, 다양한 종족들을 통합할 수 있는 통치 제도와 신앙 체계의 개혁을 단행한 것이다.

다민족 사회를 효과적으로 지배하기 위해서는 보다 합리적인 한학(漢學) 소양을 갖춘 관리들이 필요했다. 372년 지배층의 자제를 교육하기 위해 태학(太學)을 세운 것은 이 때문이었다. 새로운 행정을 담당할 인재를 양성하는 작업과 함께 그는 이듬해 중국의 율령(律令)을 받아들여 반포했다. 성문법에 의한 통치는 국가 통치가 체계적이고 합법적으로 이뤄지는 데 결정적으로 기여했다. 372년 불교를 받아들여 백성들에게 신앙을 권장한 것도 이유가 있었다. 불교를 숭상하던 전진과의 우호관계를 위한 목적도 있었으나, 고구려 내 어느 종족도 믿을 수 있는 보편적인 신앙을 통해 국가 통합을 이뤄내기 위해 불교를 적극 받아들였던 것이다.

천손(天孫)의 자손으로 오랜 역사를 자랑하던 고구려에서 외래 문물을 받아들여 국가 통치 제도와 이념을 일시에 업그레이드하는 일은 결코 간단하지 않았을 것이다. 기득권 세력의 반발이 따랐을 것이며, 고구려가 내세우던 전통의 훼손도 불을 보듯 뻔했다. 이에 소수림왕은 보수층의 설득에 나섰다. 전통의 수호와 확립을 위해 역사서를 편찬, 왕실의 권위를 높이고자 했다. 책이름은 확인할 수 없지만, 그의 재위 중에 고구려의 역사서가 편찬됐을 것이란 견해가 우세하다. 그의 다른 이름인 소해주류왕(小解朱留王) 또한 주몽이 시작한 건국사를 완성한 신화적 인물인 대무신왕의 원이름 해주류왕에서 따왔다. 소수림왕은 하늘의 아들 주몽의 건국을 이야기한 주몽신화를 적극적으로 활용, 추락한 왕의 권위를 다시 세우고, 외래문화를 수용한 개혁에 대한 반발까지 무마하려고 시도한 것이다.

소수림왕의 이런 개혁 정치는 즉위 초 2년 내에 집중적으로 이루어졌다. 나라의 위기를 반대파의 저항을 무마하는 계기로 활용하는, 절묘한 타이밍의 감각을 보여준 것이다. 소수림왕의 개혁 정치는 고구려를 국망(國亡)의 위기에서 구해 냈을 뿐 아니라, 다음 시대 동아시아의 패자로 우뚝 솟아오르게 하는 기반을 마련했다. 광개토왕과 장수왕이 활발한 대외정복활동을 통해 이룩한 고구려 제국은 소수림왕의 개혁이 없었다면 아마 불가능했을 것이다.

〈I have a dream : 나에겐 꿈이 있습니다〉 지금부터 꼭 41년 전인 1963년 8월 28일, 미국의 흑인민권운동가 마틴 루터 킹 목사가 행한 연설의 제목이다. 1863년 링컨의 노예해방이 있었지만 100년이 지나도록 미국의 흑인들은 여전히 인종차별의 속박과 굴레를 벗어나지 못하고 있었다. 그래서 킹 목사는 그 노예해방선언을 〈부도난 수표〉에 비유했다.

하지만 킹 목사는 노예해방의 부도난 수표를 현금으로 바꿔줄 〈정의의 은행〉으로서의 미국이 결코 파산하지는 않았다고 믿었다. 그는 미국적 가치를 신뢰했다. 그 믿음 위에서 그는 〈피부색이 아니라 인격에 따라 평가받는 나라에서 살고 싶다〉라는 흑인들의 소박하지만 절실한 꿈을 이야기했던 것이다. 킹 목사는 자신의 꿈이 아메리칸 드림에 깊게 뿌리박고 있음을 강조했다. 그

아메리칸 드림은 미국 건설의 아버지들이 독립선언서와 헌법에 각인했던 〈인간다운 삶〉과 〈자유〉, 그리고 〈행복추구〉라는 양도할 수 없는 권리에 근거해 만든 공동체의 꿈이었기 때문이다.

결국 아메리칸 드림에 토대를 둔 킹 목사의 꿈은 피부 색깔을 초월해 전 미국 국민의 지지를 받았고, 새로운 미국을 형성하는 토대가 되었다. 골 깊은 갈등을 모두가 공감할 수 있는 꿈으로 승화시켰던 것이다.

그것이 다름 아닌 리더십의 요체인 비전 창출이다. 흑인저항운동의 상징이었던 킹 목사는 철저하게 미국의 핵심 가치에 기반하여 꿈을 이야기했고, 그 꿈이 새로운 시대의 비전으로 승화하도록 만들었던 것이다.

〈우리는 지금 갈등 해법은 없고 싸움만 있다〉라는 자조적인 얘기가 들린다. 우리 사회의 갈등 역시 과거 미국 사회의 흑백 갈등 못지않았던 것이다. 아니 더하면 더했지 결코 작지 않았을 것이다. 그만큼 우리사회의 갈등은 골도 깊고 가짓수도 많다. 남북갈등·남남갈등·노사갈등·보혁갈등·지역갈등 등 이루 다 헤아릴 수 없을 정도다. 결국 대통령 탄핵사태까지 나타났다.

지난해 유니버시아드 대회가 열리는 대구에서는 남북갈등이 남남갈등과 뒤엉켰다. 역시 지난해 화물연대를 비롯한 노사갈등은 하루도 쉬는 날이 없었다. 핵 폐기장 유치 반대를 둘러싼 갈등의 골은 이미 핵폭탄이 터진 것보다 더 깊게 패어 있다. 그런가 하면 사회 곳곳에 보·혁 갈등이 노골화되어 틈만 나면 서로 으르렁거리며 다툰다. 그로 인해 나라 안팎으로 바람 잘 날이 없었던 것이다. 이러다 나라가 절단나는 것 아닌가 싶을 정도였다. 갈등의 해법은 없고 갈등의 노정만 있다 보니, 죽어나는 것은 그 틈바구니에 낀 우리 민생들이었다.

사실 우리는 웬만한 파열음에는 끄떡하지 않을 정도로 갈등의 충돌에 익숙해 있다. 하지만 이제는 그 충돌된 갈등의 피로가 더 이상 누적돼서는 곤란한 지경에 와 있음을 우리는 너나 할 것 없이 체감하고 있는 것이다. 따라서 우리에게도 그 숱한 갈등들을 해소하고 한 단계 높게 승화시킬 꿈을 가지는 것이, 이제 필요한 때가 된 것이다. 그러나 그 꿈이 희망이 되고 비전이 되고 우리 모두에게 득이 되려면, 적어도 꿈이 뿌리내릴 토양이 뭔지를 먼저 분명히 해야 할 것이다.

흑백갈등을 해소하기 위한 킹 목사의 꿈이 미국의 핵심가치에 대한 속 깊은 긍정이었듯이, 우리 사회의 골 깊고 갈래 많은 갈등의 해소를 위한 우리의 꿈은 무엇보다 대한민국의 핵심가치에 대한 단호한 긍정에서 출발해야 할 것이다. 따라서 우리는 이러한 대한민국의 핵심가치에 대한 단호한 긍정에서 출발해야 하는 갈등해소를 위한 우리의 꿈, 즉 비전 창출을 이끌어낼 수 있는 정치지도자가 필요한 시점이다. 바로 창조적 리더쉽의 지도자가 그것이다.

오늘날 서구 문명의 최대 성과로 손꼽히는 민주주의 정치와 자본주의 경제는 영국을 모태로 해서 생겨난 제도이며, 이 영국을 낳은 모태는 바로 엘리자베스 시대였다. 지도자이자 CEO로서의 엘리자베스의 첫째 교훈은 바로 생존이었다. 사생아에서 처녀 여왕으로 등극한 그는 생존이 가장 기본적이었다. 그리하여 사생아의 이미지를 벗어버리고 지도자의 이미지를 창출하는 리더쉽에 몰두하였다. 또한 백성들을 대함에 있어서는 리더쉽에 소박한 풍모를 결합하였고, 전횡을 피하면서 대의명분을 창조하였다. 충직한 측근과 충직한 반대파를 동시에 구축하여 좋은 조언을 항상 구하였고, 신세계와 새로운 시장을 개척하여 경쟁자를 분쇄하였다.

그녀는 위기를 승리로 전환하는 반란적 전술을 구사하여 권력을 완전히 장악하였던 것이다. 실리를 추구하는 여왕으로서 변명하지 않고 정책을 추진하였으며, 자신을 지도자의 자격이 있는지 늘 스스로를 평가했었다. 그리하여 진정한 창조적 리더쉽의 지도자로 거듭났던 것이다.

470여 년 전 당시의 상황에서 그 병약하고 야윈 몸뚱이에 창백한 얼굴과 금빛이 감도는 붉은 머리의 소녀, 냉혹한 아버지와 완고한 의회에 의해 사생아로 낙인찍힌 소녀, 반역의 혐의를 뒤집어쓴 채 어린 시절의 대부분을 죄수처럼 살아야 했던 소녀가, 죽을 고비를 넘기고 생존했을 뿐만 아니라, 스물두

살의 나이에 영국의 왕좌에까지 오르리라고 누가 상상이나 했을까? 더욱이 그녀는 단순히 생존하고 왕위에 오른 것을 넘어 영국 역사상 가장 위대한 군주가 되었고, 영국의 성공과 문화의 황금시대를 가리키는 대명사로 자리매김했으며, 그 후 5세기 동안이나 창조적 리더십의 완벽한 사례로 간주되어 왔고, 앞으로도 그렇게 간주될 인물이 되었던 것이다.

앞으로 정치는 과거처럼 단순한 행태로 행하거나 비효율적인 정책과 음성적인 체제로 국민을 계도하는 것은 한계에 부딪힐 수밖에 없을 것이다. 그러므로 정치의 질 또한 향상되고 전문화되어야 하는 것이다. 따라서 이제 정치지도자는 국민들에게 양질의 서비스를 제공해야 하며, 이를 위한 전문정치인이 되기 위해서는 새로운 지식과 정보, 그리고 이 시대를 이끌어갈 수 있는 창조적 리더쉽(Leadership)을 가져야 할 것이다. 리더쉽이란 그 사용하는 사람이 어떠한 환경 아래에서 어떻게 활용하느냐에 따라 그 의미가 다르게 나타날 수 있기 때문에 창조적 리더쉽의 지도자가 필요한 것이다.

오늘날 리더쉽의 정의에 대한 일반적인 내용을 보면 개인의 특성행위와 부하들의 영향력, 상호작용과정, 역할관계, 특정 직위에 대한 부여된 권한, 그리고 합법적인 영향력에 대한 추종자들의 지각 등으로 나타나고 있어서,그 의미에 대한 분석이 매우 다양한 것으로 나타나고 있다. 즉 리더쉽에 대한 정의나 특징, 유형은 실로 다양할 수밖에 없을 것이다.

그러나 우리가 원하고 있는 창조적 리더쉽의 지도자는 먼저 자신의 위치에 맞는 정도의 경험과 교육의 기본적인 자질을 갖추어야 할 것이다. 따라서 리더쉽을 발휘하기 위해서는 새로운 지식을 가져야 하며, 후천적인 지식과 경험을 토대로 조직과 구성원을 리드해야 할 것이다. 창조적 지도자는 자신이 문제의 타당성을 고려하고 확인한 후에 의사결정을 내릴 수 있을 만큼 성숙해 있다고 부하들이 느낄 수 있을 때, 부하들로부터 신뢰를 받을 수 있으며, 또한 국가목표의 성취를 위한 성공적인 지도자가 될 수 있을 것이다.

따라서 지도자는 바로 창조력을 가져야 하는 것이다. 부하들에게 아이디어를 제공하고 또 아이디어를 짜내도록 자극을 주어야 하며, 아이디어를 제공한 부하에게는 그에 상응한 보상을 주고 그를 보호해야 할 것이다. 또한 부하직원들로 하여금 창조성 있는 일을 수행하여 부가가치가 높고 효과적인 행정을 창출할 수 있도록 많은 동기를 부여해야 할 것이다. 창조적 지도자는 정보화 시대의 급변하는 행정환경에 능동적으로 대처할 수 있는 새롭고 혁신적인 리더쉽과 행정능력을 갖추어야 할 것이다. 지도자의 가장 중요한 자질은 성실성이며, 지도자가 갖추어야 할 또 하나의 요건으로는 도덕성을 들 수 있는데, 따라서 창조적 리더십을 발휘하기 위해서는 성실성과 함께 도덕성을 갖추어야 할 것이다. 또한 창조적 리더십을 발휘하기 위해서는 지도자의 사고전환이 유연하여야 할 것이다. 그리하여 지금 우리가 원하는 창조적 지도자는 일을 함에 있어서 영리하고 멋지게, 그리고 빠르게 처리하는 지도자가 되어야 하는 것이다.

우리는 지금 바람직한 리더십의 창조적 지도자를 원하고 있다. 망망대해에서 헤매는 배에 나침반이 없다면 얼마나 당황할까? 마찬가지로 우리 사회에서도 방향감각(指)을 올바르게 갖고, 사람들을 인도(導)하는 참된 지도자(指導者)가 그리운 것이다.

어떤 사람은 지도자(LEADER)의 속성을 Listening(경청), Education(교육), Assist(지원), Dialogue(대화), Evaluation(평가), Responsibility(책임)로 설명하고 있다. 또한, 리더십(LEADERSHIP)의 속성을 Listening(경청)-Establishing(조직을 이끌어감)-Achieving(성취)-Decision making(의사결정)-Exampling(모범적임)-Responsibility(책임)-Spiritualgift(정신적보답)-Humbleness(겸손)-Integrity(통합성)-Pioneer(개척자)로 보기도 한다. 다른 한편으로 지도자(LEADER)란 Learner(학습자), Educator(교육자), Administrator(행정가), Doer(실천가), Encourager(격려자), Reviewer(평가자)를 모두 갖춘 인격체로 보고 있다.

창조적 지도자들에게는 분명한 비전이 있다. 이들은 꿈을 꾸고 동시에 꿈을 실현하고자 현실사회의 구체적인 변화와 개선을 모색하고 시도한다. 그리고 창조적 지도자는 불굴의 개척정신이 있다. 설령 추구하는 목표가 힘들고 불가능해 보여도 모험을 해볼 뿐 아니라, 그로 인해 올 수 있는 실패나 실수의 위험을 두려워하지 않는다. 이들의 개척정신은 적극적이고 진취적인 사고방식을 갖게 한다. 그들에게는 직감적 통찰력이 있다. 상황인식에 빠르고 현실을 직시하면서 동시에 닥쳐올 미래를 남보다 한발 앞서 예감하는 선견지명이 있고, 이에 필요한 것을 미리 준비하고 대처하는 능력이 있는 사람이다. 또한 그들에게는 외유내강의 기질이 있으며, 부드러움과 따뜻함을 느끼게 해주나, 그렇다고 나약하다고 느껴지지 않으며 감히 함부로 침범할 수 없는 온유함과 힘의 조화가 잘 이루어져 있으며, 또한 그들은 자발적으로 솔선수범을 하는 사람들이다.

창조적 정치지도자들의 또 다른 특징은 언제나 국민 중심의 안목을 갖고 있다. 초심으로 국민을 처음 대하듯이 그동안 가졌던 가치관·인간관·국가관·세계관을 바탕으로 새로운 국민적 관점에서 모든 일들을 이해하고 해석하고 판단하는 눈을 철저하게 계발하는 것이다. 그리고 그들에게는 민의와 총화로 민주주의와 법을 통해서 인간의 삶을 변화시킬 수 있다는 가능성을 믿고, 세상의 온갖 문제에 궁극적 대답을 찾을 수 있는 확고한 신념이 있는 것이다. 그리고 국가와 민족에게 헌신하고자 하는 안타까운 열정과 소망이 그들에게는 충만하다. 그들은 인간의 한계성을 인정하고, 전폭적으로 국민들에게 도움을 청하고 순종하는 사람들이다.

창조적 정치지도자들은 결국 국민들에게 인정을 받고 국민을 이끌며 국민들에게 영향을 미치는 사람이기 때문에, 인간관계에 성공하는 사람들이라고 말할 수 있어야 할 것이다. 인간관계의 근본적인 바탕은 사랑에 있고, 사랑은 모든 사람을 포용하려는 노력으로 개발된다는 것을 알고 있는 사람들이다. 그들은 국민들에게 섬김의 도(Servant leadership : Mentoring)를 실천하여, 자기의 유익을 추구하기보다는, 언제나 국민과 국가에 유익을 주는 삶을 살아가는 사람들이다. 그들은 또한 자신에게는 비교적 엄격하고 남에게는 너그러운 마음으로 대해 주는 사람들이다. 그리고 언제나 상대방의 입장에서 이해해 주려는 노력이 있는 사람들이다.

John Edmund Haggai(1986) 박사가 쓴 「Lead on」에서는 리더쉽에 대해 12가지 원리를 가르치고 있다. 즉, ① 비전의 원리 ② 목표설정의 원리 ③ 사랑의 원리 ④ 겸손의 원리 ⑤ 자기통제의 원리 ⑥ 의사소통의 원리 ⑦ 투자의 원리 ⑧ 기회의 원리 ⑨ 에너지의 원리 ⑩ 지구력의 원리 ⑪ 권위의 원리 ⑫ 자각의 원리가 그것인데, 창조적 정치지도자는 이러한 리더쉽의 원리를 알고 있어야 하고 또한 실천하여야 하는 것이다.

21세기 한국정치의 모습은 달라져야 할 것이다. 바로 우리가 원하는 창조적 정치지도자가 나타나 개혁적으로 바꾸어주기를 우리는 지금 바라고 있는 것이다. 한국정치의 병적 증상은 이제 극에 달했다고 할 수 있다.〈참여 정부〉도 2004년을 정치개혁의 원년으로 삼는다고 말했다. 건국 후 55년 동안 한국은 모든 분야에서 대단한 발전을 이룩했으나, 정치만은 그때나 지금이나 변한 것이 없었으며, 아직도 가장 후진적인 상태에서 벗어나지 못하고 있는 실정이다. 종전의 권위주의체제는 민주화되었으나, 고비용·저효율의 상태는 오히려 더 악화되어갈 뿐, 해결의 실마리가 보이지 않고 있는 것이다. 정치가 민생들을 걱정하는 것이 아니라, 국민들이 정치를 걱정하며 살고 있는 실정이다. 이런 스트레스는 민주화 이후에 오히려 훨씬 더 심해지고 있다는 우려가 많아져가고 있는 것이다.

『한국정치는… 비능률적인 관습과 전통을 버리고… 변화하는 세계에 능동적으로 적응해야 함에도 불구하고 당리당략의 고리를 끊지 못하고 있다. 화합과 타협이라는 것이 없고 오로지 적대적인 갈등으로 대변되는 한국정치

는… 새 천년에도 악순환을 되풀이할 것인가… 그사이
쌓인 앙금을 훌훌 털어버리… 오직 국민의 입장에 서서
한국정치의 새로운 패러다임을 만들었으면 한다』

- 〈새해의 소망〉이란 어떤 일간신문에 실린 글 -

『건국이후 역대 정치지도자들을 꿰뚫는 한 가지 특징이
있다면 그것은 반목과 불화라고 말할 수 있다. 이들의 반
목과 불화는 탄압과 보복의 악순환을 낳고 이것은 곧 한
국정치에 대한 철저한 불신의 씨가 되었다. 반세기에 걸
친 짧은 기간동안 우리는 수없는 숙청과 제거, 투옥과 망
명들을 겪었으면서 부끄럽게도 여전히 〈새천년〉을 구두
선처럼 외쳐대고 있다. 역대 대통령들은 전임자들의 업
적을 깡그리 부수려 했다. 도덕적으로 황폐한 인간들로
만들어버렸다. 사법적으로 다루어 감옥에 보내기도 했다.
그들은 자신도 바로 그 청산의 대상으로 위치가 바뀐다
는 것을 뻔히 알면서도 부나비처럼 권력의 마취에 빨려
들어가곤 했다. 여와 야는 보완과 대안의 관계가 아니라
대립과 타도의 외길로 치닫곤 했다』

- 2003년 12월 28일자 조선일보에 金大中 主筆의 글 -

한국의 정당정치에 대한 정치학자들의 평가도 한결같이 부정적이다. 그러
한 비판들을 요약해 보면 대충 다음 세 가지로 요약될 수가 있을 것이다.
첫째, 정당이 이념이나 정책에 따라서 생긴 것이 아니라, 지역성과 인물에
의하여 갈라져 있는 것이 현실이다.
둘째, 정당들이 국민대중의 소리를 경청하며 대변하는 정치기구여야 함에
도 불구하고, 정당 보스들에 의하여 전제적으로 지배됨으로써 당내 민주주의

를 거의 찾아볼 수가 없다.

셋째, 여당과 야당 간에 이념과 정책의 차이가 없음에도 불구하고, 당쟁은 격렬하고 비타협적으로 벌어지며 국정이 마비될 수가 많다.

이것은 민주정치의 생명선이라고 할 정당정치가 심하게 왜곡되어 미숙아 상태에 머물러 있음을 보여준다. 한국정치가 이런 상태를 유지한 채 21세기를 맞이해야 한다는 것을 생각하면, 실로 아찔한 생각이 드는 것이다. 따라서 한국정치의 병리를 올바르게 진단하여 그러한 병적증상의 원인이 정확하게 규명되어지지 않으면 우리의 미래는 없을 것이다.

그 병인이란 것이 사람에게 있는가? 제도에 있는가? 또는 정치문화에게 있는가? 하는 이 세 가지는 서로 연결되어 있다고 볼 수 있으며, 그 중에서도 가장 두드러진 요인이 무엇인지를 우리는 심각하게 알아보아야 할 것이다.

정치에서 불화와 반목과 당파 싸움은 어디에나 다 있다. 다만 그 중에는 이유가 있는 대립과 투쟁이 있고, 또 명분이 없는 불화와 반목이 있을 수 있다. 예를 든다면 이승만, 박정희, 전두환 시대의 정치대립은 이유가 있는 정치대립이었다. 건국과 호국과 경제발전을 추진하는 권위주의세력에 대한 민주화 저항세력의 저항이 있었다. 그러나 1987년의 민주화선언 이후에는 민주화개혁과 사회복지의 확충이라는 정치목표가 정치권의 합의를 얻은 상태였다. 정치적 화합과 타협의 여건은 완벽하게 조성되어 있었는데도, 3김씨는 나라를 분열과 대립으로 이끌어갔던 것이다.

결과적으로 3김은 정치적 화합과 협력을 통한 정치발전을 외면한 채 종전의 지역감정, 인물(보스지배)주의, 파벌주의, 정경유착과 권력형 부정부패의 폐습을 연장시켜온 것이다. 한국정치의 미발달과 후진성, 고질적인 분열증세는 정치적 리더쉽의 기본이 서 있지 못한 데서 온 것이다. 정치는 공익 추구 행위이지 사리사욕을 채우는 행위여서는 안 되는 것이다. 누구라도 사욕을 탐내는 사람이 있으면 민생들은 소리를 높여서 비판하며, 정계(政界)로부터 쫓아낸다는 원칙이 기본적 정치철학인 것이다.

첫째, 정치는 대립과 갈등 그 자체가 아니라 그것을 해소하고 문제를 해결하는 행위이다. 그런데 정치인들은 싸우고 경쟁하는 행위를 정치로 착각하고 있는 것 같으며, 수단방법을 가리지 않고 상대방을 제압하고 승리하려고만 하므로 반목과 대립이 끊이지 않는 것이다.

둘째, 정치는 자기와 자기편의 이익을 희생해서 국가사회공동체에게 봉사하며 공동체 이익의 영광을 증강하는 행위이어야 한다. 그럼에도 정치인들은 국가사회의 이익보다도 자신과 자기 패거리의 이익과 영광을 더 중요시하는 모습을 버리지 못하고 있는 것이다.

셋째, 정치는 나라와 사회를 바로잡고 사회정의를 실현하는 통치행위이다. 그 목적을 위해 여당과 야당이 협력해야 함에도 정치인들은 사리사욕 때문에 사회기강과 질서를 어지럽히며, 당리당략에 치우쳐서 사회정의를 유린해 왔다. 우리나라 정치인들간에 정치의 기본이 서 있지 않다고 말하는 이유가 여기에 있는 것이다.

정치지도자들간의 끊임없는 반목과 불화, 여야간의 극한대립도 정치를 대립으로 잘못 알고 있기 때문이다. 또 정당보스의 전횡과 당내 민주주의의 부재도 정당조직이나 사회공동체의 공익을 망각한 데서 나오는 행위일 것이다. 따라서 사회기강이나 사회정의를 중시한다면 정경유착과 권력형 부정부패 같은 행동도 저절로 삼가게 될 것이다.

한국과 선진국가의 민주주의를 차별화하는 요인 중에는 정당정치인들의 양식과 더불어 공·사 구별의 태도를 들어야 할 것이다. 정치에 입문할 때 일차적으로 배워야 하는 것이, 국가와 사회에 대한 헌신과 그 기법 그리고 공·사를 준별하는 행동규범일 것이다. 한국정치인들도 선진국들에 비해서 국가와 사회에 대한 사랑이나 봉사정신이 부족한 것은 아니다. 다만 공·사를 구별 못하며 빙공영사(憑公營私)를 일삼는 버릇과 그런 행위도 용인하는 사회풍토가 문제인 것이다.

지역감정은 한국만이 아니라 세계 어느 나라에도 있으며, 반드시 나쁘다고

만 생각할 일도 아니다. 그러나 선진국들은 집권 후 지나친 향토사랑 때문에 사회적 가치를 편파적으로 다루거나 공정성을 의심케 하는 행위를 절대로 하지 않는다. 그 이유는 그런 짓이 자살행위와 다름이 없다고 알기 때문이다

그런데 한국 정치인들은 권력지위를 이용하여 낯 뜨거운 짓을 삼가지 않는다. 또 자신의 이익이 되거나 해가 되지 않는다면, 사회가 그런 행위를 묵인해 주는 경향이 있다. 한국인들은 외국인들에 비해서 공정성(公正性, fairness)의 감각이 부족하고 무딘 것이 병이다. 따라서 당연히 지역감정이 한국정치의 큰 문제로 떠오르게 된 것도 공정성 문제 때문이었다.

지난 이야기지만 양 김씨(金氏)가 민주주의를 위해서 평생 투쟁했다는 것은 인정한다. 그들의 투쟁에 의하여 민주화의 목표가 달성되었다면 양김은 서로를 축하하고 정치권력 때문에 경쟁하기보다는 형 먼저 아우 먼저하며 합심·협력했더라면, 87년의 대통령선거에서도 승리했을 것이다. 또 그 후에도 교대로 권력을 잡으면서 상호협력하였더라면, 한국정치의 민주화는 물론 국가발전도 차질 없이 지속될 수가 있었을 것이다. 그런데 권력경쟁 때문에 분당하여 대통령선거에서 패배했고, 그 후 YS는 그동안 적대해 오던 여당과 합당함으로써 대통령으로 당선될 수가 있었고, DJ는 YS 실패 덕분으로 대통령이 될 수 있었던 것이다.

이것은 권력쟁취를 위해서는 수단과 방법을 가리지 않는 태도였다고 보여진다. 무엇보다 민주주의를 위해서 평생을 다 바쳤다는 사람들이 당내민주주의를 허락하지 않았으며 박정희·전두환에 못지않은 독재를 하였다는 말을 듣는 것도 사심 때문이었다. 공공정신(public spirit)이 완전 실종되는 정도에 따라 정당 활동도 패거리(派黨化)하게 되었던 것이다. 그동안 민주주의를 들먹이며 정당활동을 계속한 것도 대통령 권력을 거머쥐기 위한 것이었으며, 그 오랜 투쟁과 타협도 오로지 대통령 권력을 겨냥한 당리당략이었다는 의심도 받을 만했다. 그들은 비록 대통령직에 오름으로써 평생목표를 달성한 것이었지만, 또한 정당정치의 파행과 왜곡으로 나라의 정치발전이 희생되어 버

린 책임을 져야 할 것이다.

여기서 정치지도자만 비판할 문제가 아니다. 선거는 국가사회에 봉사하는 공직자를 선출하는 것이므로 국민들 또는 사회집단이 그 인력(人力)과 비용을 감당했어야 했다. 그런데 국회의원 입후보자들이 막대한 돈을 쓰고, 뿌리지 않으면 당선되기가 어렵다는 정치현실은 선거유권자들의 자질을 의심하게 한다. 결과적으로 일부 유권자들의 부정한 요구를 충족시킴으로써, 당선되는 입후보자들 때문에 불법과 부패의 고리가 끊어질 수가 없었던 것이다.

평소에 건강에 좋지 않다며 고기를 즐겨 먹지 않고, 유기농 채소 · 과일 · 곡식만 먹던 강남의 유복한 사모님들이 선거철만 되면 5,000원 짜리 설렁탕 식당에 불이 나도록 들락거리는 이유는 무엇일까? 만약에 여기서 입후보자가 대통령이든, 국회의원이든, 시의원이든, 구청장이든, 구의원이든 설렁탕을 사주지 않으면, 그는 무능한 입후보자로 매도당하여 절대 당선될 수 없다고 하는 정치판의 자조적인 한숨을 어떻게 설명해야 할 것인가?

이제 우리는 21세기 정당정치의 새 모습을 갖추려면 어떻게 해야 하는가? 하는 문제에 직면하게 되는 것이다. 한국의 정당정치나 의회정치의 왜곡이 3김 시대에 와서 확대 · 심화 되었으므로, 3김 청산이 정치발전 · 정당발전의 필수요건이며 선행조건이라는 주장이 있어 왔다. 여기서 한국 민주정치의 왜곡과 파행에 대한 3김의 책임을 부인하는 것은 아니나, 그들이 정계에서 사라진다고 해도 온갖 비리와 왜곡의 원인이었던 민생들과 정치인들의 마음을 지배해 온 사심(私心=邪心), 빙공영사(憑公營私)하는 정신자세도 또한 불식되지 않는다면 3김 청산의 효과도 별반 소득이 없게 될 것이다.

21세기가 20세기보다 더 좋은 세상이 되려면 한국국민과 정치지도자들의 일대각성과 사생결단식의 양자택일이 요구된다. 반공동체적이고 부도덕하며 비애국적인 私心=邪心=부정부패(不正腐敗)=불법행위를 깨끗이 청산할 것인가? 아니면 민주정치를 포기할 것인가? 이 두 가지는 결코 양립 · 공존할 수가 없는 것인데도 〈cost of democracy〉 라는 이름으로 용인 · 지속되어

왔다.

사실 민주정치 제도는 썩고 몰지각하며 사리사욕만 챙길 줄 아는 국민에게는 매우 적합하지 않은 제도이다. 그동안 우리가 보아온 것은 가짜(似而非) 민주정치였다. 앞으로 나라 망하는 꼴을 지켜볼 생각이 아니라면 민주정치·정당정치라는 이름으로 계속되어온 부정·비리·기만의 정치관행을 혁파·청산해야만 할 것이다.

가짜 민주정치를 진짜 민주정치로 바꿔놓는 것이 21세기 세계의 과제이며 우리의 책무이다. 그러기 위해서는 첫째, 민주정치의 기본을 모르는 정치인들을 선거를 통하여 도태 추방하는 작업을 계속해야 할 것이다. 둘째, 한국정치가 이런 모습으로 계속되어 온 것에 대하여 언론기관의 책임도 적지 않았다. 정경유착만이 아니라 정언유착(政言癒着)도 엄중하게 감시하며 힐책을 가해야 할 것이다.

셋째, 〈그 국민에 그런 정치, 그런 정치지도자〉라는 말이 있다. 따라서 우리는 정치인만 비웃고 비판할 것이 아니라, 우리 사회의 selfless devotion (자기희생적 헌신성), 선공후사의 공공정신(public spirit)과 사회정의에 입각한 공정성(公正性, fairness)을 추구하는 사회풍토가 먼저 조성되어야 할 것이다.

한국정치에 필요한 창조적 리더십은 첫째 바뀐 세상을 받아들일 수 있는 개방적 리더십이다. 거기에 한 가지를 덧붙이고자 하는 것은 인간 중심의 개성이 강조되는 21세기에는 인간에 대한 깊은 이해, 이것이 바탕을 이루어야 한다는 것이다. 토니 블레어의 〈제3의 길〉이 세계적으로 센세이션을 일으킨 이유가 여기에 있는 것이다. 개인을 중시하거나 개성을 중시하거나, 또는 인간 개개인의 삶의 질을 중시하는, 이것이 정치적인 이념의 바탕이 되는 것이 개방 사회 리더십의 아주 필수적인, 기본적인 요소가 될 것이다.

둘째, 현 시점에서 필요한 리더십은 무엇보다 민주적 리더십이다. 개발독재의 시절에 정치리더십은 국가의 목표를 스스로 설정하고 이에 저해되는 부분적 이익을 억압하는 권위주의적 리더십이었다. 그러나 다원적 민주사회에서 정치리더십은 사회의 일반이익을 대변하기보다는 부분적 이해를 대변하는 존재로서 자신을 설정한다. 나아가 자신이 대변하는 부분적 이해를 관철시키기 위해 투쟁하는 것이 아니라, 자신과 대립적인 다른 이해나 이익을 수용하고 이와 타협함으로써, 사회적 갈등을 완화하고 국민통합을 이룩하는 것을 목표로 삼는다. 민주화를 완성하고 민주주의를 정착시키기 위해서는 이러한 유연한 리더십, 민주적 리더십이 요구되는 것이다

셋째, 현재의 위기상황에서 바람직한 리더십은 사회통합과 국민통합의 리더십이다. 민주화는 권위주의하에서 억압되었던 다양한 이해관계의 표출에 따른 사회적 갈등의 증가를 수반하기 마련이다. 이러한 사회적 갈등은 경제위기와 구조조정 과정을 통해 증폭되고 있다. 따라서 현 시점에서는 지역간·세대간·계층간의 갈등적 이해를 조정하고 통합하는 정치리더십의 역할이 무엇보다 중요할 것이다.

넷째, 21세기를 준비해야 하는 대전환의 시기에 우리에게 필요한 것은 보다 적극적이고 진취적인 리더십이다. 시민들은 일상생활 속에서 공공의 일보다는 사적 이해를 앞세우기 쉽기 때문에 단기적이고 부분적 이해에 매몰될 위험이 있다. 따라서 정치적 리더십은 이들의 이해를 대변하면서도 이를 전체 이익과 조화시키는 조정의 역할을 수행하여야 할 것이다. 갈등적 이해를 조정하여 사회 구성원 전체가 나아가야 할 공동의 국가목표를 제시하고 이를 향해 국민의 열정을 모아갈 수 있는 적극적 지도력, 그것이 전환의 시기에 필요한 리더십일 것이다.

따라서 현재의 위기를 극복하고 21세기를 위한 새로운 국가모델을 정착시켜야 할 우리에게 필요한 새로운 유형의 리더십은 민주적 리더십, 사회통합적 리더십, 국가의 새로운 목표를 설정하고 이를 향해 국민을 통합할 수 있는 적극적 리더십이다. 이러한 리더십은 당연히 과거의 리더십과는 다른 자질과

요건을 필요로 하는 것이다.

21세기 정치 리더십의 최우선적 과제는 새로운 국가모델, 새로운 발전모델을 확립하는 것이며, 이는 구체제의 개혁 없이는 불가능할 것이다. 따라서 21세기 정치리더십에게 요구되는 최우선의 자질은 〈개혁과 혁신의 정신〉이다. 영국 · 미국 · 유럽 · 일본 등 선진 각국은 이미 〈끊임없는 국가혁신 없이 21세기의 미래는 없다〉라는 인식하에, 이를 주도할 젊고 패기에 찬 개혁적 리더십을 키워왔던 것이다.

21세기 정치리더십에게 맡겨진 민족사적 과제는 지역통합 · 계층통합 · 민족통합의 과제이다. 이를 달성할 21세기 리더십은 지역주의, 연고주의에서 벗어나 〈보편주의적 사고와 실천〉으로 무장한 리더십이 아니면 안 될 것이다. 지연 · 학연 등의 전근대적 기준보다는 업적 · 성취 등의 보편적 기준을 앞세우며, 지역보다는 국가를, 부문의 이해보다는 전체 이익과의 조화를 우선시하는 자세가 21세기 리더십의 요건이 될 것이다. 따라서 21세기 정치리더십은 탈냉전의 시대변화에 부응하여, 민족의 화해협력을 촉진하며 궁극적으로 통일시대를 이끌어가야 할 것이다. 따라서 21세기 정치리더십은 탈냉전적 사고, 이념적 개방성, 실용주의적 사고와 실천으로 무장한 리더십이어야 하는 것이다.

21세기 정치리더십은 무엇보다도 세계 속에서 한국인의 웅비를 이끌어가야 할 것이다. 따라서 21세기 리더십은 과거와 같은 폐쇄적 민족주의가 아닌 열린 민족주의와 보편적 세계주의로 무장하지 않으면 안 될 것이다. 세계의 보편적 기준을 받아들여 세계와 교류 · 협력하려는 동시에, 우리의 것을 세계화하여 세계로 나아가려는 진취적이고 개방적인 자세가 21세기 리더십의 요체가 되어야 할 것이다.

21세기 정치 리더십에게 요구되는 가장 기본적이며 중요한 요건은 높은 도덕성과 윤리성일 것이다. 이는 부정부패와 정경유착으로 얼룩진 우리의 정치현실에서 특히 요구되는 지도력의 요건이다. 그러나 정치지도자에게는 그 이상의 것이 요구되는 것이다. 현대 사회과학의 태두이자 대사상가인 막스 베버는, 〈동기의 순수성보다는 결과에 대한 책임성〉이 정치인에게는 보다 요구된다고 갈파한 바 있다. 이는 정치인의 도덕성이나 윤리성이 중요하지 않다는 것이 아니라, 국가의 일을 맡고 있는 정치지도자의 사명의 막중함을 지적한 것이다. 즉 상황과 사태를 냉철히 분석하고, 그 속에서 바람직한 국가정책의 방향을 설정하고 집행해 나갈 수 있는 전문지식과 정치력이 정치지도자에게는 요구된다는 것이다. 올바른 역사관과 세계관, 높은 도덕성과 윤리성, 그리고 이를 실현할 수 있는 전문성을 갖춘 정치지도력이 21세기 우리에게 필요한 정치적 리더십일 것이다.

좋은 정치리더십의 형성은 결국 국민의 과제이다. 정치리더십은 국민의 의사를 결집하여 국가의 목표를 설정하고 이를 달성하기 위해 국민을 지도하고 통합해 나갈 책무를 맡고 있다. 그러나 민주주의 사회에서 리더십은 결국 국민에 의해 선택되고 국민에 의해 육성될 뿐이다. 이런 점에서 우리 정치의 미래를 결정하고, 21세기 한국의 미래를 결정하는 것은 결국 국민의 몫이 되는 것이다.

현 위기의 근원인 정치에 대한 국민의 냉소와 무관심은 기본적으로 정치지도력의 부재에서 연유한다. 그러나 우리가 이를 탓하고만 있을 때, 우리는 악순환의 고리에서 벗어날 수 없을 것이다. 국민의 정치적 무관심은 부패한 정치인, 무능한 정치적 리더십을 낳을 뿐이기 때문이다. 따라서 정치적 무관심과 냉소는 하루빨리 일소되어야 할 것이다. 그리고 공공의 문제는 공적인 일을 맡은 일부 정치인이나 관료들의 전유물이라는 인식을 버려야 할 것이다. 그리고 올바른 역사관과 투철한 윤리의식, 전문적 지식으로 무장한 새로운 정치리더십을 발굴하고 육성하기 위해 우리 모두 나서야 할 것이다. 이것이 주권을 가진 국민으로서 우리에게 맡겨진 의무이며, 21세기 한국의 미래를 결정하는 주체로서 우리 모두에게 맡겨진 책무인 것이다.

창조성이란 어느 목적을 달성하거나 또는 새로운 장면의 문제 해결에 적합

한 아이디어를 생각해 낸다든지, 혹은 새롭게 사회적 · 문화적(개인적 기준을 포함)으로 가치 있는 것을 만들어내는 능력 및 그것을 기초화하는 인격적 특성이다. 즉, 창조성이란 문제를 해결하는 과정에서 새로운 가치나 아이디어를 만들어내는 태도와 능력이라 할 수 있을 것이다.

지도자의 바람직한 미래상은 과거의 카리스마적인 지도자와는 다른 새로운 모습이다. 즉, 한 사람이 책임지는 그런 지도자가 아니라 모든 사람 속에 숨겨져 있는 능력을 끌어내는 그런 형태의 지도자를 요구하고 있는 것이다. 이런 형태의 지도자는 화려한 무대에 올라가 극적이고 카리스마적인 역할을 하려고 노력할 필요가 없어진다. 다만 사람들에게 좋은 모범을 보이려고 노력하고 다른 사람들이 일하도록 환경을 만들어주는 역할을 하면 되는 것이다.

대한민국의 경우는 효율과 효과성을 강조하는 중앙집권적 경향과 함께 사회 발전의 성숙으로 인하여 분권을 요구하는 지방자치 현상이 강해지고 있는 상황에서, 정치지도자는 국민들의 다양한 욕구를 충족시켜야 하는 한편, 동시에 앞을 향해 일관성 있게 정책을 추진해야 하기에 리더쉽을 발휘하기가 매우 어려워진 시대이다. 따라서 이런 경우에는 권위주의적이면서도 민주주의적인 새로운 형태의 리더십, 바로 창조적 리더십이 요청되는 것이다.

그러면 역사적으로 우리가 인식하고 있는 창조적 리더십을 가진 지도자를 살펴볼 수 있을 것이다. 역사적으로 가장 이상한 전쟁에서 승리한 다윗 왕의 창조적 리더십은 무수한 고난과 역경을 극복하였고(이 부분은 영국의 엘리자베스 여왕, 박정희와 비슷함), 설득력과 감화력이 뛰어났다. 그는 부하를 진정한 사랑으로 대하였으며, 자신의 잘못을 솔직히 시인했다.

당시 전세계의 절반을 정복한 칭기즈칸은 지난 1997년 4월「뉴욕타임즈」에서 선정한〈세계를 움직인 가장 역사적인 인물〉중 첫 번째 자리로 뽑힌 바 있다. 따라서 칭기즈칸의 리더십의 요체 10가지를 요약 · 정리해 보면 창조적 지도자의 자질과 철학을 엿볼 수 있는데, 다음과 같은 것이다.

① 몽골족을 동기 부여시킬 만한 웅대한 비전
② 명분과 정당성을 확보한 점
③ 자신의 부하는 훌륭한 리더로 키워낸 슈퍼 리더십
④ 끊임없는 상무정신을 고취시킨 점
⑤ 스피드를 중시한 전략의 구사
⑥ 통합적 패러다임과 거시적 안목
⑦ 여성과 생명 존중 사상
⑧ 자신을 정점으로 하는 매우 효율적인 조직 구성
⑨ 과학기술과 교역의 장려
⑩ 유능한 참모의 기용

이러한 칭기즈칸과 비슷한 이순신 장군의 창조적 리더십은 먼저 신뢰받는 인격을 소유하였고, 부하를 지극히 사랑했다. 불타는 애국심으로 늘 겸손했으며, 완벽성을 추구하는 동시에 늘 여유를 가지려고 노력하였다.

이제 우리는 엘리자베스 여왕, 다윗 왕, 칭기즈칸, 이순신 등과 같은 창조적 리더십의 지도자를 진정으로 원하고 있는 실정이다. 그리고 이러한 정치지도자를 발굴하고 함께 국가와 민족을 위하여 매진해야 할 책임은 바로 우리에게 있다는 것을 알 수 있었다. 이러한 과정은 선거에서의 투표행위로 결정할 문제이다. 따라서 무책임하게 비전 없는 지도자를 선택해 놓고 임기내내 한탄하는 오류는 이제 더 이상 없어져야 할 것이다.

바로 정치철학이 충만한 창조적 리더십의 정치지도자를 선택하여 21세기를 선도할 개혁과 혁신을 통하여 부정부패를 일소함으로써, 공정성과 책임과 희망에 찬 국가건설을 해야 하는 책무는 바로 우리 국민 개개인들에게 있다는 것을 다시 한번 명심하여야 할 것이다. ●

테마 VI

시간의 용서와
열망

사랑을 준비하는 자, 역사를 준비하는 자

사람이 거쳐 온 변천의 모습과 그 기록을
역사(歷史)라 한다면
자연 현상이 인간 사회를 삼키려 할 때
가득히 온 세상을 가슴에 담고
역사의 터널을 조용히 보듬어 보자

끊임없이 생성과 소멸로 바쁜
장엄한 대우주 안에
몇천 억 항성들의 집단인 성운
그 많은 성운들 중 단 하나의 성운 안에
구름 모양으로 길게 남북으로 뻗은
헤아릴 수 없는 항성의 무리인 은하계
그 은하계 안에 태양의 인력 중심으로 운행하고 있는
아홉 행성과 이에 딸린 32개의 위성들과
1600개 이상의 소행성·혜성·유성들의 집단인 태양계
그 태양계의 세 번째 행성인 단아한 지구
거친 대양, 드높고 험준한 산맥들 사이에
평야와 수풀과 사막과 하천으로 장식된 다섯 대륙 중
아시아의 동쪽 끝에 단촐하게 붙은 한반도

수십억 인간 생명의 줄기 중
겨우 하나 우연히 인연을 부여잡고
반도의 자투리 땅 한 떼기 딛고 서서
자신이 바로 소우주(小宇宙)라고 소리치며

인류의 빛나는 영광을 위하여 역사를 준비하겠다고
의지의 칼날을 눈빛으로 갈고 있는
어설픈 생명 하나가 있음을 기억하자

과연 歷史는 어떤 모습으로 오며
아니면 어떻게 만들어지는가
선사시대를 거슬러 인간의 흔적을 의식으로 만지다가
역사라는 거창한 미명으로 생명의 온기를 거역한 자
누구인가?
이러한 의문은
무궁한 우주 속의 부질없는 한 생명이 되뇌이기에는
너무나 경외스럽고 두렵다

반만년 역사를 유구하다고 드높게 외치는 역설 속에는
우리 선조들의 눈물겨운 고난과 역경이 넘치는
서러운 생명의 질긴 굴레의 밧줄이
목덜미에 뒤감겨 왔다는 사실을 우리는 자각해야 한다
천 번이 넘는 외적의 침략과
빈번한 내부의 소용돌이 속에서
황량한 들판과 죽음의 계곡에 넘어지면서도
오직 민족 웅비의 역사를 준비하고자 하는 열망으로
질긴 생명의 씨를
자손과 그 자손 또 그 자손에게 넘겨 심어
오늘의 영광과 숨결이 있게 했음을 자각해야 한다

고조선 삼국시대 발해 고려 조선 대한민국

도도히 이어지는 역사의 향기 사이로
우리 선조들의 삶과 죽음의 계속적 반복이
역사의 주체라는 장막으로
모질게 가려져 왔다는 사실을
우리는 또한 기억해야 한다

반역사의 왜곡으로 언제나
자신이 역사를 준비하고 역사를 다듬어 왔다고
자랑스럽게 이야기하는 위정자 어디에 있는가
문명사회에 남겨진 과학의 발전과
인간 지성의 초석이라는 명현들의 고전과 지침들은
어떻게 보면 얼마나 쓸모없고 허망한 것들인지

인류 문화사를 두껍게 만든
위대한 인물들의 치적과 공헌의 바탕에는
이름 없이 사라져 간 민초들의 호곡소리
진하게 서리어 있음을
우리는 알아야 한다

최초로 유럽을 평정한 알렉산더대왕
아시아 대륙과 중동과 유럽을 단숨에 삼켜 버린 징기스칸
원시 대륙의 의식을 뒤흔든 아프리카의 영원한 신화
샤카줄루
이들 3대 세계의 영웅들도
역사를 새롭고 품위 있게 창조했다고 자랑스럽게 외쳤다

그러면 이들이 바꾼 역사의 성과와 과업의 산물은
지금 어디에 어떤 모습으로 존재하는가
아무 것도 없어 보인다
이 시대의 상황과는 어떤 개연성도 찾아 볼 수 없다

함부로 역사를 준비했다고 감히
역사 앞에서 역사를 오도한 자 누구인가
인류 역사를 시대라는 막과 장으로 세분하면
갈등과 고난과 희생과 아픔의 외침으로
대부분 포장되어 있다

반역사에서 비롯된 문명의 상처는
다행히 신앙으로 치장되어 겉으로 보기에는
어느 정도 훌륭하게 보이는 것 같기도 하다
神의 목소리는
역사를 준비했다고 하는 자의 입술에서 허덕이는
민생의 가슴에 희망의 설레임을 주었다
神의 목소리는
피멍든 역사의 마디마디를 깨끗이 씻어
인간이 살아가야 할 방향에 인도(引導)의 깃발을
꽂아 주었다
역사가 오늘까지 인간사회가 진정으로 추구해 온
올바른 좌표가 되지 못한 까닭은
가슴속에서 소중하게 피어나는 보편적 사랑이
깃들지 않았기 때문이다
神의 목소리는

계속해서 사랑을 준비하라고 일러 주었지만
역사를 준비하는 자가
언제나 먼저 가로막고 있었다
알렉산더대왕 징기스칸 샤카줄루 같은 영웅들도
역사만 준비했지 사랑을 준비하지 않았다

사랑이 깃들지 않은 역사는
암흑의 공간에서 공허하게 들리는
물방울 떨어지는 소리와도 같다
사랑이 준비되지 않은 역사는
생명력과 영속성을 가지지 못한다
반드시 이념과 체제와 갈등의 소용돌이에 휘말리게 된다

이러한 역사의 교훈을 거울 삼아
이제부터는 역사를 준비하기 이전에
사랑을 먼저 준비하자
사랑이 넘치는 역사를 먼저 준비하자
사랑이 준비되어 있는 곳에
찬란하고 영롱히 빛나는
향기로운 역사가 떠오르게 하자

모진 고난 속에서 귀중한 생명의 영혼을 주신
어버이와 조상에 대한 공경의 사랑
나의 생명의 씨앗을 부여안고
희망찬 미래를 준비하고 있는
자녀에 대한 자애의 사랑

계절이 돌면 삶의 향기도 바뀌듯이

온 공간의 충만한 삶을 같이하고 있는

이웃에 대한 사랑

일상의 가치를 가장 밀접하게 교접하는

직장과 동료에 대한 사랑

자신을 가장 이해하고 가슴을 서로 맞닿을 수 있는

친구에 대한 사랑

한 생명을 다 바쳐 전부를 가져야 하는

아내와 남편에 대한 사랑

소중한 삶을 영위하도록 다양한 제도와 규범을 알려주는

사회와 조국에 대한 사랑

나아가 인류와 우주에 대한 사랑

그리고 인간의 보편적 가치와 삶의 귀중한 시간을

중단 없이 제공해 주는

神의 목소리에 대한 사랑을 준비하자

오늘부터라도 준비된 사랑으로

상처받지 않은 윤택한 역사를 준비하자

역사를 역사답게 하는 자

역사를 사랑으로 포근히 감싸게 하는 자

역사를 준비하기 이전에 사랑을 먼저 준비하는 자가

진정한 오늘 이 시대

역사의 흐름 가운데

우뚝 선 가장 참신한 주역임을

우리는 인식해야 한다

역사를 준비하는 자가
사랑을 먼저 준비할 때
소망한 역사가 웅비하는 것이다

사랑은 진정한 역사의 생명인 것을…

- 박재목 시집(3집) 〈숯쟁이 움막에서의 좌망(座忘)〉 (1997) 중에서 -

〈시간의 보복〉은 어김없이 지난날 우리가 소홀히 보낸 시간의 흔적을 타고 무섭게 찾아온다. 이제부터는 우리 모두 오는 역사를 앉아서 수동적으로 받지 말고 올곧은 지도자를 중심으로 〈오는 역사〉를 사전에 준비해 보는 〈준비하는 역사〉로의 자세가 필요하다. 창조적인 리더쉽의 올곧은 정치지도자를 중심으로 웅비하는 한민족의 역사를 미리 준비해야 하는 것은 우리들과 미래 후손들을 위한 우리의 의무이며 책임이다. 따라서 우리의 희망이 걸린 창조적인 정치지도자들이 나아갈 길은 바로 〈겸손〉하고 〈포용〉하고 〈열망〉하는 것이다. 겸손과 포용과 열망은 창조적 지도자들의 품성이며, 인격이고 가치이며, 정신적 자산이 되어야 할 것이다. 또한 겸손과 포용과 열망은 우리 모두의 사회적 가치 기준이 되어야 할 것이다. 우리 모두가 이러한 판단과 가치로 올곧은 지도자와 함께 우리에게 다가올 역사를 사전에 준비한다면, 반드시 대한민국은 매력적이고 역동적이며 희망찬 웅비의 나래를 펼 수 있을 것이라고 확신할 수 있을 것이다.

제 1절 겸손(謙遜, Self-effacement, Modesty, Humility, Diffidence)

chapter 1

겸손이란 인격의 앞잡이다. 우리는 남의 과실을 찾아내기는 쉽지만 자기의 잘못을 인정하기는 매우 어려운 일이다. 우리는 남의 과실에 대해서는 많은 비판을 하면서도 자기의 잘못은 소매 깃으로 물건을 감추듯 한다. 우리는 남의 행동 중에서 잘못된 것에만 시선을 던지고 있다. 그러나 정작 자신의 가슴이 욕심에 불타고 있다는 사실은 모르고 있다. 그 욕심 때문에 잘잘못을 헤아리지 못하고 원래의 자신의 모습에서 점점 멀어지게 된다. 따라서 만약 누군가가 잘못이 있더라도 잠시 동안 용서해 주며 자신에게도 잘못이 있다는 것을 인정해야 한다. 겸손은 자신을 돌아보는 여유이기 때문이다.

〈처신은 겸손하게, 이상은 드높게〉라는 말이 있다. 인격이라는 것은 지식보다 넓고 깊은 뜻을 가지고 있다. 감정 없는 지성, 행동 없는 지혜, 겸손을 상실한 자질, 이런 것들은 나름대로의 힘을 갖지만, 잘못하면 사람들에게 해독을 끼치는 것이 되기 쉬운 것이다. 그것들은 마치 소매치기의 날렵한 손재

주나 사기꾼의 기막힌 술수처럼 공허한 기교일 뿐이다. 즉, 인격을 갖추지 못한 그 어떤 능력도 존경받을 만한 경지에 이르지 못한다는 것이다. 진실과 정직, 선량이라고 하는 자질은 인격의 근본 요소이다. 여기에 강한 의지가 첨가된다면 그야말로 그 무엇과 비길 수 없는 강점이 되는 것이다.

겸손(謙遜)은 〈남을 높이고 자기를 낮추는 태도가 있음〉을 뜻한다. 또한 종교적인 개념으로서 자기의 무력과 죄업(罪業)에 대한 심각한 자각에서 우러나와 신(神)의 의사에 순종하려는 마음을 의미한다. 라즈니쉬는 〈겸손하기만 하다면 모든 존재가 당신에게 스승이 된다. 그러나 부처가 곁에 있더라도 전혀 친밀한 관계가 이루어지지 않는다면, 그것은 당신이 겸손하지 못하기 때문이다〉라고 설파하였다. 또한 체스터필드는 〈사람의 성품 중에 가장 뿌리 깊은 것은 교만이다. 나는 지금 누구에게나 겸손할 수 있다고 자랑하고 있는데, 이것도 하나의 교만이다. 겸손을 의식하는 동안에는 아직 교만의 뿌리가 남아 있는 증거이다〉라고 겸손을 강조하였다.

겸손함으로 대부(大夫)가 된 안자춘추(晏子春秋)의 얘기도 있다.

『춘추 시대, 제나라의 유명한 재상인 안영에게는 한 마부가 있었다. 어느 날, 안영이 마차를 타고 외출을 하려는데, 마부의 처가 문틈으로 자기 남편의 거동을 엿보았다. 자신의 남편은 수레 위에 큰 차양을 씌우더니, 마차의 앞자리에 앉아 채찍질하는 흉내를 내며 의기양양하여 매우 만족스러워 하고 있었다. 남편이 집에 돌아오자, 그의 처는 그에게 이혼해야겠다고 하였다. 영문을 모르는 마부가 그 이유를 묻자, 아내는 이렇게 대답하였다. 〈안자께서는 키가 6척도 못 되지만 나라의 재상으로 명성이 높습니다. 그분은 깊은 생각에 잠긴 듯 매우 겸손한 태도였습니다. 그런데 당신은 키가 8척이 넘으면서도 남의 마부가 된 것이 만족스런 듯 기뻐하니, 저는 이런 남자의 곁을 떠나고자 하는 것입니다〉 이후 마부는 늘 겸손한 태도를 가지게 되었다. 마부의 태도가 변한 것을 이상하게 여긴 안자가 마부에게 묻자, 마부는 사실대로 말을 했다. 이러한 사실을 알게 된 안자는 느낀 바가 있어 그를 대부로 천거하였다』

겸손의 반대말은 교만이다. 정치에서 범할 수 있는 오류 중에 가장 흔한 유혹이 교만이다. 교만은 마치 마약과 같아서 사람을 중독되게 만든다. 불교에서 스님들이 머리를 삭발하는 이유는 머리를 깎아서 일체의 번뇌와 인(襄因)을 남김없이 없애기를 발원하는 의미도 있지만, 또한 어떤 경전에서는 머리카락을 교만심과 연관시켜 설명하기도 한다. 즉, 머리를 깎는 이유는 교만을 제거하고 스스로의 마음을 믿기 위함이며, 머리를 깎고 승복을 입고 발우를 가지고 걸식을 하는 것을 교만을 부수는 방법이라고 하였다. 따라서 삭발을 하는 것은 수행을 방해하는 근원인 아집과 교만, 그리고 온갖 유혹의 감정을 끊는다는 것을, 외형적으로 보여주는 행위라 할 수 있는 것이다.

겸손은 바로 이러한 교만을 멀리해 준다. 겸손은 교만에서 오는 가식의 자선을 방지하며, 조화가 깨져 분열을 자초하는 것을 예방해 준다. 겸손은 탐욕을 멀리하게 하며, 진정한 자비를 베풀게 하는 원천이다. 겸손해지기를 원하면 바로 자신의 고질적인 못난 자아와 교만과 불순종과 아집과 탐욕을 깨뜨려버려야 할 것이다. 따라서 겸손한 정치인은 바로 국민들을 겁내고 국민들을 받들게 되는 것이다.

성경에 〈사람의 마음의 교만은 멸망의 선봉이요 겸손은 존귀의 앞잡이니라 (잠 18:12)〉 라는 말이 있다. 겸손은 인격을 완성한다. 〈벼는 익을수록 고개를 숙인다〉 라는 의미는 바로 재주나 학식, 지위 등이 뛰어난다고 하여도 그것을 자랑하지 않는 미덕, 곧 겸손에 대해 말하고 있는 것이다. 겸손을 미덕으로 간직하라는 충고는 동서고금을 막론하고 다양하고 풍부하다. 그런데도 정치지도자의 겸손을 되풀이하여 강조하는 이야기들이 끊이지 않는 것은, 정치현실에서 겸손을 올바로 실천하는 정치인이 적다는 것을 반증하고 있는 것이다.

『오나라 왕이 강을 건너 원숭이가 많이 사는 산으로 올라갔다. 모든 원숭이들은 오나라 왕을 보고 달아났으나 오직 한 마리의 원숭이만이 달아나지 않았다. 그 원숭이는 이리저리 뛰어다니고 물건을 던지기도 하며 갖은 기교를 다 부리고 있었다. 오나라 왕은 이상히 여겨 그 원숭이에게 화살을 쏘았다. 다음 순간 원숭이는 재빨리 그 화살을 잡았다. 그러자 오나라 왕은 신하들에게 연속적으로 화살을 쏘게 하였다. 화살이 빗발처럼 날았고 그 원숭이는 마침내 화살을 손에 쥔 채 화살에 맞아 죽었다. 이 때 오나라 왕은 자신의 친구 안불의를 돌아보고 말했다. 〈이 원숭이는 자신의 재주를 자랑하느라고, 또 자기의 재빠름을 믿고서 까불다가 이렇게 죽게 된 것이네. 그러니 자네도 조심하게. 건방진 얼굴로 남에게 교만하게 굴지 말란 말일세〉
그 뒤로 안불의는 교만을 버리고 겸손을 수행하였다. 또한 높은 지위에서도 물러났다. 그 후 3년이 지나자 모든 사람들이 그를 칭송하였다』

참다운 신앙을 친절이라 말하는 사람이 있다. 인간은 어느 누구에게나, 또는 자연에게도 친절하여야 할 것이다. 바로 이러한 친절하는 방법이 신앙이

되어야 할 것이다. 이 신앙의 근저에는 바로 겸손이라는 미덕이 자리하고 있다. 즉, 겸손해지지 않을 수 없는 것이 천리라는 이법이다. 신앙이 없을 때는 제멋대로 사는 세상인 줄 알고 인간의 법에 어긋나지 않으면 잘 사는 것이라 생각해 온 사람들이 천리라는 엄연한 법에 어긋나면 천형을 받는다는 사실을 깨닫게 되므로 겸손하지 않을 수 없게 되는 것이다. 인간은 우주적인 원리에 의해 우주의 법칙으로 창조된 작은 우주인 것이다. 지금 우리가 인간으로 태어나 지금도 인간의 옷을 입고 있다는 자체가 얼마나 고귀하고 자랑스러우며 선택된 것인가? 를 깊이 생각해 본다면, 겸손하지 않을 수 없을 것이다.겸손은 스스로 자기를 낮춘 자세이다. 국민이라는 높은 단상 아래 엎드려 복종하는 것이 겸손이다. 정치는 여기서 출발하여야 할 것이다. 예수는 겸손을 십자가 위에서 실천하였다.

· 겸손에 관한 금언 ·

* 무례한 사람의 행위는 내 행실을 바로잡게 해주는 스승이다. - 공자 -
* 군자가 예절이 없으면 역적이 되고, 소인이 예절이 없으면 도적이 된다. -명심보감-
* 손윗사람에게 겸손하고 동등한 사람에게는 예절 바르며 아랫사람에게는 고결해야 한다. - B. 프랭클린 -
* 맛없는 국이 뜨겁기만 하다. - 속담
* 쓰러진 자 망할까 두렵지 않고, 낮춘 자 거만할까 두렵지 않다. - J. 버넌 -
* 예의는 남과 화목함을 으뜸으로 삼는다. - 논어 -
* 겸손한 자만이 다스릴 것이요, 애써 일하는 자만이 가질 것이다. - 에머슨 -
* 산이 높을수록 골은 낮다. - T. 풀러 -
* 우선 겸손을 배우려 하지 않는 자는 아무것도 배우지 못한다. - O. 메러디드 -
* 강물이 모든 골짜기의 물을 포용할 수 있음은 아래로 흐르기 때문이다. 오로지 아래로 낮출 수 있으면 결국 위로도 오를 수 있게 된다. - 회남자 -

『에이브러햄 링컨 대통령이 어느 날 백악관에서 자기 구두를 닦고 있었다. 이 때 비서가 그것을 보았다. 각하 이게 어찌된 노릇입니까? 어찌된 일이라니? 대통령께서 어떻게 손수 구두를 닦으신단 말입니까? 이보게 자기 구두를 자기가 닦는 지극히 당연한 일을 가지고 왜 그러는가?』

우리 정치에서는 정말 지극히 당연한 것을 당연하게 생각하지 않는 것이 문제이다. 〈교만은 패망의 선봉이요 거만한 마음은 넘어짐의 앞잡이다〉라는 말이 있다. 겸손한 것은 지극히 당연한 것을 지극히 당연하게 하는 것이다. 우리 정치는 지극히 당연한 것을 너무 과장하는 경우가 너무 많은 실정이다.

지도력은 겸손에 있다. 정치지도자는 이 땅에서 무엇을 남길 것인가? 를 생각하지 말고, 겸손한 권력으로 국민과 국가를 제대로 이끌 수 있는 일에 집중하여야 할 것이다. 이것이 사명자의 길이며, 영광을 추구하는 자의 길일 것이다.

미국의 대통령 링컨은 〈한 인간을 시험하려면 권력을 주어보라〉라고 했다. 여기에 돈·명예·사랑을 부언하면 어떠할까 싶지만, 권력을 가지면 이 모든 것이 따라오기 마련이니, 이보다 더 간단명료하게 인간의 속성을 찌르는 말도 없지 싶다. 지금 나라가 온통 부패 시비에 휘말려 있다. 민생들로부터 가장 존경받지 못하는 직업인이 정치인이며, 부패한 집단의 첫 손가락으로 정당을 꼽는 것은 최근의 일만이 아니었던 것이다.

그러면 권력이란 교만과 부패를 피할 수 없는 것일까? 적어도 한국 상황을 놓고 보면 그 말이 맞을 것 같다. 역대 대통령 누구하나 이 굴레에서 자유로운 이가 없었던 것을 보면, 틀림이 없는 듯하다. 왜 우리는 권력에만 다가서면 제왕(帝王)이 되고 싶어하는 유혹에 빠지고, 왜 권력이라는 도구 사용에 이처럼 미숙한 것인가를 한번 곰곰이 생각해 보아야 할 것이다. 권력은 나누어지는 것을 싫어한다. 그래서 이런 저런 이유로 엉켜서 독점적으로지배되는 것이다. 권력의 비대화란 하나의 속성처럼 보인다. 또한 권력의 칼날은 예리하다. 칼이란 휘두르면 상처받기가 십상이다.

그래서 사람들은 맞서지 못한다. 언제 자신을 향할지도 모를 두려움 때문이다. 반대로 권력을 가진 자는 때때로 오만과 방자한 유혹에 빠지기 쉽다. 그런 이유로 권력이란 일정한 통제 아래 있어야 하는 것이다. 우리 정치는 때때로 권력은 사유물처럼 부리는 것이라고 생각하였다. 혹은 효율적인 통치와 업적을 위해 거추장스러운 장애물은 과감하게 베어버리는 칼날쯤으로 오해하고 있었다. 따라서 이러한 권력을 가진 자가 몸을 낮추는 것은 쉽지 않은 일이었다.

그래서 정치지도자가 겸손하면 국민들이 존경하는 것이다. 항상 권력 그 자체가 사악한 것이 아니라, 권력의 속성에 매몰되는 인간의 어리석음이 문제이다. 그래서 권력을 가진 자들은 늘 수신(修身)에 힘써야 하는 것이다. 바로 이 수신이 겸손이다. 높은 자가 낮아지는 것을 겸손이라 한다. 겸손은 삶에 활기를 불어넣어주는 원동력이 되기 때문에 훌륭한 덕목이 되는 것이다. 삶에도 이와 같은 원동력이 필요한데 겸손이 이 역할을 하게 된다. 그런데 겸손에도 유사품이 있다. 겸손의 유사품은 그럴듯해 보이지만, 실제로는 효력이 있을 수 없다. 사이비 겸손의 하나는 무능력자의 외양만의 겸손이다. 왜냐하면 실력이 없는 사람은 겸손할 수 없기 때문이다. 내면의 실력을 가진 자만이 남에게 봉사하고 베풀 수 있는 것이다. 이것이 실력을 쌓아야 하는 이유이다. 두 번째 겸손의 유사품은 억지로 하는 겸손이다. 더 큰 자신의 유익을 도모하기 위해, 이보 전진을 위한 일보 후퇴의 생각으로 취하는 의도된 행위를 말한다.

국회의원에 출마할 것이냐? 는 질문에, 농담이겠지만 그냥 출마해 버릴까요? 라고 대답하는 어느 장관이나, 지지율 확보의 돌파구를 위하여 아무 연고도 없는 대구에 출마 선언을 한 어느 야당 지도자의 이러한 행위는, 분명 겸손과는 거리가 먼 오만이라고 생각되어진다. 이러한 오만은 바로 헌법기관인 국회의원이라는 특성과 기본 책무와 출마에 따른 기본양식을 저버리고, 민생들을 우습게 본 오만의 극치로 비쳐지는 것은 무엇 때문일까?

진정하게 겸손하지 않은 사람은 결코 지도자가 될 수 없다. 겸손은 자신을 다른 사람들보다 몸으로 마음으로 행동으로 낮추는 일이다. 자신의 실상을 알고 자신을 높이지 않는 것이다. 하지만 겸손은 소극적 태도를 의미하는 것은 아니다. 보다 적극적으로 타인을 섬기는 공복(公僕)의 자세를 의미한다. 겸손과 정치는 공존할 수 없는 듯이 보이기도 한다. 왜냐하면 정치 자체가 위로 올라가 집권하는 일과 관련이 있기 때문이다. 그러나 누구든지 최고가 되고자 하는 자는 국민 전체를 섬기는 자가 되어야 하는 것이다.

겸손은 품위를 앞세운다. 품위는 금화(金貨)안에 들어있는 금의 비율처럼 물질의 질적인 순도(純度)이다. 물질의 세계에서는 순도가 높을수록 고품위가 되듯이 정신세계에서의 품위 역시 순도로 결정된다. 거기에 겸손과 교양이 곁들여지면 인격적 품위는 완성된다고 할 수 있을 것이다. 그러므로 품위의 적(敵)은 편협과 교만과 무지다.

인물이란 훌륭한 지도자를 뜻하는 것이라고 믿는다. 우리에게 인물이 없다는 말은, 우리에게 훌륭한 지도자가 없다는 말로 풀이가 될 수 있을 것이다. 인물은 국민의 존경을 받는 지도자이어야 하는데, 오늘날 과연 국민 절대 다수의 존경의 대상이 되는 지도자가 단 한 사람인들 있는가? 따라서 지도자가 국민의 존경의 대상이 되려면 반드시 다음 세 가지의 덕목을 갖추어야 할 것이다.

첫째 진실한가? 둘째는 유능한가? 셋째는 겸손한가? 이 세 가지 물음에 〈물론 그렇다〉 라고 국민이 대답할 수 있는 인물이 오늘 우리 사회에 단 한사람도 없다는 것은 매우 서글픈 일이다. 사람은 키워야 인물이 되는 법인데, 우리는 광복 이후 줄곧 〈키우는 일〉 보다는 〈잡아먹는 일〉 에 열중해 온 느낌이다.

그동안 하기야 국토가 분단이 되고 사상과 이념이 분열된 50여 년의 세월 속에서 남은 것은 상처뿐이요 돌아보면 시체뿐이었다. 더욱이 좋은 선배가 있어야 좋은 후배가 있을 것인데, 자기 자신의 영달과 출세에만 급급한 선배가 후배의 등장이나 성공을 원치 않을 뿐 아니라, 오히려 방해하고 유능한 후배를 잡아먹는 광경을 도처에서 보게 되었다. 그래서 이름 있는 선배는 몇 있지만 그들의 뒤에 유능한 후배는 보이지 않았던 것이다.

오늘의 지도자로 자처하며 높은 자리에 앉은 정치지도자들은 모두들 사리사욕에 눈이 어두워 한치 앞을 내다보지 못하는 한심한 사람들이 되었는가? 를 생각하지 않을 수 없다. 사람은 정신으로 살아야 한다. 정신이 살아있는 지도자들이라면 우리나라의 이러한 정치현실을 앉아서 보고만 있지는 않았을 것이다. 높은 자리를 차지한 사람은 다 지도자이고, 따라서 지도자의 기본을 반드시 지녀야만 하는데, 그 기본을 모두 갖추지 못하였기 때문에 사이비 지도자가 되고 만 것이다.

정직한가? 진실한가? 하는 물음에 〈그렇다〉라고 대답할 수 있는 현실의 지도자가 과연 있는가의 대답은, 〈그렇다〉라고 할 수는 있어도 내용은 전혀 딴판이기 때문에, 〈그렇다〉라는 대답은 엄청난 위선이요 더욱 큰 죄악이 되는 것이다. 우리의 정치인들은 사실을 사실대로 털어놓지 못하면서, 자기 눈속의 들보를 그대로 두고, 감히 남의 눈의 티를 빼라고 하여 왔다. 개혁이 추진력을 잃고 부정과 부패가 여전히 또는 더욱 심하게 판을 치는 까닭은 〈똥 묻은 개가 겨 묻은 개 나무란다〉라는 속담대로, 개혁을 할 자격이 없는 사이비 지도자가 개혁의 나팔을 불었기 때문이었다.

오늘의 지도자들이 민족의 인물로 역사에 남지 못하는 까닭은, 능력의 부족도 부족이지만 능력 있는 사람들을 배척하고 발붙이지 못하게 하는 교만에 있다고 보아야 할 것이다. 〈나 아니면 안 된다〉라는 그 오만과 불손이 이나라의 민주발전을 가로막았고, 경제를 힘들게 했다. 바로 겸손이 부족한 정치지도자들의 교만과 오만 때문이었던 것이다.

〈팍스 로마나(Pax Romana)〉라고 하는 고대 지중해와 중근동 지역의 국제질서는 막강한 군대의 폭력과 황제숭배, 그리고 약소민족에 대한 가혹한 식민통치로 〈제국의 평화〉를 유지하였다. 이 제국의 평화는 힘을 가진 소수자에게만 〈평화〉였으나, 그들을 뺀 대다수에게는 〈전쟁과 억압〉이었다. 낮은 자들은 철저하게 멸시당했고, 힘없는 자들은 빼앗김의 대상이었으며, 가난한 이들은 굴종하지 않으면 살아갈 수가 없었다.

평화는 무엇보다도 겸손하며 온유한 질서이다. 대제국의 황제처럼 오만한 자리에 앉아서 거만하지 않는 것이 겸손하며 온유한 질서인 것이다. 평화는 자신의 강한 힘을 믿고 약한 자들을 업신여기며, 자신의 크기를 내세워 작은 자들을 함부로 짓밟고, 자신의 수를 자랑하며 소수자들의 권리를 외면하는 일은 없는 것이다. 낮은 자리에서 낮은 자들의 삶을 끌어안고 그들의 아픔과 고뇌를 정의와 사랑으로 풀어나가려는 축복의 능력은, 오직 오만이 깃들지 않은 겸손에서 온다는 것을 다시 한번 살펴볼 필요가 있을 것이다.

정복과 군림을 목적으로 하는 로마의 평화와는 달리, 겸손은 소수의 강한 자들이 쥐고 있는 부당한 특권을 미워하고 누구도 제외되는 법이 없는 공정하고 정의로운 삶을 지향하는 것이다. 큰가 작은가가 기준이 아니라, 정의로운가 아닌가가 기준이며, 많은가 적은가가 관심이 아니라 생명의 기운이 충만한가 아닌가가 초점이 되어야 할 것이다. 높은가 낮은가가 중요한 것이 아니라 겸손하고 온유한가 하는 것이 보다 더 중요한 관건임을 깨우치는 것이 겸손한 지도자의 덕목이 될 것이다. 정치지도자가 이러한 마음을 품고 살면 그 개인과 국가는 진실로 융성해져서 세상의 존경과 찬사를 받게 되겠지만, 그렇지 않으면 경계의 대상이 되고, 결국 당사자는 고립의 처지에 빠져서, 국가와 민족은 고통을 당하지 않을 수 없게 되는 것이다.

겸손은 성실을 동반한다. 성실하기 때문에 교만하지 않고 아집을 부리지 않고 자만하지 않으며 또한 거만하지 않는 것이다. 그리고 겸손은 신뢰이다.

인간은 믿음이 있어 모두를 신뢰하기 때문에 겸손해지는 것이다. 겸손하지 않는 지도자는 사악한 의심으로 부끄러워할 줄 모른다. 따라서 겸손한 사람은 자신의 잘못을 스스로 인정할 줄 알고 그로부터 참회할 줄도 알아야 하는 것이다. 겸손한 지도자는 항상 당당하며, 또한 감사할 줄도 알아야 할 것이다. 왜냐하면 겸손은 정직과 용기에서 나오기 때문이다. 또한 겸손은 타인의 잘못을 용서할 줄 안다. 용서는 너그러움이다. 따라서 겸손은 양심이 되는 것이다.

겸손한 정치지도자는 이러한 당당함으로 신뢰하고 자기를 낮출 줄 알기 때문에 〈개혁〉을 단행할 수 있고, 양심적이기 때문에 〈부정부패〉를 멀리할 수 있는 것이다.

제 2절 포용(包容, Comprehension, Implication, Catholicity)

chapter 2

포용(包容)은 휩싸서 넣음, 남을 아량 있고 너그럽게 감싸 받아들임을 의미한다. 아량은 깊고 너그러운 마음씨, 즉 도량(度量)을 뜻한다. 반면에 〈패거리주의〉라 함은 연고나 정실 등에 의해 형성된 집단이 모든 공적 원칙과 명분을 훼손하면서 집단적으로 사적 이익을 우선시하는 성향 또는 행태를 말한다.

우리 사회에서 〈인맥과 패거리는 곧 실력이며, 패거리주의 앞에서 진실은 무력하다〉라는 이 냉소적 선언은, 그러나 단순한 냉소를 넘어 실체적 진실을 담고 있는 말이다. 일종의 현실론으로서 연고 집단의 기능과 역할에 대하여 공동체적 문화의 장점을 살리면서 근대화를 완성하는 가능성을 열어주는 사회발전의 동력이 될 수 있다는 〈연고주의 옹호론〉 마저도 공개적으로 대두되고 있는 실정이다. 이는 솔직하다는 측면에서는 진일보한 태도이기도 하다. 게다가 흔히 패거리주의에 대한 대안으로 내세워지는 〈실력주의〉에도 분명한 맹점이 있는데다, 굳이 따지자면 패거리주의에도 순기능이 없지는 않는 것이다. 그러나 이를 과대평가하면 패거리주의의 보다 큰 죄악이 은폐된다는 점을 간과해서는 안 된다.

패거리에도 〈문화〉가 있다? 그들에게 정체성을 갖는다는 것은 복잡한 인간관계의 망 속에 들어가 이를테면 선배·후배·제자로서 기대되는 처신의 방법을 따르는 것을 뜻한다. 그럼으로써 그 인간은 하나의 패거리 속에서 〈안전하게〉 살아간다. 경쟁의 시대, 불확실성의 세계에서 자신의 생존을 보장받기 위한 짝짓기 게임인 셈이다.

그러나 패거리 안에서는 개인의 〈주체성〉도 없고, 집단의 〈사회성〉도 없다. 그저 사회성을 배반하는 패거리의 목적이나 아부와 맹종의 개인윤리, 〈의리〉 따위의 집단윤리(?)가 있을 뿐이다. 따라서 우리의 천박한 패거리 문화를 청산하는 데 있어 〈해방된 개인〉의 회복이 무엇보다 중요하다고 말할 수 있을 것이다. 그럼으로써 〈해방된 개인의 자유로운 결사〉, 즉 사회구성원 각자가 자신의 개성과 주체성을 지키면서 동시에 사회적 책임감 및 사회적 연대의식을 갖는 것이 가능해지는 것이다.

〈침묵의 카르텔〉이라는 것이 있다. 말 그대로 침묵의 카르텔은 공정성과 생산성과 준법성이 배제된 반칙집단인 것이다. 예를 들어 의사 1명이 있다고 치자. 그는 첫째 의사회에 가입하고 대학별 모임 및 전공모임, 고향모임, 중·고등학교 동기 및 의사모임과 의사 선후배 모임, 군대 모임 등등하여, 어떤 사람이 이민을 갔더니 1주일에 26개의 모임이 만들어졌다는 얘기와도 같이, 이 의사에게도 수많은 카르텔(모임)이 만들어질 것이다. 이들은 침묵적으로 모임에 동조하고, 그들의 이익만 챙겨 나가게 될 것이다. 여기에는 공정성이나 효율성이라는 것은 찾아볼 수 없게 되어진다. 따라서 패거리주의란 순기능도 조금 있지만 본질적으로 진실을 무력화시키는 죄악이 되는 것이다. 모두에게 좋은 말만 듣고자 하는 처세술도 느슨한 패거리주의 산물이다. 비판은 일종의 죄의식으로 전락하고 마는 것이다.

의사패거리, 노동자패거리, 약사패거리, 정치패거리, 개혁패거리, 공무원패거리, 정당패거리, 경상도패거리, 전라도패거리, 충청도패거리, 좌익패거리, 우익패거리, 친미패거리, 반미패거리, 변호사패거리… 패거리는 아무 생각이 없게 되는 문제가 있는 것이다. 패거리는 누가 먼저 하자고 하면 그냥한다. 인간은 말이 통하고 대화가 되는데 패거리는 대화가 안 된다. 결국 인간은 사라지고 패거리만 남는 것이다. 그리고 그들은 〈침묵의 카르텔〉을 지켜 나가는 것이다. 그래서 전국 방방곡곡에서 패거리들의 패싸움질만 남는것이다. 명분은 소용없고 쪽수가 모든 것을 결정한다. 시청 앞 광장에 우익패거리 쪽수가 많이 모였는가 좌익패거리 쪽수가 많이 모였는가로 모든 것이결정 나는 것이다

우리 사회에서 부정부패가 이렇듯 만연할 수 있는 연유에는 각종 연고를기반으로 하는 뿌리 깊은 〈침묵의 카르텔〉이 큰 몫을 했음을 부인하기 어려울 것이다. 집단주의적 심리적 성향은 집단을 자신의 연장으로 생각하고, 집단과의 공동운명 의식이 강하며, 이런 심리가 행동을 좌우하여 죄의식을 없애는 것이다. 이런 집단주의 심리는 집단사고를 동반하기 쉽다. 집단사고는자신들은 도덕적이며, 위험으로부터 안전하다고 생각하여 외부로부터의 경고 사인을 무시하는 경향이 있다. 집단사고에 빠진 집단주의가 부정부패에취약한 이유가 여기에 있는 것이다.

인류학자인 루스 베네딕트는 사람들의 행동양식 차이를 수치심의 문화와죄의식의 문화 개념으로 설명하였다. 수치심 문화권에서 수치심이란 남의 눈을 의식한 상황에서만 느끼는 감정으로 잘못이 있어도 그것이 남의 눈에 띄지 않으면 아무 문제가 되지 않는다는 것이다. 일반적으로 죄의식을 느낄 것같은 상황에서도 죄의식보다는 억울함을 느끼는 것이 수치심 문화의 성향이라고 말한다. 이는 죄의식 문화권 사람들이 타인의 시선과 관계없이 잘못에대해 양심의 가책과 죄의식을 느끼는 것과 대비가 되는 것이다. 일반적으로수치심의 문화는 〈집단주의 문화〉를, 죄의식의 문화는 〈개인주의 문화〉를

대변하고 있다.

대개의 경우 부정부패에 연루된 이들이 죄의식보다는 억울함을 호소하는 점이나, 별다른 수치심이나 죄의식 없이 크고 작은 부정부패에 연루되는 점 등은 베네딕트가 말하는 집단주의 문화 행동양식의 전형을 보여주고 있는 점에서, 우리 사회의 부정부패가 집단주의 의식과 밀접한 관계가 있음을 재삼 확인하게 되는 것이다.

부정부패가 집단주의 성향과 연관이 있다면 부정부패 척결의 방안은 학연·지연·혈연을 포함하여 다양한 이해와 이념적 연고를 기반으로 하는 집단주의와, 집단주의가 빠지기 쉬운 집단사고의 함정을 경계하고 감시하는 것으로부터 출발하는 것이 합당할 것이다. 그리고 이것을 권력의 중심에서부터 자신들에게 엄격하게 적용하고 추진할 때, 정책의 신뢰성과 파급효과도 커질 것이다.

지난 정권에서 이른바 〈○○○ 게이트〉에 관련된 의혹을 받고 있는 인물들이 한결같이 특정지역 출신이라는 사실은 주가조작 및 횡령사건만으로는 볼 수 없는 중대한 문제를 내포하고 있는 것이다. 이러한 사건은 지연·학연 등을 고리로 한 한국 사회의 연고주의가 사적 이해관계를 넘어 국가 공조직을 무력화할 수도 있다는 것을 단적으로 보여주고 있는 것이다. 우리가 심각하게 우려하는 것은 그 대상 인물들이 풍기는 〈지역 카르텔〉의 냄새만으로도 이미 오래전에 위험수위에 오른 지역감정을 더욱 악화시키지 않을까 하는 점이다.

반세기 만의 여야(與野) 정권교체로 김대중(金大中) 정부가 출범했을 때, 민생들의 기대는 한국 사회의 통합과 질적 발전을 결정적으로 가로막는 지역감정이 크게 완화되리라는 것이었다. 그러나 임기를 채우고 난 지금의 현실은 오히려 그렇지 못하다. 또한 더욱 악화됐다는 것이 일반적인 평가이다.

또 다른 지역편중·요직독점 인사, 즉 수적 형평에 가려진 질적 편중으로 지역갈등은 갈수록 증폭되었다. 권력 정점의 인치(人治)를 비롯해 새 파워 엘리트를 중심으로 형성된 〈끼리끼리 사슬〉은, 제도 · 시스템 · 법치를 저해하는 〈줄대기 문화〉를 사회 곳곳에 확산시켜왔던 것이다.

따라서 〈지역 카르텔〉의 뿌리를 뽑아내지 않고서는 국민통합은 기대할 수 없을 것이다. 일부 힘 있는 정치인들의 〈내 지역 출신 봐주고 밀어주기〉는 그 지역의 명예를 더럽히고 대다수 주민의 가슴에 상처만 남길 뿐이었다.

한국 학계의 고질병인 〈사제 카르텔〉을 아는 사람은 많을 것이다. 성골계승 방식은 근친혼으로 인해 열성 유전인자를 계속 유전시킬 우려가 높은 방식이다. 지금은 원시 부족이나 외딴 곳에 고립된 소수 종족만이 성골계승 방식을 사용하고 있다. 하지만 우리나라에는 아직도 열성인자를 재생산하는 성골방식을 좋아하는 사람들이 많다는 사실이 〈사제 카르텔〉에서 나타나고 있는 것이다.

〈한국 학계의 스승과 제자 관계는 두목과 똘마니로 구성된 조폭(組暴)과 다를 게 하나도 없다〉라는 이 말은 한국 학계의 고질병인 〈사제(師弟) 카르텔〉을 두고 한 네티즌이 던진 일갈이다. 사제 카르텔이란 스승이 제자를 키우고 제자는 스승을 보호하는 〈사제간의 주종관계〉를 일컫는다. 이곳에서 스승에 대한 비판은 〈금기〉이다. 만약 이 〈금기〉를 어기고 경계를 넘었다가는 비판자 자신이 〈금기〉가 되고 만다. 학연으로 얽힌 〈사제 카르텔〉은 이미 공공연한 사실이다. 스승과 제자는 학계에 있는 어떤 네티즌이 지적했듯이 〈상감마마와 몸종〉의 관계다. 그동안 우리 학계는 침묵을 강요받았던 것이 사실이며, 학문적 권력을 선점한 스승을 비판하는 일은 죽음을 자초하는 것이나 진배없다는 것이 일반적 인식으로 통해 왔던 것이다.

국무총리실, 과학기술부 등 정부행정기관에서 하는 연구용역사업에 대하여 우리나라의 정부출연연구기관 · 대학 · 기업 연구소 등은 이러한 먹이사슬로 인하여 연구다운 연구실적을 내놓지 못하고 있는 실적이다. 혹가다가 이러한 사제 카르텔을 타파하고 독자적으로 실패의 두려움 없이 연구를 진행하는 학자나 연구원들은 세계적으로 우수한 연구실적을 내놓고 있는 것이다.

여기서 연구용역은 그들의 〈술·밥 거리〉이다. 문제는 연구과제의 선정과 연구 결과의 평가 시스템이 사제 카르텔로 엉망이 되고 마는 데 있는 것이다.

필요 없는 폐기된 연구과제 선정에 사제 카르텔로 연관된 인사들이 참여하고, 연구결과 평가에 평가 위원들끼리 좋은 점수를 주고 있으며, 그 반대 급부로 연구 주관 연구원은 평가위원의 제자나 동료들에게 하청 용역을 주고 있으니 좋은 연구 실적이 나올 수가 없는 것이다. 그들은 너무나도 완벽한 침묵의 카르텔을 형성하고 있으며, 정치권이나 공무원들은 너무 한심스럽게 그들에게 놀아나고 있다는 지적이 양심 있는 학자들에게서 나오고 있는 것이다.

정치개혁의 목표는 한국정치의 병폐인 고비용 정치, 보스 중심의 사당적 (私黨的)인 패거리정치, 지역분할 정치를 극복하고, 안정적이고 효율적인 국정운영을 실현하는 것에 있어야 할 것이다. 그러나 그동안 우리의 패거리정치가 정치개혁을 방해하고, 그러한 개혁의 실패가 나라를 망치게 만들어 왔다는 지적이 많은 것이다.

숱한 의혹들이 제기되었으나 검찰조사에 의해 큰 문제가 아닌 것으로 밝혀질 때만 하더라도, 사회가 민주화되었기 때문에 과거에는 묻혀졌을 사소한 일들까지 노출된 것으로 여겨, 민주화의 진전을 뿌듯하게 생각한 국민도 많았다. 그러나 최근의 각종 〈게이트〉 등이 검찰과 특별검사에 의해 본모습을 드러내면서, 민생들은 부패의 고리가 어디까지 연결될 것인지에 놀라움과 두려움마저 느끼고 있는 것이다.

왜 이 지경이 되었을까? 하는 불안감이 먼저 든다. 지난 정권에서 정권교체가 인사에서의 지역주의 청산으로 나타날 때만 하더라도 일부 민생들은 민주주의의 승리를 노래하기도 했었다. 그러나 낙하산 인사와 지역패권주의가 심화하고 〈벤처 의혹〉〈조폭 정치〉〈주가 조작〉〈대선 자금〉 등등 각종 부정부패의 끊임없는 행진과 청와대·검찰·경찰·국정원·정치권 나아가서는 군대까지 관련되고 있는 것을 보면서, 민생들의 반응은 냉담을 넘어서 차라리 분노에 가깝게 되었다.

〈끼리끼리〉의 〈떼거리〉는 권력행사의 균형과 견제라는 국가기관의 본질적 기능마저 마비시켜, 지난 정권 모두가 오늘과 같은 광범위한 〈사적 정부〉의 종말을 낳게 된 것처럼 보였다. IMF 경제위기를 극복하기 위한 국가전략으로 채택된 범국가적 벤처산업 육성정책이, 패거리정치와 연결되면서 부패를 만연시켜 각종 벤처 게이트를 낳았으며, 앞으로 또 어떤 게이트가 터져나올지 우려되는 상황이다.

이제 집권 한 해를 보내고 정치개혁의 원년이라고 자처하는 〈참여정부〉의 선택의 방안은 그리 많지 않을 것 같다. 첫째, 지역연고주의에 기반을 둔 패거리정치와 사적 정부를 청산하고 도덕성과 참신성을 지닌 각계의 명망 있고 검증된 인재를 거국적으로 포용해야 할 것이다. 둘째, 특정지역 인맥이나 코드 인사가 권력의 균형과 견제를 마비시킨다는 역사적 교훈을 중시하여야 할 것이다. 이러한 포용으로부터 흐트러진 국가 기강을 바로세우고 성난 민심을 다독거릴 수 있어야 할 것이다.

셋째, 현재 사회전반에 만연한 부정부패의 사슬은 대통령의 의지만이라도 확고해야 척결할 수 있다는 것을 알아야 할 것이다. 따라서 대통령은 현실인식을 냉정하게 하고 다양한 조치를 취해야 할 것이다. 총선을 치른 정치지도자들의 정치자금 공개와 새로운 부패구조의 사전 근절, 금융실명제 강화와 엄격한 시행, 투명한 공적자금 운영, 공정한 세무행정 정립 등에 관심을 기울여야 할 것이다. 즉 수용성의 능력을 키워서 개혁에 성공하여야 할 것이다.

오래전에 미국의 복음 전도자 빌리 그레함 목사가 북한을 방문한 적이 있었다. 어렵게 김일성을 만나고 미국으로 돌아가기 전에 우리나라를 방문해서 청와대에 들렀다고 한다. 그 당시만 하여도 남북이 팽팽한 긴장관계에 있을 때라, 북한을 방문한다는 것은 어려운 상황이었다. 그 어려운 상황에 북한의 지도자를 만난 미국의 종교 지도자가 청와대를 방문했으니 우리 대통령의 입장에서 보면 아주 중요한 시간이었다.

당시 대통령은 〈나도 생각 같아서는 김일성 수령을 만나서 한국민족의 여러 가지 정세를 논하고 싶은 마음이 굴뚝같은데, 상황이 여의치 못해서 못 만나고 있습니다. 목사님께서 만나고 오셨으니, 어떠하던가요?〉 라고 물어보고 들어야 했었다. 그런데 만남 30분 동안 빌리 그레함 목사는 한마디도 못하고 대통령 혼자서 전부 말했다고 한다. 그리고 면회를 끝내고 나와서 차를 타고 가는 중에 빌리 그레함 목사는 빙그레 웃으면서 〈He talks too much (그는 너무 말이 많다)〉 라고 한마디만 했다고 한다. 포용과 겸손의 부족을 만천하에 드러낸 사례였다.

포용은 〈말하는 것보다 듣는 것〉, 〈타인의 아름다움과 진실성과 장점을 인정하는 것〉, 〈내 내면의 문을 열고 상대방을 받아들이는 것〉 이다. 우리는 상대방을 포용했을 때, 마음의 상처가 없는 평화로운 성공을 기약할 수 있다고 본다. 모든 것을 다 받아들일 수 있는 겸손과 인내와 사랑으로 상대방을 수용하는 능력, 이러한 포용이야말로 우리를 역사적 승리자로 만들 수 있는 징검다리가 될 수 있을 것이다.

따라서 참여정부는 포용력이라는 내유외강의 무기로 건강한 정치적 전투력을 강화해야 하겠다. 포용은 계파나 파벌의 벽을 넘게 한다. 포용은 개혁으로 인한 분열의 위기를 극복할 수 있는 구심력이다. 따라서 승자를 중심으로 한 구심력보다 패자들의 원심력에 정치가 휩쓸리는 것을 방지해 주는 것이 바로 포용이다.

이제는 정말 겸손으로 우리 모두가 자세와 목소리를 낮추고 정치를 봉합하여 압축된 국가와 민족의 발전적 비전을 창출해야 할 것이다. 젊다고 해서 모두가 토니 블레어(개혁적 이미지)가 될 수는 없다. 우리는 진보적 세계관과 모험적 가치관을 통해 기존 질서에 대한 도전과 개혁의지가 있는지의 여부가 바로 토니 블레어로 대표되는 젊은 개혁적 리더십의 근간이라는 사실을 알아야 할 것이다.

정치의 요체는 권력의 운용에 있다. 대통령을 포함하여 정치지도자가 권력을 잘 운용하면 성공한 지도자가 되지만, 권력의 힘만 믿고 마구 휘두르면 권력은 만용을 부려 스스로 몰락의 길을 걷게 되는 것이다. 여기에서 정치권력의 겸손과 포용이 필요하게 되는 것이다. 16대 국회에서 행한 야당의 행자부 장관의 해임건의와 탄핵은 명분도 실리도 없는 정치권력의 만용을 보여주었다. 그 어디에서도 정치권력이 요구하는 겸손과 포용은 보이지 않았던 것이다. 바로 힘만 보여준 또 다른 권력의 횡포였고 의회독재였다고 할 수 있을 것이다.

새의 눈(bird' s-eye view, 조감도), 벌레의 눈(worm' s-eye view, 앙시도)이라는 말이 있다. 정치나 학문과 경영에 있어서 리더는 이 두 가지 눈을 균형 있게 활용하라는 충고로 받아들일 수 있을 것이다. 벌레의 눈은 미시적이고 주체적이며, 강력한 자아의식을 필요로 하는 자주요 자존이다. 반면에 새의 눈은 거시적이며, 통찰적이고, 객관적이며, 남과의 관계 속에서 자신을 파악하고 정확하게 평가하는 눈이다.

따라서 우리는 새의 눈이든, 벌레의 눈이든 한 쪽의 눈으로만 보거나 판단하면, 국가나 기업이나 개인은 경쟁력을 갖추기 어렵다는 것을 명심하여야 할 것이다. 남의 생각과 사물의 다른 면을 보는 것은 새의 눈이 좋을 것이다. 따라서 벌레의 눈으로 자주를 외친다면 국제사회에서 열등감 있는 구들목 장군으로 비쳐질 수도 있을 것이다.

우리는 지금 우리 사회에서 일어나고 있는 독도문제, 용산기지 이전문제, 북핵문제, 동북공정의 중국의 고구려사 말살문제 등에 대하여, 벌레의 눈, 또는 새의 눈만으로 보고 있는 것은 아닌지를 다시 한번 생각해 보아야 할 것이다. 이러한 지적은 자주와 동맹이라는 외교노선에 어느 한쪽으로만 치우칠 수 없다는 대한민국의 국제적 현실을 감안해 보라는 경고로 이해하면 좋을 것이다. 이러한 능력과 안목이 포용력 있는 통찰력과 창조적 비전일 것이다.

앞에서도 언급했지만 개혁은 위기감이 있을 때 더욱 성공할 가능성이 높다. 지금이 바로 그 시기인 것 같다는 견해가 많다. 따라서 경제적 어려움·북핵문제·국제관계의 어려움·국민적 열망인 정치적 어려움 등을 잘 이용하여 개혁을 성공시켜야 할 것이다. 그러기 위해서는 상대방을 포용하는 넓은 도량을 가져야 할 필요가 있는 것이다. 지금이라도 비우호(비코드) 세력을 끌어안고 공존공생의 정치를 펼쳐 나아가야 한다. 참여정부는 항상 비주류 소수파의 정권으로 창출되었다는 겸손을 잊지 말아야 할 것이며, 따라서 균형 있는 포용정치가 더욱 필요한 것이다.

〈국민의 정부〉가 전임자 등 역사의 실패에서 교훈을 얻지 못하여 또한 실패했다고 보여진다. 바로 독단적 오만 때문이었다. 〈준비된 대통령〉은 권력의 화신 측면에서는 준비되었지만, 역사적 측면에서는 전혀 준비 안 된 대통령이었다. 바로 겸손과 포용을 상실했기 때문에 정책적으로 실패하였다고 보여지는 것이다.

끝없이 치닫는 정치권의 투쟁의 근본적인 원인은 우리 정치와 사회에서 어느 순간부터 대화의 타협이 사라졌기 때문이다. 정치판의 싸움은 불쌍한 민생들을 볼모로 삼고 대화의 노력 없이 자신들의 목적만 달성하고자 하는 정략적 의도로밖에 보이지 않는다. 바로 민생들의 정치 불신과 혐오감에 기름을 붓는 꼴이 되고 있는 것이다.

오만한 정치의 실마리를 풀기 위해서는 대통령부터 포용의 자세로 나서야 한다. 대통령은 자리에 연연하지 않고 스스로가 밝혔듯이 민생들이 안심하고 생업에 몰두할 수 있도록 안정과 신뢰와 희망을 주어야 할 것이다.

조광조는 건강한 조선이 안락에 집착하여 초기에 위기를 맞았을 때, 〈도학을 숭상하고, 인심을 바로 하며, 성현을 본받고, 지치(至治)를 일으킨다〉라는 숭고한 개혁적 마인드로 중종에게 다가갔다. 그러나 종국에는 자신을 총애하던 중종으로부터도 혐오감과 위기의식을 자아내어 1519(중종 14)년에 정적들의 음모에 휩싸여 급진적인 개혁들을 주장하던 당시의 코드가 맞는 동료들과 함께 숙청되었으며, 처음에 전라도 능주에 유배되었다가 곧이어 사약을 받고 죽었다. 이러한 조광조의 개혁의 실패는 결국 70여년 뒤 민족의 처참한 임란과 호란이라는 비극을 몰고 왔다. 바로 포용이 결여된 오만에 의한 〈시간의 보복〉이었다.

조광조는 경연의 강화와 궁중 여악(女樂)의 금지, 선유(先儒)의 표창, 언로의 개방, 기신재·기은재 폐지와 소격서 혁파, 유교적 교화 사업의 실시로 소학(小學)의 보급과 향약의 시행, 현량과 실시, 위훈 삭탈과 정치기강의 쇄신 등 당시로서는 너무나 혁신적이고 창조적인 개혁 조치들을 시행했다. 아마 당시의 조광조의 개혁이 성공하였다면, 우리 역사는 많이 달라졌을 것이다. 임란과 호란도 없었을 것이며, 명·청 교체기에 동아시아의 패자로 성장할 수 있었을지도 모른다. 그러나 조광조는 실패하였다.

조광조와 기묘사화의 개혁정치가 실패로 끝나게 된 것은 물론 기묘사화로 인해 이들이 숙청되고 죽임을 당했기 때문이었다. 그러나 일이 그렇게 된 데에는 그들 자신의 책임도 적지 않았다. 그것은 이들의 개혁을 추진하는 자세와 태도에 문제가 많았다고 할 수 있는 것이다.

우선 이들은 성리학을 숭상하면서 지나치게 이상적인 정치를 목표로 삼음으로써 비현실적인 면모를 드러내었다. 또한 조광조와 기묘사림은 집단화하여 자신들만 옳다는 독선적 의식에 사로잡혀 있었기 때문에 다른 정치세력의 집단이나 그들과의 협력에 의한 정치에는 관심을 두지 않음으로써 정치적인 고립을 자초하였다. 그리고 기묘사림은 도덕정치의 이상에는 충실했으나 현실정치의 기술이나 경륜은 크게 부족했다. 따라서 그들의 개혁정치는 그들이 내세운 이상만큼 국가나 백성들에게 실질적인 도움을 주지 못했다. 또한 도덕정치에 바탕을 둔 이들의 정치적 사고는 왕조국가이자 신분사회였던 당시의 객관적 현실과는 거리가 먼 점이 많았다.

조광조의 실패는 개혁의 이상이 아무리 아름답고 고귀한 것이라 하더라도, 이를 현실정치에서 실현할 수 있는 수단을 조직적으로 마련하지 못하면 실패한다는 것을 보여주었다. 이 수단에는 개혁 정치의 구체적인 방안은 물론 다른 정치 세력에 대한 견제와 함께 설득과 협력과 포용이 포함된다는 것을 그들은 알지 못했던 것이다. 바로 그들은 겸손과 포용이 결여된 독단과 아집의 개혁적 조치로 실패하였다. 그리고 그들의 개혁 정치는 역사적 현실과 단계에 의한 냉철한 인식이 결여된 개혁은 성공할 수 없음을 보여주었다. 그들의 이상은 비록 높았지만, 이를 현실화시킴에 있어 그들은 너무 앞서감으로써 실패하였다. 이것도 겸손과 포용이 부족한 결과였다는 것이 역사가 이를 반증해 주고 있는 것이다.

정조는 당시 해체되어가던 조선왕조의 명분과 질서를 보다 근본적인 수준에서의 개혁을 통하여 바로잡음으로써, 체제를 강화·유지시켜보려는 정치 지도자로서의 이해와 관심이 은밀하고도 유연하게 개혁을 추진하려고 하였다. 당시는 노론 벽파와 남인, 북벌론 등의 시대착오적 사고가 전횡하고 있었으며, 경제적 배경에서도 임진왜란과 병자호란을 거치면서 황폐화되었던 사회가 17~18세기에 걸친 복구과정을 통하여 새로운 발전의 계기가 싹트고 있었던 변혁의 시기였다.

정조는 규장각의 설립, 문체반정운동, 신분 고착화를 타파하는 서얼소통, 신해통공, 천도를 염두에 둔 수원성 축조 등 정조의 입장에서는 명실상부한 왕권의 강화를 실현하는 동시에, 이를 바탕으로 자신의 통치구상과 개혁이념을 본격적으로 구체화시키는 개혁적 조치들을 강도 높게 추진하였다. 그러나 이러한 개혁정치의 결과는 수원성의 축조가 끝난 이듬해에 정조가 갑자기 사망함으로써 한계에 부딪혔다. 이러한 개혁의 미완으로 신유사옥, 세도정치와 민란으로 이어져 조선의 멸망과 일제 식민지, 남북 분단, 6·25 전쟁, 이승만 독재, 4·19, 5·16, 유신독재, 5·18, 12·12, 6월항쟁, 군정종식, IMF 환란, 구조조정, 공적자금, 참여정부로 이어져 오늘에 이르게 되었다.

정조는 나름대로의 개혁정치를 시행함으로써 어느 정도의 왕권 강화와 왕

조의 안정을 이루었으며, 이에 따라 이른바 조선 왕조의 마지막 〈문예부흥〉
을 일구어내었다. 또한 정조는 당시 조선현실의 변화에 대해서도 능동적이고
전향적으로 대처함으로써, 사회적 모순과 화합을 지향하였다.

그러나 이상과 같은 정조의 개혁정치의 성과는 전체적으로 볼 때 미완의
결과를 가져왔다. 왜냐하면 이것은 본격적인 제도 개혁의 준비단계, 즉 왕권
강화의 목표에 너무 집착하여 정파와 계급을 초월한 국가적 통합에 실패하였
기 때문이다. 그리고 이 같은 미완의 개혁마저도 정조가 기반으로 삼고 있던
개혁주체세력과 그 경제적 기반이 취약함으로써, 조선이 마지막으로 빛날 수
있었던 정조의 독창적 개혁의 계기는 그의 죽음과 함께 수포로 돌아가고 말
았던 것이다.

포용은 화합을 의미한다. 불교에서는 다음의 〈여섯 가지 화합의 길(六和
敬)〉을 강조하고 있다.

(1) 몸으로 화합함이니 같이 살라(身和共住)

(2) 입으로 화합함이니 다투지 말라(口和無諍)

(3) 뜻으로 화합함이니 같이 일하라(意和同事)

(4) 바른 행실로 화합함이니 같이 닦으라(戒和同修)

(5) 바른 견해로 화합함이니 같이 깨달으라(見和同解)

(6) 이익으로 화합함이니 같이 나누라(利和同均)

포용은 통합(統合)의 바탕이 된다. 통합은 모두 합쳐 하나를 만든다는 의
미다. 하나가 된다는 것은 신뢰를 바탕으로 한다. 신뢰는 서로가 서로를 믿고
의지한다는 말이다. 의지한다는 것은 서로가 도움이 된다는 것을 전제한다.
도움이 된다는 것은 공동의 발전과 상생이 있다는 말이다. 상생은 협동과 건
강한 경쟁이 있어야 한다. 협동은 마음과 힘을 합치는 것이다. 여기에서의 경
쟁은 생존경쟁이 아니라, 발전과 함께 전진한다는 것을 전제한 경쟁이다. 따
라서 포용에는 용서가 있는 것이다. 용서가 있다는 것은 사랑이 깃들어 있음

을 말한다. 포용에 깃든 사랑은 정치에서는 국민을 사랑하는 것이다. 국민을 사랑하는 위민의 정신은 위대한 정치지도자만이 지닐 수 있고 역사를 두려워하는 겸손한 마음에서 출발한다.

맹자의 위민사상은 천자의 자리가 하늘과 백성이 내린 것이라고 하여 백성이 모든 정치적 행위의 주체임을 나타내었다. 또한 백성을 정치적 대상으로 여겼으며, 백성 없이 국가가 없고 정치적 목적 역시 실현되지 않는다고 하였다. 이것은 유교의 정치사상의 핵심으로, 학문과 교육을 중요시하는 교학정치(敎學政治)와 근본을 지키고 백성과 함께 즐기려는 예악정치(禮樂政治)를 포함하며, 왕도(王道)정치의 이상이기도 하였다. 또한 백성을 기본으로 하는 우리 민족의 사상적 기반은, 고조선의 만민을 널리 유익하게 한다는 〈홍익인간〉과 단군왕검의 합리적 교화로 세상을 구제하려는 〈제세이화(濟世理化)〉의 이념에서 볼 수 있는데, 모두 백성을 중시하는 위민사상이 깃들어 있음을 알 수 있다.

홍익인간은 포용과 조화와 개방정신과 그 미래지향적 가능성의 세계관이다. 한국인은 포용적이다. 포용은 개방의 다른 이름이다. 우리의 포용적 절대주의 사상은 조화를 이상으로 삼는다. 원효·지눌·퇴계·율곡·혜강 등 한국 지성사의 거봉들은 자기 신념체계 안에서 포용적인 태도로 조화를 추구했다. 다시 말해 그들은 한결같이 지성적·개방적 태도를 보여주었다. 개방적이란 절대자나 천(天) 또는 불법과 같은 선험적(先驗的) 전제를 갖지 않거나 그에 얽매이지 않는 태도를 말한다. 그런 의미에서 우리의 정서는 현실적이고 경험적이다. 이를 종합해 보면 한국인의 정서 또는 사유상식은 경험적 현실주의라고 말할 수 있을 것이다. 즉, 포용은 경험적 현실주의다. 따라서 정치는 바로 경험적 현실의 거울이라고 말할 수 있을 것이다. 그래서 정치지도자는 포용력을 가져야 하는 당위가 나오게 되는 것이다.

제 3절 열망(熱望, Passion)

chapter 3

熱望에 관하여

열망(熱望, Passion)을 생각해 본 적이 있는가

〈열심히 혹은 간절히 바람〉을 열망이라 한다

熱은 더움·흥분·정성(精誠)·쏠림(一心)·하고자함(意志)이고

望은 바람·원망·우러러봄·기다림 등을 나타낸다

따라서 열망은 인생의 많은 형상을 내포하는데

熱은 동적이며 적극·능동·외향·자율·창조적이고 낮(해)인 반면

望은 정적이며 소극·수동·내향·타율·수습적이고 밤(달)이다

열망은 자연(自然)의 형상과도 연관될 수 있다

熱은 스스로 〈自〉와 통하고

望은 그럴 수밖에 없는 〈然〉으로 이어진다

그래서 熱은 양(陽)이고 철(凸)이며

望은 음(蔭)과 요(凹)와 만나게 된다

인생의 양대 산맥을 운명과 실력에 비유하기도 한다

운명은 예언·신의 섭리·하늘의 뜻·피할 수 없는 것이고

실력은 재능·역량·능력을 의미한다

운명은 선천적이고 실력은 후천적이다

따라서 운명은 망(望)과 연(然)으로 연결되고

실력은 열(熱)과 자(自)로 의미가 통한다

결국

열망은 자연과 인생의 총체적 체계와 관련되는데

인생의 진보한 밝음은 열(熱)과 자(自)이고

생활의 어두운 그림자와 슬픔과 기다림은 망(望)과 연(然)이다

열망은 영어로 passion 이다

passion은 격정·정열·격노·연모의 대상·욕망 등을 나타내고

대문자의 the Passion은 예수의 수난과 순교 등

지고한 종교적 의미도 내포하고 있다

한 단어에 이 만큼 다양하고 심오한 의미를 가진 말이 있을까?

따라서 열망은 감정의 고저, 기다림, 사랑, 원망과 연모 등

인생의 모든 형상을 가지고 있으며

인간과 신의 영역을 조화시킬 능력도 간직하고 있다

삶에서 일상의 관념은

세월과의 인과관계에서 어떠한 역할을 하고 있는지?

그것은 바로 열망의 흔적으로 몸부림치다가

한 가닥 진보의 그림자로 남겨진 무채색의 그림 한 폭이
인생과 역사의 우연한 요체가 아닐까?

열망은 기다림과 그리움의 의미도 가지고 있다
삶에서 기다림만큼 아름답고
그리움만큼 안타까운 형상도 없으리라
누구를 또는 무엇을 간절히 기다린다는 것은
중후한 인격과 자신감 없이는 불가능하다
기다림은 자연에 순응하는 여유가 있으며
무엇인가를 기대할 수 있는
희망과 사랑과 설렘을 동반하고 있다
기다림은 사랑하는 사람에게는 더욱 소중하다
투명하고 신선한 가슴 없이는 기다림의 소중함을 알 수 없다
아름답지 못한 가슴으로 기다림의 설렘을 가질 수는 없다
그러나 기다림은 열망의 그리움을 동반하기도 한다

사람마다 열망의 범주와 수용방법은 서로 다르다
종교에 귀의하여 신의 목소리에
열망의 호소를 생명으로 봉헌하는 사람
자신의 가슴 독단에 열망을 소중히 묻어 두는 사람
온 몸으로 열망의 간절함을 나타내는 사람
타인의 열망을 자신의 것처럼 가져 보려는 사람

열망은 삶의 모든 요소에 적용될 수 있다
그러나 열망은 인생의 전부와 목적은 아니다
열망을 자연같이 순수한 운명으로

전향적 진보의 상징으로 받아들이면서

한편으로 인생의 바람직한 연료로

뜨겁게 불태우는 지혜와 노력이 필요하다

열망은 자신의 것만 가져야 한다

자신의 그릇에 담겨질 수 있는 분량만 받아들여야 한다

타인에게 불편과 아픔을 주는 열망이어서는 안 된다

고요가 적막이 될 수 없듯이

열망은 소중하되 인생의 좌표는 아니다

조용히 눈을 감고 사랑하는 사람들의 삶의 호소를

아름답고 진실되도록 장식해 보려는 의지를 가져 보자

전환의 차원에서 감미로운 생활의 여유와 더불어

열망의 의미를 항상 새롭게 간직해 보자

간직한 열망이 사랑하는 사람의 소유가 되게 하고

그 소유를 사랑하는 사람의 사랑으로 만들어 보자

그것이 바로 진정한 열망이 아니겠는가?

- 박재목 시집(3집) 〈숯쟁이 움막에서의 좌망(座忘)〉 (1997) 중에서 -

〈꿈은 목표를 안내하는 깃발이며, 목표는 열망의 연료이다〉라는 말이 있다. 우리는 부정부패하지 않고 개혁적이며 정치철학이 충만하고 창조적 리더십을 발휘할 줄 아는 〈올곧은 정치지도자〉를 선택하여 겸손과 포용으로 통합하여 노력하면, 우리 후손들이 살아가야 할 조국과 민족의 미래는 반드시 웅비할 것이라는 것을 역사를 통하여 살펴보았다. 따라서 우리의 정치지도자는 겸손과 포용으로 압축된 웅비의 국가발전의 비전을 실현시킬 수 있는 목표를 수립하여 국민들이 동참하도록 이끌어가야 할 것이다.

그리고 우리 모두는 정치지도자를 중심으로 세계에서 최고에 도전하며, 세계에서 최고가 되겠다는 불타는 열망을 가지고 국가 비전 실현에 매진하여야 할 것이다. 이것이 역사가 우리에게 요구하는 우리의 실천적 의무이며, 그렇게 함으로써 고통과 참상과 분열과 반목과 가난과 반역사와 반개혁과 몰락이라는 〈시간의 보복〉을 방지하거나 예방할 수 있다는 것을 항상 명심하여야 할 것이다.

역사는 항상 자신이 어디로 가고 있는지 정확하게 알고 있는 사람에게만 길을 내어준다. 배가 어디로 갈 것인지 모르면 노를 젓지 말라는 말도 있다. 세상에서 위대한 업적을 남긴 영웅들은 모두가 자기 나름대로의 확고한 꿈, 즉 열망을 가지고 있었다. 그 열망이 있었기에 스스로 열정을 불태울 수 있었고, 그 꿈이 있었기에 어떠한 난관과 장애물도 돌파하고 앞으로 나아갈 수 있었다.

꿈이 없는 역사는 바로 목적지 없는 항해와도 같다. 바람 부는 대로, 물결치는 대로 자신의 의지와 상관없이 이리저리 살아가는 그런 인생은 반드시 〈시간의 보복〉을 만나게 될 것이다. 우리는 단지 시간과 나이를 먹어가면서 늙는 것이 아니라, 후회가 열망을 대신하고 절망이 희망을 대체하는 그 순간부터 인간은 늙어가기 시작하는 것이다. 사무엘 울만은 〈청춘이란 인생의 어떤 기간이 아니라 마음가짐을 말한다〉라고 하였다. 두려움을 물리치는 용기, 안이함을 선호하는 마음을 뿌리치는 모험심, 어린애와 같은 미지에 대한 탐구심, 경이에 이끌리는 마음, 인생에 대한 흥미·환희·기쁨·용기·힘의 영감 등등 이러한 모든 것들이 바로, 〈열망〉이 있기 때문에 나오는 것이다.

열망이 있어서 70세라도 청춘이 있고, 이것이 없으면 20세 청년이라도 청춘은 없는 것이다. 꿈꾸는 젊음이 세상을 바꾼다. 머리를 높이 치켜들고 열망의 물결을 붙잡는 한 인간은 영원히 젊게 살 수 있을 것이다.

『그 어떠한 철학, 쾌락, 지위, 권력, 물질적 성공도 훌륭
한 목표를 향해 나아가는 삶에서 느껴지는 것과 같은 내
적 만족을 가져다주지는 못한다』

- M. 시몬스 -

『사람은 한 가지 생각에 몰두하며 추구하는 목표를 달성
하는 데 온 힘을 쏟았을 때 최고의 성취감을 맛보게 된
다』

- R. 브리폴트 -

우리의 정치지도자는 겸손과 포용력으로 긍정적 사고와 자신감을 가지고,
끊임없는 열망(하고 싶은 것)을 하여야 할 것이다. 위대한 지도자는 언제나
긍정적이고 열정적인 생각을 가지고 실천하였다. 우리의 올곧은 정치지도자
는 부정적인 생각을 하지 말아야 한다. 잘될 것이라는 생각보다는 잘 안될 것
이라는 생각, 감사와 만족보다는 불평과 불만, 존경보다는 불신과 의심, 칭찬
과 도와주기보다는 헐뜯고 흉보고 뒷다리 잡기, 기쁨보다는 회한과 원망과
심술과 짜증, 할 수 있는 이유보다는 할 수 없는 이유 등을 이제부터는 더 이
상 하지 말아야 할 것이다. 왜냐하면 역사와 국민이 그것을 원하고 있기 때문
이다.

편안하고, 다정하며, 친절하고, 인내심 있고, 관대하고, 열린 마음을 가진
정치지도자를 우리는 원하고 있기 때문이다. 또한 함께 있으면 편하게 느껴
지는 사람을, 말이 항상 긍정적일 수 있는 사람을, 어떤 문제에 직면했을 때
보다 더 자신감 있고 능동적으로 대처하는 사람을, 낙관적으로 생각하여 해
법과 아이디어를 얻어낼 때 한층 더 창의적이 되고 통찰력을 지니게 되는 사
람을, 우리 국민들은 원하고 있기 때문이다.

열망은 〈승리하라〉 라는 메시지를 아주 명료하게 우리의 뇌에 전달하며,

이는 바로 우리에게 자신감과 창의력을 더해 주기 위해 능력을 부여하는 반응을 나타낸다. 반대로 열망이 없는 의식은 〈패배하지 말라〉 라는 메시지를 뇌에 전달하여 아주 불명료하게 〈패배〉 라는 부정적인 키워드만 인식하게 된다고 한다. 그리하여 열망이 없으면 뇌는 부정적으로 작동하여 우리의 자신감을 깎아먹고, 창의력의 숨통을 막아서 결국은 우리를 패배로 이끈다는 것이다.

위기와 걱정에 대한 현실적인 단 한 가지 대책은 예정했던 목표나 극복의 해결책을 향해 목적의식을 가지고 꾸준히 실천해 나가는 것뿐이다. 열망은 언제나 문제를 해결하는 집중을 가져다준다. 열망은 우리가 원하지 않는 것보다는 원하는 것을 의식적으로 선택하게 하며, 그 결과 매일 부딪치는 어려운 걱정들에 대한 시간을 낭비하기보다는 목표를 향해 끊임없이 행동해 나가도록 이끌어주는 의식의 에너지이다.

열망은 긍정적인 결과를 마음속에 그리게 하여 바라는 목표와 결과를 실현시켜줄 강력한 자력이 발휘되기 시작하도록 해준다. 열망은 어떤 도전을 만나더라도 과거보다는 미래(未來)에 초점을 맞추도록 해준다. 또한 어떤 도전을 만나더라도 문제보다는 해법에 초점을 맞추도록 해준다. 열망은 〈나에게 책임이 있다〉 라고 확고하게 자신이 스스로 말함으로써, 남을 비난하거나 분노하게 되는 것을 막아줄 수 있게 한다.

열망은 책임을 받아들이면서 불행하거나 화를 낼 수 없도록 해준다. 책임을 받아들이는 것은 부정적 감정들, 불행으로 향하는 회로를 막아버리게 되

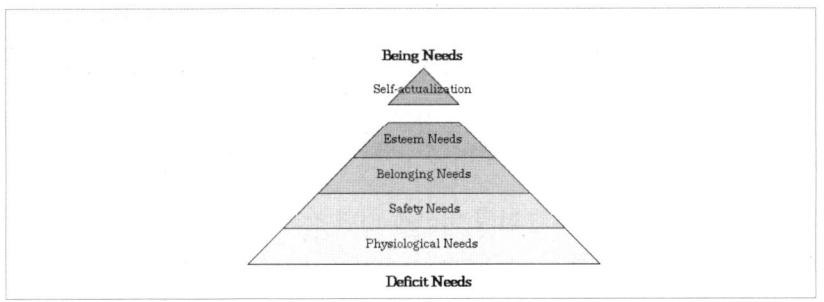

는 것을 의미한다. 책임을 받아들이는 그 행위로 인해 마음은 안정되고 시야
는 넓어지게 되는 것이다. 따라서 열망은 불평하고 변명하고 남을 함부로 비
평하는 습관을 고쳐주기도 한다.

열망은 보다 높은 차원의 욕구(欲求)를 추구하도록 해준다. 마슬로우
(Maslow)는 인간의 욕구는 5단계가 있다고 정의했다. 바로 5단계의 욕구 중
에 열망이 최상의 단계를 추구하게 하며, 그렇게 하다 보면 나머지 단계는 저
절로 해결되게 되는 것이라고 주장했다.

①생리적 욕구 (배고픔, 잠, 성욕, 휴식)

②안전의 욕구 (신체적 · 경제적 위협, 불확실성)

③사회적 욕구 (다른 사람과의 관계, 소속감, 애정)

④존경의 욕구 (성취, 능력인정, 자신감, 자부심)

⑤자아실현의 욕구 (창조성 발휘 : 熱望)

열망은 자신의 핵심역량을 개발하고 자신의 재능과 소질을 찾아서 잘 하는
것을 더 잘 할 수 있도록 해준다. 행운은 준비가 기회를 만났을 때 일어나는
것처럼, 열망은 기회가 평소의 사전준비에 있다는 것을 알게 해준다. 열망은
영감을 불어넣어주는 책이며, 사기진작을 해주는 지도서이다. 열망은 정신적
단백질을 섭취하게 하여 긍정적 · 낙관적 · 침착 · 자신감 · 성실 · 사랑 · 행복
을 느끼게 해준다. 열망은 우리가 어디에 있느냐보다 어느 방향으로 향하고
있느냐가 진실로 중요한 것이라는 것을 일깨워준다.

올곧은 우리의 정치지도자는 역사를 볼 수 있는 안목이 있어야 할 것이다.
이 안목에는 역사에 대한 열망과 민족에 대한 열망이 있어야 한다. 우리의 정
치지도자는 우리 민족의 진취적 기상과 강인한 불굴의 의지에 대한 찬란한
민족사의 발자취에 대한 열망과 자긍심이 있어야 한다. 또한 우리 민족의〈시
간의 보복〉의 거울이 될 수난의 역사에 대한 참회와 교훈을 읽을 수 있어야
한다. 동시에 우리 민족의 국난극복의 의지와 민족문화의 융성에 대한 자부

심도 가져야 할 것이다.

우리의 올곧은 정치지도지는 근대사의 교훈과 대일 항쟁의 정신과 국토 분단의 비극에 대한 분명한 시각을 가져야 한다. 그리하여 민족과 국가의 진로를 겸손과 포용과 열망으로 다 함께 모색해 보아야 할 것이다. 우리의 정치지도자는 한민족의 정신세계에 대한 명확한 인식이 정립되어야 한다. 우리의 자긍심인 신바람 · 호국정신 · 상부상조 · 화합과 포용의 이상 · 선비정신 · 호연지기 · 중용의 도 · 실학의 실천적 과학기술의 중시와 숭문사상의 조화 등등에 대한 깊은 열망을 가져야 할 것이다.

그리하여 세계로의 웅비를 위하여 우리 민족의 끈기, 타고난 재능, 인정과 의리에 대한 전통적인 민족성을 긍정적으로 생각하여야 할 것이다. 그리고 위대한 국가를 건설하기 위하여 우리 민족사를 재인식하고, 애국애족과 주인정신, 책임의식, 가능성의 사고, 공동체 의식, 준법정신과 청렴 의식, 신의와 정직과 봉사와 희생정신, 근면과 검소와 실질을 숭상하는 정신, 공 · 사 구분과 공익 우선의 정신, 그리고 절차탁마의 은근한 성실에 대한 열망을 가져보아야 할 것이다.

그리하여 올곧은 정치지도자는 선도적으로 인류 사회를 위한 민주 통일국가 건설에 매진하여야 할 것이다. 빛나는 전통 속에 창조되는 민족 예술, 자연과 조화를 이루는 인간 문명, 윤리를 바탕으로 한 관용정신, 개인의 자유를 존중하는 정의 사회, 인간적 가치를 최고로 하는 과학기술을 우리의 정치지도자들은 역사 앞에 겸손과 포용과 열망으로 창출해 내어야 할 것이다.

이제는 21세기 세계로의 웅비로 도약하여야 할 것이다. 따라서 이러한 21세기의 유비쿼터스의 지식정보 기반사회에 대비하기 위해서는 올곧은 우리의 정치지도자들이 앞장서야 할 것이다. 한민족의 숨결이 세계 도처에 세차게 뻗어나가도록 하여야 한다는 말이다. 이제는 단합과 통합과 토론과 상생만이 우리의 살길이 될 것이다. 우리의 머리와 가슴과 혼과 눈과 손발과 상품과 기량과 도덕으로 5대양 6대주에 한국인의 눈부신 활약상이 꺼지지 않도록 해야 할 것이다.

그리하여 세계사의 주역이 되도록 노력하여야 할 것이다. 우리는 반만년 민족사 속에서 숱한 국난을 겪어 왔다. 일제에 의한 침탈로 역사의 객체로 전락한 쓰라린 경험과 6·25의 동족상잔의 참혹한 비사(悲史)를 간직하고 있기도 한 것이다. 때문에 우리는 우리의 노력으로 세계사의 주역으로 우뚝 서서, 우리가 과거의 〈시간의 보복〉에 열등감으로 안주하고 있었던 민족이 아니라는 것을 보여주어야 할 것이다.

〈동방의 등불 코리아〉가 역동적으로 대륙국가로서는 동아시아에, 해양국가로서는 환태평양의 주역으로 우뚝하게 거듭나야 할 것이다. 그리하여 대륙·반도·해양 국가로 엮어진 한·중·일 3국의 미묘한 의식적 관점과 특이한 역사적 존재를 우리가 주도하여 세계문명사의 주역이 되어야 할 것이다. 거기에 평화와 협력을 심고 인류 사랑과 공동 번영의 문화를 파종하는 정신대국·문화대국으로 웅비하여야 할 것이다.

그리하여 우리는 아름다운 시대를 만들어야 할 것이다. 우리를 진정으로 소중하게 여길 수 있는 자존의식이 강하고 진정한 자주와 삶의 질을 위하여 우리와 타인을 함께 돌아보는 지혜를 가져야 하며, 보수·진보가 서로 엇갈려 교차하며 진솔한 삶의 현장을 만들고, 상류층과 서민이 진실한 인간의식을 통하여 서로를 이해하면서 의미 있게 소통하는 창조적인 참여의 시대를 만들어 가야 할 것이다.

우리의 이러한 비전을 실현시키기 위하여 민족적·국가적 역량을 총화하여야 할 것을 이제 우리는 다시 한번 다짐하여야 할 것이다. 총집결된 이러한 역량을 잡고, 비전을 제시하며, 세계로의 웅비를 실현시킬 사람은 다름 아닌 우리 국민 모두를 앞에서 이끌어가야 할 올곧은 정치지도자이며, 지금 우리 모두는 그러한 지도자를 원하고 있는 것이다. 왜냐하면 올곧지 못한 지도자를 만나 〈시간의 보복〉을 겪은 역사를 되풀이하고 싶지 않기 때문이다. 우리

국민 모두는 과거에 겪은 〈시간의 보복〉의 역사적 교훈을 알고 있으며, 또한 그러한 열망이 충만하기 때문에 더욱 올곧은 정치지도자를 원하고 있는 것이다. ◑

열망

그대의 모든 열망이 기다림이 되지 않도록 하라

그대의 기다림이 아니라 오직 반기는 것이 되도록 하라

그대에게 오는 모든 것을 반겨라

그러나 다른 것은 그리워하지 말라

오직

그대의 사랑으로

그대가 지닌 것만을 열망하라

그대는 하루의 어느 순간에

그대의 신(神)을 완전히 소유할 수 있음을 알라

그래서

그대의 소유가 사랑이 되게 하고

그대의 사랑이 사랑하는 사람의 소유가 되게 하라

그대의 쓸모없는 열망이란 무슨 소용이 있겠는가?

- 중 략 -

- 박재목 시집(3집) 〈숯쟁이 움막에서의 좌망(座忘)〉 (1997) 중에서 -

-끝-

뿌리출판사 출판문의 : 전화 02)2247-1115
인터넷 홈페이지 : www.rootgo.com
원고접수 : E-mail : rootgo@dreamwiz.com
주소 : 서울시 성동구 성수 2가 3동 317-10호
우편번호 : 133-835